KB048595

바람이 강하게 불고 있다

바람이 강하게 불고 있다

미우라 시온

임희선 옮김

청미래

KAZE GA TSUYOKU FUITE IRU 風が強く吹いている
by Shion Miura 三浦 しをん

역자 임희선(林希宣)

일본에서 중고등학교를 다녔으며 연세대학교 신문방송학과를 졸업했다. 한국외국어대학교 통역대학원 한일과를 졸업하고 시사영어사 및 국내 대기업에서 일본어 강의를 했으며, 동시 통역사로 활동하기도 했다. 현재 번역 에이전시 엔터스코리아에서 출판기획 및 일본어 전문 번역가로 활동하고 있다. 주요 역서로는 『그녀들의 범죄』, 『구름의 저편, 약속의 장소』, 『죄의 목소리』, 『걸(girl)』, 『잃어버린 것들의 나라』, 『나는 고양이로소이다』, 『살아 있는 것만으로도, 사랑』, 『공중정원』, 『어른이 된 토토짱』 등 다수가 있다.

바람이 강하게 불고 있다

저자 / 미우라 시온
역자 / 임희선
발행처 / 도서출판 청미래
발행인 / 김실
주소 / 서울시 용산구 서빙고로 67, 파크타워 103동 1003호
전화 / 02 · 739 · 1661
팩시밀리 / 02 · 723 · 4591
홈페이지 / www.cheongmirae.co.kr
전자우편 / cheongmirae@hotmail.com
등록번호 / 1-2623
등록일 / 2000. 1. 18
초판 1쇄 발행일 / 2022. 1. 18
3쇄 발행일 / 2023. 1. 10
값 / 뒤표지에 쓰여 있음

ISBN 978-89-86836-76-9 03830

차례

프롤로그

시내를 둥글게 도는 고속도로인 8번 순환도로에서부터 도쿄 외곽 쪽으로 걸어서 20분 정도밖에 떨어지지 않은 이 지역은 밤이 되면 공기가 아주 맑아진다. 날씨가 좋은 낮 시간이면 수시로 스모그주의보가 내린다는 사실이 거짓말처럼 느껴질 정도이다. 작은 단독주택들이 모여 있는 주택가에는 가로등도 많지 않아 밤이 되면 주변이 쥐죽은 듯 고요하다.

미로처럼 얽혀 있는 일방통행의 좁은 골목길을 걸으면서 기요세 하이지는 하늘을 올려다보았다. 고향인 시마네 현의 밤하늘과는 비교도 할 수 없지만 이곳 도쿄의 밤하늘에도 어김없이 빛의 방울들이 빛나고 있었다.

별똥별이라도 보이면 좋을 텐데. 그런 마음으로 올려다보았지만 하늘은 아무 일 없이 잠잠하기만 했다.

바람이 목덜미를 스치고 지나갔다. 4월이 코앞인데도 밤에는 아직 쌀쌀하다. 하이지가 자주 가는 목욕탕인 '츠루노유'의 굴뚝이 나지막한 지붕들 위로 솟아오르듯 모습을 드러냈다.

기요세는 하늘을 올려다보던 목을 움츠려 두툼한 방한용 윗도리 안으로 턱을 파묻으면서 발걸음을 재촉했다.

도쿄의 목욕탕은 물이 너무 뜨겁다. 오늘도 기요세는 몸을 씻은 다음 탕에 들어갔다가 도저히 견디지 못하고 바로 일어났다. '츠루노유'

단골인 미장이 아저씨가 몸 씻는 곳에 앉아 있다가 그런 기요세를 보며 웃었다.

"순식간에 튀어나오는 건 여전하군, 하이지."

돈 내고 들어왔는데 이대로 나가기에는 왠지 억울했다. 기요세는 다시 몸 씻는 곳에 있는 플라스틱 의자에 앉았다. 거울을 들여다보며 가져온 면도기로 수염을 깎았다. 미장이는 느긋하게 기요세 뒤쪽을 지나 신음소리를 내면서 탕에 몸을 담갔다.

"도쿄 토박이들은 말이야, 탕에 들어갈 때 물이 엉덩이를 확 물어뜯는 것처럼 뜨끈뜨끈해야 딱 좋다고 한단 말이지."

미장이의 목소리가 타일로 된 높은 천장의 목욕탕 안에 쩌렁쩌렁 울렸다. 여탕 쪽에서는 인기척이 전혀 들리지 않았다. 여탕 탈의실과 남탕 탈의실 한중간에 있는 계산대에 목욕탕 주인이 앉아 아까부터 심심한 표정으로 코털을 뽑고 있었다. 아무래도 손님이라고는 미장이와 기요세 둘뿐인 모양이었다.

"그 말씀, 기가 막힌 표현이라고 생각은 하는데요, 문제가 하나 있습니다."

"뭔데?"

"여긴 서민들이 살던 아랫동네가 아니라 무사들이 살던 윗동네라는 거죠."

기요세는 면도를 끝내고 다시 탕으로 다가갔다. 미장이를 눈길로 견제하면서 수도꼭지를 틀어 탕 안에 찬물을 섞었다. 온도가 다른 액체가 출렁거리며 서로 섞여갔다. 그 모양을 확인한 다음에 기요세는 탕 속에 몸을 담갔다. 수도꼭지 근처를 차지하고 앉아 안전한 온도가 된 물속에서 다리를 뻗었다.

"윗동네, 아랫동네를 구분할 수 있게 된 걸 보니 자네도 어지간히 이쪽 생활이 몸에 밴 모양이네."

미장이는 수도꼭지 탈환을 포기한 모양이었다. 점점 미지근해지는 부분을 피해 기요세의 대각선 맞은편 위치로 이동했다.

"벌써 햇수로 4년째니까요."

"그래, 치쿠세이소는 어때? 올해는 방이 다 찰 것 같아?"

"하나 남았는데 어떨지 모르겠네요."

"들어올 사람이 생기면 좋겠군."

"네."

정말 그랬으면 좋겠다고 기요세는 생각했다. 올해가 마지막이다. 그리고 최고의 기회이기도 하다. 한 사람만 더. 두 손으로 물을 떠서 얼굴에 대고 비볐다. 무슨 수를 써서라도 한 명을 더 구해야 한다.

면도날에 피부가 자극을 받아서인지 뜨거운 물이 닿자 볼이 따끔거렸다.

기요세는 미장이와 함께 목욕탕을 나왔다. 자전거를 끌고 가는 미장이 옆에서 천천히 밤길을 걸었다. 뜨거운 물에 몸을 담갔다 나와서인지 하나도 춥지 않았다. 위에 입고 있던 방한복을 벗을까 말까 망설이던 바로 그때, 뒤쪽 멀리서 어지러운 발소리와 함께 뭔가를 외치는 소리가 들려왔다.

뒤돌아보니 좁은 길 한참 먼 곳에 남자로 보이는 그림자 두 개가 있었다.

뭔가를 외치는 남자를 뿌리치면서 또다른 남자가 정확한 보폭으로 이쪽을 향해 달려왔다. 그 남자는 순식간에 기요세와 미장이가 있는 곳으로 다가왔다. '젊은 남자네' 하고 기요세가 알아보았을 때는 벌써 두 사람을 휙 지나 저만큼 앞서가 있었다. 그 뒤를 한참 처져서 편의점 앞치마를 두른 남자가 쫓아갔다.

기요세의 어깨를 스치고 지나간 젊은 남자는 전혀 숨이 가쁘지 않았다. 기요세는 자기도 모르게 그 뒤를 쫓아가려다가 비난 섞인 미장이의 목소리에 멈칫하고 말았다.

"저놈이 물건을 훔쳤다는데."

그러고 보니까 뒤를 쫓아가던 점원이 "저놈 잡아라" 하고 외친 것 같은 생각도 들었다. 그런데 기요세의 귀는 그 소리를 의미 있는 말로 인식하지 못했다.

기계처럼 정확하고 힘차게 다리를 움직이는 젊은 남자의 뛰는 모습에 눈길이 온통 사로잡혀 있었기 때문이다.

기요세는 미장이한테서 핸들을 낚아채고는 자전거에 올라탔다.

"잠깐 빌릴게요."

어안이 벙벙한 미장이를 그 자리에 남겨둔 채 기요세는 자전거에 선 자세로 온 힘을 다해 페달을 밟으며 어둠 속으로 사라진 젊은 남자의 흔적을 뒤쫓았다.

저놈이다. 내가 여태 찾았던 건 바로 저놈이다.

어두운 불구덩이 안에서 이글거리는 화염처럼 기요세의 마음속에 확신의 불이 타올랐다. 절대 잘못 봤을 리가 없었다. 좁은 길 위에 그 남자가 달려간 궤적만 빛나고 있었다. 밤하늘을 가로지르는 은하수처럼, 벌레를 유혹하는 달콤한 꽃향기처럼 너울너울 길게 뻗어 기요세의 갈 길을 나타내고 있었다.

맞바람을 받아 기요세가 입고 있는 두꺼운 방한복이 한껏 부풀어 올랐다. 뛰어가는 남자의 뒷모습을 자전거 불빛이 겨우 찾아냈다. 기요세가 페달을 밟을 때마다 하얀 불빛이 동그라미가 남자의 등에서 좌우로 흔들렸다.

밸런스가 좋군. 흥분을 필사적으로 누르면서 기요세는 남자의 뛰는 모습을 관찰했다. 등줄기를 따라 곧은 중심축이 있는 것처럼 균형 잡힌 움직임이었다. 무릎 아래를 시원하게 잘 뻗으면서 달렸다. 쓸데없는 힘이라고는 하나도 들어가지 않은 어깨, 그리고 땅을 박차는 충격을 잘 받아내는 유연한 발목. 가볍고 탄력이 있으면서도 힘이 느껴지는 자세이다.

기요세의 기척을 느꼈는지 가로등 아래서 남자가 슬쩍 뒤를 돌아봤다. 어둠 속에서 빛나는 그 옆얼굴을 본 기요세는 "아아!" 하고 작은 탄성을 질렀다.

너구나.

기쁨인지 두려움인지 스스로도 알 수 없는 감정이 가슴속에 소용돌이쳤다. 무엇인가가 시작되려 한다는 것 하나만은 분명히 느낄 수 있었다.

자전거 속도를 더욱 올려서 달리는 남자 옆으로 갔다. 멀리 있는 다른 누군가에게 조종당하는 것처럼. 혹은 자기 안의 깊고 깊은 곳에서 들려오는 외침소리에 이끌리듯이. 정신을 차려보니 자신의 의지와는 전혀 상관없이 그 물음을 어느새 입 밖에 내고 있었다.

"달리는 게 좋아?"

남자는 갑자기 발을 멈추고 그 자리에 우뚝 서서 난감한 건지 화가 난 건지 알 수 없는 표정으로 기요세를 쳐다보았다. 엄청난 열정을 숨기고 있는 검디검은 눈동자가 순수한 빛을 담은 채 똑바로 되묻고 있었다.

'그러는 당신은? 그 질문에 대답할 수 있어?'

그 순간 기요세는 깨달았다. 만약 이 세상에 행복이나 아름다움이나 선한 같은 것이 있다면……. 그런 것들이 정말로 존재한다면 나에게 그것들은 이 남자의 모양을 하고 있겠구나.

기요세를 사로잡은 그 확신의 빛은 그 뒤로도 언제나 마음속을 계속 비추고 있었다. 칠흑 같은 폭풍우 속의 바다에서 발견한 한 줄기 등대 불빛처럼. 그 한 줄기 빛은 끊임없이 기요세가 나아갈 길을 가리키고 있었다.

변함없이, 언제나.

1

치쿠세이소 사람들

달리기가 이런 식으로 도움이 되리라고는 생각지도 못했다.

운동화 고무바닥이 딱딱한 아스팔트를 박찼다. 그 감촉을 맛보면서 구라하라 가케루는 소리 없이 웃었다.

발끝에 전해지는 충격을 온몸의 근육이 유연하게 받아서 흘려버렸다. 귓가에서 바람이 울렸다. 살갗 바로 밑이 뜨거웠다. 아무 생각 없이도 가케루의 심장은 온몸에 피가 돌게 하고 폐는 막힘없이 산소를 빨아들인다. 몸이 점점 가벼워졌다. 어디까지든 달려갈 것 같았다.

'그런데 어디까지? 무엇을 위해?'

그제야 가케루는 자기가 지금 뛰고 있는 이유가 떠올라 속도를 약간 늦췄다. 귀를 기울여 뒤쪽의 기척을 살폈다. 고함소리도 발소리도 이제 들리지 않았다. 오른손에는 부시럭거리는 소리를 내는 빵 봉지가 있었다. 증거 인멸이라도 하려는 듯 가케루는 봉지를 뜯어 빵을 게걸스레 먹으면서 뛰었다. 다 먹고 난 다음 빈 봉지를 어떻게 할까 잠시 망설이다가 입고 있던 파카 주머니에 쑤셔넣었다.

빈 봉지를 가지고 있으면 빵을 훔쳤다는 빼도 박도 못하는 증거가 된다. 그런데도 빈 봉지를 길바닥에 버릴 수가 없었다. '나도 참 웃기는 놈이네' 하는 생각이 들었다.

이제는 누가 뭐라 하지도 않는데 가케루는 여전히 하루도 연습을 거르지 않았다. 몸에 밴 습관이기 때문이다. 쓰레기도 길바닥에 함부로 버리지 못한다. 그러면 안 된다고 어려서부터 듣고 자랐기 때문이다.

가케루는 스스로가 납득하고 받아들인 일에 대해서는 한 번 배우면 끝까지 지킨다. 자기가 정한 규칙은 누구보다 철저하게 따른다.

달콤한 빵을 먹어서 혈당이 높아졌는지 가케루의 다리가 다시금 규칙적으로 지면을 차고 나가기 시작한다. 심장박동을 느끼면서 호흡을 의식한다. 눈꺼풀을 반쯤 감은 모양으로 자기 발치보다 약간 앞쪽을 응시한다. 번갈아서 앞으로 뻗는 발끝과 검은 아스팔트 위에 그려진 한 줄의 하얀 선만 바라본다.

좁은 길을 따라 가케루는 달린다.

쓰레기는 길에 버리지 못하면서 빵은 훔쳐 먹어도 죄책감이 생기지 않았다. 너무 배고파서 쓰렸던 속을 달랠 수 있어 만족할 뿐이었다.

'짐승 같네.'

그런 생각이 들었다. 빠른 속도로 오래 달리기 위해 날마다 훈련을 거듭해서 정확하고 강인한 자세를 몸에 익혔다. 배가 너무 고파 편의점에서 빵을 훔쳤다. 이건 짐승이나 다름없지 않은가? 정해진 경로에 따라 자기 영역을 순찰하고 필요하면 먹잇감에 달려드는 짐승 말이다.

가케루의 세계는 단순했다. 달린다. 달리기 위해 에너지를 섭취한다. 거의 그것뿐이었다. 나머지는 말로 표현하지도 못하고 형태를 이루지도 않는 그 뭔가가 그저 몽롱하게 떠돌고 있을 뿐이었다. 그런데 이따금 그 몽롱하게 존재하는 것 속에서 누군가가 뭐라고 외치는 소리가 들린다.

좋은 컨디션으로 밤길을 달리면서 가케루는 지난 1년도 넘게 수도 없이 머릿속에 떠오르던 광경을 가만히 응시했다. 눈앞이 시뻘겋게 물들 정도의 격정. 있는 힘껏 휘둘렀고 멈출 수가 없던 주먹.

어쩌면 이런 게 후회일지도 모르겠다고 가케루는 생각했다. 내 안에서 들려오는 외침은 내가 나를 원망하고 야단치는 소리겠지.

도저히 견딜 수 없어 주위로 시선을 돌렸다. 길을 뒤덮을 기세로 솟아 있는 나무들이 가느다란 가지를 그물처럼 뻗어 하늘을 가리고 있었다. 이제 곧 새싹이 돋아나는 계절인데 아직은 어디에서도 부드러운 연두색 잎사귀가 보이지 않았다. 가지 끝에 반짝이는 별 하나가 걸려 있었다. 아까 먹은 빵 봉지가 주머니 속에서 낙엽 밟는 소리를 냈다.

문득 낯선 기척을 느낀 가케루는 긴장 때문에 등줄기가 뻣뻣해졌다.

쫓아온다. 틀림없이 누군가 쫓아오고 있었다. 녹슨 금속이 삐걱거리는 소리가 등 뒤로 점점 다가왔다. 귀를 막고 있었다고 해도 이 감각은 피부를 통해 전달되었을 것이다. 대회에서 몇 번이나 경험했던 감각이다. 나 이외의 존재가 땅바닥을 흔드는 리듬. 숨 쉬는 소리. 바람 냄새가 바뀌는 순간.

오랫동안 느끼지 못했던 흥분에 가케루의 몸과 마음이 떨렸다.

그러나 이곳은 영원한 타원을 그리는 경기장 트랙이 아니었다. 가케루는 샛길로 들어가기 위해 갑자기 몸을 휙 돌려서 초등학교가 있는 모퉁이를 돌았다. 달리기에 가속이 붙었다.

'잡힐 수는 없지. 어떻게든 뿌리쳐주겠어.'

이 근방 골목길은 복잡하게 얽혀 있고 공공 도로인지 사설 도로인지 알 수 없을 정도로 하나같이 좁다. 그리고 여기저기에 막다른 골목들이 있다. 그런 막다른 곳에 몰리지 않도록 가케루는 길을 교묘하게 골라가면서 뛰었다. 어둠에 물든 초등학교 창문 아래를 지나쳤다. 올봄부터 다닐 예정인 사립대학 캠퍼스를 곁눈질하면서 질주했다.

조금 더 넓은 길이 나왔다. '오른쪽으로 꺾어서 8번 순환도로 쪽으로 갈까?' 하고 한순간 망설이다가 그냥 직진해서 주택가로 들어가기로 했다.

신호등에 걸리지 않고 그대로 길을 건넜다. 조용한 주택가에 가케루의 발소리가 울렸다. 그런데 추적자도 이 근방 지리를 훤하게 꿰고 있는지 기척이 점점 짙어졌다.

가케루는 지금 그냥 뛰고 있는 것이 아니라 도망치고 있음을 새삼 깨달았다. 목구멍까지 화가 치밀었다.

'어떻게 난 허구한 날 도망만 치고 있을까?'

더더욱 발을 멈추고 싶지 않았다. 여기서 멈추면 정말로 도망 다녔다는 사실을 인정하는 것만 같았다.

어슴푸레 작은 불빛이 가케루의 발치를 비췄다. 쉴 새 없이 좌우로 흔들리는 빛의 근원은 벌써 가케루 바로 뒤에 바짝 다가와 있었다.

'자전거를 타고 있군.'

그제야 그 사실을 알아차리고는 그런 자신이 한심해졌다. 삐걱거리는 쇳소리를 분명히 들었는데도 자신을 뒤쫓는 자가 자전거를 타고 있을 가능성을 전혀 생각하지 못했다니. 이만한 거리를 달리고도 가케루의 속도를 따라올 수 있는 사람은 어지간해서는 찾아보기 힘들다는 사실을 경험을 통해 충분히 알고 있었을 텐데.

마음속에 존재하는 모호하고 무시무시한 무엇인가에게 쫓기는 기분에 어느새 사로잡혀 있었던 모양이다. 그래서 죽을힘을 다해 달렸던 것이다.

갑자기 허탈해진 가케루가 뒤를 흘깃 돌아보았다.

젊은 남자가 바구니 달린 자전거를 타고 있었다. 어두워서 표정은 보이지 않았다. 아까 그 편의점의 점원은 아닌 모양이었다. 앞치마도 두르고 있지 않은데다 방한복 같은 것을 입었고, 페달을 밟는 발은 슬리퍼를 신고 있었다.

'뭐야 도대체?'

상대를 살피려고 달리는 속도를 살짝 줄였다. 자전거가 낡은 물레방아 같은 소리를 내면서 아주 자연스럽게 가케루 옆으로 와서 나란히 달렸다.

곁눈질로 남자를 훔쳐봤다. 말끔한 인상의 그 남자는 목욕탕에서 나오는 길인지 머리카락이 젖어 있었다. 자전거 바구니에는 어찌 된 영문인지 세숫대야가 두 개 들어 있었다. 남자도 자꾸만 가케루 쪽을 힐끔거렸다. 특히 달리고 있는 다리 쪽을 유심히 쳐다보았다. 혹시 변태가 아닌가 싶어 기분이 꺼림칙했다.

자전거를 탄 그 남자는 약간 거리를 두고서 묵묵히 가케루 옆을 달렸다. 가케루도 상대가 어떻게 나올지 가늠하려고 페이스를 유지한 채 뛰었다.

'편의점 점원의 부탁으로 날 잡으러 왔나? 아니면 그냥 우연히 지나가던 사람인가?'

불안과 긴장과 초조감이 절정에 이르려던 바로 그때 차분한 목소리가 멀리서 들려오는 파도 소리처럼 귀에 와닿았다.

"달리는 게 좋아?"

깜짝 놀라 발을 멈췄다. 눈앞에 있던 길이 별안간 사라지는 바람에 당황해서 벼랑 끝에 우뚝 서버린 사람처럼.

가케루는 한밤중에 주택가 한가운데 멍하니 서 있었다. 심장소리가 귓속에서 세차게 울렸다. 옆에서 달리던 자진거가 끼긱 하고 귀에 거슬리는 브레이크 소리를 냈다. 가케루는 느릿느릿 그쪽으로 고개를 돌렸다. 자전거에 탄 젊은 남자가 물끄러미 가케루를 보고 있었다. 그 모습을 보고서야 방금 그 질문을 던진 사람이 이 젊은 남자라는 사실을 깨달았다.

"갑자기 서면 어떡해? 슬슬 가면서 얘기하자고."

남자는 그렇게 말하더니 다시 천천히 자전거 페달을 밟기 시작했다.

'왜 생판 처음 보는 당신 말대로 해야 하나?' 하는 생각이 들었지만 무엇인가에 이끌리듯이 가케루의 다리는 남자를 뒤따라갔다.

두툼한 방한복을 입은 남자의 등판을 쳐다보면서 가케루는 화가 나는 건지 어이가 없는 건지 자기 기분을 분간할 수 없었다. 달리는 게 좋으냐 싫으냐 하는 식의 질문은 정말 오랜만이었다.

밥상에 좋아하는 반찬이 나왔을 때처럼 '좋다'고 가볍게 대답한다. 혹은 쓰레기를 쓰레기통에 처넣을 때처럼 '싫다'고 대답한다. 가케루는 그 어느 쪽 대답도 하지 못할 것 같았다. 그런 질문에 어떻게 대답할 수 있을까, 하는 생각이 들었다. 도달하려는 목표가 있는 것도 아닌데 매일같이 쉬지 않고 달리기 연습을 계속한다. 그런 사람들 가운데 뛴다는 행위에 대해 좋다 싫다를 분명하게 말할 수 있는 사람이 과연 있기나 할까?

가케루에게 달리는 것이 마냥 즐겁기만 했던 때는 산으로 들로 풀밭을 온통 달음박질하며 다니던 어린 시절뿐이었다. 그 뒤로는 타원형 코스에 갇혀 오로지 시간이 흐르는 속도에 저항하기 위해 몸부림치며 살아왔다. 그날의 폭발적인 충동이 그동안 쌓아왔던 모든 것을 산산조각으로 박살 내버리기 전까지는 말이다.

자전거를 탄 남자는 서서히 바퀴 굴리는 속도를 늦추더니 이윽고 셔터가 내려진 작은 가게 앞에서 멈췄다. 가케루도 뛰는 것을 멈추고 평소 습관대로 간단한 스트레칭을 하며 근육을 풀었다. 남자는 밋밋한 빛을 내뿜는 자판기에서 차가운 녹차 캔을 사더니 가케루에게 하나를 던져주었다. 누가 먼저랄 것도 없이 가게 앞 땅바닥에 나란히 쭈그리고 앉았다. 가케루는 손바닥 안에 있는 녹차 캔의 찬 기운이 몸속에 있던 열을 빨아들이는 것을 느꼈다.

"잘 뛰네."

잠시 동안 침묵이 흐른 뒤 남자가 입을 열었다.

"잠깐 실례."

남자가 말하더니 청바지를 입은 가케루의 허벅지 쪽으로 손을 스윽 뻗었다.

'이놈이 변태건 뭐건 나도 모르겠다.'

그렇게 포기하는 심정으로 가케루는 남자의 손이 자기 다리를 주물럭대도록 내버려뒀다. 몹시 목이 말라서 남자가 사준 찬 녹차를 단숨에 마셔버렸다.

남자는 몸속에 종양이 있는지 촉진하는 의사 같은 손놀림으로 가케루의 다리에 있는 근육들을 사무적으로 확인했다. 그러더니 얼굴을 들고 가케루를 정면으로 쳐다보았다.

"왜 훔친 거야?"

"……당신 뭐야?"

가케루는 옆에 있던 쓰레기통에 빈 캔을 던져넣으며 무뚝뚝하게 되물었다.

"난 기요세 하이지라고 해. 간세이 대학 문학부 4학년이고."

가케루가 들어갈 대학이었다. 가케루는 거의 무의식적으로 말했다.

"구라하라 가케루……입니다."

솔직하게 자기 이름을 댔다. 중학교 때부터 군대나 다름없는 운동부의 수직관계 속에서 살아왔기 때문에 '선배'뻘 되는 사람 앞에서는 맥을 못 춘다.

"가케루라고? 이름 좋네."

기요세 하이지라고 자기소개를 한 남자가 거리낌 없이 말했다.

"이 근처에 살아?"

"4월에 간세이 대학에 입학하거든요."

"그래?!"

기요세의 눈이 이상하게 번득였고 가케루는 불쑥 겁이 났다. 자전거로 쫓아와서 느닷없이 처음 보는 사람의 허벅지를 주물럭대는 남자. 아무래도 제정신이 아닌 게 틀림없다.

"그럼 전 가볼게요. 음료수 잘 마셨습니다."

가케루는 얼른 일어나려고 했는데 기요세가 놓아주지 않았다. 가케루의 셔츠 자락을 잡아당겨 억지로 옆에 도로 앉히려고 했다.

"학부는?"

"……사회학부요."

"왜 훔쳤어?"

다시 그 이야기로 돌아왔다. 가케루는 지구 중력의 속박에서 벗어나지 못하는 우주비행사처럼 비틀거리며 도로 주저앉았다.

"아니, 정말로 왜 그래요? 그걸로 협박이라도 하려고요?"

"그런 게 아냐. 혹시 힘든 상황이면 뭐든 도와줄까 해서 그러지."

가케루는 오히려 더욱 경계하게 되었다. 틀림없이 뭔가 꿍꿍이속이 있는 인간이다. 순수한 호의로 이런 말을 꺼냈을 리가 없다.

"대학 후배라는데 그냥 둘 수는 없잖아. ……돈 때문에 그래?"

"그야 뭐……."

얼마라도 빌려주려나 기대했는데 지금 기요세가 가지고 있는 것이라고는 세숫대야 두 개와 주머니 속에 있는 잔돈뿐인 모양이었다. 기요세는 돈을 꺼낼 생각은 하지 않고 질문만 계속 해댔다.

"부모님은? 돈 안 보내주셔?"

"방 얻으라고 주신 돈을 마작으로 날려서요. 다음 달 생활비가 올 때까지는 대학 안에서 노숙할 작정입니다."

"노숙한다고……."

기요세는 몸을 앞으로 내밀어 가케루의 다리 언저리를 물끄러미 바라보면서 뭔가 생각에 잠겼다. 가케루는 그런 시선이 영 불편해서 운동화 속의 발가락을 꼼지락거렸다.

"힘들겠네."

이윽고 기요세가 진지한 말투로 제안했다.

"괜찮으면 내가 사는 곳을 소개해주지. 마침 방도 하나 비어 있고. 치쿠세이소라는 하숙집인데 이 근처야. 대학까지 걸어서 5분 거리고 방세는 3만 엔."

"3만 엔이요?"

가케루는 얼떨결에 큰 소리로 되물었다. 이 말도 안 되게 싼 가격에는 도대체 어떤 비밀이 숨겨져 있을까? 매일 밤 피가 흘러나오는 붙박이장, 혹은 어두운 복도를 떠돌아다니는 허연 그림자를 떠올리고는 몸서리를 쳤다. 정확한 수치로 나타나는 속도의 세계에 몸담고 달리기에 적합한 신체를 매일 정성스레 만들어가는 데에서 기쁨을 찾아온 가케루는 귀신이나 괴기 현상같이 종잡을 수 없는 존재가 무섭고 싫었다.

그런데 정작 기요세는 가케루가 내지른 비통한 목소리를 마작 때문에 무일푼이 된 신세에 방세를 어떻게 내느냐는 뜻으로 이해한 모양이었다.

"걱정 마. 집주인한테 부탁해서 방세를 좀 기다려달라고 하면 들어줄 거야. 게다가 치쿠세이소는 보증금 없이도 들어올 수 있어."

혼자서 다 정하고는 빈 캔을 버리고 일어나 벌써 자전거 페달에 발을 올려놓았다. 가케루는 이 정체 모를 남자가 산다는 치쿠세이소에 대해 더욱 깊은 의구심을 갖게 되었다. 그런데도 기요세는 “빨리 일어나. 내가 앞장설 테니까” 하면서 재촉했다.

“아참. 그 전에 짐을 가지러 가야지. 대학 어디서 노숙하고 있었어?”

체육관 옆이었다. 콘크리트로 된 외부 계단 그늘 뒤에 숨어서 비바람을 피하고 있었다. 가케루가 고향에서 들고 온 짐이라고 해봐야 스포츠가방 하나에 다 들어갈 정도였다. 나중에 필요한 물건이 생기면 부모님께 연락해서 보내달라고 하면 되지 싶었다. 가케루는 도쿄에 지낼 곳도 정해놓지 않은 채 고향집에서 나와 상경했다. 도쿄에 도착한 그날로 마작판에 뛰어들었다가 빈털터리가 되었다.

그런데도 불안이나 두려움은 느끼지 않았다. 아는 사람 하나 없는 곳에서 혼자 지내는 것이 전혀 힘들지 않았다. 오히려 해방감이 느껴질 정도였다. 그렇기는 해도 입학식 전까지는 지낼 곳을 정하고 싶었고 조깅하는 김에 가게에서 물건을 좀도둑질하는 생활에도 진저리가 났다.

순순히 일어서는 가케루를 보고 기요세가 만족스러운 표정으로 고개를 끄덕였다. 그러고는 자전거에 올라타지 않고 걸핏하면 서로 엉키려고 요란하게 울리는 체인 소리에도 아랑곳하지 않은 채 핸들을 잡고서 끌고 갔다. 기요세가 입고 있는 실밥이 풀린 낡은 방한 윗도리를 가로등이 허옇게 비추고 있었다.

가케루의 달리기에 그토록 관심을 보이던 기요세는 이상하게도 “육상부 출신이냐?”는 질문을 하지 않았다. “도둑질하지 마라”는 말도 하지 않았다. 잠시 망설이던 가케루가 앞서가는 기요세에게 물었다.

“그런데 기요세 선배님은 왜 이렇게 절 챙겨주는 거예요?”

기요세가 돌아보더니 아스팔트 틈새로 푸릇푸릇하게 나고 있는 잡초의 싹을 발견한 사람처럼 슬그머니 웃었다.

"그냥 하이지라고 불러."

가케루는 더 이상의 질문은 포기하고 자전거를 끌고 가는 기요세 옆에서 나란히 걸었다. 아무리 허름한 집이라도, 혹은 아무리 이상한 사람들이 사는 곳이라도 노숙하는 것보다야 낫겠지.

생각보다 훨씬 더 낡은 건물이었다.

"……여기예요?"

"그래. 여기가 치쿠세이소야. 우린 그냥 '아오타케(푸른 대나무 : 치쿠세이[竹青]라는 한자를 풀어 읽은 말/옮긴이)'라고 불러."

기요세는 자랑스러운 표정으로 앞에 있는 건물을 올려다보았다. 가케루는 그저 황당하기만 했다. 문화재도 아닌데 이렇게 낡은 목조건물을 보는 것은 난생처음이었다.

싸구려 자재로 지어진 2층짜리 목조건물은 당장이라도 쓰러질 듯 위태위태해 보였다. 도저히 사람 사는 곳처럼 보이지 않았다. 그런데 놀랍게도 그중 몇 군데의 창에서 부드러운 불빛이 새어나오고 있었다.

치쿠세이소는 대학과 '츠루노유' 목욕탕 사이의 딱 중간쯤 되는 지점에 있었다.

골목을 빠져나오자 새로 짓기 시작한 아파트와 옛날부터 있던 논밭이 한데 어우러진 곳이 나타났다. 치쿠세이소는 그 한 모퉁이에 푸릇푸릇한 나무울타리로 둘러싸여 서 있었다. 문은 따로 없고 나무울타리 틈새로 안쪽을 들여다볼 수 있었다.

자갈이 깔린 넓은 마당이 있고, 안쪽 왼편에 주인집으로 보이는 단층주택이 있었다. 그 집은 기와를 새로 얹었는지 별빛을 받아 지붕이 희미하게 빛났다. 그 집 오른쪽에 있는 건물이 문제의 치쿠세이소였다.

"방은 전부 아홉 개고. 네가 와준 덕분에 이제 다 찼네."

기요세가 자갈을 밟으면서 가케루를 치쿠세이소 현관 쪽으로 안내했다. 현관문은 격자무늬로 된 얄팍한 미닫이 유리문이었다. 날벌레들이 가득 찬 길쭉한 전등 갓 안에서 외벽 등이 쉴 새 없이 깜박거렸다. 낡고 그을어서 어두침침한 불빛에 의지해 현관 옆에 걸려 있는 낡은 나무 문패를 어떻게든 읽어보려 했다. 거기에는 멋지게 흘려 쓴 글씨로 '치쿠세이소'라고 적혀 있는 모양이었다.

자전거를 대충 세워놓은 기요세가 세숫대야 두 개를 겹쳐서 옆구리에 끼고는 현관 미닫이문을 잡았다.

"여기 사는 사람들도 차차 소개해줄게. 다들 간세이 학생들이야."

기요세가 "이걸 열려면 요령이 좀 있어야 되거든" 하더니 살짝 들어 올리는 것처럼 해서 미닫이 현관문을 덜컹덜컹 열었다.

들어서자마자 콘크리트로 된 현관이 나왔고 옆에는 문짝이 달린 신발장이 설치되어 있었다. 그 신발장은 우편함으로도 쓰이는 모양이었다. 문짝에는 가로로 가느다란 투입구가 있었고 종이에 볼펜으로 휘갈겨 쓴 방 번호가 투명 테이프로 붙어 있었다. 종이는 하나같이 햇볕에 그을려 거무죽죽하게 변해 있었다. 신발장을 대충 훑어보니 방은 1층에 네 개, 2층에 다섯 개가 있는 모양이었다.

2층으로 올라가는 계단은 안으로 들어가서 오른쪽에 있었다. 굳이 올라가보지 않아도 계단이 비틀려 있는 것이 한눈에 보였다. 가케루는 이 건물이 여태 무너지지 않고 버티고 있는 것이 신기할 따름이었다.

기요세는 신고 있던 슬리퍼를 현관에서 벗더니, "자, 들어와" 하고 말했다. 가케루는 시키는 대로 '103'이라고 적힌 칸 안에 자기 운동화를 집어넣었다.

그때 "하이지 형 왔네!" 하는 목소리가 들렸다. 깜짝 놀라서 주변을 둘러보았다. 아무도 없었다. 옆에 있는 기요세도 뭐지, 하는 표정을 짓고 있었다.

“여기야, 여기!”

다시 같은 목소리가 들려서 가케루와 기요세는 천장을 올려다보았다. 현관 천장에 무슨 영문인지 주먹만 한 구멍이 뚫려 있었다. 그 구멍에 얼굴을 대고 있는지 누군가의 눈이 보이면서 장난스러운 웃음소리도 함께 들렸다.

“조지.”

기요세가 목소리를 깔았다.

“뭐야, 이 구멍은?”

“밟았더니 뚫렸지 뭐야.”

“지금 올라간다.”

기요세가 화가 난 표정으로, 하지만 사뿐사뿐 걸어서 계단을 올라갔다. 가케루는 잠시 망설이다가 기요세를 따라가기로 했다. 가케루가 발을 올려놓자 계단이 마치 일부러 그렇게 만들어진 것처럼 요란하게 삐걱거렸다.

가케루는 어둡고 경사진 계단을 올라 2층이 어떤지 둘러보았다. 생각했던 것보다 천장이 높았다. 계단 바로 옆에 화장실과 세면실로 보이는 문이 두 개 보였고, 그 옆으로 방이 두 개 있는 모양이었다. 복도를 사이에 두고 계단 맞은편에는 방이 세 개 있었다. 모두 조용하고 불도 꺼져 있었는데 나란히 있는 방 세 개 중에서 계단 바로 앞의 ‘201’이라는 번호판이 붙은 방에서만 불빛이 흘러나왔다.

기요세는 주저 없이 곧바로 201호로 가서 노크도 하지 않고 문을 열었다. 가케루는 문 앞에 서서 쭈뼛거리며 방 안을 들여다보았다.

201호는 다다미 10장(약 5-6평 넓이/옮긴이) 정도 크기였는데 한가운데 놓인 낮은 밥상을 사이에 두고 이부자리 두 채가 양옆으로 깔려 있었다. 이 방에서 두 명이 같이 사는 모양이었다. 이불 주변으로 각자의 소지품으로 보이는 책과 잡다한 물건들이 어지럽게 널려 있었다.

가장 눈에 띈 점은 그 방에 사는 사람들이었다. 완전히 똑같이 생긴 두 남자가 애원하는 눈빛으로 이쪽을 바라보고 있었다. 정말 쏙 빼닮은 쌍둥이였다. 가케루는 다른 그림 찾기를 하는 기분으로 201호 형제의 얼굴을 번갈아 보았다.

"내가 조심하라고 그랬지. 누가 이렇게 만든 거야?"

기요세가 허리춤에 손을 올리더니 매섭게 따졌다. 서로를 의지하듯이 서 있던 쌍둥이가 누가 먼저랄 것도 없이 동시에 입을 열었다.

"형이 그랬어."

"조지가 그랬어."

"형, 치사하게 나한테 덮어씌우려고?"

"이렇게 만든 건 너 맞잖아."

"난 형이 뚫어놓은 구멍에 발이 빠진 거지."

목소리 톤까지 똑같았다. 기요세는 '잠깐' 하고 제지하듯이 가볍게 오른손을 들었다.

"현관 쪽 바닥이 많이 약하니까 조심하라고 내가 했어, 안 했어?"

이 방은 바닥에 다다미가 깔렸는데 현관 천장과 연결되는 곳만 나무 판자로 되어 있었다. 기요세의 잔소리를 들은 쌍둥이는 똑같은 타이밍에 고개를 끄덕거렸다.

"조심하긴 했어."

"그냥 보통대로 걸었어. 평소처럼. 그런데 갑자기 콰직 하더니……."

기요세가 코웃음을 쳤다.

"평소처럼 걸었으니 바닥이 이 모양이 됐지. 앞으로는 조심조심 사뿐사뿐 걸어. 알았어?"

쌍둥이가 다시 한번 동시에 고개를 끄덕였다. 기요세는 조심스레 바닥에 무릎을 대고 구멍 난 곳을 이리저리 살폈다.

"그런데 하이지 형."

쌍둥이 중 하나가 머뭇거리면서 기요세를 불렀다.

"왜?"

"저 사람 누구야?"

쌍둥이의 시선이 문간에 멍하니 서 있는 가케루 쪽으로 쏠렸다.

"아아."

그제야 생각이 났는지 기요세도 가케루를 돌아보았다.

"구라하라 가케루. 너희랑 마찬가지로 올봄부터 간세이 대학에 다닐 신입생이다. 오늘부터 여기서 살 거야."

가케루는 방 안으로 들어와 밥상 옆에 서서 가볍게 고개를 숙였다.

"잘 부탁해."

"어, 안녕."

쌍둥이가 한목소리로 인사했다.

"가케루, 얘네는 쌍둥이 조 형제야. 형은 조 타로, 동생은 조 지로라고 해."

소개를 받은 쌍둥이 형제가 순서대로 고개를 까닥했다. 서 있는 자리가 바뀌면 바로 못 알아볼 것 같았다.

"난 조지라고 부르고, 형은 조타라고 부르면 돼."

동생인 지로가 먼저 친근하게 말을 놓았다.

"다들 그렇게 불러."

"저 구멍, 뭔가에 쓸 방법이 있을 것도 같은데. 안 그래, 가케루?"

형인 타로도 처음부터 편하게 말을 놓았다.

가케루는 "음……" 하는 소리만 냈다. 정신없이 말을 쏟아내는 쌍둥이에게 압도되어 있었다.

기요세가 몸을 일으켰다. 그러고는 "일단은 잡지 같은 걸로 덮어놓는 수밖에 없겠는데" 하며 구멍을 내려다보았다.

"너희는 어디 다친 덴 없어?"

"네. 전혀."

쌍둥이가 같은 속도로 고개를 저었다. 기요세가 화를 내지 않는 것을 보고는 마음이 놓인 모양이었다.

그 모습을 옆에서 보던 가케루가 생각했다.

'쌍둥이가 이렇게 눈치 보는 걸 보니……아무래도 하이지 선배가 이 치쿠세이소의 실세인 모양이군.'

낡은 하숙집에서 서로 부대끼며 단체생활을 할 앞날을 상상한 가케루가 깊은 한숨을 쉬었다. 어디를 가도 파벌 싸움과 상하관계를 벗어날 수는 없는 것일까?

"아직 가케루한테 방도 못 보여줬는데. 제발 부탁이니까 더 이상 아오타케를 부수지 말아주라."

기요세는 그 말을 남기고 201호에서 나가버렸다. 조타와 조지는 가케루를 방문 앞까지 바래다주었다.

"오자마자 건물이 고물이라는 걸 들켰네."

"그래도 살아보면 조용하고 괜찮아."

연달아 말하는 쌍둥이에게 "잘 자" 하고 인사한 가케루는 벌써 계단을 내려가고 있는 기요세를 뒤따라갔다.

쌍둥이의 말대로 치쿠세이소는 정적에 싸여 있었다. 쌍둥이가 그렇게 난리를 쳤는데도 다른 사람들은 방에 없는지 모습을 나타내지 않았다. 주변에 있는 숲에서 바람에 흔들리는 나뭇잎 소리, 그리고 멀리서 차가 달리는 소리만 간혹 들려올 뿐이었다. 문이 그대로 열려 있는 현관을 통해 푹해지기 시작한 밤바람이 밭에서 나는 냄새를 싣고 불어왔다.

가케루는 신발장 앞에 방치되어 있던 스포츠가방을 들었다. 오늘 뚫린 현관 천장의 구멍은 수영복 차림의 여자가 표지인 잡지로 벌써 막혀 있었다. 쌍둥이네 방에서 비추던 불빛이 없어지고 나니 현관이 어두컴컴했다.

그제야 치쿠세이소 1층을 찬찬히 둘러볼 수 있었다. 방 배치는 2층과 거의 비슷한 모양이었다. 현관에서 정면으로 난 복도가 안쪽까지 쭉 뻗어 있었다.

복도 왼편에는 현관에서 가까운 순서대로 부엌, 101호, 102호가 있었다. 아까 그 쌍둥이가 있는 201호는 현관과 부엌 바로 위에 있는 셈이다. 그래서 2층에 방이 하나 더 많다. 기요세가 있는 방이라는 101호는 202호 바로 밑에 있는 모양이었다. 102호 위는 203호가 된다.

1층 복도 오른편은 2층과 구조가 똑같았다. 계단 옆으로는 화장실과 세면실 문이 나란히 있고 103호와 104호는 그 안쪽에 있다. 각각 204호와 205호 바로 밑이 된다.

가케루는 기요세의 안내를 받으며 복도를 따라 걷다가 갑자기 깜짝 놀라 발걸음을 멈췄다. 1층 복도 안쪽이 뿌옇고 짙은 연기로 가득해서 심상치 않은 일이 벌어진 것 같았기 때문이다.

“저기 불난 거 아니에요?”

그러나 기요세는 동요하는 기색 없이 “아아, 저거” 하며 뭔가 설명을 해주려고 했다. 바로 그 순간 복도 왼쪽 끝에 있는 102호 문이 벌컥 열렸다. 안에서 그림자가 뛰쳐나왔다. 방에 불이 나서 도망쳐 나왔나 하는 생각에 가케루가 바짝 긴장했다. 그런데 그 인물은 가케루와 기요세가 있는 현관 쪽으로 오지 않고 그대로 맞은편에 있는 104호 방문을 쾅쾅쾅 두들겼다.

"선배! 니코짱 선배!"

1층에 있는 모든 방문이 흔들릴 정도로 세차게 열 번도 넘게 두드려댔다. 그제야 겨우 104호 방문이 열렸다.

"뭐야, 시끄럽게."

큼지막한 덩치의 그림자가 느릿느릿 나타났는데 연기가 너무 자욱해서 가케루에게는 그 모습이 제대로 보이지 않았다. 두 그림자는 가케루와 기요세가 부엌 근처에 있는 줄도 모른 채 격한 말다툼을 시작했다.

"담배 연기가 방 안까지 들어오잖아요."

"일부러 사서 피우지 않아도 되니 얼마나 좋으냐."

"난 담배를 안 피운다고요! 아무튼 너무 심하니까 작작 좀 피워요."

이 연기 좀 봐, 하면서 102호 사람이 팔을 휘저어 연기를 몰아내려 했다. 가케루가 있는 곳까지 하얀 유해물질이 흘러왔다. 담배 맞네. 가케루는 냄새로 확인할 수 있었다. 불이 난 게 아닌 건 다행이지만 두 사람의 언쟁은 점점 더 심해졌다.

"네 음악 소리도 얼마나 시끄러운 줄 아냐? 쿵짝쿵짝 뭔지도 모를 음악을 밤새도록 큰 소리로 틀어놓고 말이야. 꿈자리 사납게."

"밤중에는 헤드폰을 쓰잖아요."

"그래도 그 소리가 새어나오니까 문제지. 듣기 싫은 쿵짝쿵짝이!"

"이 고물 건물의 벽이 얇아서 그런 건데 나보고 어쩌라고요?"

"내 담배 연기도 누가 일부러 흘러가게 했대? 여기저기 틈새가 있으니까……."

"자, 거기까지!"

기요세가 손뼉을 짝 쳐서 싸우는 두 사람의 주의를 끌었다.

"마침 잘됐네. 새로 들어온 사람을 소개할게요."

싸우는 말소리가 사라지자 102호에서는 중저음에 전자음이 섞인 듯한 음악 소리가, 그리고 104호에서는 드라이아이스처럼 새하얀 담배 연기가 각각 끝도 없이 흘러나오고 있음을 알 수 있었다. 가케루는 가까이 가고 싶지 않았는데 기요세는 아랑곳없이 복도 끝에 있는 두 사람에게 다가갔다.

1층 안쪽 방 사람들은 잠시 넋이 나간 것처럼 주먹을 들어올린 자세와 입을 벌렸던 표정 그대로 기요세와 새로 들어온 가케루가 다가오는 것을 바라보고 있었다.

“선배, 유키, 이쪽은 오늘부터 103호에 살게 된 구라하라 가케루예요. 사회학부 1학년. 가케루, 이쪽은 치쿠세이소의 최고참 104호의 히라타 아키히로 선배. 다들 니코짱 선배라고 불러.”

“니코틴 대마왕이니까.”

큰 볼륨으로 울리는 음악을 등에 진 채 아직 소개되지 않은 유키라는 남자가 화난 목소리로 덧붙였다. 기요세는 그런 남자를 제지하듯이 말을 이어갔다.

“니코짱 선배는 올봄에 이공학부 3학년이 된다. 내가 처음 여기 왔을 때는 학년이 나보다 위였는데 어느새 나보다 아래 학년이 됐지.”

곰처럼 체격이 듬직한 니코짱은 웃지도 않은 채 가케루를 향해 고개를 끄덕였다.

“옆방이네. 잘해보자.”

니코짱은 덥수룩하니 수염 난 얼굴에 거칠 것이 없다는 표정을 짓고 있어서 도저히 학생으로 보이지 않았다. 가케루가 기요세에게 슬쩍 물었다.

“대학에는 몇 년까지 있을 수 있는 거예요?”

“8년.”

기요세의 대답에 니코짱이 덧붙였다.

"난 아직 5년밖에 안 됐어."

본명을 알 수 없는 유키가 짜증스러운 말투로 끼어들었다.

"삼수해서 들어왔잖아요."

그렇다면 올해 스물다섯이네(만 18세에 고등학교 졸업 후 삼수해서 2년, 대학 입학 이후 5년이 지났기 때문에 만 25세가 된다/옮긴이). 머릿속으로 금방 계산이 되었다. 그런데 그 나이치고도 너무 관록이 있어 보였다. 니코짱은 놀림감이 되었는데도 화를 내지 않고 그러려니 하는 태도였다. 담배 연기로 피해를 보기는 싫지만 어쨌든 까다로운 인물은 아닌 모양이었다.

기요세는 이제야 나머지 한 사람을 소개해주었다.

"가케루, 이쪽은 이와쿠라 유키히코. 법학부 학생이고 학년은 나랑 같은 4학년. 다들 유키라고 불러. 이래 봬도 사법고시 합격자야."

"반갑다."

유키가 퉁명스럽게 인사했다. 눈(雪 : 유키)이라는 이름에 걸맞게 어디가 아픈 사람처럼 피부가 창백했다. 비쩍 마른 몸에 안경을 쓰고 있어서 한눈에 보아도 신경질적인 사람 같았다. 이 사람 눈 밖에 나는 일은 되도록 없게 해야겠다고 가케루는 생각했다.

니코짱이 주머니에서 담배를 꺼냈다. 유키의 매서운 눈초리 따위는 아예 보이지 않는 사람처럼 담배에 불을 붙였다.

"이봐, 하이지. 아까 2층 쪽이 시끌시끌하던데 뭔 일 있었어?"

"걱정을 좀 했는데 아니나 다를까 쌍둥이가 바닥 판자를 밟아서 구멍을 냈더라고요."

"사고를 쳤군" 하며 니코짱이 웃었다.

"멍청한 놈들."

유키가 입술을 삐죽거리면서 말했다.

"여기서 제일 큰 방을 차지했으면서 그 바닥에 구멍을 내면 아무 의미가 없잖아."

"현관 쪽 2층 방은 원래부터 위험했어. 어떻게든 보강할 방법을 생각해봐야지."

기요세의 말에 유키가 눈살을 찌푸렸다.

"난 아무래도 왕자 때문인 것 같은데."

기요세와 유키가 이러니저러니 둘이 이야기하는 곁에서 가케루는 니코짱과 더불어 말없이 가만히 서 있었다. 니코짱은 경이로운 폐활량으로 순식간에 담배를 필터 바로 앞까지 재로 만들더니 자기 방 방문에 비벼서 껐다.

"이봐, 가케루."

니코짱도 다른 사람처럼 가케루를 바로 이름으로 불렀다.

"내가 방금 어마어마한 사실을 깨달았는데."

"네?"

"너희 세 명 이름이 명작 애니메이션 주인공 이름이랑 똑같아!"

"아, 네에……."

가케루는 애니메이션을 잘 몰라서 마땅히 대답할 말이 없었다. 니코짱이 두 번째 담배를 든 손가락으로 기요세, 가케루, 유키를 차례차례 가리켰다.

"하이지(하이디). 너는 성이 구라하라니까 클라라. 그리고 거기 나온 염소 이름이 유키였어, 맞지?"

"누구보고 염소라는 거예요?"

기요세와 하던 이야기를 마친 유키가 니코짱을 104호로 밀어넣었다.

"그러니까 내가 피터가 되면……" 하고 말을 계속하는 니코짱을 무시한 채 104호 방문을 억지로 닫았다. 화가 잔뜩 난 유키는 획 하고 몸을 돌리더니 그대로 자기 방에 쿡 처박혔다. 102호 방문도 쾅 하고 거칠게 닫히고 나자 어두운 복도에는 연기와 음악의 잔재만 떠돌았다.

"저기……."

가케루가 어쩔 줄 몰라하자 기요세는 아무렇지도 않게 어깨를 으쓱했다.

"신경 쓰지 마. 항상 저런 식이니까. 다행히 둘 다 네가 마음에 드는 모양이네."

마음에 들었다고? 진짜로? 가케루는 그 말이 영 미덥지 않았지만 그래도 잠자코 뒤돌아서 기요세가 103호 방문을 여는 모습을 지켜보았다.

"여기가 네 방이야. 열쇠는 여기 있고."

기요세가 방문 안쪽에 걸려 있는 둥근 머리의 놋쇠로 된 열쇠를 가리켰다.

"문을 안쪽에서 잠그고 싶으면 이걸 안쪽 구멍에 넣고 밖에서 잠글 때처럼 돌려야 돼. 그게 귀찮아서 다들 방 안에 있을 땐 안 잠그고 그냥 지내지."

가케루가 희미한 금색으로 된 열쇠를 손에 들었다. 마법의 문을 열기 위해 써야 할 것처럼 고풍스러운 모양의 열쇠였다. 이 방문을 거쳐간 많은 사람들의 손때가 묻은 그 열쇠는 군데군데 칠이 벗겨졌고 둥그스레하게 마모되어 있었다.

기요세가 앞장서서 방으로 들어가 창문을 열고 바람이 들어오게 했다. 방은 다다미 6장 크기였고, 붙박이장도 있었다. 가케루는 혹시나 하는 생각에 붙박이장의 미닫이문을 열어보았다. 걱정했던 핏자국도 보이지 않았고 방 안은 낡기는 했어도 깨끗했다.

“내일 이불 대여점을 알려줄게. 오늘밤은 대충 내 담요 덮고 자라. 이따 가져다줄 테니까.”

“알았어요.”

“화장실하고 세면실은 각 층에 하나씩 있어. 청소 당번 순서는 매달 부엌에 붙여놓을 거야. 넌 처음 들어온 거니까 4월부터 하면 돼. 밥은 아침저녁에 내가 만들어.”

“선배가요? 혼자서요?”

“그냥 간단한 것만 하는 거야. 점심은 각자 알아서 해결하고. 아침이나 저녁이 필요 없는 경우엔 미리 전날까진 말해줘.”

기요세가 막힘없이 치쿠세이소의 규칙들을 늘어놓았다.

“목욕은 요 앞의 ‘츠루노유’에 가도 되고 주인집 목욕탕을 빌릴 수도 있어. 그럴 때는 밤 8시부터 11시 사이에 씻고 나와야 돼. 미리 예약하거나 욕조를 청소할 필요는 없고. 욕실 청소는 집주인 취미거든.”

“네.”

가케루는 규칙들을 머릿속에 새겨넣기 위해 집중해서 귀를 기울였다.

“통금 시간은 없어. 모르는 게 있으면 그때마다 나한테 물어보면 돼.”

“식사 시간은요?”

“강의 시간에 따라 달라지니까 차려놓은 밥을 각자 데워먹는 식이야. 사람이 제일 많은 시간은 아침 8시 반하고 저녁 7시 반 무렵이지.”

“알겠습니다.”

가케루가 끄덕인 다음 다시 한번 정식으로 고개를 숙여 인사했다.

“잘 부탁합니다.”

기요세가 또 미소를 지었다. 처음에는 기요세한테 무슨 속셈이 있어서 자기를 치쿠세이소에 데리고 왔나 싶었던 가케루도 여기 사는 사람의 절반을 보고 난 지금은 더 이상 그런 의심이 들지 않았다. 기요세를 비롯해 지금까지 여기서 만난 사람들은 모두 조금씩 색다른 면이 있기는 해도 스스럼없이 가케루를 받아들여주었다. 기요세가 보이는 미소도 억지스러운 곳이 없고 지극히 조심스러웠다.

부엌 쪽에서 벽걸이 시계가 댕 하고 한 번 울렸다.

"10시 반이군."

갑자기 생각이 났는지 기요세가 현관 입구에 그대로 방치했던 세숫대야로 눈길을 돌렸다.

"아직은 주인집 목욕탕을 쓸 수 있는데. 피곤하지 않으면 아예 인사도 할 겸 주인집에 가볼까?"

두 사람은 나란히 현관을 통해 다시 밖으로 나갔다. 일일이 신발을 꺼내 신기 귀찮잖아, 하면서 기요세가 가케루에게도 슬리퍼를 신으라고 했다. 치쿠세이소 사람들은 근처에 다닐 때는 주로 슬리퍼를 신는 모양이었다. 현관에 슬리퍼가 여러 켤레 놓여 있었다.

자갈을 밟으며 마당을 가로질러 주인집인 목조 단층집으로 갔다. 마당이라고는 해도 그늘을 만들어주는 커다란 나무 몇 그루만 나무담장을 따라 제멋대로 서 있을 뿐 따로 가꾼 티는 나지 않았다. 그런 마당의 모양새처럼 큼지막한 흰색 승합차가 아무렇게나 주차되어 있었다. 주차하는 자리가 따로 정해져 있는 것이 아니라 그냥 기분 내키는 대로 세워놓은 것처럼 보였다.

도쿄 근교인데도 참 여유롭게 공간을 쓰는 느낌이었다. 살 곳이 정해져 마음에 여유가 생겨서인지 가케루는 이제야 비로소 자기 대학이 있는 이 지역에 친근감을 느낄 수 있었다.

도쿄는 그저 복잡하고 정신없는 도시라고만 생각했는데. 가케루는 가슴 깊이 밤공기를 빨아들였다. 의외로 그렇지도 않네. 여기도 가케루가 살던 고향과 마찬가지로 사람 사는 곳이었다. 나무를 심고 정원을 가꾸면서 쾌적하게 살고자 노력하는 보통 사람들의 삶이 있는 곳.

두 사람의 발소리를 듣고 흥분한 듯한 동물의 숨소리가 어둠 속에서 들려왔다. 주의해서 살펴보니 주인집 처마 밑에서 나온 밤색 잡종견이 이쪽을 향해 신나게 꼬리를 흔들어대고 있었다.

"중요한 존재를 잊을 뻔했네."

기요세가 몸을 숙여 개의 머리를 쓰다듬었다.

"집주인이 키우는 니라야."

"이상한 이름이네요."

가케루도 기요세처럼 몸을 숙여 새카맣고 촉촉한 개의 눈을 들여다보았다.

"예전에 여기 살던 선배가 주워온 개야."

아래로 쳐진 니라의 귀를 손가락으로 올려주면서 기요세가 말했다.

"오키나와 쪽에서 극락을 니라 어쩌고 하고 부르나 봐. ……뭐라고 했더라. 아무튼 거기서 따온 이름이래."

"아아, 극락이요."

이름처럼 고뇌 따위와는 인연이 없을 것 같은 애교 있는 얼굴의 개였다. 잘 어울리는 이름이라는 생각이 들었다.

"아무나 보고 좋아라 꼬리를 흔드는 바보 같은 개지만 그래도 귀엽잖아."

기요세가 내키는 대로 귀도 만지작대고 둥글게 말린 꼬리를 펴기도 하고 그러는데도 니라는 여전히 두 사람을 향해 친근함을 나타냈다. 가케루도 인사로 대신해서 니라의 머리를 한 차례 쓰다듬어주었다. 니라는 줄에 묶여 있지 않고 예쁜 빨간색 가죽 목걸이만 하고 있었다.

"잘 어울리네."

가케루가 개에게 속삭였다.

★ ★ ★

집주인은 다자키 겐이치로라는 이름의 정정한 노인이었다.

기요세가 가케루의 처지를 적당히 각색해서 늘어놓으며 방세를 조금 나중에 냈으면 한다고 말하자, 집주인은 아무렇지 않게 고개를 끄덕였다. 그런데 가케루라는 이름을 듣자마자 노인의 안색이 살짝 변했다.

“구라하라 가케루……. 혹시 그 센다이 조세이 고등학교의 구라하라인가?”

집주인은 마치 바닷가에서 자잘한 물방울이 얼굴에 튄 사람처럼 짜증이 났는지 흥분했는지 분간이 되지 않는 태도로 다그쳤다. 자신의 과거를 알고 있는 듯한 인물을 마주한 가케루는 긴장으로 온몸이 굳었다. 동시에 기요세가 자기를 치쿠세이소로 데려온 이유에 대한 의혹이 다시금 고개를 쳐들면서 기분이 아주 나빠졌다. 가케루는 이제 기록을 위해 억지로 달리거나 팀원들의 질투와 경쟁심에 휘둘려야 하는 세계에 다시는 발을 들여놓고 싶지 않았다.

딱딱하게 굳은 표정으로 고개를 푹 숙인 채 가케루는 주인집 현관에 서 있었다. 그런 가케루의 모습에 짐작이 가는 바가 있었는지 집주인은 더 이상 캐물으려 하지 않았다.

“다른 사람들하고 잘 지내게. 집안 부수지 말고.”

그 말만 하고는 TV 소리가 나는 거실 쪽으로 들어갔다. 오자마자 구멍 뚫린 천장을 봤는데, 하는 생각에 기요세를 돌아보았다.

“모른 척해.”

기요세가 말했다.

“저 건물이 무너지지 않는 한 주인 할아버지가 안에 들어와 보는 일은 없을 테니까.”

욕실은 주인집 가장 안쪽에 있었고 옷 벗는 곳에는 커다란 세탁기도 있었다. 벽에 '세탁은 밤 10시까지. 속옷은 애벌빨래 필수'라고 붓글씨로 적힌 종이가 압정으로 붙어 있었다. 료칸(일본의 전통 숙박시설/옮긴이) 거실에 걸린 족자처럼 힘이 느껴지는 글씨체였다. 적혀 있는 내용과 글씨체의 부조화에 가케루가 정신이 팔려 있는 사이 컴컴하게 불이 꺼진 욕실 문이 안쪽에서 갑자기 벌컥 열렸다.

김이 피어오르는 가운데 흑인 한 명이 밖으로 나왔다. 전혀 예상치 못한 일들이 겹쳐서 당황한 가케루는 뒤에 있던 세탁기에 엉덩이를 부딪쳤다. 흑인이 '응?' 하는 표정으로 가케루가 있는 쪽을 바라보더니 수건으로 몸의 물기를 닦으면서 "안녕하십니까" 하고 깔끔한 발음으로 기요세에게 인사했다.

"그쪽은 누구십니까?"

"새로 들어온 구라하라 가케루야. 가케루, 이쪽은 유학생이고 이름은 무사 카마라. 203호를 쓰고 있고 이공학부 2학년이다."

"잘 부탁합니다."

무사는 알몸인 채 세련된 움직임으로 손을 내밀었다. 악수하는 습관이 없는 가케루가 약간 어색하게 무사의 손을 잡았다.

무사는 가케루와 키가 비슷했는데 사려 깊어 보이는 고요한 눈을 가지고 있었다. 지금까지 만나는 사람마다 시끄러웠던 탓에 이제야 상식적이고 차분한 사람을 알게 된 듯해서 가케루는 마음이 좀 놓였다. 하지만 이상한 점도 있었다.

"왜 불도 안 켜고 씻고 있었던 거예요?"

가케루의 질문에 무사는 밝은 웃음을 보이며 대답했다.

"스스로를 단련하기 위해서입니다."

무사가 말했다.

"어두운 곳에서 물에 들어가면 마음이 매우 불안해집니다. 그러나 나는 일부러 그렇게 해서 스스로를 바라보려고 합니다. 가케루도 도전해 보십시오."

무사의 일본어가 완벽한 존댓말로 이루어져 있어서 구어체로는 너무 딱딱하게 들렸다. 그래서 묘하게 재미있었다.

"해보겠습니다."

그렇게 대답하면서 이 사람도 만만치 않게 별종이군, 하고 생각했다.

기요세와 무사가 옷 벗는 곳에서 나간 다음에야 가케루는 겨우 혼자가 되어 한숨을 돌렸다. 한동안 목욕탕에 가지 못했기 때문에 오랜만에 제대로 몸을 씻었다. 비누칠하고 씻어낸 다음 갑자기 생각이 나서 욕실의 불을 꺼보았다.

무사의 말대로 어둠 속에서 욕조의 물에 들어가니 묘하게 불안해졌다. 더구나 가케루에게는 처음 온 집의 욕조였다. 어디가 어딘지 몰라서 욕조 안에 있던 계단에 정강이를 부딪쳤다. 나이 많은 집주인이 발디딤용으로 계단 하나를 만들어놓은 모양이었다.

손으로 더듬어서 계단에 걸터앉아 미지근해진 목욕물 안으로 다리를 쭉 뻗었다. 어둠 속에서는 물이 무겁게 느껴졌다. 몸을 움직일 때마다 욕실 안에 울리는 물소리도 평소보다 크게 들리는 것 같았다.

가케루는 눈을 감았다. 새롭게 시작된 생활에 대한 두려움과 불안이 가케루의 몸과 함께 물에 떠 있었다.

"돈은 보내줄 테니까 네가 알아서 해라."

자식을 포기한 것처럼 그렇게 말하던 부모님의 실망스러운 표정. 매일매일 달리던 타원형 트랙에서 보였던 동네 풍경. 노골적으로 경멸하는 표정을 지은 담임이 거칠게 쾅 닫던 사물함 문짝 소리. 그런 것들이 떠올라서 가케루는 코 위까지 물속에 몸을 담갔다.

점점 숨이 막혀왔다. 그래도 가케루는 공기를 찾아 몸을 일으키지 않고 평소 습관대로 자신의 심장 소리를 세었다. 이보다 훨씬 더 힘든 상태로 뛴 적도 헤아릴 수 없이 많았다. 폐가 완전히 충혈되어 목구멍까지 피비린내가 차오르는 것 같던 때도 얼마든지 있었다. 그런데도 달리기를 멈추지 않았던 이유는 무엇일까? 뛰는 것에서 쾌락을 느껴서였을까? 누구에게도, 스스로에게도 지고 싶지 않아서였을까?

심장이 어디에 있는지 그 위치를 분명히 알 수 있을 정도로 심하게 두근거리기 시작했다. 젖은 손으로 두 귀를 가려도 시끄러울 정도로 온몸에 심장박동 소리가 들렸다. 가케루는 결국 물에서 얼굴을 내밀고 숨을 들이쉬었다. 그러면서 감고 있던 눈도 떴다.

어두컴컴한 욕실 창문을 통해 주인집 옆에 있는 치쿠세이소가 희미하게 보였다. 아까보다 불이 들어온 창문이 더 많았다. 그 불빛이 창문의 윤곽을 어둠에 잠긴 정원에 부드럽게 그려냈다.

무사라는 이름의 그 사람은 어쩌면 이 광경을 보면서 목욕하는 것을 좋아하는지도 모르겠다는 생각이 들었다.

아까 배정받은 자기 방으로 돌아와보니 기요세의 담요가 놓여 있었다.

방 여기저기서 삐걱거리는 소리가 들렸다. 특히 천장 근처의 삐걱거림이 심했다. 마른 나뭇가지 부러지는 소리가 끊임없이 났다.

앞으로는 여기가 내 집이구나.

가케루는 담요를 뒤집어쓰고 자리에 누웠다. 코끝에서 다다미의 풀냄새가 났다. 삐걱삐걱하는 소리가 집 안 곳곳에서 쉴 새 없이 들려왔지만 그래도 노숙할 때보다 마음은 훨씬 편했다.

눈을 감자 금방 잠이 들었다

무사 카마라는 치쿠세이소 현관에서 기요세와 헤어지고 자기 방으로 가려고 2층으로 올라왔다.

작년 봄에 처음 이곳에 왔을 때만 해도 집이 나무로 만들어졌다는 점이 너무 불안하여 복도를 걸을 때조차 겁이 나서 흠칫흠칫했다. 고향에 있는 무사네 집은 식민지 시대풍의 석조 저택이다. 그래서 옆방의 말소리가 고스란히 들리는 얇은 벽이나 둘이 지나가기도 힘들 정도로 좁은 복도 같은 것은 상상도 하지 못했다.

하지만 지금은 치쿠세이소라는 이 건물도, 그리고 이곳에 사는 비슷한 또래의 사람들도 많이 좋아하게 되었다.

무사는 주인집 욕실에서 소개받은 가케루를 떠올렸다. 그 사람하고도 잘 지냈으면 좋겠다. 뭔가 운동을 하고 있는 듯한 민첩한 움직임과 약간 당혹스러운 표정으로 무사를 바라보던, 의지가 강해 보이는 눈동자가 생각났다. 아마, 하고 무사는 생각했다. 아마 가케루도 금방 여기에 익숙해지겠지.

무사의 방 바로 옆, 그러니까 2층 복도 왼편으로 나란히 있는 방 세 개 중 가운데인 202호 방문이 살짝 열려 있었다. 무사는 그 방문 앞을 지나치다가 안을 들여다보았다. 그 방에 사는 사회학부 4학년의 사카구치 요헤이와 무사의 방 맞은편에 있는 205호에 사는 상경학부 3학년의 스기야마 다카시가 함께 TV를 보고 있었다.

“들어가도 됩니까?”

누군가와 이야기하고 싶은 기분이었던 무사가 말을 걸었다. 방에 있던 두 사람이 뒤를 돌아보더니 “어어, 들어와” 하고 가볍게 대답했다.

차가운 이슬이 맺힌 캔맥주를 받아들고 무사는 다다미 바닥에 무릎을 꿇고 앉았다.

“[illegible] 정은 또 퀴즈 프로를 보고 있있습니까?”

브라운관 안에서 앞다투어 정답 버튼을 누르는 출연자들을 본 무사는 어이가 없어서 물었다. 202호의 사카구치는 비디오에 녹화까지 하면서 모든 방송국의 퀴즈 프로그램을 섭렵하는 것이 취미이다. 그래서 치쿠세이소 사람들은 약간의 야유를 섞어 사카구치를 킹이라고 불렀다. '퀴즈 대왕'이라는 뜻이다.

"당연하지."

그렇게 말하며 킹이 눈앞에 놓여 있는 티슈 상자를 맹렬히 두드렸다.

"카라칼라 황제의 공중목욕탕!"

TV를 향해 방금 출제된 퀴즈의 정답을 큰 소리로 외쳤다. 티슈 상자가 출연자들이 누르는 정답 버튼을 대신하고 있었다.

"이 형이랑 퀴즈를 보고 있으면 질리지 않는단 말이야."

스기야마가 맥주를 마시라고 무사에게 손짓하면서 웃었다.

"리액션이 끝내주거든."

스기야마의 별명은 '신동'이다. 무사는 처음에 이렇게 조근조근 말하는 사람을 왜 '진동'이라고 부르는지 이상했다. 그런데 신동이 '신동'과 '진동'의 차이를 알려주었다.

"난 산속 마을에서 나고 자랐거든. 워낙 깊은 산속이라 귀성하려면 이틀이나 걸리지. 아, '귀성'이 뭔지는 알아?"

"네. 압니다. 그런데 이틀이나 걸린다는 게 사실입니까? 제가 우리 나라에 있는 집에 갈 때도 일본에서 비행기를 타고 하루 정도면 갑니다만."

"으음, 그럼 난 시간 면에서는 무사네 나라보다 더 먼 곳에서 온 셈이네. 이렇게 말하니까 새삼 우리 고향이 얼마나 산간벽지인지 알겠군. 아참, '산간벽지'가 뭔지는 알아?"

"그건 잘 모르겠습니다. 시골이라는 뜻입니까?"

"뭐 그런 거지. 난 그 마을에서 '신동'이라고 불렸거든. 하긴 그래 봐야 우리 마을 수준에서의 신동일 뿐이지만. 아, 여기서 '신동'이라는 말은 신의 아이라는 뜻인데……."

치쿠세이소 사람들은 대부분 외국인인 무사 앞에서도 거침없이 속어를 남발한다. 무사는 처음부터 중급 이상의 일본어 실력을 갖추고 있었지만 그래도 속어와 은어는 도무지 알아들을 수 없었다. 그런데 신동만은 무사가 알아듣지 못하는 속어나 어려운 단어들을 찬찬히 설명해주었다. 덕분에 무사는 더욱 막힘없이 일본말을 할 수 있게 되었다. 그래도 점잖은 신동을 본받아 잘 알게 된 속어라도 되도록 쓰지 않으려 하고 있다. 1층에 사는 니코짱은 가끔 "무사의 말투는 너무 딱딱하단 말이야" 하며 웃곤 한다.

맥주를 마시면서 무사도 잠시 퀴즈 프로그램을 보았다.

치쿠세이소에서 방에 TV가 있는 사람은 킹과 쌍둥이와 니코짱뿐이다. 니코짱의 방은 담배 연기가 너무 자욱해서 가까이 가는 사람이 거의 없다. 킹은 퀴즈 프로만 끝도 없이 본다. 그래서 보고 싶은 TV 프로그램이 있는 사람은 대개 쌍둥이의 방으로 간다.

지금도 옆의 쌍둥이네 방에서는 TV 소리가 나는데 말소리는 거의 들리지 않았다. 아마 오늘밤은 시끄러운 선배들의 방해를 받지 않고 자기들끼리만 조용히 지내는 모양이다.

킹은 지치지도 않고 티슈 상자를 두드리며 브라운관 밖에서 정답을 맞히고 있었다. 그러다 광고가 시작되자마자 옆에 있던 리모컨으로 화면을 빠르게 돌렸다. 비디오였구나. 무사는 그제야 알아차렸다.

광고를 휘리릭 돌리자 퀴즈가 다시 시작되었다. 이번에는 빨리 맞추기 방식의 코너가 아니었다. 킹은 그제야 겨우 TV에서 잠시 눈을 뗐다.
"무사, 네가 한번 얘기해봐라. 신동은 아무 소리도 안 하고 가만히 퀴즈를 보거든. 이게 말이 된다고 생각해?"

무슨 소리를 하려는지 이해가 되지 않아 무사는 고개를 갸웃했다. 나란히 앉은 무사와 신동을 향해 킹이 몸을 아예 돌리며 말했다.

"퀴즈를 보면 정답을 말하고 싶은 게 인지상정 아냐? '물고기 변에 푸른 청이 붙으면 뭐가 될까요?' '고등어요! 고등어 청(鯖) 자!' 하는 식으로 말이야. 그런데 얘는 그냥 입을 꾹 다물고 있는 거야. 김빠지게 말이지."

"킹 형은 혼자 보고 있어도 큰 소리로 말합니다."

무사는 밤마다 옆방에서 들려오는 소음, 아무런 맥락도 없이 단어를 외치는 킹의 목소리를 떠올리면서 말했다.

"당연하지. 퀴즈 프로는 그러기 위해 있는 거잖아. 목석처럼 뻣뻣하게 앉아서 가만히 보고만 있다니. 난 도저히 이해가 안 돼."

그런가? 무사가 속으로 생각했다.

"그런가요?"

신동은 소리를 내서 반론했다.

"킹 형 같은 사람이 오히려 드물다고 생각하는데요. 실제로 출전한 것도 아닌데 그렇게까지 열을 올리는 이유를 저는 더 모르겠거든요."

"아예 거기에 출연 신청을 해보는 건 어떻습니까?"

무사도 옆에서 거들었다. 킹은 인터넷으로도 퀴즈 사이트를 찾아다니면서 날마다 열심히 퀴즈를 풀곤 한다. 모두가 멀리하는 담배 연기 소굴로 들어가 니코짱의 컴퓨터를 빌려서까지 퀴즈에 열중한다. 퀴즈에 쏟아붓는 킹의 열정을 치쿠세이소 사람들은 그러려니 하며 보고만 있다.

"화면 밖에 있으면서 유명한 퀴즈왕들보다 훨씬 빠르고 정확하게 정답을 많이 맞히는 게 진정한 퀴즈 마니아인 거야."

킹이 자랑스럽게 말했다. 킹은 대담해 보이지만 사실은 소심하고 무대 울렁증이 있어서 TV 같은 데는 나갈 수 없다. 그 점을 알아차린 무사는 더 이상 권하지 않았다. 신동도 "그럴지도 모르겠네요" 하면서 순순히 맞장구를 쳤다.

분위기가 약간 어색해진 것 같아서 무사는 새로운 이야기를 꺼내기로 했다.

“이곳에 새로 들어온 사람이 있는데 알고 있습니까?”

“언제 왔는데?”

“누가 들어왔어?”

그 말을 듣자마자 둘 다 앞다투어 물었다. 킹은 아예 TV 소리까지 줄였다. 킹과 신동에게 상당히 흥미 있는 화제인 모양이었다. 그 기세에 눌린 무사가 아까 욕실에서 가케루와 만난 이야기를 해주었다.

“아마 오늘밤에 온 것 같습니다. 사회학부에 새로 입학한다고 하이지 형이 말했습니다. 하이지 형은 아주 좋아하고 있는 것 같았습니다.”

“예감이 영 안 좋은데.”

킹이 중얼거렸다.

“왜 그렇게 생각하십니까? 가케루는 성실하고 착하게 보였습니다.”

“킹 형이 걱정하는 건 새로 온 사람의 성격이 아니야.”

신동이 설명했다.

“무사도 알지? 하이지 형이 103호에 어떻게든 사람이 들어오기를 간절히 바라고 있었다는 걸.”

“네. 그런데 무엇이 문제입니까?”

“그 점이 중요한 거야.”

양반다리를 하고 앉은 킹이 한쪽 다리에 팔꿈치를 괴더니 턱을 손바닥으로 그럴싸하게 문지르며 말했다.

“무사, 너도 올봄부터 귀에 못이 박히게 들었을 텐데. 하이지가 무슨 ‘반조 사라야시키(番町皿屋敷 : 우물 안에서 귀신이 접시 한 장, 접시 두 장, ……한 장이 모자라네 하고 한탄하는 것으로 유명한 괴담/옮긴이)’처럼 ‘한 명이 모자라, 한 명만 더……' 하고 읊고 다닌 거 말이야."

"반조 사라야시키가 뭡니까?"

"그건……" 하고 무사에게 설명을 해주려는 신동을 가로막으며 킹이 단정적으로 말했다.

"틀림없이 뭔가 있어. 무슨 꿍꿍이속이 있는 거야, 하이지는."

"아오타케에 열 명이 들어오는 게 왜 하이지 형한테 그렇게 중요하지?"

신동이 고개를 갸웃거렸다. 킹은 엄숙한 표정으로 자신의 추리를 늘어놓았다.

"내가 여기 산 지 4년째인데, 사람 열이……괴담처럼 접시 열 개가 아니라 사람 열 명 말이야."

"알고 있어요. 계속해보세요."

"그러니까 열 명이 다 있었던 적이 없었어. 왜냐하면 여기에는 방이 아홉 개밖에 없으니까."

"그야 그렇겠죠."

"그런데 올해는 아니란 말이지. 201호에 쌍둥이가 들어왔으니까. 그때부터 하이지가 귀신처럼 중얼중얼 읊어대기 시작했어. '앞으로 한 명만 더……' 하고 말이야."

"나도 같은 생각입니다. 하이지 형한테는 열 명이 꼭 필요한 것 같았습니다."

무사도 맞장구를 쳤다. 기요세는 평소에 감정을 드러내는 일이 거의 없다. 치쿠세이소에 무슨 소동이 일어나도 무덤덤하게 대응하곤 한다. 그런데 올해만큼은 비어 있는 103호에 들어올 사람이 있는지에 대해 노골적으로 신경을 쓰고 있는 티가 났다. 무사도 왜 그러는지 이상하다고 생각하곤 했다.

"열 명이 다 모이면 무슨 일이 벌어집니까?"

"내가 어떻게 알겠어."

킹은 말을 꺼낸 사람치고는 너무 싱겁게 대답을 포기했다.

"접시 세는 귀신이라도 나올지 모르지."

"'뭔가 속셈이 있다'고 그렇게 난리를 쳤으면 생각하는 시늉이라도 좀 해봐요."

말하다 말고 다시 TV에 정신을 파는 킹을 향해 신동이 투덜거렸다. 하지만 킹은 이미 퀴즈에 정신이 쏙 빠져서 건성으로 대꾸할 뿐이었다. 무사와 신동은 그 뒤에도 한동안 기요세의 속셈에 대해 이런저런 말을 주고받았지만 그 얘기도 어느새 흐지부지 끝나고 말았다.

202호에 잠시 침묵이 찾아왔다.

TV에서조차 한참 동안 시간을 주면서 퀴즈 도전자의 답을 기다리고 있었다. 킹이 불쑥 말했다.

"무엇이 됐건 우리한테 안 좋은 일이 일어나는 거면 하이지가 미리 알려주겠지. 그 녀석은 화장실 청소를 빼먹었을 때 끝도 없이 잔소리를 늘어놓는 것만 아니면 대체로 좋은 놈이니까."

무사도 그 말에 공감했다. 기요세가 치쿠세이소 사람들에게 나쁜 일을 할 리가 없다고 생각했다.

무사는 '안 좋은 예감'이 들지 않았다. 아까 만난 기요세가 아주 신이 난 얼굴을 하고 있었기 때문이다. 작년에 무사가 눈이 쌓이는 광경을 난생처음 보았을 때처럼.

2

하코네 산은 높고 험하다

가케루는 매일 아침저녁으로 10킬로미터씩 조깅을 한다. 고등학교 때부터 해온 습관이었다.

몸이 온전히 만들어져서 컨디션이 가장 좋았던 고등학교 2학년 여름 대회에서 가케루는 5천 미터를 13분 54초 32에 뛴 기록을 냈다. 이 정도면 일개 고등학생으로서 경이로운 기록이었을 뿐만 아니라 국가대표 육상선수로도 충분히 통할 수 있는 수준이어서 많은 대학들이 가케루에게 연락을 해왔다. 더구나 가케루는 아직 한참 더 성장할 수 있는 나이였기 때문에 올림픽에 나가서 좋은 성적을 거둘 수 있는 유망한 선수라며 모두가 가케루를 원했다. 폭행 사건을 일으킨 가케루가 고등학교 육상부를 탈퇴할 때까지는.

가케루는 학교의 이름을 걸고 달리는 일에도, 더구나 세계적인 무대에서 기록을 남기는 일에도 아무런 미련이 없었다. 그런 것보다 바람을 가르며 앞으로 나아가는 자기 몸을 느끼면서 자유롭게 달리는 행위 자체에 매력을 느꼈다. 조직의 복표나 명예욕에 얽매여 실험동물처럼 관리를 받는 생활이 지긋지긋했다.

5천 미터 기록을 내던 날, 가케루는 배 속 상태가 좋지 않았다. 운동

경기는 컨디션 관리도 포함해서 겨루는 싸움이기 때문에 나중에 이러쿵저러쿵 변명을 늘어놔도 아무런 소용이 없다. 그런데 가케루의 느낌으로는 더 빨리 달릴 수 있을 것 같았다. 컨디션만 갖춰진다면 5천 미터를 13분 40초대까지 확실하게 줄일 수 있겠다는 생각이 들었다.

육상부를 그만둔 다음에도 가케루는 독자적으로 훈련을 계속했다. 아직 본 적이 없는 속도의 세계에 도달하고 싶었다. 흘러가는 경치. 두 귀를 스쳐 지나는 바람소리. 5천 미터를 13분 40초에 뛰면 내 눈에는 주변이 어떻게 보이고 내 몸의 피는 얼마나 끓어오를까? 어떻게 해서든 미지의 세계를 경험해보고 싶었다.

기록을 재는 기능이 다양하게 탑재된 시계를 왼쪽 손목에 차고 묵묵히 달렸다. 지도해주는 감독이 없어도, 서로 경쟁하는 팀원들이 없어도 가케루에게 주저함은 없었다. 피부에 와닿는 바람이 가르쳐주었다. 심장이 외치고 있었다.

아직 더 뛸 수 있다! 더 빨리 달려!

치쿠세이소에 들어와 며칠이 지나자 같이 살게 된 사람들의 이름과 얼굴이 어느 정도 파악되었다. 그래서 마음에 여유가 생겼는지 그날 아침 조깅에서도 가케루의 다리는 경쾌하고 매끄럽게 움직였다.

초록이 무성한 일방통행 길에는 오가는 사람이 별로 없었다. 개를 산책시키는 노인이나 이른 아침부터 버스 정류장으로 향하는 직장인 정도가 가끔 지나칠 뿐이었다. 가케루는 살짝 고개를 숙여 하얀 선을 쳐다보면서 슬슬 몸에 배기 시작한 조깅 코스를 따라 달렸다.

치쿠세이소는 전철 게이오 선과 오다큐 선 사이에 있는 아담한 옛날 주택가 안에 있다. 이 지역에서 커다란 건물이라고는 긴세이 대학 건물 정도밖에 없다. 가까운 전철역으로 가려면 게이오 선은 치토세카라스야마 역, 오다큐 선이면 소시가야오쿠라 역이나 세이죠가쿠엔마에 역으로 가야 하는데 모두 어중간하게 거리가 있다. 걸어가려면 20분 이상 걸리기 때문에 버스나 자전거로 전철역까지 가는 사람이 많다.

물론 가케루는 전철역에 갈 때 탈것을 이용하지 않는다. 뛰어가는 편이 훨씬 빠르고 훈련도 되기 때문이다. 기요세의 부탁으로 근처 상점가에 식재료를 사러 가거나 쌍둥이가 함께 타고 가는 자전거와 나란히 달려 세이조 근처의 서점까지 가보기도 한 덕분에 이 근방 지리를 많이 알게 되었다.

가케루는 조깅 코스를 몇 군데로 정했다. 대개는 차가 많이 다니지 않고 잡목 숲이나 논밭이 남아 있는 좁은 길이다. 대회에서는 경치를 즐기면서 뛰는 경우가 별로 없는데 평소에 조깅을 하거나 연습할 때는 가끔 멍하니 주변을 볼 때도 있다.

집 앞에 놓인 세발자전거나 밭 한쪽 구석에 쌓여 있는 비료 포대. 그런 것들을 관찰하는 것이 좋았다. 비가 오는 날이면 세발자전거는 처마 안쪽에 놓여 있었다. 비료 포대 안에 들어 있던 내용물이 점점 줄어가다가 이윽고 새로운 포대로 바뀌어 있곤 했다.

그렇게 사람 사는 생활의 기척을 발견할 때마다 어딘지 간지러운 기분이 들었다. 가케루가 아침저녁으로 이 길을 달리면서 세발자전거나 비료 포대에 신경을 쓰고 있다는 사실을 그 주인들은 모른다. 그런 사실도 모르는 채 그 물건들을 움직이기도 하고 사용하기도 하면서 하루하루를 산다. 그런 생각을 하면 가케루는 공연히 유쾌해진다. 상자 안에 있는 평화로운 낙원을 몰래 들여다보는 듯한 기분이 든다.

손목시계를 보았더니 6시 반이었다. 슬슬 아오타케로 돌아가서 아침을 먹어야지.

작은 공원 옆을 지나치는데 시야 끝에 뭔가가 스쳐 지나가고 있었다. 제자리 뛰기를 하며 목을 길게 빼고 공원을 둘러보았다. 공원 벤치에 기요세가 혼자 앉아 있었다.

땅바닥에 얇게 흩어진 모래를 밟으면서 가케루가 공원 안으로 들어갔다. 기요세는 고개를 숙인 채 꼼짝도 하지 않고 있었다. 가케루는 약간 떨어진 철봉 앞에서 발걸음을 멈추고 기요세의 기색을 살폈다.

기요세는 티셔츠에 낡은 감색 트레이닝 바지 차림이었다. 니라를 산책시키는 중이었는지 벤치에 빨간 목줄이 놓여 있었다. 기요세는 오른쪽 바짓자락을 걷어 올리고서 장딴지를 주무르고 있었다. 그 무릎에서 정강이 위쪽까지 수술한 자국으로 보이는 흉터가 있었다.

기요세는 아직 가케루를 보지 못했는데 수풀 사이에서 놀고 있던 니라가 가케루의 발치로 달려들었다. 니라의 목덜미에는 개똥이 들어 있는 슈퍼마켓의 비닐봉지가 묶여 있었다. 니라는 촉촉한 코끝을 가케루의 운동화에 대고 킁킁거리더니 그제야 누군지 알아차렸는지 신나게 꼬리를 흔들어댔다.

가케루는 몸을 숙여 니라의 얼굴을 양손으로 감싸듯이 잡고서 쓰다듬어주었다. 니라는 자기가 아는 사람을 밖에서 만났다는 사실에 흥분을 주체하지 못하는지 과자가 목에 걸린 노인처럼 헛기침에 가까운 거친 숨을 입으로 몰아쉬었다.

그 소리를 들은 기요세가 그제야 얼굴을 들더니 거북한 안색으로 바짓자락을 내렸다. 가케루는 일부러 밝은 목소리로 "안녕하세요" 하고 인사한 다음 기요세 옆에 앉았다.

"니라 산책도 하이지 형이 시켜요?"

"나도 매일 뛰니까 겸사겸사하는 거지 뭐. 이렇게 만난 건 처음이네."

"똑같은 길만 뛰면 지겨우니까 조금씩 코스를 바꾸거든요."

가케루는 자기가 기요세와 어떻게든 가까워지려고 애쓰고 있음을 느꼈다. 바닷속에서 초음파를 발사하고 반사되는 속도로 물고기 떼와의 거리를 가늠하면서 다가가려는 잠수함처럼.

"……달리기는 건강 때문에 하는 거예요?"

가케루는 그렇게 물은 다음 곧바로 속으로 아차, 하고 혀를 찼다. 초음파를 쏘려다가 느닷없이 어뢰를 쏴버린 꼴이었다. 깜짝 놀란 물고기가 심해로 쏙 숨어들지도 모른다. 비밀을 속에 가득 간직한 채 지느러미를 반짝이면서 깊숙한 심연으로 파고들 수도 있다. 초조해진 가케루가 혼자 안절부절못하고 있었다. 직접 화법밖에 구사하지 못하는 자신의 성격에 짜증이 밀려왔다.

하지만 기요세는 화가 난 것처럼 보이지 않았다. 그저 이미 체념한 사람처럼 곤혹스러운 미소만 지을 뿐이었다. 자기 성격으로는 '밀당'도, 그럴듯한 유도 질문도 불가능하다는 점을 깨달은 가케루는 말없이 기요세의 반응을 기다렸다. 기요세는 바지 위로 오른쪽 무릎을 가만히 만졌다.

"내가 뛰는 건 취미여서도 아니고 건강을 위해서도 아니야."

기요세가 단호하게 말했다.

"가케루, 너도 그렇잖아."

가케루가 끄덕였다. 하지만 그렇다면 왜 뛰느냐고 누가 물어도 대답할 수가 없다. 다만 예를 들면 아르바이트를 하기 위해 내는 이력서에 취미가 '조깅'이라고는 도저히 쓰지 못하겠다는 생각이 들었을 뿐이다.

"고등학교 때 고장이 났거든."

기요세가 무릎에서 손을 떼더니 가벼운 휘파람으로 니라를 불렀다. 공원 안을 여기저기 기분 내키는 대로 돌아다니던 니라가 곧바로 기요세에게 돌아왔다. 기요세는 몸을 숙여 니라의 빨간 목걸이에 줄을 달았다.

"하지만 이젠 거의 다 나았어. 요즘에는 그때의 감각하고 속도가 돌아오는 게 느껴져서 뛰면서 기분이 좋아."

흙터를 봤을 때부터 가케루는 느낄 수 있었다. 기요세가 가케루처럼 진지하게 달리기에 매달리는 사람이라는 점을 말이다. 처음 만났을 때 그렇게 열심히 자전거로 뒤쫓은 이유는 가케루의 달리기에 마음이 이끌려서였다는 사실을.

목줄을 매단 니라는 빨리 가고 싶어서 자꾸 기요세를 잡아당겼다. 기요세가 그런 니라를 말리면서 "너도 돌아가는 길이야?" 하고 물었다. 가케루는 벤치 등받이에 몸을 기대고 잠시 망설이다가 입을 열었다.

"내가 육상을 했다는 사실을 알고 치쿠세이소를 소개한 거예요?"

"널 쫓아간 건 네 달리기가 좋아 보였기 때문이야."

기요세가 말했다.

"하지만 아오타케에 널 데려온 이유는 아주 자유롭게 달린다는 생각이 들어서였어. 도둑실한 놈이라는 사실을 완전히 잊어버릴 만큼 정말 즐겁게 달리더군. 나는 그 점이 무척 마음에 들었고."

"같이 들어가요."

가케루가 벤치에서 일어났다. 기요세의 대답은 가케루의 마음에 상처를 주지 않았다.

본격적으로 움직이기 시작한 아침 공기가 인적 없는 공원 안으로도 밀려들었다. 큰길을 달리는 차들의 경적. 어느 집에선가 조간신문을 꺼내려고 편지함을 여닫는 소리. 잰걸음으로 직장이나 학교로 향하는 사람들의 기척.

그런 모든 것들을 폐로 빨아들이자 더욱 신선해진 혈액이 손가락 끝까지 공급되었다.

가케루는 기요세와 함께 공원에서 나와 치쿠세이소를 향해 다시 뛰기 시작했다. 니라도 기요세가 달리는 방법을 잘 알고 있는지 앞을 똑바로 보면서 함께 달렸다. 니라의 발톱이 아스팔트를 끊임없이 긁는 소리가 암묵적으로 두 사람의 속도를 알려주는 지표가 되었다. 가케루에게는 평소보다 훨씬 느린 속도였다. 그러나 그 점이 조금도 거슬리지 않았다. 니라의 목줄을 잡고 옆에서 뛰는 기요세는 자기 몸을 어떻게 움직여야 하는지 잘 아는 사람이 틀림없었다. 매일매일 달리면서 끊임없이 노력을 거듭한 자만이 터득할 수 있는 달리기였다.

"그런데 말이에요."

같이 뛰면서 가케루가 궁금했던 점을 기요세에게 물었다.

"왜 비닐봉지를 니라 목에 묶어놓은 거예요?"

"내가 들기 귀찮아서."

기요세는 당연하다는 듯이 대답했다. 기요세의 말투에는 언제나 망설임이 없었다.

'아무리 그래도 그렇지.'

가케루는 니라가 딱해졌다. 사람보다 훨씬 냄새를 잘 맡는데 배설물이 코앞에 있으면 너무 힘들지 않을까?

그런 염려와는 달리 니라는 신나게 뛰어갔다. 동그랗게 말린 갈색 꼬리가 박자를 맞추듯이 엉덩이 위에서 흔들렸다.

4월에 들어서자 치쿠세이소 사람들의 움직임이 갑자기 분주해졌다.

오리엔테이션도 있고 등록도 해야 해서 수시로 대학에 드나들어야 했기 때문이다. 봄바람을 타고 날아다니는 꿀벌처럼 다들 한시도 가만히 있지 못하고 왔다 갔다 했다.

조타와 조지는 입학식 직후부터 열심히 놀아다니며 예쁜 여학생이 있는 동아리를 물색하는 데 여념이 없었다. 더 이상 유급할 여유가 없는 니코짱은 학생들 사이에서 몰래 돌아다니는 '학점 쉽게 따는 법'을 진지하게 들여다보며 어느 강의를 들어야 할지 고심하고 있었다. 킹의 방에서는 "취직, 취직" 하고 꿈에 시달리는 소리가 매일 밤 들려왔고 작년에 이미 사법고시에 합격한 유키는 세미나도 들어가지 않고 밤마다 클럽을 돌아다니며 소리의 홍수에 몸을 맡기고 있었다. 성실한 성격에 자기 페이스를 가지고 있는 무사와 신동은 주위 사람들이 어떻게 지내든 상관없이 벌써 등록을 마치고 새로운 아르바이트 자리를 알아보러 다니는 모양이었다.

가케루도 그럭저럭 학교에 신입생으로 등록했고 그새 새로운 친구들도 몇 명 알게 되었다. 돈이 없어서 여기저기 신입생 환영회에 몰래 끼어들어 공짜로 술을 마시는 나날을 보냈다. 지금까지 무엇을 하며 살았느냐고 궁금해하는 사람도 없었고 앞으로 어떻게 하라고 참견하는 사람도 없었다. 남의 일에 거의 간섭하지 않는 사람들이 모인 자유로운 학교 분위기에 가케루도 금방 녹아들었다.

드디어 모든 학생이 등록을 마치고 내일부터 강의가 시작되는 날이 되었다. 가케루가 저녁 조깅을 마치고 치쿠세이소 현관에 들어서자 쌍둥이네 방바닥에 뚫린 구멍에서 종이가 아래로 드리워져 있었다. 그 종이에는 '오늘 저녁 가케루 환영회! 모두 7시에 쌍둥이네 방으로 모일 것'이라고 적혀 있었다.

내 환영회라고? 가케루는 어딘지 낯간지러운 느낌이 들었다. 이곳에 온 지도 벌써 2주일이 다 되었고, 그동안에도 뭐든 이유를 만들어서 누군가의 방에서 술을 마시거나 마작을 하곤 했는데 새삼 무슨 환영회냐는 생각도 들었지만 그래도 기분은 좋았다.

"다녀왔습니다."

인사를 하면서 복도로 들어섰다. 부엌에서 기요세와 쌍둥이가 환영회를 위해 음식을 만들고 있었다. 기요세는 커다란 궁중팬으로 다진 양파와 마늘을 볶고 있었다. 중국요리를 만들려는 것 같은데 왜 올리브오일 냄새가 나지? 가케루는 속으로 고개를 갸웃거렸다. 진지한 표정으로 양파와 마늘이 익는 정도를 지켜보던 기요세가 "지금이야!" 하고 말했다. 조타가 재빨리 홀토마토 캔을 따서 내용물을 궁중팬에 쏟아부었다. 파스타 소스를 만드는 모양이었다.

조타는 한 손으로 캔의 내용물을 따르면서 다른 손으로는 프라이팬을 흔들고 있었다. 대량의 푸른 채소와 잔멸치가 공중에서 춤을 췄고 이번에는 향기로운 참기름 냄새가 부엌에 진동했다.

"볶음밥을 하려고."

가케루를 본 조타가 상냥하게 말했다.

"너 잎채소 좋아해?"

파스타에 볶음밥이라. 탄수화물이 많은 메뉴네, 하고 생각하면서 가케루가 끄덕였다.

조지는 식탁 의자에 앉아 큰 사발에 한가득 시금치와 두부, 깨소금을 버무린 나물을 만드는 중이었다. 이마에 땀이 맺힐 정도로 있는 힘껏 휘젓고 있어서 초록색의 죽 같은 물체가 되어가는 모양이었다. 불안해진 가케루가 도우려고 하자, "주인공은 아무것도 안 해도 돼" 하면서 쫓아냈다. 같은 신입생인 쌍둥이를 위한 환영회는 가케루가 치쿠세이소에 오기 전에 벌써 한 모양이었다. 먼저 들어온 사람의 권위를 가지고 조타와 조지가 요리를 맡게 된 것 같았다.

할 일이 없는 가케루는 '츠루노유'에 가서 목욕을 하고 왔다. 시원하게 씻은 다음 자기 방에서 7시가 되기를 기다렸다.

기다리다가 어느새 깜박 졸았는지 허겁지겁 몸을 일으켜보니 벌써 시간이 7시 5분 전이었다. 곧바로 쌍둥이네 방으로 가려고 서두르다가 '이게 아니지' 하는 생각을 했다. 시간이 되기도 전에 등장하면 너무 기다린 티가 나서 왠지 창피할 것 같았다. 가케루는 살짝 문을 열고 분위기를 살폈다. 부엌에는 아무도 없었고 1층은 쥐 죽은 듯이 고요했다. 인기척과 사람들이 돌아다니는 소리는 2층에 있는 쌍둥이네 방에 집중되어 있었다.

가케루는 그로부터 3분을 더 기다린 다음 2층으로 올라갔다.

쌍둥이네 방문을 열었더니 "잔말 말고 이 수업은 네가 대리출석하란 말이야!" 하고 니코짱이 으름장을 놓으면서 무사에게 헤드록을 걸고 있는 참이었다.

"아, 가케루!"

조타가 울상이 되었다.

"가케루가 벌써 왔잖아!"

지금 오면 안 되는 거였나 싶어 가케루는 당혹스러웠다. 보아 하니 가케루의 등장에 맞춰서 작은 폭죽을 터뜨릴 예정이었던 모양이다. "니코짱 선배가 난리를 치는 바람에 타이밍을 놓쳤잖아" 하며 조지가 툴툴거렸다. 신동이 그런 분위기를 수습하면서 무사를 니코짱에게서 구출해주었다.

쌍둥이네 방은 치쿠세이소 사람들로 가득 차 있었다. 방 가운데에 있는 밥상과 그 주변에는 아까 부엌에서 기요세와 쌍둥이가 만들던 음식들과 각자가 들고 온 과자와 술이 잔뜩 놓여 있었다. 벌써 뭔가를 집어먹은 킹이 입을 우물대면서 가케루를 향해 "들어와 앉아" 하고 말했다.

기요세가 말리는데도 아랑곳없이 모두 창문에서 주인집을 향해 일제히 폭죽을 터뜨리기로 했다. 그 소리에 깜짝 놀란 니라가 처마 밑에서 기어나와 달을 향해 짖어댔다.

"자, 그럼 건배하자."

니코짱이 맥주캔을 잡았다. 기요세가 방안을 두리번거렸다.

"누군가 빠진 것 같은데."

"왕자 형이 없어요!"

쌍둥이가 입을 모아 외쳤다.

"그게 누구예요?"

가케루의 질문에 유키가 대답했다.

"204호에 사는 가시와자키 아카네야. 문학부 2학년."

아직도 만나지 못한 사람이 있었나? 그러나저러나 왜 '왕자'라고 부르지?

"내가 불러올게."

기요세가 일어서면서 말했다.

"가케루, 너도 따라와."

쌍둥이네 방에서 나온 기요세가 계단하고 가장 가까운 204호 방문을 노크했다.

"왕자야, 나 들어간다."

기요세는 대답을 기다리지 않고 문을 열고 들어갔다. 그 곁에서 내부를 본 가케루는 갑자기 현기증이 나는 듯한 느낌에 비틀거렸다.

가케루의 방과 똑같은 크기의 좁은 방 안에는 바닥부터 천장까지 빼곡하게 만화책이 쌓여 있었다. 다다미로 된 방바닥이라고는 좁은 통로 정도밖에 보이지 않았다. 그 통로 가장 안쪽, 창가 옆에 갠 이불이 놓여 있었다. 이부자리를 펼 공간이 없어서 몸에 이불을 말고 자는 모양이었다. 불은 켜져 있는데 방 주인의 모습은 보이지 않았다.

아무튼 어마어마한 양의 만화책이었다. 204호는 가케루의 방 바로 위이다. 밤마다 삐걱거리는 소리가 들린 이유가 바로 이거였구나. 가케루가 기둥처럼 쌓여 있는 만화책을 살짝 만져보았다.

"그거 만지지 마. 다 분류해놓은 거란 말이야."

바로 옆에 있던 만화책의 산 위에서 소리가 들렸다. 깜짝 놀란 가케루는 목소리 주인의 모습을 찾으려고 뒷걸음질 치다가 만화의 산더미에 등이 부딪쳤다. 책들이 머리 위로 우수수 떨어졌다.

"에이, 뭐야!"

천장과 만화책 산더미 틈새에서 화려한 외모의 남자가 기어 내려왔다. 왕자라는 별명이 어울리는 길고 무거운 속눈썹을 깜박였다.

"뭐야, 이 녀석은? 하이지 형, 새로 들어온 애야?"

"벌써 2주 전에 들어왔지."

기요세가 방바닥에 흩어진 만화책들을 주워 모아 왕자에게 건네주었다.

"오늘밤은 가케루 환영회야. 현관에 걸려 있는 종이 못 봤어?"

"놀랐어요. 요 며칠 아오타케를 나간 적이 없으니까."

"너도 '꼭' 참석해줬으면 하는데."

귀찮은데, 하고 투덜대면서도 기요세의 눈빛에 밀린 왕자가 복도로 나왔다. 가케루는 서둘러서 "저기요" 하고 말을 걸었다.

"내 방 위에서 삐걱거리는 소리가 많이 들리거든요."

"어디나 마찬가지야."

음식 냄새가 나서 그런지 왕자는 만화책을 품에 안은 채 슬금슬금 쌍둥이네 방 쪽으로 다가갔다.

"아니에요. 틀림없이 내 방 소리가 다른 데보다 훨씬 심하거든요."

가케루는 필사적이었다. 이렇게 무게가 실린 방 바로 아래에 사는 것은 너무 위험한 일이다.

"왕자 선배, 나랑 방을 바꿔주세요."

"그 습기 많은 1층에 이 귀한 만화책들을 들여놓으라고?"

가케루의 제안을 왕자는 가차 없이 기각했다.

"너 가케루라고 했지? 넌 말이야, '나이아가라 폭포 바로 밑에서 산다'고 생각해야 해."

"그게 무슨 뜻이에요?"

"스릴과 모험이 넘치는 삶을 산다는 거야."

왕자가 쌍둥이네 방문을 열면서 덧붙였다.

"더구나 '멋진 물건들 밑에 살아서 좋겠다'고 남들이 얼마나 부러워하겠어? 내 만화 컬렉션은 충분히 그러고도 남을 만한 가치가 있어."

가케루가 도움을 청하는 눈빛으로 기요세를 쳐다봤다.

"네 심정은 충분히 이해한다."

기요세가 한숨을 쉬었다.

"하지만 포기해야겠다."

쌍둥이네 방에 이번에야말로 치쿠세이소 사람들이 모두 모였다. 맥주로 건배한 직후부터 방 안의 알코올 농도는 가속도가 붙은 것처럼 점점 더 올라갔고, 여기저기서 웃음소리가 크게 나기 시작했다.

왕자는 자기 방 안에 만화책을 잔뜩 쌓아놓은 것에 대한 벌칙으로 무너질 위험성이 많은 나무판자 바닥에 앉았다. 가케루는 마당을 바라보는 창문을 등지고 기요세와 나란히 앉았다. 이렇게 앉아서 찬찬히 둘러보니 치쿠세이소 사람들의 인간관계가 눈에 보였다. 좁은 집 안에서 다 같이 공동생활이나 다름없이 사는 셈이니 기본적으로 파장이 서로 맞는 사람들일 거라는 생각은 했지만 그중에서도 유독 더 가깝게 지내는 사이가 있는 모양이었다.

쌍둥이 형제는 왕자와 더불어 쉴 새 없이 과자를 입에 집어넣으면서 만화에 대해 격론을 벌이고 있었다. 무사와 신동은 취직에 대한 불안감을 늘어놓는 킹의 이야기에 귀를 기울여주고 있었다.

"양복 살 돈도 없다고."

"아르바이트를 하는 게 어떻겠습니까?"

"킹 형은 고등학교 때 교복이 블레이저였나요? 그럼 그걸 입으면 되잖아요."

니코짱과 유키는 가케루가 전혀 알아듣지 못하는 컴퓨터 이야기에 몰두하고 있었다. 여전히 서로가 시비를 거는 말투였지만 이 두 사람은 원래 그런 식으로 말한다는 사실을 이제는 가케루도 알기 때문에 그러려니 했다. 니코짱은 그 사이에도 종종 가케루가 앉아 있는 창가 쪽으로 와서 연기를 내뿜었다.

가케루와 기요세는 특별히 이렇다 할 이야기를 하지 않은 채 술을 마시고 음식을 먹었다. 말없이 같이 있어도 불편하지 않았다.

둘이 나눌 수 있는 공통 주제가 육상이라는 점은 알지만 그것을 화제로 꺼내는 일은 서로 피했다. 기요세는 무릎 고장이라는 문제가 있고, 가케루도 자기 이야기를 하기에는 아직 고등학교 때의 일이 마음속에서 정리되지 않은 상태였다. 육상에 대한 이야기를 하면 결국에 가서는 겉핥기식의 위로의 말만 주고받을 것 같아 내키지 않았다.

캔맥주를 다 마시고 나자 이번에는 신동이 고향에서 들고 왔다는 향토 술을 꺼냈다. 아주 낯선 이름의 그 향토 술은 묘하게 달짝지근했지만 맛을 신경 쓰는 사람은 아무도 없었다. 부엌에서 가져온 오이와 소금과 된장을 안주 삼아 다들 오로지 알코올 섭취에만 힘썼다.

그때였다. 기요세가 입을 열었다.

"다들 잠깐만 주목해줘. 중요한 이야기가 있다."

제각기 떠들던 사람들이 무슨 일인가 싶어 기요세를 주목했다. 자연히 술병을 중심으로 둥그런 원이 생겼다. 무슨 말을 꺼내려고 하나, 하고 가케루도 옆에 앉은 기요세의 얼굴을 쳐다봤다.

“앞으로 1년 남짓 다들 도와줬으면 하는 일이 있다.”

“사법시험이라도 볼 작정이야?” 니코짱이 느긋하게 묻자, “그런 거라면 내가 이것저것 알려줄게” 하고 유키가 말했다.

취업을 위해 할 일이 많으니 당분간 식사 준비를 못하겠다거나 뭐 그런 이야기겠지 하고 모두가 예상하고 있었다. 그러나 기요세는 고개를 저었다.

“우리가 힘을 모아서 정상에 올라보자.”

“……뭘 하자는 건데?” 유키가 미심쩍은 표정으로 물었다.

쌍둥이는 겁에 질린 것처럼 서로를 의지했다.

킹이 “난 예전부터 하이지가 뭔가 꿍꿍이속이 있을 줄 알았어” 하고 중얼거렸다.

신동과 무사가 서로 얼굴을 마주 보았다.

“열 명이 힘을 합쳐서 스포츠로 최고가 되는 거야.”

기요세가 드높이 선언했다.

“잘만 하면 여자들한테 인기도 생기고 취직도 잘 될 거다.”

“진짜요?”

쌍둥이가 민감하게 반응했다. 슬금슬금 원을 좁히면서 기요세 쪽으로 다가갔다.

“당연히 진짜지. 운동 잘하는 남자는 여자들도 좋아하고 대기업에서도 좋은 인재라고 환영하기 마련이니까.”

그 말을 듣자마자 쌍둥이가 자기들끼리 의논을 시작했다.

“이제 애들한테 인기가 많아지는 거면 난 할 거야. 형은?”

“그야 당연히 나도 하지. 그런데 구체적으로 어떤 스포츠로 최고가 되자는 거야? 야구는 아홉 명이고.”

“축구는 열한 명이잖아.”

“카바디(Kabaddi : 인도에서 시작된 팀 스포츠 경기/옮긴이) 아냐?”

니코짱이 끼어들었다.

“아니에요.” 기요세가 말했다.

유키가 니코짱을 째려보며 냉랭하게 핀잔을 주었다.

“요즘 같은 때에 일본에서 카바디 선수로 떴다고 해서 취직이 잘 될 거라고 진심으로 생각하는 건 아니죠?”

“게다가 카바디는 일곱 명이 하는 경기잖아.”

킹이 퀴즈 프로그램을 통해 단련된 잡학을 내보였다.

니코짱과 왕자가 바로 손을 들더니 “그럼 난 빠질게” 하고 말했다. 니코짱에게 핀잔을 준 것도 무색하게 유키도 함께 손을 들었다.

“나 빼고 다들 열심히 해주기 바란다.”

무사가 나머지 사람들을 죽 훑어보고는 방긋 웃으면서 기요세에게 보고했다.

“이제 딱 일곱 명이 됐습니다.”

“거참, 카바디가 아니라니까.”

기요세가 가볍게 헛기침을 했다.

“그리고 유키 넌 그만둘 권리가 없어. 해마다 새해 연휴에도 집에 가고 싶지 않다고 떼를 쓰는 널 위해 내가 특별히 떡국이랑 설날 음식을 만드느라 고생고생한 사실을 잊은 건 아니겠지?”

“그걸로 날 협박하겠다는 거야?”

유키가 항의했지만 그 목소리에는 힘이 하나도 실려 있지 않았다. 기요세가 사악한 미소를 지었다.

“내가 뭐 때문에 지금까지 매일같이 밥해 먹이면서 너희들 컨디션 관리에 힘을 써왔을 것 같아?”

도대체 기요세는 무슨 속셈일까? 기요세의 가사노동에 적지 않은 혜

택을 입고 살았던 치쿠세이소 사람들은 위험한 낌새를 감지하고서 다들 입을 다물었다. 적당히 살찌웠으니 이제 잡아먹어야겠다며 식칼을 갈고 있는 마녀 앞에 끌려나온 길 잃은 형제처럼.

가케루의 달리기에 큰 흥미를 보였고 자기도 육상을 한다는 기요세. 오늘밤 환영회에 왕자까지 억지로 끌고 나와 치쿠세이소 사람들을 모두 한자리에 모은 기요세. 그리고 열 명이 하는 스포츠.

가케루는 '설마' 하고 생각했다.

"내가 뭘 하려는지 아직도 모르겠어?"

기요세는 신이 나서 어쩔 줄 모르는 표정으로 죽 앉아 있는 사람들의 얼굴을 하나씩 쳐다보았다. 기요세의 눈길을 받은 사람은 하나같이 초여름 모기처럼 안절부절못하며 고개를 푹 숙이고는 힘없이 절레절레 흔들었다.

"누구든 한 번쯤은 틀림없이 봤을 거야. 떡국을 먹으면서 새해 첫날 텔레비전에서."

"그럼 설마……!"

신동이 헉 하고 숨 멎는 소리를 냈다. 기요세가 창문틀에 기대앉은 채 여유롭게 말했다.

"그래, 역전경주. 우리가 하려는 건 하코네 역전경주(箱根駅伝: 1920년에 시작된 일본의 육상경기. 도쿄 오테마치에서 하코네 아시노 호수를 왕복하는 217.9km를 10개 구간으로 나누어 10명이 교대로 달리는 경기/옮긴이)야."

쌍둥이네 방이 야유와 환호에 휩싸였다

절대 안 돼. 제정신이야? 뭐 하러 정초부터 반바지에 어깨띠 차림으로 산에 뛰어 올라가야 하는데? '하코네 역전경주'가 뭡니까? '역전경주'라는 건 '역마전마(驛馬傳馬)'라는 제도에서 나온 이름인데……. 게다가 우리 중에 육상부 선수가 있는 것도 아니잖아. 등등.

그런 난리 속에서 가케루만은 입을 꾹 다물고 있었다.

일본에서 육상을 하는 사람들에게 '하코네 역전경주'는 특별한 의미가 있는 대회이다. 그런 만큼 '하코네 역전경주'를 하겠다는 것이 얼마나 힘든 일인지 알고 있었다. 기요세가 꺼낸 말은 완전히 얼토당토않은 헛소리일 뿐이었다. 초보들뿐인 치쿠세이소 사람들이 하겠다고 나선다고 할 수 있는 일이 아니었다.

기요세는 벌떡 일어서서 방에서 나가더니 전에 없이 큰 소리를 내며 계단을 내려갔다.

"화났나?"

조지가 불안해하면서 중얼거렸다.

"화는 내가 더 났어."

유키가 컵에 있던 술을 단숨에 들이켰다.

"턱도 없는 농담을 해대고 있어."

어쩌려나 싶어서 가케루가 사태의 추이를 살피고 있는데 방문이 벌컥 하고 거칠게 열리면서 기요세가 돌아왔다. 치쿠세이소 현관에 걸려 있던 커다란 문패를 들고 온 모양이었다. 그 나무판으로 머리라도 후려치려는 줄 알고 모두 엉겁결에 거북이처럼 목을 움츠렸다. 기요세는 원 한가운데 서서 거무튀튀하게 그을린 문패를 셔츠 옷자락으로 문질렀다.

"이걸 봐봐."

기요세가 말끔해진 문패를 자랑스럽게 치켜들더니 주변에 앉은 사람들이 볼 수 있도록 그 자리에서 한 바퀴 빙그르르 돌았다.

"이, 이게 뭐야?!"

놀라는 목소리가 이어졌다. 가케루도 몸을 앞으로 내밀어 문패에 적힌 글자를 읽고는 아연실색했다. 어이가 없다는 게 바로 이런 일을 두고 하는 말이구나 싶었다.

나무로 된 문패에는 '치쿠세이소(竹青荘)'라고 먹물로 적혀 있었다. 그런데 그뿐만이 아니었다. 지금까지는 너무 지저분해서 알아차리지 못했는데 그 위에 작은 글자로 두 줄이 더 있었다.

간세이 대학교
육상경기부 훈련소

틀림없이 그렇게 적혀 있었다.

"이게 무슨 소리야. 난 금시초문인데."

고참인 니코짱이 신음하듯이 말했다. 새로 들어온 조타와 조지는 창백한 얼굴로 서로를 마주 보았다. 이제야 모두들 기요세가 한 말이 농담이나 헛소리가 아니라는 사실을 깨달았다. 진짜로 하코네 역전경주에 도전하겠다는 것이었다.

"아니, 그런데 우리 대학에 육상부라는 게 정말 있기나 해요?"

마름에게 소작료를 좀 깎아달라고 애원하는 소작농처럼 불쌍한 표정으로 신동이 기요세에게 물었다.

"워낙 존재감이 없어서 다들 몰랐겠지만 있기는 있어. 나도 1학년 때 대회에 나갔다고 말한 적이 있잖아."

"개인 자격으로 참가한 줄 알았죠."

육상 쪽의 시스템을 모르는 왕자가 구시렁거렸다. 기요세는 전혀 동요하는 기색 없이 문패를 든 채로 폭탄 발언을 했다.

"여기 있는 사람들 모두 육상부원이야."

"어째서!"

하코네 역전경주에 나가겠다고 말했을 때보다 훨씬 더 난리가 났다. 유키가 벌떡 일어서며 기요세에게 따졌다.

"언제부터 우리가 육상부원이었다고 그래?"

"여기 들어올 때부터."

기요세가 태연하게 대답했다.

"이상하다고 생각한 적 없어? 요즘 세상에 월세 3만 엔에다 밥까지 나오는 하숙집이 어디 있어? 당연히 뭐가 있는 거지."

웅성거리는 사람들 사이에서 가케루는 말없이 기요세를 노려보았다.

"그럼 아오타케에 들어온 시점에 육상부에 가입 신청이 됐다는 말인가요?"

"그래."

"그럼 당연히 자동으로 간토 학생 육상경기연맹에도 등록됐겠네요?"

"그렇지."

"그렇지, 라뇨. 이게 무슨……."

가케루가 한숨을 쉬었다.

"본인 승낙도 없이 너무하잖아요. 그래서 육상부에 지금 몇 명이나 있는 거예요?"

"단거리 선수는 한 십여 명 있는데, 다들 말도 못하게 약하지. 장거리 쪽은 여기 있는 열 명이 다야."

"그러니까 우리가 언제 육상선수 하겠다고 했냐고!"

킹이 기요세의 손에 있는 문패를 낚아채려고 했다. 무사가 허겁지겁 그런 킹을 말렸다.

"뭐가 뭔지 잘 모르겠습니다. 같이 이야기해봅시다."

"그러네. 일단 진정들 하고 자리에 앉아서 얘기하자."

기요세가 태연하게 말했다. '이게 다 너 때문이잖아!' 모두가 그렇게 생각했다. 하지만 치쿠세이소에서 기요세의 말은 평소 절대적인 힘을 가지고 있다. 모두가 치밀어 오르는 화를 억지로 내리누르면서 다시 원형으로 자리에 앉았다. 아무도 입을 열지 않았다. 너무 갑작스럽고 뜻밖의 이야기를 듣는 바람에 무슨 말을 해야 할지 모르는 모양이었다.

유키가 가케루의 옆구리를 팔꿈치로 쿡쿡 찔렀다. 그 눈빛이 '네가 해'라고 말하고 있었다. 가케루는 난처한 마음으로 둥글게 앉은 사람들을 둘러보았다. 쌍둥이 형제가 도움을 구하는 표정으로 가케루에게 눈짓을 했다. 가케루가 아침저녁으로 혼자 조깅을 한다는 사실은 이미 치쿠세이소에 널리 알려져 있었다. 모르는 사람이라고는 방에 틀어박혀서 만화책만 읽고 있던 왕자밖에 없었다.

수직관계 속에서 살아온 가케루는 함께 있는 고참 입주자들보다 먼저 입을 떼는 것이 망설여졌다. 그러나 기요세의 갑작스러운 제안에 설득력 있게 대항할 수 있는 사람은 육상 세계를 잘 아는 가케루뿐이었다. 아무래도 가케루가 다른 사람들을 대표해서 기요세에게 맞서는 수밖에 없는 형세였다.

가케루가 자세를 바로 했다.

"혹시나 해서 물어보는데 감독은 누구예요? 그 감독님은 자기가 육상부에 소속돼 있는 줄도 모르는 유령부원들을 어떻게 생각할까요?"

"그 점은 걱정할 필요 없어. 감독은 여기 주인인 다자키 겐이치로 씨니까."

"그게 뭔 소리야?!"

다시금 여기저기서 비통하게 외치는 소리가 들려왔다.

"그렇게 늙어빠진 노인네가 감독이라는 점부터가 말도 안 되는 거잖아요!"

술을 마시던 조지가 너무 놀라 사레가 들린 모양이었다. 큰 소리로 캑캑대고 기침을 하면서 말했다.

"그분이 누군 줄 알고 그런 실례되는 소리를 하는 거야! 그분은 일본 육상계의 다시없는 보물이라는 칭송을 받은 레전드야."

기요세가 꾸짖었다.

"대체 언제 적 얘긴데요?"

조지의 등을 두드려주면서 조타가 머뭇머뭇 물었다.

"그게 언제냐 하면……쓰부라야 고키치가 음식 이야기로 가득한 유서를 남기고 죽었을 당시 주인 할아버지는 이미 간세이 대학 명코치로 유명했었지."

"그게 무슨 소리입니까?"

무사가 슬픈 표정으로 고개를 갸웃거렸다. 이번만큼은 신동도, 잡학왕인 킹도 무사의 질문에 대답해줄 여유가 없었다. 쓰부라야 고키치는 1964년 도쿄 올림픽 때 마라톤에서 동메달을 딴 위대한 선수였지만 그것을 일일이 설명하다가는 이야기가 앞으로 나아가지 못하기 때문에 가케루도 무사의 궁금함을 무시하기로 했다.

"지금 우리한테 하코네 역전경주에 도전하자고 하는데 한마디로 말하자면 그건 불가능합니다."

딱 잘라 말한 가케루의 한마디에 기요세를 제외한 나머지 사람들 모두가 안심하는 표정을 지었다.

"해보지도 않고 네가 그걸 어떻게 알아?"

"난 알아요. 육상의 강호라고 불리는 학교 선수들이 몇 년 동안 하루도 빠짐없이 엄청난 훈련을 해도 막상 경주에 참가할 수 있는 대학은 손꼽을 정도밖에 없잖아요."

"자랑은 아니지만 난 제대로 뛰어본 게 언제였는지 기억도 안 나."

남들이 뭐라고 하건 들고 온 만화책에 코를 박고 정신없이 읽던 왕자가 오랜만에 고개를 들고 말했다.

"그런 내가 하코네 역전경주에 나가려면 아마 짚신벌레가 인간으로 진화하는 것보다 오래 걸릴걸?"

"아무리 너라도 짚신벌레보다야 빠르겠지."

킹이 말도 안 되는 위로를 했다.

"짚신벌레는 그냥 짚신벌레야. 진화해도 인간이 될 수는 없어."

유키가 그런 대화를 싹둑 잘라버렸다.

그런 주변의 잡음에 아랑곳없이 기요세는 오로지 가케루만 똑바로 바라보고 있었다.

"해보지도 않고 네가 꼬리를 내리다니 뜻밖인데. 훈련은 중요하지만 마구잡이로 하는 하드 트레이닝만이 다는 아니잖아."

가케루도 물러서지 않았다.

"형도 뛰어본 사람이니까 알잖아요. 여기 이 사람들은 초짜예요. 그런 꿈같은 얘기에 끌어들여서 굳이 힘들게 할 필요가 뭐가 있어요?"

"도전해보지 않으면 네 말대로 꿈같은 얘기에 불과하겠지."

기요세가 전에 없이 감정을 드러내면서 조바심이 나는 듯이 말했다.

"하지만 이 사람들한테는 충분한 소질이 있어. 니코짱 선배는 육상 경험자야. 쌍둥이는 고등학교 때 축구부에 있었고, 유키는 검도부에 있었지. 신동은 매일 왕복 10킬로나 되는 산길을 걸어서 학교에 다니던 녀석이었고, 무사의 근력에는 엄청난 잠재력이 숨어 있어."

"흑인이라면 모두 빨리 달릴 수 있다는 것도 편견입니다."

무사가 힘없이 말했다.

"힙합이 싫고 춤을 못 추는 흑인이 있는 것처럼 저도 빠른 편은 아닙니다."

"내가 육상을 했던 건 7년 전, 까마득한 옛날이라고."

니코짱도 새 담배에 불을 붙이고 쓴웃음을 지으며 말했다.

"난 그 속에 끼지도 못하는 것 같네요. 하긴 워낙 몸치니까."

왕자가 한가로이 만화책을 넘기면서 토라진 목소리로 말했다. 기요세는 여전히 가케루만을 바라보며 열띠게 말했다.

"그리고 가케루, 네가 아오타케에 들어왔어. 열 명이 찬 거지. 하코네는 신기루로 된 산이 아니야. 이건 헛소리가 아니라고. 우리가 어깨띠를 함께 두르고 오를 수 있는 현실 얘기란 말이야!"

짝짝짝 하고 성의 없는 박수 소리가 들리자 기요세가 "놀리지 마!" 하고 소리쳤다. 가케루가 계속 반론을 하려고 덤벼들자 기요세는 막판 굳히기를 하려는 듯 '하코네 역전경주 참가자격'을 읊었다.

"'참가 학교에 소속된 간토 학생 육상경기연맹 등록 선수로서 본 대회 출전 신청 횟수가 4회를 넘지 않는 자. 예선 출전도 참가 횟수에 포함됨.' 아오타케 사람들은 간세이 대학 육상부 부원이고, 부원들은 자동으로 연맹에 등록돼 있어. 예선을 포함해서 하코네 역전경주에 한 번이라도 참가한 사람은 아무도 없지. 어때, 출전 자격은 충분하잖아."

"문제는 그 예선이라고요."

가케루가 간신히 끼어들었다.

"어느 날 갑자기 하코네 역전경주에 나갈 수 있는 게 아니잖아요."

"그래? 몰랐네" 하고 신동이 중얼거렸다.

"대개는 연초에 하는 본선밖에 안 보니까요" 하고 가케루가 받아주었다.

"하코네 역전경주에는 20개 학교가 참가할 수 있는데 그중에 우선출전권이 있는 대상은 상위 10개 학교뿐입니다. 나머지 출전 자격을 놓고 매년 대략 30개 학교가 10월에 열리는 예선에 도전하는 거죠."

"간토 지역에 있는 대학 중에서 30개 학교면 그렇게 많은 편이 아니잖아."

조지의 말을 가케루가 "그게 문제가 아니라고!" 하고 단칼에 잘랐다.

"하코네는 열 개 구간을 열 명이 달리는 릴레이 경주지만 모든 구간이 20킬로 이상이야. 당연히 예선 때도 각 대학 선수들이 한꺼번에 20킬로를 달린 합계 타임으로 순위를 결정해. 그런데……우선은 이 20킬로가 큰 문제야."

가케루가 눈길로 재촉하자 기요세가 하는 수 없이 말을 덧붙였다.

"20킬로를 어느 정도 이상의 속도로 뛸 수 있는 사람을 열 명이나 확보하는 게 보통 일이 아니거든. 게다가 요즘에는 속도가 점점 빨라지고 있어. 예선 출전에도 조건이 있는데, 5천 미터를 17분 이내에 뛰거나 1만 미터를 35분 이내에 뛰는 공인기록이 있어야 해."

구체적인 기록을 듣고 기가 죽었는지 방 안에 잠시 침묵이 흘렀다. 이번에는 가케루가 말을 이었다.

"하코네 역전경주에 출전할 만한 수준을 갖춘 대학의 선수들은 대부분 5천 미터를 14분대로 들어와요. 이건 전국에서 손꼽히는 선수들을 모아놓은 결과라고요. 하코네는 패기만 가지고 나갈 수 있는 대회가 아니에요. 체육 특기생도 없는 대학의 약소 육상부가 비비고 들어갈 틈 따위는 없다고요."

왕자가 쭈뼛거리며 손을 들고 발언했다.

"저기 그런데……난 그게 얼마나 대단한 기록인지 도무지 감이 안 잡히는데."

"고등학교 체육 시간에 장거리 달리기 안 해봤어요?"

조타가 살짝 쉰 목소리로 물었는데 왕자는 "아니" 하고 도리질만 할 뿐이었다.

"우리 학교는 워낙 진학에 열성인 곳이어서 장거리라고 해봐야 3킬로였어."

"5천 미터를 17분 이내로 들어오려면 1킬로당 3분 30초보다 빠르게 뛰어야 된다."

유키가 암산을 하더니 냉정하게 말했다.

"1킬로에 3분 30초라고?! 난 3킬로 뛰는데 15분 정도가 걸렸던 것 같은데."

"그건……절망적으로 느리네."

니코짱이 쉴 새 없이 담배 연기를 뿜어내면서 중얼거렸다.

"5천 미터를 17분 내로 뛰는 건 어디까지나 예선에 출전하기 위한 조건일 뿐이야. 열 명 전원이 14분대로 뛸 수 있는 실력이 없으면 하코네에 가는 건 어렵지."

기요세가 더욱 냉정하게 지적했다.

"그럼 우리 같은 사람들이야 더 볼 것도 없이 불가능한 거네요."

조지가 속박에서 해방된 사람처럼 시원한 목소리로 말했다. 그러나 기요세는 포기할 기색이 없었다.

"장거리를 뛰는 데 필요한 건 지구력하고 집중력이야. 그저 막연하게 연습만 한다고 되는 일이 아니지. 우리가 목표를 하코네에만 두고 집중적으로 조절하면 불가능을 가능으로 충분히 바꿀 수 있어."

"도대체 그 근거 없는 자신감은 어디서 나오는 거예요?"

가케루가 황당해하며 물었다.

"근거가 없기는. 아까도 말했잖아. 우리한테는 저력이 있다고."

기요세는 거침없고 당당했다. 기요세에게 이런 열정이 있다는 사실을 이곳에서 몇 년 동안 함께한 사람들도 여태 몰랐던 것이다.

"구체적인 숫자를 열거하자면 가케루는 5천 미터를 13분대로 뛸 수 있어. 이건 하코네에 나가는 선수들 중에서도 손꼽힐 정도로 대단한 기록이지. 그리고 나는 고장 나기 직전에 나갔던 대회에서 기록이 14분 10초대였어. 최근에 컨디션도 많이 돌아오고 있으니까 하코네만 끝나면 다리가 부러져도 된다는 각오로 기록을 좀더 좋게 만들 작정이다."

"아니, 누가 다리 부러질 각오로 해달라고 했나?"

죽자고 덤비는 스타일을 별로 좋아하지 않는 듯한 유키가 옆에서 웅얼거렸다.

"그리고 제발 난 좀 빼줬으면 좋겠는데."

기요세는 유키의 말을 못 들은 척했다.

"게다가 무사도 아마 14분 정도로 뛸 수 있을 거야. 하코네에 나오는 외국인 선수들은 모두 13분대니까."

"그건 그 사람들이 달리기를 잘한다는 점 때문에 뽑혀서 유학을 왔기 때문입니다."

무사가 신동에게 눈으로 도움을 구하면서 필사적으로 설명했다.

"나는 그렇게 못합니다. 나는 이공학부의 국비유학생입니다. 솔직히 말하자면 우리 나라에 있을 때는 학교도 차를 타고 다녔습니다."

"그렇게 부자면서 왜 여기처럼 저렴한 데로 온 거예요?"

조지가 지극히 타당한 질문을 했다.

"사회 공부를 위해서입니다. 그런데 일이 이렇게 될 줄은……."

무사가 한낮의 나팔꽃처럼 풀이 팍 죽은 표정을 지었다. 기요세는 아랑곳없이 밀어붙였다.

"아무튼 나머지 사람들도 마작이나 밤에 밖에서 노는 데 들이는 열정을 그냥 달리는 쪽으로 쏟으면 틀림없이 좋은 결과가 나올 거야. 무엇보다도 다들 체력 하나만큼은 차고 넘칠 정도로 끝내주니까."

기요세의 열의에 휘말려서 점점 혹하고 빠져드는 사람이 몇 명 있었다. 가케루는 자리의 분위기가 바뀌고 있음을 느꼈다. 그게 어디 쉬운 일인 줄 아나. 사람들의 안일한 생각에 화가 치밀어 술잔에 술을 난폭하게 들이부었다.

초보들로만 이루어진 집단이 하코네 역전경주에 나선다. 더구나 10월에 있는 예선까지는 반년밖에 안 남았다. 진지하게 육상을 하는 사람이 들으면 “무슨 헛소리야?” 하고 웃어넘길 정도로 무모한 이야기이다. 도대체 기요세는 달리기를 뭐라고 생각하고 있는 건가?

나를 이곳으로 데려온 것도 다 이런 꿍꿍이속이 있어서였군. 결국은 이 사람도 고등학교 때 달리기 속도만 가지고 나를 추켜세우고 떠들어대던 놈들하고 똑같은 부류 아닌가.

그런데도 자리를 박차고 방에서 나올 수가 없었다. 이런 말도 안 되는 이야기를 듣고 있을 게 아니라 내 방으로 가야지. 생각은 그렇게 하는데도 몸이 움직이지 않았다. 마음속 어딘가에서 재미있겠는데, 하고 속삭이고 있었다.

‘언제까지 이렇게 육상계와 동떨어진 곳에서 혼자 뛰고 있을 작정이야? 그럴 바에야 차라리 여기 사람들하고 같이 하코네 역전경주에 한번 뛰어들어보는 것도 나쁘지 않잖아? 시험 삼아 도전해보는 게 뭐 어때서?’

마음의 속삭임이 가케루를 자꾸 부추기고 있었다.

기요세가 말했다. 가케루의 달리기는 자유롭고 즐거워 보인다고. 그래서 이곳으로 오라고 했다고. 지금껏 가케루는 그런 식으로 말하는 사람을 한 번도 본 적이 없었다.

‘달리기에서 즐거움 따위는 아무짝에도 쓸모없다’, ‘오직 속도 향상에만 진념해야 하고 친구하고 놀거나 연애 같은 건 나중에 해도 된다.’ 감독이, 코치가, 선배들이 그런 말을 귀에 못이 박히도록 했다. 모두가 가케루에게 마치 기계처럼 달리기만 할 것을 요구했다. 스톱워치에 찍히는 숫자만이 가케루의 가치였다. 그런 삶은 이제 지긋지긋했다.

방 안에 있는 다른 사람들도 제각기 말없이 생각에 잠겨 있었다. 알 수 없는 자신의 마음을 어쩌지 못한 채 가케루는 다른 사람들을 둘러보았다.

이윽고 신동이 고개를 들었다.

"난 해도 괜찮을 것 같은데."

놀라움을 가득 담은 시선들이 신동을 향했다. 조용하고 견실한 신동이 설마 가장 먼저 결단을 내릴 줄은 아무도 생각지 못했다.

"시골에서 매일같이 몇 킬로씩 걸어 다녔으니까 지구력 하나만큼은 자신 있어요. 게다가 하코네 역전경주에 나가게 되면 TV에도 나올 거잖아요. 그럼 고향에 계신 부모님도 좋아하실 것 같아서."

"신동 형이 하는 거면 나도 도전하겠습니다."

무사가 말했다.

"하지만 미리 말해두는데 정말로 속도는 안 빠릅니다. 그래도 괜찮습니까?"

"그 점은 앞으로 어떻게 연습하느냐에 따라 충분히 달라질 수 있어."

기요세가 이때다 싶은지 자상하게 격려했다.

이것 봐라 하는 표정으로 니코짱은 눈살을 찌푸렸고, 유키는 창밖으로 시선을 돌린 채 나 몰라라 하는 얼굴이었다. 왕자는 슬금슬금 문가로 이동하고 있었다.

그 외에 분위기에 쉽게 휘말리는 2층 사람들은 신동과 무사가 참가하겠다는 말에 덩달아 끼어들었다

"근데 하이지 형. 진짜로 여자애들한테 인기가 많아지는 거 맞죠?"

"틀림없어요?"

"이것만 하면 취직도 보장된다는 말이 사실이야?"

쌍둥이 형제와 킹이 신이 난 목소리로 자꾸만 확인하려고 채근했다. 기요세는 “물론이지” 하고 장담했다.

아니야, 다들 속고 있어!

가케루는 그렇게 외치고 싶었다. 그러나 무슨 말을 해도 소용이 없다는 사실을 알고 있었다. 쌍둥이 형제도 킹도 당장 직면한 힘든 현실로부터 잠시 도피하고 싶어서 눈앞에 있는 ‘하코네 역전경주’라는 먹잇감에 달려드는 것이었다. 꿈의 결정체로 된 달콤한 사탕 과자가 눈앞에서 달랑거리는 모습을 본 경주마처럼.

킹이 힘차게 말했다.

“좋았어! 우리가 하이지의 야망을 이뤄주자고!”

기요세는 “자, 그럼” 하면서 아직 참가하겠다는 말을 하지 않은 니코짱, 유키, 왕자, 그리고 가케루를 차례차례 부드러운 눈길로 바라보면서 말했다.

“다수결로 가자면 하코네 역전경주 참가는 이미 결정된 사안이야. 하지만 그러면 반대 입장인 너희는 수긍을 할 수 없겠지?”

무슨 소리가 나오려나 싶어 가케루는 숨을 죽이며 기요세의 공세에 대비했다. 기요세는 조용한 말투로 공갈 협박을 계속했다.

“그래서 강제권을 발동하기로 했다. 거부할 권리는 없어.”

“말도 안 돼! 이건 횡포야!”

“민주국가에서 그런 게 통할 거 같아?”

니코짱과 유키의 필사적인 항의에 기요세는 코웃음 치며 대답했다.

“니코짱 선배. 이 시험만큼은 죽는 한이 있어도 꼭 봐야 한다고, 그러니까 꼭 시간 맞춰 깨워달라고 저한테 울면서 간곡하게 부탁한 적이 있었죠? 그때 선배를 자애로우면서도 엄한 어머니처럼 두들겨 깨워서 시간 맞춰 시험장으로 보낸 사람이 누구였죠? 해마다 담배 연기에 찌든 벽지 새로 바르는 걸 도와준 사람은요? 그리고 선배가 복도 바닥 판자를 밟아서 구멍을 냈을 때 주인 할아버지한테 보고하지 않고 고쳐 준 건요?"

니코짱이 사형 집행 직전에 개과천선한 사형수처럼 갑자기 얌전해졌다. 기요세가 이번에는 유키를 공략했다.

"너 설마 내가 만들어준 설날 떡국의 맛을 잊지는 않았겠지? 작년 1년 동안 사법고시 준비하느라 아르바이트를 못해서 돈이 없다고 허구한 날 나한테 점심을 얻어먹은 것도. 에이, 그 많은 걸 설마 잊진 않았겠지?"

유키는 망가진 인형처럼 고개만 까딱까딱할 뿐이었다. 기요세는 다음 차례로 문을 열고 슬그머니 방에서 나가려던 왕자의 등에 대고 공격을 퍼부었다.

"왕자. 네가 방에 쌓아놓은 책들 때문에 치쿠세이소가 무너지기 일보 직전이다. 만화책을 버릴래, 아니면 우리랑 같이 하코네 역전경주에 나갈래? 어떻게 할 거야?"

왕자는 그 자리에 주저앉는가 싶더니 과감하게 맞받아쳤다.

"양쪽 다 싫어요! 어느 쪽이든 나한테는 죽으라고 하는 거나 마찬가지예요!"

왕자의 비통한 목소리가 방 안에 울려 퍼졌다. 기요세는 "흐음" 하며 팔짱을 끼더니 이번에는 가케루 쪽으로 고개를 돌렸다. 가케루가 가볍게 두 손을 들고 기요세의 말을 막았다.

"알고 있어요, 치쿠세이소를 소개한 사람이 누군데 그러냐, 이게 싫으면 나가라, 그럴 작정이죠?"

"네가 무일푼인 걸 뻔히 아는데 어떻게 그런 말을 하겠어."

기요세가 팔짱을 풀었다.

"좋다. 가케루하고 왕자한테는 시간을 며칠 더 주지. 마음이 바뀌면 알려줘."

왕자는 울상이던 표정을 살짝 풀고 방 한가운데 있는 기요세에게 조금 다가갔다.

"그런데도 마음이 안 바뀌면요?"

"이번에는 아예 비상사태 선언이라도 하려고?"

유키가 옆에서 비꼬았다. 기요세는 온화한 미소를 지으며 "아니" 하고 대답했다.

"끈질기게, 항복을 받아낼 때까지 버텨야지."

가케루와 왕자의 어깨가 동시에 축 처졌다.

며칠 후, 가케루는 수업을 마치고 대학 정문을 향해 뛰어가고 있었다. 새 학년이 막 시작된 참이어서 캠퍼스 안에 학생들이 많았다. 한데 무리지어 있거나 나란히 걸어가면서 떠드는 사람들 사이로 요리조리 몸을 피하면서 뛰었다.

갑자기 어디선가 "가케루, 가케루" 하고 부르는 소리가 들려 발을 멈췄다. 주변을 둘러보니 정문으로 이어지는 히말라야삼나무 가로수길 구석에 왕자가 있었다. 교실에서 들고 온 것으로 보이는 긴 책상을 앞에 놓고 작은 의자에 앉아 가케루에게 손짓하고 있었다.

"동아리 가입 신청을 받는 거예요?"

가케루가 다가가자 왕자가 반가운 표정으로 노트를 내밀었다.

"여기다가 이름이랑 연락처 좀 써줘."

"연락처? 이 오다케에 사는데도요?"

가케루는 노트를 들여다보았다. 그런데 가입 신청 상황이 신통치 않은 모양이었다. 의리 때문에 어쩔 수 없이 해줬는지 그 노트에는 조지와 조타의 이름만 치쿠세이소의 주소와 함께 적혀 있었다.

"……무슨 동아리인데요?"

머뭇거리며 물었다. 돌아온 대답은 역시 예상대로 "만화 연구 동아리!"였다.

"지금 난 말이야, '같은 만화가의 여러 작품에 나오는 다양한 컷들을 자르고 붙여서 전혀 다른 작품을 만드는' 시도를 해볼 생각이야."

왕자가 동아리에서 무엇을 할 예정인지에 대해 신나게 떠들어댔다. 가케루는 왕자 옆에 있는 의자에 앉았다.

"혹시 어떻게 할지 정했어요?"

"그거 말이야?"

왕자가 일부러 에둘러 물었는데 가케루는 곧이곧대로 대답했다.

"네. 하코네 역전경주에 나갈지 말지 말이에요."

스파이처럼 은밀한 대화를 주고받고 싶었던 왕자가 불만스러운 표정을 지었다.

"해야지 뭐. 하겠다고 하는 수밖에 없잖아."

그러면서 노트를 덮었다.

"그 많은 만화책을 가지고 이제 와서 어디로 가라고. 돈도 없고."

"'안 할 거면 만화책을 내다버리겠다'고 한 건 그냥 하이지 형이 공갈로 엄포만 놓은 거잖아요."

"진짜 그런 거 같아?"

아니, 잘 모르겠다. 가케루는 내심 자신이 없었다. 기요세라면 정말로 왕자의 소중한 장서들을 재활용 쓰레기로 내놓을 수도 있을 것 같다는 생각이 들었다.

가케루에 대한 '항복 권고'도 무인중에 계속되고 있었다. 요즘 들어 매일 저녁 반찬으로 초무침이 나온다. 더구나 가케루의 그릇에만 듬뿍

들어 있다. 가케루는 어젯밤에도 하는 수 없이 미역과 오이로 만든 신초무침을 억지로 삼켰다. 기요세의 계획에 참가하겠다고 하지 않는 한 이 초무침 공격은 계속될 모양이었다.

"아무리 그래도 억지로 역전경주에 참가해야 한다는 건 납득이 안 돼요."

가케루가 말하자 왕자도 "그렇긴 하지" 하면서 어깨를 으쓱했다.

"하지만 우린 아오타케에서 공동생활을 하고 있잖아. 그러니까 어느 정도는 양보를 해야지."

'어느 정도의 양보'로 해결될 문제가 아니라고 가케루는 생각했다. 운동을 잘 모르는 왕자는 아마 짐작도 못할 것이다. 하코네 역전경주에 나가려면 얼마나 힘들고 고된 훈련을 해야 하는지 말이다. 기요세는 험난한 여정에 치쿠세이소 사람들을 끌어들이려 하고 있다. 목적지에 도달할 수 있다는 보장도 없는 벼랑 끝의 좁고 위태로운 길로 말이다.

생각에 잠긴 가케루의 상태를 알아차리지 못한 채 왕자가 말을 이어갔다.

"하이지 형도 1학년 때는 육상대회에 나가기도 했던 모양이더라고. 상당히 진지하게 훈련에 매진하고 있었다던데."

"왜 그만뒀을까요?"

가케루는 기요세의 무릎 흉터에 대해 모르는 척했다.

"어떤 고등학교에서는 선수들한테 무리한 훈련을 시키는 경우도 있는 모양이야. 그것 때문에 몸이 고장 나는 사람들도 많다고 니코짱 선배가 그랬어."

스포츠를 하는 사람이라면 니코짱처럼 줄담배를 피울 리가 없다.

"니코짱 선배는 정말로 육상을 했어요?"

"응. 고등학교 때까지 육상부였다는 얘기를 들은 적이 있어."

왕자는 노트를 잡고 하얀 종이만 있는 페이지를 휘리릭 넘겨서 작은 바람을 일으켰다.

"난 말이야, 아오타케에서 사는 게 싫지 않거든. 그리고 빨리 달리고 싶은데 달릴 수 없는 상태가 된 사람의 마음도 어느 정도는 알 수 있을 것 같아. 만약 내가 만화책을 읽을 수 없게 된다면 어떨까 상상해보니까 알겠더라고. 그래서 하이지 형이 원하는 걸 들어줘도 되지 않을까 하는 생각이 점점 들더라고."

그날 밤에 치쿠세이소 사람들은 다시 쌍둥이네 방에서 모였다. 가케루와 왕자가 하코네 역전경주에 참가하겠다고 말하자 쌍둥이가 환호성을 질렀다.

"됐어! 이제 열 명이 모였네."

조지가 말했다.

"내일부터 훈련 시작해야지."

조타도 거들었다.

무사와 신동이 바지런히 부엌으로 가서 기요세가 만든 요리를 들고 왔다. 큰 접시에 닭튀김이 산더미처럼 쌓여 있었다.

"하기로 결정했으니 모두 잘 먹어야 됩니다."

"그래, 둘 다 잘 결정했어."

오늘 나온 음식에는 초무침이 없었다. 가케루가 기요세를 흘깃 쳐다보았다. 기요세는 태연한 표정이었지만 가케루와 왕자가 오늘밤쯤에는 결론을 내리리라고 예상했던 모양이다. 자기 움직임을 기요세가 모조리 꿰뚫고 있는 것 같아 그 점이 조금 거슬렸다.

"자, 다들 하나씩 잡아요."

조지가 방 안을 돌아다니면서 사람들에게 맥주캔을 나눠주었다.

"건배합시다."

니코짱과 유키는 마지막 요새가 함락된 것을 보고 낙담하는 기색을 감추지 못했다. 건성으로 조지한테 맥주를 받아들더니 작은 소리로 가케루에게 따졌다.

"왜 끝까지 못 하겠다고 버티지 않은 거야?"

"좀더 패기 있는 놈인 줄 알았는데 의외로 겁쟁이네."

모두 맥주캔을 높이 들고 건배했다. 반쯤은 새로운 목표에 대한 기대에 차서. 그리고 나머지 반쯤은 자포자기하는 마음으로.

"하코네 산은 높고 험하다!" 하고 모두 한목소리로 외쳤다.

쌍둥이네 방은 금방 무법천지가 되었다. 왕자는 나무판자로 된 바닥에 앉아 '참가하겠다고 했으니 내 할 일은 다했다'는 듯이 혼자 묵묵히 만화책을 읽었다.

"한동안 못 하겠지" 하면서 꺼낸 마작 테이블에 니코짱과 유키와 킹과 조타가 둘러앉았고 조지는 사람들의 패를 보면서 돌아다녔다.

"유키, 넌 어떻게 봐주는 게 없냐?"

"니코짱 선배가 약해서 그런 걸 어떡하라고요?"

"야, 조타. 그 패를 그렇게 놓고 나갈 수 없다고 했잖아. 너 마작 할 줄 몰라?"

"음-, 잘 모르는 부분도 있어요."

"조지, 너 몰래 훔쳐보고 조타한테 가르쳐주면 안 돼!"

신동과 무사는 마작에 낄 순서를 기다리면서 사이좋게 TV를 보고 있었다.

"'월요일 심야방송! 기대해주십시오!'라고 하면서 날짜로 보면 화요일 오전 1시에 TV에 나옵니다. 신동 형, 너무 이상하지 않습니까?"

"자정을 넘겨도 실제로 잠을 잘 때까지는 '월요일'이 계속된다는 생각에 그러겠지만 그 말을 듣고 보니 혼란스러운 부분도 있긴 하네."

맥주가 금방 떨어져서 다들 소주로 갈아탔다. 새롭게 시작하겠다고 결정한 일에 대한 의욕과 희망이 온 방 안에 가득 차 있었다. 입 밖으로 내지는 않아도 모두 들떠 있었고, 그런 자기가 쑥스러워 아닌 척 열심히 감추면서 평소처럼 행동하려고 하는 것이 느껴졌다.

가케루는 마작 테이블 쪽으로 가지 않고 창가에 앉아 있었다.

저러는 것도 지금뿐이겠지 하고 생각했다. 지금은 기요세의 달콤한 말에 혹해서 흥분해 있는 사람들도 훈련이 시작되면 금방 지쳐서 '더는 못 하겠다'며 나자빠질 것이 뻔하다. 달리기는, 그리고 계속 달리는 것은 보통 일이 아니다. 하코네 역전경주는 의욕과 기세만 가지고 덤빌 수 있는 대회가 아니다.

선수들이 그만두고 빠져나가면 이 계획도 어차피 실패로 끝나겠지. 가케루는 그렇게 생각했다. 그때까지만 적당히 같이 해주면 되는 거야. 나는 나대로 지금까지 했던 것처럼 열심히 훈련한다고 생각하면 그만이야.

기요세는 가케루 옆에서 땅콩 껍데기를 까고 있었다. 껍데기 안에 있던 땅콩을 모두 접시에 까놓고는 만족한 모양이었다. 한숨을 돌리며 소주가 든 술잔을 들더니 "너도 먹어" 하면서 접시를 가케루 쪽으로 밀었다. 가케루가 기요세에게 조용히 물었다.

"진심이에요?"

"그럼. 마음껏 먹어."

"아니, 땅콩 말고요. 형은 알잖아요. 이게 얼마나 말도 안 되는 도박인지."

기요세는 한동안 말이 없었다. 이윽고 마치 질문사항이 적혀 있는 것마냥 술잔을 불빛에 비추면서 담담하게 되물었다.

"가케루, 넌 달리는 게 좋아?"

처음 만난 날에도 받은 질문이었다. 가케루는 대답하지 못했다.

"나는 알고 싶거든. 달리기가 대체 뭔지."

기요세가 가만히 술잔을 바라보면서 말했다. 가케루의 질문에 대한 대답이 전혀 아니었다.

그러나 가케루는 기요세가 그때 보여준 그 진지한 눈빛을 오랜 시간이 지나도록 잊지 못했다.

3

훈련 시작

"안 일어나네."

"그러게요."

4월 초순의 오전 5시 반은 밤에 더 가깝다. 일찍 일어난 새가 약간 음정이 벗어난 소리로 지저귀기 시작했다. 신문을 배달하는 오토바이가 경쾌한 엔진 소리를 내며 멀어졌다.

치쿠세이소 마당에는 가케루와 기요세만 서 있었다.

"어젯밤의 그 뜨거운 열정들은 다 어디 갔어? 절대 포기하지 않겠다, 먼지가 되도록 이 한 몸 바치겠다, 몸이 부서지는 한이 있어도 하코네에 꼭 나가겠다! 다들 그렇게 말했잖아?"

"난 그런 말한 적 없어요. 킹 형 혼자 신이 나서 떠들어댔지."

'킹 형 혼자가 아니라 조타와 조지도 옆에서 함께 주먹을 추켜올리며 다짐을 했던 것 같은데 아마 세 사람 다 기억을 못 하겠지. 술도 어지간히 들어갔을 테고.'

속으로 그런 생각을 했지만 공연히 기요세를 자극하고 싶지 않아서 입을 다물고 있었다.

다들 술기운에 그랬다는 점을 감안하지 못한 기요세는 더 이상은 참지 못하겠는 모양이었다.

"내가 깨워야겠다"면서 현관 안으로 사라졌다.

가케루는 동쪽 하늘이 연분홍빛으로 밝아오는 모습을 바라보면서 스트레칭을 했다. 치쿠세이소 안에서 국자 같은 것으로 냄비 바닥을 탕탕탕 두드리는 소리가 들려왔다. 소음을 도저히 못 견디겠는지 니라가 처마 밑에서 기어나와 기지개를 켰다. 가케루는 니라와 함께 치쿠세이소 마당에서 술래잡기를 하면서 놀았다.

가케루의 몸이 완전히 풀릴 무렵에야 얼굴이 퉁퉁 부은 치쿠세이소 사람들이 기요세에게 연행되어 현관에서 나왔다.

"자, 우선은 예선에 나갈 수 있는 조건을 갖추기 위해 스피드와 체력을 키워갑시다."

기요세의 힘찬 목소리에 대한 반응이 영 시원치 않았다. 해변으로 밀려 올라온 해초처럼 다들 축 늘어져서 비틀거렸다. 아식노 술 냄새를 풀풀 풍기며 휘청거리는 조타의 몸을 가케루가 슬쩍 받쳐주었다.

기요세는 다른 사람들의 반응에 아랑곳없이 말을 이어갔다.

"오늘 아침에는 일단 다마 강변까지 뛰어갑시다. 각자의 수준이 확인되면 나중에 자세한 연습계획을 짜줄 테니까."

"아침 안 먹어요? 배에서 꼬르륵 소리가 나는데."

조지가 머뭇거리면서 물었다.

"일어나자마자 음식이 입에 들어가? 아직 젊네."

니코짱이 푸짐하게 하품을 하면서 헝클어진 머리를 긁적였다. 그 옆에서 유키가 선 채로 졸고 있었다.

모두 잠기운과 배고픔과 불만에 가득 차 있는 것이 느껴지는데도 기요세는 끄떡하지 않았다.

"밥은 뛰고 난 다음에 먹을 거야. 자, 가자."

"강변까지면 여기서 5킬로는 족히 될 텐데."

왕자가 창백하게 질려서 말했다.

"왕복 10킬로나 뛴다고? 이런 새벽 댓바람부터?"

"자기 페이스로 뛰면 돼. 그럼 안 힘들잖아."

기요세가 어물거리는 사람들을 치쿠세이소 밖으로 마구 내몰았다. 거리를 적당히 두고 양떼를 모는 양치기 개처럼. 무사와 신동은 앞장서서 기요세의 지시에 따랐다. 킹은 그 두 사람에게 양쪽 팔이 잡혀서 어쩔 수 없이 뛰기 시작했다. 가케루는 쌍둥이 형제에게 "가자" 하고 말을 걸었다.

"먹고 나서 바로 뛰면 배 아파. 속이 약간 비어 있는 게 뛰기에는 제일 좋아."

조지의 등을 가볍게 툭 쳐서 힘내라고 하면서 앞장서게 했다.

버스가 다니는 대로변이 나올 무렵이 되자 왕자는 벌써 거의 숨이 넘어갈 것처럼 보였다.

"두 시간 정도만 가면 강변에서 합류할 수 있을지도 모르겠네."

그러면서 걷는 거나 다름없는 속도로 나아갔다.

"가케루, 먼저 가."

기요세는 왕자를 재촉하지 않고 옆에서 가만히 지켜볼 모양이었다.

"난 꽁무니에 붙을게. 넌 다른 사람들의 도착 시간을 체크해줘."

"꽁무니가 뭡니까?"

무사가 신동에게 물었다.

"제일 뒤쪽이라는 말이야."

그렇게 대답한 신동은 평소와 다름없는 모습으로 경쾌하게 다리를 움직였다.

거의 동시에 치쿠세이소를 출발한 사람들은 각자의 실력 차이에 따라 점점 긴 줄을 이루기 시작했다. 가케루는 그 줄에서 벗어나 자기 페이스로 뛰기 시작했다. 아홉 명의 숨소리와 말소리, 그리고 발소리가 순식간에 뒤쪽으로 멀어졌다.

누군가와 함께 뛰는 것은 정말 오랜만이었다. 하지만 결국에는 혼자가 된다. 속도와 리듬은 다른 누구와도 공유할 수 없는 자기만의 것이기 때문이다.

뛰는 사이에 하늘이 점점 밝아졌다. 강변까지 가는 길옆으로는 대부분 주택가가 이어졌다. 센 강과 노 강이라는 다마 강의 지류를 두 개 건너서 커다란 들판을 가로질러 언덕 위에 늘어선 고급주택가를 지났다. 오르내림이 많은 코스이다.

주택가 지붕들 너머로 다마 강 제방이 보이기 시작했다. 공기가 맑을 때는 멀리 단자와 산의 산등성이와 후지 산까지 보이기도 하는데 이날은 새벽 안개가 살짝 끼어 있었다.

제방 위로 뛰어올라간 가케루가 강물을 내려다보았다. 물의 흐름에 따라 물안개가 길게 뻗어 있었다. 강변에는 맨손체조를 하는 노인들과 개를 산책시키는 사람들이 띄엄띄엄 보일 뿐이었다. 철교 위로 오다큐선 열차가 지나갔다. 전철 안은 벌써 회사나 학교로 가는 사람들로 가득한 모양이었다.

둑 위에 있는 풀숲에 맺힌 이슬이 아침 햇살을 받아 반짝였다. 뛰다가 갑자기 서면 좋지 않기 때문에 제방 위를 천천히 뛰어서 왔다 갔다 했다. 가케루는 강변까지 1킬로당 3분 30초의 속도로 뛰어왔다. 가케루로서는 5킬로만 뛰는 것치고는 엄청나게 느린 페이스이다. 그러나 치쿠세이소 사람들은 아직 아무도 도착하지 않았다. 쿨다운하면서 길과 손목시계를 번갈아 보았다.

쌍둥이, 신동, 무사, 유키, 킹이 강변에 겨우 도착한 것은 치쿠세이소에서 출발한 지 25분이 지났을 때였다. 킹은 호흡도 거칠고 힘들어 보였지만 다른 다섯 명은 여유로운 표정이었다.

"아직 더 뛸 수 있겠네?"

가케루가 말하자 조타는 가케루의 손목시계 기능에 흥미를 보이면서 "잘 모르겠어"라고 대답했다.

"5킬로라고 의식해서 뛰어본 적이 없거든. 내가 어느 정도의 속도로 얼마만큼의 거리를 달릴 수 있는지 잘 몰라서 그냥 다른 사람들하고 같이 느긋하게 왔어."

"난 배고파."

조지는 아침 이슬이 아름답게 반짝이고 있건 말건 근처에 나 있는 풀을 쥐어뜯었다. 유키는 중간에 끊겨버린 잠을 어떻게든 이어가고 싶은지 축축한 제방에 드러눕더니 눈을 감았다. 신동과 무사는 아무렇지도 않은 표정으로 킹의 등을 쓸어주었다.

이 사람들 어쩌면 달리기 소질이 있는지도 모르겠다는 생각이 들었다. 아직은 경험이 없어서 요령이 없을 뿐이지 적어도 뛰는 게 싫지는 않은 듯했다.

기요세는 그 점을 진작부터 꿰뚫어보고 있었던 것일까? 신동과 무사는 기초체력이 충분히 있어 보였고 쌍둥이와 킹은 축구를 했던 모양이다. 축구를 했으면 연습에 로드워크라 불리는 달리기도 포함되어 있었을 테니까 뛰는 덴 익숙할 것이다. 유키가 했다던 검도도 연습 과정에 달리기가 있었을 테고 무거운 근육이 붙지 않는 운동이니 장거리 달리기에 유리하다.

'못 해먹겠다고 금방 두 손 두 발 들 줄 알았는데 어쩌면 생각보다 잘 따라올 수 있을지도 모르겠네.'

달리기를 끝마친 사람들의 얼굴을 보면서 가케루는 생각이 조금 바뀌었다. 물론 앞으로 어떻게 훈련하느냐에 달렸지만 기요세의 말대로 가능성은 있어 보였다. '적당히 맞춰주면 되지, 하는 안일한 마음을 가지고는 함께 할 수 없겠구나' 하는 생각이 들었다.

"뛰고 난 다음에는 몸을 풀어줘야 해요."

가케루가 유키를 흔들어 깨웠다.

"제방을 천천히 왕복해서 뛰어주세요. 숨을 고르고 난 뒤에는 스트레칭을 하고요. 앉아서 쉬는 건 그렇게 한 다음이에요."

원래도 가만히 쉬는 걸 좋아하는 편이 아니었고, 오늘 아침은 아직 더 뛰고 싶은 기분이 들었다. 가케루는 스트레칭 하는 법을 가르쳐주고 조타에게 손목시계를 맡긴 다음 아직 강변에 도착하지 않은 니코짱과 왕자와 기요세를 마중 가기로 했다.

제방에서 내려와 길가로 나가자마자 바로 니코짱과 마주쳤다.

"몸은 무겁지, 숨은 차지, 아주 죽을 맛이다."

육상으로부터 오래 떨어져 있었던 탓에 니코짱의 몸은 달리기를 완전히 잊어버린 모양이었다.

"우선 담배 끊고 다이어트부터 해야겠어."

강변 쪽으로 가면서 니코짱이 말했다. 니코짱과 헤어진 다음 가케루는 아까 왔던 길로 다시 뛰어갔다.

언덕 위의 주택가 언저리에서 왕자가 길가에 쓰러져 있었다. 기요세가 이온 음료 페트병을 들고 옆에 쭈그리고 앉아 왕자를 챙겨주고 있었다.

"다들 도착했어?"

기요세의 물음에 가케루가 끄덕였다.

"니코짱 선배하고는 아까 만났어요."

"많이 늦네."

"담배 끊고 다이어트 시작하겠다고 그랬어요."

"잘 생각했네. 다른 사람들은?"

"1킬로에 5분 정도 걸리던데요."

"뛰는 건 어때 보였어?"

"아직은 여유가 있어 보였어요. 제대로 뛰어본 적이 없는 사람들치고는 자세도 균형이 잡혀 있고."

기요세가 흡족하게 끄덕였다. 그러나 문제가 되는 현안이 있었다. 지금 당장 눈앞에 축 늘어져 있는 왕자였다.

"그런데 왕자 형은 괜찮겠어요?"

"이게 괜찮아 보여?"

왕자 본인이 대답했다.

"일어서지도 못하겠어. 가케루, 아오타케까지 나 좀 업어줘."

긴 거리를 뛰는 것은 얼마든지 가능하지만 무거운 것을 들 자신은 없었다. 가케루가 난처해서 대답을 하지 못하고 머뭇거리는데, 기요세가 "안 돼" 하며 고개를 저었다.

"걸어가도 괜찮으니까 일단 강변까지 가자. 5킬로라는 거리를 자기 몸으로 체감해보는 게 제일 중요해."

기요세가 이렇게 참을성이 많았나 싶어 가케루는 조금 뜻밖이었다. 하코네 경주에 나가기로 결정할 때까지는 강제권을 발동하기도 하고 저녁 반찬으로 압력을 넣기도 하는 등 치쿠세이소의 독재자처럼 굴었는데. 일단 달리기를 시작한 다음부터는 각자의 페이스를 존중하는 방침이 무얏이었다. 자기 힘으로 끝까지 뛸 수 있을 때까지 옆에서 지켜볼 작정인 것 같았다.

'이 사람은 내가 지금껏 만났던 감독들이나 코치들과는 좀 다르네.'

가케루는 갑자기 속이 근질근질하니 안절부절못하는 기분이 들었다. 그것이 가슴속에 싹튼 기대 때문이라는 것을 그때는 아직 알아차리지 못했다. 가케루는 이제껏 '잘 맞는 지도자'라는 존재와 만나본 적이 없었기 때문에 무의식중에 그런 기대를 억누르고 있었다.

"그럼 하다못해 돌아갈 때라도 전철을 타면 안 될까?"

왕자의 제안을 기요세가 말없이 기각했다.

"걷다 보면 점점 뛰고 싶어질 거예요."

마음속에 피어난 작은 희망의 싹을 금세 잊은 채 가케루가 왕자에게 말했다. 가케루는 사실 어릴 때부터 느릿느릿 걷는 것을 싫어했다. 다리를 움직이다 보면 어느새 뛰고 있었다. 그러는 편이 목적지에 빨리 도착할 수 있는 데다 바람을 피부로 느끼고 심장이 두근거리는 소리가 들려서 좋았기 때문이다.

"운동이 싫은 사람도 있는 거라고."

어쩔 수 없다는 듯이 왕자가 일어섰다.

"아, 나비다."

왕자의 시선을 따라 돌아보니 새하얀 꽃잎 같은 나비가 가케루와 기요세 뒤로 너울너울 날아가고 있었다. 아침 해가 때마침 열고 부드러운 햇살을 모퉁이 집 처마 끝에서 비추었다.

세 사람은 잠시 동안 빛의 강을 건너는 나비를 바라보았다.

"급하게 생각하지 말고 천천히 걸어보자. 그러다 보면 틀림없이 뛸 수 있게 되니까."

기요세가 말했다. 왕자에게 하는 말이면서 동시에 스스로에게도 그렇게 타이르는 말투였다.

나비가 바람에 몸을 싣고 날 듯이, 사람은 땅을 박차고 달린다. 가케루에게는 호흡하듯이 자연스럽고 당연한 일이지만 세상에는 그렇지 않은 사람도 있다. 가케루는 그 사실이 신기했다.

가케루의 주변에는 지금껏 육상을 하는 사람들 말고는 다른 부류의 사람이 없었다. 생활 대부분이 연습으로 이루어졌고 친구도 선생님도 육상 관계자가 많았다.

그래서 몰랐다. 살면서 거의 뛰지도 않고, 조금만 뛰어도 죽을 듯이 힘들어하는 사람이 존재한다는 사실을. 혹은 뛰고 싶어도 어떤 사정이 있어서 마음껏 달리지 못하는 사람이 있다는 사실을 말이다.

나는 지금까지 아무 생각도 하지 않고, 아무것도 느끼지 못하고 살았구나. 가케루는 지금껏 '빨리 달리고 오래 달린다'는 똑같은 특성을 가진 사람들이 하나의 목표만을 위해서 모인 육상부라는 좁은 인간관계 속에서 살아남는 데 필사적이었다.

초보자들이 하코네 역전경주에 나간다. 이 말도 안 되게 무모한 도전의 훈련 첫날 아침부터 가케루에게는 놀라운 일의 연속이었다. 충분히 뛸 수 있는 힘이 있어 보이는데도 달리기에 전혀 흥미를 느끼지 못한 채 살아온 쌍둥이 형제를 비롯한 여러 사람들. 고장이 났거나 한참의 공백기가 있었던 탓에 제대로 뛰지 못하는 기요세와 니코짱. 다리가 있는 동물이 할 수 있는 기본적인 행위임에도 불구하고 달리기가 너무 싫어 보이는 왕자.

이 세상은 내가 생각했던 것보다 훨씬 복잡하고 다양하구나. 하지만 내가 혼란스러울 정도의 지저분한 복잡함은 아니네.

가케루는 그런 생각을 하면서 물가를 향해 날아가는 나비를 눈으로 좇았다.

그날 저녁, 가케루가 학교에서 돌아오자 치쿠세이소 마당에 사람들이 나란히 서 있었다. 집으로 돌아오자마자 붙잡으려고 벼르고 있던 기요세에게 모두 잡힌 모양이었다.

모두가 모이자 기요세가 입을 열었다.

"연습계획을 대충 세워봤는데 수준별로 확실하게 나누고 싶으니까 5천 미터를 제대로 뛰면 얼마나 걸리는지 시간을 잴 거야."

작업이 빠르네 하고 가케루는 속으로 감탄했는데 쌍둥이가 가장 먼저 투덜댔다.

"아침에 뛰었는데 또 뛰라고?"

"난 너무 피곤한데. 다리도 아픈 것 같고."

통증을 호소하는 조지의 말을 기요세는 흘려듣지 않았다.

"많이 아파?"

"아니, 뭐 심하지는 않고요."

"달리기에 아직 익숙하지 않거나 자세가 안 좋거나 아니면 관절이 약하거나. 셋 중 하나일 거야."

기요세는 걱정스러운 표정으로 조지 앞에 쭈그리고 앉아 고관절을 엄지로 살살 문질렀다.

"아이 형. 그런 데를 그렇게 만지지 마요."

조지가 간지러움에 몸을 뒤틀었다.

"신발 때문에 그런 것 같은데요."

가케루가 지적했다.

"그거 농구화잖아요."

기요세가 "그러네" 하면서 일어서서 모든 사람들의 신발을 확인했다.

"아니, 왜 다들 농구화나 스니커즈 같은 걸 신고 있는 거야? 뛸 마음이 있긴 한 거야?"

"이것밖에 없단 말이에요."

조지하고 똑같은 농구화를 신은 조타가 왕자 등 뒤로 몸을 숨기면서 말했다. 왕자는 신발가게에서 싸게 산 것으로 보이는 이름만 '운동화'인 신발을 신고 있었다.

"러닝용 운동화를 사도록 해."

기요세가 엄명을 내렸다.

"샀습니다."

무사와 신동이 스포츠 용품점 봉지를 들어 보였다. 조금 늦게 유키도 뒤에 몰래 들고 있던 새 운동화를 꺼냈다.

"오늘 아침에 뛰어보니까 생각보다 재밌더라고."

"망설이던 놈치고는 의욕이 넘치네."

니코짱이 옆에서 이죽거렸다.

"좋았어."

기요세가 끄덕였다.

"다른 사람들도 빨리 자기 발에 맞는 운동화를 사도록 해. 가능하면 스톱워치 기능이 있는 시계도."

"가케루랑 똑같은 거 사고 싶은데."

조타가 가케루의 손목을 보며 말했다.

"이게 멋있잖아. 나이키구나."

가케루의 손목시계는 플라스틱 소재의 유선형 모양으로 기능도 많고 아주 가볍다. 달리기 선수를 위한 시계이다. 가케루도 지금까지 써 본 손목시계 중에서 이게 제일 마음에 들었다.

"다른 색깔도 있어. 스톱워치 기능 말고도 측정한 기록을 계속 더해 가는 기능도 있는데……."

조타와 조지가 끄덕끄덕하면서 가케루의 설명에 귀를 기울였다.

"아르바이트를 늘려야겠네."

신동이 그 말을 하자미자,

"마작과 마찬가지로 아오타케 사람들은 앞으로 아르바이트 금지다"

하고 기요세가 엄중하게 선포했다.

“지금 일할 시간이 어디 있어? 훈련에 전념해야지.”

“그럼 무슨 돈으로 운동화나 시계를 사라는 거야?”

킹이 항의했다.

“아, 그리고 운동복도 사둬.”

기요세가 태연하게 덧붙였다.

“고등학교 때 입었던 학교 운동복에 실내복에, 심지어 왕자는 청바지 차림이잖아. 그런 옷을 입으면 땀이 제대로 안 말라서 몸의 열이 식는단 말이야. 연습할 때는 반드시 수건하고 갈아입을 옷을 준비해서 땀이 나면 바로 갈아입을 수 있게 해둘 것.”

“그러니까 아르바이트도 못 하는데 그런 걸 어떻게 다 사냐고?”

킹이 다시 물고 늘어졌다.

“얼마든지 가능하지. 연습하다 보면 놀면서 돈 쓸 시간이 없어질 테니까 부모님이 보내주시는 돈만으로도 금방 살 수 있을 거다.”

“그게 뭐야!”

또다시 항의하는 목소리가 터져나왔다.

“집 앞에서 누가 이렇게 시끄럽게 떠드나?”

주인집 현관이 열리면서 명목상의 감독이라던 주인 할아버지가 나타났다. 주인이 나타나자 그때까지 옆으로 누워서 눈을 감고 있던 니라가 신이 나서 꼬리를 흔들었다.

“돈 걱정은 안 해도 돼.”

주인 할아버지가 그들을 둘러보며 말했다.

“하이지한테 다 들었다. 진짜로 하코네에 나갈 작정이면 후원회에 부탁해서 필요한 물건들을 사줄 수 있을 게야.”

“후원회요? 우리 대학에 그런 게 있었나요?”

유키가 미심쩍은 표정으로 물었다.

"이제부터 만들 작정이다."

주인 할아버지가 말했다.

"그럼 그렇지."

니코짱이 중얼거렸다.

"자, 트랙으로 갑시다."

기요세의 재촉에 옷도 갈아입지 못한 채 자리를 옮기게 되었다. 산책을 나간다고 생각했는지 니라도 따라왔다.

'대학 운동장에서 기록을 잴 생각이구나.'

이런 가케루의 예상과 달리, 기요세는 사람들을 이끌고 반대 방향으로 계속 갔다. 아무래도 목적지는 센 강 건너에 있는 구립 운동장인 모양이었다.

"왜 대학 운동장으로 안 가요?"

가케루가 이상해서 물었다.

"대학 운동장이 아오타케에서도 더 가깝고 정비도 잘 돼 있잖아요."

"그 운동장은 여러 운동부하고 동아리가 쓰고 있어. 우리 차례가 되려면 백만 년도 더 기다려야 될걸."

"우린 육상부잖아요? 운동장을 쓸 우선권도 없어요?"

"모든 일에는 서열이라는 게 있거든."

기요세가 서늘한 목소리로 말했다. 그러니까 육상부는 아무도 그 존재를 알지 못할 정도로 약하고 작다는 뜻이었다. 공연히 기요세를 자극하지 않기 위해 가케루는 얌전히 입을 다물기로 했다.

코스 군데군데에 잡초가 나 있기는 했지만 구립 운동장에는 400미터 드랙까지 갖춰져 있었다.

기요세가 훈련에 대한 간략한 설명을 했다. 매번 본격적인 훈련 앞뒤로 한 시간 정도 적당한 속도로 뛸 것, 스트레칭을 반드시 할 것, 서로 협력해서 마사지를 도와줄 것 등이었다.

"적당히 뛰라는 말은 천천히 뛰라는 뜻입니까?"

무사가 질문했다.

"그렇지. 몸에 부담이 가지 않게 뛰라는 뜻이다. 갑자기 뛰기 시작하거나 뛰다가 갑자기 멈추면 고장의 원인이 될 수 있으니까."

"연습을 시작하기도 전에 한 시간씩이나 뛰면 그것만으로도 완전히 뻗을 텐데."

왕자가 절망적인 표정을 지었다.

"넌 오늘 아침에 어떻게든 5킬로를 뛰었잖아. 하다 보면 익숙해질 테니까 괜찮아."

기요세가 힘 있게 장담했다.

"훈련만 제대로 하면 틀림없이 잘할 수 있다."

기요세의 말은 결코 허풍이 아니었다. 장거리를 완주하려면 단거리 선수와는 다른 근육이 필요하다. 한순간에 폭발적인 근력을 발휘하는 것이 아니라 일정한 추진력을 장시간 지속할 수 있어야 한다. 단거리는 선수의 선천적인 근육에 따라 실력이 거의 정해진 것이나 마찬가지인 반면, 장거리는 매일 하는 훈련에 따라 조금씩 실력을 키워갈 수 있다.

거꾸로 말하면 매일 진지하게 자신의 몸을 마주하면서 꾸준히 훈련하지 않으면 장거리에서 성공할 수 없다는 뜻이다. 모든 종목의 스포츠는 선천적인 재능이 필요한데 장거리 달리기는 재능과 노력의 저울이 노력 쪽으로 훨씬 더 기울어져 있다.

인적이 없는 구립 운동장에서 사람들을 두 그룹으로 나누어 기록을 측정하기로 했다.

"기록을 재기 전에 한 시간이나 뛸 수는 없다"고 주장하는 사람들,

그러니까 가케루와 기요세를 제외한 모두가 처음으로 5천 미터를 전속력으로 뛰어보기로 했다. 가케루와 기요세는 같은 트랙을 함께 적당히 뛰면서 다른 사람들의 기록을 쟀다. 두 사람의 워밍업이 끝날 무렵 왕자의 달리기도 끝날 것이라고 예상되었기 때문에 가케루와 기요세가 전속력으로 5천 미터를 달리는 것은 그 뒤에 하기로 했다.

적당히 함께 뛰면서 전속력으로 달리는 사람들을 계속 확인하려니 신경이 바짝 쓰였다. 정신을 놓고 있다가는 몇 바퀴째 달리는 중인지 놓치게 된다.

"니라가 스톱워치를 누를 수 있으면 참 좋을 텐데."

운동장 구석에서 땅바닥을 킁킁거리고 있는 니라를 기요세가 원망스럽게 바라보며 말했다. 가케루가 기요세 옆에서 천천히 뛰었다.

"그런데요, 아무리 그래도 왕자 형이 예선에 출전할 정도의 수준이 되는 건 너무 어렵지 않을까요?"

지금도 왕자는 다른 사람들보다 훨씬 뒤처져 있었다.

"한 바퀴 정도 뒤처지는 게 아닌데요."

"할 수 있어."

기요세가 말했다.

"근거가 뭐예요?"

"가케루. 넌 어떤 성격이 장거리 달리기에 가장 잘 맞는다고 생각해?"

"글쎄요. ……여러 가지가 있겠지만 아마 끈기가 제일 필요하겠죠."

"난 집착이 있어야 된다고 생각하거든. 너 왕자가 모은 만화책들 봤지? 그 정도로 만화에만 몰두하는 건 보통 일이 아니거든. 왕자는 밖에서 놀지도 않고 다른 데 돈도 안 쓰고 모든 시간과 돈을 오직 만화책에만 쏟아부어. 그 열정의 지속력은 상상을 초월할 정도지. 그렇게 지치지도 않고 한 가지만 파고드는 게 힘들지 않다면, 그건 틀림없이 장거리에 딱 맞는 성격이다."

가케루는 옆에서 달리는 기요세를 흘깃 쳐다보았다. 기요세의 표정은 진지했다. 아무래도 진심으로 왕자를 칭찬하고 있는 모양이었다.

모두가 5천 미터를 완주한 다음, 가케루는 종이에 측정한 기록을 적었다.

가케루	14분 38초 37
하이지	14분 58초 54
무사	15분 01초 36
조지	16분 38초 08
조타	16분 39초 10
신동	17분 30초 23
유키	17분 45초 11
킹	18분 15초 03
니코짱	18분 55초 06
왕자	33분 13초 13

모두가 둥그렇게 모여서 종이를 들여다보았다.

"가케루, 너 적당히 힘 빼고 뛰었지?"

"아니에요. 매번 그렇게 최고 기록으로 뛸 수는 없잖아요. 형이야말로 컨디션이 아직 안 돌아온 것 같은데요."

"아직 회복 중이야. 그나저나 역시 무사는 예상했던 대로 잘하네. 충분히 13분대까지 가겠어."

"아닙니다. 이미 한계입니다. 심장이 터지는 줄 알았습니다."

"어쨌든 처음치곤 나쁘지 않은 결과네."

기요세는 모여 있는 사람들의 얼굴을 죽 둘러보았다.

"역시 다들 소질이 있어. 지금 단계에서 이 정도로 뛸 수 있으면 훈련하기에 따라서 속도가 죽죽 오를 거다."

기요세의 장담을 듣고 쌍둥이와 신동은 신이 나서 하이파이브를 했다. 그러나 유키는 자기 기록에 납득이 되지 않는 모양이었다.

"17분대라니……뛰는 자세에 아직 쓸데없는 움직임이 많다는 얘기군" 하며 그 명석한 두뇌로 해석하기 시작했다.

"왜 이래, 여기 18분대도 있는데."

킹이 옆에서 삐죽거렸다.

"땀에서 니코틴 냄새가 진동을 하는데요."

유키에게 그런 지적을 받은 니코짱이 "그래?" 하면서 팔을 코에 대고 킁킁거리며 냄새를 맡았다.

"킹하고 니코짱 선배는 아직 몸이 달리기에 익숙하지 않아서 그래요. 자세에는 문제가 없으니까 앞으로 더 빨라질 겁니다."

기요세가 빈틈없이 격려했다.

"자, 아오타케로 돌아가서 저녁 먹읍시다."

조지가 기요세의 옷자락을 손가락 끝으로 잡아당겼다.

"형, 하이지 형, 한 사람 잊어버렸어요."

트랙 한쪽 구석에 왕자가 엎어져 있었다. 걱정스러운 표정의 니라가 코끝으로 툭툭 건드려도 왕자는 옴짝달싹 하지 않았다.

"왕자의 타임은?"

"33분 13초 13입니다."

가케루가 기요세에게 보고했다.

"음-, 아무리 그래도 이 타임은 뭐라고 해주기가 힘드네."

기요세가 관자놀이를 손으로 문질렀다.

"하지만 저 만화책 덕후가 끝까지 뛰었다는 사실만으로도 대단한 거야. 희망은 버리지 말자고."

'뭐야, 자기도 결국 왕자를 그냥 덕후라고만 생각했던 거네.'

가케루는 그렇게 생각했지만 그냥 입을 다물고 있었다.

"내일부터 본격적인 훈련에 돌입한다. 지금은 5킬로도 간신히 뛰는 거겠지만 앞으로 달릴 수 있는 거리는 늘어나고 시간은 줄어들 테니까 안심하고 따라와주기 바란다. 이상, 해산! 아, 물론 아오타케까지는 뛰어서 갈 것."

니코짱은 자기 방에서 끙끙거리고 있었다. 아르바이트 삼아 만들기로 한 소프트웨어의 제작 진도가 도무지 나가지 않고 있었기 때문이다. 훈련 때문에 몸은 극도로 피로한 상태였지만 납기가 코앞이었다. 학비와 생활비를 스스로 마련해야 하는 니코짱은 피곤하다고 해서 아르바이트를 소홀히 할 수가 없었다.

컴퓨터 앞에서 고민하고 있는데 노크하는 소리가 들렸다. 바빠 죽겠는데 또 킹이 컴퓨터 빌려달라고 온 건가? 니코짱은 짜증이 났지만 기분전환도 필요하겠다 싶어 "들어와" 하고 말했다.

문을 열고 얼굴을 들이민 사람은 쌍둥이 형제와 왕자였다. 조지는 방에 들어오자마자 "우와!" 하고 탄성을 질렀다.

"선배 방에 연기가 하나도 없다니!"

"정말로 담배 끊은 거예요?"

조타가 물으면서 맑은 공기를 깊이 들이마셨다.

"그리고 금단현상 때문에 작업이 안 되잖아."

신음하던 니코짱이 손가락 길이 정도의 철사로 된 인형 하나를 뚝딱 만들어냈다. 담배가 피우고 싶을 때마다 그렇게 손을 놀리면서 신경을 다른 곳으로 분산시키려고 시작한 일이었다. 방바닥에는 작은 철사 인형들이 잔뜩 흩어져 있었다.

"뭔가 원한이 잔뜩 서려 있을 것 같아 으스스하네."

왕자가 인형을 옆으로 치우더니 바닥에 앉았다.

"컴퓨터 잠깐 빌릴 수 있어요?"

"금방 할 수 있는 거면 써도 되는데, 뭐 하려고?"

"왕자 형이 인터넷 옥션으로 러닝머신을 사고 싶대요."

조타가 대답했다. 왕자는 벌써 자기가 들어가려 했던 사이트를 열고 있었다.

"그건 또 왜?"

니코짱은 무의식중에 담배를 찾고 있었음을 깨닫고는 다시 철사를 만지작거리기 시작했다.

"만화책을 보면서 방 안에서 뛸 수 있으면 좋겠다 싶어서……아니, 그런데 이게 대체 뭐예요?"

왕자가 소리쳤다. 마우스 옆에 놓여 있던 물체를 본 것이다.

"아, 그거? 담배야."

철사로 담배갑을 둘둘 감아놓은 물체였다. 왕자는 뜨거워진 눈시울을 닦았다.

"리키이시(『내일의 죠』라는 일본 복싱 만화에 등장하는 인물/옮긴이), 니코짱 선배는 리키이시네요!"

그러나 안타깝게도 『내일의 죠』를 읽어본 사람이 없었기 때문에 왕자의 말에 아무도 반응하지 않았다.

"니코짱 선배, 제대로 해볼 작정이군요."

왕자가 촉촉한 눈망울로 바라보자 니코짱이 움찔했다.

"너, 너네도 진지하게 하려는 거잖아. 그러니까 러닝머신을 살 생각까지 한 거고."

"어쩔 수 없잖아요. 하이지 형이 진지하니까."

철사 인형을 하나씩 차례로 만지작거리면서 조지가 한숨을 쉬었다. 조타도 고개를 끄덕였다.

"우린 여기서 사는 게 좋고, 하이지 형도 좋아하니까 하이지 형이 하코네 경주에 나가자고 하면 될 수 있는 대로 맞춰주는 수밖에 없어요."

'이렇게 기특한 동생들이 있어서 참 좋겠다, 하이지.'

니코짱이 마음속으로 그렇게 말했다.

"그런데 왜 하필이면 하코네 역전경주지?"

왕자가 마우스를 움직이던 손을 멈추고 고개를 갸웃거렸다.

"나 같은 사람까지 굳이 끌어들이지 않아도 달리기를 하려면 얼마든지 혼자서도 할 수 있잖아요."

"혼자서는 릴레이를 할 수 없잖아."

아아, 담배 피우고 싶다. 니코짱은 절실하게 생각했다.

"가케루하고 하이지 형이 빠르다는 건 잘 알겠어요."

조지가 말했다.

"그런데 우리보다 빠르게 뛸 수 있는 멤버를 다른 데서 모으지 않는 이유는 뭘까요?"

"아오타케에 열 명 있으니까 마침 잘 됐다고 생각한 게 아닐까?"

니코짱의 대답을 들은 왕자가 마우스를 움직이면서 입을 비쭉 내밀었다.

"옆에 있는 사람들로 대충 어떻게 해보겠다는 거잖아."

"솔직히 하이지 형이 무슨 생각을 가지고 있는지는 모르지만."

조지가 밝은 어조로 느긋하게 말했다.

"난 뛰는 게 생각보다 재밌더라고요."

조타와 조지가 서로의 허리와 다리를 마사지해주었다.

"나도 그래."

니코짱도 컴퓨터를 들여다보고 있는 왕자의 어깨를 주물러주면서 웃었다. 가케루가 치쿠세이소에 들어왔을 때부터 막연하게 알고는 있었다. 기요세가 고대하고 있던 존재가 나타났다는 사실을 말이다. 니코짱은 육상 경험자였기 때문에 알아차릴 수 있었다.

달리기 위해 태어난 것 같은 가케루와 뛰고 싶어도 뛰지 못하는 괴로움을 아는 기요세. 달리기에 대해 한없는 열정을 가진 두 사람이 틀림없이 서로에게 영향을 주어 대다수의 사람들은 가늠할 수조차 없는 높은 정상으로 올라가게 될 것이다.

치쿠세이소에 있는 다른 사람들은 힘을 모아 그렇게 되도록 도와야 한다. 우리가 반년 후에 있을 예선 때까지 얼마나 진화하느냐. 하코네 역전경주에 나갈 수 있느냐 없느냐에 따라서 가케루와 하이지의 앞날도 크게 바뀌게 될 것이다. 니코짱은 자꾸만 담배 쪽으로 뻗으려는 손을 꽉 움켜쥐었다.

방문을 노크하는 소리가 다시 들리더니 이번에는 신동이 얼굴을 보였다.

"왕자, 너 여기 있었구나."

"왜요? 퀴즈 대회라면 지금은 참가할 수 없다고 킹 형한테 말해주세요."

"킹 형이랑 무사는 피곤해선지 곯아떨어졌어."

신동이 평소처럼 조용한 움직임으로 니코짱의 방 한구석에 자리를 잡고 앉았다.

"너, 러닝머신이 갖고 싶다고 했잖아? 아까 시골집에 전화해봤더니 창고에 있대. 아직 작동은 될 테니까 혹시 필요하면 보내달라고 하면 되는데 어떡할래?”

“네, 주세요!”

왕자는 옥션 사이트를 바로 닫았다.

“어떻게 러닝머신 같은 게 집에 있었어요?”

조지가 물었다.

“보통 시골집에는 대개 마사지 의자랑 러닝머신이랑 매달리기 기계 같은 게 먼지를 뒤집어쓰고 구석에 처박혀 있게 마련이야.”

신동이 대답했다.

‘무슨 말도 안 되는 소리를 하고 있네. 우리 시골집에는 그런 건 아무것도 없는데.’

니코짱은 그렇게 생각했지만 쌍둥이 형제는 순진하게도 “대단하네요,” “집이 커서 그런가 보다” 하며 감탄하고 있었다.

“그림 착불로 해서 바로 부탁드릴게요. 내일도 일찍 일어나야 하니까 난 이만 갑니다.”

왕자는 그렇게 말하더니 바로 방에서 나가버렸다. 여전히 친화력이라고는 찾아보기 힘든 사람이었다.

왕자를 따라서 니코짱의 방까지 왔다가 덩그러니 남겨진 쌍둥이 형제는 그래도 전혀 기분이 상하지 않은 모양이었다. 열심히 서로를 주물러주던 손을 멈추더니 “우리도 가야겠다,” “안녕히 주무세요!” 하며 문을 열었다.

바로 그때 유키가 맞은편에 있는 방에서 씩씩거리며 나오더니 “너네는 아까부터 시끄럽게 뭐 하는 거야? 잠을 잘 수가 없잖아!” 하며 화를 냈다

“그림 금시렁이 벌어섰나고 엉뚱한 데 화풀이하고 난리야.”

니코짱이 가볍게 맞받아쳤다.

"남 말 하고 계시네. 니코틴 금단현상 때문에 몸부림을 치고 있으면서."

"자, 그만들 하시고. 내일도 아침 6시부터 훈련이니까 적당히들 하고 들어가세요."

온화한 신동이 둘을 말렸다.

"근데 니코짱 선배, 이 철사로 된 물건들, 제가 좀 가져가도 될까요?"

"그야 상관은 없지만 뭐에 쓰려고?"

"그냥 좀 쓸 데가 있어서요."

신동이 철사 인형들을 한웅큼 줍더니 실내복 주머니에 집어넣었다. 2층 사람들이 계단을 올라갔다. 발소리와 문 닫는 소리가 한차례 들리고 잠잠해지자 치쿠세이소에 정적이 돌아왔다.

"정말로 하이지한테 협조할 작정이에요?"

문간에 서 있던 유키가 작은 소리로 니코짱에게 물었다.

"안 될 거 있냐? 그러는 너도 작정하고 달려들고 있잖아."

"나야 그래도 상관없으니까요. 학점도 다 땄고, 사법고시에도 붙었으니까. 하지만 선배는 이번에도 유급되면 바로 퇴학이잖아요."

니코짱은 대학에 들어오기 전에도, 그리고 들어온 다음에도 많이 방황했다. 그동안 흥미를 느끼는 일이 있으면 닥치는 대로 해봤기 때문에 돈을 버는 수단도 이리저리 많이 생겼다. 대학을 졸업하지 못해도, 회사에 취직하지 못해도 앞으로 먹고 살 방법은 얼마든지 있었다. 하지만 유키가 나름 걱정을 해준다는 사실을 느낄 수가 있어서 "고맙다"하고 말했다.

유키는 쑥스러운지 어깨만 으쓱했다.

"아무튼 말이야."

자기 방으로 가려고 등을 돌린 유키를 향해 니코짱이 말을 걸었다.

“좋은 한 해를 보내보자고.”

치쿠세이소에서 함께 지내는 마지막 해를.

유키는 말없이 방문 안으로 사라졌고 니코짱은 담배에 대한 엄청난 욕구를 견뎌내면서 다시 컴퓨터 화면을 노려보기 시작했다.

소프트웨어 제작은 여전히 진척되지 않았고 철사 인형만 자꾸 늘어갈 뿐이었다.

기요세가 만든 4월의 훈련 계획표는 수준에 따라 세 가지로 나뉘어 있었다. 가케루와 기요세는 빡빡한 계획표였고 왕자는 느슨했다. 나머지 사람들은 그 중간 정도였다.

훈련 계획표는 수준에 상관없이 일단 달리기에 몸을 익숙하게 만들고 속도와 지구력을 동시에 조금씩 늘려나가는 데에 중점을 두고 있었다. 싫증이 나지 않도록 뛰는 장소에도 변화를 주었다. 선수의 심리를 파악하여 각자의 실력 차이를 충분히 고려한 내용이었다. 가케루는 새삼 하이지 형은 보통 사람이 아니구나 하고 감탄했다.

이만한 훈련 계획표를 짜는 것을 보면 기요세는 틀림없이 상당한 실력을 가진 선수일 것이다. 무릎에 문제가 생기기 전의 기요세가 어떻게 달리는 사람이었는지 알고 싶었다. 뛰어난 선수의 존재에 관심이 생기지 않을 수 없었다. 가케루는 이제야 비로소 육상에 대한 이야기를 기요세와 제대로 해보고 싶어졌다.

그러나 치쿠세이소 사람들은 거의 다 육상 초보들이었다. 훈련 계획표만 보고 기요세의 실력을 가늠하는 일은 당연히 불가능했다. 그저 자기의 훈련 시트를 받아들고는 곤혹스러운 표정으로 쳐다보기만 할 뿐이었다.

먼저 입을 뗀 사람은 호기심이 왕성한 조지였다.

"그런데 하이지 형, 'C.C'가 뭐예요?"

"크로스컨트리의 약자야. 트랙이나 도로가 아니라 자연 속을 달리는 거지. 우리는 들판을 이용할 거다."

"그 들판이면 아오타케에서 2킬로나 떨어져 있잖아요. 그럼 일부러 거기까지 간다는 거예요?"

"아스팔트보다 흙이 다리에 부담을 덜 주거든. 게다가 울퉁불퉁한 곳도 많으니까 기분전환도 되고 딱 좋잖아."

"그럼 'C.C 2.5k×6'이라는 건 혹시……."

이번에는 조타가 쭈뼛거리며 물었다.

"내가 미리 들판에 가서 한 바퀴에 2.5킬로가 나오도록 거리를 재서 코스를 만들었어. 어떤 코스인지는 나중에 가르쳐줄게. 거기를 여섯 바퀴 돈다는 뜻이야."

"다 해서 15킬로나 뛰라는 거예요?"

왕자가 말만 들어도 질린다는 표정을 지었다.

"아직 한참 모자라지만 처음이니까 뭐."

기요세는 무자비했다.

"가케루는 여덟 바퀴야."

무사가 손을 번쩍 들었다.

"'페이스 뛰기'는 무엇입니까?"

"설정된 페이스대로 뛰는 거다. 컨디션이나 달리는 상태를 봐서 그때마다 지시할 예정이지."

기요세는 훈련 시트에서 고개를 들어 멤버들이 설명을 제대로 알아들었는지 확인했다.

무사가 "괜찮습니다. 아직까지는 잘 모르는 곳이 없습니다" 하며 웃는 얼굴로 장담했다.

"이 훈련들은 주로 지구력, 그러니까 힘을 기르는 게 주목적이다. 너무 무리하지 말고 착실하게 코스를 끝까지 뛰겠다는 생각으로 하면 돼. 훈련 전후에 하는 '조그'도 힘들어질 정도의 페이스로 뛰면 안 돼. 몇 번이나 말하지만 몸을 풀고 어떻게든 오래 계속 뛰어서 거리를 늘려가는 게 중요하니까."

"조그라는 건 조깅을 말하는 거죠?"

신동이 진지한 표정으로 기요세의 용어해설을 메모해가며 확인했다.

"그저 질질 오래 한다고 속도가 붙지는 않으니까 빌드업과 인터벌도 할 거야. 빌드업은 서서히 페이스를 올려서 전력질주로 끝내는 달리기, 인터벌은 빠른 페이스와 느린 페이스를 번갈아서 달리는 거고."

"전력질주는 나도 알아."

킹이 말했다.

"50미터나 100미터 달리기처럼 최고 속도로 달리는 거잖아."

"그렇지. 하지만 장거리 주자는 단거리 같은 전력질주 연습은 기본적으로 하지 않아. 사용하는 근육이 서로 다르니까."

기요세가 훈련 시트에 눈길을 떨어뜨렸다.

"4월 후반의 가케루 칸에 'B up(빌드업) 10000'이라고 적혀 있지? 이건 '1만 미터를 뛰면서 서서히 페이스를 올려라'라는 뜻이다. 구체적으로는 1킬로당 처음에는 3분 50초였던 속도를 마지막 1킬로 구간에서는 2분 50초 정도로 올리면 가케루한테 딱 맞을 것 같네."

"그렇게 하면 너무 힘들지 않겠어?"

조지가 걱정스럽게 가케루를 보며 물었다.

"힘들겠지."

가케루가 아무렇지도 않게 대답했다.

"심폐 기능에 부담을 주려고 하는 거니까 안 힘들면 의미가 없어."

기요세가 미소를 지었다.

"10킬로를 어느 정도의 속도로 달릴 수 있다는 건 그 이상의 거리도 뛸 수 있다는 뜻이야. 속도와 지구력을 균형 있게 끌어올리려면 심폐 능력을 반드시 높여야 된다. 그러기 위해서 속도 훈련을 하는 거지."

"하지만 지나치게 하면 안 된다. 맞지?"

나름대로 이론을 조사하고 온 듯한 유키가 안경을 치켜올렸다.

"속도 훈련은 피로도가 높고 다리에도 부담이 되니까."

"맞아. 몸이 고장 나면 큰일이니까."

기요세가 끄덕였다.

"초보자한테 빌드업은 아직 이를 거야. 우선은 지구력 중심의 훈련을 하겠지만 그래도 속도 훈련은 꼭 필요해. 그래서 인터벌을 하자는 거고."

어떤 게 인터벌이라는 거야, 하며 당혹스러운 얼굴로 훈련 시트를 들여다보는 조타에게 가케루가 가르쳐주었다.

"'200(200) × 15'처럼 괄호가 붙은 게 있지? 그걸 말하는 거야."

"그러니까."

기요세가 보충설명을 했다.

"200미터를 빠른 페이스로 달리다가 그 다음 200미터는 느린 페이스로 달린다. 이걸 15번 반복한다는 뜻이야. 이렇게 하면 그 중간에 있는 200미터를 뛰면서 한숨 돌릴 수가 있는 거지."

"한숨 돌리는 것도 뛰면서 하라는 거네. 우와-, 죽겠군."

유키가 긴장된 표정을 짓더니 기요세를 보며 물었다.

"빠른 페이스면 구체적으로 어느 정도를 말하는 거야?"

"200미터를 30초에서 22초 정도로 달렸으면 좋겠지만 갑자기 그 정도는 무리일 테니까 상태 봐서 얘기할게."

조지가 감탄을 하는지 황당해하는지 알 수 없는 소리를 질렀다.

"'400(200)×20'이라는 것도 있네!"

"4월이라서 아직 가벼운 연습인 거야."

가케루가 말했다.

"여름이 되면 훨씬 더 많이 뛰어야 돼."

"이것보다 더?!"

사람들은 앞날에 대한 불안감을 감추지 못했다. 왕자는 아까부터 한마디도 하지 않았다. 혼자만 전혀 다른 훈련 일정표가 주어졌다는 사실에 상처를 받았나 싶어 가케루는 신경이 쓰였다. 그러나 왕자는 그저 어떻게든 여기서 빠져나갈 방법이 없나 궁리하느라 말이 없었을 뿐이었다.

"저기……."

왕자가 기요세에게 타협점을 제시하려고 시도했다.

"난 자체 연습에만 집중할까 하는데요……."

"자체 연습이라고? 어떤 건데?"

"신동 형한테 러닝머신을 받았거든요. 그거면 만화책을 읽으면서도 뛸 수 있고, 난 하루 종일 만화책을 읽는 사람이니까 꽤 효과가 있지 않을까 싶어서요."

"러닝머신 속도는 어떻게 설정돼 있어?"

"천천히 걷는……정도?"

기요세가 한쪽 눈썹만 치켜올리더니 일동을 죽 둘러보았다.

"크로스컨트리를 제외하곤 모두 구립 운동장 트랙에서 할 테니, 연습 시트를 잘 확인해서 제시간에 집합장소에 모일 것."

왕자의 말은 완벽하게 무시당한 채 끝났다.

기요세는 신중을 기하는 성격이어서 멤버들 모두에게 훈련 일지를 쓰도록 했다. 훈련 시트에 바탕을 둔 본 훈련 때에 운동한 시간 외에도 매일 자체적으로 어떤 연습을 했는지 그 시간과 거리를 기록해서 제출해야 한다.

"허위로 작성해도 본 훈련 때 하는 모양새를 보면 대충 답이 나와."

기요세가 엄포를 놓았다.

"중요한 포인트는 불만이 있거나 컨디션이 안 좋으면 그걸 써야 한다는 거야. 얼굴 마주 보고 뭐라고 하기 힘들면 훈련 일지에 전부 다 적어서 줘."

"여태까지도 불만을 많이 제기했는데."

왕자가 구시렁댔다.

"하나도 안 들어줬잖아요."

"네가 한계점에 부딪친 것 같으면 그때는 틀림없이 받아줄게."

그리고 기요세는 아침저녁에 하는 조깅도 희망자가 있으면 다 같이 달리자고 말했다.

"아침에 일어날 수 있을지 불안하다거나 필요한 거리를 끝까지 달릴 자신이 없을 때는 내가 옆에서 챙겨줄게."

가케루는 자기 페이스로 연습하고 싶어서 아침저녁에는 평소대로 혼자 뛰기로 했다. 개인주의인 유키, 그리고 금연과 다이어트를 감행하며 감각을 되찾으려고 하는 니코짱도 조깅은 혼자 하고 싶다고 말했다. 그 외의 사람들은 한동안 기요세의 지휘 아래 함께 자체 훈련에 임하기로 했다.

가케루는 본 훈련과 자체 훈련을 열심히 하면서 다른 사람들의 동향을 가만히 살피고 있었다. 누가 언제 탈락해도 이상하지 않을 만큼 하코네를 위한 연습의 나날은 참담했다.

지금껏 시간만큼은 얼마든지 남아도는 대학 생활을 만끽하면서 자기 마음대로 살아왔던 사람들이다. 달리기에 앞서 생활 리듬을 만드는 것 자체가 많은 사람들에게 힘든 일이었다.

일찍 일어나서 조깅. 서둘러 아침을 먹은 다음 학교에 가서 강의 출석. 끝나면 전원이 들판이나 구립 운동장에 가서 그날의 메인 훈련 계획표에 따라 훈련. 그런 다음에는 잠잘 때까지 시간을 조절하면서 저녁 조깅도 해야 한다.

아침에는 기요세가 두드리는 냄비 소리가 울려 퍼졌고, 밤에는 곤죽이 되어 씻지도 못하고 기절하듯이 잠들어버리는 사람들이 속출했다.

"요즘 아오타케에서 이상한 냄새가 많이 나는 것 같습니다."

주인집 욕실에서 무사가 가케루에게 말했다. 옷 벗는 곳에서 마주친 두 사람은 시간을 절약하기 위해 좁은 탕에 같이 들어가 있었다. 무사의 방식에 따라 욕실 불은 끈 상태였다.

"지저분한 남자들이 열 명이나 있고, 더구나 매일 땀투성이로 운동하면서 씻지도 않는 인간들이 있으니까요."

"누구라고 하지는 않겠지만 쌍둥이와 킹 형과 왕자입니다."

"다 말한 거잖아요."

흐흐흐 하고 무사가 웃었다.

"킹 형과 왕자는 정말 피곤해서 그렇습니다. 하지만 쌍둥이는 귀찮아서 안 씻는 겁니다."

"그건 잘못하는 겁니다."

무사와 이야기하다 보니 가케루까지 딱딱한 말투가 나왔다.

"나는 걱정하고 있습니다. 목욕을 하지 않으면 여자들이 싫어합니다. 가케루는 쌍둥이와 농년배니까 위생에 주의하라고 말해주세요."

농년배라는 단어를 일상생활에서는 처음 들었네, 하고 생각하면서 가케루가 "네" 하고 대답했다.

“요즘은 저녁 조깅 때 아주 재미있는 일이 일어나고 있습니다.”

“무슨 일인가요?”

무사는 대답하지 않고 다시 “후후후” 하고 웃었다.

“상점가를 뛸 때입니다. 가케루도 다음에 보러 오세요.”

어둠 속에서 무릎을 안고 탕 속에 앉아 마주 보던 두 사람 사이에서 하얗고 동그란 빛이 흔들렸다.

“아아, 가케루. 바깥 불빛인 줄 알았는데 달님입니다.”

활짝 열어놓은 창문 너머로 봄밤의 검은 하늘에 달이 희미하게 빛나고 있었다.

“자.”

무사가 두 손을 가만히 물속에 집어넣고는 미소를 지었다.

“달님을 떴습니다.”

“그러네요.”

가케루도 갑자기 즐거운 기분이 들어 웃었다. 무사의 손바닥 안에 작은 달이 새알심처럼 부드럽게 떠 있었다.

연습이 시작된 지 일주일이 지났는데도 “그만두겠다”며 나서는 사람은 아무도 없었다. 가케루는 그 점이 의외였다. 몸을 씻기조차 귀찮을 정도로 지쳐 있는데도.

왜일까? 자기 혼자 낙오자가 되기는 싫다는 생각 때문일까? 같이 살고 있는데 조직의 화합을 자기가 깨기는 싫다는 마음 때문일까? 아니면 달리기에서 뭔가 즐거움을 발견하기 시작한 것일까?

아무도 그만두지 않고 이대로 훈련을 계속하게 된다면? 가케루는 방 속에서 상상해보았다. 치쿠세이소 사람들과 함께 진짜로 하코네 역전경주에 나갈 수 있게 된다면?

그런 꿈을 꾸고 있는 가케루 자신의 변화가 실은 가장 뜻밖이었다.

언제나 혼자서 달렸는데. 지금도 혼자서 뛰고 있는데.

'내가 뭔가를 기대하고 있나 보네.'

가만히 숨을 내뱉자 수면의 달이 살랑살랑 움직였다. 기대는 배신당할지도 모른다는 불안과 지금껏 느껴본 적이 없는 뜨거움을 가케루의 가슴속에 만들어냈다.

가케루는 무사와 함께 욕실에서 나와 치쿠세이소로 돌아갔다. 현관에서 슬리퍼를 벗고 있는데 머리 위에서 달그락거리는 소리가 들렸다. 101호 방문이 벌컥 열리더니 기요세가 씩씩거리면서 눈앞을 지나 계단을 올라갔다. 바로 이어서 기요세의 고함소리가 쌍둥이네 방에서 들려왔다.

"마작은 금지라고 했지! 이건 압수야!!"

'역시 하코네 역전경주는 그냥 꿈일 뿐이지.'

가케루는 그렇게 생각하면서 한숨을 쉬었다. 천장에 있는 구멍에서 점수표가 하늘하늘 떨어졌다. 조지가 속삭이는 목소리도 함께 떨어졌다.

"나중에 계산해야 하니까 하이지 형 모르게 좀 숨겨줘."

"알겠습니다."

무사가 웃으면서 점수표를 주웠다.

장거리 달리기에 진지하게 임하는 학생이라면 아무리 적어도 한 달에 600킬로는 뛴다. 대회가 임박한 시기가 되면 한 달에 1,000킬로 이상 달리는 사람도 얼마든지 있다. 그 수준에 맞추기 위해 가케루는 열심히 뛰었다. 치쿠세이소 사람들의 진두를 빌고 있기는 하지만 그렇다고 갓 만들어진 햇병아리 팀 수준에 자기 훈련을 맞출 생각은 없었다.

"가케루는 너무 많이 뛰는데."

훈련 일지를 확인한 기요세가 본 훈련 후에 그렇게 말했다. 들판 풀밭 위에서 옷을 갈아입기도 하고 스트레칭도 하면서 모두가 한가롭게 쿨다운을 하고 있던 때였다.

처음 2주일 동안은 근육통이 생겼네, 물집이 잡혔네, 뒤꿈치가 까졌네 하며 모두가 비참한 상태에서 필사적으로 훈련을 소화했다. 하지만 원래 소질이 있는 사람들이었다. 이제는 조금씩이지만 몸이 적응하면서 달리기가 재미있어지는 모양이었다. 훈련 시트에 적힌 운동을 그럭저럭 다 해낼 수 있을 정도까지 와 있었다.

치쿠세이소 사람들의 어마어마한 적응력에 가케루는 내심 놀라고 있었지만 그것은 어디까지나 초보자용 훈련 수준이었다. 가케루는 차원이 다른 수준으로 자신의 달리기를 만들려 하고 있었다. 옆에서 누가 말려주지 않으면 언제까지든, 끝도 없이 마냥 달리곤 했다.

"나이로 봐서도 아직 몸이 완전히 만들어지지 않은 상태니까 무리하면 안 돼. 지금 몸을 지나치게 혹사해서 어디 고장이라도 나면 어쩌려고 그래."

최근 들어 가케루는 자기 몸이 무척 가볍게 느껴졌다. 뛰면 뛸수록 힘이 생겨나고 속도도 더욱 빨라지고 있음을 직감으로 알 수 있었다. 그래서 솔직히 말하면 기요세의 충고가 실감나지 않았지만 그래도 순순히 "네" 하고 대답했다.

"반대로 왕자는 너무 안 뛰는군."

왕자의 훈련 일지에는 이틀에 한 번꼴로 저녁 조깅 대신에 '러닝머신'이라고 적혀 있었다.

"솔직함이 네 미덕 중의 하나라고 생각은 하는데……. 이건 결국 '조깅을 빼먹고 만화책을 읽고 있었다'는 뜻이잖아?"

왕자는 기요세가 저녁 조깅을 하러 가자고 불러도 만화책으로 바리

케이드를 쌓아놓고 끝까지 방문을 열어주지 않을 때가 있다.

기요세가 추궁하자 왕자가 필사적으로 변명했다.

"그렇긴 하지만 진짜로 러닝머신을 하면서 만화책을 읽은 거예요. 요즘에는 다리에 근육도 약간씩 붙은 것 같고."

"그래?"

기요세가 왕자의 허벅지를 만지면서 확인했다.

그 모습을 보던 유키가 "하이지. 너 그렇게 남의 다리를 막 만지는 거 안 좋은 버릇인데. 조심해야 되겠다" 하고 충고했다.

기요세가 "흠" 하며 몸을 일으켰다.

"아침 조깅 때도, 그리고 본 훈련 때도 약간 좋아진 건 사실이야. 하지만 만화책을 읽으면서 러닝머신으로 뛰는 건 바람직하지 않아. 자세도 무너지고 도로 위를 달리는 감각도 키울 수가 없으니까. 저녁 조깅에 빠지지 말고 매일 참가하도록 해."

반박할 여지를 주지 않는 기요세의 조용한 박력 앞에서 왕자는 "알겠어요" 하고 수긍하는 수밖에 없었다. 가케루는 그 대답에 마음이 놓였다. 왕자가 될 수 있는 대로 바깥에서 뛰어줬으면 했다. 안 그래도 엄청난 무게가 실린 왕자의 방에 러닝머신까지 들여놓은 셈이니, 왕자가 안에 있는 러닝머신에서 뛸 때마다 가케루의 방 천장은 당장이라도 무너질 것처럼 삐걱거렸다.

"솔직한 왕자와는 달리 허위와 과장이 가득한 일지를 제출하는 임금님이 계시지."

기요세의 말에 모두 킹을 보고 웃었다. 킹은 "들켰네" 하며 난처했는지 신발 끝으로 흙을 피헤쳤다.

"그야 도무지 뛰지도 못하겠고 기록도 좋아지지 않으니까. 이대로 가면 골치겠다 싶어서 살짝 올려서 보고한 거지."

"아직 훈련 시작한 지 2주일밖에 안 됐어. 성과가 벌써 나타날 리 없잖아."

기요세가 킹을 부드럽게 타일렀다.

"퀴즈에서 우승하려면 착실하게 지식을 쌓으면서 버저를 빨리 누르는 기술이 필요하잖아? 육상도 마찬가지야. 눈속임 같은 술수는 안 통해. 매일 하는 훈련으로 체력을 쌓고 기술을 익혀야지. 그리고 자기 실력을 있는 그대로 인정할 수 있는 용기가 실전에서 마지막 순간에 자기를 구하는 거야. 네가 열심히 훈련하고 있다는 거 나도 잘 아니까 그냥 있는 그대로 쓰면 돼."

"그럴게."

킹이 끄덕였다.

"다른 사람들은 일단 지금까지 별문제 없이 잘하고 있어. 그런데 니코짱 선배."

"왜?"

기요세에게 호명된 니코짱이 운동화 끈을 다시 묶던 손을 멈추고 고개를 들었다.

"요즘에 잘 안 먹죠?"

"아닌데."

"거짓말하지 말아요. 누가 밥을 하는데!"

기요세이다. 훈련 계획뿐만 아니라 멤버들의 식사까지 만들고 있는 치쿠세이소의 지배자 앞에서는 어떤 거짓말도 통하지 않는다.

니코짱이 볼을 긁적이면서 변명했다.

"난 뼈가 워낙 굵잖아. 그러니까 무게를 줄여야지."

"그럴 필요 없어요."

기요세가 단칼에 잘라버렸다.

"훈련하면서 몸을 움직이니까 이제까지 먹던 대로 먹어도 빠지게 돼 있어요. 무리한 다이어트는 몸을 망가뜨리는 원인이 됩니다. 균형 잡힌 식사를 제대로 해야 돼요."

"알았어. 하지만 훈련했는데도 안 줄면 다이어트할 거다."

"여름쯤이면 틀림없이 줄어 있을 거라고 확신은 하고 있는데."

기요세가 양보했다.

"혹시 안 되면 그때 가서 생각해봐요. 절대로 혼자서 무리하면 안 됩니다."

두 사람의 대화를 듣고 있던 신동이 물었다.

"몸무게가 가벼운 쪽이 유리한 건가요?"

"하지만 살이 빠지면 그만큼 체력도 떨어지잖아."

신동의 의문에는 이론파인 유키가 대답했다.

"물론 무리한 다이어트는 절대 안 되지. 빈혈이 생길 수도 있고, 그러면 심장에 부담이 와서 위험하니까. 하지만 기본적으론 몸을 근육질로 가볍게 만들어야 돼. 쓸데없는 체지방을 줄이고 심폐기능을 높이고. 레이싱카도 될 수 있는 대로 차체는 가볍게 하고 엔진을 강력하게 만들잖아. 마찬가지 원리야."

"그렇군요."

신동이 납득하면서 물러났다.

"유키 말이 맞다."

기요세가 모두를 둘러보았다.

"레이싱카가 시험주행을 거듭하면서 차체의 균형을 확인하고 엔진 성능을 높여가듯이 선수도 매일 달리면서 자기 몸을 만들어가는 거다. 급격한 변화를 원하면 반동도 그만큼 크니까 조심해줬으면 좋겠어."

훈련 후에 근육이 조금이라도 열감이 있는 것 같으면 바로 얼음찜질을 할 것. 스트레칭과 마사지를 빼먹지 말 것. 영양보충제를 먹어서 부족하기 쉬운 철분 등을 섭취할 것.

부상을 막고 컨디션을 유지하기 위한 방법을 이것저것 알려준 다음 "자, 그럼 해산" 하고 기요세가 말했다.

치쿠세이소로 돌아가는 길에 가케루는 우연히 니코짱과 나란히 뛰게 되었다. 니코짱은 몸무게가 신경 쓰이는 데다 금연 중이어서 스트레스가 잔뜩 쌓인 모양이었다. 어딘지 모르게 푹 가라앉은 것처럼 보였다.

이럴 때 즐거운 이야기를 꺼낼 수 있으면 좋을 텐데. 가케루는 이리저리 궁리해봤지만 떠오르는 것이 없었다.

"가케루, 오늘 저녁밥은 뭐일 것 같냐?"

결국에는 니코짱이 먼저 말을 걸어왔다. 정말이지 난 달리기 말고는 할 줄 아는 게 아무것도 없구나 싶어 가케루는 자기가 너무 한심스러웠다.

"아마 카레일 거예요. 본 훈련 전에 하이지 형 심부름으로 고형 카레를 사러 상점가에 다녀왔으니까요."

그때 가케루의 뇌리에 뭔가가 반짝 하고 떠올랐다. 그래, 상점가. 저녁 조깅을 보러 오라고 무사가 그러지 않았나. 어쩌면 니코짱이 기분전환을 할 수 있는 뭔가가 있을지도 모르지.

"니코짱 선배, 오늘 저녁 조깅은 저랑 같이 할래요?"

"뭐야, 갑자기. 길거리에서 여자 꼬시는 것처럼 말하고 있어."

바로 앞에서 달리던 유키가 돌아보더니, "자기야~, 어디 데려가줄 거야?" 하고, 얼굴은 철가면처럼 무표정한 채로 이상한 목소리를 내며 끼어들었다.

"상점가요."

가케루가 고지식하게 대답했다. 이 세 사람은 평소에 조깅을 혼자

하는 사람들이었다. 마침 잘됐다 싶어 함께 조깅하는 팀에서 일어나고 있다는 '재미있는 일'을 같이 보러 가기로 했다.

저녁은 예상대로 카레였다. 빈틈없는 기요세의 성격은 밥을 할 때도 그대로 드러났다. 카레 하나를 만들 때도 본 훈련 전에 양파를 볶아서 오래 끓인 다음 가케루가 사온 여러 가지 고형 카레를 독자적으로 블렌딩해서 맛을 냈다.

그러나 그 깊은 맛을 알아주는 사람은 아무도 없었다. 그저 다들 카레 안에 고기가 많이 들어 있다고 좋아할 뿐이었다. 알록달록 예쁘게 담아놓은 샐러드도 눈으로 감상할 틈도 없이 한순간에 먹어 치웠다.

"열심히 밥한 보람이 없어요, 아무튼."

기요세는 분노와 슬픔이 뒤섞인 표정을 지으며 빈 그릇을 싱크대로 옮겼다. 이제부터 제대로 먹기로 결심한 듯한 니코짱이 "조금만 더 먹어야지" 하며 밥솥 앞에 섰다.

"맛이니 뭐니 다 필요 없고 그냥 고기만 많으면 되는 거야, 이놈들은."

부엌에는 모두가 한꺼번에 식사할 수 있는 커다란 식탁이 들어가지 않는다. 그래서 식탁이 다 차면 나중에 밥을 먹으러 온 사람은 작은 밥상을 꺼내서 부엌 앞 복도에 앉았다.

가케루가 아직 카레를 먹고 있을 때 신동과 무사가 나타났다. 식탁 자리는 모두 차 있었다. 쌍둥이는 디저트를 먹을 차례인데도 자리 내줄 생각을 하지 않았다. 딸기에 연유를 뿌리느냐, 우유랑 설탕을 뿌리느냐를 가지고 정신없이 싸우고 있었다.

상하관계의 고정관념에서 벗어나지 못한 가케루가 숟가락을 입에 물고 카레가 든 그릇을 안고서 식탁 자리를 양보하려고 했다.

그러자 신동이 허둥지둥 "아냐, 가케루. 일어나지 않아도 돼" 하며 말렸다.

"아오타케에서는 선후배를 따지지 않습니다."

무사도 거들었다.

"그래서 편한 겁니다. 그렇지요?"

"네."

가케루는 자기 자리에 다시 앉아 카레를 마저 먹었다. 육상부 기숙사에서 고등학교 3년을 지낸 가케루로서는 선배가 복도에서 먹고 후배가 식탁에 앉아 먹는 것은 있을 수 없는 일이었다.

가케루가 경험했던 합숙 생활에서는 후배가 선배 뒤치다꺼리를 하는 것이 당연했다. 선배들 운동화도 빨고 빨래도 해야 했다. 목욕도 당연히 선배들 다음에 했다. 그 정도 뒤치다꺼리로 선배들이 시비 걸지 않고 연습에 매진할 수 있게 내버려두기만 한다면 전혀 문제가 아니라고 생각했다.

반대로 가케루가 선배 입장이 되자 이번에는 자기 운동화를 후배들에게 맡기기가 싫었다. 운동화는 달리기에 필요한 아주 중요한 장비이다. 예전에 선배들이 어떻게 자기 운동화를 아무렇지도 않게 후배들에게 맡겼는지 가케루는 이해할 수 없었다.

같은 학년의 팀원들한테 "기강이 흔들린다", "너 혼자 착한 척하냐"며 핀잔도 들었고 뒤에서 험담하는 사람들도 많았다. 가케루는 모든 것을 무시했다. 가케루의 속도는 아무도 따라올 수 없었고 선배가 되어서 마음껏 달릴 수만 있으면 그것으로 충분했기 때문이다. 남들이 무슨 말을 하건 상관없다고 생각했다.

가케루는 육상부 안에서 다른 사람들과는 동떨어진 고고한 존재가 되었다. 바꿔 말하자면 고립된 것이다.

그런데 지쿠세이소는 정말 지내기 편했다. 태어난 해가 몇 년 다르다고 신경 쓰는 사람은 아무도 없었다. 서로 하고 싶은 말을 거리낌 없이 하며 지냈다. 지금도 쌍둥이 형제의 싸움을 니코짱이 무산시킨 참이었다. 두 사람이 먹을 딸기가 담긴 그릇에 연유와 우유와 설탕을 똑같이 부어버리는 방법으로 말이다.

"니코짱 선배, 이게 뭐예요?! 난 우유랑 설탕으로 먹고 싶었는데."

"들어 있잖아."

"난 무슨 일이 있어도 연유로 먹고 싶었다고요."

"그러니까 그것도 들어 있잖아."

평행선을 달리는 쌍둥이와 니코짱의 대화를 뒤로하고 가케루는 그릇을 치우는 기요세를 도왔다. 나란히 싱크대 앞에 서서 설거지를 했다.

"형, 저녁 조깅 때 몇 시쯤 상점가를 돌아요?"

"한 8시 정도? 그런데 왜?"

"아니, 그냥요."

나 먹은 그릇을 들고 온 무사가 가케루에게 눈짓을 했다.

가케루는 니코짱과 유키와 함께 상점가 입구에 있는 놀이터로 갔다. 모래사장과 그네, 그리고 미끄럼틀 사이를 빙빙 돌면서 뛰는 것은 너무 단조로웠지만 조깅을 하면서 상점가를 지켜볼 방법이 달리 없었다.

어두컴컴한 외등이 켜진 놀이터 안을 서른 바퀴 정도 돌아서 눈까지 빙빙 돌아갈 것 같은 느낌이 들 즈음에 기요세를 비롯한 치쿠세이소 사람들의 무리가 나타났다. 모퉁이를 돌아 역 앞까지 이어지는 커다란 상점가 안으로 들어갔다. 달리는 속도가 제각기 다르기 때문에 줄이 길게 늘어져 있었지만 왕자도 어찌어찌 따라가고 있었다.

"왔네요."

"몰래 따라가보자."

가케루 일행도 공원에서 나와 상점가로 들어갔다.

좁은 길 양옆으로 많은 개인 상점들이 늘어서 있었다. 하루 일을 마치고 셔터를 내리는 빵집. 문 닫는 시간이 되기 전에 남은 생선들을 팔아치우려고 있는 힘껏 외치고 있는 생선가게 주인. 밤이 되자 손님이 들기 시작한 술집.

등롱 모양으로 만들어진 가로등이 주황색 빛을 비추고 있었다. 집으로 가려고 역에서 걸어오는 사람들과 마감 세일을 노리고 찾아온 저녁 쇼핑객들로 상점가가 북적였다.

"아무래도 왕자는 너무 느려."

유키가 투덜댔다.

"추월하지 않고 따라가기가 힘들잖아."

가케루 일행은 지나가는 사람들 뒤에 숨어서 왕자 옆을 지나쳤다. 그 앞을 뛰어가던 킹도 눈치채지 못하게 교묘히 추월했다.

"하이지다."

유키가 턱으로 전방을 가리켰다. 기요세가 이쪽을 향해 달려오고 있었다.

"저놈은 왜 돌아오는 거야?"

"역에서 꺾어져서 돌아오는 것치고는 너무 빠르지요?"

세 사람은 고개를 푹 숙이고 그대로 지나치려 했지만 기요세가 몰라보고 그냥 지나칠 리가 없었다.

"여기서 몰래 뭐하는 거야?"

역 쪽으로 뛰어가던 가케루 일행 옆에서 기요세도 휙 하고 돌더니 같이 뛰어가며 물었다.

"하이지 선배야말로 왜 여기 있어요?" 가케루가 묻자, "뒤에서 뛰어오는 사람들이 어쩌고 있는지 보러 왔지" 하고 기요세가 대답했다.

항상 생각하지만 정말 빈틈없는 관리능력이다. 이 사람은 모두를 두루 챙기기 위해 도대체 얼마나 뛰어다니고 있는 걸까? 가케루는 걱정이 좀 되었다. 다리도 완벽하게 제 컨디션을 찾은 것 같지 않은데.

그동안에도 기요세는 유키와 이야기를 계속했다.

"이쪽에서 뭔가 재미있는 일이 벌어지고 있다고 가케루가 그러잖아. 그래서 보러 왔지."

"아아, 저거 아냐?"

기요세가 팔을 쭉 뻗어서 가리키는 곳에서 나란히 달리는 신동과 무사의 모습이 보이기 시작했다.

"저 녀석들 뭐하고 있는 거야?"

니코짱이 고개를 갸웃거리는 것도 당연한 일이었다. 신동과 무사는 하얀 티셔츠를 입었는데 그 등에 매직으로 뭔가 검은 글자가 적혀 있었다. 가케루는 눈에 힘을 줘서 상점가 한가운데를 달려가는 두 사람의 등에 적힌 글자를 읽었다.

하코네 역전경주에 도전하겠습니다!!

간세이 대학교 육상경기부 후원자 모집 중

"……나름 깔끔하게 적었네."

유키가 한마디 했다.

"신동이 직접 만든 모양이야."

기요세가 흐트러짐 없는 호흡으로 담담하게 설명했다.

"창피하니까 하지 말라고 했는데 자금을 모으려면 이렇게 해야 한다고 고집을 부렸어. 우리 것까지 다 만들어둔 모양이더라고."

절대로 입고 싶지 않다고 가케루는 생각했다. 신동은 언제나 침착하니 속세와 무관한 듯 조연한 분위기를 풍기는데 의외로 실무에 적합한 성격인 모양이다.

"의외네요. 신동 형이 적극적으로 모금을 위해 나서다니."

"달리기를 하다 보니 이제껏 전혀 몰랐던 그 사람의 다른 면이 보이기도 하더라고."

기요세는 그렇게 말하고 웃더니 "신동, 무사" 하며 앞에 가는 두 사람을 불렀다.

"이 세 사람도 영업을 돕고 싶다는데."

아니아니, 그렇게 말한 적 없어요 하고 가케루 일행이 일제히 고개를 도리질했다. 합류한 가케루를 향해 무사가 살짝 손을 들어 인사했다.

"신동 형이 직접 만든 티셔츠인데 가케루한테도 주겠습니다. 그리고 가케루, 저쪽을 보십시오."

상점가의 인파를 가르듯이 달리는 자전거 한 대가 있었다. 자전거를 탄 사람은 가케루와 비슷한 나이로 보이는 여자였다. 머리를 하나로 묶은 그 아이는 뭔가에 시선을 고정한 채 열심히 자전거 페달을 밟고 있었다. 가끔 보이는 옆얼굴이 깔끔하니 예쁘다는 점은 멀리서도 알아차릴 수 있었다.

"야오카츠 채소가게 딸이네."

기요세가 말했다.

"어떻게 알아요?"

정신을 놓고 여자의 옆얼굴을 보던 가케루가 옆에서 달리는 기요세에게로 눈길을 돌리며 물었다.

"아오타케 사람들 식재료는 항상 이 상점가에 와서 사거든. 그러니 어지간한 사람들은 다 알지."

"그럼 저 사람이랑 말해본 적도 있어요?"

"'무가 아주 튼실하네요', '거스름돈 200엔입니다.' 그런 말은 주고받았지."

기요세가 피식 웃었다.

“왜, 자꾸 눈이 가?”

“아뇨, 그런 건 아니고요.”

가케루가 시선을 다시 앞으로 돌렸다. 자전거는 인파 속으로 사라졌다 다시 보였다를 되풀이하면서 계속 역 쪽으로 가고 있었다.

“이거 덕분에 이래 봬도 여기서 꽤 유명해졌어.”

신동이 티셔츠 자락을 잡아당기며 자랑했다.

“매일 같이 줄지어서 이 거리를 뛰어다니니까. 하이지 형을 아는 상점가 주인들이 가끔씩 말도 걸어주고 그래. ‘그 낡아빠진 집에 사는 학생들이지? 재미있는 일을 시작했네’라고.”

“주인 할아버지는 이 상점가에 있는 기원 단골이기도 하고.”

기요세도 말했다.

“거기서 ‘아오타케에 사는 학생들이 하코네 역전경주에 도전하려고 한다’고 막 얘기하고 다니신다더라고.”

그만두겠다는 말이 쉽게 나오지 않도록 계획적으로 지역 주민들까지 끌어들이는 작전이겠지. 계획을 착착 진행시키고 있는 기요세와 집주인의 수완에 가케루는 감탄할 수밖에 없었다. 첫 번째로 참가하겠다고 나선 만큼 신동도 앞장서서 홍보 활동에 힘쓸 작정인 것 같았다. 하코네 역전경주를 향해 나아가고 있는 큰 흐름에 순진하고 속 편한 멤버들이 어느새 휩쓸려가고 있었다. 이래도 되나, 하고 가케루는 불안해졌다. 그러나 치쿠세이소 외부의 주민들까지 하코네 역전경주에 도전하려 하는 멤버들에게 흥미를 보인다고 하니 아무래도 기분도 좋고 든든하기도 했다.

“요즘 들어 우리가 소깅을 할 때마다 저 여자분이 자꾸 나타납니다.”

무사가 자전거를 타고 있는 야오카츠의 딸을 손가락으로 슬쩍 가리켰다.

“저 여자분이 보는 사람은…….”

그 말에 이끌려서 가케루와 니코짱과 유키는 자전거 앞쪽으로 시선을 돌렸다. 거기서 뛰고 있는 사람은…….

“쌍둥이?!”

가케루가 놀라서 자기도 모르게 큰 소리로 말했다.

“어느 쪽이야?”

니코짱도 덩달아 물었다. 무사가 어깨를 으쓱했다.

“글쎄요, 그건 모릅니다.”

“어느 쪽이고 뭐고 얼굴이 똑같이 생겼잖아.”

유키가 냉정하게 지적했다.

사랑의 예감이 드네. 가케루가 생각했다. 나란히 달리는 조타와 조지는 전혀 모르는 눈치였지만 당장 오늘부터라도 제대로 씻고 다니라고 충고해야겠다.

어찌 되었건 아침저녁으로 조깅에 매진하는 치쿠세이소 멤버들에게 상점가 사람들이 점점 친근감을 느끼게 된 것만은 틀림없는 사실 같았다.

4

기록대회

봄부터 초여름까지는 대회의 계절이다. 거의 매주 대학이 주최하는 기록대회나 기업이 협찬하는 경기들이 개최된다.

기록대회라는 눈앞의 목표가 나타나자 훈련에 팽팽한 긴장감이 생겼다. 기요세와 함께 아침저녁 조깅을 하는 사람은 이제 왕자와 킹뿐이었다. 다른 사람들은 기요세가 애써 깨울 필요도 없이 알아서 일어나 적극적으로 훈련 일정을 소화하고 있었다.

기요세는 각자의 성격에 맞춰 은근히 이끌어가는 스타일이었다. 착실하게 해야 할 일을 해내는 데 보람을 느끼는 신동에게는 보다 상세한 훈련 계획표를 만들어주었다. 만사를 머리로 생각해서 행동하는 유키와는 유키가 납득할 수 있을 때까지 훈련법에 대한 토론을 했다. 조타는 칭찬해주면 힘이 생기는 스타일이기 때문에 훈련 중에 자주 격려를 해 주었고 가만히 두어도 알아서 잘 하는 조지에게는 일부러 달리기에 대한 화제를 꺼내지 않았다.

기요세는 기본적으로 멤버들이 알아서 하도록 내버려 두었다. 훈련 방침을 꼼꼼히 알려주고 필요한 부분에 대해서만 약간의 조언을 건넸다. 그렇게 해서 각자의 의욕을 잘 이끌어냈다. 가케루는 마법을 보고 있는 것 같았다. 강요하지 않고, 벌칙도 만들지 않고 뛰어야겠다는 생각이 들 때까지 집요할 정도로 끈기 있게 가만히 기다린다. 그런 방식이 있다는 사실을 가케루는 지금까지 생각해보지도 못했다.

'내가 육상을 시작했을 때 만약 하이지 형이 감독이었으면 아마 지금쯤 훨씬 더 빠른 선수가 됐을지도 모르겠다.'

그런 생각이 들었다. 실제로 치쿠세이소 사람들은 조금씩이지만 착실하게 기록이 좋아졌다.

하지만 한편으로는 기요세가 시키는 훈련 강도가 너무 느슨하다는 느낌도 들었다. 초보나 마찬가지인 사람들을 훈련시키는 것이다. 좀더 엄하게 훈련하지 않으면 예선까지 결과를 낼 수 없지 않을까? 정말로 하코네 역전경주에 나갈 생각이 있기는 한 걸까 하는 조바심이 생기면서 짜증이 나기도 했다.

"이제 거의 다들 5천 미터를 17분 내로 뛸 수 있는 실력이 된 것 같네."

쌍둥이네 방에서 술파티를 하는 도중에 모여 있는 사람들에게 기요세가 말했다. 아무리 훈련을 하느라 힘들어도 열흘에 한 번씩은 모두 모여 술을 마셨다. 치쿠세이소 사람들 중에 술이 약한 사람은 아무도 없었다. 워낙 술을 좋아하는 사람들이기 때문에 다 함께 모여서 마시는 것만으로도 어느 정도 스트레스 해소가 되었다.

"하지만 우린 대부분이 초보잖아. 경기에 처음 나가면 바짝 얼 수도 있어. 그래서 몇 군데 기록대회에 출전 등록을 해놨으니까 이 중 한 군데에서라도 17분 이내의 기록을 내면 된다는 마음가짐으로 편하게 임했으면 좋겠어."

가케루 옆에서 만화책을 읽고 있던 왕자가 속삭이듯이 작은 소리로 물었다.

"어째서 하이지 형은 자꾸 17분이라는 시간에 집착하는 거지?"

"하코네 역전경주의 예선에 출전하려면 '5천 미터를 17분 이내에 뛰었다'는 공식 기록이 필요하거든요."

경기 규칙을 제대로 숙지하고 있지 못한 것 같은 왕자에게 가케루가 속삭이듯이 말해주었다.

"그 공식 기록을 얻기 위해서 이런 공식 대회나 기록대회에 나가는 거예요."

"전에 분명히 설명했을 텐데 잊어버린 거야?"

유키의 안경테가 번쩍 하고 빛났다. 만화책 제목은 그렇게 잘 외우면서, 하고 핀잔을 주는 표정이었다.

"아무래도 하이지는 일단 예선 대회 출전만 노리는 작전을 쓸 모양이네."

유키의 말에 가케루도 "그런 것 같네요" 하며 끄덕였다.

"하긴 나도 그게 순서에 맞는 거 같긴 해."

유키가 나른한 표정으로 안경을 벗더니 주름 하나 없는 손수건으로 렌즈를 닦았다.

"가케루 너는 대항전에 안 나가도 돼?"

가케루는 대답하지 않았다. 대신에 왕자가 물었다.

"대항전이 뭐야?"

유키는 대답도 없이 방구석에서 철사 인형을 만들고 있는 니코짱 쪽으로 가버렸다. 그래도 왕자는 만화책을 펼친 채 대답을 기다리고 있었다.

"대학 대항전이요. 대학들끼리 하는 육상경기 선수권 대회예요."

가케루가 말했다.

"5월에 간토 대학 대항전이 있고, 7월에는 전일본 대학 대항전이 있어요."

"우리도 거기 참가하면 되잖아."

"최고 수준의 대학생 선수들을 위한 대회여서 참가 자격이 하코네의 예선보다 더 높아요."

"그래."

왕자가 시큰둥하게 대답하더니 무릎 위에 펼쳐놓았던 만화책 쪽으로 시선을 돌렸다.

"하지만 넌 그 기록도 충분히 낼 수 있지 않아?"

당연하다. 하지만 가케루는 애매하게 웃기만 하고 입을 다물었다.

여기저기 앉아 있는 사람들에게 기요세가 프린트물을 나눠주었다. 각 대학이 주최하는 다양한 기록대회 일정이 적혀 있었다. 가케루는 그 종이가 무슨 돌덩이처럼 무거운 것마냥 받자마자 바닥에 내려놓았다. 대학 대항전은 고사하고 기록대회에 나가는 것조차 망설여졌다. 육상을 잘하는 학교들이 모이는 자리니 고등학교 시절 육상부에서 함께하던 사람들이 틀림없이 나올 것이다. 가케루는 아직 예전 팀원들 얼굴을 보고 싶지 않았다.

기요세는 프린트물을 들고 설명을 계속했다.

"우선 도쿄 체대 기록대회. 5월 초에 도치도 대학 기록대회. 그 2주 후에는 기쿠이 대학 기록대회다. 그때까지도 기록이 안 나오면 6월 말에 도쿄 체대 기록대회가 한 번 더 있어. 그러니까 너무 조급해하지 말고 17분의 벽을 깨주기 바란다."

조타와 조지가 "황금연휴 때도 기록대회에 나가라고요?" "6월 말이면 장마 때잖아요, 빗속을 뛰기는 싫은데" 하며 불평을 해댔지만 그것도 말뿐이있다. 훈련을 통해 나름 자신감이 붙었기 때문에 '어떻게 해서든 일찌감치 17분 이내의 기록을 내겠어!' 하고 투지를 불태우는 기색이었다.

"다만 대학 대항전에 도전할 생각이면 첫 번째 도쿄 체대 기록대회 때부터 전력을 다할 필요는 있어. 대항전 참가 표준기록을 만들 수 있는 기한이 이 기록대회까지거든."

기요세가 말했다.

"대항전 참가 가산점을 얻지는 못하더라도 대학생 육상선수라면 대항전에 참가하는 것도 중요하지. 넌 어떻게 할 생각이야, 가케루?"

기요세가 묻는데 가케루는 멍하니 넋을 놓고 있었다.

"가케루, 왜 그래?"

기요세가 다시 한번 이름을 부르자 그제야 깜짝 놀라면서 프린트물에 고정되어 있던 눈을 들었다.

"아, 아무것도 아니에요."

"근데 대항전 가산점이 뭐예요?"

조지가 그렇게 질문한 덕분에 가케루는 속내를 살피려는 듯한 기요세의 눈길에서 벗어날 수 있었다.

"아직 말은 안 했는데……."

기요세가 등을 쭉 펴면서 조지뿐만 아니라 다른 사람들에게도 모두 들리도록 소리를 높였다.

"하코네 역전경주의 예선은 열 명이 20킬로를 달린 순수한 합계 기록만 가지고 결정되는 게 아니야."

제각기 떠들어대던 사람들이 일제히 입을 다물었다. 방 안이 조용해지면서 의문과 당혹스러움을 머금은 눈길들이 기요세에게 집중되었다.

"예선을 통해 본선에 진출할 수 있는 자리는 열 개지만 사실 그중 하나는 '선발팀'이다. 본선에 진출하지 못한 대학들 중에도 예선 기록이 아주 좋은 선수들이 있게 마련이니까. 그 사람들을 구제하기 위한 조치지. 이렇게 말하면 좀 미안하지만 외인구단 같은 거야."

"그럼 실질적으로 예선에서 하코네 역전경주 본선에 출전할 수 있는 대학팀은 아홉 개밖에 없다는 거네요?"

신동이 물었다.

"그렇지. 그중에서도 7등 이하의 대학들은 예선의 합계기록에 대항전 점수를 합산한 기록을 가지고 최종적인 순위가 결정돼. 설명하려면 복잡하고 기니까 쉽게 말하자면 대학 대항전에서 좋은 성적을 거둔 대학은 그만큼을 가산점으로 간주해서 합계기록에서 시간을 빼준다는 거지. 대항전 점수 덕분에 실제 합계기록보다 5분 이상 기록이 빨라진 사례도 있을 정도야."

"그럼 예선 성적만 가지고 보면 상위권이었는데 대항전 점수 때문에 역전당해서 본선에 진출하지 못한 경우도 있어요?"

조타가 물었다.

"있었어. 하코네 역전경주는 TV에 생중계되기 때문에 대학 입장에서는 더할 나위 없이 좋은 학교 홍보가 되지. 그러니까 어떻게든 좋은 선수들을 뽑아서 역전경주에만 적합한 효율적인 훈련을 통해 본선에 진출시키면 된다는 생각을 하는 대학이 있을 수 있거든. 대학 대항전 제도는 그런 대학들을 견제하기 위해 만든 장치야. 기본적인 훈련을 잘 시켜서 역전경주뿐만 아니라 육상의 기본인 트랙에서도 잘 뛰는 인재를 육성하라는 뜻이지."

"참 지저분한 얘기네."

니코짱이 씁쓸하게 웃었다.

"어떤 곳에서든 돈 문제가 반드시 얽히게 된다는 뜻이네요."

홍보 활동이 얼마나 중요한지를 새삼 느꼈는지 신동이 안타까운 표정으로 한숨을 쉬며 말했다.

방 안에 흐르는 약간 머쓱한 분위기에 아랑곳없이 킹이 말했다.

"좋았어! 하이지, 가케루. 대학 대항전에 나가서 점수 좀 따와."

"그건 불가능해."

유키가 차갑게 잘랐다.

"우리는 약소 육상부야. 점수는 대항전에서 대학이 받는 순위하고 출전 인원수에 따라 주어지는 거고. 하이지하고 가케루 둘만 대항전에 나가서는 아무리 좋은 기록을 내도 소용이 없다는 뜻이야."

"정말 곤란한 일입니다. 돈도 없고 대항전에 나가서 활약할 수도 없다면 우리는 도대체 어떻게 해야 할까요?"

낙담해서 어깨가 축 처진 무사를 신동이 "괜찮아" 하고 격려했다.

"예선에서 상위 6등 안에 들면 되잖아. 그러면 대항전 포인트랑은 상관없어지니까. 약소 대학은 약소 대학답게 당당히 합계기록만 가지고 승부를 보자고."

"그래, 신동 말이 맞아."

기요세가 반가운 얼굴로 끄덕였다.

"사실 그 기록 자체가 지금 우리한테는 제일 큰 문제지만."

유키가 작은 소리로 지적했다.

"뭐, 일단 우리는 기록대회에 나가 차례차례 단계를 밟으면서 기록을 올린다 치고."

니코짱이 철사 인형을 만들면서 말했다.

"가케루하고 하이지는 대항전에 나가서 다른 학교 놈들 혼을 쏙 빼놓고 와."

"좋았어! 가케루랑 하이지. 너네는 점수를 따라고."

킹이 같은 소리를 또다시 했다.

"그러니까 둘만 나가서는 점수를 못 딴다니까요."

"제발 누가 말하면 좀 들어요, 킹 형."

조타와 조지가 입을 모아 킹을 나무랐다. 가케루는 계속 입을 다물고 있었다. 대학 대항전에 나가라고 하는 킹에게 대꾸할 여유가 없었다. '도쿄 체대'라는 글자를 보다가 떠오르는 일이 있었다.

그러고 보니 사카키가 도쿄 체대에 들어갔다고 하지 않았나? 가케루의 뇌리에 고등학교 시절의 팀원 얼굴이 떠올랐다. 혼자만 장마철을 먼저 맞은 것처럼 울적한 기분이 되었다.

도쿄 체대 기록대회에 나가면 틀림없이 사카키와 마주치게 될 것이다. 사카키는 어떤 반응을 보일까? 육상에 강한 대학에 입학한 사카키를 지금의 나는 이길 수 있을까?

화장실에 가는 척하고 쌍둥이네 방에서 나온 가케루는 그대로 계단을 내려와서 현관 미닫이문을 열었다. 앞뜰 자갈이 별빛을 받아 희미하게 빛났다. 그 빛이 가케루를 이끄는 것 같았다. 하얗게 빛나는 길로. 가케루의 마음속 깊은 곳으로.

자기도 모르게 뛰어나가려다가 슬리퍼를 신고 있음을 깨닫고는 발을 멈췄다. 니라가 처마 밑에서 나오는 기척이 들렸다. 가케루는 한숨을 짧게 내쉰 다음 주인집 쪽으로 천천히 걸어갔다. 니라가 촉촉한 코끝을 발가락에 문질렀다. 가케루는 쭈그리고 앉아서 따뜻한 털을 쓰다듬어주었다.

니라가 갑자기 꼬리를 힘차게 흔들어댔다. 뒤에서 자갈 밟는 소리가 들렸다. 돌아보지 않아도 알았다. 기요세였다.

가케루 옆에 쭈그리고 앉은 기요세가 니라의 귀 사이를 간지럽혔다. 니라가 좋아서 낑낑 콧소리를 냈다. 한동안 기다렸는데도 아무 말이 없어서 가케루가 먼저 말을 꺼냈다.

"정말로 날 기록대회하고 대학 대항전에 나가게 할 생각이에요?"

"당연하지. 최종적으로는 하코네 역전경주에 나갈 거니까."

"보나마나 여기저기서 온갖 얘기가 다 나올 텐데요."

"왜?"

기요세가 부드러운 말투로 물었다. 가케루는 니라의 목 주위를 주물럭거리는 기요세의 옆얼굴을 쳐다보았다.

"하이지 형도 알고 있잖아요. 들은 적 있죠? 고등학교 때의 내 소문 말이에요."

"네가 아주 빨랐다는 거?"

"그건 좋은 쪽 얘기고요. 내가 말하는 건……."

"가케루."

기요세가 가케루의 말을 가로막았다.

"잘 들어. 과거나 소문이 뛰는 게 아니야. 지금 여기 있는 네가 뛰는 거지. 혼란에 빠지지 마. 돌아보지도 마. 더 강해지란 말이다."

아야야, 하면서 기요세가 무릎을 펴고 일어섰다. 가케루와 니라는 기요세를 올려다보았다. 기요세의 머리 위로 봄밤의 별자리가 고귀한 왕관처럼 반짝였다.

"강해지라고요……?"

가케루가 되물었다.

"난 너를 믿는다."

기요세가 미소 짓고는 다시 자갈을 밟으며 치쿠세이소로 돌아갔다.

니라의 등을 쓰다듬어주면서 가케루는 잠시 생각에 잠겼다. 지금까지 가케루에게 더 빨라지라고 말한 사람은 아주 많았다. 하지만 강해지라는 말은 처음 들었다. 강해진다는 건 무슨 뜻일까?

잘 모르겠다. 하지만 기요세는 가케루를 믿는다고 했다.

지금까지 얼어붙어 있던 가케루의 가슴에 작은 불길이 일어나는 것이 느껴졌다. 그 불길은 가케루 속에서 언제나 회오리치고 있던 폭력의 거센 물길을 막아서고, 가케루를 어두운 곳으로 끌어들이려는 유혹의 목소리를 물리쳐주는 것 같았다. 기요세의 한마디는 조용한 힘으로 가득 차 있었다. 가케루의 마음속에 있는 두려움과 불안함을 없애줄 수 있는 힘.

"좋았어!"

중얼거린 가케루도 벌떡 일어섰다. 어차피 조목조목 꼼꼼하게 따지고 생각하는 성격이 아니었다. 그럴 바에야 그냥 달리는 것이다. 보기 싫은 사람을 만나더라도, 기분 나쁜 일이 생기더라도 신경 쓰지 않고 그냥 달리기만 하면 된다. 내가 할 수 있는 건 그것밖에 없으니까.

가케루는 니라에게 잘 자라고 인사했다.

기록대회에 나가는 것에 대한 공포심과 망설임은 어느새 많이 사라진 상태였다. 그보다도 자신이 얼마나 뛸 수 있을까를 기대하는 마음이 생겨났다.

도쿄 체대 기록대회가 다가올수록 가케루의 마음도 점점 더 흥분되었다.

오랜만에 나가는 실전이었다. 지금까지 연습에 만전을 기했다고 확신하고는 있었지만 그래도 매일 밤 잠들기 전까지 많은 생각들이 뇌리를 스쳐갔다.

'옛날에 알던 사람하고 만났다가 마음이 흔들려서 집중력이 흐트러지면 어쩌지? 경기에 대한 감이 무뎌져서 경주 중에 속도 조절을 잘못하게 되지는 않을까? 고등학교 육상선수 때는 주목할 만한 기록을 냈지만 대학 수준에서도 그게 통할까?'

눈을 감으면 자꾸만 안 좋은 생각들이 떠올라서 이불을 걷어차고 벌떡 일어나곤 했다. 당장 나가서 뛰고 싶은 마음을 필사적으로 억누르며 한밤중에 어두운 방 안에서 혼자 "침착해, 괜찮아" 하고 숨을 고르곤 했다.

아무 생각도 하지 말자. 이미지만 떠올리자. 스스로를 타일렀다. 그냥 뛰기만 하면 돼. 온몸의 근육이 움직이는 걸 느끼면서 그저 앞으로 나아가기만 하는 거야.

그렇게 달릴 때의 열기가 떠오르면 어지러운 마음이 금방 사라지고 산책하러 나갈 때의 니라처럼 마음이 들떠서 안절부절못하게 되었다.

가케루는 훈련을 열심히 하면서 대학 강의도 빠지지 않고 꼬박꼬박 출석했다. 학점도 따지 못하는 사람이 달리기에서 좋은 결과를 낼 수 있겠느냐는 것이 기요세의 지론이었다. 하지만 훈련이 있기 때문에 모임이나 술자리에 가자는 제안은 항상 거절하고 있었다. 치쿠세이소에 있는 다른 사람들도 기록대회를 앞두고 의욕에 차서 강의가 끝나면 어디 들르지 않고 곧장 돌아와서 바로 훈련을 시작했다.

그래서인지 상섬가뿐만 아니라 대학 내부 사람들 사이에서도 "저 낡은 집에 사는 녀석들이 뭔지 모르지만 열심히 달리고 있대"라는 소문이 돌기 시작했다.

도쿄 체대 기록대회 전날, 가케루는 같은 어학 강의를 듣는 친구에게 내일 몇 군데 강의에서 대리출석 좀 해달라고 부탁했다.

"왜 그래, 구라하라? 내일 학교 안 나와?"

"대회에 나가거든."

"아아. 그러고 보니까 너 마라톤에 나간다며?"

"아니, 마라톤이 아니라……."

'나가려는 건 하코네 역전경주고 내일 있는 시합은 트랙 경기인 5천미터 달리기야.'

머릿속으로 그렇게 생각했지만 굳이 설명하지는 않았다.

대학에 들어와서야 처음 알았다. 육상과 인연이 없는 사람들은 마라톤과 역전경주의 차이가 뭔지도 잘 모른다는 사실을. 하물며 트랙 경기에 대해 말하면 "5킬로나 뛰는 거야? 트랙을 빙빙 돌면서?" 하고 어이없는 표정을 지으며 웃기도 했다. 왜 그런 짓을 하는지 알 수 없는 행위, 유래도 잘 모르는 의식처럼 생각되는 모양이었다.

'나한테는 세상 전부처럼 소중한 일인데 보통 사람들한테는 별것 아닌 일이구나.'

가케루는 충격적인 진실을 마주한 느낌이었다. 동시에 뭔지는 모르지만 유쾌하기도 했다. 거의 대부분의 세상 사람들이 아무래도 상관없다고 생각하는 목표를 향해 우리는 매일 죽을힘을 다해 달려가고 있구나 하는 생각이 들어서였다.

그래서 이때도 웃으면서 얼버무리기로 했다.

"그래, 마라톤을 짧게 해놓은 경기 같은 거야. 아무튼 부탁한다."

"알았어. 잘해라."

친구가 진지한 표정으로 말했다. 사정을 잘 몰라도 진심으로 전하는 응원이라는 것만큼은 충분히 알 수 있었다.

그날 밤 가케루는 가만히 누워 옅은 잠 속에 빠졌다. 얇고 팽팽하게 긴장된 잠이었다. 그래, 좋아. 꿈과 각성 사이에서 가케루는 생각했다. 마지막까지 남아 있던 쓸데없는 것이 떨어져 나가고 하룻밤 사이에 달리기 위한 몸과 마음으로 변신해가는 느낌이 드는 이 감각.

그것은 계속 잊어버린 척하며 살았던 시합 전의 투지였다.

치쿠세이소 사람들이 도쿄 체육대학으로 가기 위해 하얀 승합차에 올라탔다.

"잊어버린 것 없지? 유니폼, 운동화, 갈아입을 옷, 시계, 다 챙겼어?"

"여기요!"

비좁은 승합차에 옹기종기 올라타면서 제각기 들고 온 가방들을 들어올렸다.

"그런데 운전은 누가 하는 거야?"

니코짱이 물었다.

"내가 해요."

기요세가 운전석에 앉아 안전벨트를 채웠다. 조수석에서는 유키가 지도를 펼치고 도쿄 체대로 가는 경로를 최종 점검하고 있었다.

"그럼 감독님은요?"

가케루가 물었다. 평소 훈련 때는 그렇다 쳐도 기록대회에도 동행하지 않는 감독은 본 적이 없었다.

"기원에 가셨어."

"감독인데?" "감독이잖아!" "아니, 그 정도면 감독이라고 할 수 없지."

여기저기서 불신과 불만의 목소리가 터져나왔다. 무사가 신동에게 물었다.

"지난번부터 궁금했습니다. 기원이 뭡니까?"

기원에 대해 설명하기 시작한 신동을 제쳐두고 킹이 말했다.

"주인 할아버지한테 그런 취미가 있는 줄 몰랐네."

"여태까지 몰랐어요? 아오타케에서 오래 살았잖아요."

조지가 발랄하게 의문을 제기했다.

"이렇게 달리기를 시작하기 전까지는 주인 할아버지하고 거의 교류가 없었으니까."

니코짱이 대답했다.

"그냥 옆집 사는 할배 정도로만 생각했지."

"주인 할아버지는 안 계셔도 상관없어."

기요세가 신중하게 기어를 드라이브로 바꾸고 액셀을 밟았다.

"감독이 뛰는 게 아니니까."

치쿠세이소 마당에서 힘차게 출발하는 승합차를 니라가 꼬리를 흔들며 배웅했다.

가케루는 감독인 주인 할아버지가 기록대회에 같이 가려고 하지 않았던 이유를 금세 알 수 있었다. 기요세의 운전에 문제가 아주 많았던 것이다. 달리다 보면 어느새 슬금슬금 중앙선 쪽으로 다가가 있고, 신호에 걸려 멈출 때마다 차체가 덜컹거리며 흔들렸다.

"하이지 형, 혹시 지금까지 장롱 면허였던 거예요?"

차가 커브를 돌 때 가케루는 차창에 옆머리를 세차게 부딪쳤다.

"차선 지켜요! 차선!"

조타가 비명을 질렀다.

"좀 가만히 있어."

조수석에 앉아 생명의 위험을 가장 실감나게 느끼고 있는 유키가 새파랗게 질려서 말했다.

"운전이 서툰 남자는 그쪽도 잘 못한다던데?"

니코짱의 폭탄 발언에 조지와 조타가 "속설 아니에요?", "아니야, 일리 있어" 하며 제멋대로 떠들어댔다.

"그쪽이 어느 쪽입니까?"

무사가 또 신동에게 물었다.

"제발 입 좀 닥쳐!"

유키가 또 소리를 질렀다. 기요세는 뒷자리의 대화 따위는 들리지도 않는 듯 핸들에 매달리다시피 하면서 운전에 전념하고 있었다.

가케루는 옆에 앉은 왕자가 자신의 어깨에 자꾸 기대는 것이 느껴졌다.

"왕자 형, 왜 그래요?"

"멀미 나. 토할래."

"잠깐만요!"

차 안이 패닉 상태에 빠졌다. 조타가 편의점 봉지를 왕자의 입가에 댔고, 조지는 손으로 열심히 부채질을 해줬다. 시합 전인데 집중이고 뭐고 아무것도 없었다. 가케루는 한숨을 쉬면서 왕자를 위해 창문을 열어주었다.

천신만고 끝에 승합차가 도쿄 체대에 도착했다. 도쿄 외곽에 있는 널따란 부지에 정비가 잘된 좋은 그라운드가 있었다. 역시 체대는 다르네 하고 감탄하면서 접수를 끝내고 번호표를 받았다.

손에 든 번호표를 보던 조지가 가케루를 불렀다.

"있잖아, 여기 뒤에 칩처럼 생긴 게 붙어 있는데 이게 뭐야?"

"그걸로 기록을 재는 거야. 결승선을 통과한 시간이 자동으로 기록되는 거지."

"우와! 난 스톱워치로 재는 줄 알았어."

"큰 기록대회나 경기에서는 거의 자동으로 할 거야. 참가인원도 많으니까."

게이트를 지나 관람석으로 올라가자 눈앞의 트랙에서는 여자 단거리 경주가, 트랙 안쪽에서는 멀리뛰기가 진행되고 있었다. 도쿄 체대의 응원팀이 관람석에서 환호성을 보내고 있었다.

"의외네. 난 개회식이나 폐회식에도 다 참석해야 되는 줄 알았는데."

유키가 말했다.

"그냥 적당히 현지 집합하면 되는 거야?"

"이건 운동회가 아니라 시합이니까" 하며 기요세가 웃었다.

"자기 컨디션을 최고로 유지하기 위해서 출전하는 경기 시간에 맞춰서 움직이면 돼."

계단으로 된 관람석 한편에 자리를 잡고 번호표를 붙인 유니폼으로 갈아입었다. 간세이 대학 육상경기부 유니폼은 검은 셔츠와 바지에 옆구리에만 은색 라인이 들어가 있었다. 가슴에도 은색으로 '간세이 대학'이라고 찍혀 있었다.

"멋있네."

처음 입는 유니폼을 손에 들고 조타가 만족스럽게 말했다.

"형, 어떡하지? 여자애들이 우릴 너무 좋아할 수도 있잖아."

조지는 관람석에서 당당하게 상의 탈의를 하고 유니폼을 입었다.

"다른 대학 여학생들도 응원하러 많이 와 있네. 오늘 신나게 뛰자, 조지!"

야오카츠네 딸에 대해서는 아직 얘기해주지 말아야겠다고 가케루는 생각했다.

"갈아입었으면 각자 알아서 워밍업 해. 시합은 2시 반부터야. 2시까지는 이 자리로 돌아올 것."

기요세의 말에 따라 멤버들은 제각기 흩어져서 뛰기 시작했다.

가케루는 기요세와 함께 그라운드 주변을 조깅했다. 체육관으로 보이는 건물이 자신들의 시야 안에만도 두 채나 있었다. 스포츠를 하기 위한 설비가 잘 갖춰진 환경이었다.

고등학교 때 육상부에 계속 남아 있었다면 나도 이런 대학에 추천입학할 수도 있었겠다. 가케루는 생각했다. 하지만 어느 쪽이 더 좋을지는 지금 내가 하는 달리기를 통해 대답을 얻을 수밖에 없는 거지.

"화장실 좀 다녀올게."

기요세가 그라운드 옆에 있는 남자화장실로 들어갔다. 경기 전에는 아무래도 긴장이 되어서 화장실에 자주 들락거리게 된다. 가케루도 아까부터 몇 번이나 다녀왔기 때문에 그러려니 하고 몸풀기를 계속했다.

'쌍둥이는 처음 오는 경기인데도 평소처럼 시답지 않은 잡담을 하고 있던데. 아직 실감이 나지 않아서 경기에 대한 두려움이 없는 건가?'

그런 생각을 하고 있는데 누군가가 "구라하라" 하고 부르는 소리가 들렸다. 돌아보니 유니폼 차림의 도쿄 체대 1학년이 길가 잔디밭에 앉아 있었다. 스트레칭을 하는 모양이었다. 센다이조세이 고등학교 시절 가케루와 같은 학년 육상부 팀원이었던 사카키 고스케였다.

역시 만났네. 만나고 싶지 않았지만 여기 오면 마주치게 되리란 것은 알고는 있었다. 가케루는 크게 유턴해서 예전의 팀원 앞에 섰다.

"이런 데서 만나네."

사카키는 잔디에서 일어나 가케루를 빤히 쳐다보았다.

"네가 육상을 계속하고 있을 줄은 몰랐는데."

"할 줄 아는 게 이것밖에 없으니까."

가케루가 대답했다. 사카키의 관자놀이에 혈관이 불쑥 튀어나왔다.

"너 정말 여전하구나. 그렇게 우리한테 피해를 끼치고 나간 놈이."

가케루는 키가 작은 사카키의 정수리를 내려다보았다. 아, 가마가 두 개다, 하는 새로운 발견을 했지만 아무 말 없이 가만히 있었다. 가케루의 유니폼에 있는 대학 이름을 본 사카키가 흥 하고 코웃음을 쳤다.

"간세이에 육상부가 있었어?"

있으니까 여기 온 거잖아. 울컥 화가 났다. 자기보다 기록이 안 좋았던 놈에게 무시당하는 것은 참을 수가 없었다.

"있지. 내가 육상부니까."

가케루가 거만하게 말해주었다. 조용한 박력에 사카키가 순간 움찔히 그때였다. "가케루, 뭐 하고 있어!"

화장실에서 나온 기요세가 가케루를 불렀다.

"워밍업 제대로 해야지."

"죄송합니다."

가케루도 치쿠세이소에서 살고 있기 때문에 다른 사람들과 마찬가지로 기요세에게 위장을 저당 잡힌 처지였다. 목소리를 듣자마자 깨갱 하고 꼬리를 내리고는 바로 사과했다. 사카키가 가케루에게서 슬쩍 떨어지면서 속삭였다.

"약한 놈들이랑 사이좋게 '뜀박질'이나 열심히 해. 넌 그 수준이니까."

"야, 너 뭐라고 그랬어!"

가케루는 사카키를 잡으려고 뛰쳐 나가려다가 기요세가 유니폼 자락을 붙잡는 바람에 그러지 못했다.

"의외로 다혈질이네."

가케루는 늘어진 유니폼을 다시 잘 편 다음 "죄송합니다" 하고 또 사과했다.

"잘 들어."

기요세가 씨익 하고 사악한 미소를 지으며 말했다.

"달리기에 대한 모욕은 트랙에서 갚는 거야."

"네?"

"엉뚱한 데서 화풀이를 할 게 아니라 굴욕을 당했으면 끝까지 잊지 않고 시합에서 갚아주면 된다는 거지."

혹시 이 형 지금 무지하게 화를 내고 있는 건가? 가케루는 자기도 모르게 부르르 떨었다. 하지만 이건 그냥 흥분 때문에 떨리는 거라고 스스로에게 말했다.

워밍업을 마치고 관중석으로 돌아간 기요세가 모여 있는 사람들의 얼굴을 죽 보면서 힘차게 외쳤다.

"자, 가자! 있는 힘껏 달려!"

"가자!"

전에 없이 모두가 한목소리로 외쳤다.

"대학 육상계에 인사 좀 해주자고. '우리가' 간세이 대학 육상부다! 라고."

역시 아까 내가 했던 말을 들었구나. 가케루가 다시 한번 "죄송합니다" 하고 사과했다.

"알면 됐어." 기요세가 말했다.

"넌 혼자가 아니라고."

그 기록대회에서 간세이 대학은 여러 가지 의미에서 화려한 인사를 하게 되었다.

가케루는 고등학생 시절의 최고 기록에 가까운 14분 09초 95라는 기록을 냈다. 출전한 1학년 선수 중 최고였음은 물론이고 5천 미터 부문에서 3등이라는 좋은 성적을 올린 것이다.

대회 운영을 담당하는 학생이 간소한 시상대를 트랙 한쪽 편으로 옮겨왔다. 시상대에 올라 자기 기록이 적힌 상장을 받자 기쁨이 몰려왔다. 고등학교 육상부에서 나온 이후로 가케루는 혼자서 달렸다. 그 시간이 헛되지 않았고 잘못되지도 않았음을 확실히 보여주었다는 생각이 들었다.

"센다이조세이 고등학교에 있던 구라하라 가케루 맞지?"

옆으로 올려다보니 시상대 가장 높은 곳에서 리쿠도 대학의 선수가 가케루를 내려다보고 있었다. 불교계 대학이라서 머리를 빡빡 밀었나? 하는 생각이 들었다. 수염이 듬성듬성 나 있는 뾰족한 턱과 탄력 있게 마른 몸이 힘든 수련을 거듭한 승려 같은 분위기를 풍겼다.

"빠른 녀석이 있다는 소리를 들었는데. 간세이에 들어갔군. 열심히 해라."

당신이 뭔데 열심히 해라 마라 참견이냐 싶었지만 한눈에 봐도 상급생임을 알 수 있어서 얌전히 "네" 하고 고개를 끄덕였다.

"기요세도 컨디션이 많이 돌아온 것 같던데."

리쿠도 대학의 남자가 관람석 쪽으로 눈길을 주었다. 그곳에서는 기요세가 시상대에 있는 가케루를 지켜보고 있었다. 그 옆에서는 쌍둥이가 가케루를 찍어주려고 휴대전화를 들고 있었다. 그렇게 멀리서 찍어 봐야 누가 누군지 모를 텐데.

"하이지 형을 아세요?"

"잘 알지. 기요세가 최상의 컨디션으로 뛰면 기록이 그렇게 나올 리가 없다는 것도."

남자가 말했다.

"잘 챙겨줘라. 같이 하코네에 갈 생각이라며?"

남자는 시상대에서 내려와 허리를 펴고 멀어져갔다. 정문 쪽에서 보라색 유니폼을 입은 리쿠도 대학 그룹이 남자를 기다리고 있었다.

"고생하셨습니다! 축하드립니다!"

모두 일제히 큰소리로 인사하며 고개를 숙였다.

"큰형님이 출소하신 거야, 뭐야?"

가케루가 작은 소리로 흉을 봤다.

"누군지 모르지만 자기 할 말만 하면 다야?"

기요세의 기록은 14분 21초 51이었다. 연습 첫날에 잰 기록보다 훨씬 빨라지기는 했다. 하지만 남자가 말한 것처럼 아직 무릎이 완전히 나은 상태는 아니구나 하고 가케루도 짐작하고 있었다. 피로가 쌓여 있는지도 모른다. 기요세는 가케루한테 너무 많이 뛰지 말라고 하면서도 막상 자기는 무리를 했다.

관람석으로 돌아가자 치쿠세이소 사람들이 앞다투어 가케루를 축하해주었다. 처음 나온 기록대회였는데 다른 사람들도 아주 강단 있게 잘 뛰었다. 그래서 대부분 원래 목표였던 17분 이내의 기록을 내는 데 성공했다. 특히 무사는 14분대로 들어올 정도로 건투했다. 쌍둥이와 유키는 15분대 중반, 신동과 니코짱도 16분대 전반의 기록이었다.

이것으로 멤버들 중 여덟 명은 하코네 역전경주 예선에 출전할 수 있는 자격을 딴 셈이었다.

킹은 아슬아슬하게 17분을 넘겨버렸다. 압박감에 약한 킹은 이 결과 때문에 심리적으로 위축되었는지 말이 없었지만 이대로 가면 다음 기록대회에서는 17분 이내로 뛸 수 있을 것이다.

문제는 왕자였다. 왕자는 탈수증세인가 하고 심판이 착각할 정도로 다른 선수들보다 몇 바퀴나 뒤처져 뛰는 바람에 그만 뛰라는 심판 판정으로 기권 처리가 될 뻔했다.

컨디션이 특별히 나쁘거나 그런 것도 아니고 열심히 뛰는데도 저 속도인가? 너무 느려서 관객들과 다른 대학 선수들까지도 놀란 모양이었다.

"정말 육상선수 맞아? 어느 대학이야?"

"간세이라는데."

그런 대화가 여기저기서 들렸고, 출발한 지 22분 후에 왕자가 타의 추종을 불허하는 압도적 꼴찌로 결승선에 들어오자 그라운드에 성대한 박수 소리가 울렸을 정도였다.

"안 좋은 쪽으로 화려하게 인사를 한 꼴이네."

유키가 어깨를 으쓱하며 말했다.

왕자는 골인과 동시에 거의 쓰러지다시피 주저앉아서 신동과 무사가 부축해서 관람석으로 데리고 왔다. 시상식이 끝난 지금까지도 벤치에 축 늘어져 있었다.

"가케루, 잘 했어."

돌아갈 채비를 마친 기요세가 가케루의 등을 툭 치며 말했다.

"도쿄 체대의 그 1학년 꼬맹이는 좀도둑처럼 몰래 나가버리던데. 아주 속이 다 후련하더라."

가케루는 뛰느라 정신이 없어서 사카키의 존재 따위는 아예 머리에 없었다.

'이 형 보기보다 뒤끝 있네' 하는 생각에 살짝 겁이 났다.

"아까 1등 한 리쿠도 대학 사람이 나한테 말을 걸었어요. 하이지 형을 아는 것 같던데요."

"아아."

기요세가 고개를 끄덕였다.

"그 녀석하고는 고등학교 때 같은 팀에 있었으니까. 하코네의 제왕, 리쿠도 대학 육상부 주장, 4학년의 후지오카 가즈마. 리쿠도 대학의 하코네 역전경주 3연승을 일궈낸 공로자지. 4연패라는 엄청난 기록을 세우기 위해 이번에도 만반의 준비를 다한 모양이고."

"그렇게 유명하고 대단한 사람이에요?"

"육상을 하면서 후지오카를 모르는 사람은 너 정도밖에 없을걸?"

기요세가 웃었다.

"넌 항상 뛰는 데 집중하느라고 주변에 신경을 쓰지 않으니까. 그런 방식이 좋을 때도 있지만 다른 사람들이 어떻게 뛰는지 관찰하면서 좋은 점을 배우는 것도 중요해."

가케루도 경주를 하면서 후지오카가 어떻게 뛰는지 당연히 보고는 있었다. 쓸데없는 움직임이 없는 예리한 자세. 경주의 선개를 적확하게 읽어내는 영리한 두뇌. 후지오카는 '역전경주 제국'이라고 칭송받는 보소 대학의 흑인 유학생인 마나스를 마지막 두 바퀴 남은 시점에서 점점 따라잡더니 결승선 직전의 직선 코스에서 드디어 추월하여 1등으로 들어왔다. 기록은 13분 51초 67. 그 힘과 속도는 감탄스러울 따름이었다.

아쉽지만 지금의 가케루에게는 후지오카와 마나스가 마지막에서 보여준 경쟁에 따라갈 힘이 없었다. 실력 면에서나 경험 면에서 비교할 수 없을 만큼 모자랐다.

아직 멀었네. 가케루는 생각했다. 더 많이 뛰어야 한다. 이 몸을 극한의 경지까지 내몰아서 용수철처럼 탄력적이고 강인하게 만들어 바람을 탈 만큼 가볍고 빠르게 달리고 싶다. 저 녀석 주위에만 산소 농도가 짙은 게 아닌가 하는 의심이 들 정도로, 전혀 피로를 모르는 사람처럼.

시상대에서 느낀 기쁨이 한순간에 사라지면서 가케루의 마음에 초조감이 몰려왔다.

더 빨리 뛰고 싶었다. 그래서 아무도 느껴본 적이 없는 정상에 오르고 싶었다.

집으로 돌아가는 승합차 안에서 간신히 말을 할 수 있을 정도로만 힘을 되찾은 왕자가 말했다.

"스포츠맨 하면 뭔가 정정당당하고 신사적일 것 같지만 뒤로 하는 짓은 지저분하더라고. 출발 직후에 서로 좋은 위치를 차지하려고 팔꿈치로 치기도 하고 등을 밀기도 하고 말이야."

"그래도 마지막에는 주변에 아무도 없는 상태였으니 아주 편했겠구만 그래."

니코짱이 놀렸다.

"그야 그렇지만."

왕자가 입술을 삐쭉 내밀었다.

"아니, 노교 제대 놈이 날 주월하면서 '느려 터진 게 가로막고 있어' 하고 비웃잖아. 아아, 열 받아! 스포츠맨 정신에 그 따위가 어디 있어?"

'느려 터진 건 사실이니까 맞는 소리네.'

가케루는 그 한가로운 대화를 평소처럼 즐길 수가 없었다. 리쿠도 대학 후지오카의 어마어마한 실력을 알게 되자 치쿠세이소 사람들의 태도가 너무 느긋하고 안일하게만 느껴졌다.

이대로 가다가는 멤버 열 명 모두가 17분 이내의 기록을 내지 못할 수도 있는데. 예선 대회에 나갈 수나 있을지 의심스러운 상황에서 그렇게 웃음이 나오냐?

사카키가 했던 "뜀박질"이라는 말이 가케루의 머릿속에 계속 울렸다.

초보자들 열 명이서 하코네 역전경주에 나가겠다고 하는 건 역시 말이 안 되는 일이야. 난 왜 그때 화를 참지 못하고 이 꼴이 됐을까? 그냥 얌전히 있다가 육상을 잘하는 대학으로 추천받아서 들어가면 됐을 텐데. 그러면 수준 높은 선수들과 함께 훈련하는 좋은 환경에 있을 수도 있었잖아.

치쿠세이소 사람들과 어울려서 허황된 꿈 같은 일에 매달려 있다가 속도의 세계에서 점점 뒤처지는 게 아닐까 하고 덜컥 겁이 났다.

처음 하는 기록대회를 마치고 긴장이 풀어져서 떠드는 치쿠세이소 사람들과 달리 가케루는 차 안에서 혼자 입을 꾹 다물고 있었다. 그런 가케루의 모습을 운전석에 앉은 기요세가 백미러로 살펴보고 있다는 것도 모른 채.

한번 무너지기 시작한 멘탈을 가케루는 좀처럼 다잡지 못했다.

초조감으로 눈앞이 흐려져서 자신의 상태를 냉정하게 파악할 수 없었다. 아무리 훈련에 힘을 쏟아도 여전히 모자란 느낌이 들었다. 뛰고 또 뛰어도 속도가 오른다는 실감이 나지 않았다. 기록은 생각처럼 줄지 않았다. 영양보충제로 꼬박꼬박 영양도 챙기면서 이렇게 열심히 뛰는데 왜 그러지 하며 또다시 초조해졌다. 그래도 뛰는 것을 멈출 수 없었다. 그냥 있으면 더 나쁜 상황에 빠질 것 같아 무서워서 가만히 있을 수가 없었다.

가케루는 본 훈련 이후에도 하늘이 완전히 캄캄해질 때까지 달렸다. 헤엄치지 않으면 질식해서 죽고 마는 물고기처럼. 날갯짓하지 않으면 바다에 떨어지고 마는 철새처럼.

뭔가에 홀린 사람처럼 가케루는 고된 달리기를 거듭했다. 처음에는 감탄하면서 지켜보던 멤버들도 점점 가케루가 훈련하는 모습에서 예사롭지 않은 느낌을 받은 모양이었다.

"가케루, 이제 들어가자."

자꾸 그렇게 말하게 되었다.

"오늘 저녁은 돈가스래. 갓 튀긴 따끈따끈한 걸 먹게 해주겠다면서 하이지 형은 먼저 들어갔어. 우리도 이제 그만하고 가자."

"먼저 들어가."

걱정하는 조지에게 짧게 대답하고 어둠이 내리는 들판 안쪽으로 달려가는 가케루는 마치 눈만 퍼렇게 빛내며 달리는 귀신같았다.

그런 가케루에게 기요세는 별다른 말을 하지 않았다. 가끔씩 "가케루, 너 너무 많이 뛴다. 좀 자제해"라고 한마디씩 하지만 그 외에는 그냥 두고 보고 있었다. 가케루는 그 점도 마음에 들지 않았다. 훈련을 자제하라니 하이지 형은 진지함이 부족한 건 아닐까 하고 생각했다. 그럴 거면 뛰는 게 뭐가 잘못되었는지, 뛰지 말고 뭘 하면 빨라지는지 구체적으로 가르쳐줘야 할 게 아닌가. 불만이 끝도 없이 생겨났다.

가케루 자신은 열심히 훈련한다고 생각하는데도 이상하게 기록은 단축되기는커녕 야금야금 늘어났다. 산노 대학 대항전에서는 부상에서 완전히 회복되지 않은 기요세와 비슷한 정도의 기록밖에 나오지 않았다. 심각하게 안 좋다고 할 수는 없었지만 대항전에 출전하는 선수로서는 그냥 평범한 수준에 지나지 않았다.

벌써 우기에 접어들고 있었다.

어느 날 밤, 조깅에서 돌아온 가케루를 부엌에 있던 기요세가 불렀다. 기요세는 식탁에서 훈련계획을 짜는 중이었다. 다른 사람들은 모두 자기 방에 있는지 집 안이 조용했다. 가케루는 비에 젖은 머리를 수건으로 닦으면서 얌전히 기요세 맞은편 의자에 앉았다.

"전 일본 대학 대항전엔 참가하지 말자. 너도, 나도."

기요세가 말했다. 가케루는 깜짝 놀라면서 맹렬하게 반발했다.

"왜요? 난 뛰고 싶은데."

"지금 네가 슬럼프라는 건 너도 잘 알잖아. 훈련 때 몸을 너무 혹사해서 빈혈기도 약간 있어 보이고. 이럴 때는 무리하면 안 돼."

"난 형처럼 어디 고장 나거나 한 게 아니잖아요. 계속 뛰다 보면 슬럼프도 금방 지나갈 거예요."

"글쎄, 그럴까?"

기요세는 훈련 일지에 시선을 떨어뜨린 채 고개를 갸웃했다.

"지금 상태에서는 아무리 열심히 뛰어도 소용없다고 생각해. 넌 너 자신을 제대로 보고 있지 않아. 다른 선수들과 비교해서 어떻다느니 그런 생각만 하지? 그럴 때 대항전에 나가봐야 역효과만 나게 돼 있어."

"말도 안 돼!"

가케루가 주먹으로 식탁을 쾅 쳤다.

"17분이라는 벽조차 아직 넘지 못한 사람이 있는 상황이잖아요. 하코네 예선도 나갈 수 있을지 없을지 모르는 상황에서 나한테 대항전에 나가지 말라고요? 그럼 난 어디서 기록을 남기란 말이에요? 여기 사람들하고 다 같이 어울려서 1년을 그냥 허비하라고요?"

"넌 기록을 위해서만 뛰냐?"

기요세도 손에 들고 있던 종이를 식탁에 내동댕이쳤다. 가케루를 똑바로 쳐다보는 눈에 약간의 짜증과 노여움이 담겨 있었다.

"그럼 선수를 관리하면서 그저 속도만 추구하는 지도자들이랑 뭐가 달라? 네가 전에 죽도록 싫다고 반항했던 놈들이랑 생각하는 게 똑같잖아!"

"아니야!"

가케루가 외쳤다. 고등학교 때의 감독하고 똑같은 인간이라는 취급은 참을 수 없었다. 하지만 그렇다면 어디가 어떻게 다르다는 것일까? 확신을 가지고 기요세에게 설명할 수가 없었다. 솔직히 말하면 기록을 단축하지 못하고 느릿느릿 달리는 치쿠세이소 사람들이 귀찮다는 생각이 들었고 '할 마음이 있는 거야, 없는 거야' 하고 경멸하는 마음도 있었다.

가케루는 필사적으로 적당한 말을 찾으면서 기요세에게 호소했다.

"좋은 게 좋은 거라는 식으로 아무리 뛰어봐야 제대로 된 기록이 나오겠어요? 대학 육상부로서 하코네 역전경주에 나가는 건 취미로 달리는 수준 가지고 할 수 있는 일이 아니에요. 우리가 하는 건 시합이고 경주잖아요!"

"당연하지. 좋은 게 좋은 거라는 식으로 적당히 뛰는 사람은 아오타케에 한 사람도 없어. 난 취미로 하코네에 도전하려는 게 아니니까."

기요세는 어느새 평소처럼 침착한 표정으로 돌아가 대답했다.

"가케루, 너 왜 그렇게 초조해하고 그래?"

"아니, 누가 초조해한다고……."

"뭐해?"

부엌 입구에서 왕자가 얼굴을 내밀었다. 긴박한 분위기를 풍기는 두 사람을 번갈아보더니 물었다.

"싸워?"

"아무것도 아니에요."

가케루는 자리에서 일어났다.

"아직도 안 잤어? 뭐 마시려고?"

기요세가 미소를 지으며 물었다.

"네, 목이 말라서요."

아직도 걱정스러운 표정으로 가케루와 기요세의 눈치를 보면서 왕자가 냉장고를 열었다.

부엌에서 나가는 가케루의 등에 대고 "대항전 일은 알았지? 이건 선배가 하는 명령이야"라고 기요세가 다시 한번 말했다.

"네" 하고 대답하고 복도를 가로지른 가케루가 자기 방문을 쾅 하고 닫았다.

자리에 누운 다음에도 좀처럼 잠을 이루지 못했다. 얇은 창문 너머에서 그날 밤도 비 냄새가 은근히 풍겨왔다.

세 번째 기록대회에서 킹도 17분 이내의 기록을 낼 수 있었다. 이제 혼자 남은 왕자도 압박감 속에서 열심히 연습하고 있었다. 그래도 가케루의 눈에는 아직 한참 모자란 수준으로만 보였다.

아니, 도대체 왕자 형은 뭐하느라고 이 시간까지 안 자고 있었던 거야? 어두운 천장을 올려다보면서 짜증을 냈다. 누구보다도 규칙적인 생활을 해야 하고 내일도 아침 일찍 일어나서 열심히 달려야 할 처지인 주제에 보나마나 또 만화책에 푹 빠져 있었겠지.

왕자와 기요세는 부엌에서 뭔가 이야기하는 것 같더니 얼마 후 각자 자기 방으로 돌아가는 발소리가 들렸다. 가케루의 방 바로 위에서 왕자가 걷는 기척이 났다.

싸구려 자재로 만들어진 허술한 집이어서 서로 생활하는 소리가 그대로 들렸다. 만화책을 찾으려고 왕자가 자기 보물의 산을 이리저리 파고 있는 모양이었다. 후두둑 하고 책이 바닥 위에 떨어지는 소리가 들렸다.

'만화책이나 보고 있지 말고 빨리 자란 말이야!'

가케루는 얇은 이불을 뒤집어쓰고 몸을 웅크리면서 속으로 외쳤다.

이윽고 2층에서 기름칠도 안 한 풍차가 돌아가는 듯한 소리가 울리기 시작했다. 왕자가 오늘 밤에도 만화책을 읽으면서 러닝머신에서 뛰기 시작한 것이다. 시끄러워서 잘 수가 없었다. 가케루는 이불을 확 젖히고는 바닥에 굴러다니던 볼펜을 집어 천장을 향해 던졌다.

그런 미세한 소리를 알아차릴 리가 없는 왕자는 가케루 머리 위에 있는 방에서 끝도 없이 러닝머신 위를 뛰었다.

왕자도 열심히 하고 있었다. 처음에는 그렇게 뛰기 싫어하면서 어떻게든 빠지려고 하고 금방 못 하겠다고 하던 사람이 지금은 누가 뭐라고 하지 않아도 한밤중에 혼자 연습한다. 하코네 역전경주에, 그 예선에 치쿠세이소 사람들과 함께 나가기 위해.

하지만 가케루는 그런 왕자의 노력을 도저히 있는 그대로 인정할 수가 없었다. 결과로 이어지지 않는 노력 따위 아무짝에도 쓸모없다는 생각만 들었다.

화가 나는 건지, 울고 싶은 건지, 웃고 싶은 건지 분간이 되지 않는 가케루는 다시 이불을 뒤집어쓰고 눈을 질끈 감았다. 두 손으로 귀를 막아도 삐걱거리면서 돌아가는 러닝머신 소리는 위층에서 인정사정없이 계속 쏟아져내릴 뿐이었다.

6월 말에 두 번째로 열린 도쿄 체대 기록대회에서 왕자는 드디어 16분

58초 14라는 기록을 냈다. 17분의 벽을 깬 것이다. 드디어 치쿠세이소 사람들 모두가 하코네 역전경주 예선에 출전할 수 있는 권리를 얻게 되었다.

경기가 끝난 다음 멤버들은 그라운드 한쪽에서 손에 손을 잡고 기뻐했다. 너무 좋아한 나머지 손을 맞잡은 상태로 원을 만들어 강강술래처럼 빙빙 돌기 시작했다. 무슨 종교의식처럼 보이는 그 춤은 너무 피로한 왕자가 그 자리에 주저앉을 때까지 계속되었다.

가케루는 그 원에 들어가지 않고 약간 떨어진 곳에서 다른 사람들의 모습을 바라보고만 있었다. 예선에 출전할 수 있게 되어 기쁘기도 하고 안심도 되었지만 마냥 좋아라 하기에는 너무 이르다고 생각했다.

신이 나 있는 치쿠세이소 사람들을 보며 다른 대학 선수들이 수근거렸다.

"예선에 나갈 수 있게 됐대. 생각보다 잘하는데."

"아무리 그래 봐야 예선까지겠지만 말이야."

"그래도 기념이 되기는 할 테니까 괜찮잖아."

그렇게 말하며 작게 웃었다. 여러 의미가 담긴 웃음임을 민감한 가케루는 금방 알아차렸다.

다른 사람들과 떨어져 있는 가케루를 발견한 도쿄 체대의 사카키가 다가왔다.

"너네 하코네에 나가려고 한다며? 예선에서 쪽팔리지나 않게 해라."

가케루가 사카키를 노려보았다. 분해서 씩씩거렸지만 아무런 대꾸도 하지 못했다.

"가케루."

기요세가 손짓하며 불러서 가케루는 사카키를 내버려두고 멤버들이 있는 곳으로 갔다.

"다들 열심히 잘했어."

기요세가 담담하게 칭찬했다.

"이제 하코네에 한 발짝 다가간 거야. 앞으로는 거리도 늘릴 수 있게 훈련해 나가자. 그래도 일단 오늘밤은 신나게 마셔줘야지! 저녁 조깅 끝나면 쌍둥이네 방으로 집합해!"

"야호!"

쌍둥이가 환호성을 질렀다. 가케루는 웃는 얼굴로 냉랭한 기분을 숨겼다. 또 파티야? 허구한 날 하는 거잖아.

이 시점에서 멤버들 각자의 최고 기록을 머릿속에 떠올려보았다.

가케루	14분 09초 95
하이지	14분 20초 24
무사	14분 49초 46
조지	15분 03초 08
조타	15분 04초 58
유키	15분 36초 45
신동	15분 39초 23
니코짱	15분 59초 49
킹	16분 02초 83
왕자	16분 58초 14

멤버들 대부분은 실전에서 경쟁할 수 있을 만한 힘을 갖추고 있지 않았다. 예선을 돌파할 수 있는 기록과는 거리가 먼 수준이었다. 이게 현실이다.

예선에 출전할 수 있게 되었는데도 가케루의 마음은 초조함에서 벗어나기는커녕 더욱 안달이 났다. 그래서 쌍둥이네 방에서 열린 파티에 가서도 술맛을 전혀 느끼지 못했다. 흥겨운 분위기에 녹아들지 못한 채 가케루는 창가에 앉아 있었다.

기요세가 만든 음식들을 어지간히 비우고 한숨을 돌린 사람들이 입을 모아 왕자를 칭찬하기 시작했다.

"어떡할까 싶었는데 그래도 정말 열심히 잘했어."

킹이 말했다.

"오늘 라스트스퍼트 때 대단하더라. 아슬아슬하게 17분을 안 넘기고 들어왔잖아."

신동도 거들었다.

"맞습니다. 왕자의 용감한 모습에 눈물이 나는 줄 알았습니다."

무사가 치켜세웠다.

쌍둥이는 왕자에게 잘했다는 선물로 상점가까지 나가서 사온 주간 만화잡지를 증정했다. 왕자는 술도 마다하고 당장 펼쳐서 읽기 시작했다. 니코짱과 유키가 그런 왕자를 웃으면서 보고 있었다.

가케루는 공연히 심술이 나서 "그게 뭐 대단한 일이라고" 하고 중얼거렸다.

깜짝 놀란 시선들이 가케루에게 모였다. 뒤로 물러나기도 애매해진 가케루가 속내를 말했다.

"어디 가서 자랑할 수 있는 기록은 아니잖아요."

"그야 그렇지."

왕자는 잡지에서 눈길을 떼지 않은 채 고개를 끄덕였는데, "너 그거 무슨 뜻으로 하는 말이야?" 하며 오히려 조타기 흥분해서 달려들었다. 평소에 명랑하기만 한 조지도 가만히 있지 못하겠는지 거친 말투로 항의했다.

“왕자 형은 3개월 만에 엄청나게 시간을 줄였잖아. 이런 식으로 계산하면 예선 때는 5천 미터를 순식간에 주파할 수 있을 정도야!”

“그럴 리는 없지만.”

유키가 딴지를 걸었다. 가케루는 그 말을 무시하고 왕자 쪽으로 고개를 돌려 말했다.

“알고 있는 거예요? 만화책만 읽고 있을 때가 아니잖아요.”

왕자는 “그러게 말이야” 하고 건성으로 대답했는데 쌍둥이가 화를 내며 벌떡 일어섰다.

“가케루, 왜 그래? 너 요즘 엄청 이상하단 말이야. 막 무서워질 것 같아.”

“그래, 맞아. 왕자 형한테 뭐라고 하지 마. 하고 싶은 말이 있으면 여기 있는 사람들 모두한테 하란 말이야!”

“그래, 해줄게!”

가케루도 술잔을 탁 내려놓고 일어났다.

“지금처럼 세월아 네월아 뛰어봐야 하코네에는 절대 못 가! 불가능하다고! 그런데도 무슨 생각으로 한가하게 술판이나 벌일 수 있는지 난 도무지 이해를 못 하겠어!”

“야, 가케루. 너도 마시고 있잖아.”

신동이 필사적으로 가케루의 발목을 잡았다.

“너 취한 거야. 그렇지? 일단 앉아.”

쌍둥이들은 무사가 부둥켜안듯이 해서 달래고 있었다. 그러나 치쿠세이소의 1학년생 세 명은 선배들의 제지에도 불구하고 몸싸움을 벌이려고 덤벼들었다.

“뛰는 게 좀 빠르다고 우리를 무시하는 거야?!”

“네가 말하라고 해서 한 것뿐이잖아!”

"해도 되는 말이 있고 안 되는 말이 있지! 남들도 다 너처럼 쉽게 뛸 수 있는 줄 알아?"

"그런 소리는 훈련이나 열심히 한 다음에 해! 하긴 아무리 해도 소용없을 수 있겠네!"

"가케루, 너 너무 심하게 나간다" 하며 니코짱이 몸을 일으켰다. 그때 "이 새끼가 어디서!" 하고 킹이 쌍둥이보다 먼저 가케루에게 달려들려고 하다가 불발에 그치고 말았다.

그때까지 가만히 있던 기요세가 표범처럼 날렵하고 사납게 가케루에게 달려가 멱살을 잡고는 "야, 이 멍청아!" 하고 소리를 질렀기 때문이다.

"너 정신 똑바로 못 차려? 왕자가, 다른 사람들이 열심히 노력한다는 걸 왜 인정하지 못하는 거야? 모두가 진지하게 매달리고 있는데 왜 너 혼자만 그걸 부정해? 너보다 느려서? 넌 가치 기준이 속도 하나밖에 없어? 그럼 왜 뛰어? 차라리 고속열차를 타. 비행기를 타던지. 그게 더 빠르잖아!"

"하이지 형……."

기요세가 너무 험악하게 다그치는 바람에 가케루뿐만 아니라 방 안에 있던 모든 사람들이 놀라서 얼어붙었다.

"잘 생각해. 속도만을 추구하면 안 돼. 그런 건 허무하다고. 나를 보면 알잖아? 언젠가 무너지게 되어……."

기요세의 말이 갑자기 뚝 끊겼다. 가케루의 셔츠를 잡고 있던 손에서 힘이 스르륵 빠지더니 기요세가 휘청거렸다.

"형!"

가케루가 허겁지겁 기요세의 몸을 받쳐주었다.

"형, 왜 그래요?"

기요세는 새파랗게 질린 채 눈을 감고 있었다.

“형, 형! 정신 차려봐요!”

가케루가 볼을 때려도 반응이 없었다.

“어떡해요? 의식이 없는 것 같은데.”

“뭐!?”

모두 패닉 상태에 빠졌다. 유키가 바로 기요세의 손목을 잡고 맥을 짚었다.

“쌍둥이! 이불 깔아! 누가 119 불러. 아니, 직접 의사를 부르는 편이 빠르겠다. 주인 할아버지한테 말해서 바로 왕진 부탁해달라고 해!”

조타와 조지는 붙박이장에서 이불을 꺼내면서 “형, 형! 죽으면 안 돼!” 하고 울부짖고, 신동과 무사는 창문으로 주인집을 향해 “할아버지! 살려주세요!” 하고 외치고, 왕자는 허둥지둥 1층으로 물을 가지러 가고, 킹은 너무 당황해서 어쩔 줄 모르고 우왕좌왕하고 있었다.

가케루는 니코짱과 함께 기요세를 자리에 눕혔다. “너무 걱정하지 마” 하고 유키가 말해도 가케루는 기요세의 머리맡에서 떨어지지 않았다. 주인 할아버지가 부른 근처의 단골 의사가 올 때까지 가케루는 고개를 푹 숙인 채 기요세 옆에 딱 달라붙어 있었다.

진료시간이 끝난 지 오래였지만 주인 할아버지와 친숙한 관계인 나이 든 내과 의사가 금방 달려와주었다. 의사는 이부자리를 둘러싸고 있는 사람들 사이를 헤치고 기요세에게 다가가 눈꺼풀을 뒤집어보기도 하고 청진기를 대보기도 하고 손바닥으로 열이 있는지 확인해보기도 했다. 그러더니 모여 있는 사람들을 죽 둘러보고는 한마디 했다.

“과로야. 빈혈을 일으킨 모양인데 지금은 기절했다기보다 잠들었어.”

“잠들었다고요?”

의사를 지켜보던 사람들이 일제히 기요세에게 눈길을 돌렸다. 그러고 보니 규칙적인 숨소리와 함께 기요세의 가슴이 조용히 오르내리고 있었다. 나쁜 병이 아니라 다행이지만 공연히 난리법석을 치면서 의사까지 부를 일이 아니었네 싶어서 허탈해졌다.

"수면 부족 때문에 피로가 쌓였던 모양이군."

의사가 검은 가방을 열더니 재빨리 주사기를 준비했다.

"영양제를 놔줘야겠어. 오늘 밤은 이대로 푹 쉬게 내버려둬. 무슨 일이 있으면 언제든 전화하고. 그럼 잘 살펴주게. 너무 무리시키지 말고."

"감사합니다."

모두 고개를 숙여 인사했고 유키와 신동이 현관까지 의사를 배웅했다. 피부에 주사기를 찔러넣어도, 쌍둥이가 가벼운 이불을 다시 덮어주어도 기요세는 잠만 자고 있었다.

"내 탓이에요. 내가 하이지 형한테 너무 걱정을 끼쳐서……."

가케루는 고개를 푹 숙이고 기요세의 잠든 얼굴을 지켜보았다. 자기가 너무 한심해서 화가 날 지경이었다. 리쿠도 대학의 후지오카조차 슬쩍 보고도 기요세의 컨디션이 좋지 않음을 알아차렸을 정도인데 가케루는 아무것도 눈치 채지 못했다. 달리는 데에만 정신이 팔려서 함께 사는 사람조차 제대로 보지 못했다.

이불을 사이에 두고 맞은편에 앉은 왕자가 힘없이 고개를 저었다.

"아니야. 내가 아직도 제대로 뛰지 못한 게 잘못이야."

부처님의 입적을 알게 된 숲속의 동물들처럼 모두 숙연한 분위기로 모두들 이불 주위에 모여 있었다. 의사를 배웅하고 돌아온 유키와 신동은 임종하는 것 같은 분위기에 당혹스러워하면서 바닥에 앉았다.

"생각해보니 우리는 모두 일을 하이지 형에게만 맡기고 있었습니다."

무사가 말했다.

"맞아."

킹이 팔짱을 꼈다.

"기록대회 참가 신청 같은 사무적인 일부터 밥하는 것까지 모조리 하이지가 혼자서 했으니까."

"감독 겸 코치 겸 매니저 겸 기숙사 사감같이 일했어요."

조타가 거들었다.

"그동안 우리가 훈련하는 것만으로도 너무 벅차서 그랬지만 아무리 그래도 하이지 형한테만 너무 부담을 주고 있었던 것 같아."

신동이 씁쓸하게 말했다. 조지가 일부러 밝은 말투로 제안했다.

"앞으론 하다못해 식사 준비라도 돌아가면서 해보면 어떨까요?"

여기저기서 동의하는 소리가 들렸다.

"그럼 일단 화해부터 해야지."

니코짱이 말하면서 가케루와 왕자의 얼굴을 번갈아보았다.

"네."

왕자는 단번에 말했고 가케루는 유치했던 자기 태도가 너무 부끄럽고 미안해서 어색하게 고개를 끄덕였다.

"쌍둥이도 가케루를 용서해줄 거지?"

유키가 묻자 조타와 조지는 쑥스러운 표정으로 가케루를 흘깃 보더니 "당연하죠" 하고 한목소리로 대답했다.

"자, 이제 해결된 거다."

니코짱이 나서서 결론을 내려주었다.

"하이지의 뜻을 이어받아 다 함께 하코네에 가보자!"

"가자!"

기요세가 잠들어 있는 이불 너머로 치쿠세이소 사람들이 모두 손을 뻗어 힘차게 맞잡았다.

"무슨 뜻을 이어받아? 누굴 죽이고 난리야?"

배 위에서 복잡하게 맞잡고 있던 사람들의 팔을 치우면서 기요세가 일어나려고 했다.

"그냥 누워 있어요."

가케루가 서둘러 기요세의 어깨를 눌러서 다시 이불에 눕게 했다.

"형 아까 기절했단 말이에요. 과로 때문에 빈혈을 일으킨 거라고 의사 선생님이 그러셨어요."

"그래? 놀라게 해서 미안하다."

자기를 들여다보고 있는 가케루의 얼굴을 기요세가 올려다보았다.

"그래도 싸움은 끝난 모양이네. 다행이다."

가케루가 자세를 바로잡고 앉아서 정식으로 "죄송합니다" 하며 고개를 숙였다.

"계속 초조하고 조바심이 나서 짜증을 냈어요."

"유키 방에서 시끄러운 소리가 자꾸 들려서 그랬지?"

니코짱이 '나도 알아' 하고 공감하는 눈길을 보내며 말했다.

"그게 아니라 천장이 자꾸 삐걱거려서 그런 거잖아."

유키의 말에 찔리는 구석이 있는 왕자가 움찔하며 놀랐다. 가케루는 허겁지겁 "아니에요" 하고 말했다.

"여기 오기 전부터 그랬어요. 그냥 뛰기만 했지 주변을 돌아보지 못했어요."

사실은 어떻게 해야 될지 지금도 잘 모른다. 빠르게 달리는 것 말고는 도대체 무엇을 목표로 달려야 할지 가케루는 아직 발견하지 못했다. 그래도 가케루는 고개를 들며 말했다.

"하지만……앞으로는 진지하게 하코네 역전경주를 목표로 하고 노력하겠습니다."

"뭐라고?!"

쌍둥이네 방이 경악의 목소리로 가득 찼다.

"앞으로는, 이라니? 그럼 지금까지는 무슨 생각이었던 거야?"

조지가 물어뜯을 듯이 달려들었다.

"그냥 적당히 맞춰줘야겠다 하는 정도였지."

가케루가 정직하게 말했다.

"어차피 다들 금방 질려서 못하겠다고 할 줄 알았으니까. 미안."

"그 정도 생각만 가지고도 그만큼 훈련을 했던 거야?"

신동이 연신 감탄했다.

"달리는 것 말고는 재주가 없으니까요."

가케루는 진심으로 말했는데 유키는 대책 없다는 표정으로 고개를 절레절레 흔들었고, 킹은 "너 변태지?" 하며 황당해했다.

"너 정말 대단하다. 너무 대단해서 웃길 정도야."

조지가 웃음을 참으며 말했다. 가케루는 웃기다니 그게 무슨 소리인가 싶어 순간 기분이 상했지만 기요세까지 고개를 끄덕이는 게 보여서 맞받아치지 않고 그냥 잠자코 있었다.

"만화책 읽는 것까지 그만두지는 못하지만 나도 조금 더 노력할게."

왕자가 얼굴을 들고 선언했다.

감정의 응어리가 완전히 사라진 것은 아니었지만 이제야 비로소 모든 사람들의 마음속에 같은 곳을 향해 나아간다는 생각이 싹텄다.

그 모습을 바라보던 기요세가 "가케루" 하고 불렀다. 가케루는 무릎을 꿇은 자세 그대로 베개를 베고 있는 기요세에게 약간 다가갔다.

"장거리 선수에게 가장 큰 칭찬이 뭔지 알아?"

"빠르다, 아닌가요?"

"아니야, '강하다'야."

기요세가 말했다.

"빠르기만으로는 긴 거리를 끝까지 이겨낼 수 없어. 날씨, 코스, 시합 전개, 컨디션, 멘탈. 장거리를 뛰려면 이런 여러 가지 요소들을 냉정하게 분석하면서 힘든 국면에서도 끈질기게 몸을 계속 움직여 앞으로 나가야 해. 장거리 선수에게 필요한 건 진정한 의미에서의 강인함이다. 우리는 '강하다'는 칭찬을 자랑으로 여기면서 매일 달리는 거야."

가케루도, 다른 사람들도 기요세의 말에 가만히 귀를 기울였다.

"지금까지 석 달가량 네가 달리는 걸 지켜보면서 내 확신이 더 강해졌어."

기요세가 말을 이었다.

"너한텐 재능과 적성이 있어. 그러니까 너 자신을 더 믿어. 초조해하지 않아도 돼. 강해지려면 시간이 필요해. 끝이 없는 길이라고 할 수 있지. 노인이 돼서도 조깅이나 마라톤을 하는 사람들이 있는 것처럼 장거리는 평생에 걸쳐서 할 만한 경기인 거다."

달리기에 대한 가케루의 열정은 정체를 알 수 없는 욕망과도 같아서 가케루의 마음을 항상 불안하게 뒤흔들곤 했다. 그런데 기요세의 이 말이 어둠 속에서 갈피를 못 잡고 흔들리는 가케루의 내면을 정곡으로 찔렀다. 그리고 가슴속에 섬광을 비춰서 가케루의 마음을 환하게 밝혀 주었다.

하지만 갑자기 돌변하는 것이 쑥스러워서 가케루는 반항하는 말을 내뱉었다.

"그래도 노인이 세계기록을 경신할 수는 없잖아요."

"어이쿠! 세계기록까지 갈아치우려고?"

니코짱이 놀렸고 기요세도 못 말리겠다는 표정으로 웃었다.

"나도 그렇게 생각했어. 무릎이 고장 날 때까지는."

기요세가 부드럽게 말했다.

"하지만 나이 든 장거리 선수가 가케루보다 '강한' 주자일 수는 있지.

장거리가 재미있는 게 바로 그런 점이다."

기요세의 말은 가케루뿐만 아니라 그 자리에 있는 모든 사람들을 향한 이야기였다. 피곤해졌는지 기요세는 말을 멈추고 눈을 감아버렸다. 조타와 조지가 "하이지 형, 여기서 자면 어떡해요?!" 하며 기요세를 흔들었다.

"시끄럽다. 해산" 하고 기요세가 웅얼웅얼 말했다.

모두 조용히 쌍둥이네 방에서 나갔다.

가케루가 마지막으로 나왔다. 문을 닫으면서 돌아보니 붙박이장에서 꺼낸 또 한 채의 이부자리에 쌍둥이가 함께 파고드는 것이 보였다.

하이지 형이 말하는 강한 달리기는 무엇일까? 팔이나 다리의 근력을 말하는 것이 아니라는 점은 알 수 있었다. 하지만 정신력만을 일컫는 것도 아니라는 생각이 들었다.

가케루는 문득 어릴 때 본 설원이 생각났다. 아침에 일찍 일어나서 근처에 있는 들판으로 나가면 밤사이 내린 눈이 익숙한 풍경을 전혀 다르게 만들어놓곤 했다. 발자국이 하나도 나 있지 않은 하얀 들판을 가케루는 달렸다. 아름다운 모양을 만들기 위해 마음이 가는 대로 뛰었다. 달리는 것이 즐겁다고 생각한 맨 처음의 기억이었다.

강하다는 것은 어쩌면 미묘한 균형으로 이루어진 아주 아름다운 무엇인가일지도 모른다는 생각이 들었다. 그때 눈 위에 그려놓은 발자국 모양처럼.

그런 생각을 하면서 가케루는 소리 나지 않게 살금살금 계단을 내려갔다.

이튿날은 오랜만에 맑게 갠 하늘이 펼쳐져 있었다. 가케루가 이른 아침 조깅을 마치고 들어오자 치쿠세이소 마당에서 기요세가 니라에게 밥을 주고 있었다.

가케루를 본 기요세가 “다녀왔어?” 하고 말했다. “다녀왔습니다.” 가케루가 인사했다.

맑게 반짝이는 아침 햇살. 언제나처럼 새로운 하루가 시작되려 하고 있었다.

5

여름날의 구름

"너무 더워서 훈련도 못 하겠어."

"그래도 훈련을 빼먹으면 여기서 쫓겨나잖아……."

가케루가 부엌에서 점심으로 소면을 삶고 있는데 그런 대화가 뒤에서 들렸다. 조타와 조지가 현관 앞 복도에 축 늘어져서 더위를 피하고 있는 모양이었다.

기요세가 쓰러진 이후로 치쿠세이소 사람들은 컨디션 관리에 더욱 신경을 쓰게 되었다. 진찰하러 와준 근처 내과 의사에게 한 달에 한 번씩은 모두 빈혈 검사를 받기로 했다. 부엌에 영양제를 종류별로 상비해 두었고 자기 전이면 여기저기 방에서 서로 마사지를 해주는 소리가 들리곤 했다.

그래도 더위만큼은 아무도 어쩌지 못했다.

1학기 기말시험이 끝나 여름방학에 들어간 지금 찜통더위는 폭력적으로 기승을 부리고 있었다. 치쿠세이소에는 당연히 에어컨이 없어서 현관부터 시작해 방마다 모두 문들을 활짝 열어놓았다. 사람들은 조금이라도 덜 더운 곳을 찾아 복도를 민달팽이처럼 기어다니곤 했다.

큰 냄비에서 피어오르는 열기와 김이 그대로 피부에 달라붙어 땀으로 변했다. 가케루는 소면을 재빨리 채반에 건져 흐르는 물에 씻은 다음 장국과 생수와 얼음을 식탁에 놓았다.

"다 됐어."

티셔츠 소매 끝으로 땀을 닦으면서 불렀더니 쌍둥이가 벌떡 일어났다. 조타는 식탁을 보고 "달랑 이거야? 하다못해 얹어 먹을 파나 무즙 같은 것도 없어?" 하며 투덜댔다.

"하이지 형이 뜰에서 깻잎을 따온다고 했어."

채반에 산더미처럼 쌓인 소면을 식탁 한가운데 놓고 가케루는 빈 냄비 바닥을 국자로 탕탕 두들겼다. 치쿠세이소 여기저기 있던 사람들이 좀비처럼 몸을 질질 끌고 부엌으로 모여들었다.

"하이지는 깻잎 따러 어디까지 간 거야?"

"신동 형도 없습니다. 무슨 일일까요?"

"그나저나 주인 할아버지 정말 너무했어. 그렇게까지 화낼 필요는 없었잖아."

"난 당연한 것 같은데."

기요세가 쓰러진 밤에 걱정이 된 집주인이 치쿠세이소 안으로 들어오려 했는데 신동과 무사가 필사적으로 막아서서 끝까지 들어오지 못하게 했다.

그랬더니 이를 수상하게 여긴 집주인이 이튿날 모두 학교에 가고 없는 사이에 치쿠세이소 안으로 들어왔다. 그러고는 현관에서 천장에 뚫린 구멍을 바로 발견한 것이다.

자식처럼 아끼는 낡은 집에 구멍이 났다는 사실을 알게 된 주인 할아버지는 크게 한탄했다. 그리고 사람들을 모아놓고 통보를 했다.

"치쿠세이소를 수선할 비용이 필요하다. 조금씩 모아놓기 위해 방세를 올려야겠다."

"네에?!"

"네-가 뭐냐? '하코네 역전경주에서 활약하여 합숙소를 신축해줄 만한 강력한 후원자를 잡아오겠습니다!' 뭐, 이 정도 패기는 있어야지!"

"그렇게까지 해주는 후원자가 어디 있다고."

구멍을 낸 장본인인 조타가 입을 비쭉 내밀면서 꿍얼대다가 주인 할아버지가 째려보자 입이 쏙 들어갔다.

"보아하니 아직 힘이 남아도는 모양인데, 하코네 정도는 식은 죽 먹기겠군. 방세를 더 내기 싫으면 무슨 수를 써서라도 하코네에 나가도록 해라."

더 이상 자극했다가는 고령의 집주인이 그대로 뒷목을 잡고 쓰러져서 이 세상을 하직할지도 모르는 일이다. 그래서 다들 얌전히 "알겠습니다" 하고 대답할 수밖에 없었다.

"이사는 도저히 못 가겠고, 방세를 더 내지 않기 위해서라도 훈련을 하고 싶은데……."

방 안에 만화책을 산더미처럼 쌓아놓고 사는 왕자가 말했다.

"이런 날씨에 뛰는 건 거의 자살행위 아냐? 다른 육상부는 도대체 어떻게 하지?"

"보통 선선한 곳에서 합숙하죠. 홋카이도 같은 곳에서요."

가케루가 대답했다.

"홋카이도!"

조지는 그 말만 듣고도 황홀한 표정을 지었다. 성게알에 게에 라멘에……하고 꿈꾸고 있는 것이 빤히 보였다. 그 속내가 장국 국물에 고스란히 비칠 정도였다. 어서 현실로 끌고 돌아와야 그나마 속이 덜 쓰리겠다 싶어서 가케루가 헛기침을 했다.

"우린 못 가. 돈이 없잖아."

낙담한 조지가 거의 다 녹은 얼음과 함께 소면을 꿀꺽 삼켜버린 그때 기요세와 신동이 부엌으로 뛰어 들어왔다.

"왜 이렇게 늦게 왔어? 벌써 다 먹었잖아."

그렇게 투덜대는 니코짱에게 기요세는 들고 있던 깻잎을 안겼다.

"이 불구덩이 같은 도쿄에서 탈피해야지. 합숙 가자."

"홋카이도?!"

쌍둥이가 벌떡 일어났다.

"아니, 시라카바 호수로."

홋카이도만큼 좋지는 않아도 다테시나 고원에 있는 시라카바 호수도 유명한 피서지이다.

"비용은 어떻게 하고요?"

가케루가 물었다.

"상점가 분들이 도와주시기로 했어."

기요세가 대답했다.

"묵을 곳은 '코인 야구장 오카이'의 주인이 시라카바 호에 소유한 별장을 내주시기로 했고 합숙 중에 먹을 식재료는 야오카츠하고 다른 분들이 제공해주시기로 했어. 왕복 교통수단은 아오타케의 승합차로 하면 되니까 돈은 많이 안 들어."

"자금 문제에 대해선 걱정 안 해도 돼."

신동이 자신 있게 말했다.

"상점가에도 대학 관계자들한테도 우리가 하코네에 나가려고 한다는 걸 홍보하고 있거든. 후원자들이 점점 늘어날 거야. 게다가 니코짱 선배의 철사 인형이 예상 외로 잘 팔리고 있으니까."

"뭐라고?"

니코짱이 어안이 벙벙한 표정으로 물었다. 깻잎을 찢어서 아직 소면을 다 먹지 않은 사람들 그릇에 놓아주고 있던 손놀림을 멈췄다.

"그걸 팔고 있었던 거야? 도대체 누가 어디서 뭐 하러 그걸 사가는 거야? 그런 물건을."

"잡화가게에 놓고 팔아달라고 했더니 여학생들이 좋다고 사간대요. 이 마귀 쫓는 인형 이상하게 생겼는데 귀엽다! 하면서."

신동이 미소를 지었다.

"앞으로도 많이 만들어주세요."

"신난다! 합숙이다, 합숙!!"

조타와 조지가 손에 손을 잡고 방방 뛰면서 좋아했다. 왕자의 모습은 벌써 부엌에서 사라지고 없었다. 어떤 만화책을 가지고 갈지 자기 방에 가서 고르기 시작한 모양이다. 멤버들 마음속에 즐거운 여름 합숙의 꿈이 부풀었다.

호숫가에 부는 상쾌한 바람. 하얀 원피스를 입은 미소녀와 함께 구운 옥수수를 먹으면서 백조 모양의 보트를 타는 나. 가을이 찾아와도 우리 사랑은 끝나지 않아. 도쿄에서 다시 만날 날을 약속하며 자작나무 숲에서 잠시의 이별에 눈물짓는 두 사람…….

"그렇게 생각했는데……."

조지가 잔뜩 골이 난 표정으로 불평을 했다.

"왜 현실은 이 모양이냐고!"

코인 야구장 주인이 빌려준 별장은 오랫동안 방치되어 있었는지 거의 폐가 수준이었다.

기요세가 운전하는 하얀 승합차를 타고 시라카바 호숫가 침엽수림 안에 있는 별장에 도착한 일행은 청소를 하느라 합숙 첫날 하루를 다 보냈다. 바닥을 걸레질하고 욕조를 닦아내고 난로의 재를 깨끗이 치우고 나서야 통나무집이 겨우 되살아난 것 같았다.

나무들 사이에 있는 별장을 처음 봤을 때는 다들 곰이 만들어놓은 통나무 소굴인 줄 알았다. 쓸고 닦고 청소를 해놓으니 그제야 겨우 사람 사는 집처럼 보였다. 가케루는 안도를 하면서 주워온 나뭇가지들을 난로에 집어넣었다.

"넌 어떻게 그런 올드한 상상을 하냐?"

먼지로 얼굴이 새까매진 조타가 조지에게 말했다.

"난 처음부터 이럴 줄 알았어."

낮에 올 때 보니 시라카바 호로 피서를 오는 사람들은 대개 가족이거나 노부부가 많은 것 같았다. 백조 보트는 호숫가의 작은 유원지에서 흐르는 음악에 맞춰 쓸쓸하게 물 위에 떠 있을 뿐이었다.

"시원해서 좋기는 하지만."

무사가 티셔츠 위에 파카를 걸치며 말했다.

"저녁이 되니까 좀 춥습니다."

가케루가 난로에 불을 지폈더니 어느새 모두 그 주변으로 모여들었다. 어두컴컴한 창밖에서는 나뭇가지가 서로 부딪치는 소리만 들렸다.

"저녁 준비는 다 끝났어. 이제 고형카레만 넣으면 돼."

한동안 불꽃을 바라보던 기요세가 말했다.

"그 전에 한차례 뛰고 오자."

"또 카레야?"

"싫어! 청소하느라 힘 다 썼단 말이야!"

"이렇게 어두운데 지나가는 차에 치이면 어쩌려고?"

물론 기요세는 그런 항의 따위에 전혀 개의치 않았다. 내몰리듯이 운동화를 신고서 모두 숲속에 나 있는 비포장도로로 나갔다.

"아직 길도 잘 모르는데."

니코짱이 머리를 긁적이며 말했다.

"호수가 어느 쪽이야?"

"언덕을 내려가다 보면 호숫가가 나오겠지."

유키가 앞장서고 나머지가 그 뒤를 한 줄로 따라갔다. 맨 뒤에서 뛰는 기요세가 지시를 내렸다.

"호수를 한 바퀴 돌면 3.8킬로야. 각자 페이스에 맞춰 세 바퀴 돌고 별장으로 돌아가 저녁을 먹는다."

"네!"

포장된 호숫가 길이 나오자 각자의 페이스로 뛰기 시작했다. 선물가게도 작은 미술관도 모두 셔터가 내려진 상태였다. 커다란 호텔 두 곳 말고는 불빛이 보이는 건물도 없었다. 경치를 즐길 여지도 없이 탐사하는 것처럼 처음 가는 길을 뛰었다.

가케루는 기요세와 나란히 부드러운 커브를 그리는 밤길을 달렸다. 가슴으로 다가오는 물의 기운을 느낄 수 있었다.

평소와 다른 공기 속에서 평소와 다른 길을 뛰는 것에 가케루는 불안을 거의 느끼지 않았다. 거리감은 몸에 배어 있었다. 한 바퀴가 3.8킬로라는 사실을 미리 들었기 때문에 자기가 지금 어디쯤을 달리고 있는지 속도와 체감만 가지고도 자동으로 파악되었다.

낯선 곳을 달리는 흥분과 즐거움만이 가케루를 가득 채웠다.

"감독님은요?"

옆에서 달리는 기요세에게 물었다.

"또 기원에 가셨어요?"

"모르지. 조만간 합류하시겠지."

기요세가 고개를 살짝 갸웃거렸다.

"이상하게 내가 운전하는 차에는 안 타려고 하신단 말이야."

아침에 치쿠세이소를 출발할 때 주인 할아버지는 마당에서 그들을 배웅해주었다. 상점가 상인들에게서 협찬받은 식재료를 승합차 뒤에 싣는 모습을 흡족한 표정으로 바라보던 주인 할아버지는 끝까지 같이 타고 오려고 하지 않았다.

“하이지 형도 이제 운전 잘하는데.”

그렇게 말했다가 금방 ‘아차, 이렇게 말하면 안 되는데’ 하고 생각했다. 하지만 기요세의 운전 실력이 엄청나게 좋아진 것은 사실이었다. 여기까지 오는 도중에 차 안에서 잠을 자는 사람이 있을 정도였다. 도쿄체대 기록대회에 처음 갈 때는 곡예비행을 하는 우주선에 탄 사람들처럼 자기 자리에서 경직되어 있거나 기절할 것처럼 창백한 얼굴로 앉아 있었다. 그때는 기요세의 운전에 몸을 맡기고 잠을 청하는 일 따위 상상조차 할 수 없었다.

“나는 뭐든 습득이 빠르거든.”

기요세가 덤덤하게 말했다.

“원래 한번 시작하면 끝까지 파고드는 성미라 연구도 연습도 열심히 하니까.”

가케루는 전에 들은 속설이 떠올라 ‘어어, 그럼, 그쪽도……’ 하는 생각이 들기는 했지만 기요세에게 물어볼 용기는 없었다.

“그래요? 그러네요” 하고 맞장구만 쳤다.

느리게 뛰는 멤버들을 추월한 가케루와 기요세가 가장 먼저 별장에 도착했다. 호숫가를 세 바퀴 뛰는 사이에 고원의 서늘하고 축축한 밤공기에 익숙해졌다. 가케루는 스트레칭을 한 다음 욕조에 따뜻한 물을 받았다. 기요세는 얼음이 든 비닐봉지로 오른쪽 종아리를 차게 찜질했다. 부하가 걸린 근육에 염증이 생기지 않게 하기 위해서이다.

“좀 어때요?”

“괜찮아.”

기요세가 미소를 지었다.

“먼저 씻어.”

가케루가 씻고 나와서 기요세를 대신해 부엌에서 카레가 든 냄비를 휘젓고 있는 동안 조깅을 마친 멤버들이 하나둘씩 돌아왔다. 다들 땀에 젖은 티셔츠를 벗고 우르르 욕실로 몰려갔다.

샤워기를 서로 빼앗으려는 소리와 음정이 이상한 콧노래가 부엌까지 들렸다. 기요세는 욕실에서 쫓겨난 모양이었다. 젖은 머리카락을 말리지도 않은 채 밥솥 뚜껑을 열었다. 가케루는 기요세를 도와 커다란 나무판으로 된 식탁에 저녁을 차렸다.

산더미처럼 담은 카레라이스와 샐러드. 단백질 가루를 섞은 우유. 디저트는 복숭아이다. 모두 상점가에서 협찬해준 식재료로 만든 음식이었다.

목욕을 마치고 깔끔해진 사람들이 식탁에 앉았다. 이제 먹어야지 하고 숟가락을 드는데, “잠깐만” 하고 기요세가 말했다.

“사람이 모자라는데?”

서로 얼굴을 마주 보았다. 무사와 신동이 없었다.

“이상하네요. 왕자 형도 돌아왔는데.”

“내가 마지막 바퀴를 돌고 있을 때는 앞에도 뒤에도 아무도 없었던 것 같은데.”

왕자가 고개를 갸웃거리며 말했다.

“설마 길을 잃은 건 아니겠지?”

킹이 일어서서 창문으로 바깥을 내다보았다. 기요세가 물었다.

“여기로 오는 도중에 무사나 신동을 본 사람 없어?”

아무도 손을 들지 않았다. 니코쌍이 계단을 올라갔다. 숲속에서 볼 수 있도록 2층 불을 모조리 켜고 다니는 소리가 들렸다.

"어디로 간 거야?"

"찾으러 가봐야 되는 거 아닌가?"

쌍둥이가 불안한 표정으로 제안했다.

"아니, 나갔다가 또 길을 잃으면 더 골치 아파져. 조금만 더 기다려 보자."

말로는 그러면서도 기요세는 걱정이 되어 죽겠는 모양이었다. 현관문을 열고 어둠에 잠긴 숲길을 뚫어지게 쳐다보았다. 귀를 쫑긋 세워 봐도 무사와 신동의 발소리는 들리지 않았다. 카레가 식어갔지만 지금 저녁밥이 문제가 아니었다.

가케루도 기요세와 함께 문간에 서 있었다. 2층에서 내려온 니코짱이 "괜찮아. 하룻밤쯤 밖에서 자도 안 죽어" 하며 기요세의 어깨를 두드렸다.

그때 뒤쪽에 있는 문이 힘차게 열렸다. 깜짝 놀라 돌아보니 식탁 안쪽, 부엌 옆으로 나 있는 문으로 무사와 신동이 막 들어오는 참이었다.

부엌 뒤쪽은 길도 없는 급경사이다. 설마 그런 곳에서 무사와 신동이 등장하리라고는 아무도 생각하지 못했기 때문에 가케루는 황당하기만 했다.

"큰일이야, 큰일!"

"도쿄 체대도 여기 와 있습니다!"

신동과 무사가 외쳤다.

정신을 차리고 다 같이 식탁에 둘러앉았다. 카레라이스를 먹으면서 무사와 신동이 이야기한 바에 따르면 별장보다 조금 더 올라간 곳에 도쿄 체대의 클럽하우스가 있다는 것이다.

"아직 새 건물이었어요. 불빛이 나기에 난 우리 별장인 줄 알고 다가갔는데 도쿄 체대 사람들이 저녁을 먹고 있는 게 창문 너머로 보이더라고요.”

신동이 말했다.

“참고로 고기를 굽고 있었습니다. 최고급 소고기로 보였습니다.”

무사가 옆에서 보충했다. 킹이 묵묵히 돼지고기 다짐육으로 만든 카레를 한입 가득 집어넣었다.

“왜 산으로 올라간 거야?”

기요세가 물었다.

“올라가고 싶었던 게 아닙니다.”

“너무 어두워서 길을 잃은 거예요.”

무사와 신동이 바로 대답했다.

“신동 너는 산에 익숙한 사람이잖아.”

“익숙하기는 하지만 방향치라서요.”

“지도 그렇습니다. 친구들이 가자고 해도 절대 사바나로 가면 안 된다고 예전에 부모님께서 신신당부하셨을 정도입니다.”

관자놀이를 손가락으로 문지르는 기요세에게 가케루가 작은 소리로 물었다.

“형, 어떡하죠? 신동 형을 하코네 산 등반 코스에 배치할 작정이었던 거 아니에요?”

“그랬지.”

기요세가 신음하듯 대답했다.

“그런데 그랬다간 역전경주 중계방송 사상 처음으로 전 국민이 하코네 조난 현장을 실시간으로 보게 될지도 모르겠군.”

“선도 차량이 있는데 설마 그러기야 하겠어?”

유키가 냉소적으로 말했다.

“여차하면 신동의 야생 감각에 의지해야지. 하코네 산속을 헤치고 지름길을 가로질러서 아시노 호에 먼저 가면 되잖아."
"어, 그래도 되는 건가?"
주고받는 이야기가 들렸는지 조지가 해맑게 의문을 제기했다.
"되겠냐? 정해진 경로에서 벗어나면 당연히 그대로 실격이지."
기요세가 나무라자 옆에서 킹이 자신의 잡학을 내보였다.
"옛날에는 그래도 됐던 모양이던데."
퀴즈 마니아답게 하코네 역전경주에 대한 각종 지식도 조사한 모양이었다.
"물론 참가하는 대학이 4개 정도밖에 없던 다이쇼 시대(1912-1926) 얘기지만. 참가하는 대학들이 가장 열심이었던 게 훈련이 아니라 어떻게 하면 하코네 산의 지름길을 찾아내느냐였대. 하코네 역전경주에 라디오 중계조차 없던 한가로운 시대가 있었다는 소리지."
"그건 새치기나 다름없잖아."
왕자가 복숭아 껍질을 벗기면서 말했다. 니코짱이 밥을 더 푸면서 웃었다.
"대학생들이 생각할 법한 짓이네."
가케루는 길도 없는 하코네 산속을 휘젓고 다닌 다이쇼 시대 학생들의 모습을 상상해보았다. 경쟁자들과 필사적으로 겨루면서도 조금이라도 편하게 이기고 싶어 머리를 굴리기도 한다. 지금과 별반 다르지 않은 멍청하면서 밝은 학생들의 모습이다.
"지름길은 예선을 통과하면 그때 찾기로 하고."
"안 된다니까."
"당면한 문제는 도쿄 체내야. 어떡하지?"
유키가 말했다.
"내일부터 호수에서 틀림없이 맞닥뜨리겠네요."

신동도 중얼거렸다. 가케루는 말없이 투지를 불태웠다. 조깅이라고 해도 도쿄 체대 선수들에게는 절대 추월당할 수 없다.

“싸우지 마.”

기요세가 경고했다.

“호수는 하나밖에 없잖아. 서로 양보해가면서 사이좋게 뛰자고.”

치쿠세이소 사람들은 별장 2층에서 이불만 뒤집어쓰고 이리저리 엉켜서 잠들었고 이튿날 새소리와 함께 일어났다. 스트레칭을 한 다음 맑은 공기를 쐬며 일단 식전 조깅부터 해야지. 그렇게 생각하며 호반길로 나서자마자 도쿄 체대 선수들의 모습이 눈에 들어왔다.

똑같은 체육복으로 맞춰 입은 도쿄 체대 육상부원들은 개점 전인 선물가게 주차장에서 아침 미팅을 막 마친 참이었다. 50명 정도가 수준별로 대열을 짜서 조깅을 시작하려 하고 있었다.

감독과 여러 명의 코치로 보이는 어른들이 차에 나눠 타고 각각의 대열을 따라 다니려는 모양이었다. 규율이 잡힌 도쿄 체대 선수들이 상급생부터 순서대로 뛰기 시작했다.

“와, 대단하다!”

조지가 순수하게 감탄사를 내뱉었다.

간세이 대학 육상부의 장거리 선수는 치쿠세이소 사람들 열 명밖에 없다. 연습 전 미팅 같은 것은 해본 적도 없었고 감독은 여전히 부재중이다. 입고 있는 옷도 제각각이었다. 쌍둥이의 경우에는 시라카바 호의 아름다운 경관을 심각하게 망치는 현란한 색깔의 티셔츠 차림이었다.

도쿄 체대 1학년인 사카키가 이쪽 사람들을 본 모양이었다. 함께 달리던 팀원들에게 뭔가 속삭였다. 웅성거림이 순식간에 도쿄 체대 사람들에게로 퍼졌고, 특히 1학년생 중에서는 뒤돌아서 가케루 일행을 보는 사람들이 속출했다.

"분위기가 많이 어색합니다."

무사가 기가 죽어서 말했다. 쉽게 긴장하는 킹은 별장으로 돌아가고 싶은 모양이었다.

"갑시다."

가케루는 지지 않고 강하게 나갔다. 달리기로 뒤처질 생각은 없었다. 상대가 누구든.

"아침부터 왜 이렇게 쌩쌩해?"

구시령대면서도 치쿠세이소 사람들도 가케루에게 끌려가듯이 뛰기 시작했다. 기요세가 말했다.

"가케루는 내버려두고 각자의 페이스를 지키도록 해."

가케루는 그 말을 듣고 살짝 웃었다. 다른 사람들에게는 내버려두라고 했으면서 아니나 다를까 기요세는 금방 가케루에게 바짝 따라붙었다. 두 사람 앞에서는 사카키가 흘깃흘깃 돌아보면서 뒤로 까딱까딱 손짓하고 있었다.

"넘어가지 마."

"넘어가는 척 추월할 수도 있는데요."

"리듬을 흐트러뜨리지 마. 오늘 아침 조깅은 5킬로 20분의 페이스로 가볍게 갈 거야."

가케루가 기요세를 쳐다보았다. 기요세는 침착한 얼굴로 앞을 보면서 뛰었다. 자기 몸이 내는 소리에 가만히 귀를 기울이는 듯한 표정이었다. 달리기에 집중하기 시작한 기요세에게는 도쿄 체대 사람들도, 가끔씩 지나치는 인솔 차량도 보이지 않는 듯했다. 호수와 침엽수림 사이에서 그저 묵묵히 몸을 움직일 뿐이었다.

"네."

가케루가 대답했다. 기요세를 따라 사카키에게 더 이상 신경을 쓰지 않기로 했다. 5킬로를 20분에. 그 속도로 달릴 때에 자신의 근육과 심장과 폐가 어떻게 움직이는지 그 점에만 의식을 집중했다. 힘들지는 않은 페이스였다. 심신에 피가 돌고 있음을 여유를 가지고 확인할 수 있었다.

힘차게 떠오르기 시작한 태양을 향해 새들이 맑은 소리로 지저귀고 있었다. 산 위에서 불어오는 바람이 호수 수면에 잔물결을 일으켰다.

강함이란 무엇일까? 불현듯 그 생각이 다시 떠올랐다. 예를 들어 하이지 형의 이런 고요함일까? 흔들리지 않고 냉정하게 자기만의 세계를 달리고 있다. 나는 하이지 형보다 빠르게 달릴 수는 있지만 이렇게 강한 자신감은 없다. 금방 욱하게 되고 지지 않으려고 흥분하고 만다.

가케루는 알고 싶었다. 강함이 무엇인지. 자기에게 모자란 그것이 무엇인지 알고 싶었다. 이런 생각이 든 것은 처음이었다. 지금까지는 늘 뭔가에 쫓기듯이 몸이 요구하는 대로 뛰기만 했다.

기요세는 개성적인 치쿠세이소의 멤버들을 속박하거나 강제하는 일 없이 유연하게 이끌어갔다. 가케루는 뒤를 돌아보았다. 호반 길을 치쿠세이소 사람들이 달리고 있었다. 아직은 실력이 제각각이었지만 그래도 잘 정돈된 자세로 조깅을 열심히 하고 있었다. 달리기를 처음 시작했던 봄에는 그렇게 투덜대던 사람들이 3개월을 노력하는 동안 어느새 육상부원처럼 보이는 수준이 되었다.

가케루는 다시 고개를 바로 하고 눈을 약간 내리깔았다. 지면을 박차고 내뻗는 다리의 발가락 끝에서부터 뒤로 휘두르는 팔의 손가락 끝까지 온몸이 움직이는 흐름을 고루 의식하면서 움직였다.

하이지 형만 따라가면 틀림없이 뭔가를 볼 수 있을 거야. 항상 보고 싶었던, 아주 환하게 반짝이는 뭔가를.

사카키의 주동 아래 도쿄 체대 1학년들이 자잘하게 이런저런 방해를 계속했다.

호반 길을 달리고 있을 때는 옆으로 한 줄을 이뤄서 진로를 방해했다. 집단으로 가케루를 에워싸듯이 달리면서 압박감을 주었다. 뿐만 아니라 감독이나 상급생들 몰래 이런저런 소리를 하며 놀려댔다.

가케루는 거의 신경 쓰지 않았다. 고등학생 때까지 육상부에서 활동하거나 시합에 나갔을 때 이런 일을 워낙 많이 당해봐서 그 정도는 아무렇지도 않았다. 주위를 에워싸면 속도를 내서 뿌리치고 앞으로 나가면 되고 앞길을 가로막으면 맞은편 차선으로 튀어나가서 추월하면 된다.

그러나 치쿠세이소 사람들 대부분은 초보자를 간신히 벗어난 수준이다. 달릴 때의 이런 보이지 않는 눈치 싸움을 모른다. 그래서 도쿄 체대 1학년생들의 방해 공작에 완전히 기가 죽어서 페이스가 자꾸 흐트러졌다.

"도저히 못 봐주겠네."

처음에는 가만히 보고만 있던 기요세도 도저히 그냥 둘 수가 없는 모양이었다. 저녁 조깅을 마친 뒤에 항의하러 나섰다.

도쿄 체대 1학년생들만 20명가량 선물가게 주차장에 모여 있었다. 거기에 기요세가 거침없이 다가갔다. 기요세만 위험에 빠지게 할 수는 없었다. 가케루 일행도 서둘러 뒤따라갔다.

매미 소리가 호반의 공기 속에 적적하게 울렸다.

"한 사람이 두 놈씩 때려눕히면 되겠군."

니코짱이 손가락 관절을 우두둑 꺾으면서 말했고 무사는 발목을 돌려서 풀었다. 도쿄 체대 1학년들이 떠들어대던 것을 멈추고 돌아보았다. 주차장 한가운데서 양쪽 학교 선수들이 대치했다.

"우리 훈련을 방해하지 않았으면 좋겠다."

기요세가 조용히 말을 꺼냈다. 도쿄 체대 무리 속에 있던 사카키가 앞으로 나섰다.

"그쪽이야말로 괜히 시비를 걸지 않았으면 좋겠네요. 우리가 방해했다는 증거라도 있으면 모를까."

"있지."

유키가 말하더니 주머니에서 휴대전화를 꺼내 내밀었다. 녹화된 동영상 화면에는 인도를 가득 차지하면서 뛰는 도쿄 체대 사람들과 그 뒤를 비좁게 달리는 가케루의 모습이 잘 나와 있었다.

"나중에 자세를 확인하려고 찍었지. 그랬더니 아주 재밌는 게 찍혔더라고."

"취지는 알겠지만 핸드폰은 두고 다녀."

기요세가 유키에게 주의를 주었다.

"쓸데없는 걸 주머니에 넣고 뛰면 그것 때문에 균형이 무너져서 자세가 흐트러진단 말이야."

지금 요점은 그게 아니지 않나 하는 생각이 들었다. 유키의 행동도 연구에 너무 몰두하는 것 같아 싫었지만 그보다 이런 순간에조차 뛰는 것만 생각하는 기요세가 무서웠다. 사카키도 어이가 없는 건지 불편한 건지 알 수 없는 표정을 지었다.

기요세가 다시 도쿄 체대 1학년들 쪽으로 고개를 돌렸다.

"하고 싶은 말은 이것뿐이다. 초점도 안 맞는 이 사진을 너희 감독이나 주장한테 보여주러 가는 일은 가능하면 하고 싶지 않으니 양해해 주기 바란다."

"물론 이해하죠."

사카키가 씨죽 웃었다.

"우리 도쿄 체대는 훈련 제대로 해서 하코네에 나갈 생각이니까요. 나간다는 말만 하면 되는 줄 아는 어디하고는 다르니까 일일이 상대할 생각이 없거든요."

"내 생각하고 같군."

기요세의 관자놀이에 푸른 핏줄이 튀어나온 것이 가케루의 눈에 보였다.

"유치하게 집적거리면서 진지한 훈련을 방해하는 건 정말 곤란한 일이지."

기요세와 사카키가 서로를 정면으로 노려보았다. 형, 하고 가케루가 속삭이면서 달래듯이 팔을 슬쩍 잡았다.

"진지하다는 말을 잘못 쓰고 있는 것 같은데요."

사카키가 날카롭게 쏘아붙였다.

"한번 겨뤄볼까요? 그쪽 열 명하고 우리 1학년 열 명이 호반을 달려서 기록을 재보는 거 어때요?"

노골적인 도발에 가케루의 뇌가 끓어올랐다. 사카키를 향해 외쳤다.

"좋아! 우리가 못 할 줄 알고?!"

달리기에 진심인 사카키의 마음은 이해하지만 그렇다고 치쿠세이소 사람들을 모욕하는 것은 참을 수가 없었다. 사카키의 태도에서 얼마 전까지의 자기 모습이 보이는 것 같아 불쾌하기 짝이 없었다. 이번에는 기요세가 가케루를 말리려고 팔을 잡았지만 그것을 뿌리치면서 계속 달려들었다.

"너 나한테 유감이 있는 거지? 그럼 너랑 나랑 둘이서 해보면 되잖아. 나한테 졌다고 다른 사람들까지 끌어들이지 말란 말이야!"

"구라하라 넌 여전히 너만 잘난 줄 아는구나?"

사카키도 지지 않고 맞받아쳤다. 당장이라도 치고받으며 싸울 듯한 두 사람의 분위기에 안 되겠다 싶어서 양쪽에서 사람들이 끼어들었다. 니코짱에게 온몸을 붙잡힌 가케루는 씩씩거리면서 사카키를 노려보았다. 사카키도 다른 팀원들에게 양팔이 붙잡힌 채 가케루를 향해 허공에 발길질하고 있었다.

"지금 여기서 겨루고 있을 때냐?"

가케루와 사카키에게 타이르듯이 기요세가 조용히 말했다.

"훈련에 전념해."

사카키가 팔을 잡고 있던 팀원들을 뿌리치고 흐트러진 운동복을 바로 고쳤다. 그러고는 가케루와 치쿠세이소 사람들 얼굴을 한 사람씩 쳐다보았다.

"좋냐?"

사카키가 낮은 목소리로 물었다.

"겨우 생긴 '동료들'이랑 같이 뛰니까 좋냐, 구라하라?"

"이제 그만해."

기요세가 중간을 가로막더니 사카키에게 등을 돌렸다.

"가자."

기요세의 재촉에도 가케루는 꼼짝하지 않았다. 네가 어디 감히 동료라는 말을 내뱉어? 분노가 치밀어서 머리 꼭대기가 아플 지경이었다. 가케루는 자기 몸을 꽉 잡고 있던 니코짱의 손아귀에서 벗어나 사카키를 노려보며 가만히 서 있었다. 사카키의 도발이 계속되었다.

"너를 오냐오냐 추켜세워주는 놈들이랑 사이좋게 뜀박질할 수 있어서 만족하냐고?"

"아니야!"

네놈들이야말로 내 속도만 가지고 추켜세우곤 했잖아. 그러면서도 뒤돌아서는 진두사고 성생회의에 서로잡혀서 어쩔 줄 모르고. 그래서 난 그 고등학교 육상부가 지긋지긋했어. 겉으로 사이좋은 척하면서 뒤에서는 어떻게 해서든 남의 발목을 잡으려고 안간힘을 쓰던 너희를 보면 구역질이 나올 지경이었다고.

가케루는 그렇게 말해주고 싶었지만 너무 화가 나서 말이 제대로 나오지 않았다. 한편으로 마음 한쪽에서는 사카키에게 무슨 말을 들어도 어쩔 수 없다고 단념하는 부분도 있었다.

'이놈은 내가 한 일이 용서가 안 되는 거겠지. 그러니까 내가 참아야 해.' 스스로에게 그렇게 말하면서 가케루는 주먹을 꽉 쥐었다.

'나 때문에 사카키는 고등학교 마지막 대회에 나갈 수가 없었으니까 화를 내는 게 당연하지. 그냥 치쿠세이소의 니라가 짖고 있다고 생각하고 흘려듣자.'

"지금은 그렇게 사이좋게 뜀박질을 할 수 있으면서 그때는 왜 못 한 거야? 왜 우리 노력을 짓밟는 짓을 한 거냐고? 조금만 참았으면 됐잖아?"

'안 되겠다, 못 참겠어. 니라는 귀엽지만 이 자식은 아니잖아!'

사카키가 쉴 새 없이 깐죽대자 가케루의 인내심이 순식간에 바닥을 드러냈다.

"난 참을성이 없는 성격이니까 그렇지!"

사자가 포효하는 듯한 기세로 반격했다. 나야말로 "왜"라고 묻고 싶다. 왜 그 미치도록 숨 막히는 육상부 분위기에 너는 그저 말없이 가만히 있었는지. 할 말이 끝도 없이 솟아났지만 그 말들이 입 밖으로 나오기까지는 언제나 많은 시간이 걸렸다. 가케루의 반격은 코끼리의 행진 같은 사카키의 기세에 곧바로 짓밟히고 말았다.

"웃기지 마, 구라하라!"

사카키가 낮은 목소리로 쉴 새 없이 쏟아냈다.

"시합에 나가지 않아도 이차피 너 하나는 대학에서 데려갈 줄 알았지? 그런데 아쉬워서 어떡하냐? 그러니까 결국 넌 자기밖에 모르는 이

기적이고…….”

“이제 그만, 이라고 분명히 말했을 텐데.”

기요세의 냉랭한 목소리가 사바나의 맹수들처럼 으르렁대던 두 사람을 순식간에 얼어붙게 만들었다. 가케루는 그제야 정신을 차리고 바로 뒤에 서 있는 기요세의 눈치를 보았다. 기요세는 얼음장처럼 차가운 무표정이었다. 기요세 등 뒤에서는 ‘이제 그만해’, ‘하이지 형 폭발할 것 같아’ 하고 쌍둥이가 손짓 발짓을 하며 필사적으로 신호를 보냈다.

가케루가 전의를 상실한 것을 알아챈 기요세가 서늘한 시선을 사카키에게 보냈다.

“너도 할 말이 있다는 건 알겠어. 하지만 가케루는 지금 간세이 대학 선수야. 공연히 상처를 주거나 동요시키는 일은 자제해주기 바란다.”

이제 진짜로 돌아간다, 하고 선언하면서 기요세는 가케루를 숲길 쪽으로 떠나밀었다. 티셔츠 자락을 잡아끌려서 하는 수 없이 가케루는 걸음을 옮겼다.

“가케루가 사카키한테 무슨 짓을 한 거야?”

“글쎄? 하지만 여기저기서 인기가 많네.”

킹과 조타가 수군거리며 제멋대로 상상의 나래를 펼쳤다. 빨리 와, 하는 기요세의 재촉을 받은 치쿠세이소 사람들이 주차장에서 나가기 시작했다.

“막판에 그놈한테 배신당하지 않게 조심하는 편이 좋을걸요.”

사카키가 던진 그 한마디에 기요세가 슬쩍 뒤돌아보면서 씨익 웃었다.

“우리가 얼마나 ‘사이좋게’ 진지한 승부를 펼치는지 예선에서 보여주도록 하지. 아, 그런데 너희는 심부름하느라 바빠서 볼 새가 없을지도 모르겠네. 어쨌든 출전 선수로 뽑힐 수 있게 열심히 뛰도록 해.”

“누가 누구보고 유치하다는 거야?”

"하이지 뒤끝도 알아줘야 한다니까."

니코짱과 유키가 소리 죽여 웃느라고 어깨를 떨었다. 간세이 대학 육상부에는 선수 선발전이라는 것이 없으니까 그 점은 속 편하다.

"열 명밖에 없는 약한 육상부라서 좋은 점도 있다는 말입니다."

분해서 어쩔 줄 모르는 도쿄 체대 1학년들을 딱하다는 듯이 보면서 무사가 말했다.

가케루는 옆에서 걷는 기요세를 흘깃 쳐다보았다. 관자놀이의 퍼런 핏줄은 사라졌지만 골똘히 생각에 잠겼는지 표정은 여전히 험악했다. 또 이런 일이 생기게 하다니. 터져나올 듯한 한숨을 필사적으로 억눌렀다.

"형, 죄송해요."

"네 잘못 아니야."

화가 많이 났나 싶어 망설이다가 바꿔서 말했다.

"고마워요, 형."

"괜찮아."

기요세가 대답했다. 볼 언저리의 선이 아까보다 부드러워졌다.

'그렇구나. 이럴 때는 고맙다고 하는 거구나.'

가케루는 처음 깨달았다.

'하이지 형은 나를 감싸준 거니까.'

분노와 짜증이 깨끗이 사라져버렸다. 마음이 가벼워진 가케루가 경쾌하게 뛰기 시작했다.

"목욕물 좀 받아줘."

기요세의 부탁을 받고 한 손을 들어 알았다고 대답했다.

어둠 속에서 불어오는 고원의 바람을 맞아도 가케루의 몸은 여전히 따뜻했다.

저녁 먹는 자리에서 기요세는 훈련 일정이 변경되었음을 알렸다. 도쿄 체대 때문에 신경을 쓰면서 훈련하는 것은 좋은 방법이 아니라고 판단한 모양이었다. 아침저녁 조깅 시간을 바꾸고 본 훈련 때도 호반 길을 달리는 것은 되도록 피하기로 했다.

일정 변경에 이의를 제기한 사람은 없었다. 도쿄 체대 1학년들의 도발로 인해 오히려 다들 의욕이 생긴 것이다. 훈련을 제대로 할 수 있다면 장소는 어디든 상관이 없었다.

"하지만 이건 너무 힘든데요."

왕자가 숨을 헐떡이면서 말했다.

치쿠세이소 사람들은 길도 없는 산비탈을 뛰어오르고 있었다. 신동이 발견한 경로였다.

"뛴다기보다 네발로 기어오르는 느낌이잖아요. 나무뿌리가 여기저기 솟아 있는데 이러다가 발이라도 삐끗하면 어떡해요?"

"이 정도로 발을 삐끗할 사람이면 운동신경이 없고 발목이 너무 딱딱한 거야. 뛰는 데 적합하지 않다는 거지."

기요세가 태연하게 말하며 왕자의 등을 밀었다.

"자, 조금만 더 가면 돼. 힘내서 속도 좀 올려."

앞서간 가케루와 신동은 이미 보이지 않았다. 걸어 오르기도 힘든 경사를 강인한 힘과 탄력과 가벼운 몸놀림으로 벌써 뛰어 올라간 것이다.

"무슨 닌자도 아니고."

왕자가 땀을 닦으며 투덜거렸다.

비탈진 곳만 매일 뛰면 무릎관절에 무리가 간다. 기요세는 산에서 하는 훈련과 넓고 평평한 곳에서 거리를 늘려가며 뛰는 훈련을 효과적으로 섞어서 훈련 계획을 짜려고 고심했다.

시라카바 호에서 산을 두 개 정도 넘으면 고도가 높은 하이킹 코스가 나온다. 산꼭대기 부근의 기복이 덜한 곳에 경치를 즐기면서 걸을 수 있는 코스가 있었다. 포장도로는 아니고 자잘한 나무 부스러기들이 깔려 있는 곳이어서 무릎관절에 부담도 적다.

기요세는 여기서 '고지 트레이닝'이라는 이름으로 크로스컨트리를 하기로 했다. 산을 뛰지 않는 날에는 승합차를 타고 하이킹 코스로 갔다. 하이킹 코스는 한 바퀴가 3킬로이기 때문에 그곳을 여섯 바퀴 돌면 20킬로 정도를 뛰는 것이다.

뛰다 보면 고도가 아주 조금만 높아져도 컨디션에 따라서 산소가 적어지는 것이 금방 느껴졌다. 처음에 킹은 '지옥 순례'라고 부르면서 고지 트레이닝을 싫어했다. 왕자 같은 사람은 20킬로 끝부분이 되면 하이킹을 하는 노부부에게까지 추월을 당할 정도였다.

하지만 몸이 점점 적응하면서 실력이 착실히 늘어가는 것을 실감할 수 있었다.

니코짱은 규칙적인 식생활과 훈련 덕분에 몸이 날씬해졌다. 쓸데없는 지방을 뺀 만큼 몸이 가벼워지면서 기록도 좋아졌다.

이론파인 유키는 연습 내용에 대해 기요세에게 이런저런 질문을 던졌지만 한번 납득하고 나면 묵묵히 따랐다. 꾸준한 반복을 힘들어하지 않는 사람이라는 점은 사법고시에 합격한 것만 봐도 증명이 된다.

쌍둥이는 힘들어도 고생이라고 생각하지 않는 밝은 성격이고 신동은 산에서 마음껏 달리기를 즐길 힘이 있었다. 경사진 곳에서도 거침없이 앞으로 나갈 수 있는 다리 힘과 끈기에는 가케루도 혀를 내두를 정도였다.

반대로 무사는 비탈진 곳을 힘들어했다. 그러나 평평한 곳에서는 무사의 탄탄한 근육이 진가를 발휘했다. 긴 보폭으로 가볍게 나무 부스러기들을 박차고 달렸다.

가장 큰 걱정이던 왕자도 조금씩 뛰는 거리를 늘려갔다. 이제 10킬로까지라면 힘들다는 소리 없이 달릴 수 있게 되었다. 눈부신 발전이었다. 그 뒤에는 기요세의 당근과 채찍이 있었다. 기요세는 왕자가 합숙소에 가져온 만화책을 압수했다가 훈련 일정을 모두 소화한 날 밤에만 그것을 읽을 수 있게 내주었다.

만화책이 없으면 숨이 막혀 죽을 거라고 늘상 말하던 왕자인 만큼 밤에 즐거운 한때를 보내기 위해서 낮에 눈물겨울 정도로 죽을힘을 다했다.

물론 가케루와 기요세도 순조롭게 달리기 위한 몸을 만들어갔다.

가케루는 다른 멤버들 이상으로 뛰곤 했기 때문에 만성적인 근육통으로 좀처럼 잠들지 못하는 경우가 있었다. 하지만 새로운 근육이 생겨나는 아픔이라고 생각하니 얼마든지 견딜 수 있었다. 욱신욱신 쑤시는 아픔과 열기에서 쾌감인지 고통인지 모를 기쁨까지도 느껴졌다. 아침이 되어 다시 달리기 시작하면 어제보다 더 빠른 속도의 세계로 들어가는 것을 실감했다.

뛰는 거리가 늘고 끈기가 생긴 치쿠세이소 사람들은 확실하게 좋아지고 있었다. 훈련 성과가 눈에 보이기 시작하면 그 사실에 용기를 얻어 노력에 박차를 가할 수 있다. 지금까지는 고되기만 했던 거리나 기록을 소화해내면 그때부터 몸을 움직이는 즐거움을 점점 익히게 되고 더욱 적극적으로 달리기에 빠지게 된다.

도쿄 체대를 피해서 하는 새벽과 일몰 후의 조깅도 모두 여유롭게 할 수 있게 되었다. 하이킹 코스보다 고도가 낮고 실제 페이스나 거리가 훨씬 편한 호반에서의 조깅은 이제 적당한 기분 전환이나 다름없었다.

긴 여름 합숙이 절반을 넘어선 어느 날 밤 모두가 조깅을 하는 도중에 갑자기 천둥이 치면서 비가 쏟아졌다. 장거리 달리기는 비가 오건 바람이 불건 계속된다. 좋은 연습이 되겠다고 생각하면서 가케루는 악천후에 아랑곳하지 않고 호반을 계속 달렸다. 기온이 내려가고 습도가 있는 편이 숨쉬기가 편해서 뛰기도 쉽다.

그런데 천둥소리와 빗줄기가 점점 더 거세졌다. 번개가 밤하늘의 낮은 곳을 옆으로 가르며 번쩍였다. 커다란 빗방울이 쉴 새 없이 온몸을 내리쳐서 피부가 따가울 지경이었다. 폭포 같은 빗소리 말고는 아무것도 들리지 않았고, 땅바닥에 부딪쳐 튕기는 물보라 때문에 온 사방이 뿌연 안개 속에 쌓인 것 같았다. 산속 날씨는 변덕이 심하기 마련이지만 이 정도 호우를 만난 것은 처음이었다.

눈 깜짝할 사이에 옷을 입고 수영한 것처럼 쫄딱 젖었다. 어두워서 앞도 분간이 되지 않았다. 결국 기요세도 발걸음을 멈추더니 뒤에 오는 사람들에게 별장으로 돌아가라고 지시했다.

"몸을 차게 하면 안 돼. 도착한 사람부터 빨리 뜨거운 물로 씻어."

가케루는 기요세 옆에 서서 멤버들이 조깅을 그만두고 숲길로 향하는 것을 확인했다. 하늘에서 쏟아지는 물의 장막 너머로 사람의 모습이 간신히 보일 정도였다.

여섯 명까지 헤아리고는 이상하다고 생각했다. 방금 뛰어간 사람은 맨 뒤에서 뛰고 있던 왕자였다. 두 사람이 모자라다. 조타와 조지가 아직 오지 않았다.

"형, 쌍둥이가 없어요!"

"어디 갔어?"

소리를 지르지 않으면 상대방의 말이 들리지 않을 지경이었다.

"어딘가에서 비를 피하고 있을 수도 있어요. 내가 찾아볼게요! 형은 별장으로 먼저 돌아가요!"

가케루는 쌍둥이를 찾아서 호반 길을 거꾸로 거슬러 가봤다. 뛰니까 빗방울이 더욱 드세게 얼굴을 내리쳐서 물에 빠진 것처럼 숨이 막혔다.

아무리 가도 쌍둥이가 보이지 않았다. 어딘가에서 엇갈렸는데 비 때문에 놓쳤나? 그 자리에 선 가케루의 머리 위에서 번쩍 하는 빛과 동시에 콰쾅 하고 굉음이 작렬했다. 자기도 모르게 움찔하던 가케루의 눈가에 연한 오렌지색 빛이 비쳤다. 호숫가 주차장 공중화장실 불빛이었다.

'저기서 비를 피하고 있을지도 모르겠다.'

가케루는 길에서 벗어나 세모난 지붕의 콘크리트 건물 안으로 들어갔다.

보아하니 화장실 안에는 아무도 없었다. 불이 켜진 좁은 공간 안에 있으니 빗소리도 작게 들리는 것이 마치 핵전쟁을 대비해 만들어놓은 벙커 안처럼 멍멍하고 현실감이 느껴지지 않았다. 가케루는 손바닥으로 얼굴을 닦으며 혹시나 싶어 문이 닫힌 칸막이 쪽으로 이름을 불러 보았다.

"조타, 조지, 여기 있어?"

"여기여기!" 하고 나란히 있는 두 개의 칸막이에서 대답하는 쌍둥이의 목소리가 한꺼번에 들려왔다.

'길가에서 벼락을 맞고 시커멓게 타버리지는 않았던 모양이네.'

그 순간 안심이 되었다.

"너네 어떻게 된 거야?"

그렇게 물었더니 물을 내리는 소리가 잠시 들린 다음 쌍둥이가 동시에 문을 열고 칸막이에서 나왔다.

"뭘 잘못 먹었나 봐."

"갑자기 배가 막 아프더라고. 여기 화장실이 없었으면 큰일 날 뻔했어. 그치, 형?"

"엉. 하늘에서 막 쏟아지듯이 우리도 변기에 막 쏟아내는 느낌이었지."

쌍둥이가 창백한 얼굴로 배를 문질렀다.

"우유를 너무 마셔서 그렇지."

가케루가 단번에 말했다. 조타와 조지는 합숙을 시작한 이후로 매일 2리터씩 우유를 몸에 들이붓고 있었다. 상점가에서 협찬해준 거니까 공짜라면서 욕심을 부린 것이다.

비에 젖어서 몸이 차게 식었다. 계속 화장실에 있을 수는 없었다.

"조깅은 중지야. 별장까지 갈 수 있겠어?"

"음, 어떨지 모르겠네."

조지가 울상이 되어서 말했다.

"어떻게든 엉덩이를 바짝 조여볼게."

조타가 비장한 표정을 지었다.

세 사람은 공중화장실에서 나와 빗속을 뛰기 시작했다. 500미터가량 가다가 "도저히 안 되겠다"며 조타가 발을 멈췄다. 조지도 파랗게 질린 얼굴로 "가케루, 화장실로 돌아가는 편이 나을까, 아니면 별장까지 버티는 게 빠를까?" 하고 물었다.

"뭐라고?"

가케루는 당황하며 쌍둥이를 돌아보았다. 쌍둥이는 가엽게도 새우처럼 몸을 구부린 채 그 자리에 딱딱하게 굳어 있었다.

"할 수 없지. 그냥 대충 이 근처에서 처리해."

"싫어!"

"종이는 어떡하라고?"

"아무도 없는데 뭐 어때? 그냥 나뭇잎 같은 걸로 닦으면 되잖아."

"남 일이라고……."

"나중에 두고 보자."

말은 그러면서도 절박한 상황이었던 모양이다. 쌍둥이는 도로 옆의 완만한 비탈 쪽으로 부스럭대면서 나뭇잎을 헤집고 들어갔다.

그런 일이 두 번가량 되풀이되고 간신히 숲길에 도착할 무렵이 되자 쌍둥이는 완전히 될 대로 되라는 식의 태도로 바뀌었다.

"차라리 아랫도리를 벗고 뛸까?"

"나도 그래야겠다. 이렇게 자꾸 벗을 거면 뭐하러 굳이 다시 입어야 하나 싶다."

"그건 아니지."

맥락도 없이 실실 웃으면서 세 사람은 별장의 불빛을 향해 뛰었다. 쌍둥이네 방에서 싸운 이후로 계속 남아 있던 약간의 응어리가 빗줄기를 타고 깨끗하게 씻겨 내려갔다. 쌍둥이는 설사 때문에, 가케루는 신경을 쓰느라 체력이 방전되어 이상하게 흥분되어 있었다.

"다녀왔습니다!"

별장 문을 열자마자 쌍둥이가 휙휙 하고 티셔츠와 반바지를 벗어던지고 그대로 욕실로 뛰어들어가려 했다. 가케루도 푹 젖어버린 티셔츠를 벗었다. 바로 그때였다.

"꺄악!"

높은 음역대의 여자 비명이 들렸다. 완전히 발가벗은 쌍둥이와 반바지를 내리려고 막 손을 대던 가케루가 순간 얼음이 되었다.

식탁 앞에 주인 할아버지와 긴 머리의 가냘픈 여학생이 서 있었다. 야오카츠네 딸이었다.

"너희 뭐하고 있는 거야?!"

기요세가 부엌에서 뛰어나와 쌍둥이를 허둥지둥 욕실 안으로 밀어 넣었다. TV를 보고 있던 치쿠세이소의 다른 사람들은 낄낄거리며 배를 잡고 웃었다. 야오카츠네 딸은 손으로 얼굴을 가리고 있었지만 손가락 사이로 눈망울을 반짝이며 보고 있음을 가케루는 알 수 있었다.

"가츠다 하나코입니다."

야오카츠네 딸이 인사했다.

"하나 짱이구나."

씻고 나와서 옷을 입은 조타가 싱글거렸다.

'하나 짱 좋아하네. 누가 채소가게 딸내미 아니랄까 봐 그냥 채소 잎사귀(일본어로 하나[葉菜]의 한자가 채소를 뜻한다/옮긴이)라는 이름이잖아.'

가케루가 속으로 그렇게 딴지를 놓았지만 사실 하나코는 정말 예뻤다. 커다랗고 검은 눈망울로 가끔씩 쌍둥이 쪽을 슬쩍슬쩍 보며 볼을 발갛게 물들이곤 했다.

하나코도 간세이 대학 1학년이고 문학부라고 했다.

"여러분에 대한 이야기는 여름방학 전부터 대학 강의실에서도 많이 들었어요."

하나코가 말했다.

식탁에는 기요세와 하나코가 만든 반찬이 즐비하게 놓여 있었다. 몸을 씻고 나서 이제야 좀 살 것 같아진 가케루가 "잘 먹겠습니다" 하며 채소 조림을 젓가락으로 집었다. 모양이 울퉁불퉁 못생겼고 맛도 너무 진했다. 하나코는 아직 요리가 서툰 모양이었다. 하지만 아무도 불평하지 않았다. 하나코는 상점가에서 보내는 협찬물자들을 운반할 겸 식재료를 가득 실은 야오카츠의 소형 트럭에 주인 할아버지까지 태워서 시라카바 호로 와준 것이다.

"고기도 있으니까 내일 구워 먹어요."

"소고기? 소고기야?"

하나코의 말에 조지가 민감하게 반응했다. 또다시 볼이 발개지면서 하나코가 고개를 끄덕였다.

"신난다!"

"우리도 고기 굽자!"

조타와 조지가 식욕과 도쿄 체대에 대한 반감을 온몸으로 뿜어냈다. 그렇게 여자친구를 사귀고 싶다고 노래를 불렀던 사람들이 이렇게 눈 앞에 기회가 왔는데도 어째서 전혀 눈치를 못 채는지 신기했다. 가케루 옆에서는 기요세가 주인 할아버지에게 쓴소리를 하고 있었다.

"감독님, 어쩌려고 그러세요? 남자 놈들만 열 명이나 득실대는 이런 곳에 여자를 데리고 오면 어떡합니까?"

"열한 명."

집주인은 뻔뻔스럽게도 자기까지 그 안에 포함시켰다.

"지금 봤을 때 위험한 건 오히려 쌍둥이 쪽인 것 같은데."

유키가 말했다. 쌍둥이는 배가 아팠던 것도 잊은 채 고기에 대한 기쁨을 온몸으로 표현하고 있었다. 하나코는 신났다고 돌아다니는 쌍둥이를 눈으로 좇으며 마냥 행복한 얼굴이었다. 가케루는 이상하게 기분이 축 가라앉았고 그런 자기가 이상하다고 생각했다.

뒷문의 발매트에 누워 있던 니라가 탁탁 하고 꼬리로 바닥을 치는 소리를 냈다. 트럭 짐칸을 타고 온 니라도 치쿠세이소 사람들과 오랜만에 만나서 반가운 모양이었다.

이튿날은 화창한 날씨였다.

승합차로 하이킹 코스에 도착한 가케루는 있는 힘껏 심호흡을 했다. 맑고 깨끗한 공기에 달큰한 풀내음이 섞여 있었다. 하얀 구름이 푸르른 산등성이에 그림자를 만들며 동쪽을 향해 흘러갔다.

집주인과 하나코는 트럭을 타고 하이킹 코스까지 따라왔다. 하나코가 한동안 같이 머문다는 사실을 알게 되자 모두 평소 이상으로 힘이 넘치는 모양이었다.

별장 2층은 집주인과 하나코가 들어오는 바람에 꽉꽉 차버렸다. 벽에 줄을 걸고 시트를 달아서 하나코를 위한 공간을 확보했기 때문에 자리가 더욱 좁아졌다. 아무리 고원의 밤이라고 해도 여러 명이 다닥다닥 들러붙어서 자자니 덥고 힘들었다.

그래도 하나코를 환영하지 않는 사람은 없었다. 함께 지낸 지 얼마 되지 않았지만 상점가를 대표해서 치쿠세이소 사람들을 진심으로 응원하고 있다는 사실은 충분히 알 수 있었기 때문이다.

"기적 같지 않아? 얼굴도 예쁜데 성격까지 좋다니."

신동이 중얼거렸다.

"맞아요. 하나코 양은 아름답습니다."

무사도 동의했다.

"그런데 도무지 이해가 안 되는 점은 조타랑 조지한테 호감이 있다는 거지."

신동이 갸웃거렸다.

"고감을?"

무사도 갸웃거렸다. 신동이 정정해주었다.

"아니, 고감이 아니라 호감."

그러면서 땅바닥에 글자를 써서 보여주었다.

니코짱은 훈련 전 스트레칭을 하면서 "혹시 저 여자애 취향이 이상한 거 아냐?" 하고 말했다.

가케루가 쓴웃음을 지었다. 하나코는 지금도 호감을 한가득 담은 표정으로 쌍둥이로부터 하이킹 코스에 대한 설명을 듣고 있었다.

"그런데 저 둘 중 어느 쪽이 좋대?"

같은 광경을 바라보던 유키가 가케루에게 물었다.

"글쎄요."

"물어봐."

"내가요? 왜요?"

"같은 학년이잖아."

그게 무슨 이유가 되나 싶었지만 선배의 말에 토를 달기는 힘들었다. 가케루는 애매하게 고개를 끄덕이고서 훈련 일정을 확인하기 위해 기요세에게 다가갔다.

기요세는 주인 할아버지에게 훈련 내용을 설명하고 있었다.

"오늘은 코스를 여덟 바퀴 돌게 하려고 합니다. 약 25킬로요. 가케루와 저는 처음 한 바퀴는 12분 내로 들어오고 그 뒤로 페이스를 조금씩 올려서 마지막에는 10분 이내로 들어올 수 있게 할 생각입니다. 다른 사람들은 각자 수준에 맞게 페이스를 정하겠지만 제일 느린 왕자도 첫 바퀴를 16분 안으로 들어오게 하려고요. 이 정도면 괜찮을까요?"

"좋아, 좋아. 하이지 너한테 맡길 테니까 알아서 잘해봐."

주인 할아버지는 하나코를 먼발치에서 바라보는 데 정신이 팔려서 듣는 둥 마는 둥 하며 건성으로 대답했다.

"저 분이 감독이 맞죠?"

가케루가 작은 소리로 묻자 기요세가 웃었다.

"그럼. 걱정하지 마. 원래 저런 사람이니까. 저래 보여도 막상 중요할 때는 잘 챙겨주실 거야."

"정말로요?"

"……아마도."

기요세가 위에 걸치고 있던 운동복을 벗었다. "시작하자."

정오가 다가올수록 햇살이 강렬해졌다. 바람은 시원했지만 산꼭대기 부근에는 햇빛을 가릴 만한 것이 없어서 더웠다. 하나코가 코스 중간에 서서 손수 만든 레몬수를 건네주었다. 단백질 가루를 섞은 물이었다.

뛰면서 받아 수분을 보충했다.

"이거 맛이 너무한데요."

까끌거리는 신맛의 액체를 들이킨 가케루는 사레가 들 뻔했다. 아무리 몸에 좋은 것들을 한꺼번에 넣는다고 해도 레몬에 단백질 가루는 아니지 않나? 성분이 분리되어 위벽에 들러붙을 것 같았다.

"이건 아니네."

기요세도 창문에 들러붙은 죽은 벌레를 본 것 같은 표정으로 말했다.

"그래도 마셔둬. 이 정도 기온이면 탈수증이 올 수도 있으니까."

빨대 달린 물통을 완전히 비운 다음 코스 옆으로 던졌다. 나중에 도로 주워서 다시 쓴다. 한 바퀴가 늦어진 멤버의 뒷모습이 보였다. 다들 지쳐 있는 모양이었다. 추월하면서 기요세가 한마디 했다.

"페이스가 많이 떨어졌어. 그렇다고 시계를 자꾸 보지는 말고. 될 수 있는 대로 몸으로 감각을 익히도록 해."

"이렇게 더운데 그렇게 복잡하게 지시하지 마!"

비난을 받으면서도 가케루와 기요세는 정해놓은 페이스대로 25킬로를 완주했다.

그러다 보니 체력이 많이 소모되어 숨을 헐떡거렸다. 가볍게 뛰어서 쿨다운 하고 스트레칭으로 근육을 풀어주었다. 땀범벅이 된 티셔츠를 벗고 가방에 넣어 온 수건으로 몸을 닦았다.

수건과 함께 가져온 새 셔츠로 갈아입은 가케루와 기요세가 나무그늘에 앉았다. 아직 뛰고 있는 사람들이 연달아 눈앞을 지나쳤다. 모두들 호흡이 거칠었다.

"너무 힘들면 무리하지 마!……이렇게 말해도 안 듣겠지만."

기요세의 목소리를 듣고서도 아무도 발걸음을 멈추지 않았다. 봄에 처음 봤을 때의 태도가 상상이 되지 않을 정도로 모두 훈련에 힘을 쏟고 있었다.

하나코가 와서 가케루 옆에 앉았다. 땀 냄새가 나지 않을까 신경이 쓰인 가케루가 기요세 쪽으로 엉덩이를 살짝 옮겼다. 기요세가 피식 웃었다.

"하루에 몇 킬로나 뛰는 거야?"

하나코가 물었다.

"그날그날 컨디션도 있고 개인차도 있지만……한 40킬로 정도?"

"진짜로!?"

하나코가 큰 소리를 내는 바람에 가케루는 깜짝 놀라 벌떡 일어날 뻔했다. 기요세가 또다시 피식 웃었다.

"왜요?" 하며 가케루가 노려보자, "아니, 아무것도 아냐" 하고는 능글능글 웃으면서 일부러 시선을 딴 곳으로 돌리려는 듯 하늘을 올려다보았다.

"대단하다."

하나코가 감탄하며 작게 한숨을 쉬었다.

"그렇게 많이 훈련하는 줄 몰랐어. 마라톤은 오래달리기를 아주 잘하는 사람이 조금만 연습하면 되는 건 줄 알았지."

"마라톤이 아니라 역전경주야."

가케루가 고쳐주었다.

"아, 그렇구나. 역전경주."

"응."

이상하게 얼굴이 화끈거렸다. 오른쪽에서 기요세의 몸이 작게 떨리고 있는 것이 느껴졌지만 표정을 확인할 엄두가 나지 않았다. 젠장, 그렇게 웃기냐고.

쌍둥이가 뛰어와서 세 사람 앞을 지나쳤다.

"한 바퀴 남았다."

기요세가 말했다.

하나코는 쌍둥이를 따라 고개를 돌렸다. 가케루는 불현듯 유키가 시켰던 일이 생각났다.

"그런데 가츠다 양은 쌍둥이를 좋아하는 거지?"

"어머, 어떻게 알았어?"

그걸 모르겠냐. 자기와 기요세가 동시에 같은 생각을 했다는 것을 피부로 느낄 수 있었다.

"그래서 말인데, 저기, 어느 쪽이야?"

"어느 쪽이라니?"

"아니, 그러니까, 조타랑 조지, 누구를 좋아하냐고."

"둘 다지. 당연한 거 아냐?"

하나코가 부끄러워하며 가케루의 어깨를 때렸다.

'묘한 포인트에서 흥분하는 애네.'

그런 생각을 한 직후에 하나코가 한 말의 의미가 뇌에 도달했다.

"뭐어?!"

가케루의 목소리가 갈라졌다.

"둘 다라니. 그래도 되는 거야?"

"둘 다 같은 얼굴이잖아. 완전 취향 저격이야."

"그게 뭐야?!"

갑자기 화가 나서 벌떡 일어섰다

"쌍둥이는 한 바구니에 얼마 하는 재소가 아니잖아. 얼굴이 좋다고 둘 다 좋아한다는 게 말이 돼?"

"너 치고는 비유가 썩 괜찮네."

기요세는 그렇게 말했고 하나코는 영문을 모르겠다는 표정으로 가케루를 올려다보았다.

"어째서?"

"어째서라니. 쌍둥이는 각각 다른 사람이니까. 뭐 성격이라든지 그런 걸 봐서 한 사람만……."

"성격이 그렇게 중요한 거야?"

"당연히 중요하지!"

"그런가? 난 '좋다' 싶으면 성격은 별로 신경이 안 쓰이던데."

하나코는 행복한 미소를 지었다.

"어제랑 오늘 두 사람이랑 조금씩 얘기해봤거든. 생리적으로 혐오감이 생기는 부분도 없고, 얼굴은 최고고. 그럼 됐잖아? 난 어느 한쪽만 고르지는 못하겠어."

가케루는 힘이 빠져서 다시 그늘에 주저앉았다. 기요세는 웃음을 너무 참아서인지 딸꾹질을 하기 시작했다.

"가츠다 양의 말도 일리가 있어."

기요세가 딸꾹질을 하면서 말했다.

"실제로 아무리 못살게 굴어도, 아무리 힘들게 해도 그런 것과 상관없이 좋아하게 되는 경우가 있으니까."

"그렇죠?"

하나코는 자기편이 생겼다 싶었는지 크게 끄덕였다.

"원래 그런 거잖아요. 사랑이란 게."

25킬로를 다 뛴 치쿠세이소 사람들이 잇달아 돌아왔다.

"주인 할아버지 같이 올게. 니라 산책을 시켜준다면서 코스 안쪽으로 가셨으니까."

하나코가 그렇게 말하고는 나무 그늘에서 나갔다.

가케루와 기요세는 한동안 바람에 나부끼는 풀들을 잠자코 바라보았다.

"그런 경험이 있는 거예요?"

가케루가 물었다. 기요세는 이제야 딸꾹질이 멎은 모양이었다.

"넌 없어?"

기요세가 웃음을 머금은 목소리로 되물었다.

"……없어요."

"그래? 예를 들어 뛰는 건? 아무리 힘들어도, 아무리 괴로운 일이 생겨도 넌 뛰는 걸 그만두지 못하잖아. 그게 가즈다 양이 말한 그런 마음 아닌가?"

기요세는 일어나서 햇볕이 드는 쪽 땅바닥에서 뒹구는 치쿠세이소 사람들을 끌어 일으켰다.

"자자, 제대로 쿨다운 하고 와."

아아, 하고 가케루가 생각했다. 만약 하이지 형이 말한 대로 달리기에 대한 이 마음이 사랑과 같다면 사랑이란 정말 보답을 받지 못하는 힘든 것이겠구나.

한번 빠져버리면 아무리 발버둥 쳐도 벗어날 수가 없다. 좋든 싫든, 득이 되든 손해가 나든 그저 끌려다니기만 한다. 어디로 가는지도 모르는 채 캄캄한 어둠 속으로 빨려 들어가는 별들처럼.

단백질 가루가 든 레몬수를 나눠주기 위해 가케루도 햇볕 쪽으로 나아갔다. 햇살이 정수리를 직통으로 때렸다. 매미가 갑자기 한꺼번에 울음소리를 낸다. 구름은 바람을 타고 어디론가 가고 없었다.

"하늘이 파랗네."

여름이었다.

6

영혼이 외치는 소리

이가 빠진 밥그릇을 복도 구석에 놓았다. 물방울이 손등에 떨어졌다. 가케루는 그릇의 위치를 잘 조정한 다음 일어서서 2층 복도를 둘러보았다.

복도 여기저기에 놓인 큰 그릇이며 깡통들이 무슨 마법의 주문처럼 보였다. 가케루는 정기적으로 치쿠세이소 안을 돌아다니며 그릇에 모인 빗물을 큰 양동이에 모으는 당번이었다.

밖에서는 조용히 내리는 가을 장맛비도 치쿠세이소 안에서는 떠들썩한 불협화음으로 변한다. 가난하면 불편하다는 사실이 실감 나서 가케루는 한숨을 쉬면서 양동이에 모은 물을 정원에 버렸다.

"이 소리 좀 어떻게 안 되겠냐?"

니코짱이 머리를 마구 쥐어뜯으며 울부짖었다.

"방 안에 있어도 밤새도록 끝없이 들린단 말이야. 뚝뚝 퉁퉁 철썩철썩, 아주 미쳐버릴 지경이야!"

"우리 1층 사람들은 이제 완전히 귀에 익었는데."

조타가 말했다. 유키는 안경을 닦으면서 흥 하고 콧방귀를 꼈다.

"니코짱 선배는 소리에 대한 감수성이 너무 둔해서 그래. 낙숫물 소리에는 정취가 있는데. 어쩌다가 참신한 리듬으로 떨어지면 신선하게 느껴지기도 하고."

낙숫물이 아니라 빗물 받는 소리겠지. 가케루가 속으로 생각했다. 물론 입 밖으로 말하지는 않았다.

"자, 이제 드디어 예선이 코앞으로 다가왔다."

낡은 건물 상태를 한탄하는 목소리 따위는 들리지도 않는다는 듯 기요세가 말을 꺼냈다.

치쿠세이소 사람들은 기요세의 부름을 받고 쌍둥이네 방에 모여 있었다. 하루 훈련을 끝내고 가벼운 마음으로 둥그렇게 모여앉아 술 파티를 벌이기 시작한 사람들이 그래도 얼굴만큼은 기요세 쪽을 향하고 있었다.

"여름 합숙에서 열심히 훈련한 덕분에 다들 확실히 많이 좋아졌어. 자, 가케루."

"네."

가케루는 손에 든 기록을 읽어주기 시작했다.

"현재 각자의 만 미터 최고 기록은 이렇습니다.

하이지 형	29분 14초
무사 형	29분 35초
조타	29분 55초 26
조지	29분 55초 28
유키 선배	30분 26초 63
신동 형	30분 27초 64
니코짱 선배	30분 48초 37
킹 형	31분 11초 02
왕자 형	35분 38초 42

그리고 저는 28분 58초 59."

눈을 감고 숫자들의 나열을 듣고 있던 기요세가 한 차례 끄덕였다.

"눈부신 발전이야. 우리가 이렇게 달릴 수 있게 되다니 정말 기쁘다."

"난 올여름 훈련하면서 나중에 죽어서 지옥에 떨어지면 어떻게 될지 뼈저리게 느꼈어."

조타가 말했다.

"그렇게 죽도록 훈련을 했으니 안 좋아지는 게 이상하지."

조지도 말했다.

모두의 얼굴을 둘러본 기요세가 말했다.

"예선까지 이제 한 달 남짓 남았으니까 대부분은 1만 미터 기록을 더 당길 수 있을 거야. 20킬로 달리기에도 몸이 많이 익숙해진 모양이고. 일부 예외도 있기는 하지만……."

왕자가 어깨를 움찔했다. 왕자는 15킬로가 넘어가면 허덕이기 시작해서 그때부터 속도가 훅 떨어진다. 그래도 기요세는 왕자에게 뭐라고 하지 않았다.

"그래도 괜찮아. 다들 점점 힘이 생기고 있으니까. 이대로만 가면 예선에서 충분히 해볼 만해. 다치거나 하지 않도록 조심하면서 앞으로도 열심히 힘내자."

"아자아자!"

'적당히, 적당히'라고 조지가 작은 소리로 덧붙이더니 가케루와 술잔을 쨍 부딪쳤다.

고향에서 보내준 향토 술을 들이킨 신동이 "그러고 보니까 우리를 취재하고 싶다는 데가 있다는데" 하고 말했다.

"정말? 웬일이야?"

"어딘데? 또 신문인가?"

쌍둥이가 신이 나서 신동에게 물었다.

치쿠세이소 사람들이 시라카바 호에서 여름 합숙을 할 때 요미우리 신문사가 와서 취재를 했다.

육상경기 전문지 기자가 도쿄 체대 합숙을 보러 시라카바 호로 찾아왔다. 도쿄 체대는 지난번 하코네 역전경주에서 아슬아슬하게 10위 밖으로 밀려나 우선출전권을 따지 못했기 때문에 올해는 예선부터 나가야 한다. 하지만 선수들의 실력이 안정적이어서 예선 통과는 문제없다고 다들 보고 있었다. 그래서 잡지사에서 도쿄 체대를 사전취재하러 온 것이었다.

치쿠세이소 사람들은 연습 후에 호반에 있는 편의점에서 쇼핑을 하다가 누군가 도쿄 체대 선수들을 취재하고 있는 모습을 목격했다. 도쿄 체대 선수들이 주차장에 줄지어 서 있고 기자가 단체 사진을 찍고 있었다. 사진 촬영이 끝나자 주장이 녹음기에 대고 뭔가 이야기하기 시작했다.

사진기자가 따라오지 않아서 취재기자가 사진부터 인터뷰까지 혼자 다 하는 모양이었고, 인터뷰에 응하는 주장도 운동복 차림이었지만, 그래도 킹은 “연예인 같다”면서 자리를 뜨지 못하고 계속 쳐다봤다. 가케루도 킹과 같이 취재 광경을 멍하니 보고 있었다.

이윽고 도쿄 체대 선수들이 해산했고 기자는 주장에게 고맙다고 인사한 다음 이쪽으로 걸어왔다. 편의점 비닐봉지를 들고 주차장 구석에 가만히 서 있는 가케루 일행을 본 중년의 남자기자가 “어?” 하고 약간 놀라는 표정을 짓더니 말을 걸어왔다.

“학생들도 장거리 선수 아닌가?”

“어떻게 아셨어요?”

조타가 기분이 썩 괜찮은 목소리로 물었다.

“체형을 보면 알지. 근데 도쿄 체대 학생들은 아니지?”

기자가 이상하다는 표정으로 통일성이라고는 하나도 없는 옷차림들을 바라보았다.

“간세이 대학 육상부입니다.”

킹이 벌써 약간 긴장된 목소리로 대답했다.

“우리도 하코네 역전경주에 나갈 거예요.”

조지가 천진난만한 표정으로 벌써 다 결정된 사항처럼 싱글싱글 웃으면서 기자에게 말했다.

가케루는 니코짱 뒤에 거의 숨듯이 서 있었다. 기자는 보나마나 조지의 말을 듣고 웃어넘길 거라고 생각했다. 지금까지 예선에도 나간 적이 없던 대학이 헛소리를 지껄인다고 말이다. 그런데 가케루의 예상이 빗나갔다.

“그래?”

기자가 진지한 눈빛으로 치쿠세이소 사람들을 하나씩 바라보더니 “기대되네” 하고 말한 것이다.

“주장은 누구야? 멤버는 여기 있는 사람들이 다인가?”

주장을 누구라고 정한 적은 없지만 모두의 시선이 자연스럽게 기요세를 가리켰다. 기요세는 어쩔 수 없다는 듯이 “주장인 기요세 하이지입니다. 멤버는 여기 있는 사람들이 다예요” 하고 말했다.

“기요세 군이면, 혹시……” 하며 기자가 기억을 되짚고 있는 모양이었다.

“다리를 다쳤다고 들었는데 육상을 계속하고 있었군. 그리고 그쪽에 있는 학생은 센다이조세이 고등학교에 있던 구라하라 군 아닌가?”

가케루는 대답하지 않은 채 니코짱 뒤에서 몸을 움츠렸다.

“그런데 아저씨는 누구세요?”

조지가 묻자 기자가 "아 참, 실례" 하더니 명함을 꺼내서 기요세에게 건넸다.

'월간 육상 매거진 편집부 사누키 신고'라고 찍혀 있었다.

"몇 가지 질문을 했으면 하는데. 열 명만으로 하코네 역전경주에 출전하려는 건가?"

사누키가 재빨리 몇 가지 질문을 했다. 감독 이름에 "호오" 하고 감탄하기도 하고 하코네에 출전하지 않으면 방세가 올라간다는 말에는 "그럼 죽을힘을 다해서 나가야겠네" 하면서 웃기도 했다. 남의 이야기를 잘 들어주는 사람이었다.

사누키 기자는 이튿날에도 이른 아침부터 호반 길에 모습을 나타냈다. 조깅하는 치쿠세이소 사람들을 살펴보던 사누키 기자가 아침 훈련을 마친 가케루 일행에게 다가와 이렇게 말했다.

"아주 흥미로운 학생들이네. 대부분 초보자나 다름없는데 실력이 향상될 여지가 아주 많아 보여."

칭찬인지 깎아내리는 건지 몰라서 다들 가만히 있었다. 사누키는 혼자 재미있다는 표정으로 끄덕였다.

"이런 팀이 들어오면 하코네가 훨씬 더 재미있어질 수도 있겠어. 지면이 한정돼 있어서 이번 우리 잡지에는 도쿄 체대 기사만 들어가지만 내가 아는 신문기자한테 학생들 얘기를 해놓을게."

"신문이요?!"

킹이 마른침을 꿀꺽 삼켰다.

'일이 영 이상하게 흘러가네' 하고 가케루가 생각했다.

사누키는 일 처리가 신속했다. 합숙이 거의 끝나갈 무렵 요미우리 신문사의 기자가 시라카바 호의 별장으로 찾아왔다. 요미우리 신문사는 하코네 역전경주를 공동주최하고 있어서 특집기사 등을 적극적으로 실는 매체이다.

"「월간 매거진」의 사누키 씨한테 듣고 왔어요. 흥미로운 일이라 휴가를 이용해서 시라카바 호수로 놀러 왔습니다."

누노다 마사키라는 신문기자가 부드러운 말투로 자기소개를 했다. 사누키와 비슷한 나이로 보였다.

왕자가 중얼거렸다.

"「월간 육상 매거진」 약칭이 「월간 매거진」이야? 그럼 무슨 잡지인지 분간이 안 되잖아. 「월간 소년 매거진」하고도 이름이 겹치고."

또 혼자서 뭔가 만화 이야기를 하는구나, 하고 짐작한 치쿠세이소 사람들은 왕자의 그런 구시렁대는 소리를 듣는 둥 마는 둥 했다. 가케루는 혼자 슬그머니 부엌으로 몸을 피했다.

"아직 예선을 통과한 팀이 아니어서 스포츠면에 싣지는 못하거든요. 하지만 작은 육상부가 열심히 노력해서 하코네에 나가려고 한다는 이야기는 독자들에게 어필할 만한 기사라고 생각합니다. 저희가 실을 수 있는 건 도쿄 지방판이 되겠지만 그래도 꼭 인터뷰를 해주면 좋겠네요."

누노다가 워낙 정중하게 부탁해서 기요세도 거절하기 힘들었던 모양이다. 치쿠세이소 사람들은 취재에 응하기로 했다. 누노다가 곧바로 지방판 담당기자와 사진기자를 보냈다. 평소 생활하는 모습이나 하코네를 향한 열망 등에 대해 주로 쌍둥이와 킹이 질문에 대답했다. 사진기자는 시라카바 호반에서 훈련하는 모습과 별장 앞에 모인 멤버들의 사진을 찍었다.

긴 합숙을 끝내고 치쿠세이소로 돌아온 바로 그날, 멤버들에 대한 기사가 기다란 사진과 함께 도쿄판 「요미우리 신문」에 실렸다. 신동과 무사가 기뻐하며 신문을 잔뜩 사왔다. 다들 기사를 오려서 치쿠세이소 부엌에도 붙이고 상점가에도 나눠주었다. 대학 게시판에도 마음대로 붙였다. 물론 신동과 무사는 고향 가족들에게도 어김없이 편지와 함께 기사 스크랩을 보냈다.

반응은 매우 좋아서 상점가에 생긴 즉석 후원회는 더욱 성황을 이루었고 대학 측에서도 육상부에 대한 기대를 보이기 시작했다. 치쿠세이소 사람들 대부분은 각자의 가족들로부터 전화를 받았다.

"물론 사누키 기자님이랑 누노다 기자님도 예선 이후부터는 본격적으로 취재해주신다고 했어."

신동이 말하며 술잔에 향토 술을 더 따랐다.

"그런데 이번에는 신문이 아니라 방송국에서 취재 의뢰가 왔어."

"방송국!!"

킹이 깜짝 놀라 큰 소리로 외쳤다.

"하코네 역전경주를 생방송으로 내보내는 니혼테레비에서 연락이 왔어. 난 잘 몰랐는데 예선도 중계방송을 한대. 그래서 예선에 나가는 대학 중에 특히 주목할 만한 몇 군데를 당일 밀착 취재한다고 하더라고."

"아니, 그럼 거기에 우리가 뽑힌 거야?" 하며 킹이 벌써부터 몸을 떨기 시작했다.

"경사스러운 일입니다."

무사도 감개무량한 모양이었다.

"아직 정식으로 대답은 하지 않았어."

신동이 말했다.

"방송 카메라 신경 쓰느라고 예선 때 집중을 못 하면 말이 안 되잖아. 그래서 다들 어떻게 생각하는지 물어보려고."

"찬성! 방송 취재 대찬성!" 하며 조타가 한 손을 번쩍 들었고, "거절할 이유가 없잖아"라고 조지도 말했다.

킹은 "슬슬 이발하러 가야겠다 생각했는데" 하고 잔뜩 긴장해서 식은땀을 흘리며 차림새를 걱정하고 있었다.

"저도 방송에 나갔으면 좋겠습니다."

무사가 싱긋 웃었다.

"영상을 녹화해서 가족에게 보내면 모두 정말 기뻐할 겁니다."

"나도 취재는 아주 좋은 일이라고 생각해."

신동이 자기 생각을 말했다.

"부모님이 좋아하시는 것도 있지만 무엇보다 가장 좋은 홍보 수단이니까."

"그렇지."

기요세가 팔짱을 끼면서 맞장구를 쳤다.

"다른 사람들 생각은 어때?"

기요세의 눈길이 아직 의견을 말하지 않은 멤버들에게로 향했다.

"너희가 좋다면 나도 상관없어."

니코짱은 방송국 취재라는 말에도 들뜨지 않고 어른스러운 여유를 보였다.

만화에 대한 일 말고는 흥미를 느끼지 못하는 왕자도 "나도 그래. 방송이든 뭐든 상관없어" 하고 건성으로 대답했다.

"야, 생각해봐, 여성 앵커를 만날 수 있을지도 모르잖아, 여성 앵커를!"

잔뜩 흥분해 있는 킹이 말해도 왕자는 여전히 시큰둥한 반응이었다.

"난 누가 누군지 잘 몰라."

"아무리 그래도 예선에 여성 앵커가 취재를 나오겠어?"

"그건 모르지. 그 방송국의 스포츠 관련 여성 앵커가 누구였더라?" 하며 조타와 고지가 들뜬 목소리로 이러쿵저러쿵 떠들어댔다. 기요세는 여성 앵커 이야기에 끼어들지 않고 침묵을 지키고 있는 가케루와 유키에게 말을 걸었다.

"다수결로는 이미 결론이 나 있지만 그래도 너희 의견을 말해봐."

"벌써 결정이 됐잖아요."

가케루가 한숨을 쉬었다.

"싫다고 해도 소용없을 테고."

"아니, 그런데 넌 왜 싫은 거야?"

조지가 고개를 갸웃거렸다.

"방송에 나오면 부모님도 좋아하시고, 여자애들한테 인기도 생기고, 좋은 점만 있잖아."

"그건 그냥 그렇게 됐으면 좋겠다는 네 소원일 뿐이잖아."

가케루가 웅얼웅얼 반론을 시도했다. 웬일인지 유키가 깐죽대며 비꼬지 않고 진지한 목소리로 말했다.

"부모님을 기쁘게 하고 싶은 사람만 있는 건 아니니까."

그 중얼거림과도 같은 말에서 전에 없는 씁쓸함을 느낀 다른 사람들이 한순간 입을 다물었다. 눈길이 자기에게 집중되었음을 느낀 유키가 평소의 말투로 금방 돌아왔다.

"아무튼 다들 관심받고 싶어서 난리라니까. 뭐 이미 정해졌으니 할 수 없지. 나도 하자는 대로 할게."

예선 때 밀착 카메라가 따라붙는다는 이야기를 듣더니 하나코가 "어떡해?!" 하고 외쳤다.

"플래카드 다시 써야겠다!"

"무슨 플래카드?"

가케루가 물었다. 가케루와 기요세는 치쿠세이소 부엌에서 하나코가 들고 온, 야오카츠 가게에서 팔고 남은 채소를 상자에서 꺼내던 참이었다.

"예선 때 응원가겠다고 상점가 사람들이 신이 나 있거든. 우리 아빠랑 미장이 아저씨가 플래카드를 만들었단 말이야. 그런데 간세이 대학의 '간'이라는 한자 획수가 너무 많잖아. 미장이 아저씨가 '캇짱 어떡하지? 글자가 뭉개지는데'라고 하니까 우리 아빠가 '그럴 땐 적당히 넘어가는 거야' 하면서……."

플래카드 천에는 빨간 페인트로 '대기간세이(대기만성), 간세이 대학 파이팅!'이라고 대문짝만하게 적혀 있었다.

"이건 좀……."

가케루가 할 말을 잃었다.

"너무 바보 같지?"

하나코가 한숨을 쉬었다. 기요세는 토란 껍질을 벗기면서 또 소리죽여 웃고 있었다.

"하지만 어쨌든 정말 잘됐다. 다들 열심히 한 걸 인정하니까 취재까지 나오는 거잖아. 정말 대단한 일이야."

그만큼 주목받을 기회가 늘어난다. 좋은 점만 있는 것은 아니다. 가케루는 말없이 종이 상자를 밟아서 납작하게 만들었다.

"어, 하나짱이 와 있었네."

"방송국에서 우리를 취재한다는 얘기 들었어?"

쌍둥이가 등장하면서 부엌이 금방 시끌시끌해졌다.

"들었지. 예선 때 다 같이 응원하러 갈 거야. 방송에 나오면 녹화도 할 거고."

부엌 의자에 앉은 하나코가 생글생글 웃으면서 쌍둥이와 떠들기 시작했다.

"괜찮겠어?"

두부를 손바닥에 올려놓고 자르던 기요세가 가케루에게 속닥였다.

국물에 된장을 풀고 있던 가케루가 "뭐가요?" 하고 따지듯이 되물었다.

"아니, 그냥."

기요세가 말했다.

"가츠다 양, 저녁 먹고 가요."

멤버들이 하나둘씩 부엌에 모여들어 하나코와 함께 식탁에 앉았다. 식탁 자리를 차지하지 못한 사람들은 밥상을 꺼내서 바닥에 앉았다.

저녁 반찬은 토란 조림과 차가운 돼지고기 샤부샤부였다.

"이제 슬슬 차가운 샤부샤부가 아니라 따뜻한 전골이 그리워지는 계절이 됐네."

"쇠고기 전골!"

그렇게 주거니 받거니 하면서 조타와 조지가 삶은 돼지고기를 맹렬하게 자기 접시에 옮겨 담았다. 하나코가 들고 온 채소들은 다양한 형태로 곁들어져서 식탁을 풍성하게 만들어주었다.

"아, 참!"

하나코가 젓가락을 내려놓더니 발치에 있는 가방을 찾았다.

"오늘은 채소 말고 다른 선물도 가져왔는데."

가방에서 꺼낸 것은 여러 권의 사진 앨범이었다. 쌍둥이가 받아서 종이로 된 표지를 넘겼다.

"여름합숙 때 사진이네!"

"더구나 앨범이 한 사람에 하나씩이야!"

표지에는 저마다의 이름이 하나씩 적혀 있었다. 가케루도 밥을 먹다가 말고 미나코의 글씨로 이름이 적힌 앨범을 살펴보았다. 모두 함께 찍은 사진과 각자가 중심이 된 독사진 등이 질서정연하게 분류되어 찍은 순서대로 앨범에 가지런히 정리되어 있었다.

"한 사진을 여러 장 뽑기도 하고 어떤 식으로 넣어야 하나 구상을 하느라 많이 늦어졌네요."

하나코는 미안하다는 듯이 말했지만 앨범을 보기만 해도 정성이 가득 담긴 것을 알 수 있었다. 모두 감격해서 고맙다고 인사했다.

부엌에서 모두가 한동안 각자의 앨범들을 주고받으며 들여다보았다. 사진을 보고 있으려니 지난여름 기억이 생생하게 되살아났다.

"지금 와서 생각해보면 합숙이 정말 재미있었어."

"우와! 도쿄 체대 감독 사진까지 있네!"

"그거 몰래 찍은 거예요" 하며 하나코가 웃었다. 사진에는 죽도를 들고 장승처럼 버티고 서 있는 올백머리 사나이가 찍혀 있었다.

"무지막지하게 무서웠지? 도쿄 체대 감독 말이야."

"하이지하고는 다른 의미에서 완전히 악마야, 악마!"

합숙 마지막 날 도쿄 체대도 하이킹 코스에 왔다. 가케루 일행은 벌써 크로스컨트리를 마치고 한숨 돌리고 있던 참이라 눈치 싸움이 벌어지지는 않았다. 사실 도쿄 체대 쪽도 실랑이를 할 분위기가 아니었다. 상급생들의 경우 간세이 대학 같은 곳은 처음부터 눈에 들어오지도 않는 상대였고, 1학년들은 바짝 위축된 강아지마냥 시키는 대로 연습에 집중하느라 바빴다.

그도 그럴 것이 악마같이 무시무시한 감독의 눈이 서슬 퍼렇게 번뜩이고 있었던 것이다.

"무슨 특수부대처럼 훈련하던데."

"악마 감독이 무슨 명언 같은 걸 막 큰 소리로 외쳤잖아? 그게 뭐였더라?"

"'더위가 훈련의 가치를 높여주나!'라는지 '달리기는 생존경쟁이나 다름없다!'라는지."

맞아, 맞아 하며 치쿠세이소의 부엌이 웃음소리로 넘쳤다.

"그런 사람이 감독이었으면 난 일찌감치 도망가고 없었을걸."

왕자가 잔뜩 찌푸리며 말했다.

"다른 대학 육상부는 다 그런 식입니까?"

무사가 물었다.

"나 중학교 때 감독도 비슷한 느낌이었어."

니코짱이 대답했다.

"일단 머리가 올백이면 그러려니 하고 접고 들어가야 돼."

"무슨 말도 안 되는 통계야?"

유키가 냉랭한 반응을 보였다.

"어지간한 대학들에서는 선수 개인의 생각을 존중해주는 편인데."

앨범에서 눈길을 든 기요세가 말했다.

"도쿄 체대 같은 곳도 여기저기 있기는 있어."

"난 운동부의 그런 부분이 싫더라."

왕자가 고개를 저었다.

"상하관계가 엄격하고 감독이 뭐라고 하면 이유 불문하고 절대 복종해야 되고. 노예도 아닌데 말이야."

"그렇게 하지 않으면 기강이 느슨해져서 통솔이 안 된다고 생각하는 사람도 있으니까."

신동이 말했다.

"고등학교 때도 잘하는 운동부는 대개 규율이 엄했잖아."

"그게 참 힘든 부분이지."

킹이 마지막 돼지고기 한 점을 집었다.

"엄격하게 하지 않으면 시합에 이기지 못하는데, 또 즐겁지 않으면 운동을 하려는 마음이 아예 생기지 않으니까. 이러지도 못하고 저러지도 못하고."

"말이 안 되는 거죠."

가케루가 낮은 목소리로 내뱉었다.

"엄하게 잡지 않으면 뛰지 않는 놈이나 즐겁지 않으면 뛰지 못하겠다는 놈이나 그냥 뛰지 말라고 하면 되잖아요."

또 극단으로 치닫는다, 하며 조지가 가케루에게 한마디 했다.

"하이지 형 생각은 어때?"

조지가 물었다.

"엄하게 하는 편이 좋다고 생각했으면 훈련할 때 지금보다 훨씬 더 고삐를 조였겠지?"

기요세가 말했다. 가만히 대화를 듣고 있던 하나코가 빙긋 웃었다.

"하이지의 굴욕 사진 발견!"

유키가 앨범 마지막 페이지를 가리켰다. 합숙 마지막 밤에 다 함께 호숫가로 나가 불꽃놀이를 했을 때의 사진이었다.

니라가 폭죽 소리에 겁을 먹고는 패닉에 빠져서 불꽃놀이 막대기에 불을 붙이려고 쭈그리고 앉아 있던 기요세 위로 기어올랐다. 정면으로 달려들어 얼굴에 들러붙은 니라를 떼어내려고 하다가 그대로 뒤로 나동그라진 기요세의 모습을 3장에 걸친 사진들이 아주 잘 기록하고 있었다. 기요세는 얼굴이 빨개졌다.

"왜 그게 유키 앨범에 들어 있는 거야?"

"재미있어서 모든 앨범에 다 넣었어요."

하나코가 새침하게 말했다. 쌍둥이가 동시에 그 페이지를 기요세 앞에 내밀면서 싱글벙글 웃었다.

"내일부터는 군대식으로 훈련을 바꾸겠어."

기요세가 선언했다.

집으로 돌아가는 하나코를 치쿠세이소 사람들이 현관 앞까지 배웅하러 나왔다.

“시간이 늦었으니 바래다드려야 할 것 같습니다.”

무사의 말에 신동이 끄덕이면서 쌍둥이에게 눈짓을 했다. 쌍둥이는 눈치채지 못하고 자기들도 고개를 끄덕일 뿐이었다. 할 수 없이 니코짱이 나서서 “쌍둥이, 너희가 가” 하고 말했다.

조타와 조지는 영문을 모르겠다는 표정을 짓더니 “그러지 뭐”, “가자, 하나짱” 하고 하나코를 사이에 두고 나란히 걸어갔다.

“답답해 죽겠군.”

“눈치가 없나? 왜 저렇게 둔해?”

다른 사람들은 투덜대면서 각자의 방으로 돌아갔다. 마지막까지 현관에 남은 가케루를 기요세가 돌아보았다.

“괜찮겠어?”

“그러니까 뭐가요?”

“아니, 그냥.”

기요세의 얼굴에서 웃음기가 사라지고 진지한 표정이 되었다.

“가케루, 내가 너무 느슨한가?”

무슨 뜻인지 몰라서 가케루는 신발을 벗다 말고 기요세를 올려다보았다. 복도 불빛이 역광이 되어 기요세의 표정이 그림자 속에 가려졌다.

“넌 알고 있잖아. 예선을 통과할 수 있을지 없을지도 사실 좀 위태위태한 상태라는 걸. 다들 더 많이 뛰게 했어야 했나? 규율을 엄격하게 해서라도…….”

“진심이 아니잖아요.”

기요세의 말을 가로막으며 가케루는 복도로 올라섰다. 벽에 기대서 바로 옆에 있는 기요세의 옆얼굴을 빤히 쳐다보았다.

“형은 군대처럼 하는 방식을 싫어하잖아요. 아무리 강제로 시켜도 누군가를 열심히 뛰게 만들 순 없다고 생각하면서. 안 그래요?"

"맞아."

기요세가 한순간 고개를 숙이더니 다시 가케루 쪽을 바라보며 미소 지었다.

"미안. 잠깐 불안해서 마음이 약해졌다."

"아직 시간 있어요. 다들 틀림없이 기록을 더 단축할 수 있을 거예요. 예선 통과할 수 있어요."

격려를 하면서 가케루는 신기하다고 생각했다. 평소에는 항상 모든 일에 초연한 듯, 그러면서도 확신에 차서 목표를 향해 나아가는 것처럼 보이는 사람인데. 그런 기요세가 흔들리는 모습을 본 것은 처음이었다. 저녁에 나눈 대화가 원인이겠지만 기요세가 지금 와서 어느 부분에서 불안을 느꼈는지 알 수 없었다.

"나는."

마음을 충분히 전하지 못한 느낌이 들어서 가케루는 열심히 다음 말을 찾았다. 워낙 익숙하지 않은 일이어서 "나는" 하고 말한 다음 '나는, 뭐라고 하려던 거지?' 하고 다음 말이 떠오르지 않았다. 생각을 정리하는 동안 기요세는 가케루를 가만히 바라보았다. 가케루의 모습에서 예전의 자기 모습을 떠올리는 것처럼 아련한 눈빛이었다.

"나는 이제 얽매이기 싫어요."

가케루가 말했다.

"그렇게 힘들었던 적이 없어요. 난 그냥 달리고 싶었을 뿐인데."

무엇인가를 위해서가 아니라 그냥 자유롭게. 몸과 영혼의 저 깊은 곳에서 들리는 소리, 끝없이 달리라는 그 소리에만 귀를 기울이면서.

"사카키는 도쿄 체대의 규율에 만족하는 모양이지만 난 아니에요. 하이지 형이 그 감독 같았으면 난 지금 여기 없어요. 훈련 첫날에 바로 아오타케를 나갔을 거예요."

기요세의 눈이 다시 가케루를 보며 분명하게 초점을 잡았다. 기요세는 가케루의 어깨에 가볍게 손을 올린 다음 옆을 지나치며 말했다.

"잘 자라."

방문이 닫히기 직전에 보인 기요세의 등에서는 이제 불안이나 약한 마음이 털끝만큼도 느껴지지 않았다. 평소의 기요세였다.

"안녕히 주무세요."

중얼거린 다음 가케루도 자기 방으로 들어갔다.

여름 훈련 때 쌓인 피로를 말끔히 씻어내야 해서 시합 전에는 조금씩 몸을 쉬게 할 필요가 있었다. 가을에도 충실한 내용의 훈련 계획이 짜여 있었지만 합숙 때만큼 마냥 뛰어야 하는 것은 아니었다. 그런데도 가케루처럼 훈련에 익숙한 사람조차 육체적으로 정신적으로 피로감을 느끼기 시작했다.

'이만큼이나 노력했는데도 막상 당일에 뭔가 잘못돼서 모든 게 수포로 돌아가면 어쩌지?' 하는 걱정에서 나온 스트레스 때문이었다.

지금까지 참가했던 기록대회와는 달리 예선에서는 그날 하루에 모든 것이 결정된다. 기록이 생각처럼 나오지 않아도 다음 기회가 있는 것이 아니다. 그런 긴장감이 가케루의 몸과 마음을 무겁게 짓눌렀다.

훈련 메뉴의 밀도가 진해졌다. 크로스컨트리는 20킬로가 당연해졌고, 트랙 연습에 빌드업이 도입되었다. 예를 들어 7천 미터를 뛰는 경우 처음 1천 미터를 3분 10초 안에 주파하는 속도로 시작했다가 점점 페이스를 올려서 마지막에는 2분 50초 정도까지 당기는 식이다.

장거리 달리기를 하면서 속도도 점점 올리는 방식이어서 보통 힘든 훈련이 아니다. 오래달리기를 할 때 느끼는 숨 막힘과 전력질주를 한 뒤에 심장이 튀어나올 것 같은 두근거림이 한꺼번에 일어난다. 물에서 허우적대며 수구를 하는 것과 같은 괴로움 때문에 왕자 같은 사람은 몇 번이나 토하기도 했다. 하지만 그럴 때마다 기요세는 "어떻게든 참아봐" 하고 잔소리를 했다.

"그러다 토하는 버릇 생긴다. 참고 뛰어."

"안 되겠어."

"토하다 숨 막혀 죽겠다."

급기야 왕자가 트랙 옆의 풀숲에 푹 엎어지고 그걸 부축하려던 쌍둥이까지 덩달아 토해버리는 참담한 지경에까지 이르렀다.

하지만 적절한 휴식을 취하면서 훈련을 거듭하는 사이에 치쿠세이소 사람들은 빌드업에도, 그리고 20킬로의 크로스컨트리에도 점점 익숙해졌다. 예선이 치러지는 다치카와의 쇼와 기념공원으로 가서 전원이 코스에서 시험 경주도 해보았다.

예선까지 보름이 채 남지 않은 어느 날 기요세는 크로스컨트리를 마치고 모두를 한자리에 모았다. 저물녘이 다된 들판에는 쌀쌀한 바람이 불고 있었다. 풀잎들도 점점 시들시들하니 여름의 자취를 찾아볼 수 없게 되었다. 아무도 따지 않은 감이 불그스레한 노을과 같은 색깔로 흔들리고 있었다.

"이제부터 예선까지는 집중력 승부야."

기요세가 말했다.

"심신 모두 최고조의 상태에서 예선을 맞이할 수 있도록 집중해서 스스로를 관리하도록 해."

"말은 쉽지."

니코짱이 한숨을 쉬었다. 긴장에서 오는 스트레스 때문에 요즘 들어 식욕이 폭발하는데 폭식을 하고 싶은 충동을 억제하느라 보통 힘든 게 아니었다.

"내 이 섬세한 심장은 벌써부터 최고조를 맞이한 모양이야."

킹은 훈련 중에 위경련이 자꾸 일어났다.

"예선 때까지 버틸 수나 있을지 모르지."

"걱정하지 마."

기요세의 어조는 모두를 안심시킬 만큼 부드러웠다.

"우리는 충분히 훈련했어. 그러니까 이제부터는 긴장을 도구 삼아 몸과 마음을 다듬기만 하면 돼. 예선 때 아름답고 날카로운 칼날이 되어 달리는 자기 모습을 떠올리면서 예리하게 연마하도록 해."

"시적인 표현이네."

유키가 말했다.

"그래도 이해가 잘 되는 것 같아."

왕자가 말했다.

"너무 심하게 갈아서 예선 전에 뚝 부러져도 안 되고, 그렇다고 덜 갈아서 예선 때 칼날이 무뎌도 안 되고. 그런 뜻이죠?"

"그래."

기요세가 끄덕였다.

"이것만큼은 무작정 훈련만 계속한다고 해서 알 수 있는 게 아니야. 자기 내면과 싸워야 하는 거니까. 자기 몸과 마음의 목소리를 잘 듣고 신중하게 연마하도록 해."

그렇구나, 하고 가케루는 깨달았다. 장거리 달리기에서 요구되는 강함이란 이런 것까지 뜻하는지도 모르겠다.

장거리 달리기는 폭발적인 순발력이 필요하지도 않고 시합 중에 극도로 집중해서 기술을 발휘해야 하는 운동도 아니다. 두 다리를 번갈아 앞으로 내밀어서 담담하게 나아갈 뿐이다. 대다수 사람들이 경험한 적이 있는 '달리기'라는 단순한 행위를 정해진 거리만큼 계속하기만 하면 된다. 그걸 계속하기 위한 체력은 매일 하는 훈련으로 만들어진다.

그럼에도 불구하고 지금까지 시합 중에, 혹은 시합 직전에 컨디션이 완전히 망가지는 선수들을 가케루는 몇 번이나 보았다. 처음에는 순조롭게 달리다가 어느 순간 갑자기 페이스가 무너져버릴 때도 있었다. 혹은 몸을 잘 만들어왔는데 시합 사흘 전에 갑자기 기록이 심각하게 나빠지는 경우도 있었다. 조심에 조심을 거듭했는데도 감기에 걸려 시합 당일에 출전을 못 하게 되는 선수도 있었다.

가케루는 너무 이상했다. 훈련에는 만전을 기했다. 이제 실제로 경기에서 달리기만 하면 되는데 왜 자멸하는 걸까? 그러던 가케루도 고등학교 시절 마지막으로 출전한 고교 대항전 당시 설사를 했다. 배를 차게 한 것도 아니고 음식을 잘못 먹지도 않았는데 이상하게 갑자기 배가 아팠다. 그래도 뛰었으니까 문제는 없었지만 '하필이면 경기 직전에 배탈이 난 이유가 뭘까?' 하는 점이 계속 마음에 걸렸다.

지금은 알 수 있다. 소위 '조절 실패'라고 불리는 경우의 대부분은 스트레스가 원인이라는 사실을. 아무리 훈련을 거듭하고 만전을 기했어도 '정말 충분한가?' 하고 불현듯이 떠오르는 불안. 충분하다고 확신하자마자 '그래도 혹시 실패하면 어쩌지?' 하고 엄습하는 두려움. 육체와 정신을 가다듬으면 가다듬을수록 역설적으로 스트레스에 더욱 약해진다. 감기도 더 잘 걸리고 배탈도 나기 쉽다. 정밀기계가 아주 조금의 먼지만 가지고도 금방 고장이 나듯이.

불안과 두려움을 이겨내고 어떤 먼지에도 견딜 수 있도록 예리하고 유연하게 다듬어나간다. 그런 힘이 기요세가 말하는 '강함'의 의미일지도 모른다.

머리로는 그렇게 이해했지만 그것을 그대로 실천에 옮길 수 있을지는 의문이었다. 달리기에 진지하게 매달릴수록 시합 전의 긴장감에서 쉽사리 벗어나지 못하게 되고 그런 자기 몸과 마음을 정면으로 들여다보는 것은 아주 고독한 작업이기 때문이다. 타협과 과잉 사이에서 항상 홀로 싸워야 한다.

결국 가케루는 이런저런 생각을 아예 하지 않기로 했다. 생각하면 그만큼 공포감이 생겨난다. 자꾸 나쁜 쪽으로만 상상하게 된다.

귀신이 무서운 것은 귀신에 대해 생각하고 상상하기 때문이다. 가케루는 그런 애매모호한 존재가 싫었다. '있다고 생각하면 있다'는 식의 뜬구름 잡는 이야기에 마음을 쓰고 싶지 않았다. '있다'인지 '없다'인지 분명히 해주었으면 좋겠다. 다리를 번갈아 움직이면 앞으로 나아가는 것처럼 말이다.

가케루는 아무 생각 없이 달렸다. 오로지 훈련에만 몰두하면서 '달리기'라는 몸으로 익힌 행위를 반복했다. 가케루는 스트레스를 극복할 수 있는 방법을 그것밖에 몰랐다.

가케루와는 달리 치쿠세이소 사람들은 시합 경험이 없어서 긴장을 푸는 각자 나름의 방법을 확실하게 터득하지 못한 상태였다. 어떤 사람은 가케루처럼 훈련을 더욱 열심히 했고, 향을 피우고 자는 사람도 있었고 스포츠 만화를 닥치는 대로 다시 읽는 사람도 있었다. 예선을 앞두고 각자가 마지막 컨디션 조절에 온 힘을 다했다.

예선을 이틀 앞둔 상태에서 가케루는 자신의 집중력이 점점 좋아지고 있음을 느꼈다.

당일까지 피로를 남겨두면 안 되기 때문에 그날 훈련은 가벼운 편이었다. 물론 각자 아침저녁으로 조깅은 하지만 예선 선날에 본 훈련은 잡혀 있지 않았다. 해야 할 일은 모두 했다. 이제는 컨디션을 살피면서 몸을 풀고 투지와 집중력을 더욱 높이는 수밖에 없다.

“이제 할 일은 하나밖에 안 남았잖아?”라는 조지의 제안으로 치쿠세이소 사람들은 예선 이틀 전에 쌍둥이네 방에 모여 가볍게 술 한잔 하기로 했다. 이 멤버들이 긴장을 풀고 단결심을 더욱 견고하게 하는 데에는 술을 같이 마시는 것이 최고의 방법이기 때문이다.

어쨌든 감독이니까 집주인도 초빙했다. 그런데 문제가 있었다. 주인 할아버지가 방바닥에 뚫린 구멍을 수리하라고 기요세에게 돈을 주었는데, 기요세가 그 돈을 하코네 역전경주 출전을 위해 모아두라며 신동에게 맡긴 것이다. 사실 대회에 참가하려면 교통비와 숙박비 등이 들기 때문에 돈은 아무리 있어도 모자랄 판이었다.

주인 할아버지가 현관으로 들어서는 타이밍에 맞춰 조타가 사진 잡지를 활짝 펼쳐 보여주면서 주인 할아버지 앞을 가로질렀다. 수영복 차림의 여자 사진에 정신이 팔린 주인 할아버지는 천장을 올려다보지 않은 채 신발을 벗고 조타의 뒤를 따라 계단을 올랐다. 작전 성공이다. 부엌에서 밖을 살피고 있던 가케루와 조지가 소리 나지 않게 하이파이브를 했다.

구멍 위에는 왕자가 앉기로 했다. ‘지진이 나건 화장실에 가고 싶어지건 주인 할아버지가 있는 한 절대로 거기서 일어나면 안 돼.’ 기요세와 신동에게 그런 엄명을 받은 왕자는 얌전히 앉아 만화책을 읽으면서 구멍을 숨겼다.

“그럼 여기서 감독님의 한 말씀 듣겠습니다.”

적당히 술이 들어갔을 즈음에 기요세가 말했다. 커다란 술병을 안고 있던 주인 할아버지가 비틀비틀 일어섰다. 이제야 처음으로 감독다운 모습을 볼 수 있으려나 하고 기대하면서 가케루는 주인 할아버지의 말을 기다렸다.

“이제 드디어 예선인데……내 이길 수 있는 비결을 전수하지.”

주인 할아버지가 걸걸거리는 목소리로 엄숙하게 말했다.

"좌우의 다리를 번갈아서 앞으로 내밀어!"

방 안이 침묵에 싸였다. 주인 할아버지도 여기저기서 풍겨오는 실망과 낙담의 기운을 알아차린 눈치였다.

"……그럼 언젠가는 결승선에 도착하게 된다. 이상!"

"이상이라고?!"

킹이 술잔을 탁 하고 난폭하게 내려놓았다.

"저 사람 괜찮은 거야?"

유키가 의심스러워하며 말했다.

"좀더 제대로 된 감독을 영입할 수는 없는 건가?"

니코짱이 투덜거렸다.

"아아, 의욕이 완전히 사라졌어."

조타가 칭얼댔다.

수군거리는 불만의 목소리들이 여기저기로 퍼졌다. 가케루가 서둘러 기요세에게 말을 걸었다.

"하이지 형은 처음부터 이 멤버라면 틀림없이 하코네에 갈 수 있다고 믿었잖아요? 솔직히 난 불가능하다는 쪽으로 더 기울어져 있었는데……. 어떻게 그렇게 확신할 수 있었어요?"

"응?"

기요세가 술잔에서 시선을 들더니 싱긋 웃었다.

"다들 술이 세잖아."

"네?"

주인 할아버지에 대한 불평불만의 소리가 딱 그치면서 이번에는 모두의 눈길이 기요세에게 쏠렸다.

"장거리 선수들 중에는 아무리 마셔도 끄떡없는 술꾼 체질이 많거든.

내장 대사가 잘 돼서 그런지도 모르지. 여기 사람들도 술꾼을 넘어서 술고래잖아? 그렇게 마셔대는 모습을 계속 보다가 이 정도면 되겠다는 생각을 했지."

"술고래야 우리 말고도 얼마든지 있잖아요!?"

신동이 '어이없다'는 듯이 위를 쳐다보았다.

"고작 그런 이유로 우리를 끌어들인 거야?"

너무 화가 나서인지 갈라진 목소리로 유키가 다그쳤다. 가케루는 "아아" 하고 신음했다. 기요세의 말로 의욕을 되찾게 해주고 싶었는데 오히려 역효과가 났다.

"정말로 술을 잘 마신다는 그런 이유만 가지고 여기까지 온 거예요?"

왕자가 너무 충격을 받아 자리에서 일어서려다가 신동이 눈으로 제지하자 움찔하면서 도로 앉았다.

"그긴 패기만 가지고 신흙탕에다 고층 빌딩을 세우자는 거나 마찬가지잖아요."

"물론 그것 하나만 가지고 시작한 일은 아니야."

기요세는 혀가 살짝 꼬인 발음으로 덧붙였다.

"너네들 속에 반짝이는 재능이 숨어 있다는 걸 난 알아차린 거지."

"형, 취했어요."

가케루가 한숨을 쉬었다.

"에이씨, 뭐 좀 신나는 얘기는 없는 거야?"

킹이 방바닥에 벌러덩 드러누웠다.

"그러고 보니까 하나코 씨는 어떻게 되었습니까?"

무사시가 쌍둥이에게 물었다.

"하나찡?"

"어떻게 되다니? 잘 지내는데?"

쌍둥이가 천진난만하게 대답했다.

눈치 없는 것들. 아직도 모르는군. 뒤에서 속닥이는 소리가 들렸다.

“그건 그렇고, 너희는 애인 없냐?”

아까부터 오징어다리 하나를 질겅질겅 씹고 있던 니코짱이 갑자기 생각났는지 그렇게 물었다.

“있으면 내일모레 응원 좀 와달라고 그래.”

치쿠세이소에서 이런 이야기가 나온 적은 거의 없었다. 생활공간이 너무 밀착되어 있어서 아주 사적인 부분에 대해서는 일부러 서로 참견하지 않도록 신경을 쓰기 때문이기도 했고 또 하나는 굳이 말로 꺼내지 않아도 애인이 생기면 자연스레 눈치 챌 수 있기 때문이기도 했다.

하지만 최근 반년 동안은 모두가 훈련하느라 너무 바빠서 서로의 연애 사정을 전혀 알지 못하는 상황이었다. 물론 그 전에도 자기 방에 여자친구를 데려오는 사람은 없었다. 대화고 뭐고 그대로 다 들리기 때문이다.

쌍둥이가 “구하는 중입니다!” 하고 외쳤다. ‘구하는 중이면서 자기들 좋다는 사람이 있는 줄도 모른단 말이야?’ 하고 가케루가 생각했다. 킹은 말없이 몸을 웅크렸다.

“그런 본인은 어떤 거예요?”

유키가 니코짱에게 물었다.

“난 지금 그럴 힘이 없다.”

니코짱이 수염이 듬성듬성 난 턱을 긁적였다.

“나도.”

신동이 고개를 숙였다.

“후원회 쪽하고 대학 쪽하고 교섭하느라 정신없이 뛰어다니고 있거든. 이러다가는 조만간 차이겠어.”

"사귀는 사람이 있어요?"

가케루가 깜짝 놀라 물었다. 우직하고 수수한 신동과 달콤한 사랑의 분위기는 도무지 연결이 되지 않았다.

"신동 형은 입학했을 때부터 사귀는 여성이 있습니다."

무사가 알려주었다.

"저는 어렵습니다. 우리 나라로 함께 가주겠다는 분을 찾기가 힘듭니다."

느닷없이 거기까지 진도를 나갈 필요는 없는데……하는 생각이 들었다.

"가케루는 없습니까?"

무사의 질문에 가케루가 고개를 저었다.

"나도 인기가 없어서."

"그렇게 보이시 않습니다."

"그럼 혹시 왕자 형은 있어요?"

허둥지둥 이야기를 다른 사람에게로 돌렸는데 왕자는 만화책에 눈길을 떨군 채 대답이 없었다.

"난 2차원의 여자애한테밖에 흥미가 없거든."

아이돌 같은 얼굴을 가지고 태어났으면서 너무 아까운 것 아닌가? 왕자가 기요세 쪽을 힐끔 보았다.

"그보다 하이지 형에 대한 소문을 문학부에서 가끔 듣는데? 이 형이 안 그래 보여도 생각보다 여기저기……."

아얏, 하고 작은 비명을 지르더니 왕자가 입을 다물었다. 기요세가 손가락으로 튕긴 땅콩이 미간에 명중한 것이다. 기요세의 그 이야기를 더 파고들려는 용기가 있는 사람은 아무도 없었다. 기요세가 슬며시 웃더니 물었다.

"유키는?"

"장래 유망하지, 성격 좋지, 겉보기도 괜찮잖아? 그럼 당연히 없는 게 이상하지."

유키가 천연덕스럽게 대답했다. 킹이 더욱 바짝 위축되었다.

"나한테는 아무도 안 물어보나?"

주인 할아버지가 그렇게 물으며 술잔에 소주를 가득 따랐을 때 전화벨 소리가 울렸다. 유키의 핸드폰이었다. 잠깐 실례, 하고 말하며 유키가 방에서 나갔다.

"뭐야뭐야, 애인한테서 온 전환가?"

니코짱이 말했다. 유키의 핸드폰이 요즘 들어 자주 울린다는 사실을 가케루도 알고 있었다.

"그런 것치고는 유키 형이 요즘 많이 우울해 보이지 않습니까?"

무사가 걱정스러운 표정으로 갸웃거렸다.

킹은 홧술을 마시기로 작정한 모양이었다.

"얼음이 없잖아" 하면서 빈 그릇을 흔들었다. 입구 근처에 앉아 있던 가케루가 "가지고 올게요" 하며 일어섰다.

계단을 내려가니 현관문이 열려 있었다. 유키가 밖에 나가서 전화를 받는 모양이었다. 목소리가 작게 들려왔다. 뭔가 언쟁을 하고 있는 눈치여서 가케루는 신경이 쓰였지만 방해가 되지 않도록 살금살금 부엌으로 들어갔다.

얼음을 그릇에 담고 냉동고 얼음 틀에 새로 물을 채웠다. 술 마시는 속도를 보며 제대로 얼기도 전에 얼음이 또 필요할 수도 있겠다는 생각이 들어 냉동고 온도 설정을 '강'으로 돌려놓고는 그릇을 들고 부엌에서 나왔다.

현관문은 아직도 열려 있었다. 그런데 말소리가 들리지 않았다. 잠시 망설이다가 가케루는 슬리퍼를 신고 바깥으로 고개를 살짝 내밀었다.

유키가 현관 옆에 쭈그리고 앉아 밤하늘을 올려다보고 있었다.

“얼음 가져가려고요.”

가케루가 작은 소리로 말을 걸었다.

“올라가서 같이 마셔요.”

유키는 “응” 하고 대답은 했지만 일어서려 하지 않았다. 왼손에 핸드폰을 쥐고서 멍하니 있을 뿐이었다.

“뭐 안 좋은 소식이라도 있었어요?”

가케루가 현관 밖으로 나와서 그릇을 안은 채 유키 옆에 쪼그리고 앉았다.

“아니야.”

유키가 말했다.

“부모님이 신문기사를 보고는 집에 한번 오라고 난리를 쳐서.”

“유키 형네 집은 어디에요?”

“도쿄.”

그럼 집에 가는 게 어려운 일도 아닐 텐데. 그보다 처음부터 치쿠세이소 같은 허름한 하숙집에 묵을 이유가 없는데. 그러고 보니까 유키 형은 설날에도 집에 가지 않았다고 그랬지. 전에 했던 말이 떠오른 가케루는 뭔가 사정이 있겠구나 하고 짐작했다.

앞뜰 수풀 속에서 풀벌레가 시끄러울 정도로 울어댔다.

“넌 왜 취재가 싫은 거야?”

유키가 물어서 가케루는 “음” 하는 소리를 냈다.

“나를 싫어하는 사람이 많거든요. 부모님도 그렇고, 고등학교 때 육상부 사람들도 그렇고. 아마 내 얼굴 보기 싫을 거예요. 그래서 되도록 눈에 띄는 짓은 하지 말아야겠다고 생각하는 거죠.”

“너도 여러 가지로 고생이 많구나. 그저 육상밖에 모르는 바보 같은 놈이라고 생각했는데.”

유키는 신랄한 말을 뱉었지만 더 이상 깊이 물어보지는 않았다.

“육상밖에 모르는 바보여서 이렇게 취재를 피해서 숨고 도망 다니게 된 거지만요.”

가케루가 웃었다.

쌍둥이네 방이 갑자기 소란스러워졌다. 뛰어다니는 발소리와 뭔가를 외치는 소리가 들렸다. 가케루와 유키가 머리 위를 올려다보았다.

“무슨 일이지?”

둘 다 일어섰다.

마당 쪽으로 나 있는 2층 창문이 열렸다.

“유키! 거기 있어?”

기요세가 소리쳤다.

“있는데, 왜?”

“119 좀 불러줘!”

기요세가 창밖으로 얼굴을 내밀더니 가케루와 유키를 보고는 서두르라는 듯이 팔을 휘저었다.

“주인 할아버지가 피를 토했어!”

구급차를 같이 타고 집주인과 함께 병원으로 갔던 기요세는 자정이 지나고도 한참이 되어서야 겨우 치쿠세이소로 돌아왔다.

일찍 자고 일찍 일어나는 습관이 완전히 몸에 배어 잠이 쏟아졌지만 그래도 멤버들 모두 주인 할아버지가 걱정되어 자지 않고 기다리고 있었다. 현관에서 사람들에게 에워싸인 기요세는 피로에 지친 표정으로 침울하게 보고했다.

“위궤양이 생겨서 일주일 입원하셔야 된대. 극도의 긴장에서 오는 스트레스가 원인이라던데."

"스트레스?!"

조지가 갈라진 목소리로 외쳤다.

"무슨 스트레스?"

"책임감하고는 완전히 동떨어진 한가한 감독이었잖아?"

조타도 고개를 갸웃거렸다. 가케루는 '보나마나 술을 너무 마셔서겠지' 하고 생각했다.

"원인에 대해선 솔직히 나도 너무 이상한데……. 아무튼 주인 할아버지도 그 나름대로 우리를 걱정하고 있었나 보지."

기요세가 관자놀이를 문질렀다.

"아무튼 이렇게 됐으니까 내일모레, 아니 이제 내일이네. 내일 예선에 감독님 없이 나가야 돼."

"우린 별 상관이 없지만."

"항상 없다시피 했으니까."

쌍둥이가 솔직한 의견을 말했고 가케루도 끄덕였다.

"중요할 때는 의지가 되는 분이라고 하지 않았어요?"

가케루가 속삭이듯이 묻자 "아마도 그럴 거라고 말했잖아"라고 기요세가 대답하더니 힘들다는 듯이 입고 있던 파카를 벗었다.

7

예선 대회

“날씨 좋다!”

가케루가 한껏 기지개를 켜면서 상쾌한 가을 공기를 들이마셨다. 치쿠세이소에서 나올 때 라디오에서 들은 일기예보에 따르면 기온 13도, 습도 83퍼센트라고 했다. 바람은 거의 없다. 10월 중순 무렵은 비교적 달리기 쉬운 날씨가 이어진다. 한판 겨루기 딱 좋은 날씨네, 하고 가케루는 생각했다.

가케루 옆에서는 조지가 소풍용 비닐돗자리를 들고 다니는 가족들을 바라보고 있었다. 토요일이라 공원에는 벌써 산책과 소풍을 겸해서 예선 대회를 보러 온 사람들이 모여들기 시작했다.

“다들 신나 보인다. 난 아까부터 오줌보가 이상한데.”

“왜 그래?”

“화장실을 가도 아무것도 안 나와.”

조지는 아침에 일어난 이후로 벌써 열 번도 넘게 화장실을 들락거렸다. 긴장하지 말라고 말해봐야 아무런 소용이 없었다. 다치카와의 쇼와 기념공원에는 각 대학 응원팀들이 두드리는 북소리가 울리고 있었다. 그 소리가 조금 있으면 예선이 시작된다는 사실을 끊임없이 알려주었다.

오늘 점심 무렵에는 하코네 역전경주에 출전할 수 있느냐 없느냐가 결정된다. 그래서 잔뜩 긴장하고 있는 조지의 마음을 가라앉혀줄 말이 딱히 떠오르지 않은 가케루가 “나도 그래”라고 맞장구를 쳤다.

조타는 조금 떨어진 잔디 위에 누워서 가만히 눈을 감고 있었다. 배에 올려놓은 손이 가끔 움찔 하고 움직이는 것을 보면 잠이 든 것은 아닌 모양이었다. 치쿠세이소 사람들은 오늘, 해가 뜨기도 전에 일어나서 1시간가량 전철을 타고 쇼와 기념공원으로 왔다. 하지만 가케루는 전혀 졸리지 않았다. 의식이 구석구석까지 쨍하니 깨어 있었다.

“난 조깅을 한 번 더 하고 올 생각인데 넌 어떡할래, 조지?”

가케루가 묻자 조지는 “화장실 가야 돼”라고 대답했다. 가케루는 잔디밭에서 나와 조지와 헤어진 다음 널따란 공원 안을 뛰기 시작했다.

다른 대학 선수들도 다리를 풀 겸 해서 공원 지형을 파악하며 뛰고 있었다. 도쿄 체대의 파란 운동복이 보일 때마다 가케루의 심장이 덜컹 뛰었다. 사카키의 얼굴을 보고 싶지 않았다. 경주 전에 집중력을 흐트러뜨리는 시비가 붙으면 말싸움 정도로 끝나지는 않을 게 분명했다.

구경꾼 무리가 각자의 대학이나 선수들을 응원하러 출발점 근처로 밀려들기 시작했다. 예전 학생복을 입은 응원팀이 커다란 깃발과 여러 타악기들을 안고 조금이라도 좋은 자리를 차지하려고 다른 대학 응원팀들과 불꽃 튀는 경쟁을 벌이고 있었다.

몸은 이제 충분히 워밍업이 되었다. 도무지 가만히 있을 수 없을 것 같은 기분이었지만 그렇다고 시합 전에 몸을 피곤하게 하면 안 된다. 스스로를 그렇게 타이르면서 가케루는 조깅을 멈추고 출발점 근처에 있는 잔디밭으로 돌아갔다.

야오카츠와 미장이 아저씨가 만든 그 플래카드가 걸려 있어서 간세이 대학의 베이스캠프를 금방 알아볼 수 있었다. 상점가 사람들이 소풍용 돗자리에 앉아서 예선이 시작된다는 신호탄 소리를 기다리고 있었다. 치쿠세이소 사람들도 달리기 위한 준비를 마치고 모두가 모여 있었다. 주변에는 어느 정도씩 거리를 두고 다른 대학의 베이스캠프들이 띄엄띄엄 있었고 대학 이름이 새겨진 형형색색의 장대 깃발이 세워져 있었다.

"우리 플래카드 꽤 괜찮지 않냐?"

가케루를 발견하더니 킹이 다가와서 말을 걸었다. 가케루는 '그런가?' 싶었지만 바들바들 떨리고 있는 킹의 손끝을 보고는 순순히 "네" 하고 끄덕였다.

"원래 우리 간세이 대학은 간세이 개혁을 추진한 마츠다이라 사다노부 공의 정신을 받들어서……."

잔뜩 긴장한 킹이 같은 말을 끝없이 반복하는 고장 난 관광안내 테이프처럼 잡학을 늘어놓기 시작했다. 가케루는 적당히 맞장구를 쳐주면서 자리를 잡고 앉았다. 하나코가 담요와 생수병 등을 준비해준 덕분에 돗자리가 쾌적한 공간으로 꾸며져 있었다.

"다들 워밍업 조깅을 하면서 코스에 대한 감은 잡았을 테니 오늘 전략을 다시 한번 확인해보자."

기요세가 말했다. 신동과 무사는 방송국 사람들의 장비를 감탄 어린 눈으로 바라보다가 허겁지겁 기요세 근처로 다가왔다. 가케루는 화이트보드에 예선에서 뛰게 될 코스의 약도를 그렸다.

"그게 뭐야? 미로야?"

왕자가 눈살을 찌푸렸다.

"코스는 간단합니다."

가케루가 왕자의 말에 반론을 제시할 겸 그림을 가리키며 설명을 시작했다.

"우선 기념공원과 인접한 자위대 주둔지에서 출발. 활주로와 유도로를 두 바퀴씩 돕니다. 그런 다음 일반도로로 나와 역 앞의 도로로 가서 모노레일 고가도로 밑을 통과해서 공원으로 돌아옵니다. 공원 안을 일주하고 잔디 광장으로 오면 그 옆이 결승점입니다."

기요세가 코스를 돌 때 주의할 점을 말해주었다.

"주둔지 쪽은 뛰어보지 못했지만 활주로와 유도로는 그냥 엄청나게 넓은 트랙이라고 생각하면 돼. 두 바퀴에 5킬로야. 처음 뛰는 곳이고 목표물도 없어서 거리감이 잘 안 느껴질 거야. 어떤 식으로 경주가 전개될지는 모르지만 처음부터 막 치고 나가는 선수한테 끌려가지 않도록 조심해. 자기가 자기 페이스에 맞춰서 속도를 배분해야 돼. 모노레일 고가도로를 지나가는 지점이 10킬로야. 11.2킬로 지점에서 돌아서 공원으로 들어오면 그때 15킬로가 돼. 여기쯤 물이 놓여 있는데 못 잡아도 너무 걱정하지 마. 그리고 여기서부터는 힘이 남아 있느냐가 관건이야. 공원 안에는 자잘하게 오르내리는 경사가 많아. 전력 질주를 해서 1초라도 빨리 결승선에 들어오도록 노력해."

"질문입니다."

무사가 손을 들었다.

"예선을 통과하기 위해서는 어느 정도의 기록을 내야 합니까? 기준을 알고 싶습니다."

"너무 초조해하면 안 되니까 알려주지 않으려고 했는데……."

기요세가 망설였다.

"이놈들은 좀 초조하게 만들어야 돼. 가만히 두면 딜레딜레 세월아 네월아 뛸 게 뻔하니까."

유키가 말했다.

“날씨나 시합의 전개에 따라 해마다 약간의 차이는 있다. 그래도 열 명의 합계 시간이 10시간 12분대 정도면 확실하다고 봐야 돼.”

“허걱!”

쌍둥이가 이상한 소리를 냈다.

“그럼 20킬로를 한 사람당 1시간 남짓에 뛰어야 한다는 거야?”

조타가 물었다.

“형, 계산해보니까 1킬로를 3분 정도로 달리는 꼴이야.”

조지가 말했다.

“우리는 대학 대항전 가산점이 없어.”

니코짱이 옆에서 거들었다.

“기록 면에서 7등 이하면 대학 대항전 점수까지 합산하게 되니까 우리가 역전패를 당할 가능성이 높아진다고. 어떻게 해서든 순수한 합계 시간만으로 결정되는 6등 안에 비집고 들어가야 돼.”

“괜찮아.”

기요세가 힘 있는 말투로 동요하는 분위기를 가라앉혔다.

“가케루하고 내가 될 수 있는 대로 시간을 벌 작정이니까. 출전자가 많으니까 나머지 멤버들은 초반에 하나로 뭉쳐 뛰면서 페이스를 유지하도록 해. 활주로를 한 바퀴 돌고 나면 힘이 없는 사람들부터 나가떨어질 거야. 너무 빠르거나 너무 느린 페이스엔 절대로 말려들지 마.”

“네!”

조지가 착한 어린이처럼 대답했다.

“다만.”

기요세가 덧붙였다.

“선두가 너무 빠른 경우엔 신호를 보내겠지만 안 그럴 경우엔 어떻게든 선두 그룹에 끼어서 같이 가지 않으면 예선 통과는 어렵다고 봐야 돼. 열 명 전원이 최선을 다해 골인하지 않으면 우리에게 내일은 없다!"

다른 사람들은 거의 다 속으로 결의를 새로 다졌는데 왕자와 킹은 벌써부터 겁이 나는 모양이었다.

"할 수 있을까……?" "되게 힘들겠다" 하고 자기들끼리 속닥였다.

"나도 질문이 좀 있는데."

야오카츠의 주인이 손을 들었다. 하나코가 "아빠, 왜 이래?" 하고 말리는데도 야오카츠는 아랑곳하지 않고 발언을 계속했다.

"다른 대학 사람들은 유니폼을 입고 있는 선수들이 너희보다 많아 보이던데. 왜 그런 거야?"

"캇짱, 사실은 나도 그게 궁금하던 참이야."

미장이 아저씨가 주위를 둘러보며 말했다.

"내가 세봤더니 도쿄 체대도 사이쿄 대학도 유니폼을 입은 놈들이 열두 명씩 되더라고. 우리는 열 명밖에 없는데."

"왜 그런 걸 발견하셔 가지고."

기요세가 쓴웃음을 지었다.

"예선 대회에는 한 팀당 최대 열네 명까지 출전 예정자로 신청할 수 있거든요. 그중에서 컨디션 등을 고려해 당일에 열두 명으로 줄이는 거지요."

안경을 추켜올리면서 유키가 옆에서 보충 설명을 했다.

"그중 상위 열 명의 합계 시간을 가지고 각 대학이 하코네 출전을 두고 겨루는 겁니다. 선수가 많은 팀은 두 명을 보험 삼아 내보낼 수 있다는 뜻이지요."

팀원이 열 명밖에 없는 간세이 대학은 한 사람이라도 결승선에 들어오지 못하면 그 시점에서 하코네 출전이 불가능해진다. 다시금 알게 된 책임의 막중함에 왕자가 새파랗게 질려서 배를 잡았다. 가케루는 반대로 투지가 최고조로 불타올라서 빨리 뛰고 싶어 안달이 날 지경이었다.

"열심히 하자고."

마음대로 되지 않는 오줌보는 이제 포기했는지 조지가 싱글거리며 말했다.

"오늘은 주인 할아버지 추모전이니까!"

"안 돌아가셨어."

가케루가 중얼거렸다.

슬슬 출발점에 모이는 시간이었다.

"가자."

기요세가 가볍게 말했다.

"둥글게 모여서 으쌰으쌰 안 하고?"

킹이 어쩔 줄을 모르면서 물었다.

"하고 싶어?"

"아니, 그야……."

킹이 우물쭈물했다. 방송국 카메라를 의식해서 뭐라도 해야 하지 않을까 마음을 졸이는 모양이었다. 기요세가 그런 킹의 마음을 헤아린 듯 "하코네 산은 높고 험하다!" 하고 외쳤다.

그러더니 "이제 가자" 하고 거침없이 앞장서는 기요세는 평소처럼 침착했다. 치쿠세이소 사람들이 어안이 벙벙한 얼굴을 하거나 킥킥거리며 웃거나 하면서 그 뒤를 따랐다.

"잘하고 와라!"

"이기고 돌아와!"

상점가 사람들이 응원하며 보내주었다.

"결승점에서 기다리고 있을게!"

하나코의 말에만 다들 돌아보며 손을 흔들었다. 선수들이 출발하면 구경하는 사람들은 넓은 공원 안을 가로질러 결승 지점으로 이동하기 시작한다. 하나코를 비롯한 상점가 사람들도 짐을 들고 잔디 광장에 자리를 잡고 기다릴 예정이었다.

"뭐야, 저놈들. 여자애한테만 반응을 보이고 말이야."

야오카츠와 미장이 아저씨가 투덜거렸다.

각 대학의 응원전이 시작되었다. 하늘을 나는 헬리콥터. 여기저기 설치된 방송국 카메라. 함께 달리며 선수들을 촬영하는 오토바이. 스피커가 달린 선도 차량. 코스 옆의 길에서 선수들이 지나가기를 기다리는 구경꾼들의 웅성거림.

처음 경험하는 흥분된 분위기와 열기에 치쿠세이소 사람들은 당혹감을 감추지 못했다.

"하코네 역전경주는 예선 때부터 이렇게 인기가 있구나."

신동이 감개무량한 표정으로 말했다.

"아까 왕자 형이랑 화장실에 갔는데."

조지가 말을 꺼냈다.

"깜짝 놀랐어. 개인칸 앞에 줄이 늘어서 있는 남자화장실은 난생처음 봤다니까. 출전 선수들이 서로 번갈아가면서 뻔질나게 칸막이 쪽으로 들어가더라고."

"난 솔직히 운동하는 사람들에 대한 편견이 있었어."

왕자가 여전히 자기 배를 문지르면서 말했다.

"머릿속까지 근육으로 되어 있는 거 아닌가 했는데 다들 생각보다 마음이 섬세하고 예민한 것 같더라."

쇼타는 시체처럼 누워 있었다는 것이 믿어지지 않을 만큼 경쾌한 발걸음이었다. 집중력으로 긴장을 극복한 모양이었다.

"하코네에서 우승하기 위해 드디어 한 발짝 내딛는 거네."

우승? 가케루가 기요세 쪽을 슬쩍 보았다. 예선을 통과한다 해도 이 멤버로 본선에서 우승하는 것은 불가능하다. 기요세는 가케루의 눈길을 알아차렸는지 말없이 살짝 웃었다. 지금은 사기를 떨어뜨리지 말고 내버려두라고 기요세의 눈이 말했다.

출발 지점은 출전자들로 북새통을 이루고 있었다. 앞줄에 늘어선 사람들은 지난번 하코네 역전경주에서 아깝게 우선출전권을 놓친 대학들이었다. 도쿄 체대의 유니폼이 사람들 너머로 저 앞쪽에 보였다. 간세이 대학은 뒤쪽에서 출발해야 한다.

'이렇게 보니까 체형이 전혀 다르구나.'

가케루는 생각했다. 하코네 경주에 항상 출전하는 대학에서 나온 앞쪽의 선수들은 탄탄한 근육에 쓸데없는 지방이 전혀 없는 체형이었다. 그런데 뒤쪽에서 출발하는 대학 선수들 중에는 얼핏 보기에도 무거워 보이는 골격을 가진 사람들이나 아직 충분히 달리지 않았음을 나타내는 빈약한 다리 근육을 가진 사람들이 있었다.

무엇보다 가장 큰 차이는 얼굴 표정이었다. 육상부가 약한 대학 선수들은 분위기에 익숙하지 않아서 경주 전부터 자신 없어 보이는 표정이었다. 참 잔인하다는 생각이 들었다. 아무리 장거리 달리기가 노력만 하면 어떻게든 뚫고 들어갈 여지가 많은 경기라고 해도 역시 천부적으로 가지고 태어난 신체능력이나 자질은 엄연히 존재한다. 그와 더불어 선수들이 경기에 집중할 수 있는 환경이나 설비, 혹은 지도자를 갖출 수 있느냐 여부는 대학의 자금력과도 관계가 있다.

그럼에도 불구하고 이 자리에 모인 사람들이 가진 하코네 역전경주에 대한 진지한 열정만큼은 모두 똑같았다. 어떠한 입장에 있건, 처지가 어떻건, 달리기 앞에서는 모두 같은 출발선에 설 수밖에 없다. 성공도 실패도 지금 여기 있는 자기 몸 하나로 만들어내는 것이다.

그래서 즐겁기도 하고 괴롭기도 하다. 그리고 더할 나위 없이 자유롭다.

가케루는 검은색과 은색으로 된 유니폼을 입은 치쿠세이소 사람들을 보았다. 쓸데없는 군살이라고는 찾아볼 수 없는, 탄력 있는 근육이 고루 분포된 몸. 이곳에 항상 출전하는 대학 선수들과 비교해도 손색이 없을 정도로 달리기를 위한 신체를 갖추고 있다. 그 겁 없는 눈에는 호기심과 투지가 반짝이고 있다.

갈 수 있겠다. 그런 생각이 들었다.

이제 아무것도 생각할 것이 없다. 출발하면 그저 달릴 뿐이다. 가케루는 앞을 보면서 출발 신호를 기다렸다.

오전 8시 반. 예선 대회가 시작되었다.

36개 대학, 415명의 선수들이 일제히 뛰어나갔다. 하코네 역전경주에 나가기 위한 전쟁의 막이 올랐다.

이 중에서 하코네 역전경주 본선에 진출하는 학교는 9개뿐이다. 어떻게 해서든 그 안에 들고야 말겠다. 가케루는 힘차게 땅을 박찼다.

경주는 초반부터 빠른 페이스로 전개되었다.

가케루와 기요세는 20–30명으로 이루어진 선두 그룹에 있었다. 가케루는 속도를 내고 싶어서 안달이 났다. 옆에서 뛰는 기요세가 "서두르지 마"라고 나무라서 초조감을 겨우 억누를 수 있었다.

맨 앞에서 뛰는 선수는 사이쿄 대학의 흑인 유학생 두 명이었다. 눈 깜짝할 사이에 선두 그룹과 차이를 벌리며 벌써 활주로의 첫 번째 코너를 돌고 있다. 하코네 대회에 언제나 출전하는 고후가쿠인 대학의 흑인 유학생 이왕키도 과감하게 그 뒤를 따랐다. 이왕키는 하코네에서 3년 연속으로 제2구간을 달린 에이스이다. 가케루는 저 멀리 앞서가는 이왕키의 뒷모습에서 최고학년이 된 에이스가 하코네 대회에 대해 품고 있는 자부심과 패기를 느꼈다.

앞에서 달리는 세 명의 페이스에 끌려가듯이 선두 그룹도 첫 번째 1킬로를 2분 49초로 통과했다. 자위대 활주로가 너무 광활해서 거리감을 느끼기 힘든 탓이기도 했다. 20킬로를 달려야 한다는 점을 고려하면 상당히 빠른 페이스다. 뒤로 쳐지는 사람들이 속출하면서 두 번째 코너를 돌 즈음이 되자 선수들 전체가 앞뒤로 길게 늘어지기 시작했다.

기요세가 손목시계를 확인하더니 돌아보았다. 치쿠세이소의 다른 멤버들은 70–80명 정도로 이루어진 세 번째 그룹에서 한데 뭉쳐 뛰고 있었다.

기요세는 코스의 바깥쪽 끄트머리로 나가 뒤쪽에서 보이기 쉬운 위치를 잡았다. 오른쪽 손바닥을 아래로 내려서 '페이스 잡아' 하고 신호를 보냈다. 미리 정해놓은 신호대로 손가락으로 숫자를 만들어서 '1킬로 3분 10초 이내로 5킬로까지. 나머지는 각자 판단'이라는 지시를 보냈다. '각자 판단'은 관자놀이 근처에서 손바닥을 재빨리 오므렸다가 펴는 동작이었다. 유키와 신동이 끄덕이고는 주위에서 뛰는 멤버들에게 재빨리 전달하는 것이 보였다.

"우리도 페이스다운 할까요?"

가케루가 물었다.

"하려고?"

기요세가 되물었다.

"아니요."

그럴 생각은 전혀 없었다. 기요세는 뛰면서 가케루의 등을 가볍게 두드렸다.

"일반도로로 나가면 양상이 또 달라질 거야. 어차하면 나 신경 쓰지 말고 치고 나가."

하나코는 출발 지점 근처에 있던 베이스캠프의 짐들을 모두 정리한 다음 활주로를 두 바퀴 도는 멤버들을 응원하러 나섰다. 활주로가 너무 넓어서 가장 먼 곳을 달릴 때는 선수들이 콩알만 하게 보일 정도였다. 하지만 선수 그룹이 가까이 다가오면서 점점 발소리가 땅을 울리고 눈앞을 통과할 때는 선수들의 숨소리와 땀이 난 몸이 발산하는 열기까지 느껴졌다.

스톱워치를 한 손에 든 하나코가 깜짝 놀랐다.

'이 사람들 어떻게 이런 속도로 뛰는 거지?'

자전거를 타고 페달을 필사적으로 밟았을 때 나오는 속도보다 더 빠른 것 같았다. 선수들의 얼굴을 알아보기도 힘들 정도로 한순간에 지나쳐갔다. 이런 속도로 20킬로를 달린단 말인가.

흑인 선수 세 명이 지나친 다음 40미터 정도 떨어져서 선두 그룹이 다가왔나. 가케루와 기요세가 있었다. 아직 여유 있는 표정으로 가볍게 몸을 움직이는 게 보였다. 주위에 있는 구경꾼들이 "힘내라!" 하고 응원했다. 하나코도 소리를 지르려고 했지만 그러지 못했다. 가슴에 공기 덩어리가 가득 찼다.

세 번째 그룹에 쌍둥이가 있었다. 치쿠세이소의 여덟 명은 한데 뭉쳐서 뒤처지지 않고 조금이라도 앞으로 나가기 위해 열심히 뛰고 있었다.

"선두는 2분 49초 페이스. 끌려가지 마!"

정보를 전달한 하나코는 울음이 터져나올 것만 같았다.

달리는 모습이 이렇게 아름다운지 정말 몰랐다. 이 얼마나 원시적이고도 고독한 스포츠인가. 아무도 다른 사람을 도와줄 수 없다. 주위에 아무리 관객이 많아도, 함께 훈련한 팀메이트가 있어도 저 사람들은 지금 오로지 자기 홀로 자신의 신체기능을 모두 동원해서 달려야 한다.

활주로를 두 바퀴 돌아 5킬로를 달린 시점에서 맨 앞에 있는 흑인 선수들과 선두 그룹 사이에 100미터 이상 거리가 벌어졌다. 하나코 근처에 있던 중년 남자가 혀를 찼다.

"아무튼 일본 애들은 약해 빠졌다니까."

아니야. 하나코는 말하고 싶었다. 도대체 뭘 보고 있는 거야? 선두를 달리는 선수나 그 뒤를 따르는 선수들이나 모두 다 똑같다. 저 사람들의 진지한 표정을, 육체의 한계에 도전하는 결의를 왜 보지 못하는 거야? 기가 빠진 사람은 하나도 없는데.

하나코는 두 주먹을 불끈 쥐고서 간세이 대학 유니폼을 눈으로 좇았다.

'힘을 내요. 모두 지지 말아요!'

무엇에 대해 지지 말라고 하는 건지 스스로도 알 수 없었다. 경쟁 상대나 다른 대학들인지, 아니면 길가에서 제멋대로 논평하며 쳐다보는 사람들인지, 아니면 달리고 있는 자기 자신에 대해서인지. 대상이 누군지는 몰라도 하나코는 마음속으로 열심히 빌었다. 지지 않기를 바랐다. 그 누구에 대해서도.

아버지가 불렀다.

"하나야, 가자."

빨리빨리, 하고 하나코를 재촉했다.

"다들 좋은 자리를 잡고 잘 뛰는 것 같네. 우리도 결승 지점에 가서 기다리자."

미장이 아저씨도 코를 훌쩍이며 고개를 끄덕였다. 상점가 사람들은 육상선수가 달리는 모습을 가까이서 보는 게 처음이었다. 그 속도에 놀랐고, 치쿠세이소 청년들이 손색없이 달리는 모습에 감명을 받았다.

'평소에 그렇게 비실비실 웃고 다녔어도 저 아이들은 진지했구나. 정말로 하코네 출전을 위해 온 힘을 다해 달려왔구나.'

예선에서 뛰는 모습을 보고서야 그 사실을 실감할 수 있었다.

상점가 사람들은 담요와 생수병을 들고 이동하기 시작했다. 잔디 광장에서 좋은 자리를 차지해서 달리기를 끝내고 돌아오는 선수들을 맞이해야 한다.

하나코도 눈을 깜박여서 스며 나오는 눈물을 말렸다. 울고 있을 때가 아니다. 시합은 이제 시작했다. 저 사람들을 믿고 지금은 내가 할 일을 해야 한다.

돗자리를 안은 하나코가 아침 이슬에 젖은 풀을 힘차게 밟으며 걸었다.

시합은 5킬로를 지나 일반도로로 나오는 지점에서 새로운 국면을 맞이했다. 선두 그룹이 흩어지기 시작한 것이다. 제일 앞선 선수들과의 차이가 좁혀지지는 않았지만 그렇다고 뒤처지지도 않았다. 여전히 빠른 페이스가 유지되면서 뒤로 처지는 선수들이 나오기 시작했다.

가케루와 기요세는 열 명 정도로 줄어든 선두 그룹에 착실하게 포함되어 있었다. 주변에는 도쿄 체대, 기쿠이 대학, 고후가쿠인 대학 등의 에이스급 선수들이 있었다. 가케루는 이 그룹에 사카키가 없다는 사실을 확인했다. 우월감이 생기지도 않았고, 동정심이 일지도 않았다. 그저 '아아, 이 페이스를 못 따라왔구나' 하고 생각했을 뿐이다. 하지만 난 더 나아갈 거야. 이 그룹을 앞질러주겠어.

그 무렵 방송 카메라를 실은 선두 차량 안에 있던 스태프가 "어, 어, 저기 간세이 대학 선수가 끼어 있네. 열심히 하는데" 하고 감탄하며 소리를 질렀는데 물론 가케루와 기요세는 알 리가 없었다. 어디서부터 양상이 달라질까? 주변 선수들도 서로 무언의 기싸움을 벌였다.

규모가 큰 육상부라면 길가에 다른 부원들을 배치해서 각 선수의 위치를 파악하고 감독이 보내는 지시를 전달할 수 있다. 그러나 간세이 대학은 인력 부족이었다. 기요세는 자기 페이스뿐만 아니라 다른 선수들까지 신경을 써야 했다. 가끔씩 돌아보면서 상태를 살폈다. 치쿠세이소의 여덟 명은 아직 하나로 뭉쳐서 규모가 커진 두 번째 그룹의 후방에 자리를 잡고 있었다. 지금까지 유지되었던 두 번째 그룹과 세 번째 그룹도 흩어져서 그중에 탈락하지 않은 선수들이 첫 번째 그룹에서 뒤처진 사람들과 하나로 합쳐진 모양이었다.

쌍둥이, 무사, 유키는 아직 힘이 남아 있다는 것을 표정으로 알 수 있었다. 신동과 니코짱은 태연하게 자기 페이스를 유지하려고 노력하고 있었다. 킹은 거기에 어떻게든 맞추고 있는데 왕자가 슬슬 위태로웠다. 치쿠세이소 사람들도 조금씩 앞뒤로 늘어지고 있었다.

더 이상 멤버들끼리 뭉쳐 있다가는 느린 페이스의 사람에게 끌려서 모두가 질질 뒤처질 가능성이 있었다.

7킬로 지점 통과. 선두 그룹이 현재 1킬로를 뛰는 시간은 3분 05초였다. 첫 번째 스퍼트보다 약간 페이스를 늦춘 상태였다. 후반에 가서 힘들어질 것을 우려한 집단심리도 작용했고 약간 앞쪽에서 달리는 3등의 이왕키가 페이스를 늦춘 것이 원인이었다.

선두 그룹에 있다가 속도를 내서 치고 나가는 사람이 나오는 것은 10킬로를 지나는 지점일 것이다. 기요세는 그렇게 판단했다. 그럴 경우 가케루와 기요세가 따라잡는 것도 물론 중요하지만 뒤쪽에 있는 사람들이 받을 영향도 생각할 필요가 있었다. 탈락하거나 힘에 부쳐서 페이스가 무너지는 사람이 틀림없이 나오게 되어 있다. 치쿠세이소 멤버들이 그런 데에 휘둘려서는 안 된다.

기요세는 도로 중앙선 쪽으로 다가가서 뒤쪽 그룹에 있는 멤버들에게 다시 지시를 내렸다. 오른팔을 크게 휘둘렀다. '슬슬 움직인다.' 관자놀이 부근에서 오른손의 다섯 손가락을 팔랑거린다. '너희도 흩어져

도 됨.' 이어서 오른손으로 주먹을 쥐고 엄지를 든다. '건투를 빈다.'

여유가 없는 왕자를 제외한 나머지 사람들이 가볍게 손을 들고 '알았다'는 표시를 했다.

"가케루. 10킬로 지점부터 이번 시합의 첫 번째 승부지점이 온다. 뒤처지지 마."

기요세의 속삭임에 가케루가 고개를 끄덕였다. 선두 그룹에서 달리는 사람들의 숨소리를 들어도, 치고 나가기 쉬운 위치를 선점하려는 경쟁이 심해진 것만 보아도 충분히 눈치챌 수 있었다. 선수들이 서로를 살피고 견제하면서 기회를 노리고 있다.

역 앞 도로를 지나 모노레일 고가도로에 가까운 지점의 길가에는 관객들이 늘어서 있었다. 하지만 그 목소리도 멀리서 들려왔다가 파도 소리처럼 귓가를 스쳐 지나갈 뿐, 순식간에 뒤쪽으로 날아가버렸다. 레이스에 집중하고 있기 때문이다. 가케루는 오늘 몸이 잘 움직인다는 사실을 새삼 의식했다.

몸이 가볍다고 생각해도 실제로는 페이스에 반영되지 않는 경우가 있다. 반대로 영 시원치 않다고 느꼈는데 아주 좋은 페이스로 달린 경우도 있다. 아무리 훈련해도 실전에 나섰을 때 몸과 두뇌가 잘 연결되지 않아 착각을 일으키는 일이 적지 않다.

가케루는 확인을 위해 처음으로 손목시계를 보았다. 1킬로에 2분 57초 페이스로 여기까지 온 셈이다. 착각이 아니었다. 오늘은 정말로 컨디션이 좋은 것이다. 뛰는 속도를 더 올려도 충분히 따라갈 수 있다. 더 빨리.

가케루의 자신감을 민감하게 알아차린 모양이었다. 옆에서 뛰는 기요세가 "워, 워" 하고 말을 진정시키는 듯한 소리를 냈다.

"기다려. 10킬로 지점을 지나면 그때는 마음대로 가도 되니까."

너무 일찍 속도를 내다가는 자멸하는 수가 있다. 가케루는 "네" 하고 대답하고는 페이스를 떨어뜨리지 않은 채 앞서가려는 마음을 꾹 눌렀다.

모노레일 고가도로를 지나 10킬로 지점의 표식을 보자마자 예상했던 대로 선두 그룹의 움직임이 달라졌다.

기쿠이 대학 3학년과 도쿄 체대 주장이 속도를 내기 시작한 것이다. 가케루와 기요세를 제외한 나머지 선수들이 뒤로 처졌다.

가케루는 서로를 견제하며 달리는 기쿠이 대학과 도쿄 체대 선수를 바람막이 삼아 바로 뒤에 붙었다. 그대로 500미터가량 뛴 다음 가케루가 "그럼 갈게요" 하고 중얼거렸다. 기요세가 말없이 끄덕였다.

가케루는 기쿠이 대학과 도쿄 체대의 선수 두 사람을 도로 중앙선 쪽으로 우회하는 모양새로 추월했다. 그런 다음에도 자기 리듬을 가지고 계속 달렸다. 돌아볼 틈도 마음도 없었다. 멀어져가는 발소리만으로도 자기가 그들을 제치고 단독 4등이 되었음을 충분히 알 수 있었다.

기분이 좋다. 귓가를 지나는 바람도, 밟고 지나는 땅도 이 순간만큼은 온전히 내 것이다. 이렇게 달리고 있는 한 나 혼자만이 몸으로 느낄 수 있는 세계다.

심장이 뜨겁다. 손가락 끝까지 피가 도는 게 느껴진다. 무겁다. 좀더 가볍게 갈 수 있잖아. 조금 더 몸을 변화시켜. 힘들지 않게 초원을 질주하는 날렵한 짐승처럼. 어둠을 가르는 은색 빛처럼.

11.2킬로의 반환점을 가케루는 유선형의 최신 기계처럼 한 치의 흔들림도 없이 매끄럽게 돌았다. 속도를 떨어뜨리는 것은 죄악이다. 나의 모든 것은 달리기 위해 존재하니까.

가케루는 앞에서 뛰는 이왕키를 이미 사정거리 안에 두고 있었다.

치고 나아가는 가케루의 모습을 보면서 기요세는 황홀해졌다.

저 뛰는 모습을 보라. 오로지 달리기 위해 태어난 존재의 아름다움을 보라.

분함이나 부러움조차 생기지 못할 정도로 차원이 다른 모습. 다른 세계의 존재 같다. 중력에 묶여 산소 공급에 급급한 나와는 어찌 이리도 다를까?

기요세는 소리 높여 외치고 싶은 충동을 가까스로 참았다. 역시 너밖에 없다. 이런 식으로 달리는 모습을 보여줄 수 있는 사람은. 나를 이끌어서 새로운 세상을 보여주는 사람은 가케루, 너밖에 없다.

가케루를 따라잡고 싶었지만 다리에 폭탄을 안고 있는 기요세에게는 무리였다. 기쿠이 대학과 도쿄 체대의 두 사람에게 페이스를 맞췄다. 속도를 올렸는데도 반대로 가케루에게 추월당한 두 사람은 충격에서 헤어나오느라 힘든 모양이었다. 공원으로 접어든 다음에 오르고 내리는 코스에서 이 영향이 어떤 식으로 나타날까? 기요세에게 남겨진 길은 체력을 온전히 유지하다가 마지막에 승부를 거는 방법밖에 없었다.

하지만 느낄 수 있었다. 다른 멤버 여덟 명도 그룹에서 튀어나간 가케루를 확실하게 목격했다. 반짝거리며 달리는 그 모습을 직접 보면서 힘을 얻었음이 틀림없었다.

조지는 반환점을 돌아 이쪽으로 달려오는 가케루를 정면으로 보았다. 조깅하는 사람처럼 숨도 차지 않고 힘들어 보이지도 않는 얼굴이었다. 그렇지만 눈빛이 달라, 하고 조지는 생각했다. 가케루의 까만 눈동자가 기쁨으로 빛났다. 달린다는 행위에서 한껏 기쁨을 느끼고 있었다.

자기가 어떤 표정으로 달리고 있는지 가케루는 모르겠지. 조지는 부러움과 사랑스러움을 느꼈다. 나는 가케루처럼 순수하게 뛰고 있을까? 잔인할 정도로 무심하고 순수하게 달리고 싶다. 조지는 생각했다.

나도 가케루처럼 달리고 싶다.

바로 옆을 지나치는 가케루의 모습을 보며 니코짱이 감탄했다. 이 정도일 줄은 몰랐다. 가케루가 마음을 먹고 달릴 때의 속도가 이렇게 빠를 줄이야. 그 반짝임이 눈부실 지경이었다. 선택된 인간이 존재한다는 사실을 가차 없이 증명해주고 있지 않은가.

하지만 나도 끝까지 달려주겠어. 니코짱은 비명을 지르기 시작한 폐에 다시 공기를 넣어주었다. 달리기에 대한 의지까지 가케루에게 뒤처질 수는 없었다.

간세이 대학 유니폼을 입은 사람들은 가케루를 선두로 열기와 힘으로 똘똘 뭉쳐서 밤하늘에 반짝이는 별자리처럼 하나의 형태를 이루며 결승점을 향해 달렸다.

하나코는 잔디 광장에 자리를 잡고 서둘러 공원 안의 코스로 가보았다. 각 대학 응원팀들이 결승점 근처에 북적이고 있었다. 구경꾼들도 이중 삼중으로 겹쳐 서서 선수들이 도착하기를 기다리고 있었다. 갑자기 소란스러워진 탓에 공원 숲속 나무에 있던 새들이 놀라서 푸드득 날아올랐다.

하나코는 결승점에서 50미터 정도 앞선 곳에서 겨우 비집고 들어갈 틈새를 찾았다. "죄송해요" 하면서 파고들어 앞줄에 자리를 잡았다. 간세이 대학 운동복을 입고 있어서 대학 관계자인 줄 알고 구경꾼들이 친절하게 자리를 비워주었다.

하나코가 스톱워치를 보았다. 출발한 지 57분 35초가 지났다. 20킬로를 달리는 시합이니까 아무리 그래도 아직 조금 더 걸리겠지.

그렇게 생각했는데 환호성이 파도처럼 밀려들었다. 각 대학 응원팀들은 이때다 하는 것처럼 교가를 부르고 깃발을 흔들었다.

초록빛으로 물든 나무 그림자 사이로 선두를 달리는 선수가 보이기 시작했다. 사이쿄 대학의 흑인 유학생이었다. 그리고 또 한 명의 흑인 유학생이 그 뒤를 이었다.

"우와……."

하나코가 낮게 중얼거렸다. 구경꾼들의 웅성거림 속에서 유학생들은 20킬로를 58분 12초와 28초의 기록으로 각각 골인했다. 저 신체능력은 그야말로 무적이라고 할 수밖에 없다는 생각이 들었다. 치쿠세이소 사람들은 어떻게 되었을까? 하나코는 결승점으로 들어온 선수들에게 박수를 보내면서도 까치발을 들고 코스를 쳐다보았다.

곡선 주로를 돌아서 들어오는 선수의 모습이 보였다. 하나코는 자기도 모르게 절규했다. 비명과도 같은 외침이었다.

가케루였다.

결승점 직진의 직신 코스에 3등으로 다다른 사람은 구라하라 가케루였다.

"어차피 선두는 다 흑인 선수들이지 뭐."

그렇게 속삭이던 구경꾼들이 아까와는 비교가 되지 않을 정도로 크게 웅성거렸다. 파도처럼 환호성이 일렁였다. 하나코도 정신없이 "구라하라! 구라하라!"를 외쳤다.

가케루는 아무 소리도 들리지 않는 것 같았다. 거친 숨소리가 하나코 앞을 순식간에 지나쳤다. 가케루는 오로지 결승점만을 똑바로 바라보며 단거리 경주인가 싶을 정도의 속도로 50미터를 질주했다. 집념과 투지를 느끼게 하는 달리기에 관객들은 압도되었다.

성스러운 누군가가 앞을 지나간 것처럼 결승점 앞이 한순간 정적에 싸였다.

하나코는 스톱워치를 확인했다. 가케루가 결승선을 통과한 시간은 출발하고 59분 15초만이었다. 이왕키가 그로부터 5초 후에 골인했다. 가케루는 고후가쿠인 대학의 에이스와 겨뤄서 이긴 것이다.

웅성거림이 결승점 주변에 가득 찼다.

"간세이 대학이래. 하코네에서 본 적도 없는 학교인데."

"엄청난 선수가 있네."

구라하라 가케루예요. 아직 1학년밖에 안 됐어요. 하나코는 주변에 있는 사람들에게 막 자랑하고 싶었다. 하지만 그럴 시간이 없었다. 뒤따라오는 선수들이 잇달아 결승점 앞 직선 코스로 들어왔기 때문이다.

기요세는 15킬로를 지나 공원에 들어선 지점부터 예정했던 대로 속도를 올렸다. 기쿠이 대학과 도쿄 체대도 거의 동시에 페이스를 올렸지만 경쟁에서 질 생각은 없었다.

언덕을 오르면서 속도를 올리자, 오른쪽 정강이에서 약간의 이질감이 느껴졌다. 에잇, 하고 생각했지만 숨도 거칠게 내쉬지 않았고 표정에도 드러내지 않았다. 다른 사람들에게 약점이 잡히면 끝이다. 지금은 1초가 아쉬운 때였다. 오랜 흉터 따위를 신경 쓰고 있을 때가 아니었다.

기요세는 망설임 없이 계속 속도를 올렸다. 여러 대학의 응원팀들이 내는 연주 소리가 한데 뭉쳐져서 혼돈에 가까운 소리로 다가왔다. 상점가의 아는 얼굴 몇몇이 코스 길가에서 뭔가를 외치고 있었던 것 같다. 하지만 아무것도 제대로 들리지 않았다. 기쿠이 대학 선수가 한발 앞서 나갔다. 지면에 발이 닿을 때마다 정강이가 저릿저릿했다. 그래도 기요세는 뒤처지지 않으려고 안간힘을 썼다.

"하이지 형!"

가케루가 외치는 소리를 틀림없이 들었다. 기요세는 마지막 힘을 다리 근육에 쏟아부어 굴러 넘어지듯이 골인했다. 방해가 되지 않는 위치로 간신히 이동해서 손바닥으로 정강이를 만져보았다. 뜨끈뜨끈했다. 기쿠이 대학 선수와 공동 6위. 기록은 정확히 60분이었다.

가케루는 골인한 다음 담당자가 건네준 생수병을 받자마자 바로 비켜 달라는 말에 내몰리다시피 자리를 벗어났다. 결승점 근처에 있으면 나중에 들어오는 선수들에게 방해가 되기 때문이다.

다른 사람들은 어떻게 하고 있지? 걱정이 되어 결승점 옆에 있는 나무 사이에서 우왕좌왕하며 시합 상황을 살폈다. 또다시 환호성이 들리면서 구경꾼 너머로 간세이 대학 유니폼이 얼핏 보였다. 기요세다.

"하이지 형!"

가케루는 큰 소리로 외친 다음 결승점을 지난 선수들이 잔디 광장 쪽으로 빠져나가게 되어 있는 길목으로 뛰어갔다. 기요세가 웅크리고 있었다. 깜짝 놀라 황급히 다가갔다.

"괜찮아요?"

숨을 많이 헐떡이고 있지는 않았다. 좋은 등수로 들어오는 선수들은 이미 실력을 갖춘 사람들이다. 여유를 가지고 자기 페이스로 시합을 끝까지 관리하며 뛴다는 뜻이다. 골인 후에 숨이 넘어가듯이 헐떡이면서 움직이지 못하게 되는 일은 거의 없다고 봐야 한다. 기요세의 숨소리를 확인한 가케루는 "다리죠?" 하고 물었다.

조금이라도 근육의 부담을 줄이기 위해 가케루는 생수병의 물을 기요세의 정강이에 뿌렸다. 손을 내밀자 기요세가 그 손을 잡고 일어서서 오른쪽 다리를 살짝 끌며 걷기 시작했다.

"가케루, 잘했어."

기요세는 먼저 가케루를 칭찬하는 말로 입을 뗐다. 지금 그런 소리를 할 때가 아니잖아요, 하는 생각에 가케루는 눈물이 날 것 같았다.

"네" 하며 고개를 숙였더니 기요세가 웃으면서 가케루의 머리카락을 헝클어뜨렸다.

"다른 녀석들 응원하러 가자."

"하지만 지금 바로 다리의 열을 식혀주는 편이……."

"괜찮아. 가자."

기요세는 구경꾼 틈새로 끼어들었다. 가케루도 "잠시만요" 하면서 그 뒤를 따랐다.

결승점 앞에서는 80위권 순위의 선수들끼리 치열한 다툼이 벌어지고 있었다. 열 명의 합계 시간으로 결과가 정해지게 되어 있어서 모두가 필사적이었다.

"쌍둥이다! 저기 쌍둥이예요!"

가케루는 한 뭉텅이로 달리는 무리 속에서 간세이 대학 유니폼을 발견했다. 코스를 사이에 두고 반대편에서 하나코가 깡충깡충 뛰고 있었다.

조타와 조지는 이를 앙다물고 결승점으로 뛰어들었다. 이어서 유키, 무사, 니코짱과 신동이 80등에서 90등대로 들어왔다. 킹도 건투해서 123등으로 골인했다.

"좋아. 아주 괜찮아."

기요세가 중얼거렸다. 그런데 왕자가 좀처럼 보이지 않았다. 하코네 경주에 자주 출전하는 대학 중에 선수들 모두가 완주한 학교들이 잇달아 나왔다.

"이대로 가다가는 안 되겠는데요."

가케루가 발을 동동 굴렀다. 다시 한번 자기가 뛰고 싶을 지경이었다. 아직 안 왔나, 아직도 안 왔나? 기도하는 마음으로 뚫어지게 보고 있는데 나무 그늘 속에서 왕자가 모습을 드러냈다.

"완전히 힘이 빠져버린 상태네."

기요세가 눈살을 찌푸렸다. 왕자는 이미 한계를 넘어섰는지 눈에 초점도 안 맞는 모양이었다.

"왕자 형, 뛰어요! 바로 저기가 결승점이에요!"

가케루는 청각이라도 깨우기 위해 있는 힘껏 소리를 질렀다.

"알고 있다니까."

왕자는 자꾸만 나오는 구역질을 억지로 누르면서 허우적허우적 앞으로 나아갔다. 땀도 흘릴 만큼 다 흘렸는지 손가락 끝이 차가웠다. 내 피가 다 어디로 가버렸나, 하고 왕자는 멍하니 생각했다. 아마 지금 내 얼굴을 보면 파랗게 질려 있겠지.

명백한 빈혈 증상이었다. 하지만 여기서 쓰러질 수는 없었다. 결승점까지 20미터. 여기서 뛰기를 포기하면 열 명밖에 없는 간세이 대학은 예선 탈락이나. 사기 때문에 하코네를 못 가게 되면 틀림없이 귀중한 내 만화 소장본들은 모조리 불 속으로 던져지겠지. 무슨 일이 있어도 그런 사태만은 막아야 한다.

왕자는 기력을 쥐어짰다. 그렇게 힘을 쥐어짰더니 위장까지 뒤틀리는 바람에 도저히 참을 수 없을 지경으로 구역질이 났다.

몇백 명이 자기를 보고 있건 말건 지금 그게 문제가 아니었다. 왕자는 달리면서 속에 남은 것들을 모조리 토해버렸다. 길가에 있던 여자 관객들이 "꺄악!" 하고 비명을 지르는 게 들렸다.

"토하고 있으면 어떡해? 빨리 달려!"

기요세의 고함소리가 들렸다.

정말 사람도 아니야. 이래서 운동부가 싫은 거야. 왕자는 더러워진 입가를 손으로 닦으면서 속으로 욕을 해댔다. 물론 발을 멈출 생각은 없었다. 무엇 때문에 내가 이 힘든 운동을 지금까지 해왔겠어? 멍청이처럼 달리는 훈련만 죽어라고 했겠어?

하코네 역전경주에 나가기 위해서잖아.

머릿속까지 근육으로 된 당신들의 꿈을 한 번쯤은 같이 이루어도 괜찮지 않을까 생각했기 때문이라고……!

왕자는 176등으로 결승점을 지나 그 자리에서 쓰러지더니 그대로 의식을 잃고 말았다.

치쿠세이소 사람들은 잔디 광장에 만들어진 베이스캠프에 엎어져 있었다. 결승점을 지난 다음에 자기 시계로 기록을 확인할 여유가 있었던 사람은 절반도 채 되지 않았다. 유키는 열 명의 합계시간을 정확하게 계산하는 것을 포기했다.

집계와 대학 대항전 점수 계산 때문에 시간이 많이 걸려서 결과 발표는 11시 무렵에나 나온다. 출전했던 모든 선수들이 달리기를 마친 다음에도 1시간 정도는 더 기다려야 하는 것이다.

"어떨지 모르겠네."

기요세는 정강이를 냉찜질하면서 냉정하게 계산했다.

"우리 등수를 평균하면 아마 80등 중반 정도 될 거야. 그러니까 아슬아슬하게 경계선상에 있는 셈이지."

"우리와 비슷하게 경계선상에 있는 대학의 대학 대항전 점수에 따라서는……."

니코짱이 심각한 표정으로 공중을 노려보았다.

"예서 탁락도 가능하다는 소리지."

유키가 말했다.

그럼 안 되는데, 하며 쌍둥이가 울상이 되었다. 신동과 무사는 조용히 각자의 조상과 신들에게 기도를 하는 모양이었다. 킹은 잔디를 뜯었다. 왕자는 미동도 없이 엎어진 자세로 누워 있었다. 선수들을 둘러싼 하나코와 상점가 사람들은 어설픈 격려의 말도 하지 못한 채 그저 가만히 결과만을 기다렸다.

가케루의 눈길이 기요세의 손에 쏠렸다. 아이스박스에 넣어서 가지고 온 얼음이 비닐봉지 속에서 거의 다 녹아버린 상태였다.

"얼음 좀 얻어올게요. 저기 저 매점에 가면 좀 나눠줄지도 모르니까."

숨 막히는 분위기에서 도망치고 싶어 그렇게 말하며 일어났다. 무사도 같은 심정이었던 모양이다.

"나도 가겠습니다" 하더니 뒤따라왔다.

잔디 광장을 가로질러 빨간 지붕의 매점 쪽으로 갔다. 예선 통과를 확신하는 대학들은 선수들 표정만 봐도 알 수 있었다. 긴박감을 풍기고 있는 것은 간세이 대학처럼 경계선상에 아슬아슬하게 걸려 있는 곳이다. 순위가 한참 아래인 것이 확실한 팀들은 대체로 평온한 얼굴로 결과 발표를 기다리고 있었다. 어떤 팀 선수들은 매니저로 있는 여학생이 만들어온 도시락을 사이좋게 나눠 먹고 있었다.

참 다양하구나. 그런 생각이 들었다. 이 사람들한테는 예선에 참가하는 일 자체가 목표였던 모양이다. 처음부터 어차피 결과야 뻔하니까 다 뛴 다음에는 소풍 같은 이벤트로 생각하면서 즐기는 거겠지. 그런 방식이 잘못된 건 아니지만 우리와는 정말 다르구나 하고 느꼈다.

난 예선으로 끝낼 생각이 없다. 더 높은 곳을 바라보고 싶다. 더 빨리, 더 강한 팀이 되어 하코네 역전에서 겨루고 싶다. 그러기 위해 훈련해왔고, 그렇게 되기 위해서라면 앞으로 더욱 열심히 연습할 수 있다.

"어떻게 될 것 같습니까, 가케루?"

무사가 걱정스러운 말투로 물었다.

"갈 수 있어요. 하코네에."

가케루가 장담했다. 뜨거운 용암이 뱃속 저 깊은 곳에서 솟아나는 느낌이었다. 오늘만 봐도 모두가 전력으로 예선에서 뛰었다. 이대로 끝날 리가 없다.

가케루의 힘 있는 말을 들은 무사의 눈이 동그래졌다.

“가케루는 왠지 강해진 느낌입니다.”

“그런 게 아니에요.”

가케루가 고개를 저었다.

“우리 정말 열심히 뛰었잖아요. 그러니까 갈 수 있을 거라고 생각하는 것뿐이에요.”

무사가 끄덕였다.

“맞습니다. 우리는 하코네로 가는 겁니다. 모두 함께.”

무사가 그렇게 말하자 옛날 이야기의 해피엔딩 같아서 뭔가 믿음이 가는 예언을 듣는 느낌이 들었다.

가케루와 무사가 ‘얼음이 필요하다’고 부탁하자 매점 사람이 흔쾌히 얼음을 나눠주었다. 맨손으로 오는 바람에 매점 직원이 종이컵에 얼음을 넣어주었다. “깜박 잊었습니다”라고 말하는 무사 뒤로 구경꾼 무리가 지나갔다.

“여기도 흑인 선수가 있네. 팀에 유학생을 넣는 건 너무 얌체 같은 거 아닌가?”

“맞아. 그런 사람들이 여기저기 있으면 일본 선수들이 어떻게 당해내겠어?”

들으라는 듯이 수다거리는 말에 무사의 얼굴색이 확 변했다. 가케루가 뒤돌아서 그 사람들에게 한마디 하려고 했다.

“괜찮습니다, 가케루.”

무사가 말렸다.

"오늘만 해도 저런 의견을 정말 많이 들었습니다."

"저런 말도 안 되는 소리를 하는데 가만히 내버려두란 말이에요?"

가케루가 무사를 뿌리치고 멀어지는 그 구경꾼들을 뒤쫓아가려고 하자 무사가 팔을 잡았다.

"싸우면 안 됩니다. 저 사람들이 말하는 사람은 육상에 재능이 있어서 뽑혀온 유학생들입니다. 나는 부끄럽습니다. 나 자신이 창피합니다. 저 사람들은 잘 모르겠지만 나는 빨리 달리지 못합니다. 남들이 질투를 할 만큼의 재능도 없는 평범한 유학생이기 때문입니다."

"그게 문제가 아니잖아요!"

가케루가 화를 내며 말했다.

"무사 형도, 나도, 그리고 오늘 1, 2등을 한 사람들도 모두 똑같은 코스를 뛴 거잖아요. 그런데도 저런 식으로……."

어떻게 말해야 할지 모르지만 가케루는 화가 치밀어 어쩔 줄을 몰랐다. 한 집에서 생활하는 무사도, 자기 자신도, 말 한 번 섞어본 적 없는 다른 대학 유학생들도 한꺼번에 싸잡혀 욕을 먹은 기분이었다. 그렇다. 어떤 식으로 표현해야 할지 모르지만 이건 진지한 마음으로 달리기를 하는 사람에 대한 모욕이었다. 가케루는 더욱 열이 뻗쳤다.

"구라하라의 말이 맞다."

목소리가 들렸다. 돌아보니 반들반들한 민머리에 키가 훌쩍 큰 남자가 서 있었다.

"그렇지만 그냥 내버려둬. 저 인간들은 달리는 게 뭔지도 모르는 외부인이니까."

남자는 가케루와 무사가 보는 앞에서 매점으로 가서 우롱차를 샀다. 어딘가에서 만난 적이 있는데, 누구지? 가케루는 경계심을 늦추지 않은 채 기억을 더듬었다. 이런 스님 같은 머리를 어디서 본 적이 있었는데.

"리쿠도 대학의 후지오카!……선수."

가케루가 찾던 기억이 드디어 떠올랐다. 하코네 역전경주에서 몇 년을 연속으로 우승한 리쿠도 대학. 그 학교 육상부 주장인 후지오카 가즈마다. 봄에 있었던 도쿄 체대 기록대회에서 딱 한 번 얼굴을 본 적이 있었다. 그런데 이 사람이 왜 여기 있지?

가케루의 생각이 빤히 보였는지 후지오카가 미리 대답했다.

"상대팀 시찰이다. 간세이 대학이 많이 강해졌군. 하코네까지 갈 수도 있겠는데."

후지오카에게는 왕의 여유와 관록이 있었다.

"네. 그럼요."

가케루는 원래 가지고 있던 오기가 불끈 솟아나서 큰소리쳤다. 후지오카는 한 치도 물러서지 않고 가케루와 치열한 눈싸움을 벌인 다음 무사를 바라보고 말했다.

"저런 치들은 신경 쓰지 마. 바보 같은 생각이니까."

"어떤 부분을 말하는 건가요?"

무사에게 한마디만 던져놓고 매점에서 산 우롱차를 마시며 자리를 떠나려는 후지오카를 가케루가 불러세웠다. 구경꾼들이 무사에게 던진 말에 화가 났다. 그런데 어째서 그렇게 화가 나는지 확실하게 알 수가 없었다. 이 형체를 알 수 없이 부글거리는 분노의 원인이 무엇인지 후지오카는 아는 모양이었다.

"알려주세요."

가케루가 부탁했다. 후지오카는 발걸음을 멈추고 흥미롭다는 표정으로 가케루를 쳐다보았다. 그러더니 "그러지" 하며 가케루와 무사 쪽으로 몸을 돌렸다.

"바보 같은 점이 적어도 두 가지 있다. 하나는 일본인 선수가 상대가 되지 않으니까 유학생을 팀에 포함시키는 건 치사하다는 말이다. 그럼 올림픽은 뭐지? 우리가 하는 건 경기지 손에 손잡고 다 같이 하나 둘 셋 하고 끝내는 유치원 운동회가 아니야. 개인마다 신체능력에 차이가 있는 건 당연하다. 그러나 어떤 개인차가 있다 해도 스포츠는 평등하고 공정하게 이루어지는 거다. 저들은 평등한 토대에서 정정당당하게 겨룬다는 게 뭔지 전혀 이해를 못 한다고 봐야 한다."

무사는 말없이 후지오카의 말에 귀를 기울였다. 가케루는 찬찬히 설명해주는 후지오카의 분석에 압도되었다.

"저들의 또 한 가지 착각은 이기기만 하면 된다고 생각하는 점이다."

후지오카가 말을 이었다.

"일본인 선수가 1등이 되면, 금메달을 따면, 그러면 만사 오케이인가? 나는 절대 아니라고 확신한다. 경기의 본질은 그런 게 아닐 테니까. 가령 내가 1등이 된다 해도 스스로에게 패배했다고 느낀다면 그건 승리가 아니다. 기록이나 순위 같은 건 시합마다 달라지게 마련이니까. 세계 제일이라고 누가 그걸 정할 수 있지? 그런 등수가 아니라 변함없는 이상과 목표가 내 안에 있기에, 바로 그걸 위해서 우리는 계속 달리는 거다."

그렇다. 가케루는 정체를 알 수 없는 노여움이 풀리면서 눈앞이 밝아지는 것 같았다. 이런 점이 마음에 걸려서 나는 그렇게 화가 난 것이다. 후지오카는 대단하다. 가케루가 느꼈던 점, 하고 싶었던 말을 정말 알기 쉽게 잘 풀어서 설명해주었다.

"여전하네, 후지오카."

목소리가 들렸다. 어느새 기요세가 가케루와 무사 뒤에 서 있었다.

"외부자가 쓸데없는 말을 늘어놓았군."

후지오카는 금욕적인 태도로 기요세에게 고개를 살짝 숙인 다음 바로 그 자리를 떠났다.

"아니, 도움이 많이 됐어."

기요세가 말하자 후지오카는 어깨 너머로 돌아보더니 입가에 미소를 지었다.

"좋은 인재를 많이 모은 것 같군."

"그렇지."

"하코네에서 기다리지."

후지오카는 마지막까지 승자다운 의연한 태도를 보이며 나무들 사이로 사라졌다. 열반에서 기다리겠다고 말하는 사람 같네. 여기까지 왔는데 결과 발표도 보지 않고 그냥 가나? 등등 가케루는 속으로 이런저런 생각을 하다가 허겁지겁 후지오카의 뒷모습을 향해 깊이 고개를 숙였다. 안개를 말끔하게 흩어준 듯한 후지오카의 말이 가케루와 무사에게 활력을 불어넣었다.

"봉지도 안 들고 가버려서 내가 들고 왔지."

기요세가 비닐봉지를 들어 보였다. 가케루는 "죄송해요" 하며 봉지를 받아서 매점 직원에게 얻은 얼음을 안에 담았다. 기요세는 이제 다리를 절지 않고 멀쩡하게 걸었다.

"후지오카라고 하는 분입니까? 대단한 분입니다."

무사는 감격한 모양이었다.

"하코네에서 계속 이기기 위해서는 정신력과 함께 진정한 의미에서의 현명함이 필요하다는 뜻이겠지."

기요세가 살짝 웃었다. "하긴 저 녀석은 예전부터 묘하게 침착한 구석이 있긴 했어. 고등학생 때 별명이 '수도승'이었을 정도니까. 그건 좀 별로 아닌가?"

가케루와 무사는 서로 마주 보며 '그건 그러네' 하는 표정으로 끄덕였다.

결승점 근처의 커다란 게시판 앞으로 구경꾼과 선수들이 모여들기 시작했다.

"슬슬 발표할 모양이네."

"우리도 갑시다."

무사가 종종걸음으로 간세이 대학 사람들이 있는 곳으로 갔다. 가케루는 기요세의 속도에 맞춰 천천히 잔디를 밟았다. 어떤 결과가 나올지 신경이 쓰였지만 이제 와서 발버둥을 쳐봐야 아무런 소용이 없다. 그보다 지금 가케루의 마음을 사로잡고 있는 것은 후지오카의 모습이었다.

생각을 말로 나타내는 힘. 마음속의 망설임이나 분노, 두려움을 냉정하게 분석하는 눈.

후지오카는 강하다. 달리는 속도도 보통이 아니지만 그보다도 그 실력을 떠받치고 있는 정신력이 엄청나다. 내가 아무 생각 없이 그저 달리기만 할 때, 후지오카는 틀림없이 머릿속으로 열심히 자기를 분석하며 더욱 깊고 높은 차원에서 달리기를 추구해왔을 것이다.

가케루는 충격에 사로잡혀 힘이 빠짐과 동시에 도전정신이 불끈 솟아나는 전혀 상반된 두 가지 흥분을 동시에 맛보았다.

나에게 부족했던 부분은 말이구나. 애매한 느낌을 애매한 그대로 내버려두기만 했다. 하지만 앞으로는 그러면 안 된다. 후지오카처럼, 아니 후지오카보다 더 빨라질 것이다. 그러기 위해서는 달리는 주체인 나 스스로를 알아야 한다.

기요세가 말했던 강함이란 바로 그런 것이다.

"이제 알 것 같아요."

가케루가 불쑥 생각을 내뱉었다.

"그래."

기요세는 흡족한 얼굴이었다.

옛날식 학생복 차림을 하고 확성기를 손에 든 학생이 단상에 올랐다. 예선 대회 결과가 적힌 종이를 근엄하게 펼쳤다. 하코네 역전경주를 주최하는 간토 학생육상경기연맹의 운영위원으로 있는 학생이었다. 발표를 도울 여학생이 게시판 옆에 섰다. 자리에 있는 사람들이 기대와 불안을 안고 귀를 쫑긋 세웠다.

"도쿄 하코네 간 왕복 대학 역전경주 대회 예선을 통과한 학교를 발표합니다. 1위, 도쿄 체육대학."

도쿄 체대 사람들이 크게 환호성을 질렀다. 선배들이 크게 기뻐하며 후배인 사카키를 붙잡고 뺨을 찰싹거리는 모습이 보였다. 도쿄 체대는 선수들이 누구 하나 뒤처지는 일 없이 모두가 좋은 순위로 들어왔다. 두터운 선수층과 더불어 종합적인 실력을 보여주는 승리였다.

여학생이 게시판의 1등을 가리고 있던 패널을 뽑았다. 1등 칸에 '도쿄 체육대학'이라는 이름과 열 명의 합계 시간이 적혀 있었다. 10시간 09분 12초. 열 명 평균 순위는 49등이었다.

"역시 상당히 빠른 페이스로 시합을 전개했군."

기요세가 낮은 소리로 말했다. 기요세의 표정으로 보아 간세이 대학은 예선 통과가 힘든 상황임을 짐작할 수 있었다. 가케루는 두 주먹을 불끈 쥐었다.

"2위."

발표 담당자가 낭낭하게 메모를 읽었다.

"고후가쿠인 대학."

또 한쪽 편에서 환희의 목소리가 터져나왔다. 킹이 "흥!" 하고 콧방귀를 뀌었다.

"저 발표 담당자, 순위하고 대학 이름 사이에 절묘하게 간격을 띄우고 있네."

"뜸 들이지 말고 빨리빨리 좀 발표하지."

겨우 되살아난 왕자가 투덜댔다.

"아아, 이러다가 심장이 터지겠어!"

쌍둥이와 하나코가 옹기종기 모여 마치 둥지에서 떨어진 새끼 새들처럼 발발 떨면서 서 있었다.

5위까지 발표가 진행되었지만 간세이 대학의 이름은 불리지 않았다. 여기까지는 모두 하코네 대회에 매년 출전하는 대학들이었다. 6위 안에 들지 못하면 7위부터 9위까지는 대학 대항전 가산점이 점수에 포함되기 때문에 예선의 실제 합계 시간 순위와 다른 결과가 나올 가능성이 높다.

"6위."

"제발제발제발!"

"간세이라고 해, 간세이라고 해!"

필사적으로 염원한 보람도 없이 발표 담당자는 "사이쿄 대학"이라고 말했다.

"아아!"

"떨어진 건가? 진짜로 떨어진 건가?"

니코짱과 유키가 하늘을 향해 고개를 젖혔다. 기요세는 말없이 게시판만 바라보았다. 아직 하얀 패널 뒤쪽에 숨어 있는 7위부터 9위까지의 칸을 꿰뚫어보려는 것만 같은 눈빛이었다.

"규정에 따라 7위 이하는 합계 시간에서 각 대학의 대학 대항전 가산점을 뺀 시간으로 순위를 결정했습니다. 7위 조난분카 대학.”

가케루는 다리에 힘이 풀릴 것 같았지만 가까스로 버텼다. 아직이다. 출전권은 아직 두 개 남아 있다. 오른쪽 어깨가 아팠다. 뭔가 하고 봤더니 신동의 손가락이 어깨를 파고들고 있었다. 무사는 신동의 팔에 거의 얼굴을 파묻다시피 하면서 모국어로 뭔가를 중얼거렸다.

괜찮아요. 잘될 거예요. 가케루는 그런 마음을 담아서 신동과 무사의 등을 가만히 쓸어주었다.

“8위, 간세이 대학.”

잘못 들은 줄 알았다. 킹이 와락 달려들었다. 기요세가 좀처럼 보이지 않는 활짝 웃는 얼굴로 하늘을 향해 두 팔을 번쩍 들었다. 무사와 신동은 그 자리에 주저앉아버렸다. 니코짱과 유키가 하이파이브를 하고 쌍둥이와 하나코는 환호성인지 고함인지 모를 소리를 지르면서 가케루의 온몸을 마구 두드렸다.

사람들 틈에 엉망진창으로 엉킨 상태에서 가케루는 보았다. 게시판에 ‘간세이 대학’이라는 글자가 찬란하게 빛나고 있었다. 왕자가 혼자 따로 서서 한 줄기 눈물을 흘렸다.

됐다. 그제야 사실이 머릿속으로 전달되었다. 우리가 하코네 역전경주에 나가게 된 것이다.

정신을 차리고 보니 가케루는 어느새 속에서 우러나오는 큰소리로 포효하고 있었다.

간세이 대학의 합계 시간은 10시간 16분 43초였고 열 명의 평균 순위는 86위였다.

7위인 조난분카 대학은 예선 기록이 10시간 17분 03초로 간세이 대학보다 뒤처졌지만 대학 대항전 가산점 덕분에 순위가 오른 것이었다.

9위로 아슬아슬하게 예선을 통과한 대학은 신세이 대학으로 합계 시간이 10시간 17분 18초였다.

가케루는 게시판에 있는 기록을 올려다보며 안도와 기쁨에 찬 큰 한숨을 내쉬었다. 간세이 대학은 처음 도전에 성공하여 하코네 대회 출전권을 멋지게 손에 넣은 것이다. 그것도 10시간 16분대로 7위에 해당하는 기록으로 말이다.

여기저기서 놀라는 소리가 들려왔다.

"간세이가 들어갔네."

"더구나 거기는 열 명밖에 없다던데."

"3등이랑 6등으로 들어온 사람들이 있는 데지? 난 벌써 거기 유니폼이 뭔지 알아."

"나도. 검은 바탕에 은색 라인이 들어 있잖아. 괜찮던데?"

잔디 광장에서 베이스캠프를 정리할 때도, 밀착취재하는 방송 카메라를 향해 한마디씩 해달라는 요청을 받았을 때도 가케루는 머리가 어질어질하니 산소가 모자란 느낌이었다. 달리고 있을 때보다 더 힘들어서 휘청거릴 것 같았다.

예선을 통과했을 뿐이야. 진짜는 내년 1월, 그러니까 약 75일 후에 열리는 하코네 역전경주잖아. 스스로를 다잡으려고 속으로 그런 말을 자꾸만 되뇌어도 가슴에 차오르는 기쁨을 주체할 수 없었다.

전에 기요세가 그런 말을 한 적이 있다. "하코네는 신기루로 된 산이 아니다." 그 말이 맞았다. 치쿠세이소 사람들은 드디어 실체를 가진 산이 보이는 곳까지 당도한 셈이다.

가케루는 자꾸만 붕 뜨는 기분을 느끼며 비닐 돗자리를 접었다. 조타와 조지가 잔디에 앉아 게시판에 있던 결과를 적어온 메모를 들여다보며 어쩐 일인지 얼굴을 찌푸리고 있었다.

"왜 그래?"

가케루가 말을 걸었다. 쌍둥이가 가케루를 올려다보았다.

"하이지 형이 최고가 되자고 했잖아."

조타가 중얼거렸다.

"응? 그랬던가?"

가케루가 가벼운 마음으로 되물었는데 조타는 납득이 가지 않는다는 표정이었다.

"그랬어. 그런데 이 기록……."

"왜 그러는데?"

가케루가 비닐 돗자리를 내려놓고 쌍둥이 옆에 쭈그리고 앉았다.

"빨리 치우고 가자. 오늘밤에는 파티를 해야지."

"가케루, 최고라면 우승을 말하는 거 아냐?"

조지가 비장한 표정으로 물었다.

"우리 합계 시간이 10시간 16분 43초. 예선 1등을 한 도쿄 체대는 10시간 09분 12초. 7분 반이나 차이가 나. 게다가 이건 우선출전권을 가진 학교들을 뺀 예선이잖아. 그럼 도대체 하코네에서 우승하는 대학 선수들은 20킬로를 얼마나 빨리 달린다는 거야?"

"우리도 훈련만 열심히 하면 내년 1월까지 그 수준이 될 수 있을까?"

조타가 진지하게 따져 물었다.

"가케루, 어떨 것 같아?"

가케루는 대답할 말이 없었다.

8

다시 겨울이 온다

선수가 열 명밖에 없는 대학이 예선을 통과해서 하코네 역전경주에 나간다.

치쿠세이소 사람들이 이루어낸 쾌거는 대학 육상계뿐만 아니라 일반인들 사이에서도 널리 화제가 되었다.

1987년에 하코네 역전경주 생방송이 시작된 이후로 간토 지역에 있는 대학에 다니는 육상선수들을 위한 이 대회의 이름은 일본에 사는 사람이라면 누구나 알게 되었다. 시합의 가혹함 면에서나 연초에 방영된다는 화려함 면에서나 하코네 역전경주는 사람들의 이목을 끌 수밖에 없었다.

그렇게 유명한 대회에 단 열 명의 선수만으로 도전한다. 어째서 그렇게 무모한 일을 하려는 마음을 먹게 되었는가? 대회 당일에 부상자나 몸 상태가 안 좋은 사람이 생기면 어떻게 할 계획인가? 평소에는 어떤 식으로 훈련을 하고 어떻게 생활하는가?

호기심이 왕성한 인근 주민들이나 육상부에 들어오고 싶다는 학생들이 연일 치쿠세이소를 찾아왔다. 학생들 태반이 육상 미경험자였다. 예선을 통과했다는 소식을 듣고 한때의 기분에 취해서 팀에 들어오겠다고 나서는 사람도 많았다.

기요세는 방문 사절을 정중하게 알리는 글을 써서 치쿠세이소 현관에 붙였다. 들어오겠다는 뜻은 고맙지만 간세이 대학에 대한 화제나 인기는 금방 없어질 테고, 공인기록이 없으면 어차피 대회 참가신청 자체가 불가능하다. 치쿠세이소는 이미 만원 상태였다. 기요세는 심사숙고 끝에 지금 새로 부원을 받기보다는 열 명으로 훈련에 집중하고 똘똘 뭉쳐서 하코네에 도전하는 편이 낫겠다는 판단을 내렸다.

인근 주민들에게는 상점가 사람들이 나서서 "훈련을 방해하지 말아달라"고 호소하기로 했다. 덕분에 대부분의 사람들은 나무울타리 밖에서 치쿠세이소 안을 들여다보는 것으로 만족하게 되었다. 다만 밭에서 난 농작물들을 몰래 가져다주는 노인들은 예외였다.

아침 조깅에 나서려다가 현관 앞에 놓인 배추나 배를 본 가케루는 '은혜 갚는 까치도 아니고 이게 뭐지?' 하고 생각했다. 짖지도 않고 노인들의 행동을 보고 있던 니라는 가케루를 보고 꼬리를 열심히 흔들었다. 결국 누가 놓고 가는지도 모르는 채 치쿠세이소 사람들은 가끔 놓여 있는 농작물들을 잘 먹었다.

물론 다양한 매체들로부터 취재 의뢰도 쇄도했다. 육상 전문지뿐만 아니라 주간지, 신문, 방송국, 오만가지 매체들이 접촉을 시도했다. 기요세와 신동은 그런 취재 의뢰를 신중하게 검토한 다음 "훈련에 집중해야 한다"는 이유로 대부분의 의뢰를 정중히 거절했다.

다만 여름 합숙 때부터 응원해준 「월간 육상 매거진」의 사누키와 「요미우리 신문」의 누노다의 취재에는 응했다. 이 두 사람은 육상선수들의 심리를 잘 알고 있어서 방해가 되지 않도록 훈련하는 모습을 바라보다가 정곡을 찌르는 질문을 그때그때 했다. 그러고 나면 치쿠세이소 사람들에 대한 긍정적인 기사가 각각의 매체에 실렸다.

쌍둥이와 킹은 신이 나서 다른 곳의 취재를 더 받자고 했다.

"하코네 대회에 나갈 수 있게 되었는데 주목을 받을 수 있으면 더 좋잖아."

조타가 말했다.

"그렇게 하는 편이 취직에 더 유리할 수도 있고."

킹도 거들었다.

"그런 것보다 훈련에 좀더 매진해줬으면 좋겠는데. 안 그러면 한심한 몰골이 전국에 생중계돼서 좋든 싫든 주목을 많이 받게 되지 않을까?"

기요세가 그렇게 말하며 일축해도 쌍둥이와 킹은 물러서지 않았다.

"싫어-. 방송에 나오고 싶단 말이야, TV에!" 하며 떼를 썼다.

저녁 먹는 자리에서 벌어지는 이런 공방을 가케루는 감탄 어린 마음으로 바라보았다.

하코네 역전경주에 나간다는 사실 하나만으로도 가케루의 마음은 긴장감과 흥분으로 울렁이는 상태였다. 그런데 쌍둥이는 거기에다 방송국 취재까지 받는다는 '비일상'을 맛보고 싶다고 난리였다. 스스럼이 없는 건지, 욕심이 많은 건지, 아니면 그냥 무서운 게 없는 건지 모르겠다는 생각이 들었다.

쌍둥이는 올봄까지 달리기와는 전혀 인연 없이 살아왔다. 그래서 하코네 역전경주가 얼마나 대단한 대회인지 실감이 나지 않는 것일 수도 있다.

1920년에 시작된 하코네 역전경주는 전쟁 기간 몇 년을 제외하고 매해 빠짐없이 치러졌다. 전쟁 직후 식량난이 한창일 때조차도 선수들은 어깨띠를 매고 하코네 산을 달렸다. 달리기를 하는 사람들에게는 그 정도로 중요하고 대단한 대회, 80회 이상의 전통을 가진 대회이다.

대학생 육상선수들이 동경하고 꿈꾸는 하코네 역전경주. 그 대회에 참가한다는 의미와 가치를 쌍둥이는 잘 알지 못하는지도 모른다. 그것도 모르면서 훈련하고 출전권을 따낸 실력이 있는 것을 보면 역시 보통이 아니라는 생각에 가케루는 신기하기도 하고 감탄도 하면서 묘하게 유쾌해졌다.

묵묵히 밥을 먹는 기요세 양쪽에 딱 달라붙어서 쌍둥이는 여전히 떼를 쓰고 있었다.

"한 번만, 딱 한 번만 방송 좀 타자고-."

"그 정도는 해줘도 되잖아. 하이지 형도 원래……."

"내가 뭐?"

기요세가 밥을 먹다가 멈췄다. 조지는 갑자기 입을 다물더니 뭔가 할 말이 있는 듯 입안에서 우물거리다가 결국 고개를 저었다.

"아무것도 아니에요."

결국 기요세가 버티지 못하고 방송국 취재를 허락했다. 저녁 뉴스에서 5분가량 방송되는 '화제의 뉴스' 코너에서 치쿠세이소 사람들이 생활하는 모습을 소개한다는 내용이었다.

방송 카메라가 다니면서 만화책으로 가득 찬 왕자의 방과 바닥에 항상 깔려 있는 이부자리 주변에 철사로 만든 작은 금연 인형들이 잔뜩 굴러다니는 니코짱의 방을 찍었다. 방송국 사람들은 들판에서 하는 훈련 모습도 촬영하고 몇몇 사람들과 인터뷰도 했다.

인터뷰에는 쌍둥이와 킹이 적극적으로 나서서 대답했다. 어쩌다 보니, 사실은 하이지 형한테 협박당해서(?), 아무튼 정신을 차려보니 하코네 대회를 위해 뛰고 있었어요, 감기 걸리지 않게 꿀에 절인 레몬을 매일 먹고 있어요. 특별한 훈련 같은 건 안 하고요, 아마 다른 대학 육상부랑 비슷한 내용일 거예요.

가케루는 전에도 그랬듯이 되도록 화면에 잡히지 않게 구석에 얌전히 서 있었다.

"왜 거기 숨어 있어?"

유키가 물어도 "아니, 그냥요" 하며 애매하게 웃고 넘겼다. 인터뷰하는 모습을 지켜보던 니코짱이 가케루를 돌아보았다.

"너 설마 도주 중인 지명수배자라든지, 뭐 그런 건 아니지?"

"설마요."

그럼 다행이고. 말로는 그러면서도 니코짱이 여전히 의심의 눈초리로 쳐다보았다.

"그건 그렇고 요즘 분위기가 좀 묘한 것 같지 않아요?"

유키가 말했다. 그러게, 하며 니코짱이 끄덕였다. 가케루도 눈치 채고 있었다. 치쿠세이소 내부에 뭔가 어색한 기운이 감돌고 있었다.

1층 사람들은 거의 변한 것이 없었다. 2층 사람들도 대부분은 평소와 같은 태도로 훈련하고 있었다. 그런데 쌍둥이는 뭔가 할 말이 있는데 그 말을 못 하는 느낌이었다. 그 둘이 불편해하는 상대는 바로 기요세였다.

싸우거나 반항을 하는 것은 아니었다. 그런데 미묘하게 거리를 두려는 것이 보였다. 기요세는 여전히 변함없는 태도로 대하는데 조타와 조지는 어딘지 서먹서먹한 느낌이었다. 기요세에 대한 신뢰가 많이 사라진 듯 보였다.

그 서먹함이 치쿠세이소 안에 쫙 퍼져서 불편하고 어색한 분위기가 예선 직후부터 계속되고 있었다.

"무슨 일인지 모르겠네."

니코짱이 말했다.

"가케루. 니 쌍둥이하고 같은 학년이잖아. 넌지시 한 번 물어봐."

"뭐를요?"

"뭐 때문에 그러는지 속내를 좀 알아보라고."

"아아……네."

대답은 했지만 솔직히 가케루는 마음이 무거웠다.

훈련은 점점 양과 밀도가 늘어나고 있었다. 1만2천 미터를 뛰는데, 처음 5천 미터는 17분대로 천천히 시작했다가 페이스를 점차 올려서 마지막 1천 미터는 3분 05초 페이스로 한다. 이 과정이 끝나면 이번에는 1천 미터를 2분 55초로 달리는데, 중간에 200미터 인터벌을 두고 5번 한다.

가케루는 자신의 달리기에 집중하느라 다른 데에 신경을 쓸 겨를이 없었다. 팔은 어떻게 휘두르고 땅을 디딜 때에 발의 각도는 어떻게 하며 근육을 이완하고 긴장시키는 방법은 어떻게 하면 되는가. 세포 구석구석까지 신경을 바짝 곤두세우며 한 발짝 내디딜 때마다 자신의 달리기를 확인했다.

물론 훈련하는 틈틈이 대학 강의도 들어야 한다. 그러니 다른 사람 일에까지 마음을 쓸 여유가 없는 상태였다.

우연히 '츠루노유' 목욕탕에서 쌍둥이와 마주친 적이 있었다. 쌍둥이가 몸 씻는 곳에 들어왔을 때, 가케루와 기요세는 후지 산 그림을 등지고 탕에 앉아 함께 있는 미장이 아저씨와 이야기하는 중이었다.

"요즘 좀 어때, 하이지? 치쿠세이소 녀석들은 잘하고 있나?"

미장이 아저씨가 물었다. 미장이 아저씨는 몸 씻는 곳을 등지고 탕에 앉아 있어서 쌍둥이가 들어온 줄 몰랐다. 평소라면 먼저 인사를 했을 쌍둥이도 탕 안에 같이 있는 기요세를 보더니 말없이 고개만 까딱했다.

"그럼요."

기요세가 미장이에게 대답했다.

"1학년생들이 참 잘하지."

미장이 아저씨가 물속에 있던 두 손을 꺼내서 얼굴을 문질렀다.

"가케루도 대단하지만 얼굴이 똑같이 생긴 그 쌍둥이 녀석들이 생각보다 아주 잘 뛰더라고."

기요세가 뭐라고 대답할지 가케루는 불안했다. 미장이 아저씨 뒤편 몸 씻는 곳에서 귀를 쫑긋 세우고 있는 조타와 조지가 보였다. 이야기에 정신이 팔려서 그런지 조지는 손을 이상하게 움직이는 바람에 머리에서 샴푸가 줄줄 흘러내렸다.

"그렇죠."

기요세가 웃었다.

"본인들 앞에서 말하기는 좀 뭐하지만 아주 잘하고 있어요."

"진짜?"

조타가 몸 씻는 곳에 앉아 있다가 의자에서 벌떡 일어나는 바람에 미장이 아저씨가 깜짝 놀라 뒤를 돌아봤다.

"그럼 거짓말하겠냐?"

기요세가 탕에서 일어섰다.

"아저씨. 유망한 선수들이 잘 커가고 있으니까 앞으로도 상점가에서 팍팍 지원해주세요. 전 먼저 나갑니다."

기요세는 쌍둥이의 뒤를 지나 목욕탕 미닫이문을 드르륵 열고 탈의장 쪽으로 사라졌다. 조지가 혼잣말처럼 중얼거렸다.

"우리가 있으니까 저렇게 말해주는 거지, 뭐."

그래도 기분이 좋은 내색은 감추지 못했다. 샴푸를 잔뜩 바르는 바람에 조타의 머리에서 엄청난 거품의 산이 일어났다.

"너희는 언제 왔나? 인사도 없이."

미장이 아저씨가 기요세와 쌍둥이를 번갈아 훑어보더니 아직 탕 속에 있는 가케루에게 얼굴을 돌려 작은 소리로 물었다.

"혹시 걔네 싸우냐?"

"글쎄요."

가케루는 어깨까지 물속에 담그면서 대답했다.

"그런 것 같지는 않은데요."

쌍둥이는 기요세에게 뭔가 불만이 있는지도 모른다. 하지만 만약 그렇다 해도 계속 속에 담아두지는 못할 것이다. 천성이 워낙 솔직하고 천진난만하기 때문이다. 보나마나 조만간 감정이 폭발해서 기요세에게 직접 쏟아붓겠지. 문제 해결에 나서는 건 그때 해도 늦지 않다.

가케루는 쌍둥이를 내버려두기로 했다. 휴화산을 일부러 쑤셔댈 필요는 없다. 분화가 일어나면 어디에 화구가 있는지 자연스레 드러난다. 위치와 풍향을 잘 보고 몸을 피하든지 아니면 흘러나온 용암이 식기를 기다리든지 하면 된다. 그렇게 생각했다.

평상시 훈련에 더해서 본선 코스를 달려보는 훈련도 시작되었다. 교통량이 많은 도로가 대부분이라 미리 달려보는 것은 금지되어 있었지만 그렇다고 한 번도 뛰어보지 않고 시합 당일을 맞이할 수는 없는 노릇이다.

차량이 많지 않은 새벽에 치쿠세이소 사람들은 승합차를 타고 어떤 때는 오테마치 근처로, 어떤 때는 쇼난 해안가 등지로 나갔다. 구간을 조금씩 자잘하게 잘라서 실제 코스를 직접 뛰어보아야 한다. 도로의 기복이나 몇 킬로 지점에 어떤 목표물이 있다는 등 실제 지형을 몸과 머리에 새겨놓았다.

기요세는 어느 구간을 누가 달리게 할지에 대한 대략적인 틀이 이미 머릿속에 잡혀 있는 모양이었다.

요코하마 역 근처를 뛰어보고 있을 때 기요세가 물었다.

"가케루, 제2구간을 뛰어보고 싶지 않아?"

츠루미에서 요코하마를 거쳐 토츠카에 이르는 구간은 '화려한 제2구간'이라 불리며 각 대학의 에이스가 뛰는 경우가 많다. 하코네 역전경주에 출전해서 좋은 기록을 냈다고 할 경우에도 그것이 제2구간인지 다른 구간인지에 따라서 실업 육상팀에서 스카우트에 나서는 여부가 달라질 정도이다.

가케루는 "아니요" 하고 대답했다.

화려한 제2구간에 대한 집착은 없었다. 어느 구간이건 길이 있는 한 전력으로 달릴 뿐이다.

기요세는 "그래" 하더니 잠자코 코스 확인을 계속했다.

10월 하순에는 하코네로 가서 뛰어보았다. 하코네 산길은 구불구불하고 좁은 외길이다. 아직 낙엽이 질 때가 아닌데도 주말이 되면 차들로 북새통을 이루었다.

기요세는 하코네유모토 역 앞에 있는 주차장에 승합차를 세우고 말했다.

"자, 다 같이 아시노 호까지 뛰어가보자."

"싫어요!"

쌍둥이가 즉각 항의에 나섰다.

"그냥 보통 걷기에도 힘든 경사잖아요. 거기를 20킬로나 뛰어서 올라가자고?"

"이 구간을 뛰는 사람만 달려보면 되잖아요."

오다와라 중계지점에서 코스의 중간에 해당하는 아시노 호로 이어지는 구간은 제5구간이다. 이 구간은 대부분 하코네 산을 오르는 오르막길로 이루어져 있다. 반대로 이튿날 중간지점에서 되돌아오는 제6구간은 내리막길만 있다. 거기까지 다녀오려면 해발 800미터 이상을 단숨에 올라갔다 내려와야 한다.

각 대학은 제5구간과 제6구간을 각각 오르막길 전문과 내리막길 전문 선수들로 구성한다. 달리기 실력뿐만 아니라 산길에 적합한 정신력과 신체적 특성이 필요한 구간이기 때문이다. 평평한 길을 달리는 것과는 전혀 다르다. 끝도 없이 이어지는 오르막길을 감내할 수 있는 끈기, 혹은 급한 경사가 있는 내리막길에서도 주저하지 않고 과감하게 속도를 낼 수 있는 담력이 각각 제5구간과 제6구간을 달리는 선수들에게 필요하다. 그리고 당연히 다리에 부담이 많이 가기 때문에 부상이나 고장이 없는 신체여야 한다.

"제5구간은 신동 형 아니에요?"

왕자가 물었다.

"오르막길 잘 뛰잖아요."

"다 같이 왔는데 나 혼자만 뛰라고?"

그런 신동조차도 이제부터 계속될 오르막길이 막막한지 표정이 어두워졌다.

"전원이 함께 간다."

기요세가 딱 잘라 말했다.

"우리가 힘을 모아서 어디로 가는지 직접 눈으로 봐야지. 아시노 호잖아. 도쿄 근교에서 최고로 경치 좋은 호수라고."

"어차피 당일에 볼 거니까 지금은 안 봐도 돼."

킹이 말했다.

"당일에는 못 보는 사람이 많을 텐데요."

가케루가 고개를 갸웃거리며 말했다.

"우리는 사람이 모자라니까 자기 구간을 뛰면 끝나는 게 아니라 중계지점에서 선수를 보조하는 역할도 서로 나눠서 해야 하잖아요."

“그럼 내후년에 TV로 보면 되지 뭐.”

조지가 끝까지 버텼지만 기요세는 이미 그 말이 귀에 들어오지 않는 모양이었다.

“자, 빨리빨리 준비하자.”

하코네 산길은 상상 이상으로 힘들었다. 구불구불한 오르막길이 영원히 이어질 것처럼 계속되었다.

가케루는 기요세와 신동과 함께 과감하게 산길을 뛰어올랐다. 기요세는 신동에게 거리를 알 수 있는 포인트가 되는 곳과 달릴 때 조심해야 할 사항들을 자세히 알려주었다. 그러나 다른 사람들은 어떻게 해서든 하코네 등산열차에 올라타려고 틈을 노리곤 했다. 나중에는 걷는 거나 마찬가지 속도가 되고 말았다.

“페이스 유지해.”

신동에게 낭부하고 먼저 가게 한 기요세가 “뭐하고 있어, 너무 늦잖아” 하며 돌아보았다. 가케루도 발을 멈추고 다른 사람들이 따라오기를 기다렸다. 길이 막혀 죽 늘어선 차 안에 있는 사람들이 창문으로 운동복 차림의 일행을 흥미롭게 쳐다보고 있었다.

계속 다그치고 내몰면서 간신히 ‘최고지점’ 표식이 있는 곳까지 도착했다.

하코네 산길인 1번 국도의 최고지점은 해발 874미터이다. 그 인근에 이르면 도로 폭도 넓어지고 시야가 확 트인다. 들판에 무성한 억새풀이 파도처럼 일렁이더니 도쿄보다 훨씬 차가운 바람이 불어왔다. 가케루는 운동복 지퍼를 목끝까지 올렸다.

최고지점에서 약간 내려가자 신동이 서서 다른 사람들이 합류하기를 기다리고 있었다.

“어, 저건…….”

무사가 얼굴을 찡그렸다. 거기에는 신동뿐 아니라, 도쿄 체대 운동복을 입은 사람들 몇몇이 서성이고 있었다. 저쪽 팀도 코스를 뛰어보려고 나온 모양이었다. 그중에 사카키가 있는 것을 보고 가케루는 기분이 나빠졌다.

치쿠세이소 사람들이 다 함께 모인 것을 보더니 사카키가 일부러 다가왔다. 기요세는 모르는 척했는데 가케루는 경계태세를 갖췄다. 쌍둥이를 비롯한 2층 사람들은 물론이고 평소에는 어른스러운 태도를 견지하는 니코짱과 유키까지도 위협하듯이 사카키 쪽으로 몸을 돌렸다.

사카키는 환영받지 못하는 분위기가 전혀 신경 쓰이지 않는 모양이었다. 가케루 앞에 서더니 우호적으로 말을 걸었다.

“여기서 보네. 너네 예선 때 대단하더라.”

가케루는 맥이 빠졌다. 공격적이지 않은 사카키의 태도는 정말 오랜만이었다. 어떻게 반응해야 할지 몰라서 그냥 “어어” 하고 어물쩍 대답했다.

“오늘은 코스 보러 나온 거야? 간세이도 정말 열심히 훈련한다. 본선에서도 서로 잘해보자.”

사카키가 싱글싱글 웃으면서 가케루를 올려다보았다. 이 녀석이 왜 이러지? 가케루는 미심쩍었다. 얼굴 마주칠 때마다 시비를 거는 데 급급하던 놈이 이러니까 왠지 더 이상한 느낌이었다. 하지만 드디어 본선까지 진출한 간세이 대학을 이제 인정할 마음이 생겼는지도 모른다. 가케루가 지금도 진지하게 달리고 있다는 사실을 깨닫고서 고등학교 때의 응어리가 풀렸을 수도 있다. 만약 그렇다면 정말 기쁠 것 같았다.

가케루는 “응” 하며 끄덕였다. 한때는 함께 달렸던 예전 팀원이다. 언제까지나 가시 돋친 태도를 마주해야 하는 것은 가케루로서도 힘든 일이었다.

사카키가 가케루 뒤에 서 있는 치쿠세이소 사람들을 의미심장한 눈길로 쳐다보았다.

"정말 열심들이다. 아까 우리끼리 얘기하고 있었는데. 자기가 간세이 대학 선수라면 어떡할 것 같냐고."

"어떡하다니? 그게 무슨 뜻이야?"

사카키가 무슨 말을 하려는지 가케루는 짐작이 가지 않았다. 어떤 팀에 있건 훈련하고 달리는 것은 마찬가지 아닌가?

사카키가 여전히 웃는 얼굴로 말했다.

"아무리 훈련을 열심히 해도 간세이는 열 명밖에 없잖아. 만약 누구든 감기에 걸려서 출전을 못 하면 끝장이지. 만에 하나 본선에서 10위 안에 들어 우선출전권을 따낸다 해도 4학년들은 곧 졸업이잖아? 그럼 내년에는 어떻게 해?"

허를 찔렸다. 치쿠세이소 사람들과 하코네 역전경주에 나간다. 나의 달리기를 연마한다. 거기에만 집중하느라 나중 일은 생각해보지도 못했다.

예선이 끝난 다음에 육상부에 들어오겠다는 사람들이 나타났지만 기요세가 거절했다는 사실은 알고 있었다. 들어오겠다고 말은 했지만 어디까지가 진심인지 알 수 없는 노릇이다. 내년 봄에도 여전히 들어오고 싶어할지 아무도 장담하지 못한다. 지금 이 멤버들이 하코네 역전경주 본선에서 아무리 열심히 달려도 결과에 따라서는 신입부원이 아예 없을 수도 있다. 그렇게 되면 열 명밖에 없는 간세이 대학팀은 1년 만에 사라져버린다.

사카키가 시사한 사실이 치쿠세이소 사람들 사이에 수상한 파문을 일으켰다. 쌍둥이는 노골적으로 얼굴이 딱딱하게 굳었고 신동과 무사와 킹은 불안한 표정으로 서로를 쳐다보았다. 니코짱과 유키는 '쓸데없는 소리를 지껄이고 있다'는 못마땅한 눈길로 사카키의 입을 다물게 하려고 노려보았다. 힘들어서 길가에 주저앉아 있던 왕자만 나 몰라라 하며 하품을 했다.

'사카키는 역시 아직도 나를 용서하지 않았구나. 치쿠세이소 사람들의 마음을 뒤흔들려고 일부러 웃으며 다가온 거였구나.'

그 사실에 가케루는 마음이 많이 상했지만 그렇다고 여기서 풀이 죽을 수는 없는 일이었다. 이대로 있으면 안 된다. 마음에 흔들림이 있으면 하코네에서 잘 달릴 수 없게 된다. 가케루가 기요세의 얼굴을 힐끔 보았다. 기요세는 철가면을 쓴 사람처럼 냉랭하니 무표정이었다. 가케루에게 '네가 어떻게 해봐' 하는 눈길만 보낼 뿐이었다.

'사카키가 간세이 대학 사람들에게 걸핏하면 시비를 거는 이유는 내가 여기 있어서다.'

어떻게든 반론을 하려고 필사적으로 머리를 쥐어짰다. 그런데 가케루가 미처 생각을 정리하기도 전에 사카키가 "난 간다" 하더니 자기 팀원들 쪽으로 돌아가버렸다.

'난 왜 이렇게 말을 못 하는 거지? 달리기는 치타도 잘하고 타조도 잘한다. 말도 제대로 못 하면서 달리기만 잘하면 동물이나 마찬가지 아닌가?'

가케루는 스스로에게 낙담하다가 화가 났다. 사카키에게 잔뜩 당하기만 한 채 반박도 못하고 그냥 가게 내버려둔 자기 자신이 등신 같아서 참을 수가 없었다.

"어찌 보면 참 부지런한 놈일세."

유키가 감탄하면서 사카키의 뒷모습을 바라보았다.

"가케루가 달려들어서 주먹질 안 한 것만 해도 발전했다고 봐야지. 잘했어."

기요세가 여전히 무표정한 얼굴로 말했다.

그러네. 갑자기 깨달았다. 예전 같았으면 쓸데없는 소리를 나불거리는 사카키를 가만두지 않았을 것이다. 반론할 말을 찾는 데 정신이 팔려서 주먹을 날린다는 방법을 까먹고 있었다. 가케루는 '한 대 쳤으면 빨랐을 텐데' 하는 생각에 더욱 억울해지면서도 동시에 자신의 변한 모습에 당황했다.

'내가 이제 폭력이 아닌 수단을 찾으려고 하네.'

이빨 빠진 짐승이 된 것 같아 허전하기도 했지만 한편으로는 리쿠도 대학의 후지오카처럼 되어가는 것 같아서 살짝 기분이 좋았다.

"신경 쓰지 마."

기요세가 말했다.

"자, 아시노 호까지 조금만 더 가면 돼. 가자."

정면으로 보이는 후지 산 꼭대기에 새하얀 눈이 쌓여 있었다. 치쿠세이소 사람들은 아시노 호에 이르는 마지막 내리막길을 단숨에 뛰어 내려갔다.

"신경 쓰지 말란다고 안 쓰이는 게 아니잖아."

뒤면서 조타가 꿍얼대고 조지가 그 말에 끄덕이는 모습을 가케루는 놓치지 않았다.

사카키의 말 때문에 치쿠세이소 사람들 사이에 벌어진 틈새가 더욱 분명하게 드러난 것 같았다.

호숫가에서 잠시 쉰 다음에 다시 산을 내려가기로 했다. 가케루가 깜짝 놀라며 물었다.

"여기서 1박 하는 거 아니에요?"

기요세의 내납은 간단했다.

"그럴 돈이 어디 있어?"

왕자가 슬금슬금 하코네유모토로 가는 버스 정류장 쪽으로 뒷걸음질쳤다. 기요세가 그런 왕자를 보고 웃으며 말했다.

"걱정하지 마. 넌 안 뛰어도 되니까. 내리막길은 자칫하면 부상으로 이어질 수 있거든. 제6구간에서 뛸 가능성이 있는 사람만 뛰도록 해. 나머지 사람들은 버스 타고 먼저 하코네유모토까지 돌아가서 기다리면 되고."

기요세가 쌍둥이와 유키를 지명했다. 유키는 납득이 안 된다는 얼굴로 투덜거렸다.

"그럼 나는 부상당해도 된다는 거야?"

"너랑 쌍둥이는 아까 오히라다이에서 고와키다니까지 하코네 등산열차를 타고 왔잖아. 내 눈을 끝까지 속일 수 있을 줄 알았어?"

기요세가 말했다.

"산을 내려갈 여력은 남아 있을 텐데. 유키는 검도를 해서 그런지 몸의 중심이 안정적으로 낮게 잡혀 있던데."

유키가 입을 다물었다. 쌍둥이는 여전히 둘이서 속닥거리고 있었다.

"피곤해 죽겠는데 또 뛰어서 내려가라는 거잖아."

"이렇게 훈련한다고 뭐가 해결되냐고."

"쌍둥이, 할 말 있으면 크게 해."

기요세가 말하자 쌍둥이는 나란히 고개를 저었다.

기요세가 쌍둥이랑 유키와 더불어 뛰어서 산을 내려간다고 했다. 오른쪽 다리가 아직 시원치 않은데, 하고 가케루는 걱정이 되었다.

"형, 내가 갈까요? 무리하지 않는 게 좋을 텐데."

"천천히 갈 거니까 괜찮아. 버스 왔다, 빨리 가."

기요세의 재촉으로 가케루와 다른 사람들은 버스에 올라탔다.

버스는 하코네 산 중턱에서 길이 막혀 산길을 뛰어 내려가는 유키와 쌍둥이에게 추월당했다. 천천히 간다고 했던 기요세도 날아갈 듯이 언덕을 뛰어 내려가는 세 사람 뒤에 딱 붙어서 달리며 지시도 하고 주의사항도 말하는 것 같았다.

앞서거니 뒤서거니 하면서 가케루 일행은 버스 창문으로 그 모습을 바라보았다.

"우리도 뛰는 게 빨랐을 뻔했다."

가다 서다를 반복하는 버스에 짜증이 났는지 니코짱이 말했다.

"난 절대로 안 내릴 거예요."

좌석에 앉은 왕자가 선언했다. 무사와 신동은 급경사를 큼직한 보폭으로 달리는 유키의 모습을 관찰하고 있었다.

"아, 저렇게 고관절이 부드러워야 내리막에서 잘 달릴 수 있겠네요."

"땅을 디딜 때의 충격을 최소화하려면 다리 근육도 유연해야 하고 허리랑 무릎 관절도 튼튼해야겠어."

보기 드물게 입을 꾹 다문 채 진지한 표정을 지은 킹이 쌍둥이가 달리는 모습을 바라보고 있었다. 가케루는 '그렇구나' 하고 생각했다.

다음으로 이어지지도 않는데 하코네 역전경주에 나가서 뭐 할 거냐고 사카키가 말했다. 하지만 그것은 틀린 말이다. 원래 달리기는 순수하게 자기를 위해 하는 행위이다.

물론 구간 구간을 이어 달리면서 결승점을 향해 가는 형태의 역전경기에서는 '자기를 위해'가 '팀을 위해'로 확대될 수 있다. 하지만 거기까지이다.

달리는 주체는 어디까지나 나 자신이고 팀원들이다. 시합 이후에 팀이 계속 존재하는지 마는지는 하코네 역전경주에서 뛰는 순간에 생각할 일이 아니다.

처음으로 도쿄와 하코네의 역과 역을 이어서 왕복할 생각을 하고 그 생각을 실행에 옮긴 사람들. 그 사람들은 틀림없이 달리기가 좋아서 그렇게 했을 것이다. 팀이 어떻게 될지, 이듬해에 똑같은 시합을 열 수 있을지 아무런 보장도 없었다. 그래도 달리기에서 꿈을 느낄 수 있었기에 하코네 역전경주를 시작했을 것이다. 달리기에 공감하는 사람들이 뒤를 이어가리라고 믿으면서 말이다.

그런 전통이 있기 때문에 하코네 역전경주의 문은 간토 지역에 있는 모든 대학에게 항상 열려 있다. 전통을 자랑한다는 점에서 하코네 역전경주와 마찬가지인 6개 대학 야구대회와는 그 점이 다르다. 하코네 역전경주는 특정 대학들에 한정되어 있지 않기 때문에 아무리 새로 생긴 대학의 학생이더라도 하코네 대회에 나가고 싶은 마음을 가진 선수들에게는 기회가 공평하게 주어진다.

사카키는 아마도 이렇게 말하고 싶었던 것이겠지.

"육상이 강한 학교에서 실력 있는 팀원들과 함께 달리기에 매진한다. 이게 바로 경기에 임하는 선수의 자세이고 달리는 의미다."

사카키의 생각도 나름대로 설득력이 있다. 그러나 나와는 다르다. 내가 추구하는 것, 내가 달리기를 통해 발견하고 싶은 것과는 뭔가가 다르다.

그래도 괜찮다는 생각이 들었다. 다르다고 틀린 건 아니니까. 다만 조금 서글펐다. 예전에는 같은 팀에서 달렸고, 지금도 뛰고 있다는 점에서는 같은 방향을 바라보고 있는데 사카키와는 함께할 수 없는 결정적인 부분이 있다. 몇 년이 지나는 동안 둘 사이에서 점점 커진 틈새가 끝내 분명하게 드러나는 모습을 직시하는 것은 힘든 일이었다.

가케루 일행은 하코네유모토 주차장에 도착해 뛰어서 내려오고 있는 기요세 일행이 도착하기를 기다렸다. 모두 모여 승합차를 타고 치쿠세이소를 향해 출발한 것은 벌써 저녁이 다 되어서였다.

승합차 안에서 가케루가 말했다.

"어렸을 때는 해마다 연초에 하코네 역전경주를 방송으로 봤어요."

"아아, 나도 그랬지."

불쑥 말을 꺼낸 가케루에게 조금 놀라면서도 신동이 부드럽게 맞장구를 쳤다.

"언젠가는 나도 저렇게 달리고 싶다. 하코네 역전경주에 나가고 싶다고 오랫동안 생각했거든요. 그 꿈을 이룰 수 있게 돼서 정말 기뻐요."

승합차에 함께 타고 있는 사람들에게 잘 전달될 수 있도록 가케루는 열심히 머릿속으로 적당한 말을 찾았다.

"그러니까 다음번 대회 때 우리 팀이 어떻게 될까를 지금 고민하지 않아도 된다고 생각합니다. 4학년 형들이 졸업하고 팀원이 열 명이 안 된다고 해도 그걸로 끝은 아니니까요. 방송을 통해 우리를 보고 달리기를 좋아하게 될 아이가 어딘가에 있을지도 모르잖아요. 내가 어렸을 때 그랬던 것처럼. 그걸로 충분하지 않을까 하는 생각이 들어요."

"혹시 지금 하는 말이……."

왕자가 물었다.

"아까 도쿄 체대 1학년이 했던 말에 대한 가케루의 생각인 거야?"

"네."

"그런 말은 그 자리에서 그놈한테 직접 해줘야지."

니코짱이 턱수염을 긁으며 핀잔을 주었다.

"넌 달리기 말고 다른 일에는 너무 굼뜬 거 아니냐? 머리 쓰는 훈련도 좀 해."

유키가 눈살을 찌푸리면서 지적했다.

"죄송합니다."

가케루가 사과했다.

"그래도 전보단 자기 생각을 훨씬 잘 말할 수 있게 됐네."

"맞습니다."

신동과 무사가 옆에서 감싸주었다.

"유치원생처럼 '참 잘했어요!' 칭찬받아서 좋-겠다!"

조타가 놀리는 바람에 가케루는 창피해서 얼굴이 화끈거렸다. 할 말을 제때 하지 못해서 항상 답답하게 구는 자신한테 화가 나고 부끄러웠다.

"그렇지만 말이야."

킹이 뒷자리에서 얼굴을 내밀었다.

"사실 그건 그냥 이상적인 거잖아."

"맞아."

조지도 가케루 옆에서 팔짱을 꼈다.

"어떤 어린애가 우리 달리는 모습을 보고 달리기를 좋아하게 됐다 해도 우리하고는 아무 상관이 없잖아. 안 그래?"

그것도 그러네 하면서 끄덕이려다가 가케루는 바로 고개를 저었다. '아니야!' 하고 마음속 어딘가에서 외치고 있었다.

"아름다워서 그랬을 거예요."

가케루가 말했다.

"달리는 모습이 아름다워서. 그래서 하코네 역전경주를 본 사람은 보기 좋다고 생각하고, 응원하고, 자기도 달려야겠다는 마음을 품기도 하는 거예요."

팀을 위해서, 방송으로 하코네 역전경주를 보는 아이들을 위해서. 그리고 무엇보다도 자기 자신을 위해서 아름답고 강하게 달린다. 거기에 집중할 뿐이다.

"넌 참 금욕주의자라니까."

조지가 못 말리겠다는 듯이, 혹은 포기했다는 듯이 한숨을 쉬었다.

기요세가 핸들을 꺾었고 승합차는 어둠이 내린 오다와라 아츠기 도로로 접어들었다.

치쿠세이소 사람들이 생활하는 모습이 TV 뉴스에서 소개되자 학교에서나 상점가 등지에서 멤버들에게 말을 거는 사람들이 많아졌다. “TV에서 봤어요”, “파이팅” 같은 가벼운 인사부터 “도움이 필요하면 언제든지 말해줘”라는 제안까지 각양각색이었다.

그러나 육상부에 들어오겠다는 희망자는 더 이상 나타나지 않았다. 기요세가 계속 거절한다는 소문이 학교 안에 파다했기 때문이다. 포기하지 말고 내년 봄에 치쿠세이소에 와달라고 가케루는 마음속으로 간절히 빌었다.

본 시합을 앞두고 사무적인 준비도 진행되었다. 기요세와 신동이 중심이 되어 당일에 챙겨야 할 사항들을 꼼꼼히 확인했다.

하코네 역전경주에 나가는 각 대학은 시합 도중에 코스를 따라 사람들을 배치한다. 15킬로 지점에 있는 급수 담당 학생 외에도 달리는 선수에게 정보를 전해주는 사람이 있으면 경기를 유리하게 이끌어갈 수 있기 때문이다. 앞뒤를 달리는 대학 선수와의 시간 차이, 페이스를 올려야 할지 늦춰야 할지 등을 요소요소에서 선수에게 알려주면 유익하다.

급수 담당 학생은 선수와 나란히 달리면서 물을 건네주어야 한다. 완전 문외한은 선수들의 속도를 따라가지 못하기 때문에 어느 정도 달리기 실력이 있는 사람이어야 한다. 이 역할은 간세이 대학 육상경기부이 단거리 선수들이 흔쾌히 맡아주기로 했다.

기요세와 신동은 길가에 배치하는 사람들에 대해서도 검토했다. 돕겠다고 하는 학생들 중에서 코스 근처에 사는 사람들을 골랐다. 연초의 휴일을 반납하고 해야 하는 일이라서 너무 많은 부담을 주고 싶지 않았다.

상점가 사람들은 오지 말라고 해도 응원하러 달려올 것이라는 생각에 주저하지 않고 길가에서 정보를 전달해주는 요원들로 영입했다.

하코네 역전경주 당일을 위해 달리기뿐만 아니라 세세하게 신경 써야 하는 각종 작업들을 기요세는 정력적으로 해나갔다. 대학 쪽하고 절충해야 하는 일이나 주최자인 간토 학생 육상경기연맹과의 연락 등은 신동이 도왔다. 상점가와 간세이 대학 학생 자원봉사자와 함께해야 하는 일에는 하나코가 나섰다. 하나코는 자원봉사자들을 한데 모아놓고 시합 당일의 역할과 스케줄 등을 지시했다.

가케루는 하나코의 사무 처리 솜씨에 감탄했다. 많은 사람들이 제각기 하는 이야기를 듣고 이리저리 조정해서 일이 원활하게 진행되도록 하는 것은 가케루가 엄두도 내지 못하는 일이었다. 보아하니 하나코는 잠자는 시간까지 아끼면서 이런저런 일들을 준비하고 있는 모양이었다. 치쿠세이소 사람들이 하코네 역전경주에 나가서 아무런 문제없이 달리기에 전념할 수 있도록 해주기 위해서였다.

쌍둥이를 좋아하는 마음에서 시작했는지도 모른다. 그러나 이제 하나코는 육상경기 그 자체에 매료된 것 같았다. 치쿠세이소 사람들에게 없어서는 안 될 존재가 된 하나코는 무슨 일이 있을 때마다 치쿠세이소로 와서 이런저런 의논을 하곤 했다.

"허구한 날 우리하고만 어울리는데 하나짱은 여자애들 중에 친구가 없나?"

하나코가 없을 때 갑자기 의문이 떠올랐는지 킹이 그런 말을 했다. 가케루가 "있어요" 하고 대답했다. 이상하게 목소리를 깔게 되었다.

마침 그 전날에 가케루는 학생식당에서 하나코를 보았는데, 다른 여학생들과 점심을 먹으면서 밝게 웃고 떠들었다.

친구하고 노는 시간까지 쪼개가며 우리를 위해 애써주고 있는 사람인데. 나쁜 뜻은 없겠지만 그래도 하나코에 대한 배려가 없는 킹의 무심한 말에 가케루는 짜증이 났다. 그러고는 '응?' 하고 생각했다. 내가 왜 이렇게 화가 났지? 잠시 생각해보고는 훈련 때문에 피곤해서 그렇다고 결론을 지었다.

11월 초의 그날 밤도 하나코는 치쿠세이소에서 저녁을 먹으며 자원봉사자들이 얼마나 모였고 어디에 배치할지에 대해 보고하고 있었다. 기요세와 신동이 주로 거기에 대한 의견을 내놓았고 하나코는 그 의견들을 수첩에 메모했다.

'쌍둥이는 하나코의 마음을 알고 있을까?'

쌍둥이는 하코네 역전경주 준비에 열심인 하나코에게 눈길도 주지 않고 정신없이 저녁을 먹고 있었다.

필요한 의논을 끝마친 후에 기요세가 말했다.

"다다음주 일요일에 아게오 시티 하프 마라톤에 참가할 거야."

"아게오가 어디입니까?"

무사가 물었다.

"사이타마 현이야. 일반시민들도 많이 참가하는 비교적 규모가 큰 마라톤이지. 이 하프 마라톤에는 하코네 역전경주에 출전하는 대학들이 초대를 받거든. 무료로 참가할 수 있어서 좋고 길거리를 뛰는 훈련도 되고 출발 직후의 위치 잡기나 응원을 받으면서 달리는 경험도 할 수 있어서 여러모로 유익하지."

가케루와 기요세를 제외하면 고등학생 시절에 일반도로를 달리는 시합에 나가본 사람이 한 명도 없었다. 아게오 시티 하프 마라톤은 거리면에서나 개최 시기 면에서나 하코네 역전경주의 예행연습으로 안성맞춤이다. 하코네에 출전하는 대부분의 대학이 아게오에도 참가한다.

제대로 된 대회에서 일반도로를 20킬로 이상 뛰는 것은 처음이었다. 훈련 성과를 알 수 있는 기회가 왔다는 생각에 가케루는 의욕이 불끈 솟았다. 혼자서 꾸준히 훈련하는 것도 괜찮지만 역시 가케루는 다른 선수들과 겨뤄볼 수 있는 시합이 더 좋았다.

그런데 쌍둥이가 이의를 제기했다.

"다다음주 일요일? 약속이 있는데?"

"어학반 친구들하고 조기축구팀을 만들었단 말이에요. 이제 겨우 시합 상대를 찾아서 다마 강변에서 시합을 하기로 했어요."

"못 한다고 그래."

기요세가 말했다.

"그럼 사람이 모자라는데요?"

"아직 시간 있으니까 두 사람 정도 다른 데에서 찾을 수 있잖아. 그보다도 훈련에 집중해야 하는 이 시기에 조기축구 모임? 그러다 다치기라도 하면 어쩌려고? 너네 요즘 너무 해이해졌어."

기요세도 어색하고 서먹한 분위기 때문에 그동안 많이 쌓였던 모양이다. 전에 없이 날카로운 말투로 쌍둥이를 나무랐다. 가케루는 어떻게 해야 할지 몰라 공연히 젓가락을 든 손만 허공에서 올렸다 내렸다 휘젓고 있었다.

"훈련훈련, 아무리 훈련을 해봐야 그게 무슨 소용이 있어요?"

조지가 국그릇을 탁 하고 거칠게 내려놓았다.

"사카키인지 뭔지 하는 놈이 한 말이 맞잖아요. 하코네에서 아무리 열심히 해도 봄이 되면 우린 팀원이 모자랄 건데, 뭐."

"맞아."

조타도 거들었다.

"우리 다 하이지 형한테 속았잖아. 그 힘든 훈련을 하루도 안 빼먹고 했는데 이게 뭐야?"

"속았다고?"

기요세가 젓가락으로 딱 소리를 냈다.

"내가 언제 너희를 속였어?"

"처음에 그랬잖아요. '열 명이 힘을 합쳐서 스포츠로 최고가 되자'고!"

조타가 외쳤다.

"하지만 그건 무리예요. 다 알아봤어요. 우리 실력 가지고는 아무리 열심히 해도 리쿠도 대학을 못 이겨요. 하코네 대회에서 우승하는 건 불가능하다고요!"

맞아맞아! 킹도 쌍둥이 말에 덩달아 소리쳤다. 기요세는 한동안 기억을 되짚어보는 듯하더니 "그러고 보니 정상에 오르자고 했네" 하며 수긍했다.

"거 봐요, 완전 거짓말쟁이 사기꾼이야!"

조지가 비난했다. 식탁 주변이 시끌시끌해졌다.

무사가 작은 소리로 가케루에게 물었다.

"정말로 아무리 열심히 해도 우리는 우승을 못 합니까?"

"그게……."

가케루는 말꼬리를 흐렸는데 논리를 중시하는 유키는 가차 없었다.

"솔직히 말하자면 불가능하지. 기록이 증명해주니까."

니코짱이 의자에 앉은 채 한심하다는 듯이 기지개를 켜며 말했다.

"선수 각자의 최고 기록을 훑어보면 시합이 어떤 식으로 전개되고 어느 팀이 이길지 얼마든지 추측할 수 있어. 그런 예측이 뒤집히는 일은 어지간하면 일어나지 않고. 어찌 보면 너무 뻔해서 지루하다는 게 장거리 시합의 단점일지도 모르지.”

왕자가 “흐응” 하면서 샐러드를 집었다.

“야구든 축구든 농구든 집단으로 하는 운동은 어지간한 실력 차가 없는 한 어느 팀이 이길지는 해봐야 알 수 있잖아요. 그런데 우리랑 리쿠도 대학은 그 정도로 실력 차이가 있는 건가?”

“있지.”

유키는 이미 데이터를 분석해봤는지 이번에도 한마디로 딱 잘라 말했다.

“리쿠도 대학의 선발 선수들은 하나같이 다른 대학에 가면 곧바로 에이스가 될 정도의 실력을 갖추고 있어. 게다가 선수층이 아주 두텁지. 하코네 대회에 이름도 올리지 못하는 예비 선수, 그러니까 야구로 치자면 2군 선수들조차 만약 하코네 대회에서 뛰면 우리보다 좋은 순위로 들어올 가능성이 높을 정도야.”

“그럼 리쿠도 대학은 달리기의 엘리트들이 모인 집단이고 그중에서도 정예 멤버들이 우리 상대라는 뜻인가요?”

신동이 암담한 말투로 물으며 어깨를 축 늘어뜨렸다.

“하지만 어찌 보면 우리가 더 좋은 거잖아요?”

왕자가 양상추를 우물거리면서 끼어들었다.

“리쿠도 대학의 2군 선수들은 빠른데도 하코네에 나갈 수 없다면서요? 그런데 약하고 느린 우리는 그래도 예선을 통과했으니까 하코네에 나가잖아요. 우승은 못 하더라도 하코네에 나갈 수 있는 편이 훨씬 보람 있다는 생각이 드는데.”

“이길 수 없으면 아무 의미가 없지.”

조지가 말했다.

“결과가 뻔한 스포츠를 왜 굳이 힘들게 해야 하냔 말이야” 하며 조타가 위를 올려다보았다.

가케루는 화가 불끈 치밀었다.

"그렇게 이기고 싶으면 조기축구 같은 거에 나갈 때가 아니잖아."

참다못해 쌍둥이를 향해 쏘아붙였다.

"훈련을 더 많이 하고, 이번 아게오에도 나가야지."

"또, 또, 네 그 겉만 번지르르한 설교가 시작됐네."

"훈련을 하려고 해도 도무지 그럴 마음이 안 난다는 말이잖아."

쌍둥이가 일제히 되받아쳤다.

"우승을 못 하면 못 뛰겠다고? 그럼 너네는 언젠가 죽을 테니까 살 필요가 없겠네?"

"그런 말을 한 게 아니잖아."

"그거나 이거나 마찬가지지. 같은 이치잖아."

"아니, 전혀 다르거든. 그리고 네가 뭔데 이치 운운이냐? 이치가 뭔지도 모르는 주제에."

"내가 왜 몰라!"

"그럼 네가 뭘 알아? 달리기밖에 모르는 단세포동물이!"

"너, 따라 나와!"

"그래, 해보자. 누가 못 할 줄 알아?"

기요세가 "그만해" 하고 말려도 소용없었다. 가케루와 쌍둥이는 식탁을 사이에 두고 서로를 잡아먹을 듯이 노려보면서 의자를 걷어차고 일어섰다. 무사가 가케루의 셔츠 자락을 잡아당겼지만 가케루는 그 손길을 뿌리쳤다. 이제는 무엇 때문에 싸움이 시작되었는지도 잊어버린 채 그저 서로 말꼬리 잡기에 급급한 유치한 싸움이 되어버렸다. 유키와 니코짱이 능글능글 웃으면서 사태의 추이를 관망하고 있었다. 왕자는 감탄한 목소리로 "아까 삶과 죽음에 대해서 가케루가 한 말은 전에 없이 상당히 그럴듯한데" 하고 중얼거렸다. 킹은 심정적으로는 쌍둥이 편이었지만 주먹다짐에 끼고 싶지는 않아서 모르는 척 시치미를 뗐다.

"잠깐만, 잠깐만."

당장이라도 부엌에서 뛰쳐나갈 것처럼 보이는 가케루와 쌍둥이를 하나코가 필사적으로 말렸다.

"좀 진정하고 앉아봐. 어쩌면 그날 리쿠도 대학 선수들이 모조리 배탈 나서 못 나올 수도 있잖아. 안 그래?"

치쿠세이소 사람들은 싸움을 말리려고 나서는 하나코의 말에 집중했다가 그 내용을 듣고는 힘이 빠졌다.

"그런 일은 일어나지 않을 것 같습니다만……."

무사가 주저하면서 말했다.

"그럼 결국 실력으로는 아무리 해도 리쿠도 대학을 이길 수 없다는 뜻이잖아."

아무 도움도 되지 않잖아, 하는 표정으로 신동도 한숨을 쉬었다. 그러나 하나코 덕분에 가케루와 쌍둥이 사이에서 당장이라도 터져버릴 것 같았던 긴박감이 한풀 꺾이기는 했다.

"잘 먹었습니다."

쌍둥이가 다 먹은 그릇을 싱크대로 옮겨놓았다. 그대로 자기들 방으로 올라가려는 쌍둥이 등에 대고 기요세가 말했다.

"너희 말대로 최고가 되자는 말을 하기는 했어. 하지만 그건 우승하자는 뜻으로 한 말이 아니야. 변명처럼 들릴지도 모르지만……."

"됐어요."

조지가 대답했고 쌍둥이는 계단을 올라가버렸다. 기요세의 말을 더 듣고 싶지 않다는 뜻으로도 들렸고, 아니면 그만 싸우고 지금까지처럼 훈련하겠다는 뜻으로도 들렸다. 거절과 포기가 뒤섞인 목소리였다. 가케루는 싸움이 불발로 끝나는 바람에 분출하지 못해 여전히 부글부글 끓고 있는 화를 어쩌지 못한 채 잔뜩 골난 얼굴로 의자에 도로 앉았다.

"저기, 그럼 나도 이만 갈게요."

답답하고 서먹한 분위기를 견딜 수 없었는지 하나코가 허겁지겁 자리에서 일어났다.

"잘 먹었습니다."

식기를 치우려는 하나코를 말리면서 기요세가 "가케루" 하고 불렀다.

"가츠다 양 좀 바래다줘라."

평소에는 쌍둥이가 하나코를 야오카츠까지 바래다주었는데 오늘 밤에는 내려올 것 같지 않았다.

"너도 밤공기 쐬면서 머리 좀 식혀."

하나코는 "혼자 갈 수 있어요"라며 사양했지만 가케루가 "같이 갈게" 하면서 현관으로 먼저 가서 운동화를 신었다.

부엌에서는 유키와 니코짱이 "가츠다 양하고 밤길을 둘이서만……." "다른 의미에서 흥분하는 거 아냐?" 하고 속닥거렸다.

무사도 "맞습니다. 하나코 씨를 두고 가케루와 쌍둥이가 싸우면 어쩌려고 그럽니까?" 하고 기요세한테 뭐라고 했다.

기요세는 "괜찮아" 하고 가볍게 받아쳤다.

"가케루는 저래 보여도 의리파니까."

가케루는 자기가 화제가 되고 있는 줄은 꿈에도 생각지 못한 채 하나코의 발걸음에 맞춰 상점가를 향해 걸어갔다.

가케루는 평소에 걷는 일이 거의 없었다. 걸을 수 있는 거리라면 뛰는 편이 낫다. 학교에 갈 때도, 상점가로 장을 보러 갈 때도 조깅의 일환이라고 생각하면서 뛰어다녔다. 평소에는 순식간에 지나쳐서 찬찬히 주변을 살펴보는 일이 없었다.

하나코와 함께 걸어갔더니 주변 환경이 너무 천천히 지나가서 남는 시간을 주체하지 못했다. 외등에 비친 문패를 읽기도 하고 길가로 뻗어 나와 열매를 맺은 귤나무 가지를 바라보기도 하는 등 눈 둘 곳을 자꾸 찾았다. 하나코는 얇은 코트를 입고 연보라색 머플러를 두르고 있었다. 으름덩굴의 꽃 색깔이네, 하고 생각했다. 야산을 뛰어다니며 놀던 시절에 종종 따먹은 적이 있었다. 아주 연한 설탕물 같았던 맛이 혀끝에 되살아났다.

"사실 난 좀 놀랐어."

하나코가 말했다. 입가로 하얀 김이 흘러나왔다. 가케루는 눈길을 딴 곳으로 돌렸다.

"왜?"

"너네도 싸울 때가 있구나 싶어서."

"그야 당연히 있지. 좁은 집 안에서 같이 사는 데다 매일 훈련하잖아. 욕실 바가지에 있는 물을 깨끗하게 비우라는 둥, 훈련한 다음에 벗은 양말 냄새를 맡지 말라는 둥 누군가는 항상 싸우고 있으니까."

"양말 냄새?"

하나코가 살짝 웃었다.

"누가 그런 이상한 짓을 해?"

조지였다. 하지만 가케루는 하나코의 마음에 찬물을 끼얹기가 미안해서 "그건 비밀이야" 하고 대답했다. 이러면 내가 그런 짓을 한다고 오해하지 않을까 불안했지만 할 수 없었다.

"사실 난 막연하게 장거리 달리기를 하는 사람들은 다 과묵하고 끈기가 많을 거라고 생각했거든."

"그래? 하지만 난 금방 욱하는 성질이고 쌍둥이랑 킹 형은 시끄러울 정도로 말이 많은 편인데."

"넌 어른스러운 편이야. 치쿠세이소 사람들도 다들 부드럽고 자상한 편이고. 아무래도 긴 거리를 매일 묵묵히 달리려면 참을성이 많은 성격이 필요한가 봐."

하나코는 하얀 선 위에 뒹굴고 있던 자갈을 툭 찼다.

"그래서 싸우기도 하네, 하고 놀란 부분도 있지만 안심도 했어. 엄청난 속도로 20킬로나 되는 거리를 달리고 이제 하코네 역전에도 나가게 됐잖아. 나하고는 사는 세계가 달라진 것 같아서 좀 허전했거든."

아아, 하고 가케루가 생각했다. 이 사람은 정말로 쌍둥이를 좋아하는구나.

가케루는 슬쩍 자기 가슴팍을 만졌다. 뭐지? 차가운 음료에 이가 시릴 때처럼 뭔가 시린 느낌의 아픔이 심장에서 느껴졌다. 주변을 부어오르게 하면서 열기를 띤 것 같은 아픔 말이다.

공원이 있는 모퉁이를 돌아 상점가로 들어섰다. 길 양쪽에 서 있는 가로등에는 가짜 단풍잎이 늘어져서 바람에 흔들리고 있었다. 하루 일과를 마치고 벌써 셔터를 내린 가게가 태반이었다. 인적이 끊긴 상점가를 가케루와 하나코가 말없이 걸었다.

셔터를 반만 내린 작은 책방에서 고등학생으로 보이는 남학생 세 명이 뛰어나왔다. 제각기 커다란 스포츠가방을 어깨에 비스듬히 매고 있었다. 다들 소시가야오쿠라 역 방향으로 쏜살같이 뛰어갔다. 이어서 가게를 보던 할머니가 길가로 뛰어나왔다.

"이놈들아! 책 도로 내놔!"

할머니는 소리를 지르며 뒤쫓으려고 했지만 슬리퍼 차림으로 젊은 남자아이들을 따라잡을 수 있을 리가 없었다. 바로 그때 깜짝 놀라 그 자리에 우뚝 서 있던 가케루와 하나코가 할머니의 눈길을 사로잡았다. 할머니가 기대에 찬 눈길로 두 사람을 바라보았다.

하나코가 정신을 차린 모양이었다.

"네가 재들 좀 잡아."

"어, 내가?"

"빨리, 빨리!"

고등학생들은 50미터 정도 앞에서 뛰어가고 있었는데 상점가는 직선으로 죽 이어져 있기 때문에 뒷모습이 잘 보였다. 가케루는 바로 뒤쫓기 시작했다. 고등학생들은 할머니가 따라오지 못하리라는 생각에 마음을 놓았던 모양이다. 속도를 좀 늦추다가 가케루의 발소리가 따라오는 것을 알아차리고는 "우왓" 하고 놀라며 다시 정신없이 도망치기 시작했다.

그러나 묵직해 보이는 가방을 메고 있는 데다가 달리기도 초보자에 불과했다. 순식간에 가케루의 사정거리 안에 들어왔다. 뒤에서 달리는 모습을 관찰하고는 '잡으려면 언제든 잡을 수 있겠다'고 생각했다.

그런데 상대는 세 명이었다. 혼자 달려들어도 누군가는 놓치게 된다. 한두 명을 잡는다고 해도 그쪽이 반격을 한답시고 주먹질을 시작해서 지금 시기에 폭력 사건에 휘말리면 그것도 문제이다.

도망치기를 포기하게 하는 편이 가장 좋은 방법이다. 그런 판단을 내리고는 세 사람 뒤에 착 달라붙어서 달렸다.

"야."

뛰면서 말을 걸었다. 세 명은 깜짝 놀란 얼굴로 돌아보더니 허둥지둥 속도를 더 냈다. 하지만 가케루한테는 거북이가 조금 더 빨라진 정도였다.

"이 속도면 앞으로 30킬로 정도는 힘들지 않게 너네들을 쫓아갈 수 있거든."

숨도 차지 않은 목소리로 말을 걸어오는 가케루에게 "넌 뭐야?" 하고 일행 중 한 명이 겁에 질려서 물었다. 가케루는 그 질문에 대답하지 않고 설득하기 시작했다.

"그러니까 그냥 포기해. 책방 할머니한테 잘못했다고 하고 가져간 거 돌려줘."

역이 보이기 시작했다. 동시에 역 앞의 지구대에서 경찰복을 입은 경찰 두 명이 이쪽을 향해 뛰어오는 것이 보였다.

"잡았다!"

경찰이 외치면서 정면에서 안는 자세로 고등학생 두 명을 잡았다. 가케루도 하는 수 없이 남은 한 명의 팔을 잡았다.

"가방 열어."

고등학생들은 포기했는지 경찰의 지시에 순순히 따랐다. 스포츠가방 안에는 책방에서 훔친 만화책들이 한가득 들어 있었다. 읽기 위해서가 아니라 팔기 위해서 훔친 모양이었다. 왕자 형이 봤으면 펄쩍펄쩍 뛰었겠다고 가케루는 생각했다.

"학생, 수고가 많았어. 저기 지구대까지 같이 좀 가줬으면 하는데."

모자를 쓴 젊은 경찰이 친절하게 말했다. 가케루는 "아니, 저는……" 하고 거절하려다 말았다. 경찰은 두 명, 고등학생은 세 명이다. 그래서 자기가 잡은 학생의 팔을 붙잡은 채로 따라갈 수밖에 없었다.

"가케루."

누가 이름을 불러서 뒤돌아봤더니 하나코가 자전거 페달을 맹렬하게 밟으면서 이쪽으로 왔다. 뒷자리에는 책방 할머니가 타고 있었다. 하나코가 휴대전화로 경찰에 신고했고 그 연락이 지구대로 간 모양이었다. 자전거에 둘이 타면 안 될 텐데 하는 생각을 했지만 경찰도 못 본 척해주었다.

자전거에서 내린 할머니가 "학생은 하코네 역전에 나갈 선수라며? 아무튼 고맙네" 하고 가케루에게 말했다.

고등학생들은 경찰차를 타고 인근 경찰서로 연행되는 모양이었다. 조서를 작성해야 해서 할머니도 동행했다.

"학생도 서까지 같이 오지 그래? 감사장이 나올 수도 있는데."

그런 무시무시한 소리를 들은 가케루는 필사적으로 고사했다. 지구대 경찰관은 아쉬워하는 표정이었지만 가케루는 이름도 제대로 말하지 않은 채 바로 떠났다. 하나코가 자전거를 끌면서 따라왔다.

"너 정말 대단하더라. 책방 할머니가 그러시는데 요즘 저렇게 훔쳐가는 사람들이 많아서 골치가 아프셨대. 그걸 뒤쫓아가서 잡아주다니, 하시면서 되게 좋아하시더라고."

가케루는 고개를 살짝 숙인 채 걸었다. 선행을 했다는 의식은 없었다. 그저 달리기를 잘해서 그랬을 뿐이다. 하나코가 "잡아"라고 했기 때문에 따라갔을 뿐이다. 공을 쫓는 개의 반사행동이나 마찬가지이다.

하나코는 자기 일처럼 가케루의 활약을 기뻐해주었다. 가케루는 숨이 막혔다.

"난 잘 모르겠어."

결국 낮은 소리로 하나코에게 털어놓고 말았다.

"나도 저렇게 뭔가를 훔친 적이 있어. 그게 괜찮다거나 나쁘다거나 생각해본 적도 없고. 그냥 잘 모르겠어."

하나코가 깜짝 놀라 휘둥그레진 눈으로 자기 옆얼굴을 올려다보고 있는 시선을 느꼈다.

"달리기 말고 다른 일은 아무래도 상관이 없다는 느낌이 들게 돼. 배고프면 훔쳐 먹기도 하고 화가 나면 남을 때리기도 하고. 넌 하이지 형이나 다른 사람들이 부드럽고 자상하다고 했는데 적어도 난 거기에 포함 안 돼. 쌍둥이가 말한 것처럼 그냥 달리기만 할 줄 아는……."

“그런 동물이라면 뭐가 좋고 뭐가 나쁜지 몰라서 고민하거나 그러지 않잖아.”

하나코가 조용히 말했다.

“넌 너 자신한테 너무 엄하고 인색해. 책방 할머니는 네가 한 일에 고마워하고 계셔. 치쿠세이소 사람들은 너의 달리기를 항상 신뢰하고 기대하고. 그걸 그냥 믿고 받아들이면 되잖아.”

야오카츠 앞에 다다르자 하나코는 “바래다줘서 고마워. 또 보자” 하고 말하더니 웃는 얼굴로 손을 흔들었다. 하나코의 뒷모습이 야오카츠 옆문 안으로 사라지는 모습을 가케루는 지켜보았다. 자기도 모르게 덩달아서 손을 들고 있었다는 사실을 깨달은 가케루는 얼굴이 귀밑까지 빨개졌다.

주변 사람들을 믿으라고 하나코는 말했다. 그러고 보니 하이지 형도 예전에 “너 자신을 좀더 믿어”라고 했지. 두 사람이 하고자 하는 말은 결국 똑같은 의미라는 생각이 들었다.

쌍둥이랑 또 싸웠군. 도쿄 체대에 다니는 사카키, 그리고 고등학교 때 육상부 감독하고도 서로를 이해하지 못해 심하게 부딪치곤 했다. 가케루는 금방 흥분해서 욱하고 만다. 달리기는 가케루에게 아주 소중한 행위이다. 가케루는 자기가 가진 거의 모든 시간을 달리기에 쓰고 있다. 그렇기 때문에 달리기에 관한 일로 의견이 엇갈리면 과잉반응을 한다. 가케루라는 존재 그 자체를 부정당한 느낌이 들기 때문이다.

하지만 그래서는 안 된다. 가케루는 생각했다. 분노는 두려움과 자신감 결핍의 또다른 모습이다. “믿어”라고 하는 기요세와 하나코는 “두려워 말고 인정하라”고 가케루에게 말하고 싶은 것이다. 자기 자신을. 그리고 상대방을.

그저 달리기만 해서는 강해질 수 없다. 나는 나를 제어할 줄 알아야 한다. 어떻게든 자기 마음을 말로 전해주려고 하는 하이지 형이나 하나코를 위해서라도. 가케루는 다시금 그렇게 결심했다.

치쿠세이소로 돌아가는 길을 가케루는 달려갔다.

이튿날 오후에 요미우리 신문사의 사회부 기자가 찾아왔다. 책방 할머니가 가케루가 해준 일에 감격해서 신문사로 제보한 모양이었다. 신문사는 이 사건이 하코네 역전경주의 홍보도 된다는 판단하에 '작은 미담'으로 지면에 싣기로 한 것이다.

쌍둥이는 싸운 일도 잊어버렸는지 "대단하다, 가케루" 하며 자기 일처럼 기뻐했다. 왕자도 "서점에서 책을 훔치는 건 반드시 근절해야 하는 범죄야"라고 말하면서 가케루의 공로를 칭찬했다. 유키는 "넌 가츠다 양이랑 단 둘이 있었으면서 범죄 소탕보다 먼저 할 건 없었냐?"며 가케루를 놀렸다.

가케루는 결국 거절하지 못하고 기자의 취재에 응했다. 기사는 "하코네 역전경주에 출전하는 간세이 대학 선수가 도둑을 잡다"라는 제목으로 가케루의 얼굴 사진과 함께 신문에 실렸다.

11월 중순이 되어 사람들이 두꺼운 코트를 입기 시작할 즈음 아게오 시티 하프 마라톤이 개최되었다.

아게오 운동공원 육상경기장에는 초대받은 대학 선수들이 학교 버스를 타고 잇달아 도착했다. 치쿠세이소 사람들은 평소처럼 하얀 승합차로 아게오 대회 경기장에 도착했다. 이날은 위궤양으로 자택에서 요양 중이던 주인 할아버지도 같이 왔다. 여전히 기요세가 운전하는 차에는 타기 싫어해서 하나코가 야오가츠의 소형 트럭으로 모셨다.

경기장의 외관은 로마의 콜로세움을 연상시켰다. 그 통로에 비닐돗자리를 깔아 각 대학 선수들이 옷을 갈아입거나 휴식을 취하기 위한 자리를 확보했다.

운동공원 안에는 음식을 파는 포장마차들이 늘어서서 흥겨운 축제 분위기를 만들어내고 있었다. 구경꾼과 출전자들로 공원 주변이 북적였다.

주인 할아버지는 벌써 사 들고 온 다코야끼를 우물거리면서 훈시를 늘어놓았다.

“오늘은 도로 경주의 분위기를 익힐 목적으로 참가하는 거니까 속도는 중요하지 않다. 힘들지 않을 정도로만 달리도록 해.”

그러더니 기요세의 눈치를 힐끔 보았다. 기요세가 ‘맞는 말씀입니다’ 하듯이 고개를 끄덕였다. 그 모습을 보며 가케루가 속으로 ‘아아’ 하고 알아차렸다. 주인 할아버지는 기요세의 지시를 그대로 전했을 뿐이었다. 최근에 치쿠세이소 사람들 사이에 불편한 분위기가 있어서 기요세는 한 발짝 뒤로 물러나 있기로 한 모양이었다.

그렇지만 쌍둥이도 아게오에 따라온 상태였다. 조기 축구팀 시합에는 대신 뛰어줄 사람을 구한 모양이었다. 기요세에게 대들기는 해도 완전히 무시하거나 약속을 저버리지 않는 것을 보면 여전히 순수하고 고지식한 쌍둥이답다는 생각이 들었다.

하프 마라톤은 오전 9시에 경기장에서 시작되었다. 초대 선수만 해도 350명가량 되었다. 거기에 일반시민도 참가하기 때문에 출발신호가 울린 다음에 출발선을 넘기까지만도 한참이 걸렸다.

출발 지점에는 등번호 순서대로 많은 사람들이 북적이고 있어서 러닝셔츠와 반바지 유니폼만 입고 있어도 추위가 느껴지지 않았다. 앞쪽에 도쿄 체대 무리가 있었다. 사카키의 뒤통수를 한참 쳐다보았다. 두 개나 있는 사카키의 가마는 지금 가케루의 위치에서는 보이지 않았다.

기요세가 왕자에게 출발할 때의 주의사항과 위치 잡는 법을 가르쳐주고 있었다.

"뒷사람한테 밀려서 앞으로 고꾸라지지 않게 조심하고. 서둘러 앞으로 나갈 필요는 없으니까 바람막이 대신해서 자기랑 페이스가 맞는 선수 바로 뒤에 붙어. 너 같은 경우엔 마지막에 스퍼트 할 생각은 안 해도 돼. 어떻게든 그룹에서 탈락하지 않게 끝까지 따라가도록."

왕자가 얌전히 끄덕였다. '혹시 하이지 형은 하코네 제1구간에 왕자 형을 배치할 작정인가?' 하고 가케루는 생각했다. 제1구간은 당연히 출전하는 20개 팀의 첫 번째 주자가 오테마치에서 일제히 출발한다. 처음에는 무리를 지어 뛰기 때문에 겁먹지 않고 주변 페이스를 살피면서 달릴 수 있는 선수가 필요하다.

왕자의 기록은 하코네에 출전하는 선수들의 수준에서 보면 절대 빠른 편이 아니었다. 왕자를 제1구간에 배치하는 게 과연 효과적일까?

가케루가 생각하는 사이에 겨우 사람들이 뭉쳐서 앞으로 나아가기 시작했다. 트랙을 반 바퀴 돌고 도로로 나갈 즈음이 되자 사람들이 조금씩 흩어지면서 뛰기가 쉬워졌다.

옛날 나카센도 길가에 있는 조용한 상점가. 흐르는 시냇물과 초록빛의 골프장. 하늘은 맑게 갰고 열기가 점점 오르는 피부에 겨울바람이 시원하게 느껴졌다.

교통통제가 된 도로를 달리는 것은 기분 좋은 일이었다. 가케루는 금방 리드미컬하게 다리를 움직이기 시작했다. 길가의 집에 사는 사람들이 대문간에 나와서 응원을 보내주었다. 작은 공원에서 놀던 아이들이 열심히 뛰어서 뒤쫓아왔다

음료수 공급은 세 군데에서 이루어졌다. 긴 책상에 종이컵이 줄줄이 늘어서 있었고 자원봉사자가 선수들에게 물을 건네주려고 컵을 내밀었다. 익숙하지 않은 사람들이 하는 바람에 잡기가 힘들었다. 선수들

은 자전거보다 더 빠른 속도로 질주하고 있었다. 가케루는 아슬아슬하게 인도 쪽으로 가까이 다가가서 겨우 컵을 받았는데 건네받을 때의 충격으로 컵 안에 있던 물이 거의 다 쏟아졌다.

그래도 그나마 조금 남은 물은 맑고 시원하니 맛있었다.

반환점 직전에 사카키와 엇갈렸다. 사카키는 이쪽으로 시선을 보냈지만 가케루는 못 본 척했다. 무리하지 말라는 것이 감독인 주인 할아버지, 나아가서는 기요세의 뜻이었다. 사카키와는 아무래도 사이가 좋아질 수 없을 것 같았다. 그냥 내버려두자는 생각이 들었다.

가케루는 리쿠도 대학 선수들을 눈여겨보았다. 역시 모두 자세가 잘 잡혀 있는데 다들 2군 선수인 모양이었다. 거의 동시에 반환점을 돈 1학년으로 보이는 리쿠도 대학 선수에게 가케루가 물었다.

"후지오카 선수는?"

갑자기 말을 거는 바람에 그 선수는 깜짝 놀란 듯했지만 가케루의 얼굴과 이름을 알고 있는 모양이었다.

"정규 선수들은 탄밍에 가서 고지훈련"이라고 알려주었다.

"탄밍?"

"중국."

"아아-."

역시 리쿠도 대학은 스케일이 다르구나, 하며 가케루는 깜짝 놀랐다. 중국에서 배탈이 나거나 하지는 않나? 하긴 식이요법과 훈련에 빈틈없어 보이는 후지오카가 그런 실수를 저지를 것 같지는 않지만.

1학년 선수는 먼저 앞서갔다. 가케루는 콧노래라도 부르고 싶은 심정으로 1킬로 3분 03초 페이스를 유지했다. 중국에서의 합숙으로 후지오카는 더욱 힘을 키워서 돌아오겠지. 빨리 하코네에서 만나고 싶다. 어느 쪽이 빠른지 큰 무대에서 분명하게 보여주겠어.

다시 경기장으로 돌아와 결승점을 지났다. 간세이 대학은 페이스를 늦춰서 뛰었기 때문에 순위가 그다지 좋지는 않았다. 하지만 도로 경주의 분위기에 대한 감을 잡았다. 열 명 중에 가장 느린 왕자조차도 다 뛰고 나서 만족스러운 표정을 지었다. 하코네 제1구간과 거의 비슷한 거리를 무리 없이 완주했다는 자신감을 얻은 모양이었다. 경험이 부족한 멤버들을 하프 마라톤에 참가시켜 감을 잡게 한다는 기요세의 의도가 적중한 것이다.

주최 측에서 초대한 대학 선수들에게 점심 도시락과 바나나를 나눠주었다. 운영 텐트로 받으러 갔던 신동과 무사가 바나나가 한가득 든 박스를 안고 돌아왔다.

"엄청난 양이네."

조타와 조지가 안을 들여다보며 말했다. 하나코는 바나나에 붙은 스티커를 보더니 "이거 품질 좋은 바나나야" 하며 채소가게 딸다운 품평을 했다.

칼로리를 빨리 섭취할 수 있다는 점에서 바나나는 운동 후에 먹기 좋은 과일이다. 바로 껍질을 벗기고 모두가 두세 개씩 우물거리고 있는데 누군가가 찾아왔다.

구경하는 일반 관객들처럼 편한 차림새의 30대 중반으로 보이는 남자였다.

"간세이 대학 육상부 맞죠?"

남자가 물었다.

주지가 세 번째 바나나를 입에 물고서 "맞는데요" 하며 남자를 돌아보았다.

"왜 그러세요?"

"구라하라 선수 좀 볼 수 있나?"

말을 그렇게 하면서 눈길은 벌써 가케루에게 고정되어 있었다. 가케루의 얼굴을 이미 알고 온 모양이었다.

"잠시 이야기를 좀 할 수 있을까?"

가케루는 일어서서 남자가 내민 명함을 받았다. '주간 진실 모치즈키 슈지'라고 인쇄되어 있었다.

그 자리에 있던 대부분의 사람들은 전에 도둑을 잡은 일 때문에 기자가 취재하러 왔다고 생각한 모양이었다. 그러나 가케루는 눈치챘다. 이 남자는 내 과거의 사건 때문에 찾아왔구나.

"센다이조세이 고등학교 출신이지?"

모치즈키가 그렇게 말을 꺼냈다. 기요세의 안색이 확 변하면서 벌떡 일어나는 모습이 가케루의 눈가에 보였다.

"네."

가케루가 대답했다.

"지난번에 도둑을 잡았다면서? 신문에서 봤어."

모치즈키가 감탄했다는 듯이 과장된 표정을 지었다.

"정의감이 넘치는 스포츠맨다운 스포츠맨이라고 구라하라 선수 고향에서도 화제가 된 모양이야. 특히 센다이조세이의 육상부 주변에서."

기요세가 가케루 옆으로 와서 모치즈키 앞에 섰다.

"우리 선수를 마음대로 취재하시면 안 됩니다."

"아, 잠깐이면 돼요."

모치즈키가 실실 웃었다. 그러나 눈매는 여전히 날카롭게 빛났다.

"구라하라 선수는 고등학교 2학년 때 고교 대항전에 나가서 아주 좋은 성적을 거뒀지? 그런데 3학년이 되자마자 육상부에서 나왔던데. 어째서지?"

"이봐요!"

기요세가 발끈해서 외쳤다. 그러나 가케루는 "괜찮아요, 형" 하며 옆에서 말렸다. 어차피 숨거나 도망치지 못할 일이었다. 육상을 계속하는 한 그때 일은 꼬리표처럼 가케루를 따라올 것이다. 치쿠세이소 사람들과 함께 하코네에 나가겠다고 결심했을 때부터 각오하고 있었다.

"벌써 다 알고 오셨잖아요?"

가케루가 말했다.

"제가 감독님을 때렸기 때문입니다."

"그 일로 감독은 코뼈가 부러졌다고 하던데. 거기다 구라하라 군은 당시 육상 특기생으로 추천 입학이 내정되어 있던 대학을 거절하고 육상부에서도 나왔지? 불상사가 대외적으로 알려지는 걸 걱정한 감독이 사건을 조용히 처리하고 덮으려고 했는데도 말이야."

모치즈키가 가케루의 표정을 살폈다.

"뭐가 그렇게 불만이었을까? 감독하고 무슨 갈등이 있었던 거야?"

가케루는 가만히 있었다. 고등학교 시절 육상부 감독은 철저한 선수 관리와 스파르타식 훈련으로 유명한 사람이었다. 물론 그에 걸맞은 성적을 올렸기 때문에 유능한 감독임에는 틀림이 없었다.

하지만 가케루는 입학했을 때부터 그 감독과 성격이 맞지 않았고 기록만 가지고 자꾸 채근하는 방식이 마음에 들지 않았다.

그래서 부상을 당해 재기가 힘들어진 1학년생을 감독이 육상부실에서 괴롭히는 모습을 목격했을 때 피가 거꾸로 솟아 폭발해버린 것이다. 그 1학년생은 운동 특기생으로 고등학교에 입학했기 때문에 육상부를 그만두면 학교 입학 자체가 취소될 수도 있는 상황이었다. 그런 배경을 전부 알고 있기에 감독이 거리낌 없이 할 말 안 할 말 가리지 않고 퍼부었으리라고 가케루는 생각했다.

사실 그 당시 자기가 왜 그런 행동을 했는지도 나중에 생각해보고서야 짐작이 갔다. 1학년생에게 있었던 일은 그저 기폭제에 지나지 않았을 수도 있다. 왜냐하면 감독을 때린 그 순간 가케루의 머릿속에는 '이걸로 끝을 볼 수 있겠구나' 하는 생각밖에 없었기 때문이다.

그 1학년생을 위해 나섰다는 영웅 의식 따위는 전혀 없었다. 본인 때문에 선배가 감독에게 폭력을 쓰는 불상사가 생기면 그 1학년생이 육상부 안에서 얼마나 눈치를 보며 힘들게 지내야 할까 하는 생각도 하지 않았다. 정의감도 배려심도 없이 그저 폭력을 휘둘렀을 뿐이다. 자기만족과 쾌감을 위해서. 그동안 감독에게 쌓이고 쌓인 짜증과 분노를 발산하기 위해서. 코의 물렁뼈가 부러지는 감촉이 주먹에 느껴졌을 때 가케루는 속이 시원했다.

"고등학교 체육부에서 폭력 사건이 일어났어. 더구나 육상 명문고에서 말이지. 그런 소문이 파다했는데도 본인이 직접 나서서 부인하거나 해명하지도 않는 바람에 센다이조세이 고교 육상부는 한동안 자체적으로 활동 정지 상태에 들어갔지. 당시 관계자들 중에는 구라하라 선수를 좋지 않게 생각하는 사람도 꽤 있지 않을까? 공연히 얻어맞은 감독은 물론이고 본인 때문에 시합에 나가지 못하게 된 팀원들까지 말이야."

"구라하라한테 무슨 소리를 듣고 싶은 겁니까?"

기요세가 끼어들었다.

"지금 한 얘기가 전부 사실이라고 해도 그 사건에서 문제가 되는 점은 오히려 나 몰라라 한 학교 측의 안일한 대처, 더 근본적으로는 지나친 속박과 간섭으로 선수들을 옭아매고 한창 뻗어나갈 수 있는 재능까지 꺾어버릴지도 모를 고교 육상계 일부의 성과지상주의 아닌가요?"

"학생이 간세이 대학의 육상부 주장인가?"

모치즈키가 이리저리 재보는 시선으로 기요세를 쳐다보며 물었다.

"학생도 구라하라 군이 폭력 사건을 일으킨 적이 있단 걸 알고 있었나? 구라하라 군을 어떻게 생각해?"

"재능 있는 선수지요. 그 이전에 우리에게는 인간적으로 신뢰할 수 있는 동료고요."

동료라는 말에 가케루의 마음이 흔들렸다. 행복한 꿈을 꾸고 있는 중간에 누군가가 어깨를 흔들어서 깨운 것처럼. 아직도 꿈속에 있는 듯한 붕 뜬 느낌과 현실로 돌아와버린 것을 아쉬워하는 마음과 친한 사람의 얼굴이 막 눈을 뜬 시야에 보였을 때의 안도감. 여러 감정들이 한꺼번에 솟구치는 바람에 어떻게 받아들여야 할지 몰라 당혹스러웠다.

혼자 어쩔 줄 몰라하는 가케루의 상태를 알아차리지 못한 채 기요세는 모치즈키에 맞서서 한 치도 물러서지 않았다.

"그만 가세요. 취재를 하고 싶으면 홍보 담당한테 연락하라고요."

홍보 담당? 뒤에서 사태의 추이를 관망하고 있던 치쿠세이소 사람들 사이에 낮은 웅성거림이 퍼져나갔다. 신동과 하나코가 "여기요", "저희예요" 하며 손을 들었다.

"취재 신청을 거절합니다."

신동이 신청도 받기 전에 거절부터 했고 킹도 "그래야지, 그래야지" 하며 끄덕였다. 주인 할아버지는 이런 실랑이에 애당초 끼어들 마음이 없는지 잠자코 도시락만 먹고 있었다. 성가신 일이 벌어졌다고 생각해서 모르는 척한 건지 아니면 재미있어하는 건지 그 태도만 봐서는 도무지 짐작할 수 없었다.

"에이차 바나나가 맛없어졌잖아."

니코짱이 비난하는 눈초리로 째려보자 모지즈키가 쓴웃음을 지었다.

"그럼 마지막으로 딱 하나만. 구라하라 선수는 이번에 하코네에서 뛰게 되었잖아. 고등학교 때 감독한테 하고 싶은 말은 없나? 거 봐라,

라든지 뭐 그런 말이라도 상관은 없는데."

"아무것도 없어요."

가케루가 조용히 고개를 저었다. 사과할 생각은 없었다. 그렇다고 '너 같은 인간이 챙겨주지 않아도 실력만 있으면 육상계에서 충분히 살아남을 수 있다!' 하며 승리를 과시하고 싶은 생각 또한 전혀 없었다.

"그때 일이 후회됩니다. 그 당시 달려들어 주먹을 날리는 대신 다른 방법을 전혀 생각하지 못했던 저의 모자람이 아쉽습니다. 그뿐이에요."

그다음 주에 발간된 「주간 진실」에는 '고교 스포츠계에 무슨 일이 벌어졌나?!'라는 제목의 큼지막한 기사가 실렸다. '빈번하게 발생하는 불상사! 그 뒤에 어떤 사정이……' 하며 호기심을 자극하는 부제목도 덧붙여져 있었다. 기사에는 전국 고교야구대회에 항상 출전하는 고등학교와 축구로 이름을 떨치는 고등학교 등과 더불어 센다이조세이 고등학교 육상부에서 발생했던 사건도 언급되어 있었다.

'얼마 전에 도둑을 잡아 화제에 오른 K군. 내년 1월에 열리는 하코네 역전경주에도 출전하는 장래를 촉망받는 선수인데 그런 K군이 과거에 폭력 사건을 일으켰다는 소문이 있다. 센다이 J고등학교 육상부 감독은 "그 건은 벌써 한참 지난 일이라……" 하며 말을 아꼈는데' 어쩌고 하고 나와 있었다. 이름을 굳이 밝히지는 않았지만, 내용만 보면 육상 관계자가 아닌 사람조차도 간세이 대학의 구라하라 가케루임을 쉽게 알 수 있는 기사였다.

"누가 슬쩍 흘린 내용인지 안 봐도 비디오네. 그 감독 본인이잖아!"

조지가 화가 치민다는 듯이 잡지를 집어던졌다.

"너무 신경 쓰지 않는 게 좋습니다."

무사가 가케루를 염려하면서 말했다.

기요세와 신동은 대학 측과 후원회 사람들에게 기사에 대해 설명하고 대응하느라 정신이 없었다. 주인 할아버지도 "심려를 끼쳐서 죄송합니다" 하며 여기저기 고개를 숙이고 다니는 모양이었다. 그 사실을 알고 가케루가 죄송하다고 하자, "내가 감독인데 이 정도는 당연히 해야지" 하며 대범하게 말했다. 가케루를 나무라는 소리는 한마디도 하지 않았다.

기요세가 가케루를 지키겠다는 자세를 단호하게 관철한 덕분에 치쿠세이소 주변은 여전히 평온했다. 기사에 대한 반향은 이대로 가라앉겠지만 그래도 가케루가 치쿠세이소 사람들에게 폐를 끼쳤다는 점에는 변함이 없었다.

치쿠세이소 사람들은 변함없는 태도로 가케루를 대해주었다. 그 마음에 보답하기 위해서라도 하코네에서 잘 달려야 했다. 가케루는 묵묵히 훈련을 거듭했다.

그날 밤은 술 파티를 겸해서 하코네 역전경주 참가 순서에 대해 기요세가 멤버들에게 설명할 예정이었다. 훈련과 조깅을 마치고 멤버들이 쌍둥이네 방으로 속속 모여들었다.

그런데 막상 설명을 하기로 한 기요세가 훈련 후에 어디론가 외출했다. 식사 당번은 니코짱과 조타였다. 안주가 될 만한 음식을 부엌에서 잔뜩 만들고 있겠구나 짐작이 되었다. 뭐라도 도울까 싶어 가케루가 쌍둥이네 방에서 나와 계단을 막 내려가려는 참에 휴대전화가 울렸다. 표시를 보니 센다이에 있는 집 전화번호였다.

도쿄로 올라온 이후에 부모님이 가케루에게 연락한 적은 한 번도 없었다. 치쿠세이소 주소는 알렸지만 그뿐이었다. 학비와 최소한의 생활비를 은행으로 보내주는 것만으로도 감사해야 할 지경이었다. 부모님은 가케루가 육상 특기생으로 대학에 가기를 바랐다. 아들이 품행이 올바른 육상 선수로 자라기를 기대했다.

통화 버튼을 누르자 "가케루니?" 하고 그리운 어머니의 목소리가 들렸다.

"응."

"너 잡지에 나왔더라. 제발 남의 눈에 띄는 짓 하지 말라고 엄마가 그렇게 신신당부했는데. 아빠도 화가 단단히 나셨어. 듣고 있니?"

"응. 미안."

"여기 살고 있는 엄마 아빠 생각도 좀 해야지. 알았어?"

"네."

"연말연초에는 어떻게 할 거야? 집에는 올 거니?"

"아니, 하코네에 나가니까 집에 갈 시간은 없을 것 같아."

"그래?"

어머니의 목소리에서 안도하는 느낌이 진하게 풍겼다.

"그럼 할 수 없지. 잘 지내고."

통화가 끊어진 휴대전화를 꽉 쥔 채 가케루는 계단 중간에서 한참을 멍청히 서 있었다. 멍하니 있느라 현관에 유키가 있다는 사실을 뒤늦게야 알아차렸다.

"아, 미안!"

유키가 말했다.

"엿들을 생각은 없었는데."

유키의 손에는 시모기타자와에 있는 레코드 가게 봉지가 들려 있었다. 유키는 아무리 바쁘고 시간이 없어도 생활에서 음악을 빼놓은 적이 없었다. 가케루는 "괜찮아요" 하고 대답한 다음 계단을 내려와서 유키와 함께 1층 복도에 섰다.

"집에서 온 거야?"

"네. 눈에 띄는 짓 좀 하지 말라고 야단맞았어요."

"워낙 요즘에 핫한 사람이니까."

유키가 웃었다. 유키 형한테라면 말해도 괜찮을지 모르겠다. 유키 형만은 지금까지 각종 취재 의뢰가 오는 것을 싫어했다. 가케루는 무거운 속내를 누군가에게 털어놓고 싶어서 일부러 아무 일도 아닌 양 가볍게 입을 뗐다.

"사실 부모님이랑 좀 안 좋거든요."

유키는 잠시 입을 다물더니 "그래? 나도 그런데" 하고 말했다.

"우리 집은 어찌 보면 과잉보호 같은 거지. 엄마가 재혼하셨거든. 상대도 나쁜 사람이 아니고 나이 터울 많이 나는 여동생도 생겼고, 그애가 이쁘지 않은 것도 아니지만……. 이제 와서 새로운 가족이라며 자꾸 신경 쓰고 눈치 보고 그러면 나더러 어쩌라는 건지. 솔직한 말로 그냥 거리를 좀 두고 싶어."

"여동생이 몇 살인데요?"

"다섯 살."

"엥? 그럼 유키 형하고는 열다섯 살 이상 차이가 나잖아요?"

"그렇지. 울 엄마도 참 대단해."

유키가 못 말리겠다는 표정을 지으며 손가락으로 안경을 치켜올렸다.

"원래 가족이란 건 골치 아픈 존재야. 그러니까 너무 기대하지 말고 적당히 거리를 두는 게 바람직하지."

유키가 자기 방 쪽으로 갔다. 나름 조언을 해주려 한 모양이었다. 가케루는 "네" 하고 대답한 다음 아까부터 물소리도 나고 냄비 떨어지는 소리도 울리면서 시끌시끌한 부엌을 들여다보려고 했다. 그때 유키가 "아참, 가케루" 하고 부르며 가케루 쪽으로 돌아왔다. 잠깐만, 하면서 가케루를 복도 구석으로 불렀다.

"돌아오는 길에 세이조 역에서 하이지를 봤거든."

뭔가 사올 게 있었나? 급행열차가 서는 큰 역이지만 가케루를 비롯한 치쿠세이소 사람들은 세이조 역에는 자주 가지 않는다. 그보다는 서민적이고 잡다한 분위기를 풍기는 소시가야오쿠라 역으로 가는 경우가 많았다.

"그런데 세이조 역 앞에 있는 정형외과로 들어가더라고."

그 소리에 심장이 덜컥했다. 기요세의 오른쪽 정강이에 나 있는 오래된 흉터. 예선 이후에도 힘들어 보였는데. 훈련과 취재 소동 때문에 까맣게 잊고 있었다.

"난 육상선수의 부상이나 고장에 대해서 잘은 모르지만……."

유키가 눈살을 찌푸렸다.

"혹시 그 녀석 완치가 안 된 거 아냐?"

어떤 스포츠에서건 일류라고 불리는 선수일수록 어딘가 부상이나 고장이 있기 마련이다. 육상도 예외가 아니다. 힘든 훈련은 언제나 부상의 리스크를 동반한다. 단련을 시키면 시킬수록 육체는 예민하고 섬세해진다.

"진짜로 병원에 다니는 거면 하이지 형이 무리를 했을 때 의사가 나서서 말려줄 테니 차라리 마음이 놓이는데요."

"하이지가 의사 말을 들을 것 같아? 특히 요즘 같은 시기에."

그 말이 맞다는 생각이 들었다. 의사를 찾아갔다는 것은 그만큼 불편함을 느끼거나 어쩌면 확실한 통증이 있어서일 가능성이 크다. 기요세는 통증을 잠재울 처방을 요구하면서도 의사의 충고를 들을 것 같지는 않았다.

"알았어요. 나중에 하이지 형한테 물어볼게요."

가케루는 유키에게 그렇게 말했다.

기요세는 어느 틈엔가 치쿠세이소에 돌아와 있었다. 병원의 약 냄새가 나지 않을까 싶어 가케루는 기요세 주변에서 주의 깊게 냄새를 맡아보았으나 증거가 될 만한 점은 찾아내지 못했다.

"너 오늘따라 왜 이러냐?"

기요세한테 그런 핀잔만 들었다.

"최근에 이런저런 일로 주변이 좀 시끄러웠는데……."

기요세가 쌍둥이네 방에 모인 사람들을 둘러보며 말을 꺼냈다.

"신경 쓰지 마. 우리는 달리기로 보여주면 되니까."

"형, 멋있어요!"

"'우리 구라하라한테 왜 그러십니까?'"

벌써 어지간히 술이 들어간 쌍둥이가 놀려댔다. 「주간 진실」의 기자와 옥신각신한 그 일로 쌍둥이는 기요세를 다시금 믿기 시작한 모양이었다.

"이제 11월도 다 갔어. 하코네 역전까지 정말 얼마 안 남았다."

기요세는 쌍둥이의 놀림에도 아랑곳하지 않고 이야기를 계속했다.

"앞으로는 체력 관리, 컨디션 관리가 가장 중요해. 막판에 어디 문제가 생기거나 고장 나지 않게 조심하도록 해."

고장이라는 말을 듣고 가케루는 자기도 모르게 유키와 시선을 마주쳤다.

"가케루, 하코네 참가 방법에 대해선 네가 설명해."

기요세의 지시에 가케루는 일단 걱정을 머리에서 떨쳐냈다. 빙 둘러앉은 멤버들이 가케루에게 시선을 모았다.

"참가 방법은 우선 12월 10일에 한 팀당 열여섯 명까지 선수 이름을 주최 측에 제출합니다."

가케루가 설명하기 시작했다.

"이 단계에서는 누가 어느 구간을 달리는지는 밝히지 않습니다. 다음으로 12월 29일에 구간 참가 신청을 해야 합니다. 열여섯 명을 열네 명으로 줄이고 그중 열 명이 어느 구간을 달릴지 신고하는 겁니다. 나머지 네 명은 예비 선수고요. 선수 변경 신청은 하코네 역전경주 당일에 할 수 있습니다. 왕복 코스 중 가는 코스와 돌아오는 코스가 시작되기 한 시간 전에 구간별 선수가 최종적으로 발표됩니다. 단, 이때 구간에서 한 번 빠진 선수는 다른 구간으로 등록할 수 없습니다."

"잘 못 알아듣겠어. 그게 무슨 뜻이야?"

조지가 질문했다. 가케루는 잠시 생각한 다음 조근조근 다시 설명해 주었다.

"예를 들면 리쿠도 대학의 후지오카 선수가 12월 29일 시점에서 제2구간에 신청했다고 치자. 그러면 하코네 당일의 최종 변경 신청에서 후지오카 선수를 제5구간으로 바꾸거나 할 수 없다는 뜻이야. 하코네 첫째 날에 후지오카 선수가 컨디션이 나쁘면 예비로 있는 선수 중 한 명을 제2구간에 넣을 수밖에 없어. 둘째 날에 후지오카 선수의 컨디션이 다시 좋아졌다고 해도 다른 구간을 뛸 수는 없다는 뜻이지."

"이제야 알겠습니다."

무사가 끄덕였다.

"뒤집어 생각하면 29일 시점에서 후지오카 선수가 네 명의 예비 선수 명단에 들어 있다면 리쿠도 대학은 하코네 대회 당일에 반드시 변경신청을 하겠구나 하고 생각하면 됩니다. 맞습니까?"

"그렇지."

기요세가 말했다.

"실력 있는 선수가 예비 후보에 들어가 있으면 둘 중 하나야. 컨디션이 아주 나쁘거나 아니면 당일 아침에 결정적인 카드로 쓰려고 중요한 구간의 변경 신청을 염두에 두고 있다는 뜻이지. 29일의 구간 신청을 본 각 대학은 전략을 새로 짜기도 하고 어떻게든 다른 팀의 작전을 간파하려고 치열한 눈치싸움을 벌이기 마련이야."

"출발 직전까지 마음을 놓을 수가 없네."

킹이 주눅이 든 모양이었다.

"하지만 우린 어차피 열 명뿐이니 상관없잖아. 눈치 싸움이고 뭐고."

"물론 우린 29일의 구간 신청에서 패를 전부 보여줄 수밖에 없어요."

가케루는 갑자기 불안해져서 기요세를 쳐다보았다. 간세이 대학에는 예비 선수가 없기 때문에 한 번 신청하면 선수가 뛰는 구간을 바꿀 수 없다. 이 점에 대해 기요세가 어떻게 생각하는지 알고 싶었다.

"선수층이 얇은 학교가 우리만 있는 건 아니다."

기요세는 침착하게 말했다.

"당일에 선수를 바꾸는 것도 양날의 검이다. 갑자기 뛰게 된 선수가 제대로 역량 발휘를 못 할 수도 있으니까. 실제로 어지간한 사정이 아니면 한 번 정해진 선수는 바꾸지 않는다는 방침을 가진 학교도 적지 않다. 변경 신청 때문에 눈치싸움이 발생할 수 있다는 가능성을 염두에 두고 일찌감치 구간별 선수를 확정하는 편이 각자 각오를 가지고 임하기에도 더 좋다는 거지."

"넌 벌써 누가 어느 구간을 달릴지 정한 거지?"

유키가 물었다. 기요세는 "응" 하고 대답하더니 자세를 고쳐 앉았다.

"물론 이의가 있으면 얼마든지 조정할 의향도 있지만 나로서는 현재 이게 최고라고 생각하고 있어."

기요세는 운동복 바지에서 메모를 꺼내서 둘러앉은 사람들 한가운데 펼쳤다. 디들 몸을 앞으로 내밀어 종이를 들여다보고는 깜짝 놀라서 소리를 질렀다.

하코네 왕로(가는 코스) 1일 차

제1구간	오테마치–츠루미	왕자
제2구간	츠루미–토츠카	무사
제3구간	토츠카–히라츠카	조타
제4구간	히라츠카–오다와라	조지
제5구간	오다와라–하코네	신동

하코네 복로(돌아오는 코스) 2일 차

제6구간	하코네–오다와라	유키
제7구간	오다와라–히라츠카	니코짱
제8구간	히라츠카–토츠카	킹
제9구간	토츠카–츠루미	가케루
제10구간	츠루미–오다와라	기요세

"제가 제2구간을? 무리입니다!"

무사가 온몸을 벌벌 떨면서 말했다.

"제2구간은 에이스가 맡는 구간 아닙니까? 왜 가케루가 달리지 않습니까?"

"왕자 형이 제1구간이라는 것도 상당히 과감하네."

조지가 눈치를 보면서 고개를 갸웃거렸다.

당사자인 왕자조차도 "뭐야, 처음부터 시합을 포기하면 어쩌자는 거야?" 하고 중얼거렸다.

가케루는 기요세가 생각한 포진을 보고 의도하는 바를 금방 알 수 있었다. 하이지 형은 후반에 승부를 걸려고 하는구나. 다음번 대회에서 우선출전권이 주어지는 10위권 안에 들려고 진짜 작정한 모양이네. 아니, 하이지 형이 예상한 대로 시합이 전개된다면 10위권 정도가 아니지. 이 배치면 더 좋은 순위도 노려볼 수 있어……!

다음 대회까지 팀이 남아 있을지조차 알 수 없는 약한 육상부인데. 아마추어 오합지졸을 모아서 여기까지도 겨우 올라올 수 있었던 그런 팀인데. 기요세는 포기를 모른다. 항상 위를 올려다보며 꿈과 목표를 내걸고 그곳을 향해 치쿠세이소 사람들을 강하게 이끈다. 달리기의 정상을 향해서. 개인 경기와 단체 경기의 궁극적 중간 형태인 하코네 역전경주에서의 최고를 향해서.

선수 배정표에서 기요세의 진지함이 그대로 묻어나오는 것 같아 가케루는 두 주먹을 불끈 쥐었다. 그렇게라도 하지 않으면 너무 흥분되어서 소리를 내지를 것 같았다.

"제1구간은 왕자가 아니면 안 돼."

기요세가 부드럽게 말했다.

"넌 3차원 세계엔 흥미가 없어서 그런지 기록대회에서도 예선 때도 주변 분위기에 전혀 위축되지 않더라고. 그래서 사람들의 이목이 집중되는 제1구간에 가장 적합한 인재라는 거지. 기록이 무지막지하게 느렸던 사람이 훈련을 통해 여기까지 왔다는 점만 봐도 그만한 저력이 있다는 걸 알 수 있지. 다른 팀들과 심한 경쟁이 붙어도 충분히 해낼 수 있을 거야."

또 은근히 실례되는 소리를 하고 있네. 가케루는 그렇게 생각했지만 기요세의 말에는 진심에서 우러나오는 기대가 담겨 있었다. 왕자도 그런 마음을 느낀 모양이었다. 어느새 눈빛이 초롱초롱 빛나고 있었다.

"하지만 최근 몇 년 동안 제1구간은 빠른 페이스로 전개되는 경우가 많았어."

데이터를 수집하고 분석해본 유키가 의문을 제기했다.

"이번에도 다들 속도 위주로 제1구간 선수를 정하지 않을까?"

"아니, 오히려 그동안의 반동으로 페이스를 천천히 끌고 갈 가능성도 있지. 어찌 보면 도박인 셈이야."

기요세도 순순히 인정했다.

"하지만 가령 왕자가 뒤처졌다 해도 제1구간이라면 나중에 충분히 만회할 수 있어. 그러기 위해서 제2구간에서 제4구간까지는 잘 뛰는 멤버를 배치했고. 제5구간의 오르막 코스는 신동 아니면 안 되잖아? 무사하고 쌍둥이라면 거기까지 착실하게 연결해줄 수 있고."

"제가 에이스 구간에서 뛰다니 너무 부담스럽습니다."

무사는 납득이 되지 않는 모양이었다.

"네 생각은 어때?"

기요세가 가케루에게 의견을 물었다.

"무사는 네가 제2구간에서 뛰어줬으면 하는 모양인데?"

"아니에요. 나도 무사 형이 뛰는 게 맞다고 생각해요."

가케루가 확신에 찬 목소리로 대답했다.

"무사 형은 엄청난 압박감과 스트레스를 견디면서 훈련해왔어요. 장거리를 뛰어본 적도 없던 사람이 이제는 10킬로 29분대 전반이라는 엄청난 기록을 가지고 있고요. 게다가 무사 형은 언제나 나를 격려해줬잖아요."

노력 면에서나 인품에서나 그 어떤 선수와 비교해도 뒤지지 않는다. 무사는 에이스 중의 에이스이다.

"칭찬이 과합니다."

무사는 쑥스러워서 어깨 좀 [illegible]했다. 어쨌든 제2구간의 주자는 만장일치로 무사로 결정되었다.

제3구간과 제4구간을 뛰는 쌍둥이에 대해서도 반대의견은 나오지 않았고 당사자들도 의욕이 넘치는 모양이었다.

"제3구간은 해안을 따라 달리는 길이잖아. 경치 좋고."

조타가 말했다.

"오다와라에서 어묵 사 먹어도 되지?"

조지가 물었다.

제5구간을 신동이 뛰는 것에도 아무도 이의를 제기하지 않았다. 문제는 제6구간, 내리막길을 뛰어야 하는 유키였다.

"왜 내가 제6구간인 거야?"

유키가 기요세에게 설명을 요구했다.

"지난번에 시험 삼아 뛰었을 때 보니까 넌 자세가 아주 안정되어 있었어. 보통이라면 그만한 경사를 뛰어 내려갈 때는 겁이 나서 자기도 모르게 주춤거리기 마련인데."

기요세가 양반다리를 하고 앉은 유키의 다리를 힐끔 본 다음 말을 이었다.

"게다가 넌……다리통이 굵거든."

"뭐야?"

"아니, 이건 칭찬이야. 아무튼 허리랑 다리가 튼튼하지 않으면 제6구간은 감당이 안 된다는 뜻이야."

"튼튼한 점 말고는 쓸모가 없다는 듯이 말하네. 그러다가 내가 다치기라도 하면 어떡하려고?"

"뭐 어때? 넌 이미 사법고시에 합격했잖아. 졸업하면 언제 또 이렇게 전력으로 뛰어볼 기회가 있겠어?"

니코짱이 "아, 아, 그런 무책임하고 잔인한 소리를……" 하며 뭐라고 하려는데 유키는 의외로 태연하게 "그것도 그렇네" 하며 기요세의 말을 받아들였다. 이치에 맞으면 아무리 냉정한 의견이라도 충분히 받아들일 수 있다. 그런 유키의 성격을 충분히 파악했기에 구사할 수 있는 설득 방법이었다. 기요세의 사람 다루는 솜씨에 가케루는 새삼 경이로움을 느꼈다.

"제7구간의 니코짱 선배랑 제8구간의 킹 말인데."

기요세가 이야기를 계속 진행했다.

"반환점을 돌아서 오는 길이고 이 정도까지 오면 선수들이 전부 흩어져서 혼자 뛰는 경우도 생길 거야. 앞뒤에 다른 팀 선수들이 없어도 니코짱 선배랑 킹이라면 초조해하지도 않고, 그렇다고 너무 방심하지도 않고 착실하게 자기 페이스로 뛸 수 있을 거라는 생각에서 여기에 배치했어. 10위권 경쟁도 치열해지기 때문에 밋밋해 보이지만 중요한 구간이야."

"10위권 안에 들어가려고요?"

조지가 머뭇거리며 물었다.

"당연하지."

기요세가 한마디로 대답했다.

"자, 그리고 후반부의 제2구간, 돌아오는 코스의 에이스 구간이라고 불리는 제9구간에는 가케루를 넣을 거야. 마지막 제10구간은 하코네 역전경주에 나가겠다는 소리를 꺼내서 너희를 모두 이 일에 끌어들인 내가 책임지고 마무리할게."

기요세는 자기와 가케루에 대해서는 간단한 설명으로 끝냈다. 그래도 가케루는 하코네 역전경주에 대한 기요세의 열정을 충분히 느낄 수 있었다. 제9구간과 제10구간에 걸쳐서 자신들이 달리는 모습을 어떻게 보여주어야 하는지도 알 수 있었다.

가케루가 기요세를 바라보았다. 기요세는 말없이 가케루를 향해 고개를 끄덕였다.

"이상. 의문점이나 의견이 있는 사람?"

손을 든 사람은 아무도 없었다. 기요세의 확신에 끌려가듯이 시작했지만 이제 드디어 모두가 하코네 역전경주를 구체적인 현실로 머릿속에 그리면서 투지를 불태우고 있었다.

"좋았어. 29일의 구간 선수 배정 발표까지 지금 한 얘기는 당연히 대외비야. 각자 알아서 이미지 트레이닝을 하면서 자기가 달릴 구간을 잘 연구하기 바란다."

기요세는 술잔을 손에 들고 이제 마시자고 말했다.

"우리는 충분히 잘할 수 있어. 그리고 쌍둥이!"

기요세가 부르자 조타와 조지가 고개를 들었다.

"최고를 보여줄게. 아니, 우리가 함께 봐야지. 기대해도 좋다."

기요세는 두려움을 모르는 임금님처럼 미소를 지었다.

술자리가 한창 무르익을 즈음에 가케루가 슬쩍 기요세 옆으로 갔다.

"형, 혹시 다리 상태가 안 좋은 거 아니에요?"

"왜?"

기요세가 다정하게 되물으면서 자기 술잔에 술을 따랐다. 가케루는 말문이 막혔다. 기요세가 나약한 소리를 할 리가 없었다. 하지만 가케루의 마음속에서는 걱정과 의심이 소용돌이치고 있었다.

하이지 형은 유키 형한테 '졸업하면 언제 또 이렇게 전력으로 뛰어볼 기회가 있겠어?'라고 말했다. 하지만 그건 사실 자기 자신에게 하는 말이 아니었을까? 혹시 형은 앞으로 뛰지 못해도 괜찮다는 각오로 이번 하코네 역전경주에 나가려는 게 아닐까?

상상만 해도 너무 무서웠다. 가케루에게 뛰지 못하는 삶은 죽음을 의미하는 것이나 다름없었다. 기요세도 마찬가지일 것이라는 생각이 들었다.

그런데도 기요세는 "넌 아무 걱정 안 해도 돼" 하면서 웃었다.

"자, 너도 마셔."

가케루는 더 이상 아무 말도 하지 못하고 기요세가 따라준 술을 불안감과 함께 꿀꺽 삼켜버렸다. 기요세는 소매 깃의 실밥이 풀린 방한용 옷을 걸치고 있었다. 이제 조금만 더 지나면 사계절을 치쿠세이소 사람들과 함께 지낸 셈이다.

기요세와 처음 만난 밤이 생각났다. 모든 일이 시작되었던 그날 밤.

그리운 것도 같고 기다려지는 것도 같은 묘한 감각이 가슴을 사로잡았다.

치쿠세이소 사람들은 12월에 들어선 이후로 훈련에 매진하면서 낡은 집에서 다 함께 조용히 연말을 보냈다.

마지막 날에는 근처에 있는 신사로 제야의 종을 치러 갔고, 새해 첫날에는 기요세가 만든 떡국을 먹었다.

긴장감이 시시각각 더해지고 있었지만 그조차도 싫지 않은 느낌이었다. 혼자가 아니었기 때문이다. 치쿠세이소에 있으면 언제나 함께 훈련하고 생활해온 사람들의 기척을 느낄 수 있었다.

혼자가 아니다. 뛰기 시작할 때까지는.

뛰기 시작하기를, 그리고 달리기를 마치고 돌아오기를 언제나, 언제까지나 기다려주는 동료가 있다.

역전경주는 그런 경기이다.

그리고 1월 2일.

하코네 역전경주가 시작되었다.

그것은 열 명이 1년을 분투해온 싸움의 종착점이었다. 동시에 하코네 역전경주가 계속되는 한 언제까지나 전설처럼 이야기될 열 명의 처음이자 마지막 격전의 시작이었다.

9

저 멀리까지

1월 2일, 오전 7시 45분.

도쿄와 하코네 사이의 왕복 대학 역전경주의 시작이 15분 앞으로 다가왔다.

출발 20분 전에 점호를 마친 왕자가 다시 지하철 통로로 내려가려고 했다. 좀더 이른 아침 시간대에는 지상의 인도를 뛰면서 몸을 풀 수 있었다. 하지만 지금은 못 한다. 도쿄 오테마치에 있는 「요미우리 신문」 도쿄 본사 빌딩 앞은 하코네 역전경주의 출발을 보려고 몰려온 수많은 인파로 북적이고 있었다.

각 대학 관계자, 응원팀, 그리고 밝은 표정으로 새해를 맞이한 역전경주 팬들이 「요미우리 신문」 본사 빌딩 앞에서부터 황궁 안쪽 해자 기슭을 따라 와다쿠라몬 근처까지 빈틈없이 죽 이어져 있어서 인도에는 발 디딜 틈이 없었다. 울려 퍼지는 큰북소리와 각 대학의 교가. 빌딩 숲을 지나는 차가운 바람에 펄럭이는 형형색색의 높고 낮은 깃발들. 점점 커져가는 응원과 웅성거림.

"어디 가?"

같이 따라온 기요세가 왕자를 붙잡았다.

"워밍업은 충분하잖아. 경주가 시작되기도 전에 지치면 어떡하려고?"

"그렇긴 한데, 안 뛰면 너무 불안해서."

왕자가 제자리걸음을 했다.

"이렇게 인파가 많을 줄 몰랐는데."

왕자의 입에서 '안 뛰면 불안하다'는 말을 듣게 되는 날이 올 줄은 꿈에도 생각지 못했다. 기요세는 왕자를 안심시키려고 빙긋 웃었다.

"넌 충분히 훈련했어. 괜찮아. 화장실 다녀왔어?"

"몇 번이나."

선수들과 관계자들을 위해 요미우리 신문사에서 사옥 출입문을 일부 개방해줘서 화장실에 가거나 대기실에서 옷을 갈아입을 수 있었다.

"갈 때마다 제1구간을 뛰는 선수들로 꽉 차 있더라고요."

"그러니까 지금 너만 긴장한 게 아니라는 뜻이야. 걱정 안 해도 돼."

빌딩 사이로 부는 바람 때문에 몸이 차가워지면 안 된다. 기요세는 왕자를 신문사 사옥 뒤쪽으로 데려갔다. 여기라면 그나마 사람이 적다. 기요세와 왕자는 여기서 나란히 가볍게 뛰었다.

빌딩의 벽에는 오전 7시에 발표된 구간별 최종 선수 명단이 붙어 있었다.

"리쿠도는 후지오카 선수를 제2구간에 넣지 않았네요."

왕자가 이상하다는 표정으로 갸웃거렸다. 리쿠도 대학은 구간별 선수 배정에서 후지오카를 예비 선수로 돌렸다. 후지오카는 육상부 주장이고 리쿠도에서 제일가는 실력자이다. 부상을 입었다는 소문도 들은 적이 없는데 컨디션이 많이 나쁜가? 각 대학이 주목하는 가운데 오늘 아침에 나온 왕로(가는 코스) 최종 선수 명단에도 후지오카의 이름은 없었다.

"아마 제9구간이나 마지막 구간에 넣을 작정일 거야."

기요세가 말했다.

리쿠도 대학은 신중하게 상황을 관망하려는 모양이었다. 이번 대회에서 리쿠도 대학의 연승을 막을 만한 곳이 있다면 틀림없이 보소 대학일 것이라고 다들 보고 있었다. 보소 대학은 구간별 선수 배정을 통해 가는 코스에서 승부를 건다는 의지를 명확하게 내보인 상태였다.

보소 대학의 정예들이 일제히 출전하면 아무리 대단한 리쿠도 대학이라 해도 가는 코스는 상당히 힘든 싸움이 될 것이다. 어쩌면 가는 코스의 우승은 보소 대학에게 내어주고, 복로(돌아오는 코스)의 우승과 왕복 합계 기록으로 정해지는 종합우승을 따내기 위한 작전인지도 모른다. 리쿠도 대학이 아시노 호에 도착했을 때의 순위와 보소 대학과의 기록 차이에 따라 후지오카를 돌아오는 코스의 어느 구간에 투입할지를 정하려는 작전임이 틀림없었다.

"지금은 그냥 리쿠도 대학이고 뭐고 머릿속에서 지워버려."

기요세가 왕자의 어깨를 가볍게 밀었다.

"이제 슬슬 출발선으로 가자. 내가 해준 말 잊지 않았지?"

"네."

왕자가 힘차게 고개를 끄덕인 다음 무릎 아래까지 내려오는 두꺼운 벤치 코트를 벗었다. 모여 있던 관객들이 간세이 대학의 검정과 은색 유니폼을 입은 왕자에게 길을 열어주었다.

이제 추위는 아무렇지도 않았다. 제1구간 주자인 왕자의 왼쪽 어깨에 어깨띠가 걸려 있었다. 검은 바탕에 은색 실로 '간세이 대학'이라는 자수가 들어간 어깨띠. 미장이 아저씨의 부인이 예선을 통과했을 때부터 한 땀 한 땀 정성 들여 만들어준 것이다.

왕자는 소중한 어깨띠를 살포시 만져보았다. 열 명이 이어받아 달린 다음 내일 이 자리로 돌아온다. 절대로 중간에서 이 어깨띠를 이어받지 못하는 불상사를 만들지 않겠다.

뛸 때 거추장스럽지 않도록 기요세가 어깨띠의 길이를 조절한 다음 남는 부분을 왕자의 바지 허리춤에 끼워넣었다.

"왕자야, 지금까지 이 힘든 일에 억지로 끌어들여서 미안했어."

기요세가 말했다. 응원팀에서 울리는 음악이 더욱 커졌다.

"선수들은 출발선 앞으로."

대회 진행자가 부르는 소리가 들렸다.

"형. 지금 내가 듣고 싶은 말은 그런 게 아니야."

왕자가 웃었다.

"츠루미에서 기다려줘."

왕자는 벤치 코트를 기요세에게 맡기고 제1구간에 출전하는 다른 학교 선수 19명과 함께 출발선 앞에 섰다.

도쿄 오테마치, 오전 8시. 날씨 맑음. 기온 1.3도. 습도 88퍼센트. 풍속 1.1미터의 북서풍.

한순간 주변이 조용해지더니 출발을 알리는 신호탄이 터졌다.

왕자는 달리기 시작했다. 뒤돌아볼 필요는 없다. 간세이 대학의 첫 하코네 역전경주는 이 길을 앞으로 나아가면서 만들어가는 것이니까.

경주는 기요세의 예측대로 비교적 느린 페이스로 전개되었다. 왼편으로 도쿄 역을 보면서 와다쿠라몬 앞을 지났다. 구경꾼들의 함성 소리가 파도치면서 빌딩 사이로 불어오는 바람과 함께 뒤쪽으로 흩어졌다. 선수들은 옆으로 퍼진 형태로 무리지어 촉촉하게 젖은 길을 달려 나갔다. 1킬로에 3분 07초 정도의 페이스였다. 이 정도면 왕자도 따라갈 만했다.

폭이 넓은 도로여서인지 아무리 달려도 앞으로 나아가고 있다는 느낌이 전혀 들지 않았다. 주변에서는 누가 먼저 앞으로 뛰어나갈지 눈치를 살피며 견제하는 분위기였다.

'이대로 천천히 갑시다.'

왕자는 속으로 빌었다.

빌딩 사이로 부는 바람 때문에 체감 온도가 실제 기온보다 낮았다. 왕자는 기요세가 했던 말이 생각나서 데이토 대학의 약간 덩치 큰 선수 뒤에 바짝 붙었다. 자리를 잡겠다고 쓸데없이 체력을 소모하다가는 안 그래도 속도에서 핸디캡이 있는 왕자에게 더 불리해진다. 바람을 피할 수 있는 적당한 위치를 확보한 다음 오로지 이 그룹을 따라가는 데에만 전념했다.

시바 5초메 교차로에서 제1게이힌 고속도로로 접어들 무렵이 되어도 페이스는 거의 변하지 않았다. 5킬로 지점을 통과한 시간은 15분 30초였다.

각 대학 감독들은 각자 감독 차량을 타고 선수들의 뒤를 따라왔다. 처음 1킬로와 마지막 1킬로, 그리고 5킬로 지점마다 차량의 스피커로 자기 팀 선수에게 말할 수 있었다. 하지만 5킬로 통과지점까지 지시를 내리는 감독은 아무도 없었다. 섣불리 뭐라고 할 수 없을 만큼 그룹 전체가 긴장감으로 가득했기 때문이다.

리쿠도 대학과 보소 대학 선수가 주도권 다툼을 벌이고 있었는데 앞으로 튀어 나갔다가 다시 그룹 속으로 빨려드는 일이 되풀이되었다. 제1구간은 21.3킬로나 되고 더구나 하코네 역전경주는 이제 막 시작된 상태였다. 공연히 속도를 올렸다가 체력 안배에 실패해서 뒤처지면 나머지 구간을 뛰는 사람들에게 그만큼의 부담을 지우게 된다. 따라서 세 앞장서지 못하는 심리가 이 그룹을 온전히 사로잡고 있었다.

왕자는 선도 차량도 방송국 카메라의 존재도 잊어버린 채 정신없이,

그러나 여유로운 표정을 가장해서 필사적으로 나아갔다.

그 무렵 기요세는 도쿄 역에서 전철을 타고 시나가와로 나와 게이힌 급행열차로 막 갈아탄 상태였다. 왕자의 벤치 코트를 안고서 라디오 이어폰을 귀에 꽂았다. 방송국으로 주파수를 맞춘 기요세는 아직 그룹이 흩어지지 않았음을 확인하고는 "좋았어!" 하고 작게 외쳤다. 주변 승객들의 눈길이 쏟아졌지만 신경 쓸 겨를이 없었다.

방송국 아나운서와 해설자가 너무 느린 페이스에 당혹스러운 듯이 이야기하고 있었다.

"레이스에 변화가 전혀 보이지 않네요."

"역량이 되는 선수는 더 좋은 기록을 내겠다는 욕심을 가지고 좀더 적극적으로 치고 나가도 좋을 것 같은데요."

"쓸데없는 소리를 하고 있어."

기요세가 자기도 모르게 한마디 했다. 이대로 가란 말이다. 공연히 치고 나가지 말고. 가능한 한 끝까지 이런 식으로 무리지어 뛰라고.

휴대전화가 울렸다. 발신자 표시를 보았더니 감독 차량에 탄 주인 할아버지였다. 혹시 왕자가 뒤쳐지기 시작했나 싶어 허겁지겁 받았다.

"어떻게 하면 좋을까?"

주인 할아버지가 한가한 목소리로 물었다.

"왜 그러시는데요?"

"조금 있으면 10킬로 지점인데 왕자한테 뭐라고 해야 하나 싶어서."

"힘들어 보여요?"

기요세가 휴대전화를 꽉 쥐었다.

"아니? 아까 야츠야마바시 고가도로를 지났는데 잘 따라가고 있더만. 여전히 다 같이 횡렬로 나란히 뛰고 있어."

"그럼 아무 말씀 안 하셔도 돼요."

야츠야마바시 고가도로는 8킬로 지점 직전이다. 기찻길을 고가도로로 넘기 때문에 완만한 오르막과 내리막이 이어졌다. 그곳을 지났는데도 아직 옆으로 한 줄을 이루고 있다면 제1구간의 최대 난관인 로쿠고 대교까지는 이대로 간다고 봐야 한다. 왕자, 이대로 따라가. 기요세가 마음속으로 외쳤다.

"그렇지만 아무것도 안 하고 그냥 차 타고 가면서 보기만 하는 것도 감독으로서는 좀 그렇잖아?"

주인 할아버지는 심심한 모양이었다.

"그럼 나는 하코네까지 그냥 드라이브하는 거나 마찬가지지."

"여유로운 마음으로 느긋하게 보고 계시면 돼요. 왕자가 힘들어 보이면 그때 격려의 말씀 좀 해주세요."

"뭐라고? 교가는 안 돼. 난 음치니까."

"요즘 시대에 어느 감독이 교가를 불러서 격려합니까?"

기요세가 한숨을 쉬었다.

"그럼 제가 전하는 말을 해주세요. '너에게 전할 말이 있다. 그러니까 기어서라도 츠루미까지 꼭 와라'라고요."

왕자가 그 말을 들은 것은 15킬로 지점에서였다. 감독 차량 안에서 주인 할아버지가 마이크를 손에 들고 갈라진 목소리로 외쳤다.

전할 말이 있다고? 그래, 내가 꼭 가서 들어주겠어.

숨 쉬기가 슬슬 힘들게 느껴지던 왕자는 그 말을 듣고 다시금 의욕을 불태웠다. 물을 받는 것에도 성공했고 그때 단거리 육상부원에게서 "이번 1킬로는 정확히 3분"이라는 정보를 얻었다. 페이스가 빨라지고 있었다. 역시 문제는 17.8킬로 지점에 있는 로쿠고 대교이다.

12킬로가 조금 넘은 시점에서 대열이 한 번 변화가 있었다. 유라시아대학 선수가 앞장서서 치고 나가는 바람에 대열이 앞뒤로 길게 늘어질 뻔했다. 그러나 리쿠도 대학과 보소 대학이 곧바로 따라잡았고 다른 대학 선수들로 끌려가듯이 따라갔다. 결국 거기서는 그룹에서 이탈하는 사람이 아무도 없었다.

그렇다면 로쿠고 대교에서 모든 것을 결판내자. 모두가 암묵적으로 합의한 것처럼 그런 생각을 하고 있음을 알 수 있었다.

로쿠고 대교는 다마 강을 건너는 길이 446.3미터의 긴 다리이다. 대교에 접어들기 위한 오르막과 대교에서 나가기 위한 내리막이 있다. 20킬로 가까이 달리고 난 다음에 마주하는 오르막과 내리막이어서 체력적으로 많이 힘들다.

드디어 로쿠고 대교의 언덕을 오르기 시작하자 갑자기 다리가 무거워졌다. 경사가 이렇게 힘들게 느껴지다니. 왕자는 허덕이면서 팔을 흔들어 어떻게든 몸을 앞으로 나아가게 하려고 했다.

그때 그룹의 리듬에 변화가 생겼다. 힘 있는 선수들의 호흡이 갑자기 조용해졌다. '온다'고 왕자가 느낀 순간 요코하마 대학 선수가 속도를 올렸다. 보소 대학, 리쿠도 대학 선수가 뒤를 따랐다.

그룹은 순식간에 흩어져서 앞뒤로 길게 늘어졌다. 뭐야, 저 체력은? 왕자는 뒷사람들과 점점 거리를 두고 멀어져가는 선두 그룹을 당황스러운 마음으로 바라볼 수밖에 없었다. 따라가고 싶었지만 도저히 할 수가 없었다. 로쿠고 대교 내리막에 접어들자 선두 그룹은 더욱 속도를 올렸다.

"초조해하지 마. 로쿠고 대교까지만 따라갈 수 있으면 나머지에서는 뒤처져도 기록 차이가 크게 나지 않아. 그때부터는 자기 페이스로 끝까지 완수하겠다는 생각만 가지고 뛰면 돼."

출발 전에 기요세에게 받은 지시가 머릿속에 되살아났다.

그래, 난 아직 육상을 시작한 지 얼마 안 된 사람이잖아. 다른 사람들이 속도를 올리건 말건 난 그냥 나 나름대로 최선을 다해서 달릴 수밖에 없는 거지.

선두에 나선 선수를 보니 벌써 100미터가량 거리가 벌어져 있었다. 그러나 왕자는 포기하지 않고 비관하지도 않고 끈기를 가지고 달렸다.

시작한 지 얼마 안 되었다고? 그럼 나는 앞으로도 육상을 계속하겠다는 거야? 어쩌다 휘말려서 이렇게 힘들게 뛰고 있으면서?

왕자는 산소를 갈구하며 입을 벌리고 공기를 빨아들이다가 얼떨결에 웃었다.

정면에서는 부드럽고 따스한 아침 햇살이 비추고 있었다.

가케루와 무사는 츠루미 중계지점에서 옹기종기 모여 휴대용 TV의 화면을 뚫어지게 보고 있었다. 상점가 전자제품 수리점 주인이 무료로 빌려준 제품이었다.

“아아, 왕자가 뒤처졌습니다.”

무사가 슬픈 목소리로 말하며 화면에서 멀어져가는 왕자를 조금이라도 오래 보고 싶은 양 가케루가 들고 있는 TV를 들여다보았다.

“하지만 선두하고 시간 차이는 많이 나지는 않을 거예요.”

왕자의 용감한 모습을 똑똑히 본 다음 가케루는 고개를 들었다.

“무사 형, 제2구간에서 따라잡읍시다.”

“네. 열심히 합시다.”

이제 슬슬 제1구간 주자들이 츠루미 중계지점에 도착하기 시작할 시간이었다. 무사는 머리에 쓰고 있던 털모자를 벗고 머플러를 풀었다. 기온 3.3도. 바람은 거의 없고 날씨는 맑았지만 무사에게는 힘든 추위이다. 무사는 가케루와 의논 끝에 손목에서 팔꿈치 위까지 오는 팔 보호대를 착용하고 달리기로 했다. 이렇게 하면 몸이 더워졌을 때 빼버리고 유니폼만 입고서 달릴 수 있다.

“수분은 충분히 섭취했나요? 추운 것 같아도 뛰다 보면 수분 부족 때문에 탈수 현상이 올 수도 있어요.”

“더 이상 마셨다가는 중간에서 노상방뇨를 할지도 모릅니다.”

무사가 웃으며 말했다. 무사가 ‘노상방뇨’ 같은 말을 쓰는 것은 처음이었다.

“영 어색해요” 하며 가케루도 웃었다.

가케루가 들고 있는 휴대용 TV에서 아나운서와 해설자의 목소리가 들렸다.

“제2구간에는 각 대학에서 에이스 또는 비슷한 수준의 선수들이 출전합니다. 1만 미터를 28분대에 뛰는 선수가 스무 명 중에 열한 명이나 있네요. 유학생 선수도 네 명이나 이 구간에 등장합니다.”

“보소 대학의 마나스 선수, 고후가쿠인 대학의 이왕키 선수, 사이쿄 대학의 조모 선수, 그리고 간세이 대학의 무사 선수가 있네요.”

자기 이름이 나오자 무사와 가케루는 TV로 시선을 돌렸다. 자신들의 모습이 화면에 나오고 있었다. 깜짝 놀라 둘러보니 어느새 방송국 사람들이 뒤쪽에 다가와 있었다. 무사가 방송 카메라를 향해 어색하게 웃었다.

“간세이 대학의 무사 선수는 조금 색다른 존재군요. 이공학부 국비 유학생인데 놀랍게도 작년 봄까지는 육상 경험이 전혀 없었다고 합니다. 간세이 대학은 열 명만으로 하코네에 출전했는데 대부분의 선수가 육상 미경험자로 나와 있군요.”

“그런데도 여기까지 오다니 정말 믿어지지 않네요. 대단한 선수들입니다.”

화면이 스튜디오로 바뀌었고 해설자가 연신 끄덕이고 있었다.

“훈련하느라 고생이 많았을 것 같네요.”

“개성 넘치는 간세이 대학팀이 처음 도전하는 하코네에서 어떤 모습을 보여줄지 기대됩니다.”

광고시간이 되자 방송국 사람들은 가 버렸다. 무사는 자기가 소개되자 다시 긴장하기 시작한 모양이었다. ‘큰일이네, 빨리 딴 데로 신경을 돌려야 되는데’ 하고 가케루는 생각했다.

가케루의 휴대전화가 울렸다. 제5구간의 주자로, 오다와라 중계지점에서 대기하고 있는 신동한테서 온 전화였다. 가케루는 전화를 받자마자 바로 무사에게 휴대전화를 내밀었다.

“무사, TV에 나온 거 봤어.”

신동이 말했다. 목이 푹 잠긴 목소리였다.

“감기는 좀 어떻습니까?”

무사가 걱정스럽게 물었고 가케루도 휴대전화에 귀를 가져다댔다. 신동은 새해 전날부터 열이 났고 오늘 아침까지도 컨디션이 좋지 않은 상태였다.

“난 아무렇지도 않아. 무사, 너야말로 괜찮은 거야? 방금 그걸로 또 긴장하고 있는 거 아냐?”

“네. 조금 그렇습니다.”

무사가 대답했다. 신동은 거기 앉아서도 츠루미 중계지점의 상황이 훤히 다 보이나? 가케루는 무사와 신동이 가진 유대감의 깊이에 새삼 놀랐다.

“그러지 말고, 즐거운 일을 생각해봐.”

신동이 코맹맹이 목소리로 말했다.

“우리는 이게 끝나야 새해를 맞는 거잖아. 난 이번 방학 때 고향에 한 번 다녀올 생각인데 혹시 같이 갈 생각 있어?”

"제가 가도 괜찮습니까? 가족끼리 오붓하게 지내야 하지 않습니까?"

"우리 부모님은 무사가 놀러와줬으면 하고 바라시는데? 아무것도 없는 시골 촌구석이라 눈사람 만드는 것 말고는 할 일이 없지만."

"눈사람이 무엇입니까?"

"그렇구나, 본 적이 없겠구나. 좋아, 이번에 꼭 같이 가는 거야?"

"네."

무사가 끄덕였다.

"고맙습니다. 신동 형."

전화를 끊은 무사는 이제 망설임도 두려움도 없는 눈빛이었다. 길가의 응원소리가 더욱 커졌다. 선수들의 모습이 보이기 시작한 모양이었다. 가케루는 무사와 함께 도로로 다가갔다.

벤치 코트를 안은 기요세가 게이큐 선 츠루미이치바 역 쪽에서 뛰어왔다. 기요세는 가케루와 무사를 발견하더니 "늦지 않았네" 하며 크게 숨을 내쉬었다.

"무사, 컨디션 어때?"

"좋습니다."

무사가 힘차게 대답했다. 기요세는 무사의 표정과 운동화 끈을 체크해서 풀린 곳이 없는지 확인했다.

"좋아. 왕자는 아마 최하위로 들어올 거야. 그래도 동요하지 말고 평소처럼 뛰면 돼."

"최하위면 더 이상 나빠질 일이 없으니까 마음이 편합니다."

무사가 장난스럽게 말했다.

"게다가 나는 쫓기는 것보다 쫓아가는 게 더 성미에 맞습니다."

"좋은 생각이에요."

가케루는 무사의 벤치 코트를 받아들었다.

리쿠도 대학 선수가 선두로 츠루미 중계지점에 들어왔다. 츠루미 중계지점은 제1게이힌 고속도로 옆 경찰지구대 앞에 마련되었다. 구부러진 곳이 없는 가로수길이고 평탄한 직선이어서 잇달아 달려오는 선수들의 모습이 잘 보였다.

연락을 받은 대회 진행자가 허겁지겁 대학 이름을 불렀다. 그 순서대로 제1구간 주자가 들어오기 때문에 제2구간 주자는 중계 라인으로 나가서 팀원을 기다렸다.

리쿠도 대학의 어깨띠가 제1구간 주자에게서 제2구간 주자에게로 넘겨졌다. 오테마치에서 출발하고 1시간 4분 36초가 지난 시간이었다. 이어서 요코하마 대학, 보소 대학, 유라시아 대학 순서로 거의 시간 차 없이 어깨띠가 전달되었다. 마지막까지 무리지어 있었기 때문에 대접전이었다.

무사는 무릎을 굽혔다 폈다 하면서 기다렸다. 가케루는 도로 쪽으로 몸을 내밀었다. 차례차례 제1구간 주자들이 도착해서 어깨띠를 건네주고 제2구간 주자들이 츠루미 중계지점에서 뛰어나갔다. 왕자의 모습은 아직 보이지 않았다. 리쿠도 대학이 통과한 지 30초가 지나고 있었다.

"왕자 형이에요!"

대회 차량 그늘에서 이를 앙다물고 뛰어오는 왕자가 보였다. 대회 진행자가 아직 중계지점에 남아 있던 대학 이름을 일제히 불렀다. 무사는 "갑니다" 하며 도로로 나가 중계 라인에 섰다.

무사는 왕자를 향해 손을 들었다. 왕자는 필사적으로 팔을 흔들며 뛰고 있다가 무사를 보고는 그제야 생각났는지 어깨띠를 어깨에서 벗었다. 바지의 허리 고무줄이 찰싹 하고 야단치듯이 옆구리를 가볍게 때렸다.

조금만 더, 조금만 더 가면 된다.

"왕자 씨!"

"왕자 형!"

무사와 가케루가 큰 소리로 외쳤다. 가케루 옆에서 왕자의 도착을 가만히 기다리는 기요세가 보였다.

중계 라인을 넘은 왕자는 달리기 시작한 무사에게 손에 꽉 쥐고 있던 어깨띠를 건네주었다. 어깨띠는 왕자와 무사를 한순간 이어준 다음 금방 왕자의 손에서 빠져나갔다.

심장이 아팠다. 눈을 뜨고 있을 수가 없었다. 이 거친 숨소리가 내 입에서 나오는 건가?

왕자는 발걸음을 멈추고 앞으로 꼬꾸라질 뻔하다가 누군가가 자기 몸을 안아주는 것을 느꼈다.

"아까 오테마치에서 했던 말은 취소다."

기요세의 목소리가 바로 옆에서 들렸다.

"난 이렇게 말하고 싶었어. 여기까지 함께 해줘서 고맙다."

"합격."

왕자가 중얼거렸다.

가케루와 기요세는 게이힌 급행열차로 요코하마로 가서 JR로 갈아타고 오다와라로 향했다. 사람이 부족하기 때문에 아시노 호로 먼저 가서 제5구간을 달려올 신동을 맞이하기로 한 것이다.

완전히 삐어버린 왕자를 츠루미 중계지점에 그대로 두고 오는 것이 마음에 걸렸지만 당사자인 왕자가 이렇게 말했다.

"둘 다 나 신경 쓰지 말고 빨리 하코네로 가. 내 차례는 이제 끝났잖아. 좀 쉬다가 걸을 수 있게 되면 알아서 호텔에 가 있을게."

왕자는 요코하마 역 근처 호텔에서 TV를 보면서 대회 상황을 파악하는 역할을 맡기로 했다. 기요세와 가케루도 이튿날에 뛸 것을 대비해서 오늘 밤 안으로 하코네에서 돌아와 같은 호텔에서 묵을 예정이다.

수분을 보충한 왕자가 간신히 몸을 일으킬 수 있게 되자, 가케루와 기요세는 츠루미 중계지점을 떠났다.

기요세가 오테마치에서 들고 온 벤치 코트를 왕자가 다시 받아서 입었다. 지금은 가케루가 무사의 벤치 코트를 들고 있다. 산길을 올라온 신동이 이 옷을 입게 된다. 사람도 모자라고 장비나 옷도 모자란 상태였다.

1월 2일의 JR도카이 도선 열차는 하코네 역전경주를 따라가는 손님들과 신사에 참배를 하러 가는 것으로 보이는 가족 승객들로 좌석이 거의 다 차 있었다. 가케루는 4인용 박스 의자에 빈자리를 하나 발견해 시 기요세를 앉게 했다. 기요세는 벤치 코트 주머니에서 메모장과 볼펜을 꺼냈다.

"왕자의 기록은?"

"1시간 05분 37초요."

손목시계의 스톱워치 기능으로 확인한 가케루가 대답했다. 기요세는 메모장에 데이터를 써 내려갔다.

"바로 앞에서 간 도치도 대학과의 시간차는 11초. 선두인 리쿠도 대학과의 차이도 1분 01초네. 기회는 아직 얼마든지 있겠어. 왕자가 정말 열심히 잘한 거야."

왕자가 간세이 대학의 어깨띠를 츠루미에서 무사에게 넘겨준 등수는 출전한 20팀 중 20번째. 간토 학생연합 선발팀은 예선 대회에 출전한 여러 대학의 선수들로 편성된 팀으로, 선수 개인 기록은 공식 기록으로 남아 있지만 팀으로서의 순위는 없다. 따라서 간세이 대학의 순위는 19

위로, 제1구간을 끝낸 단계에서 명실공히 꼴찌였다.

그러나 기요세의 말대로 얼마든지 뒤집을 수 있는 시간차였다. 제1구간이 느린 페이스로 전개된 것이 왕자와 간세이 대학에는 행운이었다. 경주는 이제 시작이다.

휴대용 TV는 가케루가 들고 있었는데 기차 안에서는 화면이 제대로 보이지 않았다.

"이걸 틀어봐."

기요세가 건네준 라디오를 받았다. 주파수를 맞추려고 버튼을 돌리고 있는데 기요세의 휴대전화가 울렸다. 토츠카 중계지점에서 제3구간 주자인 조타와 함께 있는 킹한테서 온 전화였다.

"하이지, 어마어마한 일이 벌어졌어! 당장 TV 켜고 봐봐!"

"여기서는 볼 수가 없는데."

기요세가 대답했다.

화려한 제2구간에서는 파란만장한 경주가 전개되고 있었다.

선두를 달리는 선수는 리쿠도 대학과 보소 대학. 그런데 츠루미 중계지점에서 아홉 번째로 어깨띠를 이어받은 마나카 대학 선수가 그 두 선수를 맹렬하게 따라잡고 있었다. 츠루미에서 2위였던 요코하마 대학은 반대로 순위가 크게 뒤처졌다.

삼파전이 벌어진 선두 그룹에서는 각 대학 선수들의 기백과 자존심이 치열하게 부딪치는 상황이었다. 그런데 그 무렵 하위 그룹에서도 눈을 뗄 수 없는 움직임이 일어나고 있었다.

츠루미 중계지점에서 18위였던 조난분카 대학이 구간 기록에 가까운 속도로 질주하고 있었던 것이다. 당연히 조난분카 대학 앞뒤를 달리던 대학들도 추월당하지 않으려고, 혹은 뒤처지지 않으려고 모두 빠른 페이스를 유지했다.

꼴찌로 츠루미를 출발한 무사는 도치도 대학, 조난분카 대학 선수를 따라잡아 이제는 같은 선상에서 뛰려는 참이었다. '1킬로' 플래카드를 들고 담당 학생이 길가에 서 있었다. 무사는 손목시계를 확인했다. 처음 1킬로를 2분 48초 만에 달렸다.

이런 속도로 23킬로나 되는 제2구간을 완주하는 것은 불가능하다. 후반에 가서 힘들어질 게 눈에 보였지만 그렇다고 여기서 뒤처져서 순위가 내려가게 할 수도 없었다. 무사는 도치도, 조난분카 선수들보다 약간 늦게 데이토 대학을 추월했다. 츠루미에서 70미터나 되었던 데이토 대학과의 거리차를 단숨에 따라잡은 셈이다.

길가는 사람들로 엄청나게 붐비고 있었다. '인산인해'는 바로 이런 상태를 일컫는 말이군요, 하고 생각했다. 공동주최를 한 신문사가 나눠준 작은 깃발을 든 사람들이 끝도 없이 인도를 따라 늘어서 있었다. 모두가 밝은 표정으로 순식간에 지나치는 선수들에게 성원을 보냈다. 예선 대회나 아게오 시티 하프 마라톤과는 비교할 수 없을 정도로 들뜬 분위기였다.

이게 하코네 역전경주. 더구나 그중에서도 에이스 구간을 달린다는 것이구나.

무사는 기뻤다. 이 나라에서 태어난 사람도 아니고, 더구나 자기를 반기지 않는 사람들도 있다. 그 점은 알고 있었다. 하지만 지금 이 순간 나는 더할 나위 없이 자유롭고 평등한 자리에 있다. 옆에서 달리는 선수도, 어디에 있는지 보이지도 않을 만큼 앞서서 달리는 선두의 선수도 같은 시간과 공간을 틀림없이 함께하고 있다

오로시 훈련을 거듭해서 달리기만을 위한 육체가 되어 지금 이 순간 같은 도로 위에서 불어오는 바람을 함께 맞으며 뛰고 있다.

후지오카가 한 말이 맞았다. 이공학부의 유학생으로만 남았으면 이런 흥분과 일체감은 절대로 맛볼 수 없었을 것이다. 마음을 다해 달리기에 임한 사람만이 알 수 있는 이 피 끓는 흥분을 말이다.

환호성이 더욱 크게 들렸고, 무사는 그 소리로 자기가 요코하마 역 앞을 통과했음을 알아차렸다. 8.3킬로 지점이었다. 어느 틈에 여기까지 왔지? 머리 위를 덮고 있던 고속도로의 고가가 오른편으로 크게 커브를 그리며 멀어져갔다. 활짝 펼쳐진 하늘에서 옅은 햇빛이 내렸다. 무사는 마르기 시작한 도로 위를 조난분카, 그리고 도치도 대학 선수들과 나란히 계속 달렸다.

리듬을 탄 무사의 머리에서는 5킬로 지점에서 주인 할아버지가 "페이스를 늦춰"라고 지시했던 말도, 조금 더 가면 제2구간의 난관인 곤타 언덕이 기다리고 있다는 사실도 새하얗게 지워져 있었다.

"너무 빨라."

기요세는 라디오 이어폰을 귀에서 뺀 다음 주인 할아버지에게 전화를 걸었다.

"네~, 감독 차량입니다."

"5킬로에서 무사한테 제대로 전달하신 거 맞아요?"

"너 목소리 깔지 마라, 하이지. 전달했지, 틀림없이 전달했다고. 그렇지만 아예 들어먹을 생각도 안 하는데 어쩌라는 거냐?"

"10킬로 지점에서 다시 한번 페이스 늦추라고 말씀해주세요."

전화를 끊은 기요세가 좌석의 딱딱한 등받이에 뒤통수를 댔다. 눈살을 찌푸리고 눈도 꽉 감은 채 한숨을 쉬었다.

"분위기에 완전히 휩쓸렸어."

가케루는 등받이에 손을 얹고 살짝 몸을 기울여서 창밖으로 흘러가는 경치를 내다보았다.

"오늘은 바람이 없어서 다행이네요. 바다는 아직 안 보이네."

기요세가 눈을 뜨고는 '이 와중에 한가한 소리를 하고 있네' 하는 표정으로 올려다보는 것을 알 수 있었다.

"무사 형은 분명 너무 늦기 전에 알아차릴 거예요. 믿어보자고요."

가케루가 창밖에 눈길을 둔 채 말했다. 기요세는 다시 이어폰을 한쪽 귀에 쑤셔 넣더니 "그렇게 믿어봐야지" 하고 중얼거렸다.

하코네 역전경주 10개의 구간 중에서 츠루미에서 토츠카에 이르는 제2구간은 23킬로로 가장 긴 거리이다.

더구나 14킬로를 지난 곳부터 1.5킬로나 오르막길이 이어지는 곤타 언덕이 있다. 곤타 언덕을 지난 다음에도 자잘하게 오르고 내리는 곳이니 오다가 20킬로 지점부터 마지막 3킬로 구간은 다시 오르막길이다.

23킬로라는 거리도 그렇고 막판에 오르내림이 많다는 점 때문에라도 '화려한'이라는 수식어가 어울릴 만큼 어렵기도 하고 볼거리도 많은 코스이다. 이 구간을 달리는 선수에게는 종합적인 달리기 실력은 물론이거니와 스트레스와 괴로움을 이겨낼 수 있는 강인한 정신력과 끈기가 요구된다. 시합 전개를 읽어낼 수 있는 명석한 두뇌와 코스의 오르내림에 따라 달리는 방법을 바꿀 수 있는 재주도 반드시 필요하다.

무사는 요코하마 역을 지나칠 때까지 비교적 평탄한 길을 리듬을 타고 순조롭게 달렸다. 그 기세 그대로 곤타 언덕에 달려들었다가 오르막길에 접어든 지 4초 만에 '아, 곤타 언덕이다' 하고 알아차렸다. 갑자기 무게추를 달아놓은 것처럼 다리를 움직이기 힘들어졌기 때문이다.

나란히 달리던 소난분카 대학과 도치도 대학 선수들과의 거리가 점점 벌어졌다. 무사는 허둥지둥 따라잡으려다가 불가능하다는 사실을 깨달았다.

내가 도대체 무슨 짓을 하고 있었나? 차가운 바람이 얼굴을 때리고 있음을 그제야 자각했다. 착 달라붙은 팔 보호대가 땀을 빨아들여서 어느새 축축해져 있었다.

'아무래도 정신을 못 차리고 있었던 모양입니다.' 활짝 열어젖힌 창문으로 커튼을 살랑살랑 흔들면서 바람이 불어 들어온 것처럼 무사의 눈과 귀에 주변의 모습이 갑자기 뛰어들었다. 국도 1호선 주위로 띄엄띄엄 서 있는 작은 구멍가게들. 벽을 이루며 죽 늘어서 있는 관객들이 보내는 커다란 환호성. 평화로운 연초의 교외 풍경이었다.

츠루미 중계지점에서 가케루와 함께 TV로 보지 않았나? 제2구간을 뛰는 선수들 중 열한 명이 1만 미터 28분대의 기록을 가지고 있다. 조난분카와 도치도의 선수도 그중에 포함되어 있었다. 저 두 사람을 따라잡겠다고 나서 봐야 제풀에 지쳐서 나가떨어질 뿐이다.

선수의 기록만 알면 금방 결과를 추측할 수 있는 경기에 무슨 재미가 있겠냐고 쌍둥이가 그랬다. '하지만 그건 그렇지 않습니다.' 무사는 생각했다. 기록이라는 단순한 수치가 선수의 실력 차이를 명확하게 드러낼 수 있다고는 하지만 관건은 이 시합이 트랙 경기가 아니라 역전경주라는 점이다. 어깨띠를 받아 매고, 다시 다음 주자에게 넘겨주기 위해 달린다. 평탄한 트랙을 일제히 달리는 1만 미터와는 사정이 다르다. 곳곳에 오르내리는 구간이 있는 23킬로는 도쿄와 하코네를 왕복하는 거리의 겨우 10분의 1에 지나지 않는다. 열 명이 만들어내는 거대한 경주의 아주 작은 한부분일 뿐이다

앞으로 벌어질 미지의 시합 전개를 이끌어내는 제2구간은 서막에 불과하다. 그러니까 너무 앞서가려고 나서지 말고 서막에 걸맞게 뛰면 된다. 한마디로 말하자면 냉정하게, 착실하게, 조금이라도 순위를 올리

는 것이다. 속도로 이길 수는 없어도 시합의 전개를 침착하게 읽어내고 기회를 노리자.

우선은 15킬로 지점에서 물을 제대로 마셔야지. 춥다고만 생각했는데 빠른 속도로 뛰어온 터라 땀을 상당히 많이 흘렸다. 그리고 또……, 맞다. 무사는 기요세가 말해준 주의사항이 생각났다.

"곤타 언덕 내리막길은 신중하게 가야 돼. 오르막은 그때까지 순조롭게 뛰었으면 그 리듬대로 나아갈 수 있을 거야. 그렇다고 내리막도 무작정 돌진하다가는 틀림없이 뻗게 된다. 곤타 언덕의 내리막에서는 약간 속도를 늦춰서 체력을 비축할 것. 제2구간에서 승부를 가르는 진짜 포인트는 마지막 3킬로의 오르막길이다. 거기까지 잘 참고 조절해 나가도록 해."

'알겠습니다, 하이지 형.'

무사는 혼자 고개를 끄덕이고 묵묵히 곤타 언덕을 올라갔다. 곤타 언덕 최고점은 해발 56미터이다. 요코하마 역 앞은 해발 2.5미터니까 50미터 이상을 단숨에 뛰어오르는 셈이다.

최고점 바로 앞이 15킬로 지점이다. 급수 담당이라는 이름표를 붙이고 간세이 대학 운동복을 입은 단거리 선수가 무사에게 대회 주최 측에서 지급한 음료수병을 들어 보였다.

"지금 18등. 앞에 일곱 명이 뭉쳐서 가요. 충분히 가능해요."

같이 뛰는 아주 잠깐 사이에 간략하게 정보를 알려주었다. 무사는 끄덕인 다음 입에 머금는 것처럼 천천히 수분을 섭취했다. 배가 무거워지지 않을 정도로만 마신 다음 물병을 길가에 던졌다.

18등이라면 정신없이 뛰는 사이에 데이도 대학 말고 또 한 팀은 추월한 모양이었다. 급수 담당의 말로는 일곱 명이 뭉쳐서 간다고 했는데 그중 두 명은 조난분카와 도치도일 것이다. 그 둘은 틀림없이 더 앞서

나가겠지. 남은 다섯은 어느 대학일까?

곤타 언덕의 완만한 내리막을 이용해서 무사는 앞쪽을 내다보았다. 앞선 선수들을 차례차례 젖히고 앞질러가는 도치도 대학 선수의 모습을 찍기 위해 중계차가 한 대 따라붙었다. 15킬로 지점에서 지시를 하려고 각 대학의 감독 차량들도 바쁘게 움직이고 있었다. 차가 가로막아서 잘 보이지 않았지만 몇 명이 각축을 벌이고 있는 모양이었다.

무사는 중앙선 쪽으로 약간 움직여서 시야의 각도를 조정했다. 유라시아 대학의 녹색과 흰색 세로줄 무늬의 유니폼이 보였다.

유라시아 대학? 츠루미 중계지점을 4위로 출발하지 않았나?

무사는 그제야 비로소 순위에 커다란 지각 변동이 일어나고 있음을 알아차렸다.

이렇게 많이 뒤처졌다는 것은 달리기에 여유가 없다는 증거이다. 컨디션이 좋지 않거나 스트레스에 짓눌렸거나 아무튼 리듬을 타지 못한다는 뜻이다.

중계차가 점점 멀어졌다. 도치도와 조난분카가 그룹에서 벗어나 앞으로 내달리고 있는 모양이다. 남은 다섯은 충분히 따라잡겠다. 무사는 그렇게 판단했다. 앞지를 수도 있다. 초조해하지 말고 조금씩 거리를 좁히자.

뒤에 있는 감독 차량에서 주인 할아버지의 걸걸한 목소리가 들렸다.

"무사! 흥분해서 날뛰는 경주마처럼 콧김만 뿡뿡대면서 불알은 잔뜩 쫄아가지고 뛰는 건 아니겠지?!"

스피커 너머의 목소리가 잠시 끊겼다. 차에 동승한 감시요원이 주의를 준 모양이었다. 헛기침 소리와 함께 다시 주인 할아버지가 말했다.

"하이지가 한 말을 기억하고 있겠지, 무사 군! 생각나면 그 자리에서 앞구르기 세 번 실시!"

어쩌다가 저렇게 말도 안 되는 사람이 감독이 되었을까? 무사는 웃었다. 그렇게 웃었더니 어깨의 힘이 빠지면서 머리가 더욱 맑아지고 침착해지는 것이 느껴졌다.

무사는 오른손을 가볍게 들어 감독 차량을 향해 알았다는 사인을 보냈다.

토츠카 중계지점에서는 조타와 킹이 비닐 돗자리에 앉아 휴대용 TV를 보면서 이야기하고 있었다.

"하위 팀들은 잘 안 보여주네. 무사는 어디쯤에 있지?"

"할 수 없잖아. 선두 경쟁이 워낙 치열하니까."

화면 속에서는 마나카 대학이 드디어 리쿠도 대학과 보소 대학을 제치고 단독 선두로 나서기 시작한 참이었다.

"하지만 무사 형이라면 틀림없이 잘하고 있을 거야."

그 말을 하는데 마침 화면에 15킬로 지점 통과 순위가 나왔다. 간세이 대학은 18번째. 여러 대학 선수들을 모아놓은 연합 선발팀을 제외하면 17위로 올라간 것이다. 카메라 화면이 바뀌면서 하위 팀 선수들의 모습을 보여주었다. 무사가 앞을 달리는 다섯 선수들에게로 점점 다가가고 있었다.

"거봐!"

"잘한다!"

조타와 킹은 신이 나서 손을 맞잡고 악수했다.

"여기 앉아 있을 때가 아닌데. 조타, 어쩌면 무사는 생각보다 빨리 이리로 올지도 모르겠나."

"그런데 전 달리기 선에는 가만히 있는 편이 더 나은 것 같더라고요."

조깅으로 일찌감치 몸을 푼 조타는 앉은 채로 스트레칭을 하면서 말했다.

"그러고 보니까 킹 형, 취직 활동은 어떻게 돼가요?"

"지금 그 얘기가 왜 나와?"

"다른 얘기라도 해야지 안 그러면 자꾸 긴장되니까."

"그 얘기를 하면 내가 진땀이 나잖아."

킹은 부루퉁해져서 구시렁거리면서도 지금은 제3구간을 달려야 할 조타의 마음을 평온하게 만들어주는 것이 먼저라고 생각했다. 그래서 하는 수 없이 대답했다.

"아무것도 안 해. 이런 생활을 하면서 언제 어떻게 취직 활동을 하란 말이야?"

"네에-? 그럼 어떡해요? 졸업하면 취준생이에요?"

"한 해를 더 꿇을까?"

킹은 무릎을 안고서 한숨을 쉬고는 하늘을 올려다보았다. 파란 겨울 하늘에 엷은 흰 구름이 떠 있었다.

"부모님이 허락하실지 모르겠다."

흘러나온 한숨은 구름과 같은 질감으로 떠다니다가 공중에서 녹아버렸다.

"꿇어라, 꿇어라."

조타가 양반다리 자세로 엉덩이를 지렛대 삼아 상체를 앞뒤로 흔들었다.

"그럼 내년에 또 여기 나오면 되잖아요."

"야, 이제 막 새해가 밝았는데 벌써 내년 얘기를 하냐? 난 안 나와. 그랬다가는 또 취직을 못 하잖아."

킹은 조타의 제안을 그 자리에서 즉각 내쳤는데 그러다 갑자기 멈칫했다.

"……그럼 넌 나올 생각인 거야? 내년에도?"

"나올 거예요."

조타가 일어섰다.

"당연히 나와야지."

조타의 눈은 한 번도 본 적이 없을 정도로 진지한 빛을 띠고 있었다. 이 녀석 진심이네. 출전을 앞두고 활활 타오르는 조타의 투지를 느끼면서 킹도 의욕이 솟구쳤다.

"좋았어!"

킹도 비닐 돗자리에서 일어나 무릎을 펴고 스트레칭을 했다.

"마지막으로 살짝 다리 좀 풀자."

조타와 킹은 사람들로 북적이는 토츠카 중계지점 안을 가볍게 뛰면서 왔다 갔다 했다.

마지막 3킬로를 두고 시작되는 지옥의 오르막길을 무사는 정신력 하나로 버티며 뛰고 있었다.

유라시아 대학을 언덕 바로 전에 앞질렀다. 지금 무사와 나란히 뛰고 있는 선수들은 도쿄가쿠인 대학, 아케보노 대학, 기타간토 대학, 그리고 학생연합 선발팀이었다. 그보다 더 앞서가는 선수들의 모습은 보이지 않았다. 그만큼 거리가 벌어져서인지 대회 차량이나 지형에 가로막혀 보이지 않을 뿐인지 알 수 없었다.

일단은 함께 달리는 네 명의 선수들 동향을 살피는 것만 해도 벅찰 지경이었다. 여기서 뒤처질 수는 없는 일이었다. 가능하면 속도를 더 올려서 이 그룹에서 미리 하나만큼이라도 앞서나가 제3구간 선수에게 어깨띠를 넘겨주고 싶었다. 보누가 그렇게 생각하며 언제 치고 나갈지 기회를 엿보고 있음이 느껴졌다.

여기까지 왔는데 이 그룹에서 맨 먼저 뒤떨어지고 싶지는 않았다.

체력도 정신력도 한계에 다다르고 있었지만 그 집념 하나만 가지고 속도를 늦추지 않고 앞으로 나아가고 있는 상태였다.

토츠카 중계지점은 오르막길 중턱에 있다. 앞으로 500미터. 방음벽 때문에 왼편의 경치가 보이지 않았다. 하지만 인도에 넘쳐나는 관객들이 중계지점이 가까워졌음을 알려주고 있었다. 바로 앞을 가는 학생연합 선수가 자기 이상으로 땀을 흘리고 있는 게 무사의 눈에 보였다. 함께 달리는 모든 선수가 숨을 헐떡이고 있었다. 물론 무사도 마찬가지였다.

여기서 나가는 수밖에 없다. 무사는 학생연합 선수를 젖히고 그룹 맨 앞으로 나섰다. 마지막으로, 죽을힘을 쥐어짠 스퍼트였다.

토츠카 중계지점에서 조타에게 이 어깨띠를 넘겨줄 수만 있으면 그 다음에는 쓰러져서 일어나지 못해도 상관없다. 구간 기록에는 한참 못 미치는 기록이지만 그래도 이게 내가 할 수 있는 최선이다. 내가 할 수 있는 최선의 달리기를 남은 수백 미터에서 발휘하지 않으면 언제 또 하란 말인가.

턱이 올라가고 자세도 장거리 선수에 걸맞지 않은 엉망진창이 되었지만 지금 찬물 더운물 가릴 때가 아니었다. 중계지점이 보였다. 천천히 손을 들고 있는 조타의 모습이 보였다. 무사는 윗몸을 완전히 앞으로 기울인 자세로 온 힘을 다해 질주했다. 언제 벗었는지 기억도 나지 않지만 조타를 향해 내민 손에는 간세이 대학의 어깨띠를 꽉 쥐고 있었다.

"에이스다운 달리기였어."

어깨띠를 받은 손으로 조타가 무사의 팔을 두 번 툭툭 쳤다. 달려가는 조타의 가벼운 발소리를, 무사는 그대로 길바닥에 쓰러져서 아스팔트를 통해 들려오는 진동으로 들었다.

정신을 차려보니 무사는 비닐 돗자리에 눕혀져 있었다. 라멘가게와 중고차 판매점의 주차장인 모양이었다. 토츠카 중계지점은 서민적인 장소에 있네, 하고 멍하니 생각했다. 주변은 대회 관계자와 달리기를 마친 선수, 그 선수를 보조하는 사람들의 웅성거림으로 가득 차 있었다. 아주 잠깐 동안 의식을 잃었던 모양이다.

"정신이 들어?"

울상이 된 킹의 얼굴이 시야를 한가득 차지하며 나타났다.

"정말 잘했어, 무사."

킹의 설명을 듣고 무사는 상황을 파악했다. 무사는 마지막 경쟁에서 이겨서 13위로 토츠카 중계지점에 도착했던 것이다. 일곱 팀을 앞지르면서 23킬로를 1시간 10분 14초 만에 주파했다. 제2구간을 뛴 스무 명 가운데 12번째 성적이었다.

13등으로 올랐다고 해도 12등인 신세이 대학한테는 27초나 뒤져 있었고 14등인 도쿄가쿠인 대학과는 6초밖에 차이가 나지 않았다. 아직까지 전혀 마음을 놓을 수 없는 상황이었지만 무사가 열심히 잘해준 덕분에 간세이 대학에도 희망이 보이기 시작했다.

"조타도 네가 달리는 모습을 보고 투지를 불태우더라고."

킹은 계속 바깥에 있는 바람에 빨개진 코를 비볐다.

다행이다. 나는 잘 뛰었구나.

무사는 입술을 떨면서 말없이 고개만 끄덕였다. 무슨 말이라도 하려다가는 목소리와 함께 눈물이 터질 것만 같았다.

JR오다와라 역에 내린 가케루와 기요세는 하코네 등산열차로 갈아타기 위해 역 구내를 걸었다.

"그래, 알았어. 수고했어."

기요세는 킹과의 통화를 마치고 휴대전화를 접었다.

"무사는 금방 정신을 차렸대. 이제 둘이서 후지사와의 호텔로 간다고 그러네."

"그래요."

가케루는 마음이 놓였다. 토츠카 중계지점에서 앞으로 꼬꾸라지는 무사의 모습을 TV로 보고는 계속 걱정을 하던 참이었다. 킹도 당황했는지 휴대전화로 전화를 걸어도 한동안 받지 않았다. 시간이 조금 지나서야 킹이 먼저 전화를 걸어와 보고를 했고, 그 통화로 무사가 잘 있음을 알 수 있었다.

"달리기 전에 조타에겐 전화를 안 해도 괜찮았던 거예요?"

표를 사서 개찰구로 들어갔다. 기요세는 전광판으로 열차 출발시간을 확인했다. 하코네유모토까지 가는 오다큐 선 열차가 10분 후에 들어오는 모양이었다.

"쌍둥이는 그냥 내버려둬도 괜찮을 거야. 불안하거나 하면 자기들이 먼저 전화할 성격이니까."

하긴 그러네 하고 가케루도 생각했다. 나란히 계단을 내려갔다. 플랫폼에는 여기저기 기모노를 입은 사람들이 보였다.

"그보다도 걱정은 신동의 상태야."

열차가 오기 전에 기요세가 다시 전화를 걸기 시작했다.

"유키 형한테 거는 거예요?"

가케루가 물었더니 기요세가 끄덕이고는 그쪽에서 전화를 받았는지, "나야" 하고 말했다.

가케루는 옆에서 손을 뻗어 기요세 휴대전화의 스피커폰 기능을 켰다. 사람들이 많은 곳이니 상관없겠지. 고개를 갸웃거리는 기요세의 손을 잡고 휴대전화를 눈앞에 들어 올리는 자세로 잡게 했다.

"신동 상태는 좀 어때?"

"잘 모르겠어."

유키의 목소리가 대답했다.

"안색도 잘 안 보이고 손을 못 대게 하니까 열도 못 재고. 뭐, 좋은 편은 아니겠지."

"안색이 잘 안 보인다는 게 무슨 소리야?"

기요세가 눈썹을 치켜올렸다.

"너 신동 옆에 제대로 붙어 있는 거 맞아?"

유키는 제5구간을 달리는 신동과 함께 오다와라 중계지점에 있는 것으로 알고 있었다. 바로 근처까지 왔는데도 상황을 보러 가지 못해서 기요세는 답답한 모양이었다.

"신동은 옆에 있지."

유키가 말했다.

"그런데 코 아래를 수건으로 말고 그 위에 마스크를 하고 있거든. 더구나 감기용 마스크랑 꽃가루용으로 불쑥 튀어나온 모양의 마스크를 이중으로 하고 있어. 안색이랄까 얼굴 자체가 거의 안 보일 지경이야. 너 숨은 제대로 쉴 수 있냐?"

아무래도 신동은 옆에 있는 유키에게 감기가 옮지 않도록 방역태세를 만반으로 갖추고 있는 모양이었다. 휴대전화를 건네주는 기척이 들리더니 "여보세요" 하는 신동의 목소리가 들렸다. 몸값을 요구하는 유괴범처럼 웅얼웅얼 발음이 또렷하지 않은 목소리였다.

"열은 몇 도야?"

기요세가 단도직입적으로 물어도 신동은 "없어요. 괜찮아요" 하는 대답만 했다.

"가케루도 거기 있어요?"

신동이 이름을 불러서 가케루는 "네" 하며 휴대전화에 한 발짝 다가갔다.

"될 수 있으면 중간에 마스크를 사다 놔줘. 지금 하고 있는 건 유키 형한테 맡길 거니까."

"열도 없다면서 그렇게까지 조심할 필요는 없잖아?" 기요세가 말하자, "어떻게 하이지 형이 들은 거야?" 하고 신동의 목소리에서 당황하는 기색이 느껴졌다.

스피커폰으로 듣고 있거든요, 하고 가케루는 마음속으로만 설명하고는 "알았어요. 사둘 테니까 걱정 말아요" 하고 소리 내어 대답했다.

"신동, 너 수분 섭취 많이 해야 된다."

기요세가 지시했다.

"뛰다가 쉬를 싸더라도 탈수 증세를 일으키는 것보다는 나으니까."

"둘 다 싫어요."

신동이 웃더니 전화를 끊었다.

"편리한 기능이 있네."

기요세가 자기 휴대전화를 들여다보았다. 가케루는 스피커폰 기능을 끈 다음 "몰랐어요?" 하고 물었다.

"전혀 몰랐는데."

그럼 무엇을 위한 버튼이라고 생각한 거지? 가케루는 고개를 갸웃거리면서 플랫폼에 있는 매점으로 달려갔다. 마스크를 산 다음 기요세가 있는 곳으로 돌아오자 마침 하코네유모토로 가는 열차가 들어오고 있었다.

기요세는 고개를 살짝 숙인 채로 열차에 올랐다.

"무리해서 뛰지 않아도 돼, 라고 해줄 수 없다는 게 참 미안하네."

가케루는 마스크를 주머니에 넣고 말없이 기요세를 따라 열차에 올라탔다.

조타에게 쌍둥이 동생 조지는 말 그대로 영혼의 반쪽이었다.

조타와 조지의 부모님은 아들들을 헷갈린 적이 한 번도 없었다. 쌍둥이는 어렸을 때 조타가 조지인 척하고 조지가 조타인 척하면서 어른들을 놀리곤 했다. 그러나 부모님만큼은 조타와 조지를 한 치의 오차도 없이 분간해냈다.

참 신기하지, 하고 조타는 생각했다. 거울을 보다 보면 가끔씩 스스로도 조타인지 조지인지 모를 때가 있을 정도였는데.

부모님은 쌍둥이를 서로 비교한 적이 한 번도 없었다. 비교할 수 없는 전혀 다른 별개의 사람. 그리고 똑같이 소중한 자기 자식들로 사랑해주셨다.

부모라면 당연히 가져야 할 태도이지만 그 당연한 자세를 갖추지 못한 사람도 있다는 사실을 조타는 어느 정도 자란 후에야 알 수 있었다. 아이들을 비교하고, 자기 소유물로만 생각하는 부모도 있다는 사실을 알았다. 우리 부모님이 그런 사람들이 아니라서 정말 다행이라고 조타는 생각했다.

얼굴은 닮았어도 그 안에 깃든 영혼은 다르다.

그 사실을 조타가 아무런 거리낌 없이 당연하게 받아들일 수 있었던 이유는 부모님이 그렇게 자신들을 대해주었기 때문이다. 조타는 가장 가까이 있지만 자기와는 다른 사람으로, 쌍둥이 동생을 매우 자연스럽게 사랑하고 있다.

조타와 조지는 언제나 함께였다. 같은 방에서 생활하고 같은 학교에 다니고 똑같이 축구를 했다. 싸웠다가 금방 화해했고 공통의 친구들과 놀았다.

조타는 조지에 대해서라면 거의 모든 것을 알고 있다. 어떤 음식을 좋아하는지도, 오른쪽 발목에 작은 점이 있다는 사실도, 언제 누구랑 첫 키스를 했는지까지도. 하지만 조지가 자기와는 완전히 성격이 다르다는 사실도 알고 있다.

조타와 조지에게는 친구가 많다. 주변에서도 밝고 유쾌한 사람이라는 평가를 하고 있으리라고 생각한다. 그 평가는 틀리지 않았고 다른 사람들이 그렇게 생각한다는 점에 불만은 전혀 없지만, 조타 스스로 생각하기에 그 표현은 약간 틀리다는 느낌을 가지고 있었다.

조지가 나보다 훨씬 순수하다.

조지는 정말 존재 자체만으로 그 자리의 분위기를 부드럽게 하는 사람이다. 조지는 화를 내건 웃건 마음속에 아무런 계산도 들어 있지 않은 순수한 감정을 표현하는 것이다.

조타는 그 정도로 천진난만하지 않다. '이렇게 하면 다른 사람들이 좋아하겠지' 하고 계산해서 행동하는 경우도 있다. 사실 따져보면 조지처럼 구김살 없는 사람이 오히려 보기 드물 것이다. 그러기에 조타는 쌍둥이 동생이 더욱 좋았다.

조지는 아직 알아차리지 못한 것 같지만, 하고 조타는 생각했다. 이제 슬슬 서로 다른 길을 갈 때가 왔다. 언제나 둘이 함께 같은 길을 걸어왔지만 앞으로도 이렇게 살지는 못한다.

하마스카 교차로에서 남쪽으로 내려가 쇼난 해안도로로 접어들었다. 해변가 길을 달리자 바람이 정면에서 불어왔다.

조타와 조지는 학력과 운동능력까지도 거의 비슷했다. 그래서 같은 고등학교에 진학했고 축구부에서도 둘 다 정규 선수로 활약했다.

하지만 달리기는 조지가 더 적성이 맞는다.

지금은 기록에 별 차이가 없다. 하지만 조타는 조지에 대해 그 누구보다도 잘 알고 있기 때문에 알아차릴 수 있었다.

나는 아마 여기까지가 한계겠지만 조지는 더 빨라질 수 있다. 내가 볼 수 없는 세계로 갈 수 있다. 그만한 소질도 있고 달리기가 너무너무 좋은 모양이니까.

많은 사람들에게 사랑을 받고 누구라도 거리낌 없이 좋아할 수 있는 조지. 그런 조지가 달리기에 대해 보인 열의와 집착에 조타는 많이 놀랐다.

보나 마나 금방 질리겠지, 하고 생각했는데 조지는 매일같이 열성으로 달리고 훈련했다.

기요세조차 알아차리지 못한 모양이지만 조지는 가끔 한밤중에 몰래 자체 트레이닝을 하기도 했다. 조타가 깨지 않도록 조용히 이불에서 빠져나가 한 시간가량 바깥에서 뛰다가 돌아온다.

방에 둘이 있을 때면 조지는 수시로 가케루에 대한 이야기를 꺼냈다. 오늘 가케루의 달리기 정말 대단하지 않았어? 어떻게 하면 그렇게 뛸 수 있지? 조금이라도 더 가케루의 실력에 다가가기 위해 "형, 내 자세 좀 봐줘" 하면서 방에서 자세를 잡아 보이기도 했다. 그럴 때 조지의 눈은 초롱초롱 빛이 났다.

조타와 조지는 같은 학년인 가케루를 편하게 생각해 종종 싸우기도 했다. 조타의 눈에 가케루는 너무 순수해서 오히려 어딘가 균형이 잡히지 않은 존재처럼 보였다. 그 점이 가끔씩 짜증이 나서 자꾸 부딪치곤 했다.

그래도 조지는 [illegible] 가케루를 동경하고 있다. 자기가 진심으로 가케루를 인정하고 있다는 사실을 인정하기가 쑥스러워서 반발하고 있을 뿐이다.

어른이 다 됐네, 조지. 조타는 쓸쓸하면서도 기뻤다. 쌍둥이 동생에게 지금껏 가장 큰 경쟁 상대는 언제나 조타였다. 서로가 서로의 목표였고, 그렇게 영향을 주고받으며 살아왔다. 그런 조지가 드디어 가케루라는 경쟁 상대, 그리고 목표를 발견한 것이다.

달리기를 시작하지 않았다면 알 수 없었겠지. 그랬다면 여전히 함께 같은 뭔가를 보고 있었을 텐데.

하지만 이제 여기까지구나, 조지.

조지의 열의에 이끌려서 조타도 여태 달리기를 했다. 치쿠세이소 사람들도 드디어 하코네 역전경주에 출전하는 데까지 이르렀다. 그리고 조지는 앞으로 더 나아가려 할 것이다. 조타가 아무리 안간힘을 써도 도저히 따라잡을 수 없는 저 멀리까지.

뭐 어때, 하고 조타는 생각했다. 조지가 소중한 내 동생이라는 점에는 변함이 없으니까. 동생의 홀로서기를 환영해주어야 한다. 내가 할 수 있는 일은 지금 열심히 뛰는 것뿐이다. 앞으로 시간을 들여서 더 높은 곳으로 오르려는 조지를 이 달리기로 축복해주어야 한다.

언젠가 조지가 이기기를 바란다. 몇 년이 걸리건 가케루처럼, 아니 가케루 이상으로 빠르고 강해져서 누구에게도 지지 않는 선수가 되기를 바란다. 그때 자기는 무엇을 하고 있을지 아직은 모른다. 그래도 지금처럼 동생을 진심으로 응원하리라는 점만은 확실하게 알 수 있다.

해변가를 달리고 있는데도 방사림(비에 씻기거나 바람에 날리는 모래를 막기 위하여 산이나 바다 사이에 만든 숲/옮긴이)에 시야가 가로막혀 바다가 보이지 않았다. 그저 바다 냄새만이 바람에 실려 교통이 통제된 도로 위로 지나갈 뿐이었다.

밋밋하다면서? 엄청나게 힘든데, 이 코스!

토츠카에서 히라츠카에 이르는 제3구간은 '이어주는 구간'으로 여겨지기 쉽다. 히가시마타노에서 1번 국도를 벗어나 남쪽으로 내려간다. 7킬로 지점에 있는 후지사와 역 근처를 지나면 별 볼 일 없는 동네 길이 된다. 하마스카 교차로에서 오른쪽으로 꺾어져서 134번 국도, 보통 쇼난 해안도로라고 불리는 도로로 들어선 다음에는 끝도 없이 단조로운 경치가 이어진다. 민가도 별로 없고 역에서도 먼 길이어서 이 근방에 오면 길가에서 응원하는 사람들의 모습도 보이지 않을 때가 있다.

누군가가 기대하면 그만큼 더 잘하는 성미의 조타로서는 아무도 보지 않는 곳에서 뛰는 것은 쉬운 일이 아니었다. 쇼난 해안도로로 나올 때까지는 자잘하게 오르내리는 곳이 있었는데 해안길로 접어들고 나서는 길이 거의 일직선으로 평탄하다는 점도 달리기 어렵게 하는 원인이었다.

기온은 섭씨 5.7도. 왼편에는 방사림. 그 위로 겨울치고는 강한 햇살이 조타를 비췄다. 바람은 여전히 앞쪽에서 불어왔다. 날씨가 맑으니 정면으로 후지 산이 보이는 게 당연하겠지만 확인할 여유는 없었다.

역시 하코네 역전경주는 집에서 TV로 봐야 제맛이지, 하고 조타는 생각했다. 새해맞이 음식이나 우물거리면서 뒹굴뒹굴 보는 게 최고지. 원래 제3구간 하면 바다하고 끝없이 이어지는 길하고 후지 산을 공중촬영한 영상으로 즐겨야 맞는 건데. 새해의 분위기가 잘 드러나는 평온하고 희망찬 모습이다.

그런데 실제로 뛰어보니 정말 장난 아니게 힘드네.

토츠카 중계지점에서 무사한테 어깨띠를 받아든 조타의 하코네 역전경주는 오르막길로 시작되었다. 토츠카에서는 17번째로 어깨띠를 건네받은 기타간토 대학 선수가 맹렬하게 조타를 앞질러 갔지만 추격하지 않았다. 난 원래 오르막내리막이 있는 길은 잘 못 뛰니까 하고 생각했다.

기타간토 대학 선수는 출전자들 중에서도 손꼽히는 기록을 가지고 있었다. 조타는 같은 구간을 달리게 될 선수들의 데이터를 유키를 통해 미리 확인했다. 오기를 부려서 저 선수에 맞춰 뛰려고 해봐야 소용없다. 도쿄가쿠인 대학 선수는 나를 앞질러갈 때부터 이미 숨을 허덕이고 있었다. 조만간 다시 간격을 좁혔다가 추월할 수 있겠지.

쇼난 해안도로는 앞이 훤히 잘 보인다. 조타의 눈에 앞에서 뛰는 도쿄가쿠인 대학과 신세이 대학, 그리고 점점 뒤로 처지는 마에바시 공과대학과 조난분카 대학 선수의 모습이 잘 보였다.

15킬로 지점의 급수 지점에서 "앞 선수하고 간격 좁아졌어요!" 하는 소리를 들었다. 좋아, 충분히 할 수 있어. 다리에 힘이 불끈 솟는 느낌이 들었다. 그때까지 침묵을 지키던 감독 차량에서 주인 할아버지의 목소리가 들렸다.

"조타, 너 집중하는 거냐? 딴생각하면서 달리는 거 아냐?"

맞다. 딴생각을 했다. 조지에 대해서라든지. 어떻게 알았지? 고개를 갸웃거렸다. 자세가 흐트러졌나?

"하이지가 전달해달란다. 마지막 1킬로에서 잘 버텨야 돼. 무엇을 보건 동요하지 말고. 이상!"

하이지 형이구나. 조타는 그제야 납득했다. 주인 할아버지가 알 턱이 없다고 생각했는데 그러면 그렇지. 기요세가 휴대용 TV로 조타가 달리는 모습을 보다가 정신 차리라는 일침을 놔야겠다는 판단을 한 거겠지.

그런데 동요할 만한 무엇이 앞길에 기다리고 있는지 도통 짐작이 되지 않았다.

조타는 마음이 들떴다. 기요세는 이미 성격을 잘 파악하고 있겠지만, 조타는 자극적인 뭔가가 있다는 사실을 알면 직접 가서 스스로 확인하지 않고는 못 배기는 성미이다. 아무리 기요세에게 반항해봐야 결국 부처님 손바닥 안에서 노는 것 같아 조금 억울했지만 그래도 유쾌했다.

우선은 도쿄가쿠인 대학과 신세이 대학을 추월했다.

18.1킬로 지점에 사가미 강을 건너는 쇼난 대교가 있다. 방사림이 끝나자 그제야 넓게 펼쳐진 큰 바다가 조타의 시야에 들어왔다. 강물과 바닷물이 부딪치고 뒤섞이면서 하구 근처에 하얗고 커다란 파도를 만들어내고 있었다.

조난분카 대학과 마에바시 공과대학 선수들도 슬슬 앞지를 수 있을 것 같았다. 다리를 다 건너는 지점에서 승부를 걸어야겠다. 조타는 그렇게 마음을 먹고 그보다 앞선 선수가 누군지 보았다.

도쿄 체대였다.

지금까지 볼 수 없었던 도쿄 체대의 파란 바탕에 하늘색 줄이 들어간 유니폼이 거기 있었다.

아직 따라잡을 수는 없다. 하지만 가까이 갈 수는 있다. 조금이라도 거리를 좁혀서 조지에게 넘겨주면 된다. 가케루를 괴롭히고 치쿠세이소 사람들에게 시비를 걸어오는 도쿄 체대의 사카키. 조타는 언제나 사카키만 보면 속이 뒤집혔다. 그런 사카키의 말에 제대로 반박도 못 하고 입을 꾹 다물어버리는 가케루가 딱했다. 알고 보면 나도 만만치 않게 질척거리고 뒤끝이 있는 편이지만 사카키처럼 음침한 놈은 아니거든.

도쿄 체대의 다른 선수들한테까지 감정이 있는 것은 아니지만 사카키가 소속된 팀이라는 점만으로도 저놈들은 우리의 경쟁 상대이다. 완전히 작살을 내버려야 할 적이다. 물론 사카키와 달리 우리는 정정당당하게 달리기로 승부를 내주겠어

조타는 콧김을 거칠게 내뿜으면서 속도를 올렸다. 조난분카 대학과 마에바시 공과대학 선수들과 나란히 달리게 되었다. 상대방도 쉽게 앞

지르게 내버려두지는 않았다. 그러나 조타는 이미 옆에서 달리는 선수들은 안중에 없었다. 앞에 있는 기쿠이 대학과 도쿄 체대 선수들의 모습만 보면서 달렸다.

20킬로 지점이라는 표시가 보였다. 21.3킬로인 제3구간도 조금 있으면 끝난다. 그러고 보니 동요할 만한 일이라는 게 도대체 뭐지? 조타는 문득 그 생각이 들었는데 마지막 1킬로에 접어 들어서자마자 바로 알 수 있었다.

직선도로이기 때문에 1킬로 앞에서부터 히라츠카 중계지점이 보이기 시작했다. 목표물이 생기면 반대로 아무리 달려도 도착하지 않는 듯한 느낌이 든다. 초조해지면 안 된다. 어떻게든 버텨서 같이 달리는 선수들을 젖히고 조금이라도 좋은 기록으로 조지에게 어깨띠를 넘겨주어야 한다.

그런데 여기서 조타를 더욱 놀라게 하는 일이 일어났다. 중계지점을 200미터가량 남겨둔 곳에서 길 옆에 나 있는 인도로 자전거를 탄 하나코가 함께 달리고 있음을 발견한 것이다.

인파 너머로 보이는 하나코가 필사적으로 자전거를 달리고 있었다.

"조타! 조금만 더 가면 돼!"

환호성에 섞여 있는데도 조타는 하나코의 목소리를 분명히 알아들을 수 있었다.

하나짱, 너는 절대로 '힘 내'라고 하지 않네. 더 이상 힘을 낼 수 없을 정도로 있는 힘을 다 내고 있다는 사실을 너는 잘 알고 있구나. 왜 그렇게 우리를 열심히 응원해주는 거야?

조타는 자기를 올려다보며 미소 짓는 하나코의 표정을 떠올리다가 엉겁결에 "앗!" 하고 소리를 지를 뻔했다.

마치 하늘의 계시처럼 그 깨달음이 조타의 머리 위로 쏟아졌다.

혹시 하나짱이 나를 좋아하나?

그렇게 생각하고 보니 하나코가 치쿠세이소에 올 때마다 능글맞게 웃고 있던 유키와 니코짱의 태도도, 그리고 매번 지나치게 열심일 정도로 하나코를 데려다주라고 권했던 무사의 행동의 이유도 충분히 납득할 수 있었다.

아니, 잠깐만. 하나짱은 항상 나랑 조지 둘이서 같이 바래다줬는데. 하나짱도 그렇게 함께 있는 것에 전혀 불만이 없어 보였고.

그럼 하나짱은 우리 중 누구를 좋아하는 거지?

조타는 기쁨과 의문으로 머릿속이 뒤죽박죽이 되었고, 그렇게 혼란스러운 가운데 자기도 모르는 사이에 조난분카와 마에바시 공과대학을 완전히 앞질러버렸다.

그보다 조금 앞서 히라츠카 중계지점에서는 조지와 니코짱이 자전거를 타고 달려가버린 하나코를 망연자실한 표정으로 바라보았다.

"가버렸어."

"가버렸네."

하나코는 히라츠카 중계지점에서 니코짱과 함께 조지 옆에 있었는데 조타가 가까이 다가왔음을 알고는 튀어나갔다. 구경꾼 중 한 사람이 끌고 가던 자전거를 "금방 돌려드릴게요" 하고 거의 억지로 빼앗다시피 해서 말이다.

"참 좋은 애야. 안 그래?"

니코짱이 말했다. 하나코는 히라츠카 중계지점에서도 평소처럼 조지가 시합 전에 기분 좋게 지낼 수 있도록 신경을 써주었다. 니코짱은 도와 담요와 마실 것을 날랐고 스트레칭을 하는 조지와 함께 긴장을 풀 만한 이야기를 나누었다.

니코짱은 착하고 눈치 빠른 하나코가 마음에 쏙 들었다. 우리 아들하고 잘 어울리는 아가씨네, 하는 식의 부모의 마음이었다.

그런데 문제는 말이지. 니코짱이 턱수염을 벅벅 긁었다. 쌍둥이 중에 누구를 좋아하느냐 하는 거지.

하나코가 조지 옆에 붙어 있겠다고 결정한 것을 보고 조지가 더 좋은 모양이라고 생각했는데 조타가 오는 것을 알고는 응원하겠다며 뛰어나갔다. 더구나 가만히 있지 못할 정도로 초조한지 생전 처음 보는 낯선 사람의 자전거까지 빼앗아가며 말이다.

도대체 누구야? 설마 둘 다?

그런 생각에서 니코짱은 조지에게 "참 좋은 애야. 안 그래?" 하고 넌지시 던져봤는데, 이 조지라는 놈은 "응, 진짜 그래요" 하고 싱글싱글 웃을 뿐이었다.

이 녀석, 역시 모르고 있군.

니코짱은 한숨을 쉬고는 히라츠카 중계지점에 차례차례 도착하는 선두 그룹 쪽으로 다시 의식을 집중했다. 마나카 대학, 리쿠도 대학, 보소 대학 순으로 들어왔다. 리쿠도와 보소의 경쟁이 되리라고 여겨졌던 가는 코스에서 뜻밖의 건투를 보여주는 복병이 나타나는 바람에 구경꾼들은 더욱 흥분한 모양이었다.

그 뒤로 다른 대학 선수들의 모습이 점점 커지면서 다가오는 것이 보였다.

"형이다, 형이 젖혔어!"

조지가 신이 나서 소리쳤다. 니코짱도 "어디" 하면서 몸을 내밀어서 보았다. 검은색과 은색 유니폼을 입은 조타가 조난분카와 마에바시공과대학 선수를 막 앞지른 참이었다. 인도에서 자전거를 타고 있는 하나코조차 나란히 달리기 힘들 정도의 속도였다. 그 사이에도 중계지점에서는 앞선 팀들의 어깨띠가 전달되고 있었다.

"오오, 열심히 뛰고 있네."

니코짱이 조지의 등짝을 때렸다.

"금방 오겠다. 준비됐지?"

"오케이, 오케이. 형만 주목받게 내버려둘 순 없지. 나도 제대로 보여주겠어."

조지는 밝게 말하더니 발목을 돌려서 풀었다. 간세이 앞에서 달리는 기쿠이 대학과 도쿄 체대와는 아직 상당히 거리가 벌어져 있었다.

"조타가 순위를 올렸다고 해서 너무 무리하지는 마라. 실력이나 시간 차이로 봤을 때 쉽게 앞지르기는 힘들 거야. 그냥 거리를 좁히면 그나마 다행이라는 생각으로 뛰어."

"넵!"

조지는 끄덕이더니 대회 진행자의 호출을 받고 중계 라인 앞으로 나갔다. 니코짱도 옆에 서서 조타의 도착과 조지의 출발에 대비했다.

도쿄 체대가 9위로 히라츠카 중계지점에 도착했다. 오테마치를 출발한 지 3시간 19분 58초가 지난 시점이었다. 도쿄 체대와 10초 차이로 기쿠이 대학이 10위로 어깨띠를 건네주었다. 그리고 기쿠이 대학에게 15초 뒤진 상태로 조타가 조지에게 간세이 대학의 어깨띠를 넘겨주었다.

여기까지 3시간 20분 23초였다. 간세이 대학은 드디어 11위까지 순위를 올렸다. 제3구간의 21.3킬로를 달린 조타의 기록은 1시간 04분 32초로 구간 10위라는 좋은 성적이었다.

그런데 니코짱은 그런 것을 기뻐할 여유가 없었다. 귀신처럼 험상궂은 형상으로 달려온 조타가 조지에게 어깨띠를 넘겨주면서 "하나짱이 우리 좋아하는 것 같아!" 하고 말했기 때문이다.

"어엉~?! 그게 뭔 소리야?!"라는 외침을 남긴 채 조지가 달려 나갔다. 중계지점에 함께 있던 사람들의 시선이 따갑게 꽂혔다.

"야, 이놈들아, 지금 뭐 하는 짓이야?"

니코짱이 달리기를 마친 조타의 어깨를 끌어안고서 거의 숨기려는 듯이 중계지점 안쪽으로 끌고 갔다.

"아니, 왜?"

조타가 무릎을 두 손으로 잡고 숨을 몰아쉬면서 말했다.

"왜 지금까지 말해주지 않은 거예요?"

"하나짱이 너희를 좋아한다는 거 말이야?"

"응. 아니면 내가 착각한 건가요?"

"그렇지는 않을 거야. 그러나저러나 어째서 하필이면 지금 알아차려서 난리야? 그러다 조지가 동요해서 시합을 망치면 어쩌려고?"

"뭐가요? 무슨 일 있어요?"

맑은 목소리에 돌아보자 하나코가 서 있었다. 자전거는 주인에게 돌려준 모양이었다. 이마에 맺힌 땀을 닦더니 "너 정말 잘하더라" 하고 웃는 얼굴로 조타에게 말했다.

쭈그리고 앉아 있던 조타의 얼굴이 목줄기까지 새빨개졌다. 어색하게 일어서서 "응, 고마워" 하고 대답하면서도 하나코의 얼굴을 제대로 보지 못했다.

아이고야-, 조타가 이 모양이면 조지도……. 니코짱이 머리를 벅벅 긁었다.

"하이지한테 전화해야겠군."

하나코가 어리둥절한 표정으로 니코짱을 쳐다보았다.

가케루와 기요세는 하코네유모토 역 앞에서 아시노 호로 가는 버스를 기다리고 있었다. 교통통제가 되기 전에 하코네 산을 올라야 한다. 같은 생각을 가진 사람들이 많은지 산을 오르는 외길은 차들로 꽉 막혀 있었다.

"11등이에요, 형!"

추위를 쫓기 위해 발을 동동거리면서 가케루는 휴대용 TV의 볼륨을 올렸다. 히라츠카 중계지점 상황을 알리는 아나운서의 목소리에 흥분이 섞여 있었다.

"히라츠카 중계지점에서 맨 먼저 어깨띠를 건네준 곳은 마나카 대학입니다! 하코네 4연승을 노리는 리쿠도 대학은 29초 늦게 2위로 도착했네요. 3위는 보소 대학. 선두와의 차이는 50초도 안 됩니다. 제3구간이 끝난 지금, 시합이 뜻밖의 전개를 보여주네요, 야나카 씨."

해설자인 야나카가 말을 받아서 이어갔다.

"네. 이번 대회는 리쿠도와 보소의 단독 경쟁이 될 것으로 예상되었는데요, 마나카가 갑자기 떠올랐네요. 이제 남은 제4구간, 그리고 오르막길이 이어지는 제5구간에서 어떤 양상이 펼쳐질지 기대됩니다."

"4위에서 10위까지는 도치도 대학, 다이와 대학, 고후가쿠인 대학, 사이쿄 대학, 기타간토 대학, 도쿄 체대, 기쿠이 대학. 이렇게 모두 하코네에 항상 출전하는 대학들이 자리하고 있군요. 가는 코스의 순위뿐만 아니라 내일 있을 돌아오는 코스, 그리고 종합우승까지, 어느 대학이 손에 넣을지 예상이 어렵습니다."

"주목할 곳은 11위에 있는 간세이 대학이에요."

야나카는 감탄해 마지않는다는 듯이 신음소리를 내며 말했다.

"제1구간에서는 최하위였는데 그 뒤로 착실하게 순위를 올려왔으니 말입니다. 열 명밖에 없는 팀이라고 하는데 어느 선수할 것 없이 저력이 있어 보입니다. 선수 각자의 특성에 맞게 배치도 아주 잘했네요. 이러다 어쩌면 우선출전권이 있는 10위 안에, 아니, 최종적으로는 더 좋은 순위를 차지할 가능성도 있겠어요."

"의외라고 하면 좀 실례겠지만 아무튼 간세이 대학은 전혀 예상 밖의 건투를 보여주고 있습니다. 그런데 야나카 씨, 간세이 대학팀에는 4학년생이 세 명이나 있네요. 만약 10위 이내로 들어와서 우선출전권을 딴다고 해도 내년에는 어떻게 될까요? 멤버가 모자라는데요."

야나카가 "글쎄요" 하며 웃었다.

"열 명밖에 없는 팀이 출전한 일은 적어도 하코네 역전경주가 방송으로 생중계되기 시작한 뒤로는 유례가 없었던 것으로 아는데요. 우선출전권을 따게 되면 4학년들이 유급을 해야 하지 않을까요?"

"하하하, 그건 곤란할 텐데요."

아나운서도 즐거운 모양이었다. 야나카의 목소리가 약간 진지해졌다.

"유급은 농담이라고 해도, 아마 큰 문제는 없을 것 같습니다. 간세이 대학 선수들의 이 활약을 보고 육상부에 들어오겠다는 신입생들이 생기지 않을까요? 원래 잘하는 대학들도 좋지만 전혀 도전해본 적이 없는 학생들이 달릴 기회를 가질 수 있는 대학이 있어도 좋을 것 같네요. 하코네 역전경주는 세계적인 랭킹에 오를 만한 선수를 육성한다는 의미도 있지만 그와 동시에 일본 장거리 선수층의 폭을 넓히기 위해 존재하는 대회니까요."

"역시 좋은 말씀을 하시네, 야나카 씨는."

기요세가 중얼거렸다.

"이 사람 누군데요?"

"넌 정말 육상선수에 대해서 아는 게 없구나. 30년쯤 전에 디이와 대학 에이스였던 사람이야. 마라톤 일본 국가대표로 올림픽에 출전한 적도 있고. 지금은 실업 선수단 고문으로 있을 거야."

"아아."

'세계무대를 달린 적이 있는 사람은 역시 말하는 것도 다르네' 하고 가케루는 생각했다.

화면에 마침 제4구간을 달리는 조지의 모습이 나왔다.

"재는 왜 저렇게 헤벌쭉 웃으면서 뛰는 거야?"

"그러네. 얼굴이 풀어져 있는데요."

"그러고 보니 조타도 히라츠카에서 뭔가 힘이 잔뜩 들어간 것처럼 시뻘건 얼굴로 뛰던데."

"긴장하는 타입도 아닌데 무슨 일일까요?"

가케루가 고개를 갸웃거리는데 기요세의 휴대전화가 울렸다. 이번에는 망설임 없이 기요세가 스피커폰 기능을 켰다.

"나야. 좀 골치 아픈 일이 생겼다."

니코짱의 전화였다.

"무슨 일인데요?"

가케루가 얼떨결에 그렇게 물어보자, 니코짱은 약간 혼란스러운 모양이었다.

"어? 내가 가케루한테 걸었나?"

"내 휴대전화 맞아요."

기요세는 스피커폰 기능을 설명해줄 생각이 없는 모양이었다.

"도대체 무슨 일인데요?"

"음-, 가케루한테도 들리는 거네. 얘기해도 될지 모르겠다."

"괜찮으니까 빨리 말해봐요."

기요세가 발산하는 짜증의 아우라를 감지했는지 니코짱이 말하기 시작했다.

"쌍둥이 말이야, 하나짱 마음을 알아버렸어. 그래서 다 뛰고 난 조타도 헤벌레, 이제 뛰기 시작한 조지도 헤벌레 하고 있는 거야."

기요세가 가케루를 흘깃 보았다. 왜 나를 보는 거야, 하고 가케루가 생각했다.

"이 시점에?" 하며 기요세는 한숨 섞인 말로 되물었다.

"그래, 이 시점에. 어떡하냐?"

"뭘 어떡해요? 할 수 없지. 조지가 뛰는 걸 보고 필요하면 이쪽에서 대처해볼게요."

"알았어. 그럼 난 지금부터 조타랑 오다와라의 숙소로 갈게. 하나짱은 요코하마로 가라고 하면 되는 거지?"

하나코는 왕자가 있는 요코하마의 호텔에 묵게 되어 있었다. 제4구간을 다 뛰고 나면 조지도 요코하마로 돌아가서 합류할 예정이다.

"그것도 예정대로요."

"조타한테 전할 말은?"

"없어요. 완벽하게 뛰었으니까."

"그렇게 전할게."

전화를 끊은 기요세가 "가케루" 하며 목뼈를 돌려 우두둑 소리를 냈다.

"너 오늘 밤에 요코하마 호텔에서 싸우거나 하지 마. 나랑 왕자만으론 너네 싸움을 말릴 수 있을지 불안하니까."

"싸움이요? 왜요?"

가케루가 진지한 표정으로 물었다. 기요세는 그런 가케루를 물끄러미 쳐다보더니 "마지막까지 모르는 사람은 바로 너구나" 하며 웃었다.

"이제야 버스가 왔네. 가자."

"아, 뭐예요? 형, 뭐냐니까?"

옛날 길을 돌아 아시노 호로 가는 버스에 가케루와 기요세가 올라탔다. 2인석에 나란히 앉았다. 좁은 길을 우회하면서 올라가는 노선이지만 1번 국도와 달리 막히지 않아서 오히려 나은 방법이었다.

산에 가로막혀서 TV도 라디오도 전파가 잘 수신되지 않았다.

"아시노 호에 도착할 때까지는 정보를 못 받겠군."

기요세는 수맥을 찾는 사람처럼 라디오 안테나를 여기저기로 돌리면서 전파를 찾다가 이윽고 포기했다. 이어폰을 귀에서 뺀 다음 창문에 어깨를 기댔다.

"조지가 쓸데없는 생각을 버리고 달리기에 집중해줬으면 좋겠는데."

"쓸데없는 생각이라니 너무하네요."

가케루가 쓰게 웃었다. 하나코의 마음이 이제야 겨우 쌍둥이에게 통한 것이다. 잘된 일 아닌가? 그렇다, 잘된 일이다. 그런데 나는 왜 이렇게 마음이 찜찜할까? 달리기가 마음대로 되지 않아서 속이 탈 때처럼 숨이 막히는 것 같다. 세포가 불완전연소해서 몸 안쪽에 쓸데없는 열만 잔뜩 쌓여가는 느낌이다.

가케루는 입을 꾹 다물고서 볼에 느껴지는 기요세의 눈길을 모른 척했다. 보나 마나 또 놀리려고 하겠지. 빨리 달리고 싶었다. 말로 표현할 수 없는 애매한 감정에서 어서 벗어나 시원한 바람을 느끼고 싶었다.

난방으로 따뜻해진 버스 안의 공기는 졸린데 잠에 빠져들지 못할 때처럼 멍하기만 하고 불편했다. 가케루는 기요세의 시선을 회피하듯이 엉덩이를 앞쪽으로 빼고 좌석에 깊이 몸을 파묻었다.

"조지의 의식을 시합 쪽으로 돌려놓을 필요가 있어."

기요세가 말했다. 뜻밖에도 진지한 목소리여서 가케루가 올려다보았다. 기요세는 창밖을 보고 있었다. 삼나무가 창문에 닿을 듯이 가까이 있었다.

"너 같으면 조지한테 뭐라고 할래?"

"글쎄요……."

가케루는 잠시 생각한 다음 자기 생각을 말했다.

'그게 무슨 소리지? 하나짱이 나를 좋아한다는 게 사실인가?'

조지의 머릿속은 하나코에 대한 생각으로 가득했다.

'아, 형이 "우리"라고 했지. 그게 무슨 뜻이지? 우리 중 누군가라고 말하려고 했나? 아니면 '하나짱은 우리를 친구로서 아주 좋아한다'는 말인가? 에이, 뭐야-. 형, 그 정도는 나도 진작부터 알고 있었거든. 나도 하나짱을 친구로 아주 좋아하지. 될 수 있으면 좀더 가까워졌으면 하는 생각도 있었고.'

'아니야, 그런데 혹시 말이지, 하나짱이 진짜로 그런 뜻으로 나를, 뭐 형일 수도 있지만, 어쨌든 나를 좋아한다는 뜻이면? 우와- 어떡하냐? 나 진짜 너무 좋은데. 그럼 아예 과감하게 내가 먼저 고백할까?'

이런저런 생각을 하다 보니 뛰고 있는 조지의 표정이 한도 끝도 없이 헤벌쭉하니 풀어졌다.

딴생각에 푹 빠져 있는 바람에 조지의 달리기가 산만해졌다. 오이소에서 1번 국도로 돌아가 도카이도의 소나무 가로수길을 지나쳤다는 사실조차 전혀 알아차리지 못했다. 경치는 그저 흘러갈 뿐이고 기계적으로 몸을 움직여 앞으로 나아가고 있는 상태였다.

히라츠카에서 오다와라에 이르는 제4구간은 20.9킬로이다. 하코네 역전경주 구간 중에서는 거리가 짧은 편이지만 제5구간의 등산 코스 전에 좋은 순위로 어깨띠를 건네주기 위해서라도 긴장을 늦출 수가 없다.

니노미야, 고즈 등을 지나 계속 1번 국도를 따라 달려서 오다와라 시내로 들어갈 때까지는 사가미 만으로 흘러 들어가는 작은 시냇물을 여러 개 지나야 한다. 작은 다리를 몇 군데나 건너야 하고 그때마다 약간의 오르막과 내리막이 있다.

조지는 평탄한 길보다 약간 기복이 있는 길에서 리듬을 타고 달리는 것을 쉬워하는 타입의 선수이다. 덕분에 집중이 전혀 되지 않는 정신으로도 그럭저럭 페이스를 유지하며 나아갈 수 있었다.

앞서가는 기쿠이 대학과 도쿄 체대를 앞지르겠다는 기백이 지금의 조지에게는 전혀 없었다. 히라츠카 중계지점에서 어깨띠를 받아든 순간부터 두 학교와의 시간 차이는 더 벌어지지도 좁혀지지도 않은 상태였다. 조지는 오로지 하나코의 마음을 알고 싶다는 그 생각만 가지고 달리고 있었다.

제4구간은 전반과 후반이 전혀 다른 양상을 가진 구간이다. 오다와라 시가지로 들어서기 전까지는 비교적 따뜻하고 달리기 쉬운 해변 길인데 시가지를 관통해서 드디어 하코네 등산로에 접어들면 기온이 뚝 떨어진다. 산에서 불어 내려오는 차가운 바람을 정면으로 받으면서 달려야 한다. 마지막 3킬로에 접어들면 슬금슬금 언덕을 오르는 느낌이 시작되고 특히 막판 1킬로는 이미 등산이 시작되었다고 해도 될 정도의 완전한 오르막길이 된다.

사전에 조사한 지형에 대한 지식도, 미리 달려본 경험도 조지의 머릿속에는 전혀 떠오르지 않았다. 시합을 관리하고 말고 할 상태가 아니었다.

오로지 하나코에 대한 생각만으로 가득 차 있었다.

조지는 원래 주변 사람들에게 인기가 많은 호감형이다. 지금까지 이성과 사귄 적도 여러 번 있었다. 그때마다 조지는 상대방에 대해 충분히 좋아하는 감정을 가지고 있었는데 항상 어느 부분에선가 삐걱대다가 마지막에는 자연 소멸해버리곤 했다.

원인은 얼굴이 똑같은 형이 있다는 점에 있었다.

예를 들어 여자친구가 집에 놀러 온 적이 몇 번 있었다. 조지가 현관에 나가서 맞으면 그 애는 반드시 "음- 조지 맞지?" 하고 물었다. 조타하고 똑같은 교복을 입고 학교 복도를 걷고 있을 때도 그랬다. 여자친구는 절대 뒤에서 말을 걸지 않았다. 쌍둥이 앞쪽으로 와서 한순간 조타와 조지를 번갈아본 다음에 조지에게 말을 걸었다.

똑같이 생긴 것은 사실이니까 여자친구가 한순간 못 알아봤다고 서운한 것은 아니었다. 다만 조타와 어디가 다른지 어떻게든 찾으려고 하는 것이 싫었다.

자신의 바람이 오만한 사치에서 비롯되었다는 사실은 조지도 충분히 알고 있었다. 조지는 자기와 똑같이 생긴 형이 있다는 사실이 불만인 적은 없었다. 어렸을 때는 오히려 일부러 조타하고 똑같이 행동해서 친구들을 놀리면서 재미있어하기도 했다.

그렇지만 좋아하는 여자애 앞에서는 '조지'임을 필사적으로 어필해왔다고 생각했다. 한순간의 헷갈림 속에서 조타와의 차이를 그 아이가 찾을 때마다 조지는 조금씩 마음에 상처를 입었다. '내가 너를 일부러 속이거나 할 것 같아?' 하고 묻고 싶어졌다.

물론 여자애 쪽에서는 전혀 악의가 없었고, 자기가 이런 일에 대해 너무 민감하게 반응한다는 사실을 충분히 알고 있었기에 실제로 그렇게 말한 적은 없었다.

조지는 누군가가 수주하 형이 조타와 자기를 비교하는 것이 싫었다. 그저 '아주 비슷하게 생긴 형이 있는 사람'으로 자기를 자연스럽게 알아주기를 바랐다. 그것뿐이었다.

그런 점에서 하나코는 좀 달랐다.

조타와 조지를 절대로 헷갈리지 않았다. 같은 운동복을 입고 있어도, 등을 돌리고 있어도, 마치 호흡하듯이 아무런 망설임 없이 정확하게 쌍둥이를 알아보고 불렀다. 그렇다고 조타와 조지의 성격 차이를 지적한 적도 없었다. 예를 들어 기요세와 가케루의 성격 차이를 일부러 지적하는 사람이 없는 것처럼.

“하나짱, 넌 어떻게 우리 둘을 알아봐?”

조지가 신기해서 그렇게 물은 적이 있었다. 하나코는 질문의 뜻을 잘 알아듣지 못한 모양이었다.

“알아보다니?” 하며 고개를 갸웃했다.

“형이랑 나는 쌍둥이 중에서도 상당히 닮은 쪽이라고 알고 있거든. 대학 친구들도 나를 형인 줄 알고 말하거나 하는데.”

“치쿠세이소 사람들은 다 알아보잖아?”

“그야 워낙 같이 있는 시간이 많으니까.”

흐응, 하며 하나코는 뭔가를 생각하는 모양이었다. 야오카츠로 하나코를 배웅해주는 길이었다. 하나코를 사이에 두고 걷던 조타도 하나코의 대답을 말없이 기다리는 눈치였다.

“알아보고 말고를 의식한 적이 없어서 잘 모르겠는데.”

이윽고 하나코가 말했다.

“처음 봤을 때부터 조지랑 조타는 사이좋은 형제였고 나로서는 둘이 같이 있는 게 당연했으니까. 둘 다……어……잘생겼고.”

아-! 조지는 달리면서 소리칠 뻔했다.

‘그래, 하나짱이 그때 우리한테 ‘잘생겼다’고 했어! 역시 우리를 좋아하는 게 맞는 것 같아. 누군지는 확실하지 않지만.’

‘하나짱이 형을 좋아하든 나를 좋아하든 어느 쪽이든 상관없지, 뭐’ 하고 조지는 생각했다. 닮은 부분도 다른 부분도 있는 그대로 받아들이는 하나코가 자기에게 특별한 존재라는 점에는 변함이 없으니까.

아니, 그런데……. 조지는 다시금 생각의 바닷속으로 빠져들었다. 하나짱은 가케루를 좋아하는 게 아닌가 하고 난 생각했는데.

하나코에게 호감을 느끼면서도 조지가 적극적인 태도를 보이지 않았던 이유는 바로 그것 때문이었다.

여름 합숙 때도, 치쿠세이소에 놀러 왔을 때도 하나코는 가케루랑 많은 이야기를 나눴다. 가케루가 달리는 모습은 정말 아름답다. 동성인데도 아름답다고 느끼는 게 이상하다는 생각도 했다. 그렇지만 가케루가 달리는 모습을 보고 진지하게 스포츠에 임하는 자의 힘과 아름다움을 조지는 처음으로 알게 되었다.

가케루는 육상밖에 모르는 바보여서 사회 적응력은 높지는 않아 보이지만 아주 순수한 구석이 있다. 가케루는 모르는 사람이랑 금방 친해지지 못한다. 그래도 조금이라도 상대방을 알기 위해, 그리고 자기 자신을 알리기 위해 언제나 끙끙거리며 열심히 고민하고 말한다.

가케루가 사는 법은 가케루가 달리는 모습과 흡사하다. 힘차게 똑바로 한길만 보고 달려서, 보는 사람으로 하여금 희망과 기대를 품게 한다.

그래서 조지는 싸울 때도 있지만 가케루를 좋아한다. 가케루처럼 달릴 수 있으면 어떤 세상을 볼 수 있을까 하고 언제나 상상하곤 했다. 하나코는 육상경기 그 자체의 매력에 사로잡혀 있는 것 같으니까 틀림없이 그런 가케루를 좋아하겠구나 하고 생각했었다.

가케루도 하나짱이 싫지 않은 것 같았고.

"이놈, 조지야! 듣고 있는 거냐, 엉?!"

주인 할아버지의 고함소리에 조지는 정신이 번쩍 들었다.

'어, 여기가 어디지?'

조지가 주위를 둘러보았다. 앞쪽에 도쿄 체대와 기쿠이 대학의 유니폼이 보였다. 사가와 강에 걸린 커다란 다리를 건너는 참이었다. 15킬로 지점이었다. 조금 있으면 오다와라 시가지로 접어든다.

'언제 여기까지 왔지?'

길가의 환호성이 갑자기 귀를 파고들어서 조지는 깜짝 놀랐다.

"조지!"

감독 차량에 탄 주인 할아버지가 다시 소리를 질러서 조지는 '듣고 있다'는 신호로 오른손을 흔들어 보였다. 시합에 집중해야 되는데. 급수 지점에서 물병을 받은 조지가 머리에 물을 들이부었다. 서늘하게 얼굴을 타고내린 물방울을 입가로 핥았다.

"뭔 소린지 모르겠지만 가케루가 전해주란다."

주인 할아버지가 말했다.

"'좋아하면 달려라.' 이상."

웃기고 있네. 조지는 속으로 킥킥거렸다. 가케루 자신도 자기 마음을 모르고 있는 주제에.

그렇지만 그래, 가케루. 지금은 달려야지. 좋아하니까. 즐겁고도 괴로웠던 1년 동안 만난 모든 사람들을 위해. 진심 어린 응원도, 말도 안 되는 험담도 모두 받아서 쳐낼 수 있을 만큼 강하게. 지금은 우리가 좋아하는 '달리기'를 충분히 만끽해야지.

다른 것은 전부 그다음이다.

조지는 오다와라의 옛 정서를 간직하고 있는 시가지를 질주했다. 시가지 길가에 근처 사람들이 많이 나와서 응원을 보내주었다. 이 동네 사람들은 매년 1일이 되면 하코네 역전경주를 뛰는 선수들을 응원하겠구나. 조지는 그렇게 생각했다. 평소에는 달리기와 전혀 상관없이 살아도 이때만큼은 자기 일처럼 이 길을 달리는 선수들을 바라보며 열심히 응원을 보내는구나.

하코네 역전경주에 나올 수 있어서 다행이다. 진지하게 달리는 게 뭔지 알게 되어서 다행이다.

오다와라혼초의 교차점에서 오른쪽으로 꺾어진 다음 드디어 기쿠이 대학 선수와 나란히 달리게 되었다. 땀에 젖은 머리카락을 하코네 산에서 부는 바람이 식혀주었는데 차디찬 그 바람조차 상쾌했다. 도쿄 체대 선수의 모습도 완전히 시야에 들어왔다.

하코네 등산 철도의 철길 밑을 지나 왼편으로 하야 강 강물의 흐름을 보면서 조지는 드디어 마지막 1킬로를 남기고 시작되는 언덕길에 접어들었다. 괴롭다. 전반부를 멍하니 딴생각만 하면서 달린 터라서 리듬을 완전히 잡지 못한 상태였다.

바로 오른쪽을 하코네유모토까지 가는 오다큐 선의 로만스카(오다큐 전철이 운행하는 특급열차로 하코네와 도쿄를 직통으로 잇는다/옮긴이)가 지나갔다.

기요세가 했던 말이 떠올랐다.

"넌 가치 기준이 속도 하나밖에 없어? 그럼 왜 뛰어? 차라리 고속열차를 타. 비행기를 타던가. 그게 더 빠르잖아!"

그때는 기요세가 가케루에게 무슨 말을 하는 건지 제대로 이해하지 못했다. 하지만 지금은 알 수 있다. 하코네에 가고 싶으면 귤이나 까먹으면서 로만스카를 타면 된다. 그러면 편하고 빠르게 갈 수 있다.

하지만 그게 아니다. 내가, 우리가 가고 싶은 곳은 하코네가 아니다. 달리기를 통해서 다다를 수 있는 좀더 멀고 깊고 아름다운 곳이다. 지금 당장은 아니어도 언젠가 그곳을 보고 싶다. 그때까지는 계속 달릴 것이다. 이 괴로운 1킬로를 끝까지 달려서 조금이라도 더 다가갈 것이다.

조지는 기쿠이 대학 선수에게 지지 않았다. 온 힘을 다해 버티면서 점점 가팔라지는 경사에도 아랑곳없이 몸을 앞으로 움직였다.

오다와라 중계지점이 있는 하코네 등산 철도 가자마츠리 역 쪽에서 묘한 음악이 들려왔다.

“뒤쪽이 왜 이렇게 시끄러워?”

기요세가 물었다.

유키는 한쪽 귀를 손바닥으로 막은 채 휴대전화를 향해 소리를 질렀다.

“각종 어묵들이 춤을 추고 있어서 그래. 그보다 그쪽 날씨는 어때?”

가자마츠리 역 앞에 있는 중계지점은 오다와라의 어묵회사가 경영하는 가게 주차장에 마련되었다. 중계지점에는 많은 구경꾼들이 모여 있었고 어묵회사의 마스코트 캐릭터로 보이는 인형 탈들이 음악에 맞춰 춤을 추고 있었다. 북소리도 둥둥 울려서 축제 분위기가 최고조에 달한 상태였다.

제4구간을 달리는 각 대학 선수들이 중계지점에 다가오고 있었다. 유키는 신동 옆에서 조금 있으면 오다와라 중계지점으로 들어올 조지를 기다렸다.

1번 국도는 하코네 등산 철도의 선로와 하야 강 사이로 하코네유모토까지, 그러고는 더 앞에 있는 산속으로 죽 이어져 있다.

“이쪽은 상당히 춥네.”

기요세가 전화를 통해 정보를 알려주었다.

“지금은 4도 조금 넘는데 구름이 끼기 시작해서 기온이 더 떨어질지도 모르겠어.”

가자마츠리 인근과 아시노 호 사이에 2도가량 기온 차이가 난다는 뜻이다. 역시 신동은 긴팔 셔츠를 입는 게 낫겠다고 유키는 판단했다.

"신동 상태는 어때?"

"지금 화장실 갔어. 아, 왔네. 바꿔줄게."

유키는 "신동, 하이지야" 하고 부르면서 휴대전화를 들고 있는 손을 흔들었다. 가게 화장실에서 나와 주차장을 걸어오는 신동에게 구경꾼들이 길을 열어주었다. 경주에 나가는 간세이 대학 선수여서라기보다는 차림새가 너무 이상해서 그랬을 것이다. 신동은 여전히 얼굴 아랫부분을 수건으로 둘둘 말고서 그 위에 마스크를 두 개 겹쳐서 하고 있었다. 열 때문에 발걸음도 휘청거렸다.

'여기에 헬멧까지 쓰면 '야스다 강당 사건(1969년에 전학공투회의[학생들로 이루어진 공산주의 모임]가 도쿄 대학의 야스다 강당을 점거하고 이를 경시청이 봉쇄 해제한 사건/옮긴이) 사진집'에 나오는 사람 같겠다'고 생각하면서 휴대전화를 신동에게 건네주었다.

전화를 받은 신동이 "네, 괜찮아요" 라고 말했다. 괜찮아 보이는 것과는 거리가 먼 열에 들뜬 목소리였다. 기요세와 잠시 이야기한 다음 신동이 전화를 끊었다.

"하이지가 뭐래?"

"반드시 물을 마셔두라고."

달리 이야기해줄 것이 없었다. 유키도 신동도 기요세의 심정을 충분히 알고 있었다. 신동이 기권하면 그 시점에서 간세이 대학의 하코네 역전경주는 끝나버린다. 아시노 호까지 무슨 일이 있어도 가야 하는 상황이었다.

"신동, 유키."

사람들 속에서 부르는 소리가 들렸다. 돌아보니 야오카츠 주인과 목줄을 한 니라가 다가오고 있었다. 이틀 동안 치쿠세이소 사람들이 전부 나가 있기 때문에 야오카츠 주인이 니라를 돌봐주고 있었다. 니라가 신동과 유키를 보더니 정신없이 꼬리를 흔들어댔다.

"조지는 지금 기쿠이 대학하고 10위 싸움을 하는 모양이던데."

야오카츠 주인이 말했다. 야오카츠 주인은 아침부터 니라와 함께 오다와라 중계지점 부근에 자리를 잡고 있었다. 신동은 결의를 다지는 듯 조용히 끄덕였다. 신동의 컨디션이 얼마나 나쁜지는 그냥 보기만 해도 충분히 알 수 있었기에 야오카츠 주인도 "괜찮냐?"는 등의 쓸데없는 소리는 하지 않았다. 신동이 니라의 머리를 쓰다듬는 모습을 말없이 지켜볼 뿐이었다.

큰북이 더욱 세차게 울렸다. 보소 대학 선수가 선두로 어깨띠를 넘겨주었다. 다음으로 들어온 선수는 다이와 대학이었다. 히라츠카에서는 5위였는데 순위를 많이 당긴 것이다. 하코네의 제왕이라 일컬어지는 리쿠도 대학 선수의 모습은 보이지 않았다. 예상을 벗어난 상황에 관객들이 웅성댔다.

다이와 대학보다 20초 늦게 마나카 대학이 오다와라 중계지점으로 들어왔다. 그리고 다시 7초 후에 4위로 떨어진 전회 우승팀 리쿠도 대학 선수가 제5구간 주자에게 겨우 어깨띠를 넘겼다.

신동은 벤치 코트를 벗어 유키에게 맡겼다. 민소매 유니폼 속에 은색에 가까운 회색 긴팔 셔츠를 입고 있었다. 하코네 산을 오르는 코스이기 때문에 위로 갈수록 기온이 뚝뚝 떨어진다. 긴팔을 입고 있는 선수들이 다른 대학팀에도 여기저기 보였다.

"갈까?"

유키는 신동이 맡긴 벤치 코트를 손에 든 채로 신동과 함께 중계 라인으로 다가갔다. 고우가쿠인 대학, 도치도 대학, 기타간토 대학 순서로 어깨띠가 넘겨졌다. 여기까지 보면 선두인 보소 대학과의 시간차는 약 4분 반이었다. 제5구간 오르막 코스에서 충분히 역전될 수 있다. 어느 대학이 가는 코스에서 우승할지 예상하기 어려운 접전이 벌어지고 있었다.

신동은 마스크와 수건을 벗었다.

"이건 봉지에 넣어서 밀봉한 다음 야오카츠 주인 아저씨한테 맡겨주세요. 감기균이 묻어 있으니까 유키 형이 갖고 다니면 절대 안 됩니다."

그렇게 민감하게 챙기지 않아도 될 텐데 하는 생각이 들었지만 신동의 표정은 엄숙 그 자체였다. 실전을 앞두고 신경이 날카롭게 곤두서 있는 모양이다. 조금이라도 마음에 걸리는 게 있으면 제대로 뛰기 힘들다.

"알았어."

유키가 순순히 끄덕였다.

사이쿄 대학과 도쿄 체대 선수가 중계지점에 도착했다.

"다음, 기쿠이와 간세이가 들어옵니다" 하고 대회 진행자가 외치는 소리가 울렸다. 유키는 말할까 말까 망설이다가 중계 라인으로 나가려는 신동을 불렀다.

"힘들면 중간에 기권해도 돼."

신동은 깜짝 놀란 얼굴로 돌아보더니 유키의 얼굴을 뚫어지게 쳐다보았다. 팽팽하게 당겨진 채 아슬아슬하게 유지되고 있는 신동의 심신에 금이 가게 할 수 있는 한마디였는지도 모른다. 그래도 유키는 그렇게 말할 수밖에 없었다.

열 때문에 들떠서 멍하니 있던 신동의 눈동자가 그 순간만큼은 날카롭게 번뜩였다. 유키는 신동의 눈길을 정면으로 받으면서 말을 이었다.

"네가 기권했다고 널 원망하는 사람은 아무도 없을 거야. 그러니까 도저히 안 되겠다 싶으면 부탁이니까 바로 기권해라."

"네."

신동이 미소를 짓더니 중계 라인에 섰다.

조지가 기쿠이 대학 선수와 나란히 혼신의 힘을 다해 달려오고 있었다. 어느 쪽도 양보하려고 하지 않았다. 마지막 몇 발짝은 숨도 쉬지 않은 채 두 학교가 동시에 중계 라인을 넘었다.

"신동 형!"

어깨띠에 수놓인 '간세이 대학'이라는 은색 글자가 바람에 펄럭였다. 신동은 말없이 어깨띠를 쥔 조지의 손을 한순간 잡더니 오다와라 중계 지점에서 뛰어나갔다.

"형 손이 너무 뜨거운데."

20킬로 이상 달려온 나보다 더. 산 쪽으로 사라져버린 신동의 뒷모습을 조지는 입을 벌린 채 멍하니 바라보았다.

'이 바보! 왜 좀더 집중해서 뛰지 못했어? 신동 형이 감기에 걸렸다는 걸, 그런데도 나를 믿고 기다린다는 걸 알고 있었잖아! 그럼 더 빨리 와서 좋은 등수로 어깨띠를 넘겨줬어야지!'

간세이 대학은 오테마치에서 출발한 지 4시간 24분 47초 만에 오다와라 중계지점에서 어깨띠를 넘겨줬다. 기쿠이 대학과 동시에 들어와 10위였다.

조지의 구간기록은 1시간 04분 24초로 제4구간 20.9킬로를 달린 선수들 중에 11등이었다. 제3구간 21.3킬로를 달린 조타의 구간기록이 1시간 04분 23초로 10등이었다. 거리로 보았을 때나 조타와 조지의 실력으로 보았을 때나 조지는 조금 더 좋은 기록을 낼 수 있었다.

드디어 간세이 대학이 10위가 되었지만 조지에게는 후회만 남았다.

그런 조지를 유키는 "수고했어" 하고 다독였다. 조지가 자신의 달리기에 만족하지 못했음을 짐작했지만 다른 사람이 섣사리 위로하거나 격려할 수는 없는 일이었다. 겉으로만 보면 조지는 간세이 대학팀의 희망을 이어주는 대활약을 펼쳤다. 납득이 되지 않는 부분이 있다 해도 조지 스스로가 어떻게든 해결해나갈 수밖에 없는 문제이다.

"유키 형, 나 너무 화가 나."

조지는 그 말만 하고 입술을 꽉 깨물었다.

"나도 그래."

푹 숙인 조지의 머리를 유키는 가볍게 잡고 흔들었다.

"신동을 말릴 수 없었어. 말려야 하는 상태였는데 그러지 못했어."

유키는 조지를 데리고 시끄러운 군중으로부터 떨어진 곳에 서 있는 야오카츠 주인과 니라에게 갔다.

"고개 들어. 넌 제대로 잘 뛰었어."

계속 고개를 푹 숙이고 있는 조지에게 유키가 속삭였다.

"아무리 죽을힘을 다해도 기대에 미치지 못할 때가 있는 거야. 하지만 그래서 더 멋지지 않냐?"

끝나지 않는다. 끝날 수가 없다. 간세이 대학의 하코네 역전경주도, 조지의 후회와 기쁨도. 자기 목표에 미치지 못했다고 느끼는 한 끝없는 '다음'이 있는 것이다.

조지는 주먹으로 눈가를 훔치고는 "그러네" 하더니 어깨를 쭉 폈다.

유키는 다음날 달리기 위해 아시노 호로 간다. 조지는 요코하마의 호텔로. 야오카츠 주인과 니라는 내일 밤에 예정되어 있는 뒤풀이를 준비하러 소형 트럭을 타고 상점가로 돌아간다. 각자 맡은 자기 일을 하기 위해 각자의 자리로 향하는 것이다.

시합은 계속되고 기회는 아직 남아 있다. 조지는 야오카츠 주인과 니라에게 손을 흔든 다음 유키와 함께 가자마츠리 역을 향해 걸어갔다.

★ ★ ★

몸 저 안쪽에서 한기가 올라오는데도 피부에는 땀이 흐른다. 축축한 티셔츠가 바람을 맞아 차가워지는데도 몸의 표면은 화끈화끈 달아오른다. 한 발짝 내디딜 때마다 충격으로 머리가 아프고 코가 꽉 막혀서 숨도 제대로 쉬어지지 않는다.

신동은 몽롱한 상태로 하코네 오르막길을 달리고 있었다. 머리를 투명한 완충제로 둘둘 말아놓은 것처럼 소리도 느낌도 아득히 멀리에서 느껴졌다.

힘들다, 죽겠다, 힘들다, 죽겠다. 이 두 단어만 머릿속에서 빙빙 돌다가 등뼈를 타고 내려와 온몸을 가득 채웠다. 그런데도 신기하게 달리기를 멈출 생각은 들지 않았다.

처음 1킬로를 신동은 3분 30초 만에 뛰었다. 오르막길임을 감안하더라도 느린 페이스이다. 오다와라 중계지점에서 동시에 어깨띠를 받은 기쿠이 대학 선수는 이미 뒷모습도 보이지 않을 정도로 앞서갔다.

3.4킬로 지점에 있는 하코네유모토의 온천마을을 벗어나자 경치가 협곡 같은 모습을 보이기 시작했다.

간레이도몬 터널에 들어섰을 때 오다와라에서 나중에 출발한 요코하마 대학 선수에게 추월당했다. 강 옆에 만들어진 터널은 오른쪽 콘크리트 벽이 격자 모양으로 되어 있다. 안으로 비쳐드는 햇빛이 만든 흑백의 그림자 속을 필름이 중간중간 빠져버린 영상처럼 요코하마 대학 선수가 뚝뚝 끊기는 움직임으로 달려갔다. 신동은 그 모습을 지켜보는 수밖에 없었다.

오래된 길들이 남아 있는 토노사와 온천마을부터는 커브 길이 계속 나온다. 산길은 구불구불하게 이어지면서 조금씩 고도가 높아진다. 신동은 흐릿하게 보이는 눈으로 간신히 코스를 잡았다. 곡선 안쪽에서 안쪽으로 매끄럽게 코스를 잡아서 뛰지 않으면 필요 이상의 거리를 뛰게 되기 때문이다.

다리가 무겁고 아팠다. 열 때문에 관절에 염증이 생기기 시작했는지도 모른다. 본격적인 비탈은 이제 시작인데. 하코네 등산 철도가 달리는 데야마 철교 밑을 지난 신동은 비틀거리면서도 멈추지 않고 계속 올라갔다. 신동의 속도는 1킬로 3분 35초까지 떨어진 상태였다.

하야 강을 따라 산을 오르다가 7.1킬로 지점에서 오히라다이의 급커브 구간에 이르렀다. 함께 달리는 차들의 엔진도 무거운 신음소리를 내고 있었다. 나만 힘든 게 아니구나. 신동은 멍하니 생각했다. 이 산길은 기계조차 오르기 힘든 곳이네.

미야노시타 온천마을로 들어가 후지야 호텔 앞을 지나쳤다. 연말연시를 전통 있는 온천 료칸에서 보낸 사람들이 좁은 길 양옆을 가득 메우고 있었다. 신동은 점점 순위가 떨어져 여기까지 오는 동안 벌써 3개 학교에 추월당한 상태였다. 하지만 처음 보는 관객들은 "간세이 힘내라!" 하고 큰 성원을 보내주었다. 방송에서 간세이 대학을 소개하는 것을 보고 약한 팀의 활약에 기대하고 있는 모양이었다.

신동은 그 목소리에 주눅이 든 사람처럼 미야노시타 교차점을 왼쪽으로 꺾었다. 올려다보기도 싫을 정도의 가파른 경사가 앞길에 떡하니 버티고 있었다.

10킬로 지점에 고와키엔이 있다. 해발 610미터. 오다와라 시내가 해발 40미터니까 500미터 이상의 높이를 단숨에 달려온 셈이다.

그래도 아직 끝이 아니다. 15킬로를 지난 지점에 있는 1번 국도의 최고점은 해발 874미터이다. 제5구간의 20.7킬로 사이에는 도쿄 도청 건물의 3배에 달하는 높이 차이가 있는 것이다.

5킬로 지점까지 침묵을 지키던 감독 차량에서 처음으로 주인 할아버지의 음성이 들렸다.

"신동, 바둑이라는 게 말이다……."

'뭔 소리야? 열이 나서 나도 모르는 사이에 귀까지 이상해졌나?'

신동은 스피커로 들려오는 주인 할아버지의 걸걸한 목소리에 잠시 정신을 집중했다.

"어느 타이밍에서 그만두는지가 제일 어려운 거다. 잘하는 사람일수록 자기가 지고 있다는 걸 알아차렸을 때 어떤 방식으로 패배를 인정할지 열심히 생각하기 마련이지. 어떻게든 역전시킬 수 없나 필사적으로 승부를 걸어보고 그래도 상대방이 받아치면 그 시점에서 그만두는 거야. 바둑판이 아직 다 차지 않았어도 말이지. 그런 사람을 손가락질하거나 싸움을 중간에 포기했다고 뭐라고 하는 사람은 아무도 없다. 오히려 좋은 타이밍에 그만두면 '때를 잘 봤다'고 패자를 칭찬하기도 해. 이기려는 태도를 끝까지 관철했기 때문이지."

신동은 주인 할아버지가 무슨 말을 하려는지 눈치 챘다.

"힘드냐, 신동? 너무 힘들면 두 손을 들어. 그럼 내가 당장 차에서 내려 그만두게 해줄 테니."

두 주먹을 불끈 쥔 신동이 고개를 저었다. 이건 역전경주다. 10구간을 뛰는 모든 선수가 달리기를 마치지 않는 한 결코 완성되지 않는 싸움이다. 포기는 있을 수 없다. 아무리 보기 싫어도, 포기할 타이밍을 놓치게 되더라도. 그래도 달린다. 다리가 움직이지 못할 때까지. 아니, 쓰러진다 해도 기어서라도 아시노 호에 반드시 도착한다.

신동의 결의를 알아차렸는지 주인 할아버지는 더 이상 아무 말도 하지 않고 마이크 스위치를 껐다.

고와키엔까시는 곡선 주로 덕분에 간신히 달리는 리듬을 찾을 수 있었다. 커브를 돌 때마다 조금씩이라도 올라가고 있다는 실감이 들었다. 하지만 이제부터는 커브가 줄고 길가의 구경꾼들도 거의 없어진다. 도로 옆에 여전히 녹지 않은 눈이 있는 썰렁한 풍경 속을 오로지 묵묵히 1번 국도의 최고점을 향해 오르는 수밖에 없다.

게이메이가쿠엔 정문 앞을 지났다. 고도가 높아서 입에서 내뱉는 숨이 더욱 하얗게 보이기 시작했다. 기온은 섭씨 3도. 풍속 3미터의 남동풍. 하늘은 아주 맑다.

고향에서는 부모님이 아들이 잘 달리는지 걱정하면서 방송을 지켜보고 계시겠지. 괜찮아요. 이것만 끝나면 돌아갈 테니까. 무사랑 같이 가서 하코네 역전경주가 얼마나 즐겁고 멋진 대회였는지 얘기할게요.

15킬로 지점에서 물을 마신 신동은 "현재 17등. 선두하고 시간차 거의 10분"이라는 정보를 얻었다. 어느새 또 두 개 대학 선수들에게 추월을 당한 모양이었다. 잔뜩 부어서 좁아진 목구멍 안으로 찬물을 부었다. 조금은 편해지려나 싶었는데 물은 위벽에 닿기도 훨씬 전에 몸의 열로 데워졌다.

선두와 10분 이상 시간차가 생긴 팀은 돌아오는 코스의 경주를 시작할 때 선두팀 선수가 출발하고 10분 후에 일제히 출발한다. 그런 불명예스러운 일만은 어떻게든 막고 싶었다. 유키를 비롯해서 돌아오는 코스를 달리는 멤버들의 사기가 떨어지기 때문이다.

길은 한 번 내리막이었다가 거기서부터 최고점을 향해 다시 오르막으로 바뀐다. 신동은 죽을힘을 다해 앞으로 나아갔다. 체력은 이미 바닥난 상태였다. 경련을 일으키기 시작한 허벅지를 격려하듯이 주먹으로 때렸다.

아시노 호의 반짝임이 보이기 시작했다.

호수로 내려가는 마지막 내리막길이었다. 이제는 몸이 앞으로 움직이고 있는지조차 알 수 없었다. 옆을 달려서 지나치는 발소리가 났다.

어느 학교 선수가 또 신동을 추월한 것이다.

오르막에서 내리막으로 달리는 방법을 바꾸지 못해 속도가 나지 않았다. 답답해서 미칠 지경이었다. 지고 싶지 않았다. 아무리 사나운 꼴을 보인다 해도, 몇 명에게 추월당한다 해도, 여기서 스스로에게 지는 일만큼은 절대로 용납할 생각이 없었다. 그런 간절함이 신동의 다리를 움직이게 했다.

모토하코네에서 관객들의 환호성을 듣고 19.1킬로 지점의 신사 기둥문을 지난 시점에서 신동의 의식은 끊겼다.

호반에 있는 온시 공원의 초록빛도, 호수 건너편으로 보이는 후지 산도, 마지막 직선 코스에서 시끄럽게 울리는 응원팀의 큰북 소리도 신동의 눈과 귀에는 들어오지 않았다. 고통조차도 아득히 멀리 느껴졌다.

안개가 자욱한 머릿속에서 앞으로, 앞으로 하는 그 한마디만 주문처럼 메아리쳤다.

가케루와 기요세가 아시노 호에 도착한 시간은 정오를 조금 지났을 때였다. 다시 전파를 잡은 휴대용 TV가 제4구간 후반을 달리는 조지의 모습을 보여주었다.

기요세는 감독 차량에 있는 주인 할아버지와 오다와라 중계지점에 있는 유키에게 전화를 걸어 각각 필요한 말을 전하거나 지시를 했다. 그동안 가케루는 약간 떨어진 곳에서 호수를 바라보고 있었다.

불과 몇 시간 전까지만 해도 빌딩과 아스팔트로 가득한 세상에 있었다는 사실이 믿어지지 않는 풍경이었다. 완만한 언덕에 둘러싸인 채 맑은 하늘을 비추고 있는 호수는 얇은 살얼음이 낀 듯 은색으로 반짝였다. 해적선을 본뜬 유람선이 물결을 만들면서 호수를 천천히 가로질렀다. 그 모습을 내려다보는 후지 산은 순백의 눈을 머리 위에 얹고서 원근감이 이상해질 정도로 선명하게 모습을 드러내고 있었다.

인공적이라는 느낌이 들 정도로 평온하고 아름다운 광경이었다.

그러나 하코네 역전경주의 가는 코스 결승점이자 돌아오는 코스의 출발점인 아시노 호의 주차장은 웅대한 자연과는 달리 시끌벅적했다. 제5구간 선수들의 도착을 기다리는 관중들과 관계자들로 주차장은 일찌감치 북새통을 이루고 있었다. 호수 너머로 부는 바람 때문에 추위가 상당한데도 주차장에 모인 사람들은 대회 협찬회사가 판매하는 맥주와 인근 주민들이 마련한 된장국 등을 손에 들고 거대한 특설 모니터를 정신없이 바라보았다.

화면에는 산길을 달리는 선수들의 모습이 나왔다. 중계차가 몇 대씩 서로 연계해서 선두부터 꼴찌까지 두루 영상에 나올 수 있도록 고심했음을 알 수 있었다. 산길로 접어든 이후로는 모든 선수가 길게 늘어서서 따로 뛰고 있었다.

선두를 달리는 선수는 오다와라 중계지점에서 1등으로 어깨띠를 건넨 보소 대학이었다. 그 뒤를 따르는 선수는 산길로 접어든 뒤에 다시 따라잡은 리쿠도 대학이었다. 중간에 엎치락뒤치락 순위가 왔다 갔다 했지만 대부분의 사람들이 시합 시작 전에 예상했던 대로 가는 코스의 1등은 보소 대학, 2등은 근소한 차이로 리쿠도 대학이 차지할 것으로 보였다.

3등은 오다와라를 2등으로 통과한 다이와 대학이 확실하게 잡아놓고 있었다. 오다와라에서 3등이었던 마나카 대학은 순위가 많이 떨어진 상태였다.

주목을 받은 곳은 기구이 대학이었다. 오다와라에서는 간세이 대학과 마찬가지로 10등이었는데 산길에서 쭉쭉 치고 올라오더니 아시노 호에 이르는 마지막 내리막길에서 드디어 5등이 되었다. 힘든 오르막길을 달린 다음인데도 속도가 전혀 떨어지지 않았다. 이 선수가 제5구간의 구간 신기록을 세울 것이 거의 확실해 보였다. 이 페이스로 마지막까지 가면 전대미문의 기록인 1시간 11분 30초 이내로 들어올 수도 있을 것이다.

가케루는 자기도 모르게 주먹을 꽉 쥐었다. 특설 모니터에 제5구간을 달리는 기쿠이 대학의 이나가키 선수의 모습이 나오고 있었다. 아직 2학년이었다.

어떻게 하면 저렇게 가볍게 뛸 수 있을까? 몸무게나 중력이 전혀 느껴지지 않는데 그러면서도 충분히 힘이 있다. 경사 따위는 존재하지 않는다는 듯이 다리를 움직인다. 표정에도 아직 여유가 있어서 이대로 후지 산에 오르라고 해도 할 수 있을 것 같았다.

리쿠도의 후지오카가 다가 아니다. 하코네 대회에는 이런 선수도 있는 것이다. 지금까지 전혀 무명이었는데 혜성처럼 나타나서 달리기가 무엇인지를 몸으로 보여주는 선수가.

가케루는 분했다. 동시에 기쁨도 느꼈다. 뛰고 싶다. 빨리 나를 뛰게 해줘. 후지오카도, 저 이나가키라는 선수도 아직 보지 못한 정상을 내가 맛볼 수 있게.

화면이 바뀌면서 신동이 나타났다. 신동도 이나가키와는 반대의 의미에서 제5구간의 주목할 만한 선수가 되어 있었다. 순위가 크게 떨어져서 간세이 대학은 현재 18등. 신동은 컨디션 최악의 거의 기절 직전 상태로 휘청거리면서도 간신히 몸을 앞으로 움직이고 있었다.

"신동 형……."

초점 잃은 눈으로 그래도 어떻게든 앞을 바라보려는 신동의 표정을 본 가케루는 할 말을 잃고 말았다. 아무도 도와주지 못하는 곳에서 신동은 싸우고 있었다. 자기 자신을 위해. 그리고 지금껏 함께 달려온 치쿠세이소 사람들을 위해.

달리기는 오롯이 개인적인 행위라고 가케루는 생각했다. 지금도 그렇게 생각하고 그 생각은 절대 틀리지 않다는 확신을 가지고 있다.

그러나 결과나 기록과는 전혀 다른 차원에서 달리기가 무엇인지를 신동이 보여주고 있다는 것 또한 틀림없는 사실이었다.

강함. 문득 그런 생각이 들었다. 기요세가 말한 강함이란 이런 것인지도 모른다. 개인 자격으로 출전하는 시합이건 역전경주건 달리기에서 말하는 강함의 본질은 다르지 않다.

괴로워도 앞으로 나아가는 힘. 끊임없이 자신과의 싸움을 치르는 용기. 눈에 보이는 기록이 아니라 자기의 한계를 넘어서기 위한 끈기.

가케루는 인정할 수밖에 없었다. 신동 형이 강하다는 것을. 가령 가케루가 제5구간을 달렸다면 간세이 대학은 순위를 더욱 끌어올릴 수 있었을 것이다. 하지만 그렇다고 신동보다 가케루가 뛰어나다고 할 수는 없다.

신동은 강하다. 그리고 가케루가 지향해야 하는 달리기의 모습을 몸소 보여주고 있었다.

어째서 나는, 그리고 우리는 달리는 것일까?

가케루는 특설 모니터를 뚫어지게 바라보며 생각했다.

이렇게 힘들고 고생스러운데 어째서 달리기를 그만두지 못할까? 더 강하게 불어오는 바람을 느끼고 싶어서 온몸의 세포가 근질거렸다.

"가케루."

어느새 바로 뒤에 기요세가 서 있었다.

"숙소에 연락해서 이불을 미리 깔아달라고 해. 그리고 혹시 근처에 잘 아는 의사가 있으면 미리 불러달라고 부탁하고."

"네."

신동은 탈수 증상을 일으키고 있다. 결승점까지 도착할 수 있을지 여부조차 일종의 도박이다. 가케루는 재빨리 휴대전화를 꺼내 호반에 있는 숙소로 전화를 걸었다. 기요세는 대회 진행자에게 들것을 마련해 달라고 부탁하러 갔다.

환호성과 응원가가 더욱 커졌다.

오테마치를 출발한 지 5시간 31분 06초. 드디어 보소 대학 선수가 도쿄 하코네 간 왕복 대학 역전경주 가는 코스의 결승 테이프를 끊었다. 그리고 1분 39초 뒤에 리쿠도 대학이 2위로 들어왔다.

가케루는 기요세와 함께 결승점 옆에 섰다. 간세이 대학 유니폼은 아직 보이지 않았다.

“주인 할아버지가 기권하라고 권했는데 신동이 마다했다더라.”

기요세가 중얼거렸다.

“그냥 무시하기만 하면 돼. 무사히 여기까지 와주기만 하면 시간이니 등수니, 그런 건…….”

산길을 달려온 선수들이 한 명, 또 한 명 결승점을 지났다. 기다리던 팀원들에게 에워싸여 수고했다는 말을 들으면서 주차장 안쪽으로 사라졌다.

기쿠이 대학은 5위로 가는 코스를 마쳤다. 이나가키는 1시간 11분 29초라는 제5구간의 구간 신기록을 수립했다. 구간 2위인 리쿠도 대학 선수가 1시간 12분 15초였다는 점만 보더라도 이후에 이나가키의 기록을 깰 수 있는 선수가 나올지 의문이었다. 그만큼 대단한 기록이었다.

기권에 대한 두려움을 가슴에 안고 신동을 기다리는 기요세와 가케루에게 신기록이라는 쾌거에 취해 있는 기쿠이 대학팀의 모습은 아득히 멀게 느껴졌다.

도쿄 체대는 11위로 들어왔다. 총 시간이 5시간 38분 53초. 선두와의 시간차는 7분 47초. 돌아오는 코스에서 순위를 끌어올리겠다는 희망을 충분히 가질 수 있는 등수였다.

특설 모니터에서 아나운서의 목소리가 들렸다.

"보소 대학이 첫 번째로 가는 코스의 결승점을 지난 지 이제 슬슬 8분이 지나고 있습니다. 10분이 지나면 그 이후에 도착한 대학은 내일 돌아오는 코스에서 선두가 출발하고 10분 후에 일제히 출발하게 됩니다. 올해는 과연 몇 개의 학교가 10분 벽에 부딪치게 될지 아시노 호의 결승점에서 눈을 뗄 수가 없습니다."

그 사이에도 마나카 대학, 데이토 대학, 아케보노 대학 선수들이 결승점으로 들어왔다. 약간 지난 다음 조난분카 대학이 15위로 들어왔다. 총 시간 5시간 40분 58초였다.

"여기까지다."

특설 모니터를 보고 있던 기요세의 표정이 심각해졌다.

"10분이야."

특설 모니터에는 어떻게든 10분 벽을 넘기 위해 온 힘을 다해 달려오는 학생연합팀의 선수가 나오고 있었다. 구경꾼들이 가득 들어찬 호반길을 달려와 신호등에서 오른쪽으로 꺾어 짧은 직선 코스를 따라 들어오는 주차장까지 얼마 남지 않은 위치였다.

그러나 그 지점에서 안타깝게도 보소 대학이 들어온 지 10분이 되고 말았다. 관객 쪽에서 낙담의 비명 소리가 흘러나왔다. 연합팀 선수는 한순간 뒤로 고개를 젖혔다가 그래도 금방 다시 마음을 잡은 표정으로 앞을 보면서 전속력으로 결승점을 지나쳤다. 5시간 41분 33초. 불과 27초가 늦어서 돌아오는 코스에서 다른 팀과 함께 일제히 출발하게 된 셈이다.

"신동 형이에요!"

가케루는 특설 모니터를 가리켰다. 유라시아 대학 선수 뒤쪽에 비틀거리면서 달리는 신동의 모습이 보였다. 가케루와 기요세는 사람들 틈새를 비집고 결승점 앞으로 뛰어나갔다.

유라시아 대학이 17번째로 5시간 42분 34초 만에 결승점에 도착했다. 그리고 간세이 대학 유니폼을 입은 신동이 드디어 신호등에서 꺾어 결승점 앞 직선 코스로 들어왔다.

신동은 소리에만 의지해서 나아갈 방향을 겨우 판단하는 상태였다. 휘청거릴 때마다 주변에 가득 찬 관객 쪽에서 헉 하고 숨을 멈추는 소리가 들렸다.

가케루는 당장이라도 달려나가 신동을 잡아주고 싶었다. 결승점까지 40미터도 채 남지 않은 상태였다. 이제 됐다고 하면서 의사가 있는 곳으로 부축해서 데려가고 싶었다. 하지만 그건 용납되지 않는 일이었다. 달리는 선수에게 손을 대면 그 순간에 바로 실격 처리가 된다. 여기까지 온 신동을 그저 지켜보면서 이름을 외치는 것 말고는 할 수 있는 일이 없었다.

"신동!"

"신동 형! 이쪽이에요! 조금만 더!"

기요세와 가케루는 주변의 시끄러운 소리에 지지 않게 목청껏 외쳤다. 신동이 기력과 체력을 마지막까지 쥐어짜고 있는 게 느껴졌다.

신동은 땅바닥을 걷어차면서 마지막 다섯 걸음을 똑바로 뛰어 결승점을 넘었다. 그대로 쓰러지려는 신동의 몸을 가케루와 기요세가 함께 안아서 받았다. 몸이 불덩이처럼 뜨거웠다.

"여기 들것 빨리요!"

기요세가 외쳤다. 멍하니 보고 있던 대회 진행자가 그 소리에 깜짝 놀라더니 둥글게 말려 있던 천으로 된 들것을 가지고 허겁지겁 뛰어왔다.

가케루는 생수병에 든 물을 신동의 머리 위에 부은 다음 볼을 가볍게 때렸다.

"신동 형, 여기 물! 물 마실 수 있어요? 마셔요, 빨리!"

살짝 벌어진 입술에 가케루가 생수병을 가져다 댔다.

신동은 고개를 저어서 마다했다. 원하는 것은 물이 아니었다. 신동은 뭔가 말하려고 한 것이다. 자신을 들여다보는 가케루와 기요세에게 어떻게든 말을 전하려 했다.

미안하다는 말을.

신동을 들것에 눕게 하려던 가케루가 알아차렸다.

"어째서……."

가케루가 신동의 머리를 얼싸안았다. 그런 말을 하게 하고 싶지 않았다.

"신동 형은 끝까지 달렸잖아요. 그것만으로도 충분하다고요, 우리한테는……."

달리는 것만이 전부다.

간세이 대학의 검은색과 은색 어깨띠는 하코네 역전경주 가는 코스 107.2킬로를 지나 지금 아시노 호에 당도했다. 더 이상 바라는 것이라고는 아무것도 없었다.

하코네 역전경주에 출전한 20팀 중 간세이 대학은 18번째로 가는 코스를 마쳤다. 오테마치를 출발한 뒤로 5시간 42분 59초가 걸렸다. 선두와의 차이는 11분 53초.

"아시하라 료칸으로 가주세요. 바로 의사 진찰을 받을 거예요."

기요세가 대회 진행자에게 부탁하자 신동이 누운 들것이 조용히 움직였다.

왕진을 온 료칸 근처의 의사는 "이 몸으로 어떻게 뛰었는지 모르겠네요" 하고 황당해하며 고개를 저었다.

"감기가 아주 심한 상태예요. 거기에 피로와 탈수증까지 겹쳐서 완전히 뻗은 겁니다. 그래도 젊고 체력도 있으니까 폐렴까지 가지는 않겠네요. 하룻밤 푹 쉬게 해주세요."

의사는 링거가 끝나기를 기다렸다가 돌아갔다. 가케루와 기요세가 신동을 간병했다. 감독 차량으로 도착한 주인 할아버지와 교통통제가 풀려서 겨우 아시노 호로 올 수 있었던 유키가 머리맡에 함께 모였다.

신동은 료칸 방에서 정신없이 잠들었다가 오후 3시가 지나서야 겨우 눈을 떴다. 일어나서 한 첫마디가 "마스크"였다.

미리 사가지고 온 마스크를 가케루가 주머니에서 꺼내자 신동은 그것을 받아 낀 다음 천천히 이불에서 몸을 일으켰다.

"죄송해요. 나 때문에 이렇게 되어버려서."

"아니, 미안한 건 나야."

신동의 말을 기요세가 강하게 가로막았다.

"내가 관리를 제대로 못한 거야. 대외 업무를 전부 맡기는 바람에. 네가 그 일로 피로가 쌓였다는 걸 알고 있었는데……. 이런 몸으로 달리게 해서 미안하다."

가만히 내버려두었다가는 기요세와 신동이 끝도 없이 서로 미안하다고 할 판이었다. 누구 탓도 아니라는 점을 어떻게 납득시켜야 할지 몰라 가케루는 곤혹스러웠다.

"그만하면 됐다."

주인 할아버지가 고개를 숙인 기요세와 신동에게 말했다. 그래도 어르신이니까 이 분위기를 어떻게든 잘 이끌어줄지도 모르겠다고 가케루는 기대했다. 주인 할아버지가 엄숙하게 말했다.

"어쨌든 내일은 힘든 싸움이 되겠구먼."

전혀 도움도 되지 않을뿐더러 상처에 소금을 뿌리는 것 같은 발언이었다. 가케루는 화가 나서 "그렇지 않아요" 하며 주인 할아버지를 노려보았다.

"'내가 뛰니까 괜찮아요'라고 말하고 싶은 게로군, 가케루?"

주인 할아버지가 빈정거리더니 자세를 바로 고쳤다.

"예측할 수 없는 어려움은 어떤 시합에서나 일어나기 마련이다. 내 말은 옆에서 도와줄 사람이 문제라는 거다. 시합을 앞둔 선수의 심신을 서포트하는 건 아주 중요한 역할인데. 신동이 이 모양이면 제6구간을 뛰는 유키는 누가 챙겨주냔 말이다. 난 감독 차량에 타야 하고……."

"걱정하지 마세요."

그때까지 가만히 있던 유키가 입을 열었다.

"누가 딱 붙어서 챙겨주지 않으면 뛰지 못할 만큼 약한 멘탈이 아니니까. 신동, 너는 마음 푹 놓고 그냥 쉬어."

"아니에요."

신동이 고개를 저었다. 도로 누우려고 하지 않아서 가케루는 계속 들고 다니던 무사의 벤치 코트를 신동의 어깨에 걸쳐주었다. 신동은 코트 앞자락을 쥐고서 분명한 목소리로 말했다.

"하룻밤 자고 나면 좋아질 거예요. 내일 아침은 제가 책임지고 유키 형을 보조하겠습니다."

주인 할아버지는 잠시 동안 신동의 표정을 살피더니 "그래" 하고 끄덕였다.

"그럼 유키의 보조는 예정대로 신동한테 맡기도록 하지. 알겠지, 하이지?"

"……네."

기요세가 고개를 푹 숙였다. 가케루가 일부러 밝은 목소리로 말했다.

"그렇게 정해졌으면 다른 사람들한테 전화로 알려줘야겠네요. 다들 신동 형을 걱정하면서 연락을 기다리고 있을 텐데."

가케루는 요코하마에 있는 왕자와 조지에게 전화하고 유키는 후지사와에 있는 무사와 킹에게 연락했다. 그리고 기요세는 오다와라에 있는 조타와 니코짱에게 전화를 걸어서 모든 휴대전화를 한자리에 모아 놓고 열 명이 동시에 대화하게 되었다.

"신동 형, 괜찮습니까?"

"대기 시간이 너무 길어요. 가져온 만화책도 벌써 다 읽었단 말이야."

"조타가 배고프다고 난리다. 어묵 사와도 될까?"

"어어, 좋겠다! 형, 나도 나도!"

"한꺼번에 떠들지 좀 마!"

기요세가 휴대전화에 대고 소리쳤다.

"우선 무사부터. 신동은 괜찮아."

유키가 휴대전화를 신동에게 건네주었다. 신동과 무사는 서로의 건투를 서로 칭찬했다. 기요세는 다음으로 가케루의 휴대전화를 향해 "왕자야" 하고 불렀다.

"그쪽에 가츠다 양 도착했어?"

"아까 체크인했어요. 나중에 나랑 조지가 있는 방으로 오겠다고 하던데."

"쌍둥이가 가츠다 양 마음을 알게 됐어."

"그래요?"

"나랑 가케루가 갈 때까지 가급적 조지랑 가츠다 양 둘이서만 있게 하지 마."

"왜요?"

왕자는 명백하게 이 상황을 재미있어하는 말투로 물었다.

"조지가 공연히 덥석 고백이라도 해버리면 내일 시합에 영향을 미칠 수도 있잖아."

기요세는 그렇게 말하며 가케루 쪽을 흘깃 쳐다보았다. '아니, 왜 나를 보는 거야?' 가케루가 생각했다.

"알았어요."

왕자가 킥킥거리며 대답했다.

"자, 모두 휴대전화 앞으로 집합."

기요세가 불러 모았다. 가케루는 휴대전화 세 대를 모두 스피커폰으로 해놓고 신동의 이불 위에 나란히 놓았다. 제각기 다른 장소에 있는 사람들도 휴대전화 주위로 모여드는 기척이 들렸다.

"다들 오늘 수고 많았어."

기요세가 말하기 시작했다.

"간세이 대학은 18등으로 가는 코스를 마쳤다. 결코 좋은 성적은 아니지만 돌아오는 코스에서 아직 기회는 남아 있어."

"네~에!"

전화기에서 의욕을 일부러 없앤 것처럼 한껏 늘어진 대답이 들렸다. 쑥스러움을 많이 탄다고나 할까 고집 센 사람이 많아, 하고 가케루는 생각했다.

"내일 뛰는 사람은 잘 때 몸을 차게 하지 말고 과식하지 않도록 조심할 것. 이상이다."

"그게 다야?" 하는 킹의 목소리가 들렸다.

"좀더 뭔가 유익한 조언 같은 건 없는 거야?"

"없어."

기요세가 미소 지었다.

"이제는 각자가 자기 기량을 최고로 발휘하기 위해 알아서 집중하는 수밖에 없으니까."

"내일이면 끝이네" 하고 감회 어린 목소리로 말하는 소리가 들렸다. 조지였다. 그 말을 들은 조타가 "야, 너 왜 그래? 너 때문에 분위기 가라앉잖아?!" 하며 코를 훌쩍거렸다.

가케루는 나란히 놓인 휴대전화를 향해 마음을 다해 말했다.

"내일 오테마치에서 만나요."

"오테마치에서!"

그곳에서 다시 만났을 때 치쿠세이소 사람들은 어떤 표정을 짓고 있을까?

기대되네, 하고 가케루는 생각했다. 이런 기분이 든 적은 지금껏 한 번도 없었다. 누군가를 만나면서 이렇게 기대해본 적이……. 누군가가 기다리는 곳에 빨리 달려서 어서 도착하고 싶다는 바람을 가진 적이…….

지금까지는 없었다. 달리는 기쁨. 괴로움을 무릅쓰고 가슴속에서 뭔가가 더욱 불타는 이유.

다시 만나기 위해. 만나서 함께 달렸음을 더불어 기뻐하기 위해.

내일도 싸운다. 온 힘을 다해서.

도쿄 하코네 간 왕복 대학 역전경주는 이제 반환점을 돈 상태였다.

가케루와 기요세는 아시노 호의 료칸을 나섰다. 이제부터 요코하마의 호텔로 돌아가야 한다. 체력을 잘 지키라며 주인 할아버지가 돈을 줘서 두 사람은 택시를 타고 산에서 내려와 오다와라 역으로 향했다.

차 안에서 기요세는 계속 말이 없었다. 내일 시합에 대해 생각하고 있는 걸까? 방해가 되지 않게 가케루도 말을 걸지 않았다.

커브가 계속되는 산길은 밤의 어둠 속에 완전히 가라앉아 있었다. 나무들 사이로 간혹 산 아래 세계에 펼쳐진 도시의 불빛이 보였다.

"날씨가 많이 춥네요. 내일은 눈이 올지도 모르겠네."

택시 운전사가 중얼거렸다.

눈이 조금이라도 오면 노면이 얼어붙는다. 눈이 쌓일 정도가 되면 하코네 산길은 구불구불한 스키장 코스를 방불케 할 것이다. 언덕길을 질주해서 내려가야 하는 유키 형은 괜찮을까?

가케루는 싸늘한 바깥공기를 짐작케 하는 차창에 얼굴을 가까이 댔다. 창밖으로 올려다본 밤하늘은 두꺼운 구름으로 잔뜩 뒤덮여 있었다.

오다와라 역에서 도카이도선 열차를 탔다. 출퇴근하는 사람들이 없는 날의 열차는 오렌지색 불빛을 받으며 조용히 흔들렸다. 가케루는 4인용 자리에 기요세와 나란히 앉았다.

"오늘은 조깅을 거의 못 했네요."

"그러게. 호텔 가면 가볍게 돌고 올까?"

흥분과 긴장으로 가득했던 하루를 무사히 보내서인지 대화도 자꾸 끊겼다. 졸음이 쏟아졌다. 흔들리는 열차의 리듬에 따라 가케루는 어느새 꾸벅꾸벅 졸고 있었다.

그렇게 본격적으로 잠에 끌려 들어가려던 참에 옆에서 기요세가 작은 소리로 불렀다.

"네?"

고개를 들어 옆을 봤더니 기요세가 기도하듯이 포갠 두 손을 무릎 위에 놓고 그 손을 뚫어지게 쳐다보고 있었다.

"네 이름은 정말 너한테 딱 맞는 것 같다."

가케루는 당혹스러웠다. 어째서 갑자기 이런 화제를 꺼냈는지 짐작이 가지 않았다.

"아빠도 육상을 했거든요. 고등학교를 졸업하고 일을 시작한 다음부터는 달리기를 완전히 그만둔 것 같지만."

"아버지가 너한테 달리기를 권하셨어?"

"아니, 그런 건 아니고요."

가케루가 아버지의 기대를 느끼기 시작한 것은 중학교에 입학해서 본격적으로 육상을 시작한 다음부터였다. 체육특기생으로 들어간 고등학교에서 육상부를 그만두고 난 이후로 가케루는 아버지와 전혀 말을 하지 않게 되었다. 하코네 역전경주에 출전한다는 사실이 방송을 타고 널리 알려진 이후에도 아무런 연락이 없었다.

하이지 형은 무슨 말을 하고 싶은 거지?

"왜 그래요?"

가케루가 물어보았다.

"아무래도 열 명만으로 하코네에 출전한 건 무모한 일이었던 것 같아."

기요세가 미묘하게 화제를 돌렸다.

"하코네 산에는 사람을 홀리는 요물이 산다는 말이 있는데……. 내 고집 때문에 신동한테, 아니, 너희 모두한테 부담을 지게 했어."

기요세가 한숨을 푹 쉬는 바람에 가케루는 당황했다.

무슨 일인지 모르겠지만 하이지 형의 마음이 약해져 있다.

어떡하지, 어떡하지, 하고 가케루는 필사적으로 머리를 굴리다가 "이제 와서 왜 그래요?" 하고 말했다. 그 말을 뱉은 직후에 이래서는 위로가 안 되잖아 하는 생각에 더욱 안절부절못했다.

"아니, 그러니까, 멤버가 열 명밖에 없다는 사실은 원래 처음부터 알고 있지 않았냐는 뜻인데……."

가케루는 어쩔 줄 모르면서도 열심히 말을 이어갔다.

"다들 그걸 뻔히 알면서도 여기까지 왔잖아요. 게다가 우리는 열 명밖에 없는 게 아니에요. 상점가 사람들도 대학 친구들도 옆에서 도와주고 응원해주니까요."

"그래. 그렇지."

기요세가 다시 한숨을 쉬었다. 이번 한숨은 신선한 공기를 몸속에 불어넣기 위한 심호흡 같은 느낌이었다.

"가케루. 우리 아버지는 시골에서 고등학교 육상부 감독을 하고 있거든."

"아아, 그래요?"

기요세는 평소에 언제나 논리적이고 합리적으로 말하고 행동하는 사람인데 오늘 밤은 이상하게 화제 선택에 맥락이 없었다. 가케루는 이상하게 여기면서도 맞장구를 쳤다.

"나한테 '달린다'는 건 너무나 당연한 일이고 태어날 때부터 정해진 행위였어."

약간 숙인 기요세의 옆얼굴이 어두운 차창에 희미하게 떠올랐다. 기요세가 무슨 이야기를 하려는 건지 가케루는 온 신경을 곤두세우며 듣고 있었다.

"우리 부모님은 선을 보고 결혼했어. 아버지가 어머니랑 결혼해야겠다고 생각한 결정적인 이유가 어머니는 나이 들어서도 뚱뚱해질 것 같지 않아서였대."

"네?"

기요세가 입꼬리만 슬쩍 올리며 웃었다.

"달리는 사람에게 비만 유전자는 절대 있어서는 안 될 천적이라는 거지. 아버지는 어머니 부모님을 만나서 살이 안 찌는 체질이라는 점을 확인했다더라고. 이 모든 게 달리기에 적합한 자식을 얻기 위해서였지. 좀 대단하지?"

"……엄청난데요."

사실 가케루도 길거리를 지나는 여성이나 TV에 나오는 아이돌을 보면서 가장 신경 쓰이는 부분이 살집이었다. 달리는 사람에게 살은 죄악이다. 자기가 항상 신경을 쓰는 부분이기 때문에 이성을 보더라도 몸에 쓸데없는 살이 붙어 있지 않은지를 가장 먼저 살피게 된다. 세상 누구보다 자기 몸무게에 일희일비하며 사는 사람은 입만 열면 다이어트 노래를 부르는 여성이 아니라 장거리 선수가 아닐까 하는 생각을 할 정도였다.

하지만 그런 가케루조차 앞으로 태어날 자식의 체형까지 생각해본 적은 없었다. 좋아하게 된 이성이 다소 살집이 있는 통통한 사람이라 해도 그 이유만으로 헤어지거나 하지는 않을 것이다. 살이 찌지 않을 것 같아서 그 여성과 결혼한다는 생각은 가케루의 상상을 초월한 것이었다.

"덕분에 나는 아버지의 바람대로 아무리 먹어도 살이 안 찌는 체질이야."

기요세는 두 손으로 얼굴을 문질렀다.

"아버지는 나쁜 사람은 아닌데 모든 일이 그런 식이야. 육상밖에 모르는 외골수라고 해야 하나?"

남 얘기 같지 않아서 가케루는 잠자코 있었다. 기요세는 손을 다시 무릎 위에 얹은 후 아무것도 없는 머리 위의 선반으로 시선을 돌렸다.

"나는 아버지가 일하시는 고등학교에 입학해서 아버지의 지도를 받으며 달렸어. 아버지는 가케루가 싫어하는 철저하게 관리 통제하는 스타일의 감독이지. 매일매일 달려야 했어. 그래도 나는 아무 소리도 할 수 없었지. 다리에 이상한 느낌이 들었을 때조차도. 너랑은 달리 '이건 아니잖아요' 하고 아버지한테 말할 용기가 없었거든."

열차가 작은 역의 플랫폼에 섰다. 아무도 타거나 내리지 않은 채로 문이 열리고 닫힌 다음 다시 움직이기 시작했다.

"내가 고등학교 때 감독이랑 싸운 건……."

가케루가 목소리를 쥐어짰다.

"용기 있어서가 아니에요. 그냥 내 감정을 주체할 수 없었던 거지."

"나는 달리기에 진지하지 않았어."

기요세가 말하더니 다시 고개를 숙였다.

"어른들이 시키는 대로 적당히 주어진 거리를 뛰다 보면 빨라지겠지 하며 얕보고 있었던 거야. 너처럼 영혼의 밑바닥부터 달리기를 추구하거나 하지 않았어. 내가 할 수 있었던 작은 반항은 강한 육상부가 없는 학교지만 그래도 내가 가고 싶은 대학을 선택해서 입학하는 정도였지."

손바닥으로 오른쪽 무릎을 쓰다듬었다. 과거의 아픔이 거기에 모두 파묻혀 있는 것처럼 아주 천천히.

"달리지 못하게 된 후에야 비로소 달리고 싶다는 마음이 진짜로 생겼어. 이번에는 정말로 누군가의 강요가 아니라 내 머리로 생각하고, 달리기에 진지하게 임하는 사람들과 함께 꿈을 꾸고 싶다고 바랐지."

"형……."

"아오타케 사람들은 딱 맞는 인재들이었어. 나는 증명하고 싶었던 거야. 작고 약한 팀이라도, 초보자라도, 열정과 저력이 있으면 달릴 수 있다는 걸. 누군가의 꼭두각시처럼 훈련하지 않아도 자기 두 다리로 어디까지든 달릴 수 있다고. 난 하코네 역전경주에서 그 사실을 증명하고 싶다는 소망을 오랫동안 마음속에 품고 있었어."

가케루는 눈을 감았다. 기요세의 결의, 그리고 대학에 들어온 이후로 계속 꼭꼭 숨기며 품고 있었을 4년 치의 마음이 차갑고 거친 파도처럼 밀려왔다.

"밤거리를 달리는 네가 내 옆을 지나쳐 갔을 때……."

기요세가 조용히 말했다.

"발견했다고 생각했어. 내 꿈이 현실이 돼서 뛰어가고 있다고 외치고 싶었지. 자전거로 따라가는 동안 네가 센다이조세이 고등학교의 구라하라 가케루라는 걸 금방 알았어. 뻔히 알면서도 모르는 척하고 갈 데 없는 너를 끌어들이기로 작정한 거야."

'왜 지금 와서 그런 얘기를 하는 건가요?'

가케루는 기요세의 결벽이 우습다는 생각과 더불어 잔인하다고 느꼈다.

자유롭게, 신나게 뛰는 모습이 좋아서 함께하게 되었다고, 센다이조세이 고등학교의 구라하라인 줄은 전혀 몰랐다고 그냥 끝까지 거짓말을 해줬으면 좋았을 텐데.

"하이지 형."

가케루는 눈을 뜨고 기요세를 바라보았다.

"내가 어디 있어야 할지, 어디로 가야 할지, 전부 다 형이 가르쳐줬어요. 하이지 형이 나한테 생각하는 법을 가르쳐준 거예요."

열차가 속도를 늦추기 시작했다. 요코하마 역이 가까워졌다. 가케루는 일어나서 기요세의 팔을 잡고 좌석에서 일으켜 세웠다.

"내가 그 점을 고마워한다는 걸 알아줬으면 좋겠어요."

가케루와 기요세는 요코하마 역에서 내려 사람들로 북적이는 지하도를 따라 동쪽 입구를 향해 걸었다.

"있잖아요, 형."

중요한 비밀을 털어놓는 사람처럼 가케루가 속삭였다.

"우리 내일 신나게 뛰어봐요. 지금까지 이렇게 잘 뛴 적이 없었다고 자신 있게 말할 정도로."

과거에 무슨 생각을 했고 어떤 사실이 있었다 한들 지금까지 쌓아온 믿음과 열정이 사라질 리는 없다.

어떤 요물이 앞길을 막아선다 해도 이제 결코 도망치거나 겁내지 않는다.

꿈이 현실이 되는 날이니까 이제는 마음 가는 대로 달릴 뿐이다.

"그래야지. 그러자, 가케루."

두 사람은 얼굴을 마주 보며 싱긋 웃었다. 그러고는 누가 먼저랄 것도 없이 호텔까지 뛰어가기 시작했다.

10

유성

1월 3일 오전 5시.

유키는 아시하라 료칸의 어두침침한 방 안에 있었다. 간세이 대학 유니폼과 운동복으로 갈아입고 벤치 코트를 손에 들었다.

유키가 일어난 지는 벌써 두 시간이나 지났다. 료칸의 배려로 한밤중이라고 해도 될 시간에 아침 식사와 목욕을 마친 후 먹은 음식이 적당히 소화된 상태에서 유키는 하룻밤을 묵었던 객실로 돌아왔다.

잠을 잤는지 안 잤는지 스스로도 분간이 되지 않는 밤이었다. 그래도 머릿속은 아주 맑았다. 흥분과 긴장이 예리한 칼날이 되어 몸을 깎아낸 듯 어딘지 모르게 몸도 가볍게 느껴졌다.

'적당한 긴장감이네' 하고 유키는 생각했다. 사법고시에 합격했을 때도 이런 느낌이었다. 논술시험 문제를 읽고 답을 썼다. 신기할 정도로 문제의 뜻이 머릿속에 잘 스며들어서 어떤 답을 써야 할지 생각도 하기 전에 답안지가 글자들로 가득 차 있었다. 마치 자동 필기 기계처럼. 그때까지는 입력만 계속했던 것들은 그렇게 원활하게 출력해본 적이 없었다. 의식이 깨끗해져서 오감까지 움직이고 있는 듯한 쾌감이었다.

그때와 똑같은 고양감과 집중의 순간이 자신의 몸과 마음에 찾아오려 한다는 것을 알 수 있었다.

하코네 역전경주 복로(돌아오는 코스)의 출발 시간은 오전 8시이다. 앞으로 세 시간에 걸쳐서 유키는 천천히 워밍업을 할 것이다. 긴장감을 더욱 고조시키기 위해. 두 시간은 긴장을 풀면서 느긋하게 있다가 나머지 한 시간 동안은 집중해서 긴장감을 높이는 방법이 유키의 방식이었다. 사법고시를 볼 때부터 이런 식으로 집중의 밀도를 높여가는 방법을 좋아했다.

유키가 묵은 객실은 바닥에 깔린 이부자리 세 채로 발 디딜 틈이 없었다. 마스크를 한 신동은 숨소리를 살짝 내면서 잠들어 있었다. 이마에 손을 살짝 얹어보니 아직도 열이 약간 있었다. 주인 할아버지는 이를 갈면서 완전히 숙면 중이었다.

유키는 두 사람이 깨지 않도록 자기가 쓰던 이부자리를 조심스럽게 개서 옆으로 치웠다. 창가에 서서 커튼을 살짝 들췄다. 료칸의 단출한 정원은 살며시 눈으로 덮여 있었고 어둠에 잠긴 밤하늘에서는 재 같은 눈송이가 계속 떨어졌다.

유키는 스키를 타러 간 적이 없었다. 안 그래도 추운 계절에 일부러 추운 곳까지 가서 발에 판자를 대고 미끄러지는 짓을 왜 하는지 도무지 이해가 되지 않았다. 그런 짓을 할 시간이 있으면 차라리 공부를 하는 편이 낫다고 생각했고 무엇보다도 어머니와 둘이 생활하면서 그런 놀이에 돈을 쓸 여유가 없었다.

눈이 쌓인 급한 경사로를 달려서 내려가야 하는데 내가 할 수 있을까? 이제 와서 제6구간을 못 뛰겠다고 할 수는 없다. 이럴 줄 알았으면 스키 정도는 경험 삼아 해둘걸.

유키가 뱉어내는 입김이 창문에 서려 금방 뿌옇게 흐려졌다. 유키와 신동과 주인 할아버지가 내뿜는 체온으로 방 안은 약간 데워진 상태였다.

나만 그런 게 아니잖아. 유키가 스스로를 타일렀다. 1월에 열리는 하코네 역전경주 도로에 눈이 쌓인 적은 최근 몇 년 동안 한 번도 없었다. 대부분, 아니 아마 출전하는 선수들 모두가 눈으로 화장한 하코네 산길을 달려 내려간 적이 없을 것이다. 그러니까 괜찮다. 경험 부족이라는 점에서는 모두 똑같다. 난 뛸 수 있다. 뛸 수 있다.

암시를 걸듯이 속으로 외치면서 유키는 방바닥에 놓여 있던 간세이 대학의 어깨띠를 집었다. 그 어깨띠는 가는 코스를 달린 다섯 명의 땀을 빨아들여 아직도 약간 축축한 느낌이었다.

어깨띠를 고이 접어 운동복 주머니에 넣고 조용히 방에서 나왔다.

복도를 지나 현관으로 가보니 료칸 여주인이 신문을 들고 있었다.

"벌써 옷을 갈아입으셨네요?"

"네. 지금부터 워밍업을 하려고요."

"밖에서요?"

아직도 깜깜한 바깥을 내다보며 여주인이 걱정스럽다는 듯 살짝 눈살을 찌푸렸다.

"지금 영하 5도라고 하던데요."

밖에 나갈 작정이었던 유키는 그 말을 듣고 바로 생각을 고쳐먹었다. 이 정도의 기온에 나가면 추위 때문에 근육이 경직된다.

"여길 좀 써도 될까요?"

아무도 없는 로비를 가리키며 물었더니 여주인이 흔쾌히 "그럼요" 하고 말했다.

"신문 보시겠어요? 오늘은 특별히 좀 일찍 가져다달라고 했거든요."

유키는 로비 바닥에 앉아 신문을 읽으면서 스트레칭을 시작했다. 숨을 내쉬며 천천히 온몸의 근육과 관절을 풀었다.

신문에는 하코네 역전경주 가는 코스에 대한 기사가 크게 실려 있었다. 보소 대학이 근소한 차이로 가는 코스에서 이겼다는 뉴스. 돌아오는 코스에서 리쿠도 대학이 역전할 수 있을지, 어느 대학이 종합우승을 손에 거머쥘지 예측할 수 없는 상태라고 했다.

'열 명의 도전'이라는 제목으로 간세이 대학에 대한 이야기도 있었다. 비틀거리면서 산길을 필사적으로 달리는 신동의 사진도 실려 있었다. 유키는 두 다리를 벌리고 윗몸을 숙이면서 기사를 읽었다.

'멤버가 열 명밖에 없는 간세이 대학은 제5구간에서 뜻하지 않은 제동이 걸렸다. 순위가 큰 폭으로 떨어져 가는 코스를 18등으로 끝마쳤다. 그러나 돌아오는 코스에 1학년 구라하라, 4학년 기요세 등 에이스급 선수들이 포진하고 있어 아직 만회할 기회는 충분히 있다. 작은 팀의 위대한 도전이 어떤 결과로 이어질지 주목된다.'

기사 끝자락에는 '누노'라는 서명이 있었다. 누노다 기자구나 하고 알아차렸다. 여름방학 때 시라카바 호수에 왔던 누노다 기자는 아직도 간세이 대학을 계속 눈여겨보고 있는 모양이다.

기회는 아직 충분히 있다. 우리끼리는 그렇게 믿고 있었지만 그래도 제3자가 그렇게 말해주니 뭐라 말할 수 없이 든든하게 느껴졌다. 유키는 신문을 로비의 신문걸이에 걸어놓고 묵묵히 스트레칭에 전념했다.

6시가 되자 신동이 로비에 나타났다. 무사의 벤치 코트를 걸치고 마스크를 한 상태였다. 신동이 "안녕히 주무셨어요?" 하고 살짝 쉰 목소리로 말하더니 유키의 등을 밀어서 스트레칭을 거들었다.

"그냥 자고 있지."

"유키 형이 그런 식으로 빈정 댈 것 같아서 무사한테 미리 모닝콜을 부탁해놨었어요."

신동이 유키 옆에 자리 잡고 앉았다.

"눈이 오네요."

"그러게."

두 사람은 나란히 앉아 로비 창문 너머로 하늘하늘 춤추며 내리는 눈을 바라보았다.

"컨디션은 어때요?"

"좋아. 너는?"

"나도 많이 좋아졌어요."

유키가 윗몸일으키기를 시작했다. 신동이 유키의 발목을 가볍게 잡아주었다.

"솔직히 말하면……."

유키가 중얼거렸다.

"심각할 정도로 긴장이 몰려오네. 가능하면 도망치고 싶을 만큼."

"나도 그랬어요."

신동이 마스크 속에서 웃었다.

"음악 좀 들으면 나아지지 않을까요? 형 짐가방에서 꺼내 온 건데."

신동이 내민 아이팟을 받아 이어폰을 귀에 꽂았다. 한동안 좋아하는 곡을 들어보았지만 오늘만큼은 음악도 유키를 위로해주지 못했다.

"안 되겠다."

이어폰을 빼버렸다.

"뛰는데 내가 좋아하지도 않는 음악이 맥락도 없이 머릿속에서 뱅글뱅글 돌고 있을 것 같아. 더구나 완전히 축축 가라앉게 만드는 놈이! 할아버지의 낡은 시계(My Grandfather's Clock) 같은 곡이 말이야!"

"싫어해요?"

"감성팔이는 싫어한단 말이야."

"좋은 노래 같은데."

신동이 말하자 유키가 "흥" 하고 콧방귀를 뀌더니 일어섰다. 발목을 돌리는 유키를 올려다보며 신동이 제안했다.

"머릿속에서 어떤 곡이 흐르든 그냥 내 멋대로 업템포로 바꿔서 흥겹게 만들면 되잖아요."

"너 대단하다, 신동!"

유키가 감탄해 마지않았다.

"사실 난 지금 불안해 죽겠거든. 언덕길에서 넘어지면 어쩌지, 운동화 끈이 끊어지면 어쩌지, 하고 자꾸 나쁜 상상만 하게 된단 말이야."

"유키 형은 구간에서 상위 성적도 노려볼 수 있을 거예요."

"왜 그렇게 생각해?"

"형은 지금까지 하겠다고 작정한 일은 반드시 성공했으니까요. 사법고시도, 하코네 역전경주 출전도 하겠다고 마음먹고 달려들어서 전부 이뤄냈잖아요."

신동이 눈으로 미소 지었다.

"그러니까 오늘도 이렇게 말해보세요. 상위 성적을 노려보겠다고."

신동의 조용한 박력감에 떠밀리듯이 유키가 "노려볼게"라고 말했다.

"자, 이제 됐어요. 유키 형은 틀림없이 좋은 기록을 낼 거예요."

만족스럽게 고개를 끄덕이는 신동을 내려다보던 유키가 자기도 모르게 피식 웃었다.

"어제 내가 얼마나 쓸모없는 얼간이였는지 이제야 알겠다."

유키가 말했다.

"너도 어제 시합 전에 이런 스트레스를 받고 있었을 텐데 난 이런 식으로 너한테 아무 도움도 못 줬어."

"옆에서 아무리 도와주려고 해도 스트레스는 결국 자기 스스로 이겨내는 수밖에 없어요."

신동이 일어나며 "슬슬 조깅하러 나가요" 하고 유키를 재촉했다. 두 사람은 현관에서 운동화를 신고 바깥으로 나왔다. 아침 해가 뜰 기색은 아직 전혀 없는데 산에서 벌써 새가 지저귀고 있었다. 아주 작은 눈송이가 어딘지 건조한 감촉으로 볼에 닿았다.

"그래도 어제 유키 형은 내가 뛰기 시작하는 마지막 순간까지 옆에 있어줬잖아요. 그게 생각보다 큰 힘이 되더라고요."

신동이 마스크를 내리고 차가운 공기를 가슴에 가득 빨아들였다.

"그러니까 오늘은 내가 형 옆에 딱 붙어 있을게요. 형이 출발할 때까지, 계속."

유키는 뭐라고 대답할 말이 없었다. 마스크를 다시 쓰는 신동을 그저 고마운 마음으로 바라보았다.

"가만히 있으니까 춥네요. 뛸까요?"

"그러고 보니 주인 할아버지는?"

"아침 온천을 하고 오신다던데요."

"관광 온 사람이군, 완전히."

"이 가는 소리 엄청났죠?"

조깅을 하면서 잡담을 나눴다. 눈 내리는 어두운 호숫가 길에 유키와 신동이 내뱉는 하얀 김이 하늘하늘 흘러갔다.

가케루는 좌불안석이었다.

기요세가 어딘가 이상했다. 아침을 먹은 다음에 조깅하러 가자고 했더니 "너 먼저 가. 난 연락할 데가 여기저기 많아서" 하면서 거절했다.

'기요세 형이 아침 조깅을 하지 않는다니 너무 이상하다. 어젯밤에도 제대로 못 자는 것 같던데. 혹시 다리가 아픈 게 아닐까?'

별별 생각을 다 하면서 30분가량 요코하마 역 주변을 뛰다가 '아무래도 호텔로 돌아가야겠다'는 생각이 들었다. 워밍업은 중계지점에 간 다음에 해도 상관없다. 가케루는 아무리 컨디션이 좋지 않을 때라도 조깅을 중간에 그만둔 적이 없었는데 지금은 기요세에 대한 걱정이 너무 컸다. 혹시 몸에 무리를 주면서 뭔가 하려는 게 아닐까? 나쁜 예감에 떠밀리듯이 급한 마음으로 뛰어서 호텔로 돌아갔다.

작은 비즈니스호텔 로비에서는 조지가 아침 일기예보 방송을 보면서 스포츠 신문을 펼쳐놓고 있었다. 가케루가 로비를 가로질러 엘리베이터 버튼을 누르자 그때야 알아차린 조지가 "일찍 들어왔네?" 하며 다가왔다.

"오늘은 웬일로 이렇게 조깅 시간이 짧았어?"

"하이지 형은?"

"방에 있을걸? 왕자 형이랑 하나짱이랑 같이 짐 정리하고 있어. 나는 쫓겨났어. 왠지 모르겠지만 내가 하나짱 가까이에 있는 걸 막으려는 느낌이란 말이야."

조지는 볼멘소리를 하며 입술을 삐죽 내밀었지만 가케루는 그 말이 들리지 않았다. 엘리베이터를 타고 5층으로 올라갔다. "무슨 일 있어?" 하면서 조지도 따라왔다.

간세이 대학은 방을 세 개 쓰고 있었는데 가케루와 기요세가 쓴 방은 복도 제일 안쪽, 그 옆방은 조지와 왕자, 그리고 엘리베이터에 가까운 방이 하나코의 방이었다.

엘리베이터에서 내린 가케루는 복도에서 한 남자를 지나쳤다. 30대 후반인데 바닥이 넓은 검은 가방을 들고 있었다. 왕진가방같이 생겼네 하고 생각하던 가케루는 갑자기 퍼뜩 떠오르는 것이 있어 뒤를 돌아보았다. 남자가 탄 엘리베이터의 문이 막 닫히려는 참이었다.

방금 그 사람은 숙박객이 아니다. 의사다. 가케루의 직감이 말했다.

틀림없이 하이지 형의 다리를 봐주러 온 의사일 것이다.

가케루는 맹렬하게 복도를 뛰어가서 카드키로 방문을 열었다.

"하이지 형!"

나란히 있는 두 침대 중 창가 쪽에 기요세가 앉아 있었다. 가케루가 갑자기 들이닥치자 깜짝 놀라 고개를 들었다. 그런 기요세에게 가케루가 달려들었다.

"다리 좀 봐요, 다리!"

기세에 눌려서 기요세가 침대에 벌렁 자빠졌다. 가케루는 아랑곳없이 기요세의 운동복 바짓자락을 걷어 올리려고 했다.

"잠깐만, 가케루! 설명해준다니까!"

조지는 방 입구에 서서 몸싸움을 벌이는 가케루와 기요세의 모습을 어이없는 표정으로 바라보았다. 왕자와 하나코도 옆방에 있다가 시끌벅적한 소리를 듣고 복도 쪽으로 얼굴을 내밀었다.

"왜 그래?"

하나코의 물음에 조지는 고개를 갸웃거리며 대답했다.

"나도 모르겠어."

기요세는 간신히 가케루를 떼어놓은 다음 "다들 들어와" 하고 입구에 있는 사람들에게 손짓을 했다. 요코하마에 묵은 사람들이 한 방에 모여 침대와 의자 등에 적당히 자리 잡고 앉았다.

"하이지 형. 방금 전까지 이 방에 의사가 있었던 건 맞죠?"

가케루가 침대에 앉더니 기요세에게 따지고 들었다.

"그래."

할 수 없다는 표정으로 기요세가 인정했다.

"평소에 나를 봐주시던 선생님이야. 왕진을 부탁드렸더니 쉬동세를 봐주셨어."

"아팠던 다리가 아직 완치되지 않은 거예요?"

왕자가 놀라서 물었다. 하나코는 기요세에게 아픈 곳이 있었다는 사실조차 처음 들었다. 믿을 수 없다는 표정으로 조지와 얼굴을 마주 보았다.

"어떡할 거예요?"

가케루는 목소리가 떨리지 않게 하려고 안간힘을 썼다.

"당연히 뛰어야지."

"그렇게 무리해도 괜찮겠어요?"

"지금 무리하지 않으면 언제 하라고?"

"만약에……."

가케루는 말을 꺼내기가 망설여졌다. 자칫 입 밖에 냈다가 정말 현실이 되어버릴까봐 무서웠다.

"만약에 오늘 몸에 무리를 줬다가 앞으로 다시는 못 뛰게 되면 어떡해요?"

조지가 헉 하는 소리를 냈고, 왕자는 고개를 푹 숙였다. 하나코는 미동도 하지 않고 가케루와 기요세의 대화를 지켜보았다.

가케루는 기요세의 얼굴에 시선을 고정한 채 대답을 기다렸다.

"그야 무척 괴롭겠지."

기요세의 목소리는 너무나 조용해서 벌써 오랫동안 이 문제를 두고 고민했음을 알 수 있었다.

"그래도 후회하지는 않을 거야."

말릴 수 없겠구나. 가케루는 생각했다. 자기가 그 입장이었어도 지금의 기요세처럼 달리는 쪽을 선택했을 것이다.

가케루는 각오를 다졌다. 그렇다면 내가 할 수 있는 일은 하나뿐이다. 하이지 형에게 가능하면 부담이 가지 않도록 하는 일이다. 내가 제

9구간에서 시간이 많이 벌어주면 된다.

방 안에 내려앉은 침묵이 기요세의 휴대전화 소리로 깨졌다. 기요세는 짧게 한두 마디 하더니 전화를 끊었다.

“신동 전화야. 아시노 호에서 최종 선수명단이 발표됐대. 리쿠도 대학은 예상대로 제9구간에 후지오카를 배치한 모양이다.”

조지는 기대와 걱정이 뒤섞인 눈길로 가케루를 보았다. 가케루가 작은 소리로 “좋았어” 하고 말했다. 피가 온몸을 힘차게 돌면서 기쁨과 투쟁심으로 심장을 두근거리게 만들었다. 드디어 같은 곳에서 싸울 날이 왔다. 봄에 있었던 도쿄 체대 기록대회에서는 후지오카의 뒷모습을 쫓아가기에 바빴다. 그 뒤로 내가 얼마나 강해지고 빨라졌는지 이제야 시험해볼 수 있는 기회가 온 것이다.

“가케루, 싸워서 이겨라” 하고 기요세가 말했다.

가케루는 결의에 찬 표정으로 끄덕였다.

시간은 오전 7시를 지나고 있었다.

이제 호텔을 나서야 할 시간이다. 이제부터는 개별 행동에 들어간다. 가케루와 조지는 토츠카 중계지점으로. 기요세와 왕자는 츠루미 중계지점으로. 하나코는 결승지점인 오테마치로.

왕자가 가케루에게 “조지가 도와줘도 괜찮겠어? 내가 대신 가줄까?” 하고 물었는데 가케루는 여전히 왜 이런 질문을 하는지 이해할 수 없었다.

“왜요? 그냥 처음에 정한 대로 하면 되잖아요?”

모처럼 해준 배려를 거절했는데도 왕자는 기분 상한 기색 없이 ‘너도 참’ 하는 표정으로 웃으며 가볍게 고개를 절레절레 흔들 뿐이었다.

모두가 요코하마 역 구내에 도착할 즈음 기요세가 가케루에게 “아까 그 얘기 말인데” 하면서 말을 걸었다.

"상태가 네 생각만큼 심각한 건 아니야. 진통제도 맞았고 하니까 다시는 뛸 수 없을 정도의 사태가 벌어지지는 않을 거야."

"정말이요?"

"내가 거짓말한 적 있었어?"

"꽤 있었죠."

기요세는 그 대답에 잠시 허공을 노려보면서 여태껏 해온 말들을 곱씹어보는 듯하더니 "아니, 이번에는 진짜야" 하며 웃었다.

"츠루미에서 네가 달려오는 모습을 기대하고 있을게."

기요세에게 자기 마음을 전하고 싶었다. 감사와 불안과 결심을. 하지만 그런 마음은 어떤 말로도 제대로 표현할 수 없겠다는 생각이 들어서 가케루는 그저 "1초라도 빨리 어깨띠를 넘겨줄게요"라는 말만 하고 말았다.

일행은 살짝 손을 들어 잠시 동안의 이별을 위한 인사를 한 다음 각자의 자리로 가기 위해 플랫폼의 계단을 올라갔다.

오전 8시.

아시노 호 출발점에 신호탄이 울리면서 맨 먼저 보소 대학 선수가 달려 나갔다. 1분 39초 후에 리쿠도 대학 선수가 그 뒤를 이었다.

각 대학 선수들은 다시 어깨띠를 두르고 가는 코스에서 아시노 호 결승점에 도착한 순서와 시간 차대로 차례차례 아시노 호를 출발했다. 이번에는 도쿄 오테마치를 향해 하코네 역전경주의 돌아오는 코스가 시작된 것이다.

가는 코스에서 선두로 들어온 보소 대학과의 시간차가 10분 이상 벌어진 대학들은 보소 대학이 돌아오는 코스를 출발하고 나서 10분 뒤에 일제히 출발한다. 이번 대회에서는 학생연합팀, 유라시아 대학, 간세이 대학, 도쿄가쿠인 대학, 신세이 대학까지 다섯 팀이 동시에 출발해야 했다.

간세이 대학은 보소 대학과 11분 53초 차이가 났다. 10분 후에 일제히 출발한다고 해도 그 시간 격차는 없어지지 않는다. 종합시간에 고스란히 가산된다. 이렇게 10분 넘게 늦게 들어온 팀들이 동시에 출발하는 제도 때문에 돌아오는 코스에서는 각 선수의 등수와 종합시간으로 계산한 팀의 순위가 달라지는 사태가 발생한다.

돌아오는 코스를 뛰는 하위 팀 선수들은 눈에 보이는 경주의 양상뿐만 아니라 머릿속으로 복잡한 시간 계산까지 하면서 실질적인 순위를 조금이라도 올리기 위해 냉정하게 시합에 임해야 한다.

'나는 아주 적합한 인재지' 하고 유키는 생각했다. 유키는 누군가와 눈에 보이는 경쟁을 하는 쪽이 아니라 데이터를 토대로 경향을 파악하여 대책을 세우고 그 속에서 자기 역량을 어떻게 발휘해서 목표를 달성할지 생각하는 쪽을 선호한다. 하코네 역전경주의 제6구간인 하산 코스는 유키의 성격과 잘 맞았다. 눈에 보이는 등수에 좌우되지 않고 시간이라는 보이지 않는 적을 상대로 기술을 구사해서 구불구불한 언덕길을 달려 내려가면 되니까.

신동은 새벽에 말했던 대로 출발할 때까지 계속 유키 옆에 꼭 붙어 있었다. 스트레칭을 도와주기도 하고, 추위 때문에 경직되지 않게 종아리를 주물러주기도 하고, 자연스럽게 대화를 유도하는 등 빈틈없이 시중을 들어주었다. 덕분에 유키는 침착한 마음으로 시합에 의식을 집중할 수 있었다.

드디어 출발할 시간이 다가오자 유키는 벤치 코트를 벗어서 신동에게 건네주었다. 아시노 호 출발지점의 기온은 영하 3도. 여전히 가루눈이 내리고 있었다. 길바닥에는 눈이 쌓였고 호수의 나루터도 얼어 있었다. 유니폼 속에 긴팔 셔츠를 입고 있는데도 밀려오는 추위의 압박을 막아내기에는 역부족이었다. 그나마 바람이 없는 것이 다행이었다.

보소 대학과의 시간 차대로 출발할 수 있는 마지막 팀이 조난분카 대학이다. 대회 진행자가 이름을 부르자 이제 다 함께 출발할 팀들이 분주하게 출발선 앞에 섰다.

유키는 길옆에 있는 사람들 쪽을 보았다. 신동이 구경꾼들의 파도 속에 파묻히지 않으려고 안간힘을 쓰면서 계속 유키를 지켜보고 있었다.

"오테마치에서 보자."

유키가 말했다. 사람들의 환호성에 파묻혀서 유키의 목소리가 들리지 않았을 수도 있는데, 그래도 신동이 고개를 끄덕였다.

조난분카 대학이 출발하고 10초 후에 신호가 울리면서 다섯 팀의 선수들이 동시에 달려 나갔다. 유키의 안경은 순식간에 높아진 체온으로 김이 서렸다가 불어닥치는 찬바람에 금방 깨끗해졌다.

노면은 눈이 살짝 깔려서 평평한 곳을 걸을 때조차 미끄러지지 않게 주의를 기울여야 하는 상태였다. 그러나 속도를 내서 달려야 하는 상황이라 발치를 제대로 확인할 여유가 없었다. 한 발짝 내디딜 때마다 마치 빙수 같은 눈이 다리에 튀었다. 최신 기능이 모두 발현된 가벼운 운동화를 신었어도 노면을 박찰 때, 발바닥이 살짝 미끄러지는 것은 막을 수 없었다.

호반 길에서 1번 국도의 최고점까지 이어지는 처음 4킬로 정도는 전반적으로 오르막길이다. 동시에 출발한 다섯 팀 중에서 유라시아 대학 선수가 앞으로 치고 나갔다. 유키는 망설임 없이 따라갔다. 손목시계로 확인해보니 1킬로당 3분 20초가 채 안 되는 페이스였다.

오르막인데다 노면 상태가 나쁜 점을 감안하면 좀 과하게 빠른 편이었다. 하지만 여기서 바짝 따라잡지 않으면 간세이 대학은 돌아오는 코스에서 순위를 올릴 수가 없다. 게다가 제6구간을 뛰는 선수들 중에서 1만 미터 기록이 28분대인 사람은 리쿠도 대학 선수 한 명밖에 없는 것으로 알고 있다. 그러니까 제6구간 선수는 속도 위주로 뽑지 않았다는 결론이 도출된다.

1번 국도 최고점 이후로 하코네유모토 마을이 나올 때까지는 제6구간 대부분이 내리막길이다. 평지에서는 기록이 그다지 좋지 않아도 내리막이라면 충분히 속도가 나올 수 있다. 중요한 점은 도로의 기복에 따라 주법을 조절하는 민첩함과 신체의 균형감각, 두려움 없이 언덕을 질주해서 내려갈 수 있는 과감함이다.

처음 오르막을 약간 빠른 페이스로 달려도 체력은 충분히 아낄 수 있다. 그렇게 판단한 유키는 겁내지 않고 쭉쭉 달려갔다.

호반을 지나 산으로 오르는 길에 접어들었다. 최고점 직전에 한 번 살짝 오르내리는 구간이 있다. 그 첫 번째 내리막길에 접어들면서 유키는 다시 한번 손목시계를 보았다. 기요세의 지시는 "오르막은 1킬로 3분 20초 정도의 페이스로" 하라는 것이었는데, 유키는 지금 1킬로 3분 15초 페이스로 달린 상태였다.

할 만하다고 확신했다. 몸이 가벼워서 오르막과 내리막이 바뀔 때마다 거기에 따라 자연스럽게 발놀림을 바꿀 수 있었다.

바로 앞에 출발한 조난분카 대학 선수까지 더해서 여섯 학교 선수들이 뭉쳐 달리던 하위 그룹에서 도쿄가쿠인 대학과 신세이 대학이 벌써 뒤처지려 하고 있었다.

유키는 앞에 가는 팀을 하나라도 더 앞지를 생각만 하면서 뛰었다. 이제는 춥다는 생각도 들지 않았다. 한달음에 최고점까지 올라갔다.

15킬로 가까이 이어지는 내리막길이 흩날리는 눈발 너머로 끝없이 구불거리며 기다리고 있었다.

★ ★ ★

"너무 빠른 거 아닌가?"

토츠카 중계지점에 도착한 가케루는 조지와 함께 휴대용 TV를 뚫어져라 들여다보았다. 화면에 5킬로 지점인 플라워센터 정문 앞을 지나는 유키와 다른 선수들의 모습이 나오고 있었다.

"내가 들어보니까 제6구간은 5킬로를 13분대로 달리는 게 보통이라던데?"

조지는 평소처럼 해맑게 말했지만 가케루는 불안한 마음이 가시지 않았다. 그것은 본격적으로 내리막에 접어든 다음의 페이스이다. 내리막이 계속되면 달리는 본인조차 속도를 줄이기가 어려워진다. 몸이 완전히 내리막의 리듬을 타게 되면 100미터를 15초대로 달려 내려가는 것도 불가능하지 않다. 20.7킬로라는 긴 거리를 뛰는데도 불구하고 장소에 따라서는 단거리 경주에 맞먹는 속도가 나올 수 있는 곳이 제6구간이다.

하지만 처음 5킬로는 오르막길도 있고 노면 상태도 좋지 않은데 16분 만에 주파했다. 유키의 기록을 가지고 봐도 이것은 명확하게 오버페이스가 아닌가 하는 생각이 자꾸 들었다.

"하이지 형한테 전화해볼게."

조지의 주머니에서 휴대전화를 꺼내는 가케루에게 "아무튼 걱정이 많다니까" 하고 핀잔을 주면서 조지가 어깨를 으쓱했다.

"여보세요."

실외의 웅성거리는 소리와 함께 금방 기요세의 목소리가 들렸다. 기요세도 벌써 스루비 중계지점에 도착해 있는 모양이었다.

"라디오 듣고 있어요?"

"왕자 휴대전화에 TV 기능이 있더라고. 왕자 본인도 방금 전에 안 거지만. 그걸로 보고 있어. 요즘 휴대전화는 정말 못하는 게 없어."

"맞아요. 아, 지금 그게 문제가 아니라……."

왕자의 느긋함과 기요세의 기계치 성향이 너무 지나쳐서 현기증이 날 지경이었다.

"유키 형이 너무 빠른 거 아니에요?"

"응. 나도 주인 할아버지한테 전화하고 싶은데 아마 소용없을 거야. 하코네 산길에서는 감독 차량이 선수 바로 근처에 없거든."

"그럼 어떡해요?"

"어쩔 도리가 없어. 이제 내리막길 시작인데 여기서 페이스를 늦추는 건 바보나 할 짓이고. 우리로서는 유키가 미끄러져서 넘어지지 않게 기도하는 수밖에 없지."

모든 걱정을 뿌리쳤는지 기요세가 경쾌한 웃음소리를 냈다.

"그보나 가케루, 너 조깅이랑 워밍업 제대로 해놔라. 난 지금부터 니코짱 선배랑 킹한테도 연락해야 하니까 그만 끊자."

전화가 끊긴 다음 가케루는 한숨을 푹 쉬었다.

"괜찮다니까."

조지가 가케루의 손에서 휴대전화를 빼앗아갔다.

"넌 좀더 우리를 믿어야 돼."

"믿으라고?"

가케루는 발목을 돌리고 조깅할 준비를 시작했다.

"그러고 보니까 가츠다 양도 그런 말을 하던데."

"아, 하나짱이?"

조지의 얼굴이 순식간에 빨개졌다.

"왜 여기서 하나짱이 나오는 거야?"

"왜라니?"

“너 일부러 그러는 거야, 몰라서 그러는 거야?”

무슨 소리인지 알아들을 수 없는 가케루의 대답에 답답해진 나머지 조지가 가케루 쪽으로 몸을 돌려 정색을 하며 말했다.

“있잖아, 나 하나짱을 좋아하거든.”

“알아.”

“알아?! 어떻게?!”

“어제 니코짱 선배가 전화로 그런 말을 했으니까.”

멀리 떨어져 있어도 치쿠세이소에 있을 때와 마찬가지로 다들 훤히 들여다보고 있는 건가? 조지가 구시렁구시렁하다가 “그런 너는 어떤데?” 하고 가장 묻고 싶었던 말을 입 밖에 꺼냈다.

“내가 하나짱한테 고백해도 괜찮은 거야?”

어째서 나한테 확인을 받아야 되는 거지? 아무래도 치쿠세이소 사람들은 내가 가츠다 양을 좋아한다고 생각하는 모양이다. 거기까지 생각한 가케루의 마음에 잠들기 직전에 어딘가 삐끗하면서 떨어지는 듯한 느낌의 충격이 엄습했다.

내가 가츠다 양을 좋아하네.

쌍둥이를 비웃을 수 없을 정도의 둔함이었다. 하지만 너무도 소리 없이, 당연한 것처럼 가슴속에 자리 잡고 있던 감정이어서 이제껏 자각할 수 없었다.

가케루는 하나코의 모습을 언제나 기억 속에 소중히 간직하고 있었다. 함께 걸었던 밤에 하나코가 두르고 있던 머플러 색깔. 여름 구름이 뭉게뭉게 피어오르는 하늘 아래서 훈련을 지켜보던 하나코의 옆얼굴. 처음 하나코를 보았을 때 상점가를 지나서도 질주하던 가녀린 뒷모습.

가케루는 하나코를 바라보고 있었다. 그리고 그 모든 시간에 하나코의 눈길과 마음은 오로지 쌍둥이를 향해 있었다.

"그랬구나."

이제야 분명히 자기 마음을 깨달은 가케루가 놀랐다.

"……뭐가?"

갑자기 멍한 표정으로 있다가 혼자서 고개를 끄덕이기 시작한 가케루를 보고 조지가 으스스한 느낌이 든 모양이었다. 머뭇거리면서 묻는 말에 가케루는 "아니야" 하며 고개를 저었다.

"고백해보지 그래?"

억지가 아니라 진짜로 마음이 맑아진 느낌이었다. 하나코가 조지의 마음을 알게 되면 틀림없이 기뻐할 것이다. 어쩌면 조타가 고백해도 마찬가지로 좋아해서 그것 때문에 조금 말썽이 일어날 수도 있다. 하지만 거기까지는 가케루가 알 바 아니었다.

이건 승부가 아니다. 하나코의 마음은 하나코의 것이다. 조지의 마음은 조지의 것이다. 가케루의 마음이 가케루만의 것이라는 점과 똑같다. 아무도 빼앗거나 구부러뜨리지 못하는 것. 모든 척도에서 자유로운 영역이다.

속도나 승패와 상관없는 부드럽지만 강한 감정이 자기 속에 있었다는 사실에 가케루는 만족을 느꼈다. 그런 감정을 알게 해준 하나코가 더욱 소중한 존재로 느껴졌다. 하나코의 사랑이 이루어진다면 가케루도 기쁠 것 같았다.

게다가 난 장거리 경주에 익숙한 사람이다. 가만히 기회를 노리는 법을 잘 안다. 지금 하나코의 마음이 쌍둥이 쪽으로 기울어져 있다 해서 앞으로도 영원히 그러리라고는 장담할 수 없지 않은가.

"그렇지? 역시 제대로 말로 하는 게 좋겠지? 우와-, 어떡하냐? 벌써부터 긴장되네."

가케루는 어쩌면 가장 중요하다고 할 수 있는 감정에 대해 논하면서도 끈기가 있는 편이었다. 그런 가케루가 처음으로 자각한 짝사랑을 소처럼 되새김질하고 있는 줄도 모른 채 조지는 아무런 구김살 없이 하나코에게 고백할 결의를 다지고 있었다.

유키는 컨디션 좋게 하코네 산을 내려가고 있었다.

처음에는 얼어붙은 노면 때문에 미끄러질까봐 차 바퀴자국 위로 뛰려고 했는데 그랬더니 커브에서 코스를 제대로 잡을 수가 없었다. 미끄러지지 않으려고 애를 쓰다가 오히려 쓸데없는 힘이 들어가서 근육에 부담을 주었다가는 본전도 못 건진다. 결국 유키는 주법과 코스 잡기를 그냥 평소대로 하기로 했다.

내리막을 달리는 것은 재미있는 일이라는 생각이 들었다. 이런 가속도를 맨몸으로 느낄 수 있다니. 얼굴에 정면으로 달려드는 부드러운 눈송이조차 모래알이 부딪치는 듯한 아픔을 느끼게 하는 정도의 속도였다. 온몸으로 균형을 잡으면서 경사가 이끄는 대로 다리를 움직였다. 넘어질까 두려운 마음은 속도의 쾌감 때문에 뇌리에 전혀 떠오르지 않았다.

고와키엔 앞이 제6구간의 10킬로 지점이다. 방송국 중계 포인트이기도 하다. 날씨도 안 좋고 이른 아침임에도 불구하고 이 근방에는 길가에 구경꾼들이 나와 선수들을 응원하고 있었다. 유라시아 대학 선수에 이어 유키가 오른쪽으로 돌았다. 신세이 대학 선수가 내는 찰방거리는 발소리가 바로 뒤에서 들렸다.

유키는 전혀 알 수 없었지만 아나운서와 해설자인 야나카가 중계방송을 보면서 각 학교 선수들의 달리기에 대해 논평을 하고 있었다.

"하위 그룹의 10킬로 지점 영상이 보이네요. 야나카 씨는 어떤 생각이 드시나요?"

"이야-, 상당히 빠른 페이스네요. 제6구간의 구간 상위는 현재 12위에서 착실하게 순위를 올리고 있는 마나카 대학일 거라 예상했는데 하위 그룹 중에서 나올 가능성도 있어 보입니다."

"제가 가진 자료에 따르면 리쿠도 대학의 다무라 선수를 제외하고는 제6구간을 달리는 선수들 모두 공식기록이 1만 미터 29분대인데요?"

"내리막길을 달릴 때는 평지에서 낸 기록이 큰 의미가 없지요. 1만 미터 29분대 정도의 역량이 있다면 결국 얼마나 대담하게 배짱을 가지고 달리느냐로 최종 승패가 갈립니다."

"대담하게요?"

"네. 선수가 체감하는 속도와 경사는 화면에서 보는 것보다 훨씬 더 합니다. 급한 내리막길을 핸들을 놓은 상태에서 자전거로 질주하는 느낌이나 다름없지요. 더구나 오늘은 눈 때문에 도로 상태가 엉망입니다. 냉정하게 균형을 잡으면서도 속도를 잃지 않는 대담성이 필요하지요."

"그럼 하위 그룹 중에서는 어느 선수가 구간 상위에 가깝다고 보십니까?"

"아직은 잘 모르지만 간세이 대학의 이와쿠라 선수가 좋아 보이네요. 하반신이 아주 안정되어 있어요. 상체에도 쓸데없는 흔들림이 없고, 길이 안 좋은데도 전혀 겁이 없어 보입니다. 내리막길을 달리는 선수의 모범이라고 해도 될 정도로 좋은 자세를 보이고 있습니다."

"그렇군요. 그러면 이제는 하코네유모토 이후의 평탄한 길을 얼마나 잘 버틸 수 있느냐가 관건이 되겠네요. 지금까지 10킬로 중계 포인트에서 전해드렸습니다."

고도가 낮아지면서 눈은 빗물이 섞인 진눈깨비로 바뀌었다. 노면도 빙수처럼 질척한 얼음으로 뒤덮여 있었다. 유키는 자기가 횡단보도를 두 발짝 만에 가로질렀다는 사실을 깨달았다.

방금 그 횡단보도의 폭은 아마 4미터가량 될 것이다. 거기를 두 발짝 만에 가로질렀다는 것은 보폭이 2미터나 된다는 뜻이다. 유키는 새삼 놀랐다. 엄청난 속도다. 리듬을 타고 말 그대로 날아가듯이 달리고 있어서 보폭도 커진 것이다. 손목시계를 슬쩍 확인했다. 이번 5킬로를 1킬로당 2분 40초로 뛰어 내려왔다.

1킬로당 2분 40초. 평지에서는 유키가 절대로 낼 수 없는 기록이었다. 이런 페이스로 평지에서 5킬로나 뛸 수 있는 사람은 유키가 아는 사람 중에는 가케루밖에 없다.

길가에 있는 삼나무 가지가 새하얀 눈에 덮여 무겁게 늘어져 있었다. 나무 몸통은 검게 젖어 있었다. 온 산이 하룻밤 사이에 단색으로 된 아름다운 세계로 변한 상태였다. 그런 풍경들조차 눈에 보이자마자 뒤쪽으로 흘러갔다. 영화 필름보다 빠르고 매끄럽게.

'그렇구나. 이게 아마 가케루가 느끼는 세상이겠구나.'

유키는 가슴이 먹먹해졌다.

'가케루, 너는 정말 외로운 곳에 있구나.'

바람소리가 시끄러울 정도로 귓가에서 울리고 모든 경치가 한순간에 지나갔다. 절대로 달리기를 멈추고 싶지 않다는 생각이 들 만큼 기분 좋지만 오로지 혼자서만 맛볼 수 있는 세계이다.

가끔 지나치다 싶을 정도로 가케루가 달리기에 몰두하는 이유를 유키는 처음으로 이해할 수 있을 것 같았다. 이런 속도로 달릴 수 있다면 중독된 사람처럼 탐닉하는 것이 이상하지 않다. 더 빨리, 더 아름다운 순간의 세계를 보고 싶다고 갈망하게 되는 것도 당연하다. 그건 아마 영원과도 같은 한순간의 느낌이겠지. 하지만 너무 위험하다. 살아 있는 몸을 가지고 뛰어들기에는 너무도 가혹하고 지나치게 아름다운 세계이다.

'나는 지금 하코네 산길의 힘을 빌려 그곳에 이르는 문을 아주 멀리서 잠시 바라보았을 뿐이다.'

유키는 그렇게 생각했다. 그리고 더 이상 가까이 갈 생각 역시 들지 않았다.

유키는 기요세의 열의에 휩쓸려 지난 한 해 달리기를 중심으로 생활했다. 그러나 그런 생활도 오늘로 끝이다. 나에게는 나의 삶이 있다. 순간의 아름다움과 고양을 얻기 위해 심신을 나날이 갈고닦는 생활이 아니라 지저분한 곳에서 뒹굴어도 사람들 속에서 살아가는 나날을 선택하고 싶다. 그러기 위해 사법고시를 패스했고, 변호사가 되려고 한다.

오늘로 끝. 하지만 처음이자 마지막으로 이 속도를 맛볼 수 있어서 다행이다. 산길을 질주하면서 유키는 슬그머니 미소를 지었다.

'가케루, 너무 멀리 가지 마라. 네가 가고자 하는 곳은 분명히 아름답지만 너무 외롭고 고요하다. 살아 있는 사람에게는 적합하지 않을 정도로.'

유키는 그런 생각이 들었다.

'가케루의 영혼을 지상에 묶어둘 만한 뭔가가 있으면 좋을 텐데. 사람 사는 세상. 사람다운 기쁨과 괴로움 속에. 그런 곳에 발을 굳건히 딛고 서야만 가케루도 더 강해질 수 있을 테니까. 균형이 중요하다. 눈 내리는 산길을 뛰어 내려갈 때처럼 말이다.'

미야노시타 온천마을에 들어서서 후지야 호텔 앞을 지나치던 유키는 생각지도 못한 광경을 목격하고 자기도 모르게 짧은 비명을 질렀다.

"으악!"

호텔 앞에는 숙박객들이 몰려 나와 하코네 역전경주 깃발을 흔들고 있었다. 유카타 위에 겉옷을 걸친 가벼운 차림으로 추위에 몸을 잔뜩 움츠린 채 소리 높여 응원하는 사람도 있었다. 유키는 그런 군중 속에서 자기 어머니, 의붓여동생, 그리고 어머니의 재혼 상대를 발견한 것이다.

"유키히코!" 어머니가 큰소리로 외쳤고, "오빠, 파이팅!" 하며 어린 여동생은 몸을 앞으로 내밀었고, 그 여동생을 안은 의붓아버지는 고개를 크게 끄덕이고 있었다.

"뭐야, 창피해 죽겠네……."

순식간에 호텔 앞을 지나쳤지만 유키는 한참 동안 고개를 수그린 상태로 달렸다.

'저 가족은 새해를 우아하게 후지야 호텔에서 맞이했군.'

쑥스러운 감정을 얼버무리기 위해 유키는 속으로 화를 냈다.

'나한테 말해봐야 오지 말라고 할 게 뻔하니까 일부러 아무 얘기 없이 깜짝 놀라게 하려고 저 난리를 쳤군. 누구 심장마비 걸려 쓰러지는 꼴을 보려고 저러나? 저 사람들 모습이랑 목소리가 방송을 타면 안 되는데. 니코짱 선배한테 걸리는 날에는 또 얼마나 놀려댈지 뻔하다. 하긴, 선배는 라디오밖에 안 가지고 있으니까 괜찮겠구나.'

그러다가 갑자기 기분이 유쾌해졌다.

'방금 엄마 얼굴 볼 만했는데. 자기가 뛰는 것처럼 잔뜩 찌푸리고는 울 것처럼 말이야.'

유키는 아버지를 기억하지 못한다. 유키가 태어나고 얼마 후에 사고로 돌아가셨기 때문에 아버지에 대한 기억은 어머니가 말해준 이야기와 사진밖에 없다. 아버지가 돌아가신 이후로 유키는 계속 어머니와 단둘이 살았다. 유키에게 어머니는 정말 소중한 존재이다.

고등학교 때 사귀던 여자친구가 "너 마마보이 아냐?"라고 한 적도 있다. 하지만 마마보이가 당연하지 않냐고 유키는 생각한다. 어머니를 소중히 여기지 않는 아들 따위는 보나마나 인성이 뻔한 거 아닌가?

밤늦게까지 일하는 어머니의 모습을 보고 자라서인지 유키는 일찍부터 인생의 목표가 뚜렷했다. 탄탄한 직업을 가져서 어머니를 편하게 해드리는 것이었다. 다행히 머리가 나쁘지 않다는 점은 학교 생활을 통해 판명되었다. 그렇다면 최강의 자격증이라고 할 수 있는 사법고시에 붙는 게 가장 빠르겠구나. 사람의 정과 논리의 틈새에서 일하는 변호사라는 직업이 적성에도 맞을 것 같았고, 무엇보다 돈을 많이 벌 수 있을 것 같았다. 유키는 고등학교에 입학하자마자 독자적으로 시험 준비를 시작했다. 공부도 했고, 체력도 다졌다. 남녀관계의 심리에 대해서도 알아둬야겠다는 생각에 여자애랑 사귀기도 했다.

그런데 그런 유키의 노력을 물거품으로 만드는 사건이 일어났다. 어머니가 재혼한 것이다. 상대는 꽤 넉넉한 월급이 꼬박꼬박 들어오는 회사원이어서 어머니는 더 이상 일하지 않아도 부족함 없이 살 수 있게 되었다. 어머니는 새로운 남편을 사랑했고 무척 행복해 보였다. 유키가 어머니에게 해드리고 싶었던 것 이상을 의붓아버지가 손쉽게 이루어주었다.

유키는 패배감을 떨쳐내지 못했다. 자존심이 강해서 한번 하겠다고 한 일을 끝까지 해내지 않고는 못 사는 성격이기 때문에 사법고시를 포기하지 않았다. 하지만 허무했다. 어머니가 재혼한 이듬해에 여동생이 생겼다. 그것 또한 10대 후반이었던 유키에게는 어딘지 낯간지럽고 불편함을 느끼게 하는 일이었다. 대학 진학을 계기로 집에서 독립했고, 그 이후로는 연말연시나 방학 때도 거의 돌아가지 않았다.

응원해주는 가족들의 모습을 본 유키는 마음속에 조금만 가지고 있던 작은 응어리가 어느새 녹아버렸음을 느꼈다. 그런 마음에 맞추듯이 이제는 눈도 완전히 비로 바뀌어 있었다.

의붓아버지도 여동생도 유키를 가족의 한 사람으로 언제나 배려하고 챙겨준다. 그리고 무엇보다 중요한 점은 어머니가 행복해졌다는 사실이다.

'그러면 됐지. 그게 내가 오랫동안 가장 바라던 거니까. 내가 생각했던 것과 조금 다른 방법으로 엄마가 행복해졌다고 해서 언제까지 어린애처럼 토라져 있을 거야?'

유키는 하얗게 퍼지는 입김 속에서 아무도 모르게 웃었다. 어느새 커브 너머로 데이토 대학 선수의 뒷모습이 슬쩍슬쩍 보이기 시작했다. 뒤로는 인기척이 느껴지지 않았다. 함께 출발한 하위 그룹을 한참 앞질러 온 모양이었다.

손목시계를 보고 자기 페이스가 전혀 떨어지지 않았음을 확인했다. 몸도 마음도 가벼웠다. 내리막은 이대로 갈 수 있다. 관건은 하코네유모토를 지나서 나오는 마지막 3킬로의 평지에서 속도를 어느 정도 유지할 수 있느냐였다.

기요세가 어제, "내리막 다음에 나오는 평평한 길은 오르막처럼 느껴질 거야. 거기서부터가 진짜 승부야"라는 조언을 해주었다.

'걱정 마라.'

유키가 마음속으로 대답했다.

'오늘은 질 것 같지가 않거든. 나 자신과 하는 싸움에서 말이야.'

오다와라 중계지점에서는 어제에 이어 오늘도 큰북이 둥둥 울리고 있었다. 가자마츠리 역 앞에 있는 어묵회사 주차장에는 많은 사람들이 모여들어 제6구간 선수들의 도착을 기다리고 있있다.

"조타, 방금 봤냐? 유키 표정 봤어?"

니코짱은 후지야 호텔 앞의 광경을 휴대전화의 TV 기능으로 확실하게 목격했다. 아까 전화로 하이지가 알려준 덕분에 조타의 휴대전화로도 TV를 볼 수 있다는 사실을 처음 알았다. 컴퓨터에 대해서는 누구보다 잘 아는 니코짱도 휴대전화는 전화할 때만 사용했고 조타도 기껏해야 문자 기능을 쓰는 정도였다. 기술의 진화에 별로 흥미가 없는 성격들이라 그런 낡은 집에서 살 수 있는지도 모른다.

"유키 형네 엄마는 젊고 미인이시네–."

커다란 어묵 하나를 통째로 씹고 있던 조타가 말했다.

"그런데 이대로 가다가는 유키 형이 구간 1등을 하지 않을까요?"

"유키는 그 사실을 알아차리지도 못할걸. 마나카 대학도 유키랑 비슷할 정도로 페이스가 빠르니까 어떻게 될지 두고 봐야지."

"아아! 답답해 죽을 것 같아! 지금 당장 유키 형한테 기록을 알려주고 싶은데!"

"어떻게?"

"텔레파시든 뭐든 써서라도."

먹다 만 어묵을 도로 싸서 스포츠 가방에 집어넣은 조타가 진지한 표정으로 휴대전화를 들여다보기 시작했다.

"이제 니코짱 선배 출발까지 20분도 안 남았네요."

화면에는 선두를 달리는 보소 대학과 거의 1분 반의 시간차를 두고 그 뒤를 쫓는 리쿠도 대학 선수의 모습이 나오고 있었다. 드디어 하산을 끝내고 하코네유모토 역으로 가는 참이었다. 구간상을 노리는 마나카 대학 선수는 8등으로 순위를 올려 뛰고 있었다. 페이스는 여전히 빨랐다.

"유키는 어때?"

"안 보여요. 하위 그룹은 하코네유모토까지 와야 화면에 나올 모양인데요."

마나카 대학의 기록을 유심히 살피라고 조타한테 말한 다음 니코짱은 마지막 준비에 들어갔다. 주차장 안을 가볍게 뛰면서 몸을 풀었다.

오전 9시. 보소 대학 선수가 선두로 중계지점에 들어왔다. 기록은 60분 46초. 이어서 리쿠도 대학, 다이와 대학 순으로 어깨띠가 넘겨졌다. 니코짱은 서둘러 중계 라인 근처에 있는 조타에게로 돌아갔다.

“엄청나요!”

조타가 흥분해서 외쳤다.

“평지에 들어서서도 속도가 하나도 안 줄었어! 진짜 열심히 뛰네, 유키 형!”

휴대전화 화면에 하코네 신(新)도로와의 갈림길 근방에서 데이토 대학 선수를 앞지르는 유키의 모습이 보였다. 14등으로 달리는 간세이 대학은 앞쪽에서 뛰는 도쿄 체대 선수 뒤에 바짝 따라붙은 상태였다.

“좋아, 잘하고 있어!”

니코짱이 운동복 겉옷을 벗었다. 이제 남은 관건은 유키가 구간상을 탈 수 있느냐 없느냐였다.

“마나카 대학은 어때?”

“조금 있으면 여기서도 볼 수 있을 거예요.”

조타가 휴대전화에서 고개를 들더니 “왔다!” 하고 외쳤다.

선로를 따라 달려온 마나카 대학의 빨간 유니폼이 바로 그 순간 도로에서 벗어나 중계지점으로 들어오고 있었다. 구간상 후보라는 사실을 알고 있어서인지 환호성이 한층 커졌다. 마나카 대학의 어깨띠가 전달되었다.

“기록은?”

“60분 24초.”

휴대전화에 나오는 방송 화면의 자막을 조타가 읽어주었다. 눈길이었던 것치고 좋은 기록이라고 할 수 있다. 10킬로 기록이 28분대인 리쿠도 대학의 다무라조차 60분 48초가 걸렸으니 말이다.

각 대학 선수들이 중계지점으로 잇달아 들어와 어깨띠를 넘겨주었다. 방송 화면에는 바로 근처까지 다가온 유키의 모습이 비쳤다.

'유키, 조금만 더 오면 돼.'

대회 진행자의 호출을 받고 니코짱이 중계 라인에 섰다. 이제는 시간과의 싸움이다. 옆에서 도쿄 체대 선수가 어깨띠를 받고 뛰어나갔다. 유키의 기록을 손목시계로 재는 조타의 목소리가 들렸다.

"60분 17초, 18, 19."

유키가 중계지점으로 들어왔다. 이를 앙다물고 어깨에서 벗은 어깨띠를 오른손에 들고 있었다. 길가에 있는 관객들이 마나카 대학 선수의 기록을 알려줬는지도 모른다. 마지막 직선에서 온몸의 힘을 쥐어짜고 있었다.

"유키~!"

니코짱이 울부짖었다. 조타가 비명처럼 "60분 24초"라고 외쳤다. 구경꾼들 쪽에서 와아 하는 소리가 터져 나왔다. 어깨띠는 아직 니코짱 손에 넘어가지 않았다. 유키는 아쉽게도 구간 1등에는 한 발짝 미치지 못했다.

그러나 니코짱은 그 순간 기록의 존재를 잊었다. 유키의 눈이 니코짱만을 똑바로 직시하고 있었기 때문이다. 유키는 구간 기록 따위는 생각지도 않고 있었다. 그저 조금이라도 빨리 어깨띠를 니코짱에게 넘겨야지, 그 생각만을 하면서 마지막 3킬로 평지 길을 버틴 것이다. 니코짱은 그 사실을 알 수 있었다. 어깨띠를 건네받을 때 닿은 유키의 손끝, 이 매서운 바람 속을 헤쳐왔으면서도 뜨겁고 축축하게 젖은 유키의 손이 그 사실을 알려주었다.

“잘했어!”

니코짱이 속삭였다.

“힘들어 죽겠네. 이제 부탁해요.”

유키는 니코짱의 등을 두드린 다음 바들바들 떨리는 다리로 간신히 땅을 디디며 쓰러지지 않고 버텼다.

“유키 형!”

대회 진행자한테서 담요를 빼앗은 조타가 단숨에 달려와 유키를 부축했다.

“아깝지만 진짜 멋있었어요!”

“아까워? 뭐가?”

유키는 생수병에 있는 물을 마신 다음에야 겨우 목소리를 낼 수 있었다.

“구간상 말이에요. 유키 형 기록은 60분 26초. 2초만 빨랐어도 공동 1위로 구간상을 받을 수 있었는데.”

“그랬구나.”

2초. 유키가 웃었다. 겨우 2초. 숨 한번 쉬면 지나가버릴 찰나의 시간. 그렇게 근소한 차이로 구간 1등을 놓쳤구나.

“괜찮아.”

유키가 말했다.

“그 2초는 나한테 1시간만큼의 차이니까.”

조타는 운동화를 벗은 유키의 발바닥을 보고는 울음이 터질 뻔했다. 엄지발가락 밑에 생긴 물집이 완전히 터져서 피가 배어 나오고 있었다. 지난 1년 동안 훈련을 하느라 발바닥 가죽이 엄청 두꺼워졌는데도 이 모양이 되다니. 엉망진창이 된 유키의 발바닥이 하코네 산을 뛰어서 내려오는 것이 얼마나 힘든 일인지 적나라하게 보여주는 것 같았다.

"당연히 괜찮죠. 유키 형이 얼마나 멋있었는데."

울먹울먹하면서 말하는 조타의 머리를 쓰다듬어준 유키는 오다와라로 이어지는 길을 바라보았다.

부탁해요, 니코짱 선배.

니코짱은 달리면서 방금 전 오다와라 중계지점에 있을 때 기요세가 전화로 했던 말을 생각하고 있었다. 기요세는 평소와 전혀 다르지 않은 담담한 목소리로 "니코짱 선배, 컨디션 어때요?" 하고 물었다.

"평소나 다름없지, 뭐."

"아주 다행이네요. 오늘은 평소대로만 뛰어주세요."

"나한텐 기대하지 않는다는 거냐?"

"설마요. 유키가 예상보다 잘 뛰고 있는데 그 페이스에 휘말리지 말아날라는 소리지요."

니코짱이 "흥" 하고 코웃음을 쳤다. 유키의 달리는 모습에 감격해서 자기 실력을 망각할 정도로 흥분을 잘하는 성격은 아닌데.

"그냥 적당히 알아서 할게."

"니코짱 선배."

기요세가 정색을 하는 말투로 불렀다.

"1킬로 3분 남짓의 페이스를 유지해줘요. 선배를 편하게 해주지 못해서 미안하기는 하지만."

"야, 하이지."

니코짱이 머리를 벅벅 긁었다.

"편하기는 뛰지 않는 게 제일 편하지. 다이어트도 금연도 할 필요가 없었을 테니까. 어떤 페이스로 달리든 뛰기 시작하면 편할 일은 없는 거야. 내 몸이 건강해진 것만으로도 고맙다고 생각해야지. 그러니까 너도 내가 어떤 등수로 들어오더라도 불평하지 마라."

"네."

기요세가 웃는 모양이었다.

"그럼 오테마치에서."

기요세에게 한 말은 거짓말이 아니었다. 달리지 않았으면 편했을 것이다. 그러나 오랜 공백 기간을 거쳐 다시 육상을 시작한 일을 니코짱은 후회하지 않는다. 달리는 괴로움은 친한 사람들과 하나의 목표를 향해 나아가는 즐거움과 뒤섞여서 감미로운 무엇인가가 되었다. 혼자서 학비를 벌고 자립해서 생활해온 니코짱에게 그런 감미로운 느낌은 오래도록 잊고 있던 맛이었다.

하코네 산 위에서 불어 내려오는 바람을 등에 업고 니코짱은 달렸다. 오다와라 중계지점에서 히라츠카 중계지점에 이르는 제7구간은 21.2킬로의 거리이다. 전체적으로는 평탄하고 뛰기 쉬운 코스라고 한다. 가는 코스의 제4구간과 같은 길을 도쿄 방면을 향해 역주행하는 형태로 가는데, 오이소 역에서 우회로를 지나기 때문에 그만큼 제4구간보다 거리가 약간 더 길다.

처음 3킬로, 오다와라 시내로 들어설 때까지는 완만하다고는 해도 내리막길이다. 여기서 신이 나서 페이스를 너무 올려버리면 후반이 힘들어진다. 니코짱은 흥분과 긴장을 애써 누르면서 자기에게 맞는 페이스 배분에 힘썼다.

'하이지 그놈은 사람을 진짜 잘 본단 말이야.'

니코짱은 생각했다. 유키한테서 어깨띠를 받으면 니코짱은 흥분한다. 동시에 나름 자기만의 고집도 있어서 초반에 정신없이 질주하지 않으려고 자제한다. 그런 성격과 유키와의 인간관계까지 염두에 두고 기요세는 제7구간에 니코짱을 배치했을 것이다. 물론 오르내리는 곳이 적은 제7구간이라면 니코짱의 다리에 부담이 덜 가서 실력을 충분히 발휘할 수 있으리라는 점도 머릿속에 있었을 것이다.

가는 비가 계속 내리고 있었다. 머리는 벌써 흠뻑 젖은 상태였다. 공기가 바짝 마른 날보다는 비 오는 날이 숨쉬기 편해서 좋다. 바람이 없는 것도 다행이었다. 비에 젖은 데다 하코네 산에서 불어오는 찬바람까지 맞았다가는 도저히 제대로 뛸 수 없을 테니까 말이다. 기온은 영상 1도 정도. 제7구간은 온도 차이 때문에 체력이 떨어지기 쉬운 코스라고 알려져 있는데 내리는 비 덕분에 오늘은 그럴 염려가 거의 없어 보였다. 이제부터 해안가 도로를 달리게 되니 점심 무렵이 되면 기온이 조금 더 오를지도 모르지만.

'그런데 빗물에 젖어서 살에 찰싹 달라붙는 이 유니폼이 문제란 말이지.'

니코짱이 살짝 얼굴을 찡그렸다. 몸의 곡선이 너무 적나라하게 드러나서 벌거벗고 달리는 것처럼 불안했다. 하긴 원래부터 벌거벗은 거나 다름없었지만.

니코짱은 가벼운 소재로 만든 러닝셔츠와 짧은 바지가 싫었다. 장거리 선수들은 남녀를 불문하고 모두 홀쭉한 체형이다. 물론 강인하고 유연한 근육을 숨기고 있기는 하지만, 겉보기에는 사슴이나 순록같이 날씬하고 여린 느낌이다. 그런 체형이라면 최소한의 천만 가지고 만든 유니폼을 입어도 그럴싸하게 보이겠지만 니코짱은 원래 굵은 통뼈 때문에 그렇게 늘씬할 수가 없는 몸이었다. 다이어트 덕분에 쓸데없는 군살은 줄었지만 떡 벌어진 어깻죽지와 당당한 허리뼈, 그리고 강건한 허벅지뼈까지 깎을 수는 없었다.

그런 니코짱이 하늘하늘한 작은 천으로 된 유니폼을 입으면 피부를 유난히 많이 노출한 것처럼 보인다. 더구나 지금은 비에 젖어서 살에

착 달라붙어 있는 것이다.

'파도에 실려 바위틈으로 올라온 뚱뚱한 인어도 아니고, 원.'

니코짱은 너무 창피했다. 하다못해 다리 털이라도 좀 밀어둘 걸 그랬나? 북슬북슬 털이 무성한 다리를 드러내놓은 모습이 전국 안방에 그대로 방송되다니.

옆에서 뛰는 선수의 다리를 힐끔 쳐다보았다. 이 녀석은 보기 싫지 않을 정도만 다리에 털이 나 있네. 원래부터 털이 없는 편인가? 아니면 손질을 미리 했나? 어느 쪽이지? 그 생각을 하다가 퍼뜩 '자기 옆을 뛰는 선수가 있다'는 사실을 깨달은 니코짱이 깜짝 놀랐다. 나도 모르는 사이에 뒤에 있던 선수가 날 따라잡아서 앞질러 가려는 건가? 이번에는 고개를 제대로 돌려서 옆의 선수를 확인한 다음 다시 앞을 바라보았다.

옆에서 뛰는 사람은 도쿄 체대 선수였다. 도쿄 체대는 오다와라 중계지점에서 니코짱보다 10초가량 빨리 어깨띠를 받고 나갔을 텐데. 뒤에서 나를 따라잡은 게 아니라 내가 앞의 선수를 따라잡았구나. 니코짱은 손목시계를 보고 자기 페이스가 그대로 유지되고 있음을 확인했다. 좋아, 하고 속으로 끄덕였다. 이 도쿄 체대 선수를 앞지를 수는 있겠다.

그러나 앞쪽에 다른 대학 선수의 모습은 보이지 않았다. 도대체 내가 몇 등으로 뛰고 있는지, 구간별로 달린 모든 시간을 더한 종합기록을 계산해서 실질적으로 지금 간세이 대학이 몇 등인지 도무지 감이 잡히지 않았다.

'축축한 유니폼 따위에 신경을 쓰고 있을 때가 아니네.'

니코짱은 그런 생각을 하면서 오다와라 시내로 들어섰다. 길가에 응원하는 사람들이 빽빽하게 늘어서서 깃발을 흔들고 있었다. 그중에는 간세이 대학의 장대 깃발을 세워놓고 뭔가를 외치는 상점가 사람들의 얼굴도 보였는데 주변의 소음과 뒤섞이는 통에 무슨 소리를 하는지 알아들을 수가 없었다. 정보는 5킬로 지점에서 뒤에 따라오는 감독 차량을 통해 들을 수밖에 없을 것 같았다.

니코짱은 일단 페이스를 유지하는 것과 숙적 도쿄 체대를 멀리 따돌리는 일에 정신을 집중했다. 감독 차량에 타고 있는 주인 할아버지가 과연 제대로 된 정보를 줄 수 있을지 불안했지만, 그 주인 할아버지 뒤에는 간세이 대학의 실세 감독인 기요세가 있다. 지금 이 순간에도 기요세는 정보 수집에 힘쓰면서 니코짱의 마음을 가볍게 해줄 수 있는 지시를 하라고 주인 할아버지에게 조언하고 있을 것이다. 기요세 자신이 뛰어야 할 차례가 다가오고 있음에도 불구하고.

니코짱은 기요세가 가진 감독으로서의 능력을 신뢰하고 있었다. 기요세는 간세이 대학팀 중에서 가케루 다음으로 좋은 기록을 가진 선수이기도 하지만 무엇보다 뛰어난 점은 사람을 알아보고 적재적소에 배치하는 안목과 수완이었다. 기요세가 없었다면 하코네 대회에 나오겠다는 생각은 하지도 못했을 테고 여기까지 오는 일도 절대 실현되지 않았을 것이다.

기요세는 치쿠세이소 사람들에게 몇 번이나 강력한 권력을 휘둘렀다. 그러나 달리기에 익숙하지 않다고 누군가를 책망하는 일은 절대 없었고, 각 개인의 감정이나 자부심을 함부로 무시하는 경우도 없었다. 언제나 각자의 성격에 맞게 달리기를 해야겠다는 마음을 스스로 찾도록 잘 알려주려고 했다.

자기 자신이 육상에서 좌절을 맛본 적이 있었기에 기요세는 초보자가 대부분이던 치쿠세이소 사람들을 이끌 수 있었다. 부드러움과 강인함, 그리고 달리기에 대한 확신과 열정을 가지고. 니코짱은 그것을 길

알 수 있었다. 니코짱도 고등학교 때까지 육상 경기에 열중하던 경험이 있었기 때문이다.

니코짱은 대학에 입학하자마자 육상을 완전히 그만두었다. 달리기에서 희망을 찾을 수가 없었다. 고등학교 시절의 니코짱은 진지하게 육상 경기에 임하는 선수였다. 목표를 세우고 매일 훈련하는 일상이 힘들고 귀찮기도 했지만 달린다는 행위 자체는 좋아했다.

그러나 니코짱의 몸은 점점 커졌고, 뼈대도 굵고 무거워졌다. 아무리 달리기가 좋아도 기록으로 승패가 갈리는 경기인 이상 신체적인 적성은 반드시 존재한다. 물론 니코짱은 대부분의 같은 나이의 또래 남자들보다는 빠르고 오래 달릴 수 있었다. 그러나 그렇다고 장거리 선수로서 경기를 계속해서 더 발전할 가능성이 있는가 하는 부분에서는 회의적이었다. 발전 가능성이 희박하다는 사실이 고등학교 3학년 때 분명해졌다. 니코짱의 굵은 골격, 그리고 지방이 쌓이기 쉬운 체질은 장거리에 적합하지 않았다. 노력만 가지고는 도저히 어쩌지 못할 정도로.

대학 육상부에 들어가 졸업 후에는 실업팀에서 활약하고 더 나아가서는 세계적인 무대에서 경쟁한다. 그런 선수가 과연 몇 명이나 있을까? 높은 곳에 오르려고 하면 할수록 천부적인 재능을 가진 자의 반짝임이 더욱 눈부시게 느껴진다. 자기 실력을 파악할 수 있을 정도의 경험과 훈련을 쌓아왔기에 절대로 오를 수 없는 경지가 있음을 뼈저리게 깨달을 수밖에 없었다. 튼실하게 성장을 거듭하는 자기 육체를 두고 니코짱은 그저 무력감과 허무함에 빠져들었다.

사실 니코짱에게 진정한 불행은 경기에 나가는 선수가 아니더라도 계속 달릴 수 있다, 달리기를 좋아하면 그냥 즐기면 된다는 사실을 알려주는 지도자를 만나지 못했다는 점이다. 아직 어렸고, 그때까지 마냥 육상에 푹 빠져 그것만 바라보고 살아왔기에 그 당시의 니코짱은 선수로서 성공하지 않으면 모든 것은 허사고 무의미하다는 생각밖에 갖지 못했다. 니코짱은 자기에 대한 실망감 때문에 육상에서 멀어졌다.

긴 학생 생활을 하는 사이에 혼자 살아가는 법을 터득했고 육상 이외의 경험도 쌓였다. 그러면서 알게 된 것은 무의미한 것도 나쁘지 않다는 점이었다. 입에 발린 소리를 할 생각은 없다. 경기에 나가는 이상 당연히 이길 작정을 해야 한다. 그러나 승리의 모양은 다양하다. 참가자 중에서 가장 좋은 기록을 내는 것만이 이기는 게 아니다. 승리하는 삶이 어떤 모습인지 누구도 명확하게 정의를 내릴 수 없는 것과 마찬가지이다.

기요세도 비슷한 생각을 가지고 있다는 점이 니코짱에게 용기를 주었다. 승리하는 길은 단 한 가지밖에 없다고 마냥 믿었던 고등학교 시절의 모습을 돌이켜보면 사랑스럽지만 유치하다는 생각이 들었다. 달리기와 멀어졌기에 이른이 될 수 있었던 니코짱은 기요세에 대한 공감과 신뢰를 가슴에 안고 다시금 매일같이 달리는 생활에 몸을 던졌다.

기요세는 우수한 지도자다. 남의 아픔을 알고 동시에 경기의 세계가 가진 냉철함도 안다. 가치관의 차이를 모두 끌어안고서도 강인한 정신력과 열정으로 오합지졸로 이루어진 팀을 견인해왔다.

하이지가 열정을 계속 유지할 수 있었던 것은 가케루의 존재 때문이었다고 니코짱은 생각한다. 기요세는 가케루를 가만히 내버려둘 수 없었다. 상처를 입었음에도 여전히 반짝반짝 빛나는 가케루의 엄청난 재능을.

놀라운 것은 두 사람의 궁합이 완벽하게 맞았다는 점이다. 니코짱은 콧등에 흐르는 빗방울을 닦아냈다. 기요세와 가케루는 달리기라는 행위에 국한되지 않고 모든 면에서 서로의 존재에 자극을 받는 것 같았다. 최소한 니코짱의 눈에는 그렇게 보였다. 상대방의 좋은 점에 마음이 감동받기도 하고, 단점에 화를 내기도 하고. 그러니까 그 둘은 사람과 사람 사이의 깊은 유대관계로 맺어진 것이라고 니코짱은 생각한다. 우정이든 애정이든, 아무튼 그런 아름답고 소중한 것이 기요세와 가케루 사이에 확실히 존재한다. 달리기로도, 그리고 마음으로도 서로 통하는 사이. 그런 두 사람이 만날 수 있었다는 사실이 기적 같다고 니코짱은 생각한다.

기요세와 가케루의 유대와 충돌을 니코짱은 계속해서 지켜보고 싶었다. 달린다는 행위에 의해 만들어진 아주 귀한 형태의 인간관계를.

그래서 지난 한 해 동안 함께 달렸다. 지금도 온 힘을 다해 달리고 있다. 오다와라 시내를 빠져나갈 즈음이 되자 도쿄 체대 선수가 점점 뒤로 처졌다. 사카와 강을 건너면 그때부터 해안가 직선도로이다. 거기서는 내 앞을 달리는 선수의 모습이 시야에 들어올까?

5킬로 지점에서 뒤에 있는 감독 차량에 탄 주인 할아버지의 목소리가 들렸다.

"니코짱아, 넌 지금 13등으로 뛰고 있다. 30초 차이로 앞쪽에 고후가쿠인 대학이 있을 게다."

제7구간을 달리는 고후가쿠인 대학 선수는 1만 미터 기록이 29분 10초대였던 것으로 기억한다. 니코짱보다 실력이 월등한 선수이다. 사이가 벌어지지 않게 애쓰는 정도밖에 못 하겠군. 니코짱은 귀를 쫑긋 세워서 주어진 정보를 분석했다.

"그리고 조정시간을 반영해서 가산한 간세이 대학의 실질적인 등수는……."

주인 할아버지가 마이크를 통해 소리를 질렀다.

"제6구간이 끝난 시점에서 16위다!"

유키가 제6구간에서 구간 2등이라는 실력을 발휘했는데도 여전히 16

위라니. 니코짱은 갈 길이 멀다는 생각에 정신이 아득해지는 것 같았다. 하지만 어제 가는 코스를 18등으로 끝냈다는 점을 생각하면 조금씩이나마 다시 순위를 올리고는 있었다. 여기서 포기하지 않고 조금이라도 좋은 기록으로 어깨띠를 넘겨주는 수밖에 없다.

"하이지가 그러더라. '아직 희망은 있어요. 페이스를 그대로 유지해 주세요.' 이상!"

알았다는 표시로 니코짱이 오른손을 가볍게 들었다. 그래, 아직 희망은 있지. 간세이 대학이 이번 하코네 역전경주에서 우승하는 일은 일어나지 않을 것이다. 이미 가는 코스에서 18등으로 푹 주저앉았고 돌아오는 코스의 제7구간을 뛰면서도 아직 눈부신 약진을 보여주지 못하고 있으니까. 그러나 우선출전권이 주어지는 10등 이내는 아직 충분히 노려볼 만한 위치이다.

10등을 노리는 이유는 내년에 조건 없이 하코네 역전경주에 출전하고 싶어서가 아니다. 달랑 열 명만 모여 도전한 싸움에서 뭔가 분명한 형태의 결과물을 내놓고 싶기 때문이다. 선수를 충분히 모을 수 있을지 없을지도 모르는 팀이 우선출전권을 따봐야 무슨 의미가 있냐는 헛소리가 다시는 나오지 않게 하기 위해서이다.

의미가 있네 없네 하는 문제가 아니다. 우리가 해온 노력이 결실을 맺었다는 점을 증명하고 그 일에 자부심을 가지기 위해 지금 온 힘을 다해 달린다.

열기를 내뿜는 니코짱의 팔뚝이 쏟아지는 빗방울을 튕겨냈다.

제8구간 주자인 킹과 옆에서 보조하는 무사는 히라츠카 중계지점에 있었다. 워밍업을 마친 킹은 중계지점 주변을 뛰기도 하고 화장실에 다녀오는 등 한곳에 가만히 있지 못했다. 중계지점과 주변 길가에는 벌써부터 구경꾼들이 몰려들어 북적이고 있었다. 그래서 킹이 긴장한 것이다.

안절부절못하는 킹을 무사는 그냥 내버려두기로 했다. 무슨 말을 해도 킹은 마치 쳇바퀴를 열심히 돌리는 햄스터처럼 왔다 갔다 하는 것을 그만두지 않았다.

그러다 제풀에 지치면 알아서 가만히 있겠지. 시합 전에 지치는 게 좋은 일은 아니지만 킹 형이 하려는 대로 가만히 내버려둘 수밖에 없겠다고 무사는 판단했다. 킹은 보기보다 신경이 예민한 편이다. 억지로 가만히 있게 했다가는 긴장이 몸속에 점점 쌓이다가 뻥 하고 터져버릴지도 모른다.

그래서 무사는 중계지점 구석에 펼쳐놓은 비닐돗자리에 혼자 앉아 휴대용 TV로 시합의 추이를 지켜보고 있었다. 유키의 활약에 환호성을 질렀던 무사는 지금 니코짱이 달리는 모습을 보고 있었다. 제7구간을 달리는 니코짱의 모습이 가끔씩 화면에 나왔다. 니코짱은 지금 10킬로를 지난 니노미야 부근을 달리고 있었다. 강을 가로지르는 다리 때문에 자잘하게 오르고 내리는 구간이 몇 군데나 있었지만 니코짱은 시선을 전방에 고정시킨 채 흔들리지 않는 자세로 다리를 움직였다.

킹은 이제야 겨우 일시적으로 평정심을 되찾은 모양이었다. 뛰어다니는 것을 그만두고 무사 옆에 앉았다.

"니코짱 선배는 어때?"

화면을 들여다보는 킹에게 무사가 담요를 건네주었다.

"페이스는 떨어지지 않았습니다. 하지만 고후가쿠인 대학과의 거리가 벌어지고 있습니다. 상대가 워낙 빠릅니다."

킹은 담요를 두르고 앉은 채로 스트레칭을 시작했다.

"순위는?"

"똑같습니다. 고후가쿠인 대학 뒤, 도쿄 체대 앞을 달리는 위치니까 보기에는 변함이 없는 13등이고 종합기록에서는 16위 그대로입니다."

"아아……."

맞장구인지 탄식인지 모를 소리로 대꾸한 킹이 다리를 쭉 뻗고는 무릎에 이마를 댔다. 가만히 있으면 불안 때문에 몸이 저절로 덜덜 떨렸다.

"유키는 진짜 끝내주게 뛰던데."

킹이 떨리는 마음을 떨쳐내려는 듯이 밝은 목소리로 말했다.

"맞습니다. 신동 형도 기뻐했을 거라고 생각합니다."

무사가 미소를 지었다. 두 사람은 잠시 아무 말 없이 앉은 채로 눈앞의 풍경을 멍하니 바라보았다. 선수들과 담당자, 그리고 응원하는 사람들이 오가는 중계지점은 축제 날처럼 활기가 가득했다. 킹과 무사의 주변만 소리와 시간이 멈춰버린 듯 고요했다. 긴장으로 가득 찬 수조 안에 격리되어 있는 기분이었다.

두 사람의 시야에 운동복을 입은 다리가 나타나더니 우뚝 멈췄다. 둘이 동시에 고개를 들어보니 도쿄 체대의 사카키가 내려다보고 있었다.

"아무래도 간세이 대학 육상부는 이번을 끝으로 하코네엔 못 나오겠네요. 내년에 팀원이 부족하면 어쩌나 걱정할 필요도 없어졌으니 오히려 다행일 수도 있겠어요."

조용하고 정중한 말투였기에 더더욱 가만히 듣고 있을 수가 없었다. 발끈한 킹이 벌떡 일어서려고 하자 무사가 담요 끝자락을 붙잡아서 말렸다. 사카키도 제8구간을 달리는 선수이다. 시합에 나가는 순간을 앞두고 일부러 같은 구간을 달리는 킹에게 말을 걸어온 것만 봐도 사카키가 얼마나 긴장하고 있고 스트레스를 받고 있는지 무사는 짐작이 되었다.

"아직 어떻게 될지 모릅니다."

무사가 부드럽게 받아쳤다.

"도쿄 체대도 우선출전권을 딸 수 있을지 아슬아슬하지 않습니까?"

"지금도 우리 뒤에서 뛰고 있으니까."

킹이 비꼬는 말로 사카키에게 맞섰다.

"겉보기만 그런 거죠. 게다가 제8구간에서 내가 추월할 거니까 괜찮아요."

사카키의 말에는 강한 결의가 담겨 있었다.

"간세이뿐만 아니라 앞에 가는 대학들을 모조리 제껴줄 작정이니까."

아, 네- 네- 수고하세요. 킹이 속으로 빈정거렸다.

"그런데 왜 그렇게 힘이 잔뜩 들어갔냐?" 하고 소리 내어 물었다. 사카키가 고장 난 와이퍼처럼 눈썹을 확 치켜올리며 덤벼들었다.

"당연한 거 아니에요? 이건 하코네 역전경주라고요. 난 이 대회에 나오려고 여태까지 죽어라 달렸어요. 중학교 때부터! 놀이 삼아 슬렁슬렁 뛰는 그쪽 팀 사람들은 잘 모르겠지만."

"놀이로 뛸 수는 없습니다."

단호하게 말한 무사가 갑자기 벌떡 일어서는 바람에 킹이 깜짝 놀랐다. 무사는 사카키를 마주보고 서서 말을 이어갔다.

"이렇게 힘든 놀이가 어디 있습니까? 사카키 선수도 잘 알고 있을 텐데 왜 우리한테 싸움을 거는 겁니까? 킹 형은 이제 조금 있으면 시합에 나가야 합니다. 신경에 거슬리는 언행은 삼가주기 바랍니다."

무사, 멋있네. 킹은 담요를 두른 채 든든한 기분으로 무사를 올려다보았다.

사카키 뒤쪽에는 예비선수로 등록된 도쿄 체대의 상급생들이 있었다. 여름합숙 때까지만 하더라도 간세이 대학팀 따위는 상급생들의 눈에 들어오지도 않았을 테지만 이제는 상황이 달라졌다.

"사카키, 뭐하냐?"

상급생들이 사카키를 불렀다. 무사와 대치하듯이 서 있는 사카키가 걱정된 모양이었다. 하지만 사카키는 돌아보지도 않았다.

킹은 갑자기 사카키가 불쌍해졌다. 가케루를 비롯한 간세이 대학 선수들은 물론이고 도쿄 체대의 같은 부원들조차 사카키에게는 모두 경쟁 상대일 것이다. 달리기에 모든 것을 바치고 달리기만 사랑한 나머지 사카키는 주변의 모든 사람들을 적으로 돌리고 말았다. 아무에게도 마음을 열지 않고, 어울리지 않고, 그저 자기 이외의 선수들이 어떤 기록을 내고 몇 등인지에만 신경을 쓴다.

달리기에 대한 마음가짐을 그런 식으로밖에 품지 못하는 사카키가 참 딱하다고 킹은 생각했다. 담요를 옆으로 치우고 비닐돗자리에서 일어섰다.

"그런데 넌 좋기는 하냐? 지금까지 꿈꿔온 동경의 대상인 하코네 역전경주에 출전해서 이제부터 뛰는 거잖아? 그런데도 넌 하나도 즐거워 보이지 않네?"

"즐거워야 할 필요가 있나요?"

사카키는 동요하는 기색이 전혀 없었다.

"이건 시합이잖아요."

"그야 그렇지만……."

어떤 말로 설명해야 할지 킹이 곰곰이 생각했다.

"우리 팀 주장인 기요세는 이런 말을 자주 하거든. 빠른 게 다가 아니다. 장거리 선수는 강해야 한다. 그건 결국 달리기를 좋아하고 즐겨야 한다는 뜻이라고 난 생각하거든."

"허술하네요."

사카키의 눈썹이 다시 꿈틀거렸다. 어린아이들이 흙장난하는 모습을 보고 한숨을 쉬며 나무라는 어른처럼 말했다.

"학생 시절의 추억거리를 만들고 싶다면 뭐, 즐기든 좋아하든 하면 되겠죠. 솔직히 그쪽 팀은 그게 더 어울리고. 하지만 난 달라요. 싸우고 또 싸워서 경기에서 이기기 위해 달리는 거니까. 구라하라처럼 약한 동료들한테 맞춰준답시고 나까지 같이 떨어질 생각은 없어요."

"너 뭐라고 그랬어?!"

방금 전에 느꼈던 안타까움 따위 내팽개친 채 발끈해서 소리치는 킹에게는 아랑곳하지 않고 사카키는 자기 할 말만 다하고 시원한 얼굴로 가버렸다.

"진짜 열 받게 하는 자식이네."

이를 가는 킹을 무사가 다독였다.

"저 사람이 하는 말에도 어느 정도는 일리가 있습니다."

"그야 그럴 수도 있지만, 그래도 속이 뒤집어진단 말이야. 가케루한테 전화해야겠다."

킹이 운동복 주머니에서 휴대전화를 꺼냈다.

가케루는 가벼운 조깅을 마치고 토츠카 중계지점에 돌아온 참이었다. 몸도 풀렸으니 스트레칭을 한 다음 한 바퀴만 더 돌고 오면 딱 좋겠구나 하며 생각하고 있는데 짐을 지키던 조지가 손짓을 했다.

"가케루, 전화 왔어."

조지에게 맡겨두었던 휴대전화를 받아서 발신자를 확인했다. 기요세인 줄 알았더니 킹이었다.

"네."

무슨 일이에요, 하고 묻기도 전에 킹의 고함소리가 가케루의 고막에 그대로 꽂혔다.

"가케루-! 너 꼭 1등 해야 돼! 저 싸가지 없는 놈의 코를 납작하게 만들어서 눈물바다에 가라앉혀버리라고! 알았지?"

일방적으로 소리를 지르더니 그대로 뚝 끊어버렸다. 전화기에서 나오는 소리가 주변에까지 다 들릴 정도의 고함이었다.

"뭐야, 이건?"

"글쎄……?"

가케루와 조지가 서로 얼굴을 마주 보았다.

"킹 형이 이렇게 흥분한 건 거의 본 적이 없지 않냐?"

"선착순 퀴즈 프로그램을 TV로 볼 때 말고는 없지."

"아, 알겠다."

조지가 정답 버튼을 누르는 시늉을 했다.

"도쿄 체대의 사카키가 제8구간을 뛰잖아? 중계지점에서 또 공연히 깐죽깐죽 시비를 걸었나 보다."

가케루도 그것이 맞는 답이라는 생각이 들었다. 킹이 화가 치밀어 긴장감조차 잊어버린 모양이니 다행이었지만, 사카키가 그 정도로 자기를 싫어하나 하는 생각이 드니 마음이 참담했다.

상심한 마음을 드러내지 않으려 했는데 조지가 벌써 민감하게 알아차린 모양이었다.

"그냥 내버려둬."

그렇게 말하며 가케루의 등을 가볍게 두드렸다.

"물론 네가 1등을 했으면 하는 바람은 나도 있지만."

"당연히 나도 그럴 작정으로 뛰기는 하겠지만……."

가케루를 순수하게 응원하는 게 아니라 조지에게는 뭔가 나름 생각이 있는 모양이었다. 가케루가 눈치를 보자 조지가 쑥스럽게 웃었다.

“오테마치에서 하이지 형이 결승점에 들어오는 순간에 맞춰서 하나짱한테 고백할 생각이거든. 아아, 빨리 그때가 왔으면 좋겠다.”

그런 거였구나. 가케루는 그제야 납득이 되었다. 그래서 조지는 이 시합이 순조롭게 빨리 진행되기를 바라고 있었군.

“그런데 말이야. 여기서 가려면 아무리 서둘러도 선수들이 결승점에 들어오는 순간에 맞춰서 오테마치까지 가기가 아슬아슬할 텐데?”

“응? 정말이야?”

“아마 그럴걸? 매년 방송을 보면 제8구간을 다 뛴 선수들은 방영이 끝나기 전에 토츠카에서 오테마치까지 못 오는 경우가 많던데.”

“어떡하지? 그럼 나 그냥 지금부터 오테마치로 가도 돼?”

사랑을 위해서라면 보조 역할까지 내팽개쳐버릴 기세였다.

“나야 상관없지만, 그러다가 하이지 형한테 들키면 넌 박살 나지 않을까?”

“그렇겠지?”

조지는 온몸을 배배 꼬면서 고뇌하기 시작했다.

“아무래도 네가 어깨띠를 받고 뛰어나갈 때까지는 옆에 붙어 있어야겠지? 하나짱이 날 기다려줄까?”

하나코라면 걱정하지 않아도 쌍둥이가 오테마치까지 오기를 언제까지든 기다리겠지. 해가 저물건, 쏟아지는 눈에 파묻혀버리건. 속으로는 그렇게 생각했지만 “어떨지 모르지” 하고 말았다. 가케루도 어지간히 둔한 편이지만 조지의 둔감함을 보고 있으면 고구마를 천 개쯤 삼킨 것처럼 답답해 죽을 지경이었다. 이 정도 심술쯤은 부려도 되겠지.

너무도 쩨쩨하게 복수를 하는 자기 모습에 속으로 실소를 하던 참에 누군가가 가케루에게 말을 걸어왔다.

“간세이 대학은 언제나 즐거워 보이네.”

돌아보니 리쿠도 대학의 후지오카가 서 있었다. 가케루와 조지가 나누는 이야기를 듣고 있었던 모양이다. 열반에 든 석가모니가 연상되는 미소를 입가에 짓고 있었다. 반들반들하게 민 머리통이 흐릿한 날씨 속에서도 여전히 반짝였다.

"잠깐만, 잠깐만, 혹시 이 사람……."

조지가 가케루의 운동복 소매를 잡아당겼다.

"새해 복 많이 받으세요" 하고 가케루는 새해의 인사를 했다.

"'올해도 잘 부탁드립니다'라고 하려고?"

후지오카가 살짝 놀리듯이 말하더니 "드디어 이런 날이 왔네" 하고 금방 진지한 표정을 지었다.

"구라하라. 난 제9구간에서 구간 신기록을 낸다."

당당한 선언에 가케루는 순간적으로 압도당했다. 후지오카는 단순히 구간 1등을 하겠다고 한 것이 아니다. 이번 대회에서 제9구간을 달리는 최고의 선수가 되는 데에 그치지 않고 하코네 역전경주의 역사 속에서 제9구간을 달린 모든 선수들의 정상에 서겠다고 한 것이다.

구간 신기록. 그것은 하코네 역전경주의 역사가 쌓여서 만들어진 위대한 기록을 새로 썼다는 증거이다. 역사에 도전하는 입장에서 남들이 우러러보고 추구하는 초월자의 입장으로 바뀐다는, 크나큰 의미를 가진 일이다. 특히 제9구간의 구간 신기록은 최근 5년 동안 나오지 않았다. 하코네를 달리는 선수에게 구간 신기록 수립은 엄청난 영광이다.

"난 후지오카 선수의 그 기록을 다시 갈아엎을 겁니다."

가케루가 당당하게 고개를 들고 선언했다.

"후지오카 선수가 구간 신기록 보유자로 누릴 수 있는 시간은 아마 10분 정도일 거예요."

너무나 대담한 가케루의 선전포고에 해맑기만 한 조지도 놀라고 누려워 몸을 떨었다. 리쿠도 대학의 후지오카가 아무래도 먼저 어깨띠를 받아서 달리게 된다. 후지오카가 구간 신기록을 낸다 하더라도 그것은 어차피 후발주자인 내가 츠루미 중계지점에 도착할 때까지의 '신기록'에 불과하다고 가케루가 말한 것이다.

조지는 한 발짝도 물러서지 않는 두 사람의 눈치를 보았다. 가케루도 후지오카도 투지와 더불어 상대방이 어떻게 달릴지에 대한 기대감으로 불타오르는 것처럼 보였다. 아무도 손대지 못하고 사이에 끼지도 못할 긍지와 긍지의 맞대결이 펼쳐지고 있었다.

하코네의 제왕이라고 불리는 리쿠도 대학의 후지오카 가즈마와 오합지졸 간세이 대학의 에이스 구라하라 가케루. 토츠카 중계지점에 있던 사람들도 두 사람이 뿜어내는 불타는 기백을 알아차리고 흥분을 감추지 못했다.

드디어 때가 왔다. 하코네 역전경주의 피날레를 장식할 육상 천재들이 격돌하는 순간이 왔구나, 하는 기대감이 보는 이들을 사로잡았다.

뒤쫓아가야 하는 자의 모습도 보이지 않고, 죽자 살자 뒤따라오는 자의 발소리도 들리지 않았다. 니코짱은 혼자서 해안가 1번 국도를 마냥 달렸다. 구경꾼들이 길가를 빽빽하게 메우고 있었다. 바로 뒤에는 감독 차량에 탄 주인 할아버지가 있다. 15킬로 지점에서 간세이 대학 운동복을 입고 기다리던 급수 담당 학생이 앞뒤 선수와의 시간차를 알려주었다. 그래도 니코짱은 혼자였다. 바닷바람에 흩어지는 응원 소리에 힘을 얻고, "3분 남짓의 페이스를 계속 지켜달라"는 기요세의 지시를 뇌리에 되새기면서 묵묵히 달릴 수밖에 없었다.

그래, 이 외로움이 장거리 달리기이다. 니코짱은 생각했다. 별두 없는 밤하늘 아래를 떠도는 나그네의 고독과 자유. 한계까지 치솟은 심박수를, 식을 새 없이 후끈후끈 열이 올라 쏟아지는 땀에 젖은 피부를, 피가 돌고 거기에 따라 움직이는 근육의 불끈거림을 니코짱 당사자 말고는 아무도 알 수 없다. 정해진 코스를 달려 정해진 장소에 도착할 때까지 누구도 손대지 못하고 간섭하지도 못하는 곳에서 남들은 도저히 알 수 없는 싸움을 니코짱 홀로 계속해야 한다.

정말 오랫동안 잊고 있었다. 아니, 잊어버린 척했다. 이렇게 달리는 것이 얼마나 괴롭고도 환희에 찬 일인지를. 그것을 다시 알게 해준 이들은, 그래서 다시금 맛볼 수 있는 자리로 이끌어준 이들은 치쿠세이소 사람들이다. 육상을 그만둔 예전 그 순간부터 나는 계속 기다려왔다. 다시 한번 기회가 주어지기를. 육상에 적합하지 않은 나의 신체조건을 알고서도 달리기를 사랑하는 나의 영혼을 부르고 찾아줄 존재를. 달려도 괜찮다고 말해줄 목소리를.

이번이 선수로서 마지막 달리기가 되리라는 사실은 잘 안다. 경기 선수로 가는 길은 니코짱에게 열리지 않는다. 고된 훈련을 따라가고 소화했음에도 이 이상의 성과를 올릴 가능성은 없다.

니코짱은 선택받지 못했고 축복받지 못했다. 육상의 신이라 부를 수 있는 존재가 만약에 있다면 말이다. 바로 옆에서 가케루를 보다 보면 잘 알 수 있다. 가케루처럼 선택받고 축복받은 달리기 선수가 되기를 니코짱은 진심으로 바랐지만 결국 그것은 이루어질 수 없는 소원이었다.

그래도, 뭐 어떠냐? 하는 생각이 들었다. 선택받지 않았어도 달리기를 사랑할 수는 있다. 달리기라는 행위가 내포하는 고독과 자유처럼 참을 수 없이 좋아한다고 느끼는 마음만큼은 니코짱 안에서 찬란한 빛을 발한다. 그것을 믿을 수 있었으니, 그리고 그것만큼은 언제까지나 남아 있을 테니 그것으로 충분하지 않은가? 지금 내가 할 수 있는 모든 것을 이 마지막 달리기에 쏟아내고서 정말 오래도록 내 안에 끈질기게 자리 잡고 있던 경기에 대한 모든 상념을 오늘로 털어버린다.

오이소 역 앞에서 1번 국도를 북쪽으로 꺾어 우회로에 들어갔다. 마지막 1킬로에 접어들었을 때, 앞쪽에 중계차의 모습이 또렷이 보였다. 그 중계차 그늘에 페이스가 떨어져 뒤처진 마에바시 공과대학 선수가 살짝 보였다. 동시에 등 뒤로 다가오는 기척도 느꼈다. 돌아보지 않아도 알 수 있었다. 도쿄 체대 선수가 따라잡은 것이다.

마음이 다급해졌지만 니코짱은 그런 초조감을 애써 눌렀다. 20킬로를 달려왔기에 체력 소모가 심했다. 급해지지 마라. 1킬로 3분 남짓의 페이스이다. 이 페이스를 좀더 유지해야 한다. 막판 승부는 마지막 300미터에서 한다.

니코짱은 자신의 느낌을 믿었다. 별이 보이지 않아도 바다를 건너는 새처럼 정확하게 리듬을 타면서 목적지인 히라츠카 중계지점으로 향했다. 중계지점에서 삐져나온 사람들로 길가의 인파가 더욱 많아졌다. 마에바시 공과대학 선수는 완전히 힘이 빠져서 허덕이는 모양이었다. 이때다 하고 니코짱은 직감했다.

열을 뿜어내는 근육에 채찍질을 가해서 스퍼트를 내며 맹렬하게 추격하기 시작했다. 도쿄 체대 선수도 똑같은 순간에 튕기듯이 속도를 올렸다. 목에서 살짝 피맛이 났지만 니코짱은 온몸의 삐걱거림과 고통을 견뎠다. 중계지점에 있는 군중이 술렁이더니 킹이 중계 라인으로 뛰어나오는 모습이 보였다. 마에바시 공과대학의 제8구간 선수, 그리고 도쿄 체대의 사카키도 라인에 섰다. 세 명은 나란히 뛰어 들어오는 자기 팀 선수를 향해 외쳤다.

니코짱이 어깨띠를 풀었다. 땀을 빨아들여 축축한 그 띠를 생명줄처럼 꽉 쥐었다. 킹의 모습밖에 보이지 않았다. 검은색과 은색으로 된 유니폼만 바라보며 니코짱은 죽어라 뛰었다.

정해진 장소. 나는 돌아왔다.

"나도 잘할게, 니코짱 선배."

어깨띠를 받은 킹이 재빨리 속삭이더니 뒤도 돌아보지 않고 뛰어나갔다. 니코짱은 말없이 고개를 끄덕이고 킹의 등을 떠밀었다. 오테마치 쪽으로.

무사가 활짝 펼치고 있던 벤치 코트에 쓰러지면서 니코짱은 시간을 기록하는 손목시계를 세웠다. 시간을 겨루는 세계를 건너온 니코짱에게 이제 그 시계는 필요 없었다.

니코짱의 마지막 전적은 21.2킬로를 1시간 06분 21초 만에 주파. 구간 12등.

간세이 대학은 히라츠카 중계지점에서 12번째로 어깨띠를 건네주었다. 마에바시 공과대학은 그 4초 뒤에, 도쿄 체대와 동시에 어깨띠를 넘겼다.

니코짱의 분투 덕분에 간세이 대학은 조정시간을 합산한 실질적인 순위가 15위로 올라갔다. 겉보기로는 도쿄 체대가 간세이 대학에 뒤지고 있었지만 순위로는 여전히 13위였다. 선두 경쟁을 하는 리쿠도 대학과 보소 대학의 경우도 보소 대학이 선두를 내주지 않아 리쿠도 대학과 1분 반 이상의 차이가 났다. 3위인 다이와 대학은 리쿠도 대학보다 3분이 뒤처진 상태였다.

상위 학교들 간의 등수에 과연 변동이 있을까? 접전을 벌이는 10위 안팎의 대학들 중에 우선출전권을 획득하는 곳은 어디일까? 불온한 고요함을 간직한 채 교차 상태에 빠진 시간차는 이 싸움의 행방에 대해 아무런 말도 해주지 않았다.

니코짱은 중계지점 구석에 벌렁 누워 동쪽 하늘을 올려다보았다. 희망은 사라지지 않았다. 킹, 가케루, 하이지. 뛰어라, 오테마치의 결승점을 향해. 우리가 증명하는 거다. 무엇이 우리를 여기까지 달려오게 했는지.

피로가 한계치를 넘어선 상태였지만 니코짱은 결말을 지켜보기 위해 몸을 일으켰다. 말없이 곁에 있던 무사가 어깨를 살짝 잡아서 도와주었다. 짐을 챙긴 무사와 니코짱은 흥분이 가라앉지 않은 히라츠카 중계지점을 나와 오테마치를 향해 출발했다.

중계 라인으로 나가기 직전의 킹에게 전화를 한 하이지가 말했다.

"긴장돼?"

"그런 말 좀 안 했으면 좋겠다. 긴장했던 게 생각나잖아."

"어, 미안해."

기요세가 진지한 목소리로 사과했다.

"하지만 넌 툭하면 긴장하잖아. 시험 기간이 시작됐다, 리포트 기한이 다가온다, 아르바이트 면접이 내일이다, 꼭 보고 싶은 퀴즈 프로그램 녹화가 제대로 안 되면 어쩌지? 어떻게 그렇게 매번 긴장할 거리를 찾는지 신기한 생각이 들 정도로 말이야."

"지금 나랑 싸우자는 거냐?"

"아니. 긴장하는 게 네 평소 생활이니까 긴장된다고 새삼 난리를 칠 필요가 없다는 말을 하고 싶을 뿐이야."

'역시 싸우자는 소리, 맞잖아?'

킹은 볼멘소리를 하려다가 문득 웃고 말았다. 보이지도 들리지도 않았지만 스루미 중계시설에 있는 기요세의 웃는 얼굴이 전파를 통해 전해졌다.

"야, 하이지. 넌 구직 활동 좀 하냐?"

"하는 것처럼 보여?"

"어쩌려고? 너 정도 되면 실업팀 쪽에서 오라고 하냐? 아니면 1년 꿇고 내년에도 하코네에 나오려고?"

그런 말을 하면서 킹은 이상하다고 생각했다. 왜 난 간세이 대학이 내년에도 당연히 하코네에 나올 거라고 믿어 의심치 않는 것일까?

'나도 1년 유급할 테니까 너도 그렇게 해. 그리고 우리 또 같이 뛰자'는 말을 하고 싶어 안달이 난 모양이다.

"나중 일은 전혀 생각하지 않고 있어. 그럴 여유도 없고."

기요세가 조용히 말했다.

"하코네 역전경주에 나간다. 4년 동안 그 한 가지만 생각하며 살았으니까. 혹시 내가 지금 꿈을 꾸는 건 아닌가 아직도 의심이 들 정도야."

킹은 가볍게 낙담했다. 마음속 어딘가에서 '물론 내년에도 와야지. 킹, 너도 같이하지'고 기요세가 말해주지 않을까 기대했기 때문이다. 그러나 킹은 그런 자기 마음을 드러내고 싶지 않았다.

"그렇게 힘든 훈련을 해놓고 꿈이었다고 하면 나부터 널 가만두지 않을 거다."

"하긴 그렇네."

기요세는 웃음을 머금더니 금방 다시 평소의 무덤덤한 말투로 "킹" 하고 불렀다.

"제8구간은 힘든 구간이야. 누가 앞질러 가더라도 신경 쓰지 마. 포인트는 16킬로가 지난 다음에 나오는 유교지노자카 언덕이야. 거기까지는 될 수 있는 대로 힘을 아껴가면서 달려줘."

"알았어."

"하코네가 끝나면 네 구직 활동 도와줄게."

"어떻게?"

"취업 준비용 양복에 주름을 없애주거나 와이셔츠를 다려주거나 뭐 그렇게."

"됐어. 끊는다."

휴대전화를 무사에게 맡기고 운동복을 벗었다. 기요세는 "같이 구직 활동 하자"고 하지 않았다. 그 사실이 약간 불길하게 느껴졌다. 기요세는 마치 오늘을 끝으로 미래가 없는 사람처럼 생각하는 것 같았다.

유니폼 차림이 된 킹은 두세 번 강하게 고개를 흔든 다음 하늘을 보았다. 시합이 시작되면서 서쪽에서 몰려온 구름 때문에 온통 회색으로 뒤덮여 있었다. 또 비가 내릴 모양이다. 킹은 운동화 끈을 확인하고 무사와 하이파이브를 한 다음 중계 라인으로 다가갔다.

니코짱에게서 어깨띠를 받은 킹은 달리기 시작하자마자, 도쿄 체대의 사카키와 마에바시 공과대학 선수에게 따라잡혔다. 그 두 선수는 히라츠카 중계지점에서 벌어졌던 간세이 대학과의 4초의 차이를 순식간에 없던 것으로 돌려버렸다.

뒤에 딱 붙어서 달리는 두 선수를 고개를 돌려 확인했다. 마에바시 공과대학 선수는 이마에 벌써 굵은 땀방울이 맺혀 있었다. 기온은 영상 2도. 오른쪽에서 약한 바닷바람이 불어왔다. 달리기 힘들 정도로 덥지도 않았고 뛰면서 몸이 얼 정도로 춥지도 않았다. 이 선수는 컨디션이 나쁜지도 모르겠다고 킹은 생각했다.

당장의 적은 아무래도 사카키였다. 사카키는 바닷바람을 피하기 위해서인지 마에바시 공과대학 선수를 바람막이 삼아 킹의 왼쪽 후방에 자리 잡고 있었다. 킹의 눈길을 받아치는 사카키의 눈빛에는 명백하게 업신여기는 기색이 보였다. 너 따위는 당장이라도 앞지를 수 있다. 자, 어떡할래? 질문을 던지는 척하며 앞에서 비키라고 무언의 협박을 하는 눈길이었다.

물론 킹은 사카키의 협박에 넘어갈 생각이 없었다. 그대로 차선 한가운데를 달렸더니 사카키가 왼편에서 킹을 추월했다. 나란히 뛰지 않고는 깜짝할 사이에 킹 앞쪽으로 나오더니 점점 거리를 벌리기 시작했다. 이 새끼가. 킹도 지지 않고 속도를 올렸다. 3킬로 지점에 있는 쇼난대교를 사카키를 따라 질주했다. 마에바시 공과대학 선수는 킹과 사카키의 속도를 따라오지 못했다. 허덕거리는 거친 숨소리가 점점 멀어졌다.

킹은 힘을 비축해두라던 하이지의 말을 까맣게 잊었다. 넓고 긴 다리 위를 뛰면서 오른편의 망망대해를 바라볼 여유도 없었다. 바다는 사가미 강에서 흘러드는 민물을 거부하며 흐린 하늘 아래에서 파도치고 있었다. 그런 거친 물살을 본 것이 아닌데도 킹의 마음 또한 사카키에 대한 투쟁심으로 거꾸로 솟았다. 킹은 사카키와 자기의 실력 차를 망각했다.

아무리 쫓아가도 사카키와의 거리는 점점 벌어졌다. 필사적으로 따라가려고 하다 보니 킹의 호흡이 거칠어졌다. 길가에서 쏟아지는 구경꾼들의 시선과 환호성 소리도 머릿속에 멍하니 울릴 뿐 현실감이 없었다. 사카키의 등만 바라보며 죽어라 달렸다.

킹은 패닉 상태에 빠졌다. 시합이라는 특수한 상황. 킹 따위는 아무것도 아니라며 금방 추월하겠다고 선언하고 그 말대로 앞질러 가버린 사카키. 그 모든 요소들이 킹에게 스트레스로 다가와 혼란을 일으켜서 올바른 판단력을 앗아가버렸다.

그런 킹을 기요세가 가만히 두고 볼 리가 없었다. 5킬로 지점에 다다르자 감독 차량에서 주인 할아버지 목소리가 울려퍼졌다.

"킹, 심호흡해라. 뭘 그리 안달복달하고 있어. 이놈—, 킹아!"

킹은 정신이 퍼뜩 들었다. 의식해서 크게 숨을 내뱉었다. 딱딱하게 굳어 있던 어깨에서 힘이 조금 빠졌다. 킹은 두 팔을 빙빙 돌려 풀면서 긴장을 풀었다는 사실을 주인 할아버지에게 알렸다.

"넌 5킬로마다 심호흡하는 게 좋겠다."

주인 할아버지 목소리에서 안도감이 느껴졌다.

"네가 너무 막 달려나가는 바람에 하이지가 당황해서 나한테 전화했더구나."

상황 파악과 정보 전달을 위해 코스 중간중간에 배치한 간세이 대학 학생이 기요세의 휴대전화로 전화를 걸어 상황을 알려준 것이다. 킹이 옆도 돌아보지 않고 미리 일러두었던 속도보다 훨씬 빨리 달리고 있다는 소식을 들은 기요세는 단번에 사태를 파악했다. 사카키의 도발에 넘어가면 안 된다. 킹의 자멸을 막기 위해 한시라도 빨리 냉정함을 되찾게 해야 한다.

감독이 선수에게 말할 수 있는 시간은 5킬로 지점마다 1분씩이다. 주인 할아버지가 빠른 말투로 전했다.

"'오테마치에서 난나면 유교지 사찰의 역사 좀 가르쳐줘'라고 하이지가 그러더구나. 잘 들었지?"

맞다. 유교지노자카 언덕. 하이지가 미리 주의를 줬는데.

이제 괜찮다는 신호로 킹은 다시 두 팔을 빙빙 돌렸다. 속도를 떨어뜨리고 신중하게 피로도를 확인했다. 사카키의 뒷모습은 두 사람 사이에 낀 대회 관계차량 때문에 보이지 않았고, 조금 지나자 차량 그 자체도 멀어졌다. 그러나 킹은 자기 페이스를 파악하고 착실하게 앞으로 달리는 데에만 집중했다. 정말로 싸워야 할 상대가 누구인지 생각났기 때문이다.

사카키에게 이기고 지고의 문제가 아니었다. 도발에 쉽게 말려들어 실력을 망각하는 자기 마음에 지면 안 되는 것이었다.

킹은 소심한 성격이기에 자존심이 강했다. 상처를 받는 것이 두려워서 다른 사람과 가까이 지내지 못했다. 그런 겁 많은 본성을 누군가에게 들키는 것조차 용납할 수 없어서 겉으로는 사람 좋고 유쾌한 척했다.

그 덕분에 함께 웃고 떠드는 친구도 많은 편이었고 치쿠세이소 사람들과도 사이좋게 지낸다고 자부할 수 있었다. 하지만 고민을 털어놓을 수 있는 사람이 있냐고 누가 묻는다면 솔직히 아무도 떠오르지 않았다. 힘들 때 도와줄 사람이 있냐고 한다면 있다고 장담할 자신이 없었다.

기요세는 킹의 자존심을 건드리지 않는다. 만약 제8구간을 달리는 사람이 쌍둥이나 유키 혹은 가케루였다면, "벌써부터 그렇게 질주하다가 유교지노자카를 어떻게 넘으려고 그래?" 하고 분명하게 따졌을 것이다.

예전에는 기요세가 그렇게 눈치를 보는 것이 짜증스러웠다. 소심한 자신의 자격지심을 들킨 것 같아 참을 수가 없었는데 그와 동시에 배려를 받는다는 뿌듯함이 함께 느껴져서 자기혐오만 쌓여갔다. 기요세라면 나를 있는 그대로 받아들여줄지도 모른다는 기대를 자꾸만 하게 되는 것이 두려웠다. 기요세가 킹을 '가장 가까운 친구'라고 여기지 않는다는 사실이 자명했기 때문이다.

간세이 대학에 입학한 봄에 킹은 학생과 게시판 구석에서 빛바랜 방 배치도를 발견했다. 파격적인 월세에 혹해서 치쿠세이소를 찾아간 킹은 1학년이 자기 말고도 두 명 더 있다는 소리에 '이런 낡은 집에서 살아보는 것도 재미있겠다' 싶어 입주하기로 했다. 같은 학년의 두 명이란 말할 나위도 없이 유키와 기요세였다.

1층 방은 이미 다 찼기 때문에 킹은 202호에 들어갔다. 2층 방바닥이 내려앉는 것을 피하기 위해 되도록 1층부터 방을 채워나간 모양이었다. 2층에는 지금 신동이 쓰고 있는 205호에 4학년 한 명이 살고 있을 뿐이었다.

그 4학년도, 그때도 지금처럼 104호를 쓰던 니코짱도, 지금 가케루가 쓰는 103호에 살던 2학년생도 모두 성격 좋은 선배들이었다. 기요세와 유키하고도 자주 이야기하게 되었다. 킹은 치쿠세이소가 살기 좋아서 마음이 놓였지만 이곳에서도 여전히 소외감을 씻을 수 없었다.

너무 가깝지도 않고 너무 멀지도 않게, 굳이 말로 표현하지 않아도 절묘한 거리를 두고 사람 사귀는 방법을 도무지 터득할 수가 없었다. 어디에 있건, 누구와 함께 있건 항상 자기 혼자만 붕 뜬 느낌이 들었다. 분위기 망치지 않게 적당히 친한 척하면서도 아무에게도 마음을 열지 않았다. 약점을 보이지 않고 허세를 부렸다. 그런 킹의 마음을 애써 열고 들어오려는 사람도 물론 없었다. 외롭다고 느끼는 것 자체가 굴욕적이었기 때문에 가면만 자꾸 두꺼워졌다.

치쿠세이소 사람들은 제각기 특별히 잘 맞는 상대가 있다. 예를 들면 기요세와 가케루. 유키와 니코짱. 쌍둥이와 왕자. 무사와 신동. 약속한 것도 아니고 서로 짠 것도 아니지만 가만히 보면 그냥 같이 있는 시간이 많은 상대. 대화가 없어도 특별히 불편해하지 않고 한 공간에서 서로 딴짓을 할 때도 있다. 킹은 그런 광경을 치쿠세이소 안에서 여러 번 목격했다.

그 정도로 마음 편하게 지내는 친구가 킹에게는 없다. 전에도 없었고 지금도 여전하다. 킹은 모든 사람들과 두루 즐겁게 지내지만 그것뿐이다.

킹은 자기가 싫었다. 싫다는 것만 알 뿐 지금 와서 어떻게 바뀌어야 할지는 모르는 채로 살아왔다.

그래도 뛰고 있을 때는 다르다.

역전경주는 한 사람이라도 빠지면 성립이 되지 않는다. 자기를 필요로 한다는 사실을 실감할 수 있고 눈치도 자존심도 다 내팽개치고 서로를 위해줄 수 있다. 그러면서도 막상 달리는 동안은 혼자이기 때문에 다른 사람의 생각이나 복잡하게 얽힌 인간관계에서 벗어나 자기 마음하고만 마주할 수 있다.

달리고 있을 때만큼은 명랑한 척하면서 남에게 맞춰줄 필요가 없다. 자기 자리를 만드는 데 급급해서 남이 나를 어떻게 보는지 걱정하는 대신 그저 자기 마음을 다스리는 데에만 집중하면 된다.

킹은 하마스카 교차로에서 왼쪽으로 꺾어서 해안 도로를 벗어나 후지사와 방면으로 북상하기 시작했다. 왼편으로 꺾어진 곳이 10킬로 지점이었다. 뒤에서 다시 주인 할아버지가 마이크를 잡았다.

"페이스 좋다. 하이지도 '킹이 리듬을 다시 잘 잡았네요'라고 하더라. 현재 도쿄 체대와의 시간차는 30초다. 그놈은 이제 신경 쓰지 마라. 그보다도 뒤쪽에서 데이토 대학이 추격해오는 모양이다. 조심하면서 지금 페이스로 계속 가도록. 이상."

들었다는 표시로 두 팔을 빙빙 돌렸다. 5킬로마다 주인 할아버지가 꼬박꼬박 말을 걸어오는 이유는 기요세가 그러라고 했기 때문일 것이다. '너를 잘 지켜보고 있다'고 주인 할아버지를 통해 기요세가 알려주는 것이다. 그러니까 안심하고 뛰면 된다고.

못 이기겠군. 킹이 생각했다. 난 하이지는 못 이기겠다.

후지사와 경찰서 옆을 지나칠 무렵부터 비가 내리기 시작했다. 길가에 있는 구경꾼들은 우산을 쓰려고도 하지 않고 하코네 역전경주의 작은 깃발을 흔들며 응원했다. 안개비는 소리 없이 내렸지만 종이로 된 깃발들은 흔들릴 때마다 팔랑팔랑 소리를 냈다. 그 소리가 겹쳐지면서 킹이 나아갈 때마다 파도처럼 너울너울 따라왔다.

길가에 가득 들어찬 낯모르는 사람들의 얼굴을 보았다. 이제부터는 오테마치까지 끊어지지 않고 계속 이어질 사람들의 무리. 앞으로 나아가라고 격려하는 사람들의 목소리.

후지사와 역 앞을 피해 북동쪽으로 더 나아가자 내륙으로 뻗은 1번 국도가 나왔다. 킹은 15킬로 지점에서 우비를 입은 급수 담당 학생에게서 물병을 받았다. 연초부터 내리는 비와 뿜어져 나오는 땀으로 몸의 안과 밖 모두 젖어 있었다. 그래도 마음을 가라앉히기 위해 물을 입에 댔다.

"'이제 승부를 가릴 때다. 정답 버튼은 잘 준비됐지?' 이상, 하이지가 전하라는 말이다."

주인 할아버지가 말했다. 길가에 물병을 던져버린 킹은 두 팔을 흔든 다음 몸의 힘을 뺐다. 16킬로가 지나자 유교지노자카 언덕이 보이기 시작했다.

퀴즈를 좋아하는 킹은 물론 유교지 사찰에 대한 잡학도 벌써 알아두었다.

유교지 사찰은 시종(時宗: 가마쿠라 시대 말기에 일본에 생긴 정토교의 종파 중 하나/옮긴이)의 총본산이다. 정식 명칭은 '도타쿠산 무료코인 쇼죠코지'라고 한다. 가마쿠라 시대에 돈카이 법사가 유교지 사찰을 세운 이후로 후지사와는 사찰 앞마을로 번영했다.

사찰의 유래를 제대로 기억하고 있음이 확인되자 흡족한 마음이 들었다. 그런 유래를 떠올릴 만큼 정신적인 여유가 있다는 사실도 만족스러웠다.

'하이지, 기다려라. 오테마치에서 내가 상대를 해주지.'

에도 시대에는 에노시마의 벤텐(弁天: 불교 수호신 중의 하나. 힌두교 여신인 사라스바티가 불교로 들어와 불리는 이름/옮긴이)을 참배한 사람들이 후지사와 마을을 거쳐 이 언덕을 올라서 유교지 사찰에서도 참배를 했다. 당시 경치의 잔상이 아직도 길에 희미하게 남아 있다. 가지를 쭉 뻗은 거대한 나무가 겨울에도 푸르른 나뭇잎으로 빗물을 받아 그 아래를 달리는 킹을 지켜주는 것 같았다.

'그러나저러나 이건 너무 힘든 언덕길인데. 글자로 얻은 지식과 실제로 달리는 것은 천지 차이잖아. 에도 시대 사람들이 정말로 이런 언덕을 올랐단 거야?'

킹은 점점 숨이 턱까지 차올랐다. 언덕 자체는 1킬로도 채 되지 않는 구간이다. 얼핏 보기에는 경사도 가파르지 않다. 차를 타고 지나면 '언덕이 어디 있었나?' 싶을 정도로 순식간에 오를 것이다. 그러나 16킬로를 달려온 킹에게 유교지노자카 언덕은 하코네 산처럼 느껴졌다.

다리가 무거웠다. 아스팔트가 진흙으로 바뀌었나 싶어 자기도 모르게 땅바닥을 확인할 정도였다. 사카키의 도발에 넘어가서 무리를 했던 여파가 이제 오는지 도로의 오르내림에 맞춰 달리는 방법을 요령 있게 바꾸지 못했다. 구경꾼들이 흔드는 깃발 소리가 뒤에서 다가왔다. 데이토 대학 선수가 가까이 온 모양이었다.

여기서 질 수는 없지. 경련을 일으키듯이 숨을 쉬면서 허우적허우적 팔다리를 흔들어 앞으로 나아갔다.

'하이지. 꿈이 아닌가 싶다고 했지? 난 사실 이게 꿈이었으면 좋겠다.'

처음에는 모두 너한테 끌려서 억지로 뛰기 시작했을 뿐이었지. 나도 공연히 분위기 맞추느라고 "하코네 역전경주? 잘 모르겠지만 할 수 있으면 좋잖아" 하고 가벼운 마음으로 달려든 거였어. 혼자만 뒤에 남는 게 싫어서. 치쿠세이소 안에서 더 이상 혼자만 붕 뜬 존재가 되고 싶지 않았거든.

그렇지만 지금은 아니야. 하코네 역전경주는 하이지 너 혼자만의 꿈이 아니야. 우리 모두의 꿈이 되었지. 난 달리는 게 재미있어. 힘들지만 즐거워. 너랑 같은 곳을 향해 가는 게 퀴즈를 빨리 맞힐 때처럼 가슴이 두근거려……. 그래서 뛰는 거야.

난 이 정도로 누군가와 깊고 밀접하게 지낸 적이 없었어. 다 같이 진정으로 웃거나 화를 내거나 한 적이 없었어. 아마 앞으로도 없을 거야. 한참 후에 난 틀림없이 지난 일 년을 애틋하고 그리운 시간이라고 추억하겠지.

난 말이야, 하이지. 이게 꿈이었으면 정말 좋겠어.

절대로 깨어나고 싶지 않을 정도로 좋은 꿈이어서 계속 그 안에서만 머물고 싶단 말이야.

"리쿠도 대학이 하코네에서 우승하는 건 이미 정해진 숙명과도 같다."

후지오카가 조용히 말했다. 킹이 제8구간을 주파하고 중계지점으로 들어오기 20분 전이었다. 토츠카 중계지점 안쪽에 깔아놓은 비닐 돗자리에 가케루와 후지오카가 나란히 앉아 있었다.

"지금 있는 선수들의 수준만 가지고 하는 말이 아니다. 장래성 있는 선수를 찾아내기 위해 전국의 중학교와 고등학교에 뻗어놓은 인맥. 효과적인 훈련을 위한 시설과 우수한 지도자. 이 모든 것을 유지하기 위한 풍부한 자금력. 모든 점에서 리쿠도 대학은 최고라 할 수 있고 그러니까 이기는 건 당연한 운명이다."

후지오카는 자랑하려는 말투가 아니었고 그냥 덤덤하게 말을 이어나갔다. 가케루는 납득했다. 지금 앉아 있는 돗자리도 리쿠도 대학 자리였다. 후지오카에게는 후배가 다섯 명이나 붙어서 시합에 나가기 전까지 자잘한 시중을 들었다. 꽃놀이할 때 좋은 자리를 차지하려 애쓰듯이 사람들로 북적이는 중계지점에 리쿠도 대학의 자리를 확보한 것 또한 그 후배들이었다. 가케루는 후지오카의 초대를 받아 그 자리에 와 있었다.

다섯 명의 후배들은 후지오카에게 넓은 자리를 내어주고 돗자리에서 약간 떨어진 곳에 서 있었다. 조지도 후지오카의 위엄에 기가 죽었는지 그 후배들과 함께 있었다. 가끔씩 걱정스러운 얼굴로 가케루 쪽을 힐끔힐끔 봤지만 가까이 다가오지는 않았다.

하코네 대회의 왕이라 불리는 리쿠도 대학 안에서도 진정한 제왕은 후지오카이다. 중계지점에 몰려든 구경꾼들조차 후지오카를 경외하듯이 먼발치에서만 바라보았다. 폭풍우가 몰아치는 밤에도 태연자약하게 망망대해에 떠 있는 거대한 항공모함처럼 비닐돗자리 안쪽만큼은 북적이는 인파나 시끌벅적한 소란과는 동떨어진 공간이었다.

"우승이 당연하다니, 힘들지 않아요?"

가케루가 물었다.

"힘들지는 않다. 사람은 힘든 것에 익숙해진다."

후지오카는 명상하듯 눈을 지긋이 감았다.

"그러나……무겁다. 나는 4년간 그 무게를 견디고, 그 무게를 힘의 원동력 삼아 달렸다. 보다 강해지기 위해서."

'센다이조세이 고등학교에 있었던 너도 이해가 되지 않나?' 그런 질문을 받고 가케루를 고개를 저었다. 아무리 전국대회에서 우승 경험이 있는 고등학교라고 해도 하코네에서 항상 이기는 대학과 비교할 수는 없다. 달리기의 수준이나 주변에서 받는 압박감이라는 면에서나. 후지오카는 가케루가 상상조차 할 수 없는 무거운 짐을 지고 달리기 세계에 몸을 담고 있다

"나는 리쿠도 대학을 승리로 이끌어야 한나."

후지오카는 비닐 돗자리에서 일어나서 운동복을 벗었다. 후배기 바

로 달려오더니 공손함이 느껴지는 자세로 그 운동복을 받아들었다.

보소 대학은 제8구간의 20킬로미터 지점에서 아직도 선두를 놓치지 않은 상태였다. 리쿠도 대학도 거리를 좁히기는 했지만 1분이나 차이가 났다.

"그와 동시에 나 자신과 구라하라, 너를 이긴다."

"나도 나 자신과 후지오카 선수를 이길 겁니다."

가케루도 일어나서 후지오카를 정면으로 마주 보았다. 후지오카가 픽 하고 짧게 숨을 내쉬었다. 웃은 모양이다. 가볍게 끄덕인 후지오카는 중계 라인으로 다가가다가 무슨 생각이 들었는지 가케루를 돌아보았다.

"기요세와 내가 같은 고등학교였다는 얘기는 했지?"

"네."

"리쿠도 대학은 기요세에게도 입학을 권했다. 난 대학에서도 기요세와 함께 달릴 수 있기를 바랐지. 그런데도 녀석은 입학 권유를 거절하고 일반 입시를 보고 간세이 대학에 입학했다."

그랬구나. 육상 특기생으로 추천을 받아 리쿠도 대학에 입학하는 것은 고등학교 육상선수에게는 꿈같은 일인데. 가케루는 어젯밤 전철 안에서 들은 기요세의 이야기가 생각났다.

'하이지 형. 형은 내가 "영혼의 밑바닥부터 달리기를 추구한다"고 했지만 그건 바로 형이었어요. 형 자신이 그런 사람이었네요.'

속에서 뜨거운 무엇인가가 솟아올라 입술을 질끈 깨문 가케루에게 후지오카가 말했다.

"구라하라. 기요세가 선택한 게 무엇이었는지 꼭 보여주기 바란다."

"네. 꼭 보여줄 겁니다."

가케루가 대답했다.

오전 11시 13분 45초. 리쿠도 대학의 후지오카는 어깨띠를 손에 들고 2등으로 토츠카 중계지점에서 달려나갔다. 리쿠도 대학의 돌아오는 코스 역전과 종합우승에 대한 기대를 한 몸에 짊어지고서. 선두를 달리는 보소 대학과의 차이는 58초.

하코네 역전경주는 돌아오는 코스 제9구간에 돌입했다.

후지오카의 뒷모습을 배웅한 가케루는 자신이 긴장하고 있음을 느꼈다. 시합 전의 고양감으로 마음을 바꿔먹으려 했는데도 자꾸 손끝이 떨렸다.

조지가 휴대용 TV를 들고 그제야 가케루 옆으로 왔다.

“킹 형은 도쿄 체대의 사카키를 도저히 따라잡지 못할 모양인데. 아니, 그게 문제가 아니라 자칫하다가는 데이토 대학한테 추월을 당할 수도 있겠다.”

괜찮아. 내가 다시 앞지르면 되니까. 그렇게 말하려는데 목소리가 목에 걸렸다. 가케루는 조지가 눈치채지 못하게 가늘고 길게 숨을 내쉬었다.

“잠깐 하이지 형한테 전화 좀 할게.”

가케루가 말했다. 조지는 가케루가 기요세의 다리를 걱정한다고 생각하는 모양이었다.

“그래” 하면서 휴대용 TV 화면으로 눈길을 돌렸다. 가케루는 슬쩍 조지에게서 멀어진 다음 기요세에게 전화를 걸었다.

“여보세요.”

신호음이 한 번도 채 울리기 전에 기요세가 전화를 받았다.

“형” 하고 부르는 목소리가 자꾸 갈라져서 가케루는 헛기침을 했다.

“웬일이야? 기가 팍 죽었네?”

놀리듯이 기요세가 말했다. 그 말투 때문에 가케루는 평정심을 조금 되찾았다.

"아니, 다리는 좀 어떤가 해서요……."

"진통제가 잘 들어서인지 컨디션이 아주 좋아."

기요세의 목소리에는 흔들림이 없었고 가케루의 귀에 기분 좋게 들렸다.

"중계지점에서 후지오카를 만났구나?"

"네. 이런저런 얘기를 했어요. 그래선지 기가 좀 죽은 것 같아요."

"바보같이 왜 그래?"

기요세가 웃었다.

"난 후지오카를 잘 알아. 그런데도 장담할 수 있는 건 네가 대단한 러너라는 거다. 앞으로 더 빠르고 더 강해질 거야."

"지금은 아직 후지오카 선수를 못 이긴다는 건가요?"

아직도 기가 완전히 살아나지 못해서인지 가케루는 불안해져서 자기도 모르게 그렇게 물었다.

"기록대회나 대학 대항전에 나가는 걸 네가 거부한 적이 있었지? 그때 내가 뭐라고 했는지 기억해?"

"'강해져라'고 형이 그랬어요."

"그다음에 한 말 말이야."

"그다음……?"

뭐였지? 가케루는 기억을 더듬었다. 기요세는 곧바로 정답을 알려주었다.

"'너를 믿는다'고 말했어. 기억 나냐?"

그렇다. 도쿄 체대에서 열리는 기록회를 앞두고 나는 겁을 내고 있었다. 강한 육상부가 있는 대학에 들어간 사카키에게 지지 않을까 두려웠다. 폭력 사건을 일으킨 선수라고 사람들이 손가락질할지도 모른다고 생각했다. 내 본성을 들키면 간신히 찾아낸 마음 편한 이곳에서 쫓겨날지도 모르니까. 함께 생활하고 훈련하며 이제 조금 친해진 것 같은 치쿠세이소 사람들까지 나에게 등을 돌릴지도 모른다. 그런 생각들 때문에 두려웠다.

그런데 하이지 형이 그런 말을 해주었다. 나를 믿는다고 했다. 그래서 그 말을 듣고 기록대회에 나갈 결심을 했고, 강함이란 무엇일까를 생각하게 되었다.

"생각났어요."

가케루가 대답했다.

기요세는 "사실은 말이야" 하고 엄숙하게 말을 꺼냈다.

"그건 거짓말이었어."

"네?!"

가케루가 괴성에 가까운 소리를 지르는 바람에 조지가 깜짝 놀라 얼굴을 번쩍 들었다. 수화기 너머에 있는 기요세가 일부러 같은 말을 되풀이했다.

"너를 믿는다고 한 그 말은 거짓말이었다고."

가케루는 울고 싶어졌다.

"아니, 그런 얘기를 지금 와서……."

"어쩔 수 없었어."

기요세가 한숨을 쉬었다.

"알게 된 지 한 달 남짓밖에 안 지났을 때였잖아. 네가 믿을 만한 사람인지 어떤지 내가 어떻게 알겠어? 그렇게라도 말하지 않으면 넌 공식 기록대회에도 시합에도 절대 나가지 않을 것 같았으니까. 그래서 고육지책으로 그런 말을 한 거지."

그 말을 듣다 보니 가케루는 기요세가 무슨 말을 하려는지 짐작이

갔다.

"그럼 지금은 어때요?"

기대와 불안으로 목소리가 갈라지는 것을 간신히 막았다. 말해주세요. 나를 믿는다고. 이번에야말로 진짜로. 구라하라 가케루는 누구보다 강하고 빠른 선수라고, 후지오카에게 질 리가 없다고, 말해주세요.

"1년 동안 네가 달리는 모습을 보고 너랑 지내고 난 지금은……."

기요세의 목소리가 맑고 깊은 호숫물처럼 가케루의 마음을 촉촉하게 적셨다.

"너에 대한 마음을 '믿는다' 정도의 말로는 도저히 표현할 수가 없지. 믿는다, 믿지 않는다의 차원이 아니야. 그냥 너야. 가케루, 나한테 최고의 러너는 너밖에 없다."

아아. 가케루의 가슴에 환희가 넘쳤다. 이 사람은 나에게 더할 나위 없이 소중한 것을 주었다. 반짝반짝 영원히 빛나는 아주 소중한 것을 지금 나에게 준 것이다.

"하이지 형……."

고맙습니다. 그 봄날 밤에 나를 쫓아와주어서. 나를 진정한 의미의 달리기로 인도해주고 나를 믿어주고 나의 모든 것을 있는 그대로 인정해주어서.

가케루는 그렇게 말하고 싶었지만 할 수가 없었다. 가슴속에서 차올라 넘쳐흐를 것 같은 이 마음을 어떻게 말로 다할 수 있을까?

잠시의 침묵 속에서 기요세는 가케루의 속내를 민감하게 알아차린 모양이었다.

"인사말을 하기에는 아직 이르다."

"금방 갈게요. 기다려요."

"넘어지지 마라."

기요세가 말했다. 기분이 좋은 것 같았다.

오전 11시 20분. 가케루는 통화를 마친 휴대전화를 조지에게 맡기고 운동복을 벗었다. 간세이 대학 유니폼 차림으로 가볍게 스트레칭을 했다. 안개가 끼었는지 안개비가 내리는 것인지 분간이 되지 않는 날씨 때문에 주변이 뿌옇게 흐려지기 시작했다. 유니폼의 은색 라인이 물기에 젖어 반짝였다. 그 사이에도 제8구간을 마친 선수들이 차례차례 토츠카 중계지점에 도착했고 어깨띠를 건네받은 제9구간 선수들이 뛰어나갔다.

오전 11시 23분. 대회 진행자의 호출을 받은 가케루가 중계 라인으로 나갔다. 짐을 든 조지가 긴장한 표정으로 따라왔다.

"조지, 나도 가츠다 양을 좋아해."

드디어 하나코에 대한 마음을 털어놓았지만 그렇다고 세상이 바뀌는 것은 아니었다.

"하지만 네가 가츠다 양이랑 잘됐으면 좋겠다고 생각하는 것도 진심이야."

가케루의 갑작스러운 선언에 놀랐는지 조지의 눈이 휘둥그레졌지만 금방 웃는 낯으로 바뀌었다.

"너, 오테마치에서 먼저 대시하면 안 된다."

"안 해."

가케루도 웃었다. 손을 흔드는 조지에게 고개를 한 번 끄덕인 다음 가케루가 중계 라인에 나가려고 했다. 도쿄 체대의 사카키가 마침 제8구간을 다 마치고 어깨띠를 건네준 다음 옆으로 비키려던 참이었다. 가케루가 사카키 옆을 지나쳤다.

"소용없어, 구라하라. 간세이 대학은 끝났어."

사카키가 가케루의 귓가에 대고 속삭였다. 제8구간에서 간세이 대학을 포함해 네 개 대학을 앞질러 자기 팀을 10위로 끌어올린 자신감으로 한 말이었다. 사카키의 기록은 1시간 06분 38초로 구간 5위였다.

가케루가 흘깃 후지사와 방향을 확인했다. 고후가쿠인 대학, 아케보노 대학이 중계지점으로 달려왔다. 그 뒤쪽에서 킹이 뛰어오고 있었다. 데이토 대학에게 추격을 당하다가 중계지점 직전에 추월을 당한 참이었다. 그래도 킹은 뒤처지지 않으려고 중계지점을 향해, 가케루를 향해 열심히 달리고 있었다.

"끝나기는 누가 끝나?"

사카키의 눈을 보며 가케루가 분명하게 말했다. 사카키. 너는 그때의 나를, 내 멋대로 모든 것을 끝내버린 나를, 시합도 팀원들도 생각하지 않고 행동했던 고등학교 때의 나를 용서할 수 없는 모양이구나. 지금 와서 사과해봐야 아무런 의미도 없고, 사실 난 사과하고 싶은 생각도 없다. 정말로 잘못했다는 생각이 도저히 들지 않으니까.

하지만 그때와는 다른 방법을 알게 되었어. 내 마음을, 내 뜻을 나타내기 위해 쓸 수 있는 폭력 이외의 방법 말이야.

'잘 지켜봐라.'

가케루는 그렇게 말하고 싶었다. 사카키에게 그런 당부를 할 수 있다고는 생각지 않았지만. 그래서 결의를 담아 이런 말만 하고는 사카키에게서 천천히 떨어졌다.

"내가 절대로 끝나게 하지 않을 거야."

중계 라인에 섰다. 데이토 대학이 바로 옆에서 어깨띠를 건네주었다.

"킹 형!"

가케루가 오른손을 높이 들었다. 안개 속에서 횃불을 치켜올리듯이. 킹이 어깨띠 쥔 손을 앞으로 뻗었다.

"미안하다, 가케루."

거친 호흡을 내뿜으며 킹이 속삭였다. 가케루의 오른손에 어깨띠를 꽉 쥐어주었다. 땀과 비로 축축해진 킹의 주먹에 가케루가 한순간 가만히 왼손을 얹었다. 사과할 필요 없어요, 킹 형.

킹은 제8구간, 21.3킬로를 주파했다. 도쿄 체대의 사카키에게 정확하게 1분 뒤처졌다. 기록은 1시간 07분 42초로 구간 10위였다.

간세이 대학은 현재 14번째. 실제 순위는 16위. 우선출전권이 주어지는 10위에 자리 잡은 도쿄 체대와는 종합시간으로 2분 53초의 시간차가 있었다. 그 차이를 0으로 만들고 그보다 1초라도 빠른 기록을 내야만 한다.

오전 11시 24분 29초. 희망의 어깨띠를 이어받은 가케루가 토츠카 중계지점에서 달려 나갔다.

길가에서 응원하는 사람들도, TV로 중계방송을 보는 시청자들도, 실황을 중계하는 아나운서와 해설자인 야나카도 제9구간의 선두 싸움에서 눈길을 떼지 못했다.

선두를 달리는 보소 대학과 58초 차이로 그 뒤를 따르는 리쿠도 대학. 이대로 선두를 지키려는 보소 대학과 선두를 탈환해서 진정한 제왕의 실력을 보여주려는 리쿠도 대학. '돌아오는 코스의 에이스 구간', '뒤쪽의 제2구간'이라고 불리는 제9구간에는 양쪽 대학 모두 주장을 배치했다. 이렇게 되니 완전히 자존심 대결이라고밖에 할 수 없다.

보소 대학의 주장인 4학년 사와치는 선두를 달리면서도 긴장이 풀어진 느낌을 조금도 보이지 않았다. 처음 1킬로를 2분 46초라는 빠른 페이스로 시작했다. 리쿠도 대학의 후지오카는 앞에서 달리는 사와치의 모습을 아직 볼 수 없었다. 후지오카는 감정이 전혀 드러나지 않는 표정으로 묵묵히 다리를 움직였다. 리쿠도 대학이 처음 1킬로에 걸린 시간은 2분 48초였다. 어느 쪽이 먼저 체력이 바닥나서 페이스가 떨어지느냐. 아니면 양쪽 모두 빠른 페이스를 그대로 유지하면서 경기를 이어가느냐. 양팀 주장의 대결에 이목이 집중되었다.

"서로의 모습이 보이지 않는데도 마치 미리 짠 것처럼 처음 1킬로를 빠른 페이스로 밀고 나가고 있습니다."

아나운서가 흥분을 감추지 못하며 말했다.

"대단한 경주가 벌어지겠네요, 야나카 씨."

"사와치 선수도 후지오카 선수도 주장이라는 위치에 걸맞은 달리기를 보여주고 있습니다. 다만 영상으로 보면 후지오카 선수가 더 여유로워 보이네요. 어쩌면 요코하마 역 근처에서 순위에 변동이 생길지도 모르겠습니다."

그때 중계 카메라가 있는 2호차에서 보낸 영상이 들어왔다.

"어, 이게 어딘가요? 4위의 사이쿄 대학인데 그 뒤로 기쿠이, 마나카, 기타간토 대학이 따라붙고 있네요."

"네, 네 개 학교가 4위 그룹을 형성하고 있습니다."

이렇게 대답한 사람은 2호차에 탄 중계 아나운서였다.

"마나카, 기타간토 대학의 두 선수는 처음 1킬로를 2분 40초 만에 뛰었습니다. 엄청난 속도로 추격하면서 사이쿄, 기쿠이 대학에 점점 가까워지고 있습니다."

"그렇다면."

야나카와 함께 스튜디오에 있는 메인 아나운서가 상황을 정리했다.

"현재 보소 대학과 리쿠도 대학이 선두 경쟁. 다이와 대학이 리쿠도 대학에 5분 정도 뒤처져서 3위. 다이와 대학보다 1분 늦게 어깨띠를 받은 4위의 사이쿄 대학이 뒤따르는 기쿠이, 마나카, 기타간토 대학 그룹에 흡수되어 함께 뛰는 중이라고 보면 되겠네요."

“돌아오는 코스도 후반이 되니 순위 다툼이 다시 격렬해졌네요.”

야나카가 몸을 앞으로 내밀어서 모니터를 뚫어지게 바라보았다. 그때 현재 8위로 달리고 있는 도치도 대학을 찍고 있던 3호차에서 보낸 중계 영상이 나왔다.

“여기는 3호차입니다. 도치도 대학 뒤로 9위인 요코하마 대학 선수의 모습이 벌써 보이기 시작했습니다! 요코하마 대학은 처음 1킬로를 2분 43초로 뛰었는데요. 토츠카에서 요코하마 대학보다 2초 늦게 어깨띠를 건네받은 10위의 도쿄 체대와는 벌써 거리가 많이 벌어진 양상입니다.”

“정말 어느 선수할 것 없이 엄청난 달리기를 보여주고 있네요.”

메인 아나운서가 감탄을 넘어서 어이가 없다는 듯이 말했다. 제9구간은 23킬로나 되는 긴 코스인데도 시작부터 2분 40초대로 질주하다니. 페이스 조절 따위는 신경도 쓰지 않는 것 같은 무모한 달리기였다.

“야나카 씨, 이게 도대체 어떻게 된 일일까요?”

“요코하마 대학, 도쿄 체대는 우선출전권 획득이 아슬아슬한 순위에 있으니까요. 필사적일 수밖에 없죠. 제9구간의 처음 3킬로는 내리막길이니까 속도를 내기도 쉽고요. 다만 너무 빠른 페이스로 시작해서 시간이 갈수록 자기의 달리기 리듬을 제대로 잡지 못하는 선수가 나올 수도 있습니다.”

“순위 변동이 시작된 듯한 느낌이지만 흔들리다가 제자리로 돌아올 수도 있다는 말씀이군요.”

메인 아나운서가 모니터를 들여다보았다.

“어, 눈이 오는 건가요? 또다시 눈이 내리고 있는 모양입니다.”

세 대의 중계차로는 커버할 수 없는 하위 그룹에는 기동력 있는 중계 오토바이가 따라붙고 있었다. 그 중계 오토바이에서 보낸 영상이 들어온 것은 마침 가루눈이 하늘하늘 내리기 시작했을 때였다.

"여기는 중계 오토바이입니다. 현재 13위로 달리는 간세이 대학을 따라가고 있는데요, 엄청난 속도입니다. 처음 1킬로를 통과한 시간이 2분 42초!"

눈이다. 눈앞에서 어지럽게 춤추는 재 같은 자잘한 파편을 보며 가케루는 멍하니 생각했다. 아까까지는 안개비였는데 어느새 눈으로 바뀌었네. 어쩐지 춥더라.

하코네에서 눈이 내리기는 했어도 토츠카를 지나 평야로 접어든 이 근방에서 다시 눈이 올 줄은 예상치 못했다. 가케루는 긴 팔 셔츠나 팔 보호대를 착용하지 않은 상태였다. 좀더 따뜻한 차림을 할걸 하는 생각이 얼핏 머리를 스쳤지만 금방 잊어버렸다. 정면에서 불어닥치는 차가운 바람을 튕겨낼 정도로 몸이 뜨겁게 달아오르기 시작했기 때문이다.

7초 차이로 앞서 나간 데이토 대학 선수는 토츠카 중계지점을 나와 400미터도 안 가서 앞질렀다. 지금 가케루는 13등이다. 도쿄 체대와의 시간 차나 실제 순위를 알아내려고 머릿속으로 씨름해봐야 아무런 정보가 없었다. 그저 달릴 뿐이다. 1초라도 빨리 츠루미 중계지점으로 간다. 그뿐이다.

가케루는 완만한 내리막의 경사에 힘입어 처음 1킬로를 질주했다. 손목시계로 시간을 확인해야겠다는 생각은 들지 않았다. 확인하지 않아도 전에 없이 잘 달리고 있다는 사실을 알 수 있었다. 관절의 움직임이 부드러웠다. 혈액이 막힘없이 온몸에 고루 산소를 운반해주었다. 힘을 주는 느낌도 별로 없는데 다리가 저절로 땅을 차면서 발바닥에 밟히는 노면 감촉을 전해주었다.

컨디션은 최상이었다. 그러면서도 마음이 잔잔했다. 미래를 비추는 마법의 호수처럼 잔물결 하나 일지 않고 맑은 정적만이 주위를 감싸고 있었다.

왜 이러지? 혹시 내가 싸우겠다는 투지를 잃어버렸나? 가케루는 문득 불안해졌다. 리듬을 타고 있다는 느낌은 착각일 뿐이고 사실은 말도 못하게 느린 페이스로 뛰고 있는 건 아닐까?

처음으로 손목시계를 봤다. 2킬로에 5분 30초. 나쁘지 않다. 그렇지만 어쩌면 내 시계가 고장이 난 걸 수도 있다. 만약 그렇다면 어쩌지?

동요하는 바람에 호흡이 약간 흐트러졌다. 그러자마자 길가에서 외치는 응원소리가 한꺼번에 귓속으로 밀려들었다. 가드레일을 따라 몰려 있는 군중이 만들어낸 사람 울타리가 보이지도 않는 저 멀리까지 끝없이 이어져 있었다. 시합을 구경하느라 잔뜩 밀리는 건너편 차선의 차량 행렬에서도 가케루를 보는 시선이 많았다. 일부러 차창을 열고 응원해주는 사람도 있었다.

대각선 전방에서 중계 오토바이가 방송 카메라로 이쪽을 찍고 있는 것이 보였다. 나를 찍는 걸 보니 괜찮은 페이스로 뛰고 있는 모양이네. 그제야 확신을 얻은 가케루는 다시 마음의 안정을 되찾았다.

3킬로 지점 직전에 처음으로 오르고 내리는 구간이 나온다. 두 갈래로 갈라진 길이 완만한 아치형을 그리며 산 쪽으로 구부러졌다가 다시 본선에 합류한다. 가케루의 몸은 짧은 오르막길에 자연스럽게 대응했다. 달리는 리듬만이 가케루의 모든 것을 지배하고 움직였다.

주변의 경치와 소란이 다시 서서히 의식에서 멀어졌다. 눈에 들어오는 풍경을 경치로 인식하지 못했다. 초점이 너무 잘 맞은 사진처럼 평면적으로만 보였다. 실내 수영장에 있을 때처럼 소리가 멀리서 왕왕 울렸다. 열기를 띤 피부를 무엇인가가 감싸고 있는 느낌이었다. 하늘거리며 내리는 눈이 피부에 닿아도 꿈속에서처럼 온도가 전혀 느껴지지 않았다.

순도 높은 집중이 가케루의 심신에 신비한 평온함과 무감각을 불러왔다. 그러나 가케루 자신은 그 사실을 자각하지 못한 상태였다.

가케루의 상태를 가장 먼저 알아차린 사람은 당연히 기요세였다. 기요세는 왕자와 함께 츠루미 중계지점에서 휴대전화 화면을 열심히 들여다보고 있었다.

중계 오토바이에서 찍은 영상은 약간 흔들렸지만 그래도 가케루가 얼마나 잘 뛰고 있는지 충분히 알 수 있었다. 과하거나 부족함이 전혀 없는 완벽한 자세. 그 자세가 강함과 속도를 빚어내면서 '달리기란 바로 이런 것'임을 보는 사람에게 알려주고 있었다.

"참 아름답다."

기요세가 중얼거렸다. 요물에게 넋을 빼앗긴 사람처럼 황홀경에 빠진 기요세의 옆얼굴을 왕자가 흘깃 쳐다보았다.

"이런 달리기를 보여주면 어쩌자는 건지."

왕자가 애처롭게 웃었다.

"뭔가 허탈해지잖아요."

기요세도 그것이 어떤 기분인지 충분히 알 수 있었다. 완전한 아름다움과 힘을 보게 되면 보통 사람은 그저 무력감을 느낄 뿐이다. 그 사실을 인정하는 것이 괴롭다. 괴로우면서도 바라보고 추구하지 않을 수가 없다. 허탈하다고 표현할 수밖에 없는 갈등이 마음속에 생긴다.

"노력만으로 뭐든 해낼 수 있다고 생각하는 건 오만이라는 뜻이지."

왕자를 다독이고 격려하듯이 기요세가 말했다. 자기 스스로를 타이르는 말이기도 했다.

"육상은 그렇게 만만하지 않아. 그래도 꼭 한곳만 바라봐야 하는 건 아니잖아."

물리적으로는 같은 길을 달려도 당도하는 곳은 사람마다 다르다. 어딘가에 있는 나의 결승점을 찾아서 열심히 달리면 된다. 생각하고, 헤매고, 잘못이 있으면 다시 한다.

만약 해답이, 혹은 도달할 곳이 하나뿐이었다면 어땠을까? 장거리 달리기에 이렇게까지 매혹되지는 않았을 것이다. 가케루의 달리기를 보고 허탈함을 느끼면서도 여전히 달리고 싶다고 마음속으로 바라는 일 따위는 절대 일어나지 않았을 것이다.

완벽한 달리기를 체현하는 가케루도. 그 모습을 보고 조용한 기쁨과 투지를 눈동자에 불태우는 기요세도. 두 사람의 수준까지는 절대 도달하지 못하지만 자신의 달리기를 끝까지 해낸 왕자도. 장거리 달리기의 세계에서는 모두가 똑같은 곳에, 평등한 운동장에 서 있다.

"그리네요."

왕자가 끄덕였다. 체념에 가까운 충족감이 왕자의 가슴을 채웠다. 기요세와 왕자는 잠시 말없이 화면 속에 있는 가케루를 바라보았다. 축 가라앉은 분위기를 깨뜨리듯이 기요세의 휴대전화가 울렸다. 주인 할아버지 전화였다.

"하이지야, 왜 연락을 안 하는 게야?"

주인 할아버지가 급한 모양이었다.

"이제 곧 5킬로 지점인데. 가케루한테 무슨 말을 해주랴?"

"아무 말도 하지 말고 그냥 두세요."

"하지만 가케루는 길가의 응원 소리에도 전혀 반응이 없던데. 중압감에 사로잡혀 정신줄을 놓은 것 아니냐?"

"아니요, 그 반대예요."

기요세가 확신에 찬 목소리로 대답했다.

"가케루는 지금 달리기에 완전히 몰입해 있어요. 그걸 깨면 안 돼요."

수행을 거듭한 승려가 참선을 하다가 깨달음의 경지에 이른 것처럼. 무당이 단조로운 리듬으로 땅을 밟으며 신들린 상태에 빠지는 것처럼. 가케루는 '달린다'는 익숙한 행위를 통해 다른 차원의 경지에 이르려 하고 있었다.

팽팽하게 당긴 가는 실을 끊어지기 직전까지 더욱 잡아당기고 있다는 것을 느낄 수 있었다. 긴장과 고양감으로 임계점까지 찰랑찰랑하게 가득 찬 그릇에 딱 한 방울, 무엇인가를 떨어뜨리기 위해 가케루는 무아지경으로 달리고 있었다.

그걸 방해하면 안 된다. 아무도 가케루를 건드리면 안 된다. 지금은.

가케루는 8킬로 지점을 지나고 있었다. 쌓이기도 전에 녹아버리는 눈송이가 회색빛 하늘 아래 적막함을 자아내며 쉴 새 없이 눈앞을 스쳐 갔다.

편도 1차선의 완만한 커브가 이어지는 길. 교외의 길가 옆에는 2층으로 된 수수한 상점들이 늘어서 있었다. 가케루는 이런 풍경이 좋았다. 쇠락했다는 말이 어울릴 정도로 보잘것없고 흔한 시골 마을. 그런데 사람 사는 냄새가 난다. 길의 완만한 기복은 그곳을 밟고 지나간 사람들이 만든 역사의 각인이다.

가케루는 1킬로 3분이 안 되는 페이스로 곤타자카 언덕을 가뿐하게 올라갔다. 길가에 있는 상록수에는 검은 그림자 같은 나뭇잎이 무성했다.

정면에 육교가 보였다. 그곳에 걸린 하코네 역전경주 플래카드가 바람을 품고 부풀어 있었다. 길 양옆에는 구경꾼들이 북적이고 있는데 육교 위에는 아무도 없었다. 아무도 머리에 쓰지 않은 왕관처럼 길 위에 올려져 있을 뿐이었다.

곤타자카 정상에 올라서니 언덕이 끝나는 지점까지 훤히 내려다 볼 수 있었다. 그 내리막길 중간에서 아케보노 대학, 고후가쿠인 대학, 도쿄 체대 선수가 뛰고 있는 모습이 가케루의 눈에 보였다. 머릿속이 뜨거워졌다. 사냥감을 눈앞에 둔 짐승 같았다. 유연한 근육을 날렵하게 움직여 단숨에 먹잇감에게 다가갔다.

내리막의 기세에 힘입은 가케루가 그 그룹을 따라잡고 앞질렀다. 나란히 뛰면서 분위기를 살피는 느긋한 행동 따위는 할 생각이 없었다. 단숨에 앞질러나가야 상대방의 의욕을 확 꺾어버릴 수 있다.

가케루가 아무리 앞질러도 그것은 어디까지나 겉보기 등수에 불과하다. 실질적인 종합시간에서 간세이 대학은 아직도 도쿄 체대에 뒤처져 있을 것이다. 하지만 그 점을 알아차리게 해서는 안 된다. 눈속임이든 뭐든 '저런 놈은 아무리 애써도 따라잡지 못한다'는 인식을 가지게 하는 것이 중요하다.

곤타자카 내리막길에서 1킬로 2분 40초까지 가속했다가 언덕을 내려와 평지에 다다르자 다시 1킬로 2분 55초 페이스로 돌아갔다. 리듬을 탄 가케루의 몸은 굳이 계산할 것도 없이 알아서 페이스를 조절했다.

3개 대학을 추월해서 10등이 되었구나. 머리 한구석으로 생각했다. 하지만 실질적인 순위로는 우선출전권이 주어지는 10위 이내로 들어오지 못한 상태였다. 제9구간은 앞으로 15킬로 남짓 남아 있었다. 제10구간의 23킬로를 더해도 간세이 대학에게 남은 거리는 40킬로가 채 되지 않는다. 그 사이에 시간 차를 뒤집을 수 있을까?

모자라다. 가케루는 초조하고 억울했다. 조금만 더 거리가 있으면, 조금만 더 달리는 거리가 허용되면 내가 반드시 추월할 수 있는데. 앞서 달리는 팀을 모조리 추월해서 누구보다도 빠른 기록을 낼 수 있는데.

그런 생각을 하다가 피식 웃고 말았다.

나란 놈은 어떻게 허구한 날 영원히 달리고 싶다는 생각만 할까?

하늘거리며 내리는 눈. 예전에는 그 속을 혼자 달렸다. 고등학교 운동장에서도, 조깅하는 강가에서도 가케루는 언제나 혼자였다. 물론 팀원들이 있었지만 달리기에 대한 이야기를 주고받을 만큼 친하게 지내지 못했다.

가케루는 속도와 팀원들의 연대감을 중시하는 감독에게 반항했다. 오로지 자기 자신하고만 대화하고 자기 페이스로 묵묵히 달리는 것을 좋아했다. 그럼에도 불구하고 탁월한 속도를 보여주는 가케루를 팀원들은 멀리했다. 구라하라는 좀 튀잖아. 구라하라는 천재니까.

아니야, 하고 고등학생 때의 가케루는 외치고 싶었다. 나한테 특별한 재능이 있는 게 아니다. 누구보다도 열심히 훈련하기 때문에 좋은 기록이 나올 뿐이다. 난 달리고 싶을 뿐이라고.

어째서 감독이 시키는 대로 육상부 안의 규율에만 잔뜩 얽매여서, 훈련 때문에 녹초가 된 뒤에도 또 쓸데없이 한 시간씩 조깅을 해야 하냔 말이다. 그건 정말 의미 없는 일이라고 가케루는 생각했다. 무리한 훈련과 근성을 들먹이는 논리로 정말 빨라지기는 하냐고? 아니잖아! 그런 식의 훈련을 아무리 해도 나보다 더 좋은 기록을 내는 놈이 안 나오는 것만 봐도 알 수 있지.

감독이나 선배들에게 야단맞지 않게 얌전히 '육상부 활동'을 하는 팀원들이 도무지 이해가 가지 않았다. 가케루는 좀더 자기 몸과 마음이 이끄는 대로 달리는 행위에 몰두하고 싶었다.

고등학생 때 가케루는 외로웠다. 달리기에 대한 자기의 자세나 마음가짐이 잘못되었다는 생각은 들지 않았다. 주위에서 뭐라고 하건 자기 방식을 고집했다. 그러자 달리면 달릴수록 가케루는 외톨이가 되었다.

가케루가 보여준 속도는 주변의 칭찬과 맞바뀌어서 남들과 관계를 맺고 하나가 되는 기쁨을 앗아갔다.

끝도 없이 이어지는 타원형 트랙. 가케루는 그곳에 갇혀버리는 것이 싫었다. 그러나 도망칠 수도 없었다. 가케루는 체육특기생으로 고등학교에 입학했다. 수업료도 면제받는 장학생이었다. 가케루의 부모님은 아들이 가진 재능에 잔뜩 기대하고 있었다. 도망친다고 어디로 갈 수 있겠는가?

그리고 무엇보다 달린다는 행위가 가케루를 사로잡고서 놓아주지 않았다. 어떤 칭찬도 한순간이다. 달리기에 흠뻑 빠져서 열심히 하면 할수록 점점 더 고립되어갔다. 그 사실을 알고 있음에도 도저히 달리기를 그만둘 수가 없었다.

팀원들의 질투와 서로의 발목 잡기. 강요되는 훈련과 규율. 그런 것들에 반항심을 가지면서도 아무 데도 가지 못했다. 언제까지 이렇게 혼자 달리기를 계속하면 될지 결승점이 보이지 않았다. 갑갑함 때문에 숨이 막힐 지경이었다.

지금은 아니다. 가슴에 맨 간세이 대학의 어깨띠를 가만히 만져보았다. 작년 한 해 동안 가케루는 변했고, 그러면서 알게 되었다.

달리기는 가케루를 혼자가 되게 할 수도 있지만 그렇지 않을 수도 있다. 달리기를 통해 다른 누군가와 이어질 수도 있다. 달린다는 행위는 혼자 외롭게 해야 하는 것이기에 진정한 의미에서 누군가와 이어지고 단단히 맺어지는 힘을 가지고 있다.

기요세를 만나기 전까지 가케루는 자신이 가진 힘을 알지 못했다. 장거리 달리기가 어떤 경기인지, 그것도 모르는 채 마냥 달리기만 했다.

달리기는 힘이다. 속도가 아니라 혼자이면서 누군가와 이어질 수 있는 강함이다.

하이지 형이 그 사실을 알게 해주었다. 말을 통해서, 그리고 행동을 통해서 치쿠세이소 사람들에게 직접 보여주었다. 좋아하는 것도, 살아온 환경도, 달리는 속도도 서로 다른 사람들이 하나로 뭉쳐서 달리기라는 외로운 행위를 통해 한순간만큼은 서로 하나가 되고 이어지는 기쁨을 말이다.

하이지 형은 믿는다는 말만 가지고는 다 표현하지 못한다고 했다. 나도 그렇게 생각한다. 무슨 말로 표현을 해도 모자랄 정도로 그저 자연스럽게 솟아나는 전폭적인 신뢰가 가슴속에 있다. 나 이외의 누군가를 의지하는 소중함을 처음으로 깨달을 수 있었다.

달리기도 그것과 비슷하다. 이유도 동기도 필요하지 않다. 내게는 그저 숨 쉬는 것처럼 살아가기 위해 반드시 필요한 자연스러운 행위이다.

달리기는 이제 가케루에게 상처를 주지 않는다. 가케루를 따돌리거나 고립시키지 않는다. 가케루가 모든 것을 걸고 추구한 달리기는 가케루를 배신하지 않았다. 달린다는 행위는 가케루의 마음을 받고서 강한 힘을 돌려주었다. 부르면 돌아보고 곁으로 다가오는 소중한 벗처럼 달리기도 가케루 곁에서 함께했다. 정복하고 굴복시켜야 하는 적이 아니라 언제까지나 함께하면서 가케루를 지탱해주는 힘이 되었다.

"하이지 형, 이것 봐요."

왕자의 휴대전화 화면에 요코하마 역 직전의 상황이 나오고 있었다. 리쿠도 대학의 후지오카가 보소 대학의 사와치를 따라잡더니 나란히 달릴 새도 없이 그대로 앞질러버렸다. 아나운서가 외쳤다.

"후지오카 선수가 추월했습니다! 작년 우승팀 리쿠도 대학이 제9구간에서 드디어 선두에 나섰습니다!"

15킬로 가까이를 뛰었는데도 후지오카는 1킬로 3분 페이스를 유지하고 있었다. 사와치를 앞질러 선두에 나선 후에도 그 페이스는 늦어지기는커녕 더욱 빨라지는 듯이 보였다.

후지오카는 제9구간의 나머지를 독주해서 츠루미 중계지점까지 오겠지. 구간별 선수 명단이 발표된 날부터 지금까지 리쿠도 대학은 이런 전개를 예측했을 것이다.

보소 대학이 주력선수를 가는 코스나, 돌아오는 코스 중 어디에 배치할까? 리쿠도 대학은 구간 선수 신청 때 후지오카를 예비선수로 돌리고 보소 대학이 어떻게 나오는지를 가만히 지켜보았다. 그리고 보소 대학의 선수 포진이 가는 코스에 승부를 걸겠다는 뜻임을 알아채자마자, 당일 구간 선수 변경 때 후지오카를 제9구간에 넣었다. 가는 코스에서는 보소 대학에 많이 뒤처지지만 않게 하고 돌아오는 코스에서 순위를 뒤집어 이기는 전법을 택한 셈이다.

선수층이 두터운 리쿠도 대학이기에 실행할 수 있는 작전이었다. 이 뒤집기 전법에서 가장 중요한 위치에 있는 주장 후지오카가 짊어진 중압감은 이루 헤아릴 수 없을 것이다. 그러나 후지오카는 훌륭하게 그 책무를 다하려 하고 있다. 하코네의 제왕이라면 어떠해야 하는지를 달리기로 보여주고 있다.

"사와치가 못 따라잡겠는데."

기요세는 눈치챘다. 후지오카가 내심 바라는 바가 리쿠도 대학의 우승만이 아니라는 사실을.

"후지오카는 구간 신기록을 노리고 있어."

"네?!"

왕자는 자기도 모르게 화면을 다시 보았다. 제9구간 기록은 5년 전에 같은 리쿠도 대학 선수가 낸 1시간 09분 02초였다. 화면 한쪽 구석에 그 당시의 기록과 후지오카의 지금 기록이 나란히 표시되어 있었다.

그러고 보니 후지오카는 구간 기록과 거의 비슷한 페이스를 유지하고 있다.

후지오카는 담담하게 달리는 것처럼 보였다. 그런 후지오카의 마음속에 격렬한 투지가 불타고 있다니. 왕자는 놀랐다. 겉으로 보기만 해서는 도저히 짐작이 가지 않았다. 우승만으로는 성에 차지 않고 개인적인 성과까지 손안에 넣으려고 하다니, 얼마나 엄청난 의욕인가? 달리기에 대한 욕망이 너무 철저해서 후련하게 느껴지기까지 했다.

"후지오카에 대항할 선수는 가케루밖에 없어. 가케루가 후반에 제때 스퍼트를 하게 하려면 정보가 필요하다. 왕자, 후지오카의 기록을 잘 살펴봐."

기요세는 벤치 코트를 벗고 왕자에게 건네주었다.

"난 워밍업하고 올게."

가케루는 요코하마 역까지 4킬로가 남은 지점에 있었다. 도로는 편도 2차선으로 바뀌었다. 그에 따라 길가에 늘어선 사람들도 인산인해를 이루어서 차도로 밀려 나오는 구경꾼이 생길 지경이었다.

"위험합니다, 뒤로 물러나세요! 선수를 향해 깃발을 내밀지 마세요!"

경비를 담당하는 사람들과 경찰관들이 점점 불어나는 인파를 필사적으로 막으면서 고함에 가까운 소리로 단속을 하고 있었다. 달리는 가케루에게는 한순간에 지나치는 광경에 불과했지만 몇 킬로를 달려도 길옆에서 비슷한 공방이 벌어지고 있어서 나중에는 약간의 재미마저 느껴졌다.

'나한테는 하코네 역전경주가 진지한 마음으로 임하는 시합이지만 구경 나온 사람들에게는 그냥 신년 축제 같은 거구나.'

'참 다양한 사람들이 있네.'

가케루는 웃음을 꾹 눌렀다. 선수들에게 진심 어린 성원을 보내주는 사람, "구라하라!" 하고 선수의 이름을 부르며 응원하는 사람도 있었다. 얼굴도 모르는 사람인데 달리는 선수를 알아보고 힘내라고 응원한다.

반대로 열심히 뛰는 사람은 안중에도 없고 방송국 카메라에 포착되려고 정신이 없는 구경꾼도 있었다.

가케루는 차도로 뛰쳐나온 남자가 든 깃발에 정면으로 부딪칠 뻔했다. 선수는 자전거보다 빠른 속도로 달리기 때문에 충돌했다가는 둘 다 다칠 수밖에 없다. 가케루는 손을 살짝 들어서 앞길을 방해하는 작은 깃발을 뿌리쳤다. 실례가 되지 않게 조심스레 뿌리친다고 했는데도 얇은 종이에 손등을 베어 한 줄기 작은 선이 생겼다.

빨갛게 스며 나오는 피를 핥았다. 아픔은 없었고 화가 나지도 않았다. 추위 때문에 손이 곱았다는 사실과 '그러고 보니 깜박하고 장갑 끼는 걸 잊어버렸네'라는 생각이 떠올랐을 뿐이다.

축제니까 그냥 즐기면 되지, 하고 가케루는 생각했다. 내가 어떤 마음으로 뛰는지, 지금 이렇게 달리기 위해 얼마나 많은 체력과 기력을 쏟아붓고 있는지 이해해주기를 바라지 않는다. 뛸 때의 괴로움과 흥분은 달리는 당사자밖에 모른다. 그렇지만 이 자리의 즐거움을 나눌 수는 있다. 오테마치까지 이어지는 열기와 환호성을 함께 느끼고 맛볼 수는 있다.

혼자이지만 혼자가 아니다. 흐르는 강물처럼 길이 이어진다.

13킬로 지점에 이르자 드디어 앞쪽을 달리는 사이쿄 대학과 기쿠이 대학 선수의 모습이 보였다. 따라잡을 수 있다. 앞지른다. 반드시. 가케루는 서두르지 않고 조금씩 거리를 좁혀갔다.

13.7킬로 지점에 있는 토베 경찰서 앞을 통과했다. 길가에 늘어선 사

람들의 무리가 끊어지기는커녕 점점 더 늘어갔다. 14킬로 지점에서 다카시마초 교차로를 건너 고가도로 아래를 지나자 이제 도로가 편도 4차선으로 더욱 넓어졌다. 고속도로의 거대한 고가들이 복잡하게 뒤엉킨 채 머리 위를 뒤덮고 있었다.

요코하마 역 앞에는 엄청난 군중이 모여 있었다. 인도는 구경꾼들로 발 디딜 틈이 없었고, 가로수 사이에 있는 약간의 층계참 위에도, 빌딩 경사로에도 사람들이 가득 들어차 있었다. 구경꾼들의 환호성 소리가 고가도로에 반사되어 넓은 도로를 뒤흔드는 호령처럼 들릴 정도였다.

이렇게 많은 사람들이 선수들을 응원하고 있다니. 군중과 그들이 내는 엄청난 함성에 너무 놀라 가케루는 길가 쪽을 쳐다보았다. 파도처럼 일렁이는 작은 깃발들이 폭풍 치는 밤 숲속의 나무들 같은 소리를 냈다.

가케루는 사이쿄 대학 선수와 기쿠이 대학 선수를 잇달아 추월했다. 눈앞에서 펼쳐진 역전극에 관중들이 흥분해서 술렁거렸다. 가케루가 달리는 모습은, 보는 이들의 머릿속에서 원래 응원하던 대학이나 선수에 대한 생각을 순식간에 지워버렸다. 더할 나위 없이 아름답고 빠르고 힘찬 달리기, 그래서 그저 감탄할 수밖에 없는 모습이 눈앞에 있었다.

15.2킬로 부근에서 사람들 속에 파묻혀 있던 급수 담당 학생이 뛰어나왔다. 간세이 대학 운동복을 입은 단거리 선수였다. 함께 달리면서 물을 내미는 급수 담당 학생을 가케루는 잠시 알아차리지 못했다.

"구라하라, 구라하라!" 하고 누가 불러서 그쪽으로 시선을 돌렸다. 눈앞에 내민 생수병을 보고서야 겨우 '물이구나' 하는 생각이 떠올랐다. 기온이 낮고 노면이 축축이 젖어 있을 정도로 비가 내리고 있어서 목이 마르지는 않았다. 그러나 급수 담당 학생은 필사적으로 가케루의 속도를 따라가며 생수병을 내밀었다. 그래서 그것을 받았다.

"후지오카가 구간 신기록을 낼 것 같아!"

급수 담당 학생이 재빨리 알려주었다. 그렇구나, 역시, 하고 생각했다. 자세한 기록을 물어볼 새는 없었다. 곧 따라오기를 멈춘 급수담당 학생을 남겨두고 가케루는 계속 전진했다.

후지오카 선수는 얼마나 빠른 속도로 이 길을 달렸을까? 나는 후지오카 선수의 기록을 넘을 수 있을까? 아니, 꼭 넘어야 한다.

가케루는 지금 8등으로 뛰고 있었다. 시간 차가 얼마나 되는지 앞에서 뛰는 선수들이 보이지 않았다. 가케루가 싸워야 할 상대는 눈에 보이는 선수가 아닌 시간이었다. 형태가 없는 시간이라는 상대를 어떻게든 잡아당겨야 했다. 간세이 대학의 순위를 하나라도 더 올리기 위해. 지금 가케루가 할 수 있는 최고의 달리기를 하코네 역전경주 역사에 새기기 위해서.

4차선이 되어 시야가 넓어지자 속도감이 달라졌다. 아무리 달리고 달려도 좀처럼 앞으로 나아가지 않는 느낌이었다. 서두르지 마라, 하고 스스로를 다잡으면서 가케루는 입에 물을 머금었다. 괜찮다. 충분히 갈 수 있다. 더 빨리 달릴 수 있다. 온몸의 세포가 뜨거웠다. 근육이 찢어질 듯이 소리치고 있었다. 가속해라. 한계를 뛰어넘어 앞으로 나아가라.

물병을 길가에 버렸다. 차가운 액체가 몸속으로 미끄러져 떨어졌다.

"아……."

자기도 모르게 지른 소리는 너무 잠겨서 아무에게도 들리지 않았다.

몸의 밑바닥에서 무엇인가가 예리하게 파열했다. 한 점에서 폭발한 힘이 온몸 구석구석, 손가락 끝까지 퍼져나갔다. 퍼진 것이 아니라 한군데로 모여들었나? 에너지의 흐름이 너무 빨라 어느 쪽인지 분간이 되지 않았다. 모든 힘이 회오리치며 몸 안에 가득 들어찼다.

한순간에 소리가 멀어지면서 머릿속이 깨끗하고 맑아졌다. 달리는 자신의 모습을 또 하나의 자기가 내려다보는 느낌이었다. 호흡이 갑자기 편해졌다. 팔랑거리며 떨어지는 눈송이 하나하나가 이상할 정도로 선명하게 시야를 가로지르는 것이 보였다.

뭐지, 이 느낌은? 열광과 종이 한 장 차이의 정적. 그래, 아주 고요하다. 달빛이 비치는 인적 없는 거리를 달리는 것 같다. 나아가야 할 길이 하얗게 빛나고 있다.

이대로 가면 돌아오지 못할 것 같다. 기분이 좋다. 겁이 날 정도이다. 반짝이는 항성을 향해 혼자만 빨려들어간다. 누군가가 나를 잡아줘야 하는데. 아니, 아무도 나를 막지 마라. 이대로가 좋다. 이대로 가고 싶다. 더 먼 곳으로. 온몸이 불타오르는 화염이 되어도 괜찮다. 저기 저편이 보인다. 조금만 더 가면 반짝이는 그곳에 닿는다.

기요세는 워밍업을 마치고 왕자의 휴대전화 화면을 들여다보고 있었다. 중계방송 영상이 힘차게 달리는 가케루에서 제9구간을 거의 다 달린 후지오카로 바뀌었다.

"리쿠도 대학의 후지오카 선수, 정확하게 1시간 09분 만에 어깨띠를 넘겼습니다! 구간 신기록입니다!"

오후 12시 22분 45초. 츠루미 중계지점은 후지오카의 기록 경신에 열광했다. 기요세가 얼굴을 들었다. 마침 후지오카가 중계 라인에서 중계지점 안쪽으로 들어오는 참이었다.

선두가 된 것을 기뻐하며 리쿠도 대학 육상부 후배들이 후지오카를 에워쌌다. 구경꾼들이 잘 달린 후지오카를 칭찬하는 말을 건넸고, 기자는 소감 한마디를 부탁하는 등 방금 달리기를 마친 상황인데도 후지오카는 앉아서 쉴 틈이 없어 보였다.

후지오카는 약간 곤혹스러운 표정으로 자기가 올린 쾌거에 흥분한 주변의 모습을 바라보았다. 그 눈길이 중계지점 안쪽에 있던 기요세에게로 와서 멈췄다. 후지오카는 사람들의 무리를 빠져나와 기요세에게 다가왔다.

"왕자. 주인 할아버지한테 전화해서 후지오카의 기록을 알려줘. 20킬로 지점에서 가케루에게 전해달라고 해."

기요세가 왕자에게 작은 소리로 지시한 다음 미소를 지으며 후지오카 쪽을 바라보았다.

"축하한다."

"마음에도 없는 소리를 하네."

구간 신기록을 냈는데도 후지오카는 기쁜 기색도 없이 여전히 무표정이었다.

"구라하라가 뒤집을 거라고 생각하잖아."

"어떨지 모르지."

기요세의 미소 또한 속마음을 드러내지 않는 갑옷이었다.

중계 라인 부근이 시끌시끌해졌다. 보소 대학의 사와치가 어깨띠를 건네준 모양이었다. 리쿠도 대학과의 시간 차는 1분 31초. 뒤따라오는 선수들은 아직 도착할 기색이 없었다. 우승은 리쿠도 대학과 보소 대학 둘 중 하나로 좁혀진 양상이었다. 그러나 이제 한 구간만 남은 시점에 제9구간에서 후지오카가 만들어낸 1분 반의 시간 차이는 영향이 지대하다. 제10구간을 달리는 두 학교 선수의 실력을 고려해도 리쿠도 대학 쪽이 훨씬 우위에 서 있다.

"우승은 리쿠도네."

기요세가 말했다.

"네 달리기는 여전히 강하고 안정돼 있더군."

"선두에는 섰다. 그러나……."

후지오카가 말꼬리를 흐렸다. 근처의 관중이 듣고 있는 라디오에서 중계방송 소리가 들렸다.

"20킬로 지점을 지나 간세이 대학의 구라하라 선수가 다시 속도를 올리고 있습니다! 이 선수는 끝도 없이 힘이 솟아나는 모양입니다! 어쩌면 이번 구간의 신기록이 다시 경신될 가능성도 있어 보입니다!"

후지오카가 처음으로 피식 웃었다. 쓴 음식을 먹으면서 달다고 억지로 말하는 사람 같은 표정이었다.

"기요세, 우리는 도대체 어디까지 가야 하는 걸까? 도달했다고 생각했는데 아직도 더 나아갈 곳이 있다. 아직 멀었다. 내가 지향하는 달리기는……."

기요세는 후지오카의 눈에서 어두운 절망의 빛을 보았다. 끝없이 홀로 달리면서 더 멀고 높은 곳에 이르고자 하는 자의 눈빛. 가케루도 가지고 있는 그림자가 보였다.

'너는 혼자가 아니다. 네가 있어준 덕분에 가케루는 강해졌다. 앞으로도 너희는 틀림없이 서로의 존재를 기반으로 더욱 높은 곳을 향해 나가겠지. 아무도 가지 못했던 곳을 향해. 언젠가 오를 수 있을 때까지.'

그렇게 말하려다가 기요세는 입을 다물었다. 부러웠기 때문이다. 가케루가. 후지오카가. 달리기에게 선택받은 존재들이.

그래서 기요세는 "그래도 멈추지 않을 거잖아?" 하고만 말했다.

"넌 달리기를 그만둘 수 없다. 그렇지?"

"그렇지."

이번에는 후지오카가 진심에서 우러나온 미소를 입가에 머금었다.

"처음부터 다시 시작해야지."

후배들과 함께 중계지점을 떠나는 후지오카를 기요세는 조용히 지켜보았다. 후지오카의 팀원들은 아마 아무도 눈치채지 못할 것이다. 우승을 결정짓는 경주를 하고 구간 신기록까지 낸 후지오카의 가슴속에 아직도 채워지지 않는 공허함이 있다는 사실을 말이다.

후지오카는 지지 않았다. 하지만 만족하지 못한다. 그런 마음이 후지오카를 달리게 하고 더욱 강하게 한다.

"참 골치 아픈 존재야. 달리기를 선택한 인간들은."

기요세는 혼자 중얼거리면서 왕자 쪽으로 갔다.

"가케루에게 전달된 모양이네?"

"네. 방금 주인 할아버지한테서 전화가 왔어요. 후지오카 선수의 기록을 말해주자마자 가케루가 힘을 내는 게 느껴졌다고."

왕자의 휴대전화 화면을 기요세도 들여다보았다. 가케루가 나오고 있었다. 중계지점까지 2킬로 남은 지점이었다. 20킬로 이상을 달리고서도 힘든 기색이 전혀 없었고 앞을 바라보면서 힘 있게 달리는 모습이었다.

이제 금방이다. 기요세는 운동복 너머로 가만히 오른쪽 다리를 문질러보았다. 천 너머로 만지는 손가락이 애매하고 둔하게 느껴질 뿐이었다. 하지만 그만큼 아픔도 거의 느껴지지 않았다. 달릴 수 있다.

3위의 다이와 대학이 보소 대학보다 5분 08초 늦게 어깨띠를 넘겨주었고, 그때부터 중계지점이 어수선한 움직임을 보이기 시작했다. 기타간토 대학, 마나카 대학이 바로 이어서 중계지점에 들어왔다.

"요코하마 대학, 도치도 대학 선수는 중계 라인 앞으로."

대회 진행자가 확성기로 불러냈다.

"그 다음, 간세이 대학 선수도 준비해주세요."

중계지점에 있던 관중들이 웅성거렸다. 아시노 호에서 돌아오는 코스를 18등으로 출발한 간세이 대학이 츠루미 중계지점에서 8등으로 어깨띠 릴레이를 하려 한다. 돌아오는 코스 네 구간 사이에 열 팀이나 앞지른 간세이 대학의 실질적인 순위는 과연 몇 위일까? 우선출전권을 따낼 수 있을 정도로 순위가 올랐을까?

간세이 대학의 제10구간 주자인 기요세에게 이목이 집중되었다. 기요세는 사람들의 시선과 수근거림에 신경을 쓰지 않고 초연한 태도로 중계 라인을 향했다. 왕자도 남의 시선에 마음을 두지 않았다. 기요세의 벤치 코트와 운동복을 받아들고 마지막으로 오른쪽 정강이를 흘깃 보았다. 보호대도 테이핑도 되어 있지 않았다. 너무 무방비하게 둔 것 같아 왕자가 머뭇거리며 물었다.

"보통은 고정하거나 하지 않아요?"

"괜찮아, 귀찮으니까."

태연하게 대답하는 기요세의 말투에 부상을 변명 삼지 않겠다는 각오가 엿보였다. 그렇다면 웃는 얼굴로 보내줘야지. 왕자가 기요세를 똑바로 쳐다보며 말했다.

"하이지 형. 나 지난 1년 동안 꽤 즐거웠어요."

"나도 그래."

기요세가 왕자의 어깨를 가볍게 잡고 흔들어주었다.

중계 라인에 섰다. 요코하마 대학과 도치도 대학이 옆에서 어깨띠를 받고 나갔지만 더 이상 기요세의 눈에는 들어오지 않았다.

기요세는 중계지점 앞의 도로를 가만히 노려보고 있었다. 제9구간의 마지막 100미터. 곧게 뻗은 길을 달려올 가케루의 모습을 기다리며.

처음 만난 그날 밤부터 난 알고 있었다. 내가 오랫동안 기다리던 사람, 계속 바랐던 사람이 바로 너라는 걸.

가케루는 내가 원하는 이상적인 달리기를 현실로 보여준다. 내가 추구하고, 그토록 몸부림쳤지만 끝내 손에 넣지 못한 채 끝나게 되는 그것을 너무도 쉽게 실현해 보인다. 이토록 아름다운 존재를 나는 본 적이 없다.

밤하늘을 가르는 유성과도 같다. 너의 달리기는 차가운 은색으로 흐르는 선이다.

아아, 반짝거리며 빛나고 있다. 네가 달린 궤적이 하얗게 빛을 발하는 모습이 보인다.

제9구간의 20킬로 지점에서 가케루는 후지오카가 낸 구간 기록을 알게 되었다. 주인 할아버지의 목소리가 귀를 파고들자 몸이 자동으로 반응해서 속도를 올렸다. 그러나 가케루는 여전히 신비한 무감각 상태의 여운 속에 잠겨 있었다.

전에도 러너스 하이(Runner's High)에 빠진 적은 있었다. 몸과 마음이 붕 떠서 어디까지나 달려갈 수 있을 것 같은 느낌이었다. 그런데 이 감각은 그것과 조금 달랐다. 조금 더 순수하고 고요한 황홀감이었다.

머리에 들어오는 정보를 분석할 수는 있었다. 후지오카의 기록은 1시간 09분. 그 기록을 넘어설 수 있을지의 여부는 남은 1킬로를 얼마나 버티는지에 달렸다. 그런 식으로 판단을 내릴 수는 있었다.

그러나 생각하는 뇌의 회로와 상관없이 가케루의 의식과 감각 대부분은 어느새 머나먼 저편으로 쓸려 내려가 있었다. 신경이 완벽하게 깨어 있는데도 의식은 붕 떠 있는 느낌이었다. 스스로는 통제할 수가 없었다. 잠들기 직전에 의식이 몇 번씩 왔다 갔다 하면서 꾸는 묘하게 현실적인 꿈속에 있는 상태 같았다. 일어나서 학교 갈 준비를 모두 마쳤다고 생각했는데 흠칫하며 눈을 떠보면 아직 자고 있어서 놀라는 것 같은 감각이 몇 번이고 되풀이되었다.

기분은 나쁘지 않았고 실질적인 문제도 없었다. 오히려 은근히 지속

되는 쾌감 속에서 달리는 감각이 전에 없이 좋은 상태였다. 다만 자기가 이상해진 건 아닌지, 이 멍한 황홀경이 무엇인지 알 수 없어서 불안했다.

'오테마치에서 하이지 형한테 물어봐야지. 내가 경험한 감각을 형한테 말해봐야겠다. 이 대회가 다 끝나면.'

가케루는 그런 생각을 하면서도 자기가 정확한 리듬을 가지고 달리고 있다고 생각했다. 그런데 몸이 갑자기 가속했다는 사실을 깨닫고는 허겁지겁 주변을 확인했다. 또다시 의식이 잠시 공백 상태였던 모양이다. 어느새 마지막 1킬로 구간에 접어들고 있었다. 지금까지 달려온 거리는 도로 옆에 있는 플래카드로 알 수 있다. 그 표시를 보고 가케루의 몸이 이제 승부를 낼 때라고 적확하게 판단한 모양이다.

군중의 출렁이는 모습과 함성소리가 세찬 물줄기처럼 눈과 귀를 파고들었다. 손목시계를 봤다. 달리기 시작한 지 1시간 08분 24초. 해낼 수 있을까? 후지오카가 낸 기록을 갈아엎을 수 있을까? 아슬아슬하다. 조금 더 속도를 올렸다. 힘들다. 심장 뛰는 소리가 새삼스레 머릿속에서 정신없이 울려댔다.

가로수가 경계로 서 있는 갓길로 들어가 츠루미 중계지점 앞의 마지막 직선 코스로 접어들었다. 나머지 100미터. 웅성거리는 사람들의 모습이 보였다. 중계 라인이 보인다. 그곳에 서 있는 기요세가 보인다.

기요세는 그 자리에 못 박힌 사람처럼 우뚝 서서 가케루를 보고 있었다. 기뻐 보이기도 하고 약간 슬퍼 보이기도 한 표정으로 웃고 있었다.

갑자기 벼락을 맞은 것처럼, 무엇인가의 조종을 받은 사람처럼 가케루는 두르고 있던 어깨띠를 벗었다. 나머지 10미터. 단번에. 어깨띠를 넘겨준다. 그 이외의 움직임은 모두 장애물이다. 호흡을 멈췄다. 눈도 깜박이지 않았다. 몸 안에 있는 산소와 에너지를 마지막 몇 발짝에 모두 쏟아부었다.

기요세가 왼발을 앞으로 뻗고 약간 몸을 벌려서 가케루에게 오른손을 내밀었다. 가케루는 있는 힘껏 오른팔을 앞으로 뻗었다.

굳이 이름을 부를 필요도 느끼지 않았다. 바로 앞에서 한순간 눈길을 나누기만 했는데 모든 것이 전달되었다.

'하이지 형, 우리 정말 멀리 왔네요. 말도 감각도 의미가 사라져버리는 머나먼 곳으로 둘이 함께 왔네요.'

가케루의 손에서 검은 어깨띠가 빠져나갔다.

중계 라인을 넘어 달리기를 멈춘 가케루는 어깨띠를 휘날리며 사라져가는 기요세의 뒷모습을 바라보았다. 숨을 다시 쉬기 시작하며 허덕허덕 공기를 빨아들였다. 심장이 미쳐 날뛰고 어깨가 들썩였다. 아직도 내리는 눈송이가 가케루의 피부에 닿자마자 금방 작은 물방울로 변해버렸다.

"가케루, 잘했어, 잘했어!"

왕자가 소리를 지르며 달려든 것과 동시에 왕자가 들고 있는 휴대전화에서 "간세이 대학 구라하라 가케루, 1시간 08분 59초! 후지오카 선수가 낸 신기록을 1초 경신했습니다! 구간 신기록이 다시 나왔습니다!" 하며 아나운서가 흥분해서 외치는 소리가 들려왔다.

왕자는 감격에 겨웠는지 가케루의 목덜미를 끌어안은 채 콧물을 훌쩍였다. 대회 진행자가 중계 라인에서 비켜달라고 했다. 가케루는 목에 매달린 왕자를 질질 끌듯이 하며 츠루미 중계지점 안쪽으로 들어갔다.

중계지점 안에 있던 사람들이 너 나 할 것 없이 축하한다는 말을 건넸다. 방송국 카메라가 바로 옆에서 이쪽을 찍고 있었다. 전문지 기자로 보이는 사람이 소감을 물으려고 달려왔다.

가케루는 느릿느릿 손목시계를 보았다. 스톱시키는 것조차 잊어버렸던 손목시계에서는 아직도 시간이 계속 흐르고 있었다. 달리던 때의 여운이 몸에 남아 의식이 멍한 상태여서 주변 상황을 제대로 파악할 수가 없었다.

그래도 몇 발짝 움직이는 사이에 달리고 있을 때의 흥분이 서서히 가라앉았다. 행글라이더가 매끄럽게 착지하듯이 현실감이 사뿐히 돌아왔다. 그러자마자 든 생각이 '이러고 있을 때가 아니다'였다.

"왕자 형, 짐은요?"

"다 챙겨놨는데?"

"그럼 오테마치로 바로 가요."

중계지점 구석에 있던 스포츠가방을 든 가케루는 쉴 새도 없이 뛰어나갔다. 왕자는 허둥지둥 갈아입을 옷이 든 종이가방을 집어들었다.

"가케루, 땀은 좀 닦고 가야지!"

종이가방에서 수건이니 운동복을 끄집어내면서 왕자도 열심히 가케루의 뒤를 따랐다.

"야, 여기서 전력질주를 하면 어떡해! 가케루!"

츠루미이치바 역을 향해 뛰어가는 가케루와 왕자의 모습을 중계지점에 있던 사람들이 어이없는 얼굴로 바라보았다. 가케루를 인터뷰하려던 방송국 사람들은 '어쩌지' 하는 표정으로 서로의 얼굴을 쳐다보면서 당혹스러워했다.

가케루가 구간 신기록을 낸 시간은 오후 12시 33분 28초였다. 리쿠도 대학의 후지오카가 구간 신기록을 갈아엎은 지 겨우 10분 43초 만의 일이었다. 하코네 역전경주 대회 제9구간 23킬로의 기록에서 겨우 1초라고는 하나 처음으로 1시간 09분의 벽이 허물어졌다.

간세이 대학은 츠루미 중계지점을 8번째로 출발했다. 도쿄 체대는 그로부터 51초 후에, 11번째로 어깨띠를 넘겨주었다. 그러나 실질적인 종합시간을 보면 도쿄 체대는 아직도 10위였다. 토츠카 중계지점에서 16위였던 간세이 대학은 제9구간에서 가케루가 열심히 달린 덕분에 12위로 올라섰다. 10위인 도쿄 체대와의 시간 차가 많이 좁혀지기는 했어도 아직 1분 2초나 뒤졌다.

츠루미 중계지점에서 9등으로 출발한 사이쿄 대학부터 도쿄 체대, 아케보노 대학, 간세이 대학, 그리고 13위인 고후가쿠인 대학까지의 시간 차는 전부 다 해서 1분 18초밖에 되지 않았다. 다섯 팀이 근소한 차이로 10위 근처에서 아웅다웅하고 있는 형국이다. 어느 대학이 우선출전권을 확보하는 10위 이내로 들어가도, 혹은 어느 대학이 탈락해도 전혀 이상하지 않은 상황이었다.

시합의 향방은 하코네 역전경주의 마지막 구간인 제10구간 23킬로에 달려 있었다. 이제부터는 그야말로 1초를 다투는 싸움이 된다.

츠루미이치바 역의 플랫폼에서 게이힌 급행열차를 기다리는 동안 가케루는 왕자의 휴대전화를 빌려서 유키에게 전화했다. 유키는 금방 받더니 "보고 있었어. 진짜 잘하더라"라고 말했다. 구간기록 경신에 대해 한 말이라는 것을 가케루는 한 박자 지나서야 겨우 알아들었다. 머릿속이 제10구간을 달리는 기요세에 대한 생각으로 가득 차 있었다.

"고맙습니다. 유키 형, 지금 어디예요?"

"조지랑 킹 말고는 모두 오테마치에 도착해서 같이 있어."

"저랑 왕자 형은 이제 전철을 타요. 그동안 하이지 형에 대한 서포트를 부탁할게요. 시간이랑 시합 상황을 분석해서 주인 할아버지한테 전해주세요."

"걱정하지 마. 이쪽은 비밀병기가 있으니까."

'비밀병기가 뭐지?'

가케루는 궁금했지만 마침 열차가 들어오는 바람에 유키에게 물어볼 수가 없었다.

오후 12시 46분. 가케루와 왕자는 게이힌 급행열차에 올라탔다. 가와사키에서 도카이 도선으로 갈아타고 도쿄 역까지 갈 작정이었다. 가케루는 열차 안에서 유니폼 위에 운동복을 재빨리 겹쳐 입고 기요세의 벤치 코트를 걸쳤다. 휴대전화로 노선을 검색하던 왕자가 말했다.

"게이큐 가와사키 역에서 JR 가와사키 역으로 빨리 뛰어가면 특급열차 시간에 맞출 수 있을 것 같은데 어떡할래?"

"물론 뛰어야죠."

"그럼 이것도 네가 들어."

왕자가 종이가방을 가케루에게 건네주었다. 하다못해 짐이라도 없어야 가케루의 속도를 따라갈 수 있지, 하는 생각에서였다.

오후 12시 43분. 기요세는 3킬로 지점의 로쿠고 대교를 건너고 있었다. 다마 강을 건너 드디어 가나가와 현에서 도쿄 도로 들어섰다.

길이가 400미터가 넘는 거대한 다리 한가운데에서 앞을 달리는 도치도 대학 선수의 모습이 보였다. 도치도 대학은 츠루미 중계지점에서 간세이 대학보다 1분 반 정도 먼저 어깨띠를 넘겨주었다. 그런데도 로쿠고 대교에서 보이는 거리까지 따라잡았다는 얘기는……. 기요세는 생각했다. 저 선수 컨디션이 안 좋은 모양이구나. 배가 아프거나 그런가? 눈도 아직 내리고 있고 기온도 상당히 낮다. 바람막이가 될 만한 것이 없어서 다리 위에서는 강바람이 세차다. 기온은 1도 안팎일 것이다.

기요세 자신은 1킬로 3분 03초 페이스로 순조롭게 달리고 있었다. 도치도 대학 선수가 보인다고 해서 곧바로 앞지르기 위해 속도를 올리거나 하지 않았다. 이대로 페이스를 유지하다 보면 어차피 5킬로 지점까지 가기 전에 도치도 대학을 추월하게 된다. 서둘러서는 안 된다. 초반에 다리에 무리를 주면 제10구간을 다 뛰지 못하게 될 수도 있다.

기요세가 싸워야 할 상대는 다른 대학 선수가 아니었다. 시간, 그리고 자기가 안고 있는 오래된 다리 부상이었다.

로쿠고 대교를 건너고 제1 게이힌 고속도로를 따라 도쿄 방면으로 뛰었다. 게이큐 철도를 왼편으로 보면서 선로를 따라 나아가는 경로이다.

5킬로 지점에 이르자 감독 차량에 탄 주인 할아버지가 정보를 전해 주었다.

"제9구간까지의 종합시간이 나왔다. 선두는 리쿠도 대학으로 9시간 53분 51초. 보소 대학이 1분 31초 차이로 2등이다."

그건 됐으니까, 하는 뜻으로 기요세가 손을 흔들었다. 선두 경쟁에 대한 이야기를 들어봐야 지금은 아무런 의미가 없다. 알고 싶은 점은 간세이 대학이 10위 이내로 파고들기 위해 얼마나 종합시간을 단축해야 하는가였다.

주인 할아버지는 3등 이하 대학들의 시간도 순서대로 읽으려고 하다가 기요세의 마음을 눈치채고는 헛기침을 했다.

"에, 중간은 생략하고. 간세이 대학은 현재 12위. 종합시간은 10시간 06분 27초. 11위는 아케보노 대학으로 10시간 05분 28초. 10위의 도쿄 체대는 10시간 05분 25초. 덧붙여 말하자면 도쿄 체대보다 3초 빠른 사이쿄 대학이 9위다."

기요세는 머릿속으로 시간차를 정신없이 계산했다. 도쿄 체대보다 1분 2초 이상 빠른 시간으로 제10구간을 달려야 한다는 뜻이었다.

많이 힘드네, 하고 생각했다. 겉보기로는 도쿄 체대가 간세이 대학보다 뒤에서 뛰고 있다. 기요세로서는 '저 선수를 앞지르면 10위다'라는 알기 쉬운 지표가 없는 상태였다. 도쿄 체대 선수가 어떤 페이스로 뛸

리고 있는지 직접 보지도 못한 채 어떻게든 착실하게 시간 차를 줄여나가야 한다. 물론 눈으로 볼 수 있는 순위까지 도쿄 체대 선수에게 추월당하는 일 따위는 절대 일어나서는 안 된다.

감독 차량에서 정보를 알려줄 수 있는 1분이 지나려 하고 있었다. 주인 할아버지가 재빨리 덧붙였다.

"참고로 도쿄 체대는 3킬로 통과지점에서 1킬로 3분 05초 페이스로 달리고 있다. 이상."

보고 온 사람처럼 말하네 싶어 좀 웃겼다. 틀림없이 유키가 정보를 수집해서 주인 할아버지를 통해 알려준 것이겠지.

나는 1킬로 3분 03초 페이스. 도쿄 체대는 3분 05초 페이스. 제10구간 23킬로 사이에 내가 줄일 수 있는 시간은 단순계산으로 보면 46초밖에 안 된다. 이래서는 역전할 수가 없다.

페이스를 올릴 필요가 있다고 기요세는 판단했다. 다리에 아픔이 찾아오기 전에 될 수 있는 대로 시간 차를 좁혀놓아야 한다.

마침 앞쪽에 게이큐가마다의 철도 건널목이 보였다. 게이큐 본선과 합쳐지는 게이큐 공항선 선로가 도로를 가로지르고 있었다.

마침 이런 타이밍에 열차가 다가오는 모양이었다. 경보기가 땡땡땡 울리기 시작했다. 길가에 가득한 구경꾼들이 기요세와 건널목을 번갈아 보면서 "빨리빨리!" 하고 외쳤다. 차단기는 내려오지 않았고 경찰관과 대회 진행자가 정신없이 교통정리를 했다. 맞은편에서 오는 차량은 빨간 깃발로 정지하게 했지만 선수들은 마지막 순간까지 건널목을 지나갈 수 있도록 무선으로 연락을 주고받았다.

여기서 건널목에 발목을 잡힐 수는 없는 일이었다. 달리는 리듬이 깨져버린다. 바침 좋은 기회다 싶어 기요세는 속도를 올렸다. 세우지 마라, 세우지 마라, 하고 담당자에게 눈으로 호소하면서 경고등이 깜박

거리는 건널목으로 돌진했다. 길가에 있는 사람들은 제발 늦지 않게 건널 수 있기를 바라면서 비명과도 같은 함성을 내질렀다.

기요세는 게이큐가마다 건널목을 통과했다. 구경꾼들 사이에서 이번에는 안도의 한숨소리가 흘러나왔다. 그 기세를 타고 기요세는 도치도 대학 선수를 단숨에 앞질렀다. 1킬로 3분 미만의 페이스가 되었네 하고 달리는 속도를 냉정하게 파악했다. 아직까지 다리는 아프지 않았다.

길가에 줄지어 있는 수많은 관중. 그들이 보내는 성원. 하코네 역전경주에서 달리고 있다. 어제와 오늘, 치쿠세이소 사람들이 맛본 흥분과 기쁨을 간세이 대학의 열 번째 주자로서 지금 나도 경험하고 있다.

문득 제9구간을 달리던 가케루의 모습이 떠올랐다. 관중이 가장 많은 요코하마 역 앞에서 앞서가는 선수를 추월한 것이 가케루다웠다. 가케루의 달리기에는 화려함이 있다. 주위를 압도하는 속도는 물론이고 보는 사람들의 눈길을 사로잡는 타이밍도 갖추고 있다.

하코네 역전경주가 선수로서의 가케루를 한 단계 성장시켰다고 기요세는 확신했다. 스스로도 알아차렸는지는 알 수 없지만 가케루는 제9구간을 달리면서 '무아지경'에 빠져 있었다. 높은 집중이 가져다주는 특수한 심신 상태를 말한다. 가혹한 훈련을 거듭한 최고의 육상선수가 시합 중에 극한 상태에 이르면 가끔 그런 무아지경에 빠진다고 한다.

기요세 자신은 그런 무아지경을 경험한 적이 없다. 그런 상태에 대한 책을 읽어보기는 했다. 그 책에서는 육상선수뿐만 아니라 골프나 야구, 스피드스케이트, 피겨스케이트 등의 분야에 있는 최고의 선수들이 무아지경에 들었을 때의 느낌을 말하고 있었다. 기요세는 처음에 그 무아지경이 러너스 하이를 말하는 줄 알았는데 점점 읽다 보니 미묘하게 다르다는 점을 깨달았다.

러너스 하이는 조깅을 할 때도 찾아올 수 있다. 심신의 소선이 모두 갖춰졌을 때, 어느 정도의 거리를 계속 달리면 러너스 하이라고 불리는 상태가 된다.

그 상태에 익숙해지면 '이대로 가면 러너스 하이가 되겠다' 하고 사전에 감지할 수 있다는 점만 보아도 일종의 습관 같은 것이 아닐까 하고 기요세는 생각한다. 이런 각도로 팔을 들면 어깨 관절이 잘 빠진다라든지 맥주와 와인을 섞어서 마시면 이상하게 악몽을 꾸는 경우가 많다라든지. 몸이 익힌 습관에 뇌가 조건반사적으로 일으키는 현상 같다는 생각을 했다.

그러나 무아지경에는 갑자기 빠지는 모양이었다. 러너스 하이보다 강렬하고 시합 중에만 순간적으로 일어나는 현상이다.

투우사도 소를 찔러 죽이는 '진실의 순간'에 시간을 초월한 듯한 신비한 황홀감을 맛볼 때가 있다는 것을 알고 기요세는 '그렇구나' 하고 생각했다. 러너스 하이와 무아지경은 현상은 비슷해도 계기가 되는 회로가 다른 모양이었다. 러너스 하이가 몸을 움직이는 것 때문에 일어나는 데 반해 무아지경은 극도로 긴장하고 집중한 마음이 계기가 되는 것이 아닐까?

예를 들자면 단계를 밟지 않고 일어나는 돌발적인 신들린 상태 같은 것으로 추정된다. 러너스 하이건 무아지경이건 뇌 내 마약의 장난이라는 점에서는 다를 것이 없지만 무아지경에 빠져들 정도로 경기에 집중할 수 있다는 것은 일류 선수가 될 만한 적성이 있다는 증거이다.

가케루의 달리기는 요코하마 역 앞을 지나가는 부근에서 한순간 평소보다 더욱 빛이 났다. 휴대전화의 작은 화면으로 보고 있어도 기요세는 그 사실을 알 수 있었다. 그 뒤로 가케루는 가끔씩 빠지는 무아지경에 당혹해하는 듯했지만 그래도 달리기 상태는 여전했다. 츠루미 중계지점에서 기요세가 어깨띠를 이어받을 때까지.

가케루는 틀림없이 많은 사람들에게 사랑받는 선수가 될 것이다. 만난 순간부터 기요세의 마음을 사로잡은 것처럼. 가케루가 달리는 모습은 언제나 보는 이를 매료시킬 것이다.

기요세는 전에 없는 충족감을 느꼈다. 얼굴을 때리는 눈도 축축하게 젖은 노면도 그 기분을 가로막지 못했다.

오후 12시 50분. 도쿄 오테마치의 요미우리 신문사 빌딩 주변은 사람들로 붐비고 있었다. 간세이 대학을 응원하러 온 상점가 사람들도 길가에 자리를 잡는 데 여념이 없었다.

니코짱, 유키, 신동, 무사, 조타, 그리고 하나코는 북적이는 곳을 피해 도쿄 역이 정면으로 보이는 황궁 해자 근처에 앉았다. 니라도 함께였다. 니라는 눈을 가늘게 뜨고서 머리를 쓰다듬는 하나코의 손길을 음미하고 있었다.

뒤풀이 준비를 위해 상점가에 남은 야오카츠 주인을 대신해서 미장이 아저씨가 니라를 오테마치로 데리고 왔다. 니라는 사람들이 너무 많아 겁을 먹었는지 승합차에서 내리자마자 꼬리를 가랑이 사이로 감췄다. 하나코는 그런 니라가 너무 불쌍해서 니라를 해자 근처에서 하는 작전회의 자리로 데리고 왔다. '지금보다 사람이 적은 곳이라면 어디든 좋다'는 듯이 니라는 신이 나서 따라왔다.

작전회의에서 활약한 것은 유키의 비밀병기인 노트북이었다. 유키의 부탁으로 하나코가 이틀 동안 소중하게 들고 다녔다.

"뭐야, 이 직선으로만 된 인간은?"

조타가 유키의 무릎에 올려놓은 노트북을 들여다보았다.

"무슨 30년쯤 전의 게임 같이 움직이네."

화면에서는 몇 개의 사람 모양이 어색하게 왼쪽에서 오른쪽으로 이동하고 있었다.

“제10구간의 시합 전개를 시뮬레이션해본 거야.”

유키가 키보드를 치는 손을 멈추지 않은 채 대답했다.

“이 검은 사람이 하이지. 파란 사람이 도쿄 체대 선수. 핑크색이 그 외 대학 선수들.”

“내가 만든 소프트웨어다.”

니코짱이 옆에서 보충 설명을 했다.

“각 팀이 지금까지 낸 기록에 제10구간 선수들의 예상 속도를 더해서 입력하면, 제10구간의 시합이 어떻게 전개될지 예측해서 그림으로 나타내주는 시스템이지.”

“대단합니다.”

무사가 흥미진진한 표정으로 화면을 바라보았다.

“방금 하이지 형 인형이 핑크색 하나를 앞질렀습니다.”

“도치도 대학이네.”

유키가 말하자, “도치도는 아까 앞질렀잖아요!” 하고 조타가 외쳤다.

“현실보다 느린 시뮬레이션 가지고 뭐 어쩌자고? 쓸모가 없잖아요?”

“좀 기다려봐. 컴퓨터도 나름 최선을 다하고 있을 테니까.”

마스크를 낀 신동이 코맹맹이 소리로 다독였다. 은색 노트북이 탁탁거리는 작은 소리를 내며 열심히 계산을 하고 있었다.

조타는 “차라리 모눈종이에 그래프를 그리는 편이 빠르겠다!” 하며 투덜댔다. 하나코도 같은 생각이어서 화제를 다른 곳으로 돌리기로 했다.

“조지네 쪽이 많이 늦네. 미요시 선배가 결승점에 들어오기 전에 도착하면 좋을 텐데.”

“가케루하고 왕자 형 쪽은 금방 도착할 것 같아.”

조타는 쑥스러워서 하나코를 똑바로 쳐다보지 못하는 모양이었다. 땅바닥에 웅크리고 있는 니라를 향해서 말했다.

"문자를 보냈더니 '오도리코(踊り子 : 도쿄와 이즈 반도를 오가는 특급열차 이름. 무용수라는 뜻이기도 한다/옮긴이), 금방 도착'이라는 답이 왔거든."

"카바레 지배인한테 보낸 문자가 잘못 온 건 아니겠지?"

니코짱이 고개를 갸웃거리며 따지자 "특급 오도리코 호 열차 얘기일 거예요, 아마" 하고 신동이 설명했다.

"가케루하고 왕자는 휴대전화 문자를 보내는 게 익숙하지 않습니다. 그렇게 보낼 수밖에 없었을 겁니다."

무사가 친절하게도 그 자리에 없는 사람들을 위해 변명해주었다.

"그래서 조지는 언제 와요?"

니라를 보는 척 고개를 숙인 하나코의 볼이 발갛게 물들어 있었다. 킹의 존재는 안중에도 없군…… 하고 모두 생각했다.

"킹 형이랑 조지는 좀 늦을지도 몰라."

은근슬쩍 '킹 형'을 강조하면서 조타가 대답했다.

"교통통제 때문에 토츠카 역까지 가는 데에 시간이 걸릴 것 같다는 연락이 왔었어."

유키가 노트북에서 고개를 들었다.

"시뮬레이션 결과가 나왔다."

"어디, 어디?"

"어떻게 됐는데?"

모두가 엉거주춤 일어서서 노트북을 들여다보았다. 유키가 엄숙하게 말했다.

"하이지가 평소 페이스대로 달리면 도쿄 체대와의 시간 차를 뒤집기는 좀 어렵겠는데."

“그 정도는 굳이 시뮬레이션을 해보지 않아도 알고 있었잖아요!”

조타가 다시 소리쳤다.

“중요한 점은 그럼 어떡해야 하느냐 아니에요?”

“하이지를 믿고 기다리면 돼.”

유키는 그렇게 말하고는 태연한 얼굴로 노트북을 집어넣었다.

“도대체 뭘 위해 꺼낸 비밀병기예요? 아무 쓸모가 없잖아요?!”

조타가 다시 부르짖었다. 니코짱은 시뮬레이션 소프트웨어에 대한 생각을 일찌감치 머릿속에서 지워버리고 무사가 들고 있는 휴대용 TV를 보았다.

“야, 도쿄 체대 선수의 페이스가 느려졌는데.”

화면에 9킬로 지점을 달리는 선수가 나오고 있었다. 가끔씩 괴로운 표정으로 옆구리를 짚고 있었다.

“주인 할아버지한테 전화해.”

기요세는 10킬로 지점에서 주인 할아버지로부터 도쿄 체대 선수에 대한 정보를 얻었다. 게이큐 선 오모리카이간 역 부근을 막 지나서 요코하마 대학 선수와 나란히 뛰고 있을 때였다.

도쿄 체대의 페이스가 떨어졌다면 이쪽으로서는 유리한 일이었다. 그러나 문제도 있었다. 자기 다리도 아프기 시작했다는 점이다.

오른쪽 발로 땅바닥을 디딜 때마다 저릿저릿한 느낌이 둔하게 종아리를 타고 오르기 시작했다. 그래도 기요세는 1킬로 3분 04초 페이스를 무너뜨리지 않았다. 교량 밑을 지나 이번에는 전철이 달리는 고가를 오른편으로 보면서 여전히 게이큐 급행선 선로를 따라 나아갔다.

시나가와 역에 다다를 때까지 본 주변 동네는 온통 회색으로 칠해진 느낌이었다. 무겁게 내려앉은 눈구름과 높게 치솟은 콘크리트 고가도로 때문일 것이다. 폐쇄된 공간에 있는 듯한 답답함은 이곳을 그냥 지나치기만 할 뿐인 기요세 혼자만 받는 인상일 수도 있었다. 시야에 들어온 작은 상점가는 1월에 처음 장을 보러 나온 손님들로 활기를 띠고 있었다. 도쿄 만에 접해 있으면서도 고가도로로 시야가 가로막힌 동네에서 오래 전부터 살아온 주민들은 그래도 활기찬 생활을 하는 모양이었다.

기요세는 고향인 시마네의 하늘을 떠올렸다. 도쿄에 와서 놀란 점은 날씨가 맑은 날이 많다는 것이었다. 그런데도 밤하늘에 보이는 별은 적다. 시마네는 흐린 날이 많아서 머릿속에 떠오르는 하늘은 언제나 회색이지만 밤이 되면 구름은 어디론가 사라지고 온 하늘에 별이 가득했다.

이 근처 동네는 느낌이 고향과 비슷하다. 사람들이 묵묵히 회색빛에 갇혀 지내지 않고 땅에 발을 붙이고 활기차게 생활한다는 점이 그렇다.

기요세가 다녔고 기요세의 아버지가 육상부 감독으로 있던 고등학교는 육상으로는 현에서 최고로 손꼽히는 학교였다. 후지오카는 다른 현에서 왔기 때문에 기숙사에 있었다. 기요세는 후지오카와 조깅하던 길을 떠올렸다. 여름 논에서 피어오르던 들큰한 냄새. 밤에 달리다 보면 무수한 반딧불이가 연두색의 희미한 빛을 뿜어내곤 했다. "너무 많은 거 아냐?" 하고 후지오카가 조금 으스스하다는 듯이 말했던 일이 생각났다.

강한 팀원과 함께 달릴 수 있어서 기요세는 행복했다. 아버지의 훈련 방식에는 불만도 있었지만 후지오카에게 때로는 위로받고 가끔 같이 투덜거리다 보면 잊을 수 있었다. 다리에 이상한 느낌이 생기기 전까지는.

조금 힘들게 달리고 나면 정강이에 아픔을 느끼기 시작한 것은 고등학교 1학년 가을 무렵부터였다. 마사지도 해보고 침도 맞아봤지만 아픔은 좀처럼 가시지 않았고, 이윽고 그 고통은 만성이 되었다. 아버지에게 알리지 않고 간 병원에서 피로 골절(뼈에 질환이 있거나 외상을 입지는 않았지만 심한 훈련 등으로 뼈 일부분에 발생하는 골절/옮긴이)이 생기려던 참이라는 말을 들었다. 달리기를 일시적으로 그만두는 것이 가장 좋은 치료법이라고 했다.

기록이 좋아지고 있는데 달리기를 그만둘 수는 없었다. 기요세는 철저한 훈련 방침에 익숙했기 때문에 훈련의 양을 줄이면 안 된다는 강박이 있었다. 감독이기도 한 아버지에게 약한 모습을 보일 수 없다는 오기도 있었다.

정강이를 감싸면서 달리는 바람에 이번에는 무릎 슬개골 박리골절이 일어났다. 작은 뼛조각이 관절을 움직이는 데에 걸리적거려서 수술로 빼내기로 했다. 고등학교 2학년 여름방학은 재활하면서 다 지나갔다. 다시 달릴 수 있게 된 다음에도 예전처럼 속도가 빨라지는 감각은 느낄 수 없었다.

끝났다고 기요세는 생각했다. 달리기 위해 태어났다고 믿었고 거기에 모든 것을 바치며 살아왔는데 기요세의 몸이 기요세의 뜻을 배신했다. 아버지는 초조해하지 말라고 했지만 깊은 절망이 기요세의 가슴을 파고들었다. 육상선수로서는 치명적인 고장을 얻게 되었다는 사실을 기요세 자신이 누구보다 잘 알고 있었다.

고등학생으로서는 최고 수준의 속도를 낼 수 있었지만 더 이상 실력이 늘지 않는다. 무리해서 실력을 늘리려고 하다가는 오른쪽 다리가 다시는 경기에 나갈 수 없는 상태가 되다. 그런데도 실낱같은 희망을 가지고 훈련을 계속했다.

깜깜한 상자 속에서 계속 자라는 괴상하게 생긴 식물 같다. 기요세는 자기 자신을 그렇게 느꼈다. 덮개에 막혀 뻗어가지도 못하고 뿌리가 시들어 말라죽을 것을 뻔히 알면서도 여전히 탐욕스럽게 가지를 뻗고 잎사귀를 펼친다. 육체적인 한계가 뻔히 보이는데도 달리기를 멈출 수가 없었다.

달리기를 그만두면 죽을 것만 같았다. 정신이 먼저 죽을 테고 이윽고 육체도 따라서 시들 것이다. 그런 자신이 용납이 되지 않았다. 쓸데없는 행위라고 머리 한쪽으로는 알고 있으면서도 한계에 다다를 때까지 경기의 세계에서 계속 달렸다. 그것 외에는 자기 마음을 계속 살아가게 하는 방법이 없었다.

후지오카는 그런 기요세에게 힘이 되어주었다. 몸이 만들어지면 고장도 완전히 치유될지 모른다. 입학 추천도 받았으니 이 기회에 리쿠도 대학에 들어가 함께 달리자고 했다.

기요세는 생각했다. 장거리 달리기라는 경기에 대해, 달린다는 행위에 대해 생각하고 또 생각했다. 그런 다음 간세이 대학으로 진학하겠다는 마음을 먹었다. 앞으로 실력이 뻗어나갈 것이 명백한 사람들이 모이는 자리는 자기에게 어울리지 않는다고 생각했다. 하지만 계속 달리고 싶다는 불꽃같은 염원을 억누를 수는 없었다. 달리기와는 무관한 사람들이 있는 곳에서 다시 한번 스스로에게 물어볼 필요가 있었다.

나는 왜 달리는가를.

간세이 대학에는 달리기를 위한 환경이 전혀 갖춰져 있지 않아서 입학한 것을 수도 없이 후회했다. 이제 달리기를 그만두어야겠다는 생각도 했다. 하지만 실행에 옮기지는 못했다. 치쿠세이소에서 살아가는 사이에 알게 되었기 때문이다.

달리건 달리지 않건 괴로움은 있다. 마찬가지로 기쁨도 있다. 누구나 각각의 고민에 직면하고, 이룰 수 없다는 것을 알면서도 몸부림치면서 산다.

육상과 잠시 거리를 둔 덕분에 기요세는 지극히 당연한 이치를 깨닫게 되었다. 어디를 가나 마찬가지라면 도망치던 발을 멈추고 자기 마음이 갈구하는 것을 끝까지 해보는 수밖에 없다.

기요세는 오른쪽 다리에 폭탄을 안은 채 달렸다. 달리면서 기회를 기다렸다. 그렇게 기다리고 기다리다 드디어 4년째에 가케루를 만났다. 치쿠세이소에 열 명이 채워져서 지금 하코네 역전경주에서 함께 싸우고 있다.

하코네 산은 신기루가 아니다. 하코네 역전경주는 꿈속의 대회가 아니다. 달리기의 괴로움과 희열이 함께 넘치는 현실 시합이다. 이 시합은 언제나 문을 활짝 열어놓고 진지하게 달리기에 임하는 학생들을 기다리고 있다. 몸부림치면서도 달리기를 계속했던 기요세를 기다리고 있었다.

기요세는 새해 첫날에 아버지의 전화를 받았다. 집에서 아예 독립하듯이 간세이 대학에 입학했고 그 뒤로 고향에 돌아가도 거의 말을 걸지 않던 아버지였다.

"TV를 새로 샀다. 네 엄마랑 같이 볼 생각이다."

아버지가 말했다.

"상당히 재미있는 팀인 모양이던데."

'맞아. 최고의 멤버야. 내가 드디어 손에 넣은 희망의 모습을 봐줘. 각자가 달린다는 행위를 온몸으로 표현하는 이 열 명을 꼭 봐줘.'

몸이 고장 나서 더 이상 예전처럼 달리지 못한다는 사실을 알았을 때 배신당했다고 생각했다. 모든 것을 바쳤는데 달리기가 나를 배신했다고. 하지만 그게 아니었다. 달리기는 훨씬 더 아름다운 모습으로 되살아나 내 곁으로 돌아와주었다.

기쁘다. 눈물이 나올 정도로, 소리 높여 외치고 싶을 정도로, 가슴이 기쁨으로 벅차오른다.

가령 다시는 달리지 못하게 된다 해도 이렇게 좋은 것을 받았으니 이제 난 이걸로 충분하다.

13킬로 지점에 있는 야츠야마 다리의 완만한 오르막길에서 기요세는 요코하마 대학 선수를 앞질렀다. 거대한 역 터미널로 모이는 여러 개의 선로가 다리 밑을 지나고 있었다. 도로는 오른쪽으로 꺾어지면서 시나가와 역 앞으로 내려갔다.

어느새 눈이 멎어 있었다.

오후 1시 14분. 가케루는 도쿄 역 구내에서 마루노우치 방면으로 뛰어갔다. 스포츠가방을 어깨에 비스듬히 매고 왼손에는 종이가방을 들고 있었다. 시선은 오른손에 든 휴대전화에 고정한 상태였다. 왕자한테서 빼앗아 중계방송을 보고 있었다.

요코하마 대학을 앞질러 6등이 된 기요세의 모습이 화면에 나왔다. 아나운서는 "간세이 대학의 주장 기요세 하이지가 쾌속으로 질주하고 있습니다"라고 말했다.

"아니야" 하고 가케루가 중얼거렸다.

다리가 아프기 시작했구나. 압박감과 추위가 하이지 형의 몸을 한계 상황으로 몰아넣으려 한다. 그런데도 하이지 형은 아무렇지 않은 얼굴로 달리고 있다.

"가케루, 거기서 직진이야."

왕자가 당장이라도 쓰러질 것처럼 허덕거리며 뒤에서 말했다. 휴대전화를 가케루에게 빼앗기기 직전에 유키한테서 문자를 받았다.

"다들 해자 근처에 있다고 했어. 오테마치 말고 그쪽으로 가보자."

간세이 대학 운동복과 벤치 코트를 입은 무리가 황궁 바깥 정원을 등지고 서 있었다. 니라가 가케루와 왕자의 모습을 알아보고는 껑충껑충 제자리에서 뛰어올랐다. 차도로 뛰어들지 않게 하나코가 목줄을 힘껏 잡았다. 조지와 킹은 아직 도착하지 않은 모양이었다.

"수고했어! 축하해, 가케루."

조타가 말했다.

"야, 이상하게 무척 오랜만에 네 얼굴을 보는 것 같다" 하면서 니코짱이 웃었다.

"달리는 널 보면서 아나운서가 재미있는 말을 하던데. 그게……."

신동은 아직 컨디션이 제대로 돌아오지 않은 모양이었다. 중요한 단어가 생각나지 않아 아직도 열 때문에 촉촉한 눈을 깜박였다. 무사가 재빨리 그 말을 이어받았다.

"'검은 총알'입니다. '간세이 대학의 구라하라 가케루, 마치 검은 총알같이 달립니다!'라고 했습니다."

가케루의 얼굴이 붉어졌다.

"왜 이런 데에 있는 거예요?"

"작전회의를 하고 있었어."

하나코가 아무짝에도 쓸모없던 비밀병기에 대해 알려주려 하자, 유키가 그 사이를 파고들며 걸어가기 시작했다.

"결승점 부근에 사람이 너무 많아서 말이야. 잠시 피해 있었는데 이제 슬슬 돌아가보는 편이 낫겠다."

해자 옆길을 따라 오테마치 쪽으로 걸어갔다. 바람을 타고 응원팀들의 연주가 들렸다. 각 학교가 서로 경쟁하듯이 교가를 부르는 바람에 엄청난 불협화음이 되어버렸다.

돌아오는 코스 제10구간은 도쿄 역 근방부터 가는 코스 제1구간과 다른 길을 뛴다. 가는 코스에서는 해자 옆길을 직진해서 다마치로 나가는데 돌아오는 코스에서는 바바사키몬에서 오른쪽으로 꺾어 도쿄역 동쪽을 우회한다. 니혼바시를 건너 황궁을 정면으로 보면서 오테마치로 들어오는 것이다. 해자 옆길을 따라 오테마치로 향하는 가케루 일행은 결승지점 뒤편으로 도착하게 된다.

요미우리 신문사 빌딩이 가까워지자 사람들은 점점 불어났고 주변은 한층 더 시끌벅적해졌다. 그런 사람들의 열기 때문에 빌딩 틈으로 부는 차가운 샛바람마저 약간 푸근하게 느껴질 정도였다.

"여기를 출발한 게 어제였다니 믿을 수가 없어."

왕자가 주변을 둘러보았다.

"한 백 년쯤 지난 느낌인데."

회사 빌딩 창문에서 사원으로 보이는 사람들이 얼굴을 내밀어 거리를 내려다보고 있었다. 새해 연휴에도 일을 하나 싶어 놀랐는데 자세히 보니 손에 캔맥주를 들고 있는 사람도 많았다. 아무래도 일부러 회사에 나와 특등석에서 시합의 마지막 순간을 감상하려는 모양이었다.

대회 진행자가 가케루 일행을 간세이 대학 선수인 줄 알아보고 통행금지 밧줄을 내려주었다. 밧줄을 넘어서 결승지점 안으로 들어갔다. 시야가 확 트이면서 니혼바시 방향으로 곧게 뻗은 길이 훤히 보였다.

"우와아……."

자기도 모르게 탄성이 흘러나왔다. 넓은 도로 양옆으로 사람들이 빽빽하게 몰려서 4중, 5중의 울타리를 만들고 있었다. 작은 깃발을 든 구경꾼들도, 각 대학 응원팀들도 선수가 오기를 목빠지게 기다리고 있었다. 인파는 끝없이 줄을 이어 도쿄 역 고가철도 밑을 지나서까지 계속 이어져 있는 모양이었다.

"엄청난 인파네."

조타가 망연자실한 표정으로 말했다.

"TV로 볼 때는 이렇게까지 대단한지 몰랐는데."

가케루가 끄덕였다.

"실제로 보니까 정말 엄청나다."

"우리 고향 마을 사람들이 다 모이면 이 정도 될 것 같습니다."

무사는 어처구니가 없는 건지 감탄을 하는 건지 고개를 절레절레 흔들었다.

"우리 마을 사람들보다 많다는 건 확실하네."

신동은 현기증이 났는지 살짝 휘청거렸다.

메인 아나운서와 해설자인 야나카는 스튜디오에 있다가 야외로 자리를 옮긴 모양이었다. 요미우리 신문사 빌딩 발코니에 마이크를 두고 앉아 있었다. 아나운서의 목소리가 TV에서와 발코니에서 마이크를 통해 들리는 소리까지 이중으로 겹쳐 들렸다.

"도쿄 오테마치의 현재 기온은 0.4도. 눈은 그쳤습니다만 바람이 강하게 불고 있습니다. 이제 10분 후면 첫 번째 선수가 결승점을 향해 이 빌딩 사이로 달려올 것으로 보입니다."

관계자들만 들어올 수 있는데도 결승지점은 사람들로 북적이고 있었다. 가케루 일행은 자리를 찾아 빌딩 벽의 움푹 들어간 곳에 모여들었다. 니라는 아까부터 하나코에게 안긴 채 덜덜 떨고 있었다. 꼬리는 뒷다리 사이로 숨었고, 귀는 축 처진 상태였다.

몸집이 좀 있는 개여서 계속 안고 있기가 너무 힘들 것 같았다. 가케루는 "내가 안을게" 하려다가 손에 종이가방을 들고 있었다는 것을 깨달았다. 종이가방을 땅바닥에 내려놓고 니라를 제가 안겠다고 하려고 몸을 일으켰다. 그런데 조타도 거의 동시에 하나코의 상황을 알아차린 모양이었다.

"나한테 줘" 하며 하나코에게서 니라를 받아 안았다.

"꽤 무겁네. 하나짱 힘세구나."

"가게에서 채소 나르잖아."

하나코가 살짝 부끄러워하면서 웃었다. 가케루는 갈 곳 잃은 두 손을 운동복 주머니에 찔러넣었다. 니코짱과 유키는 능글능글 웃으며 보고 있었고 신동과 무사는 못 본 척했고, 왕자는 스포츠가방에서 꺼낸 만화책을 읽고 있었다. 하나코가 "아, 그 만화 나도 보고 있어요. 재미있죠?" 하며 왕자에게 말을 거는 것을 보고 가케루가 조타에게 다가갔다.

"조지가 가츠다 양한테 고백한다고 하던데. 새치기 절대 금지라고 하면서."

그렇게 속삭이자 조타가 "뭐얏?!" 하고 얼빠진 목소리로 외쳤다. 니라의 귀가 움찔하고 움직였다.

"그럼 나도 할래!"

밥을 같이 먹겠다고 하는 것도 아니고, 뭐야. 가케루는 그런 생각이 들었지만 흥분해서 신이 난 조타의 표정을 보고는 웃음을 터뜨리고 말았다.

"나도 할까?"

"뭐? 그게 무슨 소리야? 너 그럼, 너도 하나짱을……."

니코짱이 부르는 소리를 들은 가케루는 혼자서 난리가 난 조타 곁을 벗어났다.

"하이지는 어떤 것 같아? 아무래도 다리가 아픈 것 같지 않냐?"

니코짱이 내민 휴대전화의 작은 화면에는 15킬로를 통과한 시간이 표시되어 있었다.

제10구간을 달리는 리쿠도 대학 1학년은 구간 신기록을 낼 페이스로 독주 중이었다. 후지오카의 한을 풀겠다는 식으로 잔뜩 힘이 들어간 달리기였다. 보소 대학은 도저히 따라잡지 못할 것 같았다. 어지간한 일이 있지 않는 한 리쿠도 대학의 우승은 이제 틀림없어 보였다.

기요세가 15킬로 지점을 통과한 기록은 리쿠도 대학에 이어 두 번째 페이스였다. 하지만 계속 곁에서 본 자만이 알 수 있었다. 화면에 나오는 기요세는 아주 살짝이지만 고통스러운 빛을 내비치고 있었다.

"하이지 형은 오늘 아침 의사한테 진통제 주사를 맞았어요."

"역시."

니코짱은 머리를 벅벅 긁었고 유키는 한숨을 쉬었다.

"무리하지 말라고 주인 할아버지한테 전해달라고 해도 안 듣겠지?"

"도쿄 체대의 통과 기록은요?"

가케루가 물었다.

"세 번째로 빠른 페이스로 달리고 있어. 중간에 잠시 리듬이 흐트러졌는데 다시 회복한 모양이다."

"그쪽도 필사적일 테니까."

니코짱과 유키의 말을 들은 가케루가 힘차게 단언했다.

"하이지 형은 괜찮아요."

"근거가 뭐야?"

"괜찮다고 약속했으니까요."

유키가 딱하다는 표정으로 가케루를 쳐다보았다.

"넌 어떻게 몇 번을 속아도 여전히 그 모양이냐?"

괜찮다. 조금 있으면 기요세가 들어올 방향을 가케루는 바라보았다. 얼마든지 속여도 상관없다. 하이지 형이 달린다고 하면 난 기다린다. 하이지 형이 혼신을 다해 달리는 모습을 눈으로 보는 순간까지 말없이 언제까지든 기다릴 뿐이다.

★ ★ ★

시나가와 역을 지난 즈음부터 높은 빌딩들이 눈에 띄기 시작한다. 16.6킬로 지점의 시바고초메 교차로에서 왼쪽으로 꺾어진 기요세는 제1 게이힌 도로에서 히비야 거리로 들어섰다. 차선이 넓어져서 한층 도시다운 풍경이 되었다.

양쪽으로 빈틈없이 늘어선 빌딩의 숲. 그런데도 의외로 녹색이 많다. 달리다 보면 그런 것이 눈에 들어온다. 시바의 조죠지 사찰 앞을 통과했다. 사찰의 위풍당당한 산문 앞에서도 구경꾼들이 성원을 보냈다.

교통이 통제된 넓은 도로를 독점하면서 앞으로 나아갔다. 오른쪽 다리는 이제 땅바닥을 디딜 때마다 예리하고 뜨거운 아픔을 느끼는 상태였다. 그러나 아픈 다리를 돌보면서 달릴 겨를은 없었다. 도쿄 체대와의 시간 차는 얼마나 줄었을까? 오히려 점점 벌어지고 있을 가능성도 있다. 여기서 속도를 늦출 수는 없는 일이다.

쫓는 입장인데도 오히려 쫓기는 사람처럼 기요세는 필사적이었다. 치타의 표적이 된 얼룩말이라도 이렇게 죽도록 뛰지는 않을 텐데. 그런 생각을 하면서 아픔을 참고 속도를 올렸다.

앞쪽에 차가 보였다. 마나카 대학 선수를 따라가던 감독 차량이었다. 순식간에 거리를 좁히는 기요세의 존재를 알아차린 감독 차량이 허겁지겁 옆 차선으로 이동했다. 무방비 상태로 드러난 선수의 뒷모습을 노려보며 기요세는 오른쪽으로 앞지르려고 했다.

마나카 대학 선수도 물러서지 않았다. 어떻게든 추월당하지 않으려고 끈질기게 버텼다. 그대로 200미터가량을 나란히 달렸다. 누구의 숨소리인지 모를 헉헉거리는 소리가 귀를 때렸다. 눈치를 살피는 마나카 대학 선수의 시선이 왼쪽 몸에 느껴졌지만 기요세는 그쪽을 돌아보지 않았다. 앞만 보며 달렸다.

히비야 공원을 지나자 왼쪽 공간이 활짝 열렸다. 황궁 해자 앞으로 나온 것이다. 바바사키몬의 교차로에서 오른쪽으로 돌았다. 이때다, 하는 직감의 빛이 기요세의 온몸을 관통했다. 모퉁이를 돌 때 안쪽 자리를 차지한 것을 이용해서 단숨에 마나카 대학 선수를 앞질렀다. 심신을 극한상태까지 몰아붙이며 수많은 시합과 경기에 출전했기에 잡을 수 있었던 기회였다.

의지력의 힘을 받아 몸이 유연하게 속도를 올렸다. 마나카 대학 선수가 물에 가라앉듯이 뒤로 멀어지는 것이 느껴졌다. 기요세는 신음이 나오려는 것을 애써 참았다. 가속을 견디지 못하고 오른쪽 다리가 삐걱거렸다. 고통이 신경에 직접 주먹질을 했나 싶을 정도의 충격이었다.

오른쪽 정강이에 엄청나게 큰 충치가 생긴 느낌이었다. 허리에서 뇌수까지 저려오는 아픔에 기요세는 오히려 웃음이 나올 것 같았다. 뼈도 이도 칼슘 덩어리니까 비슷할 수 있겠네. 웃기라도 하지 않으면 못 견딜 것 같았다.

고가철도 밑을 지나 도쿄 역 야에스 방면으로 나왔다. 추위가 전혀 느껴지지 않는데도 뱉어내는 입김이 하얬다.

20킬로 지점에서 주인 할아버지의 마이크가 왕왕 울렸다.

"메이데이, 메이데이!" 하며 주인 할아버지가 마이크 상태를 점검했다.

그런 말을 쓰는 사람이 아직도 있다니. 기요세는 쓰게 웃으면서 전달되는 정보를 잘 들으려 했다. 폭풍우 같은 길가의 응원 소리에 주인 할아버지의 말이 파묻힐 것 같았다.

"유키의 시간 계산을 전한다. 이대로 가면 도쿄 체대의 시간에 6초 못 미친다고 한다."

젠장. 이렇게 달렸는데도 부족하나는 거야? 기요세는 어금니를 깨물었다.

아니, 아직이다. 아직 3킬로 남았다. 포기하지 말고 뛰어. 온 힘을 다해 달려. 여기서 포기하면 난 이번에야말로 진짜로 소중한 무엇인가를 잃고 만다. 모처럼 되찾은 것을 연기처럼 다시 사라지게 할 수 없다.

절대 포기하지 않는다. 기필코 그곳에 가고야 만다.

왼쪽으로 꺾어져서 주오 거리로 들어섰다. 회사 빌딩들과 백화점들이 늘어서 있는 화려한 거리이다. 남은 거리 2킬로. 다리가 아프다. 어깨띠가 무겁다. 물리적으로 무거웠다. 어제부터 내린 비와 눈과 열 사람의 땀을 빨아들인 그것은 그냥 천 조각이라고는 생각되지 않을 정도로 묵직하게 어깨를 내리눌렀다.

앞으로 1킬로. 수도의 고속 고가도로들이 머리 위를 뒤덮는 니혼바시 다리를 건넜다. 해가 비쳐들 일이 없는 곳에서 강은 바다를 향해 조용히 흐르고 있었다.

니혼바시 다리를 건너 바로 왼쪽으로 돌았다. 지축을 흔드는 듯한 환호성과 응원팀의 타악기 소리가 밀려들었다. 결승점까지 이어지는 나머지 800미터는 직선이다. 다시 한번 수도 고속도로와 전철의 고가 밑을 지났다.

빌딩 사이로 부는 바람이 강하게 불어닥쳤다.

기요세는 앞쪽에 오랫동안 추구하던 것을 보았다. '도쿄 하코네 간 왕복 대학 역전경주'라고 인쇄된 플래카드 아래 치쿠세이소 사람들이 서 있었다. 기요세를 향해 외치고 있었다.

결승점이다. 드디어 여기까지 왔다.

기요세는 더욱 가속했다. 앞으로 50미터. 시간 안에 들 수 있을까? 내 시간만 멈춰다오. 시간을 초월하고 싶다. 지금이야말로 날카롭게 날아오르듯 달려야 한다. 기요세는 몸을 앞으로 약간 숙이며 마지막 전력질주에 들어갔다.

오른쪽 정강이뼈가 뚝 소리를 냈다. 그 순간만 어마어마한 관중이 내는 응원 소리가 갑자기 멈춘 것처럼 기요세의 귀는 신기하게도 자기 뼈가 부러지는 작은 소리를 분명하게 들을 수 있었다.

고통은 진땀이 되어 온몸에서 솟구쳤다. 몸이 오른쪽으로 기울어지려 하는 것을 간신히 막으며 앞으로 나아갔다. 결승점에서는 가케루가 울상을 지으며 기다리고 있었다. 비명과 절망을 억누른 얼굴이 화가 난 사람처럼 보이기도 했다.

반드시 거기까지 간다. 강하게 부는 바람이 가르쳐주었다. 나는 달리고 있다. 내가 바라던 달리기를 나는 지금 직접 하고 있다. 기분이 정말 좋다. 이렇게 행복할 수가 없다.

아아……. 기요세는 문득 시선을 하늘로 돌렸다. 빌딩 위로 넓게 펼쳐진 하늘에 두꺼운 구름이 드리워져 있었다. 그러나 기요세는 틀림없이 보았다.

한쪽 귀퉁이로 해가 옅게 비쳐들며 하얗고 푸근한 빛을 품는 모습을.

결승점 부근에서는 우승한 리쿠도 대학 선수들의 인터뷰가 시작되고 있었다. 보라색 운동복을 입은 육상부 사람들이 승리에 들떠 여기저기서 떠들어대고 있었다.

그 한가운데 있으면서도 후지오카는 여전히 조용히 서 있었다. 가케루는 분주하게 오가는 선수들과 담당자들에게 떠밀리면서 후지오카를 바라보았다. 후지오카도 가케루를 알아차렸다. 눈이 마주친 몇 초 사이에 서로의 건투를 칭찬하는 인사를 무언중에 나누었다.

"시간 맞춰 왔다!!" 하는 목소리와 함께 가케루의 등에 달려드는 사람이 있었다. 조지였다. 도쿄 역에서 뛰어온 모양이었다. 킹은 숨을 헉헉대고 있었다.

"어떻게 됐어?"

"아까 보소 대학이 2등으로 들어왔어. 우승한 리쿠도 대학하고는 결국 4분 41초 차이가 났지."

"리쿠도는 이번에도 왕좌를 양보하지 않았군."

조지는 음 하는 소리를 내다가 금방 생각을 바꿔먹었는지 명랑한 목소리로 말했다.

"괜찮아. 어차피 우리가 언젠가는 끌어내릴 거니까."

조지의 목소리는 자신감에 차 있었다. 가케루도 이제는 "불가능해" 하고 일축할 생각이 없었다. "그래, 한번 해보자"라고 말하면 정말 실현할 수 있을 것 같은 느낌이 들었다.

열 명이서 하코네에 나간다. 많은 사람들이 헛소리라고 비웃던 일을 가케루 일행은 이루어냈으니까.

오후 1시 41분. 다이와 대학이 3등으로 들어왔다. 기요세의 모습은 보이지 않았다. 리쿠도 대학의 우승 인터뷰 때문에 TV를 통해서는 더 이상 간세이 대학이 몇 번째로 달리고 있는지 정보를 얻을 수 없었다.

"슬슬 결승점 근처로 가봅시다."

무사가 하릴없다는 듯이 제안했다.

"아직 좀 이르지 않은가?" 하고 말하면서도 니코짱은 움직이기 시작했다.

"도쿄 체대는 어떻게 되고 있는 거야?"

유키의 혼잣말 같은 질문에 가케루도 이상하게 작은 소리로 "잘 모르겠어요" 하고 대답했다. 불안과 기대감이 폐를 짓눌러 숨이 턱턱 막혔다. 가케루는 치쿠세이소 사람들과 함께 결승점 근처로 슬금슬금 다가갔다.

"또다시 선수의 모습이 보이기 시작했습니다!"

아나운서의 목소리가 빌딩 사이로 메아리쳤다.

“기타간토 대학입니다. 그리고 그에 이어 고가도로 밑에서 나타난 선수는…….”

“하이지 형!”

가케루가 외쳤다.

“어, 진짜네!”

“하이지, 뛰어라–! 무리하지 말고 전력을 다해 달려–!”

조지와 킹이 한 덩어리가 되어 깡충깡충 뛰었다. 질주하는 하이지를 부르며 크게 손짓했다.

“간세이 대학! 다섯 번째로 오테마치에 나타난 선수는 놀랍게도 간세이 대학입니다!”

아나운서도 너무 흥분한 나머지 쉰 목소리를 냈다.

“겨우 열 명으로 이루어진 팀, 하코네에 처음 출전하는 간세이 대학이 다섯 번째로 모습을 나타냈습니다! 제1구간에서는 최하위, 그 뒤로 순조롭게 순위를 올리다 제5구간에서 급브레이크가 걸렸지요. 오늘은 돌아오는 코스를 열여덟 번째로 출발한 간세이 대학입니다!”

“뭘, 새삼스레 알려주고 있어.”

왕자가 투덜거렸고 신동은 마음이 불편한지 발을 동동 굴렀다.

“그러나 간세이 대학의 쾌속 돌진은 그때부터 다시 시작되었습니다!”

아나운서의 목소리가 촉촉함을 띠면서 떨리기 시작했다.

“제6구간에서 이와쿠라 선수가 구간 2위, 제9구간에서는 구라하라 선수가 구간 신기록을 냈습니다. 그리고 제10구간, 마지막 주자인 기요세 선수도 힘찬 달리기를 선보여 지금 오테마치에서 결승점에 이르려 하고 있습니다! 정말 딱 열 명인데도 끝까지 주파했네요, 야나카 씨.”

“네.”

야나카의 목소리가 낮게 대답했다.

"이 작은 팀의 과감한 도전은 하코네 역전경주가 이어지는 한 전설처럼 잊히지 않고 계속 이야기될 겁니다. 간세이 대학의 출전으로 이번 대회는 아주 흥미롭고 자극적인 시합이 될 수 있었지요."

야나카의 말에 함성이 더욱 커졌다. 간세이 대학의 운동복을 입은 사람들을 향해 길가에서, 빌딩 창문에서 성대한 박수가 터져 나왔다. 조타는 어깨를 떨면서 고개를 숙였고 신동은 조용히 눈을 감았다.

쏟아지는 성원 속에서 가케루는 점점 다가오는 기요세를 가만히 바라보았다. 다리의 고통을 참고 있다는 것을 알 수 있었다. 그러나 기요세는 속도를 늦추지 않았다. 도쿄 체대와의 시간 차를 1초라도 뒤집으려 하고 있었다.

'이제 됐어요, 더 이상 무리하지 말아요.'

그렇게 말하고 싶은 마음을 가케루는 필사적으로 억눌렀다. 기요세는 지금 영혼과 육체를 모조리 바쳐서 달리고 있다. 솟구치는 기백이 주위를 모두 휩쓰는 것처럼 보였다. 마지막 가속을 위해 기요세의 몸이 반짝이는 듯한 힘을 뿜어냈다.

그 순간이었다.

가케루는 시각도 청각도 아닌 부분으로 기요세에게 일어난 이변을 감지했다. 하이지 형, 하고 비명처럼 이름을 부르려 했지만 그 외침은 소리가 되지 않았다.

기요세는 휘청했지만 바로 자세를 다시 세웠다. 속도는 줄지 않았다. 결승점을 향해 나아가는 기요세의 달리기는 더욱 힘차게 계속되었다.

'그만해요, 그러다 큰일 나요. 다시는 달리지 못하게 된다고요.'

가케루는 초조감과 혼란스러움을 안고 주변에 있는 치쿠세이소 사람들을 보았다.

'아무도 알아차리지 못한 건가? 어째서? 어떻게 하면 되지?'

결승점에서 뛰쳐나가 기요세를 붙잡고 싶었다. 억지로라도 기요세를 막지 않으면 돌이킬 수 없는 일이 벌어진다.

가케루는 기요세를 바라보며 코스로 발을 내디디려 했다. 눈길이 부딪쳤다. 땀에 젖은 기요세의 얼굴에 슬며시 미소가 피어올랐다. 모든 것을 던져버리고 모든 것을 손에 넣은 자의 얼굴이었다.

이것이 경기이다. 기요세의 온몸이 그렇게 말하고 있었다. 오른쪽 다리가 부서질 듯이 아플 텐데도 기요세의 각오는 한 치도 흔들리지 않고 있었다. '아쉽게 우선출전권은 놓쳤지만 그래도 열 명으로 된 팀이 건투를 보여줬습니다.' 그런 식의 그럴듯한 위로의 멘트 따위 듣고 싶지 않은 것이다. 우리는 달린다. 최후의 최후까지 1초를 다투며 달린다. 그렇게 싸워서 우리만의 승리를 거머쥔다. 그렇지 않나? 기요세의 눈이 가케루를 향해 격하게 외치고 있었다.

아아……. 가케루는 그 자리에서 발을 떼지 못했다. 말릴 수가 없다. 달리지 말라고 할 수 없다. 달리고 싶다는 그 마음으로 달리기를 결심한 영혼을 말릴 수 있는 자는 아무도 없다.

가케루는 보았다. 문득 하늘로 시선을 돌린 기요세가 소중하고 아름다운 무엇인가를 찾았다는 듯이 황홀한 표정을 짓는 모습을.

하이지 형. 형은 나한테 알고 싶다고 했죠? 달리는 게 뭔지 알고 싶다고. 거기서 모든 게 시작됐어요. 지금이라면 그 대답을 형한테 할 수 있을 것 같아요.

모르겠어요. 모르겠지만 행복도 불행도 그 속에 있어요. 달리는 행위 안에 나의 생의 모든 게 다 들어 있어요.

가케루는 확신과도 같은 예감이 들었다. 아마 나는 죽을 때까지 달리기를 멈추지 않겠구나. 언젠가 내 육체가 달리지 못하게 된다 해도 영혼은 마지막 숨을 내쉴 때까지 달리기를 그만두지 않을 것이다. 달리기가 가케루에게 모든 것을 주기 때문이다. 이 지상에 존재하는 소중한 것—기쁨도 괴로움도 즐거움도 질투도 존경도 분노도, 그리고 희망도. 그 모든 것을 가케루는 달리기를 통해 얻었다.

1월 3일 오후 1시 44분 32초.

기요세는 오테마치의 결승점을 통과했다. 가쁘게 헉헉거리며 그대로 쓰러질 것 같은 기요세를 가케루가 허겁지겁 부축했다.

치쿠세이소 사람들이 잇달아 달려들어 가케루와 기요세를 얼싸안았다. 외치는 소리는 더 이상 말이 되지 않았다. 짐승처럼 포효했다. 기요세는 사람들 한가운데서 오른팔을 높이 쳐들었다. 주먹에 검은 어깨띠를 꽉 움켜쥐고서.

216.4킬로의 길고 긴 여정을 거쳐 간세이 대학 육상부의 어깨띠는 다시 오테마치로 돌아왔다.

흥분한 주민들이 뒤엉켜오는 가운데 가케루는 기요세의 어깨를 잡았다. 기요세는 온몸에 진땀을 흘리고 있었다.

"하이지 형, 어서 치료부터……."

"아니, 괜찮아."

기요세는 고개를 들고 가케루의 말을 재빨리 가로막았다.

"지금은 여기 있고 싶어. 도쿄 체대는?"

가케루와 기요세가 결승점 쪽을 쳐다보았다. 도쿄 체대의 제10구간 선수가 결승점 20미터 앞까지 다가와 있었다. 온 힘을 다해 마지막 전력질주를 하는 모습이 보였다.

치쿠세이소 사람들은 한 덩어리가 된 채 숨을 죽였다. 그 옆에서 도쿄 체대 무리가 마지막 주자의 이름을 부르면서 "빨리빨리!" 하고 외쳤다. 그 사람들 중에 사카키의 모습도 보였다. 가케루는 이제 사카키를 보아도 분노도 감정의 응어리도 느껴지지 않았다. 모든 감각이 마비되어 있었다. 도쿄 체대의 마지막 주자를 향해 더 느리게 뛰라는 주문을 외지도 못했다.

그저 마음 어딘가에서 제발, 제발, 하는 말만 되풀이할 뿐이었다. 누구를 향해 무엇을 기원하는지 스스로도 알 수 없었다.

도쿄 체대 선수가 결승점 안으로 들어왔다. 관객들은 숨을 죽였고 결승지점에는 한순간 정적이 흘렀다.

"시간은!"

유키가 용수철이 튕겨 오르듯 소리를 질렀다. 그 순간 요미우리 신문사 발코니에서 아나운서의 절규에 가까운 목소리가 울려왔다.

"결과를 합산한 시간이 나왔습니다! 도쿄 체대, 간세이 대학보다 2초 늦었습니다!"

이 기쁨은 말로 다할 수 없었다. 가케루도, 기요세도, 니코짱도, 유키도, 무사도, 신동도, 킹도, 조타도, 조지도, 왕자도. 그저 아무 말 없이 서로를 얼싸안았다. 열 명은 한동안 그렇게 한 덩어리가 되어 가만히 있었다.

"처음 출전한 간세이 대학이 우선출전권을 따냈습니다!"

아나운서의 목소리가 갈라지면서도 계속되고 있었다.

"간세이 대학의 종합시간은 11시간 17분 31초로 10위. 11위인 도쿄 체대는 2초 차이로 눈물을 머금게 되었습니다."

킹이 울음을 참으며 몸을 바르르 떨었다. 신동과 무사가 킹의 어깨에 가만히 팔을 둘렀다. 유키는 안경을 벗어 니코짱에게 건네주고 손등으로 눈을 비볐다. 조지와 왕자가 하이파이브를 했다. 그 옆에서 조타는 팔에 안은 니라의 등에 턱을 파묻었다. 눈물이 자꾸만 흘러서 니라의 털을 적셨다.

나란히 서 있던 가케루와 기요세는 얼굴을 마주보았다. 두 사람은 동시에 배 속 저 밑에서 우러나오는 기쁨의 소리를 질렀다. 그 외침은 늑대의 하울링처럼 서로에게 전해져서 치쿠세이소 사람들은 우워- 우워- 하고 외치며 다시 하나가 되었다.

환희를 폭발시키는 모습에 카메라가 여러 대 몰려들었다. 방송국 카메라 두 대, 사진용 카메라를 든 카메라맨도 다섯 명이 달려왔다.

"우선출전권 획득을 축하합니다!"

인터뷰를 하려는 기자가 마이크를 들이댔다. 결승지점의 모습을 말없이 지켜보던 주인 할아버지와 하나코가 치쿠세이소 사람들 곁으로 다가왔다.

가케루 일행은 그제야 서로에게서 몸을 떼고 쭈뼛거리며 주변을 둘러보았다. 말을 제대로 하지 못하는 선수들을 대신해서 주인 할아버지가 기자에게 잡혀서 인터뷰를 하고 있었다. 하나코가 얼음이 든 봉지를 기요세에게 가만히 내밀었다.

"고마워."

기요세가 말했다.

"기요세 선배의 기록은 1시간 11분 04초로 구간 2위. 간세이 대학은 돌아오는 코스를 5시간 34분 32초에 주파했어요."

하나코는 울음을 터뜨릴 것 같은 표정이었다.

"하이지 형……."

자기들이 이루어낸 일을 새삼 이해한 가케루가 망연자실한 얼굴로 기요세를 불렀다.

"우리가 해냈네요."

"그래."

기요세의 목소리에 억양이 없었다.

"하코네 역전경주를 끝까지 달린 거야."

가케루는 기요세를 와락 끌어안았다. 기요세가 장난스러운 표정으로 가케루를 보았다.

"아오타케 사람들한테는 저력이 있다고 내가 그랬잖아. 아직도 그 말을 믿지 못했던 거야?"

"아뇨, 믿고 있었죠!"

가케루가 큰 소리로 대답했다.

"믿는다는 말로는 다할 수 없을 정도로."

기요세가 웃었다. 진심으로 기쁜 표정이었다. 그리고 모두의 얼굴을 죽 둘러보고는 말했다.

"그래서, 정상이 보였어?"

에필로그

어딘가에 피어 있는 꽃의 달콤한 향기가 저녁 공기에 실려 풍겨왔다.

치쿠세이소 사람들과 이곳에 왔던 것이 바로 어제 일 같았다. 구라하라 가케루는 철교를 건너는 오다큐 선 열차를 바라보았다. 또다시 봄이 왔다.

벌써 열차 창문에서는 불빛이 흘러나오고 있었다. 밤의 색깔을 품기 시작한 다마 강의 물결은 오늘도 잔잔했다. 강가에는 인적이 없었다. 가케루는 조깅 속도를 서서히 늦췄다. 제방 아래로 몇 발짝 내려가자 부드러운 풀이 가케루의 오래된 운동화를 감쌌다.

가케루는 제방에 앉아 건너편의 네온 불빛을 반사하는 수면을 한동안 쳐다보았다.

"가케루 형."

누가 불러서 돌아보았다. 제방 위에 올봄 육상부에 들어온 신입생이 서 있었다. 가케루가 고개를 끄덕이자 반가운 얼굴로 다가와 옆에 앉았다.

"계속 조깅하고 있었어?"

가케루가 물었다.

"너무 무리하지 마라."

"아니요, 아까 상점가에 장 보러 다녀왔어요."

신입생은 약간 긴장한 모습으로 대답했다

"무리하는 사람은 조지 형이에요. '오늘 밤은 파티다'라고 하면서 고기랑 채소를 잔뜩 사왔거든요."

고기를 구울 작정이군, 하고 가케루는 생각했다. 그러고 보니 조타가 낮에 클럽하우스 식당 아줌마한테서 철판을 빌렸다고 했다. 쇠고기를 먹고 싶기도 하고 야오카츠에서 장도 보고 싶다. 그런 생각 때문에 이런 메뉴를 골랐겠지.

"철거를 한다니 너무 아쉽네요."

신입생이 말했다.

"나도 치쿠세이소에서 살아보고 싶었는데."

"바닥이 뚫리는데?"

"그 얘기 정말이었어요?"

"응."

에이 설마, 하면서 신입생이 웃었다.

"다들 모여 있나?"

가케루가 묻자 신입생이 공손한 표정으로 "네" 하고 대답했다.

"그래서 조깅하러 나온 것도 있어요. 잘 모르는 선배들만 있어서 어떻게 해야 할지 몰라서."

신입생이 자세를 고치면서 물었다.

"기요세 선배님은 어떤 분이에요?"

"어떤 분이냐니……그런데 왜?"

"'가케루 정도면 훨씬 더 좋은 조건으로 더 강한 실업팀에 들어갈 수 있었지. 그런데 기요세 형이 코치로 있다는 것 때문에 모든 걸 뿌리치고 굳이 신설 팀에 들어간 거야.' 조지 형이 그렇게 말하던데요."

"그냥 너무 큰 팀은 성미에 맞지 않아서 그런 거야."

"그래요?"

신입생은 납득이 되지 않는 모양이었다.

"그래도 전 되게 흥분되더라고요. 기요세 선배님을 만날 수 있다니. 기요세 선배님이 마지막 주자였던 하코네 역전경주를 보고 꼭 간세이 대학에 입학해야지, 육상부에 들어가야지 하고 마음을 먹었거든요."

가케루는 제방의 풀을 뜯어서 강바람에 가만히 날려보냈다.

"쌀쌀해지네. 이제 들어가자."

가케루가 일어서자 신입생도 허겁지겁 뒤따랐다. 가케루는 신입생 페이스에 은근히 맞추면서 달렸다.

"하이지 형이 어떤 사람이냐는 질문 말인데."

"네."

"거짓말쟁이야."

"네?"

"거짓말을 기가 막히게 잘하는 사람이니까 넘어가지 않게 조심해."

신입생은 당혹스러운지 "네에" 하고 말했다. 가케루가 피식 웃었다.

괜찮다고 했는데. 역시 하이지 형은 거짓말쟁이였어. 다시는 달리지 못하게 된다는 걸 알고 있었을 텐데. 그래도 그날 하이지 형은 끝까지 거짓말을 관철했다. 나와 한 약속을 지키기 위해. 우리 모두 함께 꾸었던 꿈을 현실로 만들기 위해.

그렇게 잔인하고 아름답고 당당한 거짓말은 본 적이 없다.

들판을 가로질러 주택가 안의 좁은 골목길을 달렸다. 늘어선 집들의 낮은 지붕 너머로 목욕탕 '츠루노유'의 굴뚝이 솟아오르듯이 나타났다. 주변은 어느새 어둑어둑해졌다. 길옆에 있는 집들의 창문에서 풍겨나오는 저녁밥 냄새가 서로 뒤섞여 봄밤의 공기 속에 녹아들었다.

"거짓말을 잘하는 사람이 감독 역할에 잘 맞나?"

신입생이 중얼거리며 고개를 갸웃했다.

"하코네에 처음 출전할 때도 기요세 선배님이 실질적인 감독이었던 거죠? 지금은 실업팀 코치님이고."

"글쎄다."

맞는지 안 맞는지 가케루는 생각해본 적이 없었다. 기요세는 그냥 기요세이다. 언제나 주변에 휩쓸리지 않고 선수 입장이 되어 생각해주고 달리기를 누구보다도 진지하게 추구하는 사람. 그렇게 추구할 것을 선수들에게도 엄격하게 요구하는 사람. 달리기를 하려는 사람, 달리고 싶다고 바라는 사람을 기요세는 언제나 변함없이 곁에서 지키고 챙겨준다.

"그래도 난 하이지 형이 모든 걸 다 가르쳐줬다고 생각하고 있어."

가케루가 말했다.

"딱 한 가지만 빼고."

"그 딱 한 가지가 뭐예요?"

달리기가 무엇인가.

기요세는 그 하나만은 가르쳐주지 않았다. 가르칠 수 없었을지도 모른다.

그 답이 알고 싶어서 가케루는 달린다. 계속 달리고 있다. 정점에 올라섰다고 생각한 적도 있었다. 성취감은 한순간이었고 답은 여전히 보이지 않았다.

"조만간 알게 될 거야."

가케루가 옆에서 달리는 신입생에게 조용히 말했다.

"달리다 보면 언젠가 반드시 알게 될 거다."

모퉁이를 돌아서자 치쿠세이소의 울타리가 보였다. [illegible] 소리, 요즘은 산책 거리가 짧아진 니라가 맞상구를 치듯이 짖었다. 울타리가 끊어진 틈새로 들어간 신입생을 가케루가 뒤따랐다.

치쿠세이소 마당에 그리운 얼굴들이 모여 있었다.

니코짱과 유키가 서로 웃고 있었다. 치쿠세이소 창문마다 불을 켜고 다니는 왕자의 실루엣이 보였다. 무사와 신동이 다 구워진 고기를 나르고 있었다. 킹이 니라에게 술을 핥게 하다가 주인 할아버지에게 야단맞고 있었다. 하나코와 쌍둥이가 얼굴을 가까이 대고 뭔가 즐겁게 이야기하고 있었다.

꿈인지도 모르겠다고 가케루는 생각했다. 꿈같았던 그 한 해가 돌아온 건지도 모른다고.

가케루가 자갈을 밟으며 마당으로 들어서자 철판 앞에 있던 기요세가 미소를 지었다. 술이 든 잔을 양손에 들고 오른쪽 다리를 살짝 끌면서 걸어왔다.

"이제 오냐."

"다녀왔어요."

가케루가 술잔을 받아들었다.

치쿠세이소의 마지막 밤이었다. 가케루는 내일 이곳을 나간다.

언젠가 다시 돌아오고 싶어도 오늘 밤을 마지막으로 치쿠세이소는 사라진다. 이곳에 육상부를 위한 새로운 기숙사가 세워진다. 하지만 쓸쓸하지는 않았다. 기록이 다시 세워지고 사라지고 그저 기억만 남게 되듯이. 모든 것을 다 잃게 되는 것이 아니라는 사실을 가케루는 이제 잘 안다.

치쿠세이소의 모든 방에 불이 켜졌다. 부드러운 빛을 머금은 술을 가케루는 잔을 들고 잠시 바라보았다.

"하이지 형, 기억나요?"

"뭐가?" 하고 물어보지도 않고 기요세는 그저 조용히 웃을 뿐이다.

마당 한 귀퉁이에서 큰 환호성이 터졌다. 계절과는 맞지 않은 작은 불꽃놀이를 하자 화약 냄새가 하늘로 퍼졌다. 연기가 그리는 하얀 궤적을 가케루는 기요세와 함께 눈으로 따라갔다.

한순간 터지는 빛의 방울들이 마당에 있는 사람들을 고루 선명하게 비췄다.

둘도 없는 사람들과 더할 나위 없이 진하게 한 해를 보냈다. 어쩌면 그런 시간은 다시 오지 않을지도 모른다. 그래도.

가케루, 뛰는 게 좋아?

4년 전의 봄밤. 기요세는 가케루에게 그렇게 물었다. 삶 그 자체를 묻는 사람처럼 아주 순수한 표정으로.

난 알고 싶어. 달리기가 무엇인지.

나도 그래요, 하이지 형. 나도 알고 싶어요. 계속 달리기를 해왔지만 아직도 모르겠어요. 이제는 달리는 게 그대로 물음이 되었어요. 앞으로도 그 물음을 그치지 않고 계속할 거예요.

나는 알고 싶다.

그러니까 가자. 어디까지든 달려가자.

확신의 빛은 언제나 가슴속에 있다. 어둠 속에 가늘게 뻗은 길이 분명히 보인다.

"가케루, 빨리 와."

동료들이 부르는 소리에 가케루는 기요세와 함께 철판을 둘러싼 사람들 쪽으로 발걸음을 옮겼다.

감사의 말

취재와 자료 수집을 하면서 많은 분들께 도움을 받았습니다.

깊은 감사를 드립니다.

내용 중에 사실과 다른 부분이 있다면 의도에 의한 것이건 혹은 의도하지 않았던 것이건 말할 나위도 없이 작가에게 전적으로 책임이 있습니다.

다이토분카 대학 육상경기부 감독 다다쿠마 신야
다이토분카 대학 육상경기부 여러분
다이토분카 대학 육상경기부 부장 아오바 요시유키
호세이 대학 육상경기부 역전경주 감독 나리타 미치히코
호세이 대학 육상경기부 여러분
호세이 대학 육상경기부 전 부장 가리야 하루오
닛산 자동차 육상경기부 구보 켄지, 야마자키 코지, 이지마 사토시
고지마 토시카츠 님, 에노모토 님
우에노 다케오 님, 스즈키 도시코 님
간토 학생 육상경기연맹 故 히로세 유타카 님
나리타 마사코 님
다나카 님

주요 참고 문헌

『하코네 역전경주 공식 가이드북』(陸上競技社)

『고단샤 MOOK 사진으로 보는 하코네 역전경주 80년』(陸上競技社)

『하코네 역전경주, 뜨거운 마음을 가슴에 품고 어깨띠를 이어간 80년간』(베이스볼 매거진社)

해설

사이쇼 하즈키(最相葉月)

제1 게이힌 국도변 동네에 산 적이 있다. 천천히 걸어가면 반나절은 시간을 보낼 수 있는 길게 뻗은 상점가가 있고 슬리퍼를 끌고 트레이닝복 차림으로 산책을 할 수도 있는 편한 분위기 때문에 30대 초반의 약 4년 동안 그 동네에서 혼자 살았다. 1월에는 TV를 보면서 술을 마시고 '새해맞이 대박 서비스'를 한다는 파칭코에서 심심한 시간을 흘려보냈다. 이 국도를 하코네 역전경주 선수들이 달린다는 사실은 알았지만 그 시합 날에는 항상 술에 취해 잠이 드는 바람에 실제로 본 적은 없었다. 건강하지도 않고 성미도 비뚤어진 30대 여자에게 선수들의 모습은 지나치게 눈부셨다.

그런데 그 동네에 살기 시작한 지 4년째가 된 해 1월 3일, 갑자기 국도에 나가볼까 하는 마음이 생겼다. 대개의 행동에 이유 따위는 없다. 길가로 나가보고는 깜짝 놀랐다. 다들 어디에서 살고 있었나 싶을 정도로 많은 사람들이 나와 있었다. 경찰 아저씨가 교통정리를 하고 단골인 크로켓 가게 주인이 아들을 목말 태우고 있었다. 평소에 스포츠 신문을 자주 읽었던 찻집 마담도 나선형 계단 중간에서 도로를 바라보고 있었다. 이렇게 난리였구나, 하고 팔짱을 낀 채 보고 있었더니 "이거 들어요" 하며 축제 옷차림의 할아버지가 깃발을 하나 주었다. 깃발을 누가 흔든다고, 하는 생각이 들었지만 그 할아버지는 벌써 다음다음 사람한테 나눠주고 있어서 돌려줄 타이밍을 놓쳐버렸다.

그렇게 어영부영하는 사이에 웅성거리는 소리가 점점 커지더니 이윽고 보도차량과 흰 경찰 오토바이에 이어 선두로 달리는 선수가 나타났다. 파란 유니폼을 입은 가나가와 대학 선수였다. 우와- 하는 환호성과 박수 소리가 울렸고 사람들이 깃발을 흔들었다. 그 뒤를 잇는 선수들도 차례차례 앞을 달려갔다. 어휴- 어떻게 저렇게 빠르지? 나랑 같은 인간이라는 생각이 들지 않았다. 눈을 깜박이는 틈도 아쉬울 만큼 넋을 놓고 달리는 모습을 쳐다보고 있다고 생각했는데 어느새 나도 크로켓 집 가족과 함께 큰 소리를 지르고 있었다.

『바람이 강하게 불고 있다』를 읽으면서 생각난 것은 그날 보았던 선수들의 속도였다. 하코네 역전경주에 출전하는 선수가 달리는 속도는 중학교 때 운동 좀 했습니다, 하는 정도로는 감히 견줄 수 없을 만큼 빠르다. 약 20킬로의 거리를 한 시간 정도로 꾸준히 달리는 것이다. 치쿠세이소 사람들은 하이지와 가케루 외에는 운동 경험이 없거나 있어도 아주 먼 과거일 뿐인 사람들이다. 자칭 '몸치'인 왕자 같은 사람의 경우 거의 무모하다고 할 정도의 도전이다. 그렇다면 그런 멤버가 1년 남짓의 훈련 기간만 가지고 과연 하코네 역전경주에서 뛸 수 있을까? 더구나 열 명이 필요한 경기에 딱 열 명만으로 도전하는 것이다.

있을 수 없다. 그렇게 생각했다. 단행본 띠지에 "도전 하코네 역전경주!"라고 나와 있던 이 책이 젊은이들이 노력해서 역전경주에 나가게 되는 청춘 이야기라는 사실은 알고 있었다. 마지막에는 틀림없이 눈물을 자아내는 결말이 될 것이라는 예상도 했다. 읽기 전부터 그렇게 삐딱한 독자였던 나. 그런데 읽기 시작하자, 어느새 투덜거리면서도 훈련에 힘쓰는 그 사람들에게서 눈을 떼지 못했고, 하코네 역전경주가 시작된 다음부터는 1인 응원단이 되어버렸다.

해안선, 온천마을, 터널, 이시노 호, 후지 산까지 정신없이 변화하는 경치에 그들의 좌절과 가정사가 겹쳐진다. 시간의 흐름은 오테마치의 결승점까지 일직선인데 열 명이 보는 경치는 한 색깔이 아니다. 고독한 달리기 속에서 알게 되는 것은 동료들의 외로움이다. 자기 틀 안에 갇혀서 "엄격한 관리가 없으면 달리지 못하는 놈이나 즐겁지 않으면 안 달리겠다는 놈이나 그냥 다 그만두라고 해" 하고 욕하던 가케루도, 하나의 어깨띠를 통해 '나 이외의 누군가에게 의지하는 중요함'을 깨달아간다. 승리를 거머쥐는 것만이 전부라는 가치관과는 전혀 차원이 다른, 달리는 행위 자체의 소중함이 부각되면서 뜨거운 열정이 밀려든다.

이 해설을 쓰기에 앞서 약 2년 만에 이 책을 다시 읽어보니 처음 읽었을 때는 시합 전개가 궁금한 나머지 그저 줄거리 따라가기에 급급했던 것과는 달리 세밀한 서술에 자꾸 눈이 갔다. 예를 들면 돌아오는 코스 제6구간, 유키가 하코네 산을 내려오는 내리막을 달리면서 가케루가 있는 세계를 알아차리는 장면이다. 제6구간은 가는 코스의 순위에 따라 차례로 출발하는데 선두와 10분 이상 시간 차가 있는 대학은 일제히 출발해야만 한다. 선수로서는 종합시간 계산이 복잡해지는 데다 내리막길이 이어지기 때문에 속도를 늦추기 힘든 곳이다. 눈이 얇게 깔린 노면을 확인할 여유도 없이 하이지가 지시한 속도보다 1킬로당 5초나 빠른 페이스로 달려 내려오는 유키의 모습을 휴대용 TV 화면으로 본 가케루가 중얼거렸다.

"너무 빠른 거 아닌가?"

이 구간은 감독 차량이 선수 근처를 달리지 않아 하이지의 지시를 유키에게 전할 수도 없다. 가케루가 불안해하자 하이지는 유키가 미끄러져 넘어지지 않게 기도하는 수밖에 없다고 말한다. 그보다 자기 일이나 걱정하라고 경쾌하게 웃으면서.

"넌 좀더 우리를 믿어야 돼." 조지의 이 말에 가케루는 정신이 번쩍 든

다. 시합이 어떻게 되는지에만 주목하던 독자도 조지의 이 한 마디로 하이지가 말했던 '강함'의 의미를 가케루가 계속 곱씹어보고 있었다는 사실을 떠올린다. 그 뒤로는 하나코에 대한 화제로 바뀌는데, 빠른 속도로 산길을 뛰어 내려가는 유키가 가케루의 물음을 이어간다.

유키는 지금껏 자기가 본 적도 느낀 적도 없는 곳을 향하려 하고 있었다. 그것은 '얼굴에 정면으로 달려드는 부드러운 눈송이조차 모래알이 부딪치는 듯한 아픔을 느낄 정도의 속도'였고 리듬을 타고 넓어진 '한 발짝에 2미터'의 보폭이었고, 평지에서는 생각하지도 못했던 '1킬로 2분 40초로 내려가는 페이스'가 이끄는 곳이었다. 그때 유키는 문득 깨닫는다. 이게 아마 가케루가 느끼는 세상이겠구나 하고.

"가케루, 너는 정말 외로운 곳에 있구나."

이 한마디를 쓰기 위해 저자는 얼마나 치밀하게 시합 구성을 짜 맞췄을까? 오테마치에서 왕자가 출발을 한 이후로 그들이 달릴 때 함께 달리고 가속도를 붙여 그들이 느끼는 바람의 감촉에 다가가던 나는 제6구간을 달리는 유키의 눈을 통해 드디어 가케루와 하이지, 그리고 역전경주에서 달리는 젊은이들이 사는 세상을 바로 곁에서 경험한 것 같았다. 이제는 오테마치의 결승점까지 한달음이다.

너무 판타지 같다. 이 책에 대한 감상에서 그런 비판적인 이야기도 나왔다고 한다. 하지만 그 점은 누구보다도 저자 자신이 이 이야기를 떠올린 시점에서 고려해보았을 것이다. 집필하는 데에 6년이 걸렸다는 이야기(데뷔 직후부터 대부분의 저작을 이 책과 병행해서 집필했다고 한다)를 들은 나는 저자가 도전한 사고실험의 엄청난 규모에 다시금 압도되었다. 이야기를 뒷받침하는 디테일을 확실하게 하기 위해 수많은 하코네 역전경주 경험자들과 관계자들의 이야기를 듣기도 하고 현장에도 몇 번씩 직접 가봤을 것이다. 왜 저자는 그렇게까지 하며 굳이 소설로 역전경주 이야기를 쓰려고 했을까? 이 책을 처음 알게 되었을 때부터 가졌던 의문을 여기서 새삼 다시 떠올려보니 그들의 말이 지금까지와는 다른 음색으로 울리기 시작한다.

"내가 가고 싶은 곳은 하코네가 아니다. 달리는 것을 통해서만 다다를 수 있는 어딘가 더 멀고 깊고 아름다운 곳이다."

인간에게는 무엇을 위해서라든지 누구를 위해서라는 뚜렷한 목적이 없이 하는 행위가 정말 필요할 때가 있다. 그것을 왜 해야 하는지는 결과물을 손에 넣을 때까지 알 수 없고, 손에 넣었다 해도 다른 이에게는 설명해줄 수가 없다. 다만 그것은 그 사람의 인생을 어제까지와는 전혀 다른 색채로 바꿔놓는다. 오로지 전진만이 존재하는 이 이야기를 통해 저자가 그려낸 것도 소설을 통해서만 다다를 수 있는 '더 멀고 깊고 아름다운 곳'이 아니었을까?

이 책이 나온 지 얼마 되지 않아 어느 라디오 프로그램에서 저자와 인터뷰를 했다. 그때 왜 이 책 말미의 '감사의 말'에 있는 두 개의 대학을 취재 대상으로 삼았는지를 물어보자 저자는 이렇게 대답했다. 하코네 역전경주에는 나가지만 매번 우승할 만한 수준은 아니고 철저한 관리형이 아닌 지도자가 있고, 젊은이를 어떻게 성장하게 할지에 마음을 쓰는 가정적인 작은 육상부. 대학 육상부를 총괄하는 간토 학생 육상경기연맹에 그런 이미지가 있는 곳을 문의했더니 추천해준 곳이 이 두 학교라고 했다. 그리고 저자는 그동안 열심히 자전거로 달리거나 시속 20킬로로 달리는 자동차 창문으로 얼굴을 내밀어서 선수들이 받는 바람의 강도를 체감해본 적도 있다고 했다. 그 정도로 철저한 준비를 한 다음 한 말은 이렇다.

"나머지는 그냥 상상에 맡길 수밖에 없었지요."

소설가의 상상력이란 도대체 어떤 건가…… 하는 생각이 든다.

나는 또 한 가지 당돌한 질문을 했다. 예전부터 품고 있던 의문, 그러니까 등장인물들의 행동과 생각이 하나로 수렴되어가는, 오해를 무릅쓰고 말하자면, 너무나 뻔하고 알기 쉬운 역전경주를 굳이 소설로 그려낸 이유는 무엇인가였다. 그 질문에 대해 저자는 있는 그대로 써보고 싶다는 생각이 들 정도로 하코네 대회에 도전하는 학생들이 매력적이고 그들의 진지함에 감명을 받은 것도 물론 있지만 그 이상으로 단순명쾌한 이야기 속에서 노력 신화에 대해 생각해보고 싶었다고 대답했다.

"결과물이 나오지 않는 이유가 노력이 충분하지 않았기 때문이라는 사고방식을 저 스스로가 납득할 수가 없었기 때문입니다. 재능이나 실력이 없는 사람에게 도저히 이룰 수 없는 목표를 주고 노력하게 하는 것은 사람을 불행하게 만드는 일이라고 생각합니다. 할 수 있다 혹은 할 수 없다는 기준이 아닌, 가치를 만들어낼 수 있느냐 없느냐를 소설을 통해 생각해보고 싶었습니다. 결과물이 나오지 않는다 해도 절망할 필요는 없지 않느냐는 거지요."

데뷔 이래 저자가 꾸준히 가지고 있던 자세이다. 취직을 위해 분투하는 여대생의 모습을 그린 『격투하는 자에게 동그라미를』도, 나오키 상 수상작인 『마호로 역 다다 심부름집』도 시끌벅적한 해프닝도 일어나고 웃음도 있지만 도시에 사는 젊은이들의 고독과 사회제도에서 소외된 사람들이 얼마나 살기 힘든지를 보여주고 거기에 대해 저자가 가지고 있는 조용한 공감이 항상 흐른다. 본인은 이런 낙인을 싫어하겠지만 소위 말하는 '취직 빙하기 세대'에 해당하는 저자가 매일 피부로 느껴온 평범한 이들의 삶의 모습과 무관하지 않을 것이나, 등장인물들에게는 저자 자신이 이랬으면 좋겠다, 이러면 좋겠다는 바람을 투영시킨다고 한다. 반대로 안 좋은 모습을 보이는 인물을 등장시킬 때도 어쩌면 나도 이렇게 되면 어쩌지 싶은 모습을 그려낼 때가 많다고 한다. 이 점은 소설에 대한 저자의 마음과도 깊은 연관이 있는 부분이어서 마지막으로 소개하고자 한다.

"저한테 소설이나 만화 등 모든 창작물이 희망이었던 것처럼 독자에게도 제 책이 희망이 되기를 바랍니다. 희망이라는 건 창작물에서 구원을 얻는다는 뜻이 아니에요. 살아가는 데 마음의 의지가 되거나 지침이 될 수도 있고, 이렇게 심한 일이 있다니 도대체 세상이 왜 이런 거야 하는 분노의 원동력이 될 수도 있지요. 소설이나 만화는 자기 혼자서는 느끼지 못했던 뭔가를 느끼게 해주는 매개체입니다. 제가 쓰고 싶은 대로 쓴 글이지만 읽는 이의 세계를 막히게 하거나 닫히게 하는 글이 되지는 않았으면 하는 바람을 가지고 있습니다."

자, 열성적인 독자라면 이 책이 나오고 2년 후(2008년)에 발표된 장편 『검은 빛』에서 저자가 이 '희망'이라는 단어를 뿌리부터 뒤흔들었다는 사실을 알고 있을 것이다. 희망의 모양새는 단순하지 않다. 앞으로 달려가서 쟁취하는 것일 수도 있고, 더할 나위 없이 소중한 무엇인가를 짓밟고 올라서 갈기갈기 찢고 빼앗아야 하는 것인지도 모른다. 세상에 똑같은 인생은 하나도 없듯이 희망 또한 사람마다 다르다. 끝을 알 수 없는 감정의 소용돌이를 내포하는 미우라 시온의 소설을 나는 앞으로도 계속 읽고 싶다.

2009년 4월

논픽션 작가

역자 후기

두 번 이상 읽어야 할 책

이 책은 우리나라에서도 이미 유명한 작품이다. 미우라 시온의 2006년 작품인데 그 사이 한국어 번역본은 물론이고 만화, 영화 등으로도 만들어졌기 때문이다. 저자인 미우라 시온은 이 작품과 같은 해에 출간한 『마호로 역 다다 심부름집』이라는 작품으로 일본의 양대 문학상 중 하나인 나오키 상을 수상했다.

그런데도 역자는 이번에 작업을 하면서 이 작품에 처음 접했다. 사실 이 작품을 읽기 시작하면서 역자가 가진 첫인상은 '매력적이고 감동적이나 전형적인 일본식 스포츠물'이었다.

천재적인 재능을 가지고 있으나 과거의 트라우마 때문에 방황하고 있는 주인공, 그 주인공을 각성으로 이끌 스승 격의 서브 주인공, 그리고 동료이기도 하고 경쟁자가 되기도 하는 주위 사람들, 피나는 노력과 팀의 단결을 통해 반드시 승리하고 극복해야 하는 강력한 라이벌(조직), 그리고 밝은 에너지를 뿜으며 심리적인 도움을 주는 사랑스러운 여성 캐릭터.

전형적인 요소들이 모두 다 갖춰진 작품이다. 그럼에도 불구하고 신기할 정도로 흡인력이 있는 문장이다. 한번 읽기 시작하면 끝을 봐야 할 정도로.

그래서 처음에는 줄거리를 따라가느라 바빴다. 어쩌면 결말이 뻔히 예상되는데도 계속 읽지 않을 수가 없었다. 열 명의 주요 등장인물들이 저마다 가지고 있는 개인적인 스토리가 무엇인지 어떻게 해서든 빨리 알고 싶었다. 스포츠를 다루는 이런 청춘 소설이라면 어떤 결말이 나올지 당연히 알고 있는데도 역전경주 예선 발표 장면에서는 조마조마했고, 본선 시작할 때는 흥분이 되었고, 제각기 정해진 코스를 뛰는 한 사람 한 사람의 서사를 읽으면서는 깊은 공감을 느낄 수 있었다. 그리고 마지막 코스가 끝나는 장면에서는 나도 모르게 눈물을 글썽이고 있었다.

전형적인 스토리에 이만큼 몰입할 수 있게 만든 요인은 역시 저자의 힘이라는 생각이 들었다. 등장하는 인물들을 이토록 생생하게 그려내고 생동감 있게 움직이게 한 문장력의 힘이다.

그렇게 줄거리를 다 파악하고, 인물들도 다 안 상태에서 다시 한번 읽었다. 그러자 줄거리를 따라가느라 미처 알지 못했던 디테일이 보이기 시작했고, 이번에는 가슴이 아니라 오감이 자극을 받게 되었다.

기요세가 처음 등장했을 때 나온 공중목욕탕의 뜨거운 물, 목욕을 마치고 몸에서 온기가 김처럼 피어오르는 상황에서 쐬는 알싸한 바깥 공기, 별이 빛나는 고요한 밤 한가로이 걷고 있는데 갑자기 뒤에서 들려오는 발 빠른 뜀박질 소리……. 시작하는 도입 부분에만도 이렇게나 많은 시각, 후각, 청각적인 자극이 숨어 있었다.

그 이후로도 저녁 무렵에 동네에서 은근히 풍기는 밥 냄새, 노을이 지는 저편으로 지나가는 전철의 소리와 창문으로 비치는 불빛, 달리기의 속도에 따라 달라지는 바람소리, 한밤중에 불을 끄고 들어간 욕조에 비친 창밖의 달……. 정말이지 꼽으려면 한도 끝도 없다.

그래서 이 작품은 무조건 두 번 이상 읽어야 하는 책이라는 생각을 했다. 처음 읽을 때는 줄거리를 쫓느라 정신이 없다. 물론 워낙 재미있는 내용을 좋은 문장력으로 엮어놓은 작품이어서 그것만으로도 충분히 즐겁고 유익하다. 하지만 이 책의 진가를 알기 위해서는, 그래서 오감을 자극하는 상상력의 힘을 느끼려면 다시 한번 찬찬히 읽어보기를 권하고 싶다.

번외편으로 나오는 '니라는 알고 있다'까지 읽으면 이번에는 개가 느끼는 오감까지 상상할 수 있게 된다!

아무쪼록 이 책을 읽는 독자들도 글 구석구석에 숨어 있는 다양한 오감 자극 요소들을 통해 이야기를 더욱 현실감 있게 느끼면서 그 속으로 빠져드는 행복을 가지게 되기를 바란다.

2021년 가을

임희선

특별 부록 | 소설을 다 읽은 다음에 읽어주세요!

니라는 다 알고 있다

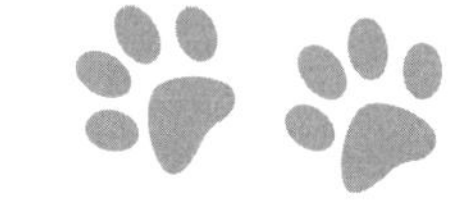

미우라 시온

니라가 다자키네 집 마당에 살게 되고 얼마 지나지 않아 같은 마당 구석에 있는 낡아빠진 집에 '하이지'라는 남자가 들어와 살기 시작했다.

그러니까 하이지는 니라의 '동생뻘'이 된다. 지금보다 어리고 풋풋하던 하이지는 "잘 부탁한다"면서 니라의 머리를 쓰다듬었다. 구부린 자세로 경의를 제대로 표했고 손바닥에서는 갓 지은 밥 냄새처럼 좋은 냄새가 나서 '그럼 내가 잘 봐줘야지' 하는 마음이 들었다.

그 뒤로 하이지와 한 지붕 아래(아니, 정확하게 말하자면 '한 마당 안'에) 살면서 네 번째 겨울을 맞이했다.

벚꽃 피는 계절이 돌아올 때마다 그 낡은 집에 사는 사람들은 조금씩 바뀌었지만 하이지의 생활은 계속 변함이 없었다. 더운 날이나 추운 날이나, 비가 오나 눈이 오나, 아침저녁으로 꼬박꼬박 달렸다. 어쩐 일인지 니라도 같이 나가서 뛰었다. 니라 입장에서는 가끔씩 전봇대 아래쪽의 냄새도 좀 맡아보고, 근처에 사는 동족의 신사 숙녀들과도 교제를 하고 싶었다. 덧붙여 말하자면 '슈퍼 비닐봉지를 내 목에 매다는 것 좀 그만했으면 좋겠다'는 간절한 바람도 있었다. 그러나 열심히 달리는 하이지의 진지한 표정을 보고는 불평하려는 생각이 쏙 들어갔다.

엄청난 변화가 생긴 것은 '가케루'라는 녀석이 오고부터이다. 하이지는 신이 나서 어쩔 줄 모르는 기색이 명백했고 얼마 후부터 집에 있는 사람들 모두가 같이 뛰게 되었다. 니라는 '이제야 내가 좀 편해지겠네' 하고 마음이 놓였는데 이상하게도 여전히 함께 나가서 달려야 했다. 할 수 없지 뭐. 하이지한테만 맡겨두기도 불안한 노릇이니까. 니라는 묵묵히 함께 해주었다. "같이 달리자'는 말을 같은 동족들한테 꺼내는 데에 3년이나 걸리다니. 하이지, 너 너무 쑥맥 아니냐?'는 생각도 했고, '아니, 이렇게 많은 사람들이 같이 뛰는 거면 한 놈쯤 내 목에 걸린 슈퍼 비닐봉지를 들어줘도 되는 거 아니야?' 하는 불만도 있었지만 가케루를 비롯해서 다른 사람들하고 함께 달리는 하이지가 너무 즐거워 보여서 니라도 공연히 기쁜 마음이 들었다.

계절이 다시 돌아 겨울이 되었다. 그동안 참 많은 일이 있었다. 낡은 집 안에서는 싸우는 소리하며 떠들썩하게 노는 소리가 예전보다 훨씬 더 자주 들려오곤 했다. 그 집의 모든 인간들 얼굴에서 살이 빠졌고, 다리 힘 하나만큼은 자신 있었던 니라조차도 따라가는 데에 애를 먹을 정도의 속도로 달리게 되었다.

도대체 어떻게 된 일이지? 낡은 집에 사는 사람들이 왜 이렇게 열심히 달리는지, 왜 힘들어하면서도 즐거운 표정들을 짓는지 아무도 설명해주지 않았다. 그야 무작정 뜀박질을 하고 싶을 때가 있기는 하지. 니라는 그렇게 생각했다. 나도 이른 봄이 되면 공연히 마음이 들떠서 목줄을 풀고 뛰쳐나가고 싶기도 하고, 먼 곳에 대고 짖어대고 싶기도 하니까. 그거랑 비슷한 느낌이겠지. 만약 그렇다면 내가 하이지도 그렇고, 같이 사는 다른 인간들의 성장을 축복하고 따뜻한 눈으로 지켜봐줘야지. 암, 그래야지!

니라는 어젯밤에 낡은 집 사람들과 다자키 씨와 함께 근처에 있는 신사로 갔다. "니라, 너도 갈래?" 하고 하이지가 물어서 사실은 졸렸지만 그냥 같이 가주기로 했다. 밤길을 다니는 인간들을 경호해주는 것도 니라의 일이다. 형님으로 사는 것은 보통 피곤한 일이 아니다. 인간들은 신사에서 헌금을 한 다음 작은 신전을 향해 오래도록 열심히 손을 모아 기도했다. 도대체 뭘 그렇게 열심히 기도하나 궁금했지만 니라는 큰 하품을 하며 기다려주었다.

오늘 아침에는 또 큰 소리로 "새해 복 많이 받으세요!"라든지 "형, 나 떡 많이 줘!" "나도, 나도!" 하는 소리가 낡은 집 쪽에서 시끌벅적하게 들려왔다. 니라는 '잠도 못 자게 난리야' 하고 생각하며 꿈벅꿈벅 낮잠을 자다 깨다 하면서 하루를 보냈다.

정신을 차려보니 어느새 주변은 어두워져 있었다. 낡은 집 현관문이 열리더니 "니라, 밥 먹어" 하면서 하이지가 다가왔다. 그 모습을 보자마자 니라는 금방 알았다.

하이지, 너 지금부터 아주 먼 곳으로 가는구나. 네가 항상 가고 싶었고, 아직 아무도 본 적이 없는 그런 곳으로.

불타는 얼음 같은 하이지는 몸과 마음이 모두 예리하게 다듬어져 있겠지. 그런데도 아주 부드러운 목소리로 "내일이랑 모레, 잘 부탁한다"면서 쭈그리고 앉아 니라의 머리를 쓰다듬었다. 역시 보통 일이 아니구나, 하고 니라는 생각했다. 밥이……호화판이었다! 세상에, 쇠고기가 들어간 개밥이잖아! 더구나 한쪽 구석에는 가장 좋아하는 개 비스킷까지!

개밥과 비스킷을 정신없이 먹어치운 니라는 자기 코를 혀로 핥은 다음 하이지를 올려다보았다. 하이지도 반짝거리는 검은 눈동자로 니라를 내려다보고 있었다.

하이지, 내 소중한 동생아. 니라가 마음속으로 불렀다. 네가 어디를 가건 내가 잘 지켜볼 테니까 안심해라. 게다가 넌 이제 혼자가 아니야. 약간 모자라 보이기는 하지만 그래도 함께 있어 든든한 동족들하고 같이 가는 거잖아. 그러니까 걱정 마라. 넌 틀림없이 가고 싶었던 곳에 가서 행복을 손에 넣을 테니까. 난 다 알 수 있어.

하이지가 다시 니라의 머리를 힘차게 쓰다듬었다. 그 손바닥에서는 여전히 갓 지은 밥 냄새 같은 좋은 냄새가 났다.